ポケットのなかの東欧文学

Poland
Czechia
Slovakia
Hungary
Croatia
Bosnia
Macedonia
Bulgaria
Belarus
Georgia

ルネッサンスから現代まで

飯島周・小原雅俊 編

成文社

ポケットのなかの東欧文学——ルネッサンスから現代まで————目次

ポケットのなかの東欧文学——ルネッサンスから現代まで

ヤン・コハノフスキ　Jan Kochanowski　1530-1584……ポーランド

ロマン派以前最大のポーランド詩人。同時代や後世に多大な影響を与え、近代ポーランド語・文学の基礎を形成した。最高傑作とされる『挽歌』（一五八〇）は幼くして他界した愛娘の死を悼む一九篇の詩からなり、個人的な主題とその扱い方に先駆的な近代性が感じられる。他に軽妙な『小唄集』、旧約聖書からの翻訳『ダヴィデの詩篇』、『歌集』二巻、戯曲『ギリシャ使節の引見』などの作品がある。なお「挽歌第十九」は小原雅俊編『文学の贈物』に掲載。

挽　歌

遺る瀬なく、大いなる悲しみを両親に残して
燃え尽きた、非凡で、ほがらかで、かはいい吾が子
　オルシュラ・コハノフスカ、
　その最愛の娘がため、涙とともに
不遇なる父、ヤン・コハノフスキ記す。

いまはなき私のオルシュラよ。

《父ユピテルみづからが実り豊かな土地を照らした光、
　人間の精神とはそのやうなものだ》

あらゆる美徳と少女の天分の
頼もしい萌芽を見せながら、突如、
不条理にも、まだ頑是ない歳のうちに、

◆　◆　◆

挽歌一

ありとある慟哭、ヘラクリトスの涙、
　そして哀傷、シモデニスの嘆きよ、
世にあるすべての憂へ、すべての吐息、
　また痛恨、また心労、また絶望よ、
すべて、すべて、ともに私の家に入り来たり、
　私が私の愛する娘を悼むのに力を貸してくれ。
理不尽な死神は、私と彼女を切り離し、
　私のあらゆる喜びを突如奪つた。
人知れぬ巣を探りあてた龍が、
　不運な鶯の子を選び出しては、自らの貪欲な
咽喉を養はうとする時、あはれな母は鳴き騒ぎ
　賊をめがけていくども体当たりする。
無益なこと！　狼藉者は彼女にも狙ひを定めてゐる
のだ。
　不幸な母はその羽を守るのが精一杯。
「泣いても空しい」と人は恐らく言ふだらう。
　しかし一体、この世に空しくないことなどあらう
か？
すべては空しい。我らは、生きやすい道を手探るが、
　実はどこへいつても生き難い。迷走錯誤、それが
　人の生だ。
どちらが楽か私にはわからない、あからさまに悲し
み、嘆くことか、
　もつて生まれた性《さが》に無理矢理あらがふことか。

挽歌二

子供といふものについて筆を執り、
　子供のためにささやかな詩を書けといふことにで

もなつたなら、
どちらかと言へば、私は、揺り籠をゆすりながら、
人並みの
他愛もない歌でも乳母たちに書いてやりたい。
それで乳母たちが赤子を眠らせ、
養ひ子の嘆きを宥めてくれるやうな歌を。
そんな小歌を書き集める方が、
今日かうして不幸にうち沈みながら、
愛しい娘の物言はぬ墓の上で涙して、
むげちないペルセポネーの無慈悲をかこつより、
ずつと人のためになつたに違ひない。
けれど両方いづれもできる器量はなくて、
子守唄など大人気ないとすておくうちに、
有無を言はさぬ凶事によつて、報はれ得ぬ損失に
よつて、
こんなものを書く羽目に陥つたのだつた。今もなほ、
私の嘆きを後のどんな栄誉が待ち受けてゐるかは
測りがたいまま。
生者のために歌はうとしなかつた私が、今は死者の
ために歌はねばならず、
人の死を嘆きながら、自らも骨を枯らし、あくが
れゆくのだ。
いたづらなこと。所詮われわれは回る運命に従つて、
一喜一憂するのがお定まり。
おお、不正に満ちた掟よ！　おお地底に消えゆく亡
霊たちを統べる
厳しく、無慈悲な、仮借なき女王よ！
私のオルシュラは、未だこの世に生きる術すら弁へ
ぬうち、
あのやうに幼い年で死なねばならなかつたのだら
うか？
明るい陽光を充分目にすることもなく、
不憫にも、とこしへの夜の国を見に行つてしまつ
た。
いつそこの世を一度も見なかつたならばよかつたの
だ！
誕生と死のほかに、一体何を知つたといふのか？
さまざまな喜びの贈りものに代へて、

辛い悲しみの中に両親を取り残して。

挽歌三

私を見限つたな、ほがらかなるわが総領娘よ。
おまへの父の身代などたいそう小さくて、
自分が継ぐほどもないと思へたのだらう。
確かにそれは、将来の数々の美徳をすでに
現してゐたおまへの早熟な知性やすぐれた資質には、
決して比べるべくもないものだつた。
その言葉！　その戯れ！　その愛らしいお辞儀！
それらを失つた今日の私がどれほど悲しいこと
か！
おまへは――わが喜びよ――最早二度と戻りもしな
ければ、
私の愁へを軽くしてもくれはしない。
詮無いことよ、あとはただその小さな足跡に従つて、
おまへの後を追ふ支度をするだけだ。

彼処でおまへに会はう――主なる神のお許しの下――
――その時は
きつとそのいとしく小さな手を伸べて、父の首に
飛びついておくれ。

挽歌四

犯したな、不埒な死神よ、私の目を。
愛する娘の死にざまを私に見せるとは。
未だ熟さぬ果実をおまへが揺り落とし、
不幸な親の胸引き裂くのを、私は見た。
私のとはうもない悲しみなくして、
彼女が死ぬことなど決してあり得はしなかつた。
如何なる歳であつても、辛い心の痛みなくして、
私を淋しくこの世に残して去ることなど決してあ
り得はしなかつた。
娘の死を、私はかつてないほどに悲しみ、
かつてないほどに嘆き、苦しんだ。

（神の思召しにより）もつと生き永らへてゐれば、
娘は
私の目にもたくさんの喜びを与へてくれてゐたに
違ひない。
さうすれば少なくとも、その間私も、
この現世に並ぶものを知らぬ大きな悲痛を
心に感ずることなく、自らの人生をまつたうして、
ペルセポネーの前に出ることが出来たに違ひなか
つた。
最愛のわが子らの亡骸《なきがら》を見つめながら、ニオベーが
石と化したことに、何の不思議も私は感じない。

挽歌五

高い木々にたちまじるオリーヴの苗木は、
大地から、母親の後を追つて上へと伸びる、
枝も、葉つぱもまだないままに、ただひとり、
ちつぽけな棒になつて立ち上がらうとしてゐる。
もしも熱心過ぎる庭師が、鋭い茨草、生い繁る蕁麻《いらくさ》を
刈りながら、勢ひあまつて切りつけるなら、
たちまち弱まり、生来の力を失ひ、
愛する母の足許に倒れるだらう。
私の可愛いいオルシュラもそんな目に遭つたのだ。
両親の目の前で、育ちながら、地面から
ほんの少し頭をもたげたところを、恐ろしい死神の
病んだ吐息を吹きかけられて、案ずる両親の
足許に倒れ、息絶えたのだ。おお、禍々《まがまが》しきペルセ
ポネーよ、
なぜかくも多くの涙をいたづらに流させた？

挽歌六

私の、ほがらかな歌姫、スラヴのサッフォーよ、
おまへは、相続の掟に従ひ、私のささやかな土地
だけではなしに、
リュートもまた、受け継ぐ筈だつた。

新しい歌をみづから作りながら、決して口びるを
閉づることなく、日がな一日歌うたふおまへには、
　疾うから、そんな希望が見へてゐた。
それはちやうど縁の叢で、まだ幼いナイチンゲール
が、
　喜びに溢れる咽喉で夜通し歌ひ続けるやうだつた。
あまりに早く、おまへは黙つてしまつた。こはい死
神が、突然おまへを、
　私の愛らしいおしやべりさんを驚かし、
おまへは、私の耳をその歌で一杯にしてはくれなく
なつた。
　今蘇へらすかすかな歌声さへも、私は夥しい涙で
あがなふのだ。
おまへは、死にゆく時でさへも歌を止めなかつた。
が、母には、接吻して、かう別れを告げたおまへ
——
《お母様、わたしはもうお手伝いはできません。
　お母様の素敵な食卓に着くこともできません。
やがて鍵を置き、ひとりで遠く出かける時が来ま
す
　いとしい父母の家をとこしへに離れる時が来ま
す》
父の心底からの悲しみが、これ以上思ひ出させるこ
とを
妨げる——あれがおまへの最後の声だつた。
だがこれほど淋しい別れの挨拶を聞く母には、
　悲しみを生きて怺へる気丈な心があつた。

挽歌七

私の最愛の娘の　不幸せな衣装たち、
　うら淋しい装身具たち、
何のために私の悲しい目を惹き寄せやうとするの
か？
　心に痛みをもたらして。
彼女はもうその小さな手足におまへ達をまとふこと
もない——

希望はない、無いのだ！
鉄のやうに硬く、覚めることのない眠りが彼女を捉へてしまつた以上。
色模様の夏のスカート、
そしてリボンも、金のベルトもあだとなり、
母の贈り物もむだとなつた。
可哀相に母は、こんな寝床へ、愛するおまへの
手を引いてゆくつもりではなかつた。
今かうしておまへが貰つた、こんな嫁入り支度をしてやらうと約束したのではなかつた。
母は、ブラウスと、粗末な布のドレスしかやらず、
父は、一塊りの土くれを
頭の下に差し入れただけだ。嫁入道具も、彼女も
一つ箱に閉じ込められた不憫さよ。

挽歌八

私のいとしいオルシュラよ、おまへは、さうして消え去ることで、
わが家に、何と大きな空虚をもたらしたことか。
人は沢山ゐるのに、誰もゐないかのやうだ。
小さな魂たつた一つで、これだけ多くが欠けるとは。
全ての者にかはつて語り、全ての者にかはつて歌ひ、
家のすべての隅を走り回つてゐたおまへ。
母を悲しませることは決してなく、
父の頭を思ひ患はせることもなく、
誰かれとなく愛らしく抱きついたおまへ、
ほがらかな微笑みで人を和ませながら——。
今や何もかも黙りこくり、家の中は空虚そのもの、
おまへの遊び相手もなく、おまへが笑ひかける相手もない。
悲しみは、家中のあらゆる隅から人を襲ひ、
心は慰めを、むなしく探しもとめるだけだ。

挽歌九

あらゆる欲望を、人間のあらゆる悲しみを
根こそぎ断つこともできる(と人の言ふ)、おお《智
慧》よ。
痛みを知らず、悲しみを感ずることもなく、
逆境にも陥らず、恐怖にも屈せぬ天使にさへ
人間を変へてくれぬとも限らぬといふ《智慧》よ。
汝を、大金積んで買へるものならば！
あらゆる人事も汝にとつては取るに足らぬこと。
幸福の時も、悲嘆の時も変はらぬ心を
つねに保ち、いささかも死を恐れることなく、
安穏、平常、不動のままにある汝。
豊かさを、黄金財宝ではなく、
自然の必要とその充足によつて測り、
全てを見透すその眼は、金の甍の下にも
不幸な者のあるを見る。
ひたすら汝の教へを聴かうとする
貧者のささやかなる幸せを妬まぬ《智慧》よ。
その汝に何としても近づかうと、あたら歳月を
費やしてきた私は不幸な人間。
突然、最後の階段から突き落とされ、
今や私もまた、その他大勢の仲間入り。

挽歌十

私のいとしいオルシュラ、一体どこへ消えてしまつ
たのか？
どつちの方角へ、どんな国へ出かけて行つたの
か？
あらゆる天上界を越へて高く運ばれ
そこで小さな天使達の数に入れられてゐるのだら
うか？
それとも天国に召されたのか？　それとも《幸福の
島々》へ
連れて行かれたのか？　それともカローンに手を
引かれ

悲しみの湖を渡り、忘却の泉に口をつけて
もはや私の涙も何も知らずにゐるのだらうか？
或ひは人の形、少女の思ひを脱ぎすてて、
みづからナイチンゲールの姿、翼をまとつてゐるのだらうか？
或ひはいくらかでも汚点が残つたといつては
煉獄でからだを洗ひ浄めてでもゐるのだらうか？
それとも、かうして私に辛い嘆きを与へるために生まれて来るより前に
おまへがゐた場所へと、死んで後も、行つたのか？
どこにゐやうと、ゐるのであれば、私の嘆きを憐れんでおくれ。
もし以前のやうに身と魂と全く揃はぬとしても、
出来ることなら、私の前に現はれて、私を慰めてくれ
夢でもいい、影でもいい、偽りの幻でもいい。

挽歌十一

「徳はよしなし事！」——ブルータスは言つた。よしなし事、目を見ひらけば、四方八方よしなし事！
いつ誰が敬虔さによつて救はれただらうか？
善良だからといつて誰が悪から守られただらうか？
何者か知られぬ敵が、人事を掻きまはす。
善人であらうが、悪人であらうがお構ひなしに。
その吐息の吹きつける処、逃れ得る者はゐない。
正しき者であれ、邪《よこしま》な者であれ、例外なく捕まる。
だが、実は無力であるにもかかわらず、
庶民を前に驕りたかぶり、知力をひけらかさうとするわれわれ。
神の秘密を探らうと、天まで登らうとする
われら死すべき者の瞳は所詮弱すぎて、
浅く、うつろひやすい、正体は決して明かされぬ、
夢に惑はされゆくばかり。

悲しみよ、私をだうするつもりだ？　もはや私は、
喜びも、理性もともに失はねばならないといふのか？

挽歌十二

恐らく私ほど子供を愛した父はゐなかつた。
私ほど愛惜した父はゐなかつた。
あれほど親の慈しみにふさはしい子が、
生まれてくることもめづらしかつた。
綺麗ずきで、聞き分けよく、規律正しく、甘へることもせず、
教へられたかのやうに歌ひ、喋り、韻をあやつり、
人の辞儀や仕草をよく倣ひ、上手に真似て、
少女らしい振る舞ひ、行ひもでき、
利発で、上品で、人が好く、むやみに泣かず、
善意に満ち、おとなしく、つつましく、はにかみ屋で――。

朝は神様へのお祈りを済ますまで、
決して食事をおねだりすることなく、
夜はまづ母に挨拶をし、両親の健康を
神様にお願ひするまで床につくことはなかつた。
父を迎へにいつもすべての敷居を越えてかけ寄り、
帰宅する者をいつでも喜びいさんで迎へ、
何の仕事でも役に立ちたいとばかりに、
いつでも両親にお手伝ひを申し出た。
それもこれも生まれて三十か月もたたぬ、
年端のそろはぬうちに始めたこと。
それだけ多くの美徳と数々の天分とを
支へきれぬ幼さゆゑに、早熟ゆゑにおまへは倒れた。
収穫を待ちきれず。たつた一本の私の穂よ、
おまへはまだ実るに早かつた。私はその実りの時を
待たずして、また悲しい大地におまへを蒔く。
おまへと一緒に、希望も埋めやう。
もはや二度とおまへは萌え出づることなく、

私の悲しい目の前で花つけることもないのだから。

挽歌十三

私のかはいいオルシュラよ、死なずにゐてくれれば、或は
いつそ生まれて来ずにゐてくれればよかつたものを!
わづかな喜びの対価を、私は大きな悲しみで支払つた。
おまへのその不条理な別れを恨みつつ。
おまへは私を惑はした。まるで、欲深い感官を
夥しい黄金で喜ばせ、やがて突然逃げ去つて、
現《うつつ》には、その財宝を求める気持ち、
欲望だけを残して消える、夜の夢のやうに。
同じことをおまへは、愛するオルシュラよ、私にしたのだ。
大きな望みを私の心にかきたてて、
やがて突然悲しみのうちに私を置きざりにし、
私の喜びのすべてとともに持ち去つた。
はつきり言へば、おまへは私の魂の半分を奪つてしまつた。
そして残りの半分は、永遠に嘆くことを務めに私の許にとどまつた。
此処へ、石工たちよ、切り出し石を置いてくれたまへ、
その上にはこの不幸な碑銘を刻んでくれたまへ。
《オルシュラ・コハノフスカ――父の愛、或は
寧ろ涙と嘆き――此処に眠る。
胡乱《うろん》なる死神よ、汝逆事《さかこと》をば、為したり。
吾の娘を悼むべきに非ず、娘の吾を悼むべければ》

挽歌十四

失つた妻を探し求め、地中へと、オルフェウスが
その昔たどつて行つた不幸な扉は、一体どこにあるのか?

私もまた、恐ろしき渡守が蒼ざめた亡霊たちを渡し、
うら寂しい糸杉の森へ追ひ立てるといふ、
かの浅瀬を越えて、わが最愛の娘を探しに、
たづねゆけるものならば、さうしたい。
その時、愛しいわがリュートよ、私を見捨てず、
私と一緒に、厳めしいプルートーンの部屋まで
行つておくれ。さうして彼の心を、涙で
これら哀傷の歌の数々で、やはらげやう。
私のいとしい娘をかへしてくれるやうに、
この癒しがたい悲しみを減じてくれるやうに。
彼の目を逃れることはできない。それがすべての者
の宿命だ。
ただせめて、実らずに終わつた実に熟す時を与へ
てくれるやうに。
悲嘆に暮れる人間がもはや何一つお願ひできぬほど、
神が頑なな石の心でおはすといふことがあるだら
うか？
何をかや言はん。私もともに彼処に残らう、そして
魂もろとも、苦しい心痛も脱ぎ棄てやう。

挽歌十五

黄金の髪をしたエラトーよ、そしておまへ、いとし
いリュートよ、
悲しい人間たちは、一体どのやうに慰めを手に入
れるのだらうか！
今しばらく私の傷んだ心をなぐさめてくれ、
血の混じりさうな涙を生ける大理石の間から流し
つづける、
凄まじい悲しみの碑《いしぶみ》、不幸せな標《しるべ》として、
野に立つ一もとの石柱と私が化す日まで。
それとも私は間違つてゐるのか？　人々の災難を見
てゐれば、
自らの損失は軽く思へるものなのだらうか？
不幸せな母よ（われわれが自らの思慮の浅はかさゆ
ゑに
苦しむことを、《不幸》に帰することができるなら）

あなたの七人の息子たち、同じ数の娘たちは今何処
に？
　慰めは何処に？　愉しみは何処？　そしてあなた
の喜びは？
十四の塚が見える。ああ、あはれなるかな、
　本意《ほい》にもなく長々と生きつづけ、
むごい仕方で失つた子供たちをその手で納めた（あ
あ何と不憫な）
　その冷たい墓石を抱きかかへる母よ！
さうして花々は、或は鎌に刈り払われ、
　或は激しい雨に打たれて、地に横たはる。
一体どんな望みがあるといふのか？　これ以上何を
探し求める？
　早々に死んで憂へも振り捨てやうと、あなたはな
ぜしない？
おおポイボスよ、執念《しふね》き女神よ、汝らの
　迅速な矢、射たがふことなき弓は？
怒りゆゑでも（責めはあるのだから）、憐れみから
でもいい、

いつそ一思ひに、彼女の悲しい老残を終はらせ
よ！
新しき復讐、新しき罰の責苦は、ふたたび不遜な気
概を紡ぎ出し、
ニオベーは、子供たちを思ひ悼みながら石と変は
り、
シピュロスの頂きに、不滅の大理石は立つ。
だがさうして石の下に秘められても、傷は癒えず
に生きてゐるのだ。
心底湧き出る彼女の涙は、磐をつらぬき、
　透き通つた流れとなつて落ち、
それを獣や鳥が飲み、永久の枷に囚はれたニオベー
は、
　凄まじい風に曝されながら、磐の中に宿る。
この墓は死者の上になく、この死者は墓の中になく、
　それ自らが死者であり、それ自らが墓である。

挽歌十六

骨身にこたへるばかりの
この悲しみと、ふしあはせゆゑに、
リュートも、愛しい歌も、私は棄てねばならない。
　　殆ど魂すら。

私は生きてゐるのだらうか？　それとも象牙の窓から
出てきては、あれやこれや、現《うつつ》には偽りのことで
人の頭をわづらはせる夢に欺かれて
　　悲しいだけなのか？

おお、人間の過ち！　おお、狂へる夢想！
思ひ通りに物事が運び、人の頭に
煩ひのないうちは、知力をひけらかすことの
　　何とたやすいことか。

満ち足りた暮らしにあつては清貧を称へ、
愉悦にあつては――悲しみを軽んず。
吝《しは》い紡ぎ手にも毛糸のまだ足りてゐるうちは、
　　死神をみくびる我ら。

だが貧困、或は不幸が巡つてくれば忽ち、
生きることの言ふほどに易からず、
我らの方まで駆け寄つてはじめて
　　相手にされる死神。

それにしても、愛する故郷を離れ、涙ながらに行くのは、
雄弁なアルピヌム人《びと》よ、あなたでせう？
壮麗なローマのみならず、賢者にとつては全世界が
《都》と
　　言つたあなたでは。

なぜそんなにも自分の娘を惜しむのか？
あなたが唯一忌避するものは恥辱の筈、
他のあらゆる災いは、あなたにとつてせいぜいが

慶事でないといふだけでは。

「死は——あなたは言ふ——不徳の者にのみ怖ろしい」
しかし、有徳の士よ、あなたもまた死にたくはなかつたのでは？
舌鋒鋭き演説ゆゑに、その首を差し出す
　ことになつた時には。

万人を説き伏せながら、自らは説き伏せ得なかつたのだ。
だうやら、あなたでも、言ふは行ふより易かつたのだ、
天使の筆よ、災ひに遭つてあなたを悩ませたものに
　今私は悩まされるのだ。

人は石に非ず。《運命》が現れれば、
人は様々な思ひで満たされるもの。
呪はるるべき宿命！　傷に触れられれば
　魂はそれだけ辛いのでは？

《時》よ、忘却の墓はしき父よ、
知力にも、聖人にもかなはぬ業を、
寂しい心を癒やし、私の頭からこの辛い
　苦しみをはらひのけよ！

挽歌十七

神の手が私に触れた。
あらゆる私の喜びを取り上げられた。
私の中には魂があるかないかの心地。
その魂すら差し出さねばならないやうだ。

太陽が昇つて輝かうと
沈んで光が消えやうと
私の心はひとしく痛み
決してやすらがない。

眼は一時も乾くことなく
　永遠に泣き続けなければならない。
　私は泣かねばならない！　おお、わが神よ！
　誰が汝の目を逃れ得やう？

人はいたづらに海を渡りはしない。
いたづらに戦に出る者もゐない。
どこへ行つても不幸は襲ふ。
たとへさうは信じられずとも。

私は充分つましく生きてきた。
　私のことを知る者も殆どゐない。
　嫉妬も凶事も、私から
　奪ふべきものがなかつた。

しかし触れるべき処を知る《主》は、
　人間の用心をあざけり、
　これまで無事であつたがゆゑに
　ひとしほ手痛い打撃を私に与へた。

そして自由でゐる間は
　不幸について語つてゐられた理性は、
　今日自らについてさへ判断が難しい。
　病ひの中の私をよく支へてくれたものよ。

時として回復し、
　私を辛い心痛から救はうとするのだが、
　秤の皿に載つてみても、
　悲しみを動かす力は無い。

損失を損失と呼ぶなといふ、
　人の論理の空しいこと。
　もし人が不幸の最中に笑ふとすれば、
　気が触れたとこそ私は言ふだらう。

一方涙を軽く見る者もゐて、
　彼らの言葉は私にもよく聞こえてゐる。
　だがそれで悲しみがとどまることはない。

否。かへつていや増すばかり。

何故なら傷ついた魂をかかへる以上、
好む好まざるとに拘らず私は泣かねばならぬから。
それは恐らく名誉ならぬ損失をもたらし、
心は侮蔑に傷つくだらう。

だがそれは、生ける神の思召しにより、
苦悩に病んだ心の薬なのだ！
私の健康を案ずる者は誰でも、
もつと効き目のあるものを見つけ出すがいい！

私はその間涙を流しつづけるだけだ。
理性が助けてくれるといふ
希望は最早まつたく失つた。
これを押し止める力は神にしかないのだから。

挽歌十八

あなたの、聞き分けの悪い、主よ、子である私たちは、
自分が幸せな時には
殆どあなたのことを思ひ出さず、
慣れ親しんだ快楽を享受するばかり。

それがあなたの恩寵から流れ出てゐるといふことも、
あなたの善意に対する感謝の念が私たちにない時、
それはすばやく過ぎさるといふことにも、
私たちは気づいてゐない。

手綱をお締め下さい、現世のつまらぬ快楽が
私たちを増長させぬやうに！
恩寵にある時はあなたを思はうとせぬ私たちに
せめて罰せられてゐる時は思ひ起こさせたまへ！

父の如く罰したまへ、
あなたの怒りの前に立てば、私たちは

天の日輪に熱せられる
雪のやうに溶けてゆくのですから。

私たちはすばやく滅びませう、万世の主よ、
もしもその厳しい神の御手が
私たちの上にかざされるなら。
恩寵の不在はそのまま私たちには厳しい責苦。

だが古へより名高い御慈悲のこと、
長らくあなたに逆らひつづけたとはいへ、
あなたに従はうとする者を蔑みたまふより早く
きつと先づ世界が滅びることでせう。

あなたの御前の、大いなる私の罪。
しかしあなたの憐れみは、
あらゆる悲しみを超へる。
今日賜はらんことを、主よ、私に御慈悲を！

Jan Kochanowski, "Tren XIX albo sen," *Treny* (Biblioteka Narodowa, Nr l), Zaklad Narodowy im. Ossolińskich-Wydawnictwo, Wroclaw 1950

関口時正・訳

カレル＝ヒネク・マーハ　Karel Hynek Mácha　1810-1836……チェコ

プラハ生まれ。リトムニェジツェ没。チェコ・ロマン派を代表する詩人。生前に発表した代表作『皐月』により、チェコにおける「詩聖」として高く評価されている。詩篇や散文のほかにも、内密な日記を残したことで知られ、後世に多大な影響をあたえた。

クルコノシェへの巡礼

暮夜。黙々と紡いでいる娘たちの周りを
少年たちは輪をなして座っていた。
暖炉の焔はその影を悄然と照らし出している。
かれらは、部屋に座していた旅人の一言一句に耳を傾け、
一挙手一投足を見つめていた。
旅人は言葉を発したが、それは身をもって感じていたことでもあった。
「さあ、聞くがよい、まだ眠りに落ちていない者たちよ、
わたしがこれから発する、いまだ聞いたことのない言葉を。
さすれば、新たな知見を得るだろう。
だが、わたしが言ったように、よく聞いて、

ただ言葉を受け入れるだけでは
十分には理解できない。
暗い小部屋に入り、枕元では十字架が見張ってい
る
静かなベッドで眠っていれば
笑いや嘆きで妨げられることはなかろう！
あなたがたの頭上を暗い夜が支配するとき、
わたしのかすかな夜の願いが響くのを聞き取るの
だ
『おやすみ！　静かに夢を見るがいい!!――』

日はすでに傾きかけていた。孤高の旅人が、スニェシュカの山頂に連なるクルコノシェ山脈の広々とした尾根の細い道を歩いていた。シレジアの大地がいくたの障壁を越えて、ボヘミアの妹へ秘なる言葉で声をかけているかのように、風が吹きつけていた。「辺りには、ひとの気配すらない」と、若者は吐息をもらした。「鳥や獣でさえもこの地を避け、木や花はこの地に根づかない。汚れなき紺碧の空の高みに接吻をするのは、ただ、人間のみ。静かに繁茂する苔も、冷たい雪も、ここにはない」。その瞬間、風に乗せられ、一頭の蝶が旅人の顔の近くまで飛んできた。蝶は、荒れ狂った風が吹いてきた、花々のあるふもとへ戻ろうとしているのだろうか、鮮やかな羽根をどこか不安げに動かしていた。「哀れな蝶よ、お前のゆりかごであった彩りある牧草地へ戻りたいのか――この地は、お前の望むものではないのか。幼い時に開花したばかりの花々の頬で身体を揺らされていたのと同じ風に乗って、はからずもお前の意に反して、この冷えきった高地まで連れてこられたのだろう――人は晴れ渡った空にくちづけをする、とわたしは言った。あゝ、そうすべきなのだ」。手で額を拭いつつ、言葉をつづけた。「そう。風よ、あの蝶をわたしのもとへ連れてくるがいい。わたしがかつていた場所に蝶を連れて行こう」。そして、男は蝶をつかまえようとしたが、無駄だった。その場の寒さに疲弊し、風邪をひいていたからだ。悲嘆にくれ、ぽつりとあった岩に腰掛けることにした。

ひとのいない白々とした牧草地の先にあるシレジアの肥沃な大地を時折見やりながら、ボヘミアの風景を覆っている暗い森に、男は視線を移した。

　男の年は、二十前後だろうか。身体の線にあっている黒衣は、背が高く、すらりとした体格を一層際立たせていた。黒髪は、蒼白な頬や美しい額のまえで風になびいていた。青い瞳は、言葉にならない渇望感を吐露していた。それゆえ、かれの全身の姿は、夕暮れのなか、ひとの気配のない岩々からこだまする、「新しい檸檬の花が咲くこの地を知っているか」とうたわれる歌の一節であるかに思えた。

　初めての旅だった。誰もいなかったヴィシェフラトを発ってから、太陽は、すでに四度にわたり、プラハの寺院に眠るボヘミア諸王の墓石に光を投げかけていた。だが、冷え切った大地のつめたい雪が、冷ややかな涙となって流れゆくのを二十回にわたり目の当たりにし、この初めての旅ですでに、若かりし頃の想像力が約束していたような世界に足を踏み入れているのではないというのを悟った。身を焦がすほどの思いで、世界に入っていった。バラの花で彩られる青春が夢という夢を変容した現実のなかに見つけられるのではと期待して、愛で全世界を抱擁することができるのだという想いを抱いていた。つまりは、幕が下ろされる前に、若い頃に見た夢から抜け出してきたのだった。月がのぼった牧草地の花を一輪摘もうとすると、夜のバラは、冷え切った涙同様に、あたたかいかれの手をぬらした。花の香りに魅了され、開花したばかりの花に近寄り、早朝の墓場で花が開く様子を目の当たりにした。朝焼けのなか、雪のように白く輝くユリの花に見とれてしまった。だが夜にはすでに白銀の王冠が湿った大地へと傾く様子を目にしていたのだった。夢に見た人々を探したが、幼虫だけが、かれの感傷的な瞳をあざけるかのようにこちらを眺めていた。つまり、かれは、自分が夢見た楽園をこの世界にさがしもとめていた。楽園を求めて両腕を広げ、胸を踊らせながら、愛という空虚な大地を抱きしめようとしたのだ。消失した夢のために涙を流すよりも、恐れを抱きながらも若かりし日の王国へ戻ろうとした。けれども、若者は今、ひとりで荒地に座っていた。かれの眼下には、花々が咲き乱れる自然が広がっていた。誰にも愛されず、何にも愛を授けない男は、日没寸前の陽光で紅くなった山あいにぽつんとある岩に腰掛けた。ボヘミア地方そしてシレジア平野から響く夜の鐘を知らせる声が、山頂で出会っていたが、かれの脳裏にはっきりと浮かんだのは、過ぎ去った日々のことだった。そのとき、君のことが、愛する少女のことがふと思い出された。だが山々や川で、いかに隔てられていることか。愛をいかなるものにも授けない男、わたしはそう言っただろうか？　いや、あの男はまだ君のことを愛していた。だが手遅れだ。君は男のせいですでに自分を見失っているのだから。君は、想念の暗い波に差す明けの明星のように姿をあらわし、かれのいる暗い、死の夜に初めて光を投げかけたのだった。かれの若かった頃のこのうえなく貴重な夢が戻ってきた。歩む小道をバラ色の薄明かりで照らす星が自分のものではなくなってしまうのではないか、かれを覆った暗闇のなかで星明かりがふたたび消えては、光を求めるかれを誘おうと笑みを浮かべているのではないかと不安に駆られ、それまで抱いていた想いの込められた夜にふたたび誘われたのだった。金色に輝く夜のなか、男は立ち上がろうとして、微笑を浮かべているかのような下方の光景を見やった。かれの啜り泣きが、静まりかえった光景のなか、音をたてて響き渡った。「君は、わたしの太陽であった。だが、すでに沈んでしまい、二度と昇ることはない。いかなる日も、わたしの生をこれほどまでに紅く染めたことはなかった。孤独の巡礼者は、果てしない夜のなか、歩き続ける。ひとけのない夜の静寂が息を吹き返すのは、わたしが啜り泣く時ばかり。夢の中のたわいもない人々と幻影の陰で、わたしは両腕を暗闇のなかで広げた。木々のざわめきが聞き取れるほどの夜に、ねじまがった樹冠は氷のような涙でわたしを夜へと誘い、恐ろしい夢から苦悩に満ちた真実へとわたしを目覚めさせる。煮えたぎった涙が凝固したかと思うと、わたしの夢は、夢のない永遠の眠りのなかで消え去ってしまう。それから、わたしの最後の息は、夕暮れの空のもと、夕焼けと混ざりあい、わたしが抱く最後の想念は、わが故郷のうえを、軽やかな霧とともに広がっていく。すると雨水が流れ、あたかもわたしがこの山脈に足を踏み入れたことがなかったかのように、わたしの足跡を風が吹き払っていった。わたしの墓場である自然よ、汝は己を欺きながら、辺りの緑ゆたかな大地の叢に隠れ、わたしの頭上で笑みをうかべる。あたかもわたしがここを訪れたことがまったくなく、わたしの口がこの山脈に『おやすみ』と声をかけたことが一度もなかったかのように。辺りは静まりかえり、静寂が支配した。傾斜した斜面沿いに、山からのこだまが『おやすみ』を繰り返すばかり――『おやすみ』――と」。太陽は、暗くなった山脈の陰に沈んだ。山々の頂が、黒雲のように、ボヘミアの大地の地平線上に姿をあらわした。反対側の山々からは、別世界の太陽が現れてきた。山間の亀裂には、黒い夜がひかえており、平地はまだ黄昏の光を帯びていた。都市は、何も書かれていない標識のように、薄暗がりの陰から覗いていた。そのうえでは、軽やかな煙が円をつくり、静まりかえった湖の頬を掠め過ぎている。湖では、昇りつつある星が見下ろし、暗い岸沿いに燃えている小さな炎の輝きがあちらこちらを照らしていた。山あいではよくあるように、夜は澄み、一点の汚れすらなかった。月は満月に近く、月光は青みをおびた山脈の雪化粧をした額を銀色に染めていた。暗い夜のなか、山々は、不帰の客となった王たちの銀の冠をかぶった蒼白い頭のように傾いていた――そこで、忘れ去られた若者は、静かな光景を見つめながら、立っていた。ありとあらゆる星が、この美しい夜を讃えていた。男はひとつしかない石のうえで立ち尽くした――身を切るような寒さだった。冷たい風が山々のあいだを音を立てながら通り過ぎ、下方では森、そしてひとけのない山脈から肥沃な一帯へと急ぐ川が音を発していた。月は軌道上の空高い場所に位置していたが、若者は自分の場所から一歩も動こうとしなかった――そのとき、真夜中の鐘が打たれた。耳には何も届かなかったにもかかわらず、自分の近くで、にぶく、暗い音が広々とした頂きまで轟き、はては山々の頂上にこだまし、最後に暗く沈んだ反響音が戻ってきて、ふたたび静けさが広がるように思えた。若者はただちにあたりを見渡すと、月光でかれの視覚は麻痺してしまった。あるいは目にしたのは恐ろしいまでの真実なのだろうか？――その光は、スニェシュカの山頂に広がり、まさにそのうえで吊るされているかのようだった。今では半壊しているゴシック様式のきらびやかな修道院と壮麗な寺院が、山頂に彩りを添えていた。高く連なる階段は、ゴシック彫刻が施された門扉まで延びており、細い柱には巧みな模様が刻まれ、高くなったゴシック様式の円蓋周辺では、彫刻が倒れていた。そのまわりを、月の薄明かりが照らし出し、星の光が壊れた窓越しに差し込んでいた。小さな柱やその他のゴシック装飾の残骸が銀色の光を発していたかと思ったが、聖人たちの絵に反射していたのだった。すでに日に焼けた聖人たちの肖像は、ゴシック様式のアーチ状の窓ガラスが残っているところで、鮮やかに焼きついていた。両脇には、頑丈そうだが、半ば倒れかかっている塔が一本ずつ立っていた。細い柱、人間のみならず、様々な動物たちの頭、花々、果物、さらには人間、動物、木々などすべての肖像が、あたかも建築の一部をなしているかのようだった。だが、石に刻まれた細かい物は、月光のもとでは識別することができなかった。これらすべての輪郭が、揺れ動く光線を浴びたおかげで、生命を授けられ、動いているかのように思われた。二本の塔のあいだにある寺院建築の中央の一番上に時計があった。暗くなった太陽が文字盤に光を落とす光景は、栄えある星文字であるように思われ、くっきりとした黄金の針は、最後の薄明かりの夜を照らす半月のように、輝いていた。あたかも真夜中を示しているかのように。若者は立ち上がると、同じようにゴシック様式で彫刻やここで休息している人たちの印で装飾された墓地の壁に急いでのぼろうとした。墓場へ通じる低い入り口を抜け、そこから高い階段をのぼって、開かれた寺院のなかに入ろうとした。そこでは、高々としつらえられた祭壇に、どこかなぞめいた光が灯っていた。だが、急ごうとすればその分だけ強い風がかれの衣服に覆いかぶさり、不安極まりない夢を見ているようだった。そのため、懸命に近づこうとしても、距離がまったく縮まらないように思われた――そして、朝が近づいてきた。風は徐々に静かになった。修道院全体が朝日のバラ色の輝きで燃えあがるころ、若者はちょうど墓地の壁の前に立っていた。寺院の扉は閉じられていた。若者は修道院の廊下に入ろうとすると、急ぎ足で歩いているひとりの修道士に出くわした。その修道士ははるか以前から若者を知っているかのように、こう話しかけた。「ちょうどよい時にお越しいただきました。わたしどもの修道院の死せる同胞が本日蘇ります。貴方は疑問に思うことをすべて、尋ねることができるのです」。若者の魂のなかで何かが爆発したかのように光を放ち、あるいはこの修道院を以前から知っていたかのように、これから何が起こるかを察知したのだった。それは次のとおりである。修道院の同胞たちは、壁の先に大きな広間を有しており、そこでは、かの地の修道士がある儀式の後に足を踏み入れると、死んだかのように、身体が硬直してしまう。だが、毎年ある決まった日になると、すべての死者が復活を遂げる。だが、この一日が終わるとまた身体が硬直し、その状態がその日から丸一年続くことになる。世界が終焉するまで、それが繰り返されるはずだった。先導する修道士のあとについて若者は進み、示された部屋に入っていった。壁の周りには、死んだ修道士が何人か、若い者も、年老いた者も、手を胸に当てた状態で立っており、恐ろしい死の状態にある蒼白の顔が、依然として不満をあらわしていた。若者がこれらの人々は蘇るのかと尋ねると、答えはこうだった。「いいえ、かれらが蘇ることはありません！　年に一度の蘇りのときに、この閉じられた部屋から外に出て、その後、戻るか、戻らないかは自由です。この部屋に戻らぬ者は、この玄関に留まり、死を迎え、蘇ることなく、一年後には埋葬されています。このようにして、一年に一日の生命に飽き飽きし、かれらは眠りにつくことのない夢を見るのを好むのです。太陽が軌道の中心に達すると、あなたが寺院の近くでご覧になった墓場に埋葬されてしまいます。さあ、それでは、大広間にお入りください」。こう言い終えると、大広間の扉が開いた。カーテンが吊るされた窓越しに、弱々しい光が、とてつもない大きさのゴシック様式の装飾が施された広間のなかへ差し込んだ——この朝焼けによって、身体が曲がった、無数の死せる修道士たちがあちこちで起きあがろうとしていたが、その誰もが、死に襲われたときの姿をしていた。ある者は何かを話しているかのように手を曲げた姿で立っており、二人目は相手に寄りかかりながら、死んだ目をしていた。あたかも沈黙の言葉を熱心に聴いているかのように。三人目は何かを持ち上げようとして身体を曲げていた。四人目は手をあわせてひざまずいており、祈りを捧げているように思われた。こういった具合だった。修道士は、次の教えと警告を若者にあたえた。「無数の者たちのあいだを貴方は駆け抜け、そのあいだに一人ひとりに異なる質問をしなければなりません。そうせずに立っているだけであれば、かれらはふたたび死に、永遠の死を迎える同胞たちの葬式に際しても蘇ることはありません。この死者たちに囲まれて一年間生きることをお望みでなければ、三時間を越えてそこにとどまってはなりません」——若者は広間に駆け込み、走りながら異なる質問を投げかけていった。すると、影が落とされた大地に触れなかったかのように、嵐のような風の走りに動かされたかのように、かれらは次々と動き始めた。どこか謎めいた囁きで質問に答えてくるので、若者の心は恐怖でかき乱されていた——三時間が過ぎるまえに、開かれた広間を駆け抜け、恐怖心を抱きながらも、玄関を通り抜けると、岩のへりがあらわれ、その先にはある光景が広がっていた。見慣れた光、午前中の太陽のとてつもない閃光で傷ついたかのように、何のためかはよく理解できなかったが、瞳は大量の涙にあふれていた。恐ろしいまでの苦痛がかれの心を絞めつけた――正午を過ぎ、かれの瞳は渇き、ふたたび生気を取り戻した――修道院から暗い低音の鐘が鳴り響いた――葬式に付き添う修道士たちの悲しげな歌がかれの耳にもたらされた――若者は辺りを見渡し、さらに、修道院の門越しに、永遠に死せる同胞たちの行列がこちらに近づいてくるのが目に入ってきた。とてつもない悲しみと、言葉にすることのできない渇望がかれの心を捉えた。生きている修道士たちが、永遠に死せる同胞たちを葬式へといざなう様子を眺めた。蘇った修道士たちは集団で修道院の門から離れていった。下方に広がる、悦楽にみちて花を咲かせている風景に、悲しげに視線を落とした――遠くを、青みをおびた山脈が夜の海に立つ波のように縁取っており、黒い雲は濃い雨をあの山脈の草原の狭間に咲き乱れる場所へと追い払っていた。ちょうど上空には太陽が輝き、その下の風景は笑みを浮かべているように見え、刈りとられたばかりの新芽は下方の草原でも山頂でも、甘美で心地よい香りを漂わせていた。太陽の下の潅木や森にひそむ鳥たちの楽しげな音や舞踏が、山奥で水を落下させている渓谷の喧騒や、修道士たちの悲しい歌と溶けあっていた。遠くから、灰色の山々や雨の激しいざわめきがかれにささやきかけているように思われた。「わたしたちは、いつ出かけるのかも知らずに、晴れやかに額をあげているのです――枯れずに、生き返り、心地よい香りを発することができるように、萎れた花に水をあげるのです！」「でもわたしたちは眠りにつくことのない夢を見るのです」。それは、あたかも、死せる修道士たちが発した笑い声のように聞こえた。蘇った無数の修道士が山のどの斜面にもむらがってきた。若者もまた、永遠に死せるものの葬式を見ようとして、ふたたび墓場へと急いだ。円をなす群れを避けようとして脇によけると、蘇ったものたちの影が若者のあとを追いかけてきた。反対側に行こうとすると、影もまたあとについてきた――かれの背後まで。ふたたび後ろに下がると、影もまた下がってきた。そのうちの一人が声を発した。「わたしたちから逃れようとするのは無駄なことだ。微風がおまえを駆り立て、追いかけるだろう。立ち止まるがよい、さらに軽やかな風がわれわれを、おまえのもとへ連れて行くだろう」。若者は立ち止まり、修道士たちは小道を通って下に行こうとして、山の麓を目指した――多くの者は、言葉にすることのできない渇望を抱き、熱心なまなざしで、暗い山脈を眺めていたが、吹き降ろしの風はいつも山頂へと集められるのだった――日が沈み、暮夜となった――新芽の香りが下方から強烈に漂ってきて、聖なる静けさが、広々とした風景のうえに広がっていた――日没そして死につつある光の陰で、修道士たちのまなざしがいかほどの苦痛を伴っていたかを言い表すことはできない。それは無駄なことだろう――影が生命を有していた一日が終わった。風は、気の向かないものたちを恐ろしい玄関へと追い込んだ。多くの者は困惑した様子で手をあわせながら、大広間の敷居に立っていた。うすら笑っているほかの者たちは、広々とした広間へと入っていった。悲しげに泣いている者たちは、玄関の壁によりかかりながら、腕組みをして留まっていた。そして、広間と玄関の扉が閉じられた――　――　――

冷えた夜だった。山あいの狭い亀裂のあいだを、巡礼者は、疲弊した様子で歩んでいた。かれの正面には、高貴さそのものであるスニェシュカがそびえており、雪で覆われた頂上には、十字架がぽつんとあるばかりだった。ちょうど廃墟のうえを満月が通りかかり、十字架で四つに分割されているように見えた。「おやすみ、おやすみ！」。記憶が遠のきつつあった巡礼者は、弱々しい声でつぶやいた――弱まりつつある月光が、かれには、女性の蒼白い姿が昇華していくように思えた。死者のような瞳は、十字架がある上方を凝視していた。白墨のように白い顔、蒼白い唇は恐怖感を駆り立てた。雪のように白い手は硬直して、月光の輝く上方を指でさしている。だがそれが十字架なのか、月なのかは判断しかねるところだった。巡礼者は断崖を避けて通ったが、スニェシュカは、かれの視界から消えていた——かれの姿は幾度となく変容していった。白髪の老人がかれに歩み寄ってきた。長い白髪が、死者の顔の前に落ち、腰まで達するひげの白色とまざりあっていた。髪には、白と赤のバラの花輪が織り込まれてあった。足には、高い岩から落下した川の水がまとわりついていた。白い水泡のなかに、開かれた黒い入り口があり、老人の手はその方向を示していた。巡礼者は自分をながめてみると、容貌がとてつもなく変化を遂げていた。広い額には皺がきざまれ、白髪はくぼんだ頬まで垂れ、腰まで達するほどの白いあごひげと混ざりあっていた。巡礼者は暗い通路を悲しげに見つめた——その先では、光が揺らめいていた——通ってきた小道を照らしているバラ色の夕焼けをもういちど見ようとした。嵐のように騒々しく、激しく嘆く風が、なぞめいた言葉で最果ての地から語りかけるまえに、未知らぬ力がかれを押し出し、言葉にすることのできない渇望が、見たことのない小径の先にある見知らぬ地へとかれを導いていった——

巡礼者は、老人のあとを追って、暗い通路へと進んだ。

美しい朝日が、クルコノシェ山脈の東に位置する深い渓谷に浮かんだ。暗いモミや松の木は、雫のついた衣装をまとい、山間に立っていた。高い岸壁からは川の水が浸食のすすんだ瀞《とろ》に流れ落ち、白い水泡を波立たせていた。それは静かな流れだった。水は透き通り、瀞は春の草原のように緑色になっていた。この瀞のなかで、巡礼者は眠りに落ちていた。水の激しい落下音が静かな夢のなかで歌をうたい、川の漣が夜の鐘がもらす大きな嘆息のように静かな風景に広がり、波紋を描いていた。それは、かつて巡礼者の心に響いた鐘の音とは別のものだった。

阿部賢一・訳

Karel Hynek Mácha, *Dílo II*, Československý spisovatel, Praha 1986

ユリウシュ・スウォヴァツキ　Juliusz Słowacki　1809-49……………**ポーランド**

ミツキェヴィッチと並ぶロマン主義詩人、劇作家。現在ウクライナ領のクシェミェーニェツに大学教授の息子として生まれる。主な作品にポーランドの支配者ロシア皇帝に対する暗殺者を描く「コルディアン」、「ナポリより聖地への旅」、シベリアにおけるポーランド流刑囚を描く「アンヘリ」、江戸時代日本に寄港し、ロシア脅威論を幕閣に上申した男のウクライナ時代を描く「ベニョフスキ」、神秘主義的な「精霊のゲネージス」、「精霊王」など。今回ここでは、西欧へ亡命流浪したスウォヴァツキの中近東旅行、キリストの聖地巡礼の旅を経て「アンヘリ」を著すに至った心の軌跡、心象風景を良く表現する詩人の詩と母への手紙を訳出してみた。

スウォヴァツキ選

自死した友へ
――L・シュピツナーギェルに

ルードヴィックよ！
さながら天の双子岩のごとく
永遠に不可知の力が君から遠ざかりぬ。
かくて我らもまたこの世界の掛け離れた空間で
思念と心は近しとは言え――運命に引き裂かれぬ。

やがて大海原に明けの明星が輝く頃、
君が帆柱に風の囁きを聞くとき、
そは友情の最期の囁き
この囁きは思念の翼に乗ってかなたの

君へと飛びゆく。

我らに今残れる宝はただ一つ
そは、心より狂おしく流れいずる思念
そは、君をなつかしき故郷へと連れ行き、
我をナイル河の岸辺へ、アフリカの
荒野へと連れ行く。

さらば許せよ、空想を馳せさせることを
しばし追想と率直な友情に捧げたまえ。
おお、悲しきかな、さながら天の双子岩のごとく
永遠に天命が我らを
引き裂きぬ。

神よ、なんと憂鬱か（部分）
（アレキサンドリア付近にて、一八三六年十月）

今日大海にて狂える僕は、
岸辺より百マイル、岸辺へ百マイル
長い列にて飛ぶ
空中のコウノトリを見る
そはかつてポーランドの畑で見しもの
おお神よ、なんと憂鬱か！

人々の墓場を時折考えてみるに、我は
ほとんどなつかしき家をも知らず
雷鳴の轟きに
道中にてあわてふためく旅人のように
はいるべき墓をも我は知らぬ
おお神よ、なんと憂鬱か！

ピラミッドとの対話

ピラミッド達よ、君達は持っているかい？
内棺を、また外棺を、
鞘を振り払った剣を収めるため

鋼の刃に込められた我らの復讐を
収め、香油を注ぎ、
そして時至るまで安置するために。
——その剣を持って、我が門に入るが良い、
そのような棺は持っているとも。

ピラミッド達よ、君達は持っているかい？
内棺を、また玄室を、
我らの受難者たちが
香油を注がれた衣を着て身を横たえ
そのおのおのが栄光の日にせめて
全き聖骸となって故郷に帰るために。
——その罪なき人をここに与えよ
そのような棺を持っているとも。

ピラミッド達よ、君達は持っているかい？
内棺を、そして涙壷を、
父祖の野原を失った後の

我らの涙と郷愁を共に入れ
なおその上に母たちの涙をも
注ぎ入れるべき涙壷を。
——ここに入りたまえ、その青白き身を屈め
たまえ、涙壷を持っているとも。

ピラミッド達よ、君達は持っているかい？
救世主の棺を
偉大な民族のことごとくが
十字架上の、威厳を保ちつつ
ここに引き入れ、身を横たえ、皆が眠り、
そうして栄光の日まで納められる棺を。
——ここにその民を横たえよ、聖油を持て、
そのような棺をもっているとも。

ピラミッド達よ、まだ残っているかい？
何か空の棺が一つ
我が魂を横たえるための
そはポーランドが復活するため。

――耐え忍び、働き、活動的であれ！
汝の民族は不死であるから。
我らが知るのはただ死者のみ、
魂のための棺は持ってはおらぬ。

手紙（聖地巡礼の旅日記より）

ベイルート、一八三七年二月十七日

〔……〕

十月二十八日に小船でカイロにやって来ました。素晴らしい都《まち》。遠くにピラミッドが見えました。シュロの林で一杯で、郊外全体が公園の中にあるみたい。

カイロへの到着の翌日、ピラミッドへ遠出をしました。二人とも小柄なロバに乗って行ったのですが――こんな物に乗っていると小さな僕たちが不思議にも巨大な御影石の建物のそばにいるように思われました。ピラミッドはしかしその大きさで僕を驚かすことはありませんでした。白い布地を纏ったベドウィンたちが、僕たちのガイドになろうと四方八方から殺到してきて、僕たちの手を取って暗い御影石を積んで造られた羨道を通り、ピラミッドの内部へと通じている小さな部屋にまで連れて来ました。これらの部星にはかつては二つの、現在ではたった一つのお棺がありました。暗いピラミッドから出て、二人のアラブ人にいつも手を引かれながら、頂上まで石段を上り始めたのです。ピラミッドの最も高い天頂まで登ったのです――何と素晴らしい景色でしょう！　ファウルフォルンの頂上、サン・ピエトロの丸天井、ヴェスヴィアス、それにピラミッドは僕にとっては、放浪するみじめな小鳥である僕が、一息つくためにほんの一瞬だけ止まった細枝の先端のようなものなのです。というわけでピラミッドを見ましたが、しかしそのかわり僕が抱いていたイメージは失われてしまったのです。

カイロの通りは狭く、おびただしい店があります。この都《まち》から出発する前に、ある店でチュニス製の、「ブルヌス」という名前で呼ばれるウール地のコートを勧められました。東洋で最も薄手のものを選んで、ねえお母さん、僕はお母さんのためにそれを買い求めました。まるで軽くて柔らかいシーツに包まれるようにそれにくるまり、そしてお母さんの小さなソファーに座っていると、大変良く似合って素晴らしいと思ったからなんです。僕の道連れが、このチュニス製コートがお母さんにとても良く似合うと言ってくれました。もう一つの、少し分厚くて平凡なやつは、馬に乗る僕を包んでくれましたが、でもイェルサレムではこの格好は聖十字架の騎士とまちがえられてしまいました。

奴隷——そして魅力的な一人のアビシニア女に対しては何と千フランの値がつけられていたのです。

十一月六日に、まるで奴隷のように僕たちの命令に従う八人の水夫付きで一船を一か月雇い、僕たちを待たずに同じ方向に行った二人のホウィンスキに会おうと思いつつナイル河を上り第一早瀬に出発しました。素晴らしい旅です！　もう言葉もありません。結構多くの絵を描きました。というのは目を瞠らせた物すべてを表現するのに言葉は充分ではなかったからです。青空を飛んでいる多くの鶴、他の多くの水鳥、村々の上にかかり飛んでいくハト色の雲、しばしばシュロ林の中にある村々、時には山々に沈む日没時に見える巨岩や人間ほどの大きさもあるハゲタカ。最後に、シュート付近で初めて砂地にひそんでいるワニを見ましたが、これをじっと間近に見つめるために僕たちはテーブルから急に立ち上がったほどでした。これらすべては今や想像力の中で実に美しい見事な夢をなしています。

デンデーラでホウィンスキ兄弟に会いました。船中の彼らの亭《パビリオン》をながめること、彼らと会うこと、デンデーラの実に壮麗な教会に一緒に行くこと、想像も及ばないほどの廃墟を見ること、これらすべては何と痛快なことでしょう。この教会はほとんど廃墟と名付けても良いが、全部がまるで美しいのです。

翌日、カイロへと帰還の旅に向かうホウィンスキ兄弟と別れ、僕たちだけで早瀬へと向かいました。

すべての建築物をお母さんに書き送ることは不可

能です、短い手紙よりも、後での旅の思い出話を楽しみにしていてください。

僕には砂浜で魚を捕らえたり、記念碑や小屋などのスケッチを描いたり、ああ自分はエジプトに来ているのだと思ったりすることが心地良かったのです。

早瀬に到着後一日間ロバを雇いナイル河からヌビア巡回へと出発しましたが、これはファイレ〔訳注―ナイル河の川中島。イシス信仰の中心地〕を見るためだったのです。素晴らしい場所、素晴らしい廃墟です。僕が決して忘れやしないお母さんの名の日には、テーベの町の廃墟はその巨大さですべてを凌駕していました。しかし僕が最も気に入っているのは、メムノンの像と、その横に立っているもう一つの像です。それらを太陽がまさに昇らんとする時に見ました――御影石の巨大なもので、三階建ての家ほどの高さがあり、だだっ広い野原にちんまりと座っていて、顔は両方とも東を向いています。メムノンの片足にはローマ字が刻まれています。何世紀も前に死んだ旅行者の一人が御影石の上に「メムノンの言うことを聞く」と書いたのですが、今こんなふうに書かれているこれらの言葉は、遠い過去を証拠立てているのですが、それが不思議と可哀想な人間を悲しませているのです。テーベの廃墟を見るためにロバを雇いました。僕のロバの後ろをロバの所有者が徒歩で急いでついてきます。かなりかわいいブロンズ顔の娘で、彼女が言えるのはまるでイタリア語の「食べる」という単語に似た「マンジェリア」という一言だけで、哀れみ深い表情で、「どうか食べ物をお恵みください、と言っているようでした。ワニを全然恐れないでナイル河を馬の肩に座りながら渡って来るアラブ人を見ました。

一度ナイル嵐があっただけで、この旅行は全く安全でした。僕の領事は、パシャの命令を僕のために手に入れてくれましたが、この命令書をアラブ人は最大級の尊敬をもって読んでいました。十二月十日、つまりナイルへの三十日余りの旅の後で、カイロに戻りましたが、ここで幾人かのすでに馴染みの同国人、それにホウィンスキ兄弟に出会いました。

再びこの都《まち》で五日間を過ごし――それからラクダに乗って、テントを買い、二人の従者とベドウィンを雇い、荒野をつっ切ってカイロからガザへと向かいました。お母さん、ひざまずいているラクダに乗ること、ラクダが立ち上がる時の鞍の安定のさせ方、そして足で立つ時、三回も人を様々な方向へほうり出したことなど、想像することも難しいでしょう。でももっと不快なのは、ラクダがひざまずく時に、それに乗っていることなんです――それはまるで足の下の地面が崩れるみたいなのです。ラクダは歩きながら香りの強いタマリンドを食べ、ベドウィンが僕たちを放牧の群れのように追い立てました。このような生活やこのような旅行は不思議な魅力があります……時期も最も美しい時でしたし。

最初の夜は聖なるトルコ廟で眠りました。これは丸天井のついた小さな白い礼拝室で聖遺骸が片側に、僕たちが他の片側に眠ったのです。薄い壁が僕たちを隔てており、壁には二つの穴があり、それらを通して眠りのコミュニケーションができたのです。ラクダは廟の前の火の周りに輪となって眠っており、礼拝室の上には大きな黒い木が生えており、そこでは一晩中コノハズクが歌っていました。――それから毎夕、僕たちは旅行用テントを広げました、何故なら八日間で、たった一つの村を見ただけだったからです。――このような旅の小さな様々な事件は非常に重要なものとなり、旅を不思議と変化あるものとさせてくれます。それがステップ地帯を駆けていく何頭かのカモシカであろうと、ハイエナの跡であろうと、隊商との出会いであろうと、自分のラクダを引き連れて砂漠にやって来て、僕たちの火の横に自分の火をおこす孤独なベドウィンの姿であろうと――これらのうちどれ一つ自分と無関係なものはないのです。日没は見事で、いばらの潅木はブラバンのレースのように軽やかな炎となって燃えています――ああ、一言で言えば、何という快適な砂漠の旅でしょう！　とかくするうちにアルアリシュにやって来ました、ここでテントの下に十二日間検疫の隔離をうけるために足止めをくわなければならなかったのです。

ベイルート、一八三七年二月十九日

（嵐、地震体験、他……）

イェルサレムには一月十三日の夜九時到着。城門は閉ざされていました――まるで墓場のような静けさ――月――城門をたたく僕たちの音に応える犬の鳴き声――門番が僕たちを入れてくれるのか、それとも野宿しなければならないのかわからない不安――聖十字架のある種の思い出。これらすべてはイェルサレムへの到着を思い出深いものにしたのです。ようやく二時間後に門が開かれ、修道院へと赴きました。

（中略）

十四日から十五日の夜はキリストの墓のもとで過ごさざるを得なかったのです……。この夜のことを思い出すと（神経の変調をひどくきたしていたので）目からおのずと涙が流れてきました。僕が過ごしたキリストのお墓での夜は永久に僕に強烈な印象を与えました。夕方七時に教会が閉められ、僕は一人残され、大粒の涙をためながら墓石にとびついたのです。僕の上には四十三もの灯火が燃えていました。僕は聖書を取り出して夜中の十一時まで読んでいました。十一時半に、ある若い女性と男性が恐らく夫婦でしょうか、墓所に入って来ました。彼らは修道院に住まざるを得ず、毎日墓所で夜祈りを唱えることを日課としていたのです。とにかく彼らは二人とも短く祈り、石に接吻をし、それから僕の所に近づいてきて、二人とも手に接吻しました。僕はひどくろうばいしていたので、自分がどういう状態にあるかさえわかっていませんでした。彼らは去り――僕はまた一人になりました。十二時に本鐘が教会のギリシア正教会の司祭たちを起こしました。この建物内に大小様々な囲いをおのおの持っている、様々な宗派の人々が、この鐘の音で起き始めました。ギリシア正教会の壮麗な礼拝所は灯火によって照らされていました。また上ではアルメニア正教会の教会堂もろうそくを灯して自分たちの歌を歌い始めました。

聖なるキリストのお墓をおおう棺台に結びつけられた小さな柵を持っているコプト正教会の人たちもまた（小さな裂け目から僕が見たところによると）自分のアトランカで火をおこし孤独な香炉の用意をし始めました。カトリック教徒たちもまた少しばかり離れた礼拝所で『朝ぼらけ』を歌い始めました――一言で言えば夜中の十二時に人々は起き出して、まるで一軒屋の軒下の鳥が日の出とともに起きてさえずりを始めたかのようでした……。ギリシア正教会の人たちがここでミサを行ない、それからアルメニア正教会の人たちがミサを行ない、そして夜の二時に、同郷人の司祭がミサをもって僕の従姉〔訳注―実は祖国、ポーランドのことか?〕のためにわざわざ来てくれました。そして僕は、白い天使がマグダレーナに「彼（キリスト）はもうここにいない、復活したのです！」と言ったまさにその場所にひざまずきながら、深い感動をもって全ミサを一部始終聞きました。夜の三時に、僕は疲れ切って、修道院に行き、涙にぬれた子供のように眠ったのです。

　僕は死海へ、そしてベツレヘムへ行きましたが、ここでもキリストのまぐさ桶で行なわれたミサを聞きました。イェルサレムのこの周辺は僕たちの心を何かしらの素朴さと神聖さで満たしてくれます。天使たちが牧人たちに主《パン》の誕生を告知した、素朴な洞窟にいることはうれしいことです。主《パン》の司令のトランペットの音によってかつて破壊させられたエリコ村を見ることはうれしいことです。しかしパレスチナの地を踏みしめながら知った、すべてのこれらの事件や印象の詳細を描写するには本でも書かなくてはならないでしょう……。

　しかしこの土地は、ああ、お母さん、何て美しいのでしょう！　何という灼熱した色をした、青く白い色でおおわれた、何という水仙、何というアヤメ、美しい絨毯にも似た……。イェルサレムの聳え立つ丘だけが、荒野のままで、不毛で、この都《まち》にひどい相貌を与えています。ヨセフの谷はひどいものです……。キリストのオリーブの木の下から僕の病んだ目のために土魂をもらいました。ナザレにも、ナブルスにも行き、そして最後には死の、最近廃墟となったティベリアにも行って来ました。この町にはほとんど生きている人はおらず、誰もかれもが誰かを思い出して泣いています……。人々を教え導きながらキリストが舟に乗り込んだ湖は、青々として静かで、丘に囲まれていました。これらの丘山の一つで魚とパンがどんどん増えるという奇蹟が起きたのです。この町には、廃墟の中にベッドが見つからなかったので満天下の草地で眠りました。そして起きて気づくと、ゲネサレト湖の上に遅く出た月がかかっていました……。

土谷直人・訳

Juliusz Słowacki, *Wiersze i poematy*, PIW, Warszawa 1978
Paweł Herts, *Słowacki*, PIW, Warszawa 1961

ボジェナ・ニェムツォヴァー　Božena Němcová　1820-1862 ……………… **チェコ**

作家・チェコ／スロヴァキア民話収集家。民衆の倫理観を主題にした作品を描く。著書に『野生のパーラ』、『先生』、『山の村』、『館の中と館の下』、『おばあさん』等。

金の星姫

王には額に金の星を戴く妃がおられた。

相思相愛の御二人の幸福な日々は、ああ、何ということか、永久《とわ》に続くことはなかったのでございます。王の御悲嘆を御拝察申し上げることは、ただ、愛しき者を亡くした者にのみ許されたことでございましょう。

王妃の御隠れの近因となられた姫君様との御対面を、王は長い間御望みにはならなかったのでございますが、父性の愛の御力は悲しみに勝り、すぐに姫様の御可愛らしい微笑みの御虜となられたのでございます。それほどまでに姫様は御美しく、また亡き御妃様に生写しであられました。この見目麗しい姫様は、ラダ〔訳注—エリカ草〕様と命名されたのでございます。

王妃の御隠れより幾年かの後、廷臣共が王に御再婚を御勧め申し上げることがございました——御心を和らげ安らかに日々をお過ごしになられますようにと。この奏上に王は「妃が死の床でいまわの際に申したのは、我が再び妃を迎えるのなら、自分と生写しの者でなくてはならない、ということであった。我は神々を証人に御立て申し上げ、そのことを誓った。故に、亡妃と姿形が瓜二つの新妃を求めようと思うが、それが適わぬ時は終生一人身を通すつもりだ」と御答えになられたのでございます。

廷臣共はこの御言葉に理を見出し、早速、王の御出立の日取りが定められました。

芳しい蕾とも申し上げるべきラダ様は選り抜きの乳母に、国土は忠誠な執政官に託し、夥《おびただ》しい数の臣下を従え、新妃捜しの御旅に御出発されたのでございます。

幾多の候国、王国を巡り、遂には世界の半ばほどを踏破されることとなりました。天使と見紛《みまご》う女性《にょしょう》も数多くおりましたが、何れも額に金の星は戴かず、姿形も前妃様と生写しとは申せなかったのでございます。

失意の中《うち》に城に戻られた王に駆け寄り御迎えしたのはラダ様でございました。王はこの満開の花のごとき女性《にょしょう》に息を御呑みになられました。これこそが全身全霊の愛を捧げた、その方だったのでございます。姫様は眼差、髪色、体型、そして金色燦然と額に輝く星に至る全てが、前妃様と生写しであられたのでございます。「ああ、なんということだ」と王は心中で叫ばれます。眼前の亡妃の姿に過ぎ去った至福の時が走馬灯の様に廻り、王を絶望の深淵へと誘い申し上げるのでございました。混乱した御心に遂には、なんと、ラダ様を新妃に迎えようという御決心が形をなしてきたのでございます。自然の摂理が王と姫様の間に築いた、越えてはならぬ障壁をも打ち倒す御覚悟でした。姫様は当然のごと、そのおぞましさに驚愕されましたが、父王の御意向を御戯れと捉えた様に装われ、しばし考えられた後に、こう答えられました。「父君様、私に黄金冠鳥《おうごんかんむりどり》の羽で織られた衣を御与え下さるのなら、御意に従いまする」

「愛する姫よ、汝の所望いたす物は何なりと与えて取らせよう。我が望みを聞き届けてくれるのなら」と、王は御答えになると、早速、件の衣を献上した者には多額の褒美を取らせるとの布告を発せられたのでございます。銭金で動かぬ者はおりますまい。数日後には王城に衣が届けられ、王は姫様にそれを御見せになりました。姫様には次の妙案、時間を稼ぎ、その間に父王の御意志を別の方角へと導き申し上げるべき良策が思い浮かばず、今度は日輪の輝きを放つ衣を所望されたのでございます。王は再び布告を発せられました。王がこの衣をラダ様にお渡しになると、姫様は、「父君様、あと一品《ひとしな》、大空の色で染上げ、星々がその上に光輝く衣をいただければ、御意に従いまする」と、申し上げたのでございます。

姫様の御所望とあれば、王に躊躇される理はございません。早馬の使者が四方八方に遣わされ、仕立屋共は大空色に星々の輝く衣を如何に縫い上げるかに知恵を絞ったのでございます。銭金は人智さえも掌中に納めているものでございます。此の度も衣は見事に仕立てられ、大空には星々に代わり大珠の金剛石が輝いておりました。万事休す。姫様は父王の御意に従う他ございませんでしたが、この不条理に苦しまれ、涙を流されていたのでございます。正にその晩、額に金の星を戴いた麗人が姫様の夢枕に立ち、霞のごとき薄物を寝台に置くと、このように話されたのです。「ラダよ、私はそなたの母です。城で起きていることの子細、実の父がその娘を娶ろうとしていることも承知しています。勿論それが許されるはずはありません。そなたを救うために私はこうして現れたのです。日が昇ったら、粗末な衣服を纏い、この霧より織られた薄物を被り、城からお逃げなさい。これに包まれている限り、何人にも見とがめられることはありません。御父上への心配は無用です。私が夢の中で御諭し申し上げることにいたしましょう」

母君のこの御言葉の後、ラダ様は御顔に軽い風を感じましたが、母君様の御姿はもうございません。翌朝、寝台上の薄物に気づかれると、それをすぐに御隠しになりました。次に御付の女官に全身を覆う鼠皮の外套を準備させたのでございます。女官はこれを御気晴らしの一つと考えましたので、口外することなく自ら外套をあつらえさせ、仕上がったものを姫様にお渡し申し上げました。三日の後には婚礼の儀が迫っておりました。王城は上を下への大混乱でございましたが、王自らは至幸の御時を過ごされておられました。婚礼が眼中になかったのは、只花嫁様御一人でございました。件の外套を手に入れられるや、それに御身を包み、例の三種の衣を一纏《ひとまと》めに、御頭には頭巾、御顔には薄物をという御姿で父王の城に別れを告げられ、涙の中、行方も知らぬ旅路へと歩み出されたのでございます。

あてもなく、長い道のりを進まれた後、それは美しい都に辿り着かれたのでございます。都の外れ、小高い丘の上には王の御館があり、ラダ様はそこで仕事を求めようと御決意されました。例の三種の衣の包みは、御館近くの鎮守の森に泉が湧いておりましたが、その辺《ほとり》の石の下に薄物と共に隠されたのでございます。一匹の小魚がこの一部始終を眺めておりましたが、それに気づかれた姫様は、「お魚や、誰にも言わないでおくれ。確《しっか》り番をしていてね」と、御願いされ、御館へと向かわれたのです。

道すがら、御顔には少しばかり灰を塗り、額を隠し、頭巾を目深に被られました。これに加え、鼠皮の外套を御召しになっているわけでございますから、この風体に麗人が隠されているとは何人も思いますまい。御館の門衛はこの薄汚れた女中志願を見ると大笑いをし、追い払おうといたしました。けれど、女中志願が、せめて御炊事場の料理番にでも、と懇願するのに根負けし、料理長は女を炊事場に置くことにいたしました。ですが、「お前が陛下の御眼にとまる様なことがあれば、俺は懲罰ものだ。こんな料理番を雇い入れたとな」と厳しく諭したのでございます。ラダ様は探索の手より逃れ、何人にも素性を明かす必要のない、この様な所に奉公先を得たことを御喜びになったのでございます。その御判断は正しいものでした。料理長が時折姫様を叱りつけ、奉公人共が鼠皮の外套に悪態をつく他には、声をおかけする者とてなかったのでございます。暴言の数々を姫様は御耐えになられました。

さて、このお話の舞台となりました王国の王には独子《ひとりご》の王子がおられました。御名をホスチヴィート様と申されましたが、高潔の若様で、王も全幅の信頼を寄せておられました。臣下共も一様に、王子御戴冠の暁には、如何なる御世が訪れることかと、心待ちにいたしておりました。王は既に御年を召され、ホスチヴィート様の花嫁御寮を一目でも、と御望みでしたが、王子にはこの時まで、その御気持ちは更々なかったのでございます。王子への賞賛の声は料理番も他の奉公人共より聞き知り、一度でよいから、この御方の御姿を拝見いたしたいものだと考えておりました。好機逸すべからず、と申しますが、一人で炊事場におりますと、王子が近くを御通りになられました。早速、外へ駆け出でると、遠ざかるその御姿を、はやる心で眺めていたのでございます。

ある時、王の御祝賀に遠方よりの賓客方を御迎えし、三日三晩に渡り宴《うたげ》が催されたことがございました。ラダ様は一日中、独楽鼠のごとく仕事をこなし、夕刻頃料理長に、生まれてこの方、眼にしたこともない、御客様方を一目拝見したいと、御願いなされました。

「この恥知らずめ！　御客様がお前を見咎められ、この館の奉公人がお前の同類だと思われたらとは、お前でも望まないだろうに」

「親方、御心配は無用です。決して御客様方のお眼にとまる様なことはいたしません。どなた様にも気《け》取《ど》られることのない、端の方へ身を潜めておりますので」

料理長は、とんでもないこと、と考えはしたのですが、その好奇心に雷を落しはしたものの、結局、料理番の願いを叶えてやったのでございます。ラダ様は一目散に泉へと向かい、石を持ち上げ、包みより黄金冠鳥《おうごんかんむりどり》の羽より織り上げられた衣を取り出されました。頭巾を外し、鼠皮の外套を脱ぎ、御顔を洗い、御髪を整え、華麗な衣を御召しになられました。姫様の御心は只一つ、決して賓客方を御覧になることではなく、見目麗しき王子様と一時踊り、一言御言葉を交わすことができればということでございました。身支度を済ませられると、例の薄物を御被りになり、御館へと急がれました。鏡に向かい衣装を整えられた後、舞踏の間に御進みになると、人集りのするあたりに御立ちになり、御顔を隠していた薄物を取り去られたのでございます。誰もが姫様を御覧になりましたが、一人として、この姫君がどなた様なのか、何処よりお出ましになったのか、存じあげる方はおられなかったのでございます。姫様に初めに御言葉をおかけになったのは、それまで貴婦人方の間を快活な蝶々の如く、飛び回っておられた王子様でございましたが、この見知らぬ姫の高貴な御顔を一目御覧になるなり、御自らの独身《ひとりみ》の日々に終止符が打たれたと直感なされたのでございます。

「御麗人、何処の姫でございましょうか。御顔も、御名前も存じ上げてはおりませぬので」と、ホスチヴィート様はラダ様に御尋ねになりました。

「貴方様の御持て成しのご評判にお縋《すが》りして、参上いたしました。私がお気に召されましたら、何卒、我が出自は御尋ねなされませぬように」と、ラダ様はホスチヴィート様に懇願の眼差しを向けつつ御答えになったので、王子もそれ以上の御尋ねはできなかったのでございます。

音楽が奏でられ、各人が御相手の御夫人に相対し、王子も比類なき御相手の手を御取りになり、踊りの列に加わられました。時は、それが百倍の長さであったらと願われる王子の御気持ちにもかかわらず、矢の如く過ぎ去りました。日が暮れ始めると姫様は王子に感謝の御言葉を述べられ、館を離れようとなされました。王子は、あとほんの一時と、姫様を慰留なされましたが、勿論、姫様がこれ以上とどまることは叶わず、明日再び参上いたしますとの御言葉を残されると、館を駆け抜け泉に至り、衣を御脱ぎになりました。既に炊事場に戻らなくてはならない刻限です。泉を離れる時、また例の小魚が顔を出していましたので、ラダ様は再度、衣の番を御願いされたのでございます。料理番が戻った時、奉公人共は全て深い眠りについておりましたので、見咎める者とておりませんでした。

さて、館では毎朝、御側衆《おそばしゅう》が王子の御朝食の献立を通知するのでございますが、この日は王子には御注文が思い浮かばず、よきに計《はから》えとの御達しでした。御側衆が申すには、「若殿はどうされたのであろうか、あのように御陽気な御様子を拝見したことはござらんよ。高唱され、部屋から部屋へと踊り廻られる。様々に御指示を仰いでも、よきに計え、と御答えになるのみ」とのことでございました。

「恋の病かもしれませんな。昨晩御会いになった御婦人の一人に懸想なされ、今日も朝より、熱き御想いを募らせておられるのでは」

「親方、貴様は鋭いのう。実は、出自不明の王女様がおられてな。若殿は一晩中御一緒されていたのだよ。そして……」

料理番は洗い物をしておりましたが、頭を深く垂れ、その紅潮した頬を隠すようにしておりました。御側衆の言葉を気にも掛けないようなそぶりでしたが、「懸想」という一言が心中より消え去ることはありませんでした。その日も朝から何度も料理長に、夕刻に物見に出られるよう、熱心に頼み続け、根負けした料理長は、不本意ながらもこれを許したのでございます。

仕事を全てやり終え、再び泉に直行されると、外套を脱ぎ捨て、今回は日輪の衣を御召しになり、薄物を被り、今正に舞踏会が始まった館へと急がれたのでございます。王子は夕刻以来、一言も御言葉を発せず、門衛が開け放つであろう扉を、今や遅しと注視されておられました。しかし、気付けば広間の中央に、王子の愛しい出自不明の麗人が女神とも見紛う姿で立っているではありませんか。恋煩いの王子の御心は再び至福で満たされたのでありました。御婦人方はラダ様の御美しさと御衣装に、殿方は姫様の御好意を掌中にされた王子に、各々が長嘆息されたのでございます。この夜、ラダ様はこの眉目秀麗な、また、相思相愛の王子の願いを、いかにしても蔑《ないがし》ろにすることができず、泉に戻られたのは暗闇が辺りを包み込んだ頃でした。急いで着替えをし館に着けば、各人は既に忙しく働いておりました。

「いい度胸だ！　二度と外へは出してやらんからな」炊事場に戻ると料理長がこう怒鳴りつけましたが、姫様はお詫びの言葉を述べられるや、まるで糸車の如く、くるくると廻りながら次から次へと仕事をこなされるのでございます。この料理長は、年かさの、性根は善の者でしたので、料理番の働きぶりを見ると、先程の怒りも不思議と収まっていくのでした。

そこに、例のごとく御側衆が顔を出し、料理長が王子の御献立を尋ねると、若殿におかれては御食欲がなく、只、肘掛椅子に腰を下ろされ、御眼は閉じられ、何人の御尋ねにも、亡き人の如く御口を開かれませぬ、と答え、そして、最後には「全く解せぬ。例の二度にわたり現れた女性《にょしょう》が、若殿に呪《まじな》いをかけたに相違あるまい」と付け加えたのでございます。

「おい、料理番、お前の見立てはどうだ。陰から覗いていたのだから、あの女にも気付いただろうに」と、料理長は重い肉の焼串を回しておられたラダ様に声をかけたのです。

「もちろん、拝見させていただきましたが、あの方をそれほどまでに御美しい方と申し上げてよいかは、私には分かりません。ただ、私にも感じの良い方と映りましたので、若殿様には尚更のことと存じます。ですから、始終御話をなされておられたのでございましょう」と、料理番は料理長に答えはいたしましたが、もし、竈《かまど》の脇でなかったのなら、顔に塗りたくった灰を通しても、炎の如く燃え上がる、紅潮した顔を気取《けど》られたのに相違ありません。

翌日もラダ様は御仕事に精を出され、料理長より、再び、暫の暇《いとま》を御許しになられたのでございます。泉の辺で、今回は大空に金剛石の星々が煌く衣を御召しになられましたが、あまりの輝きに姫様の御姿はみとめられず、鎮守の森全体がその光で包まれる中、姫様は泉に映る御自分の姿を御覧になられました。御館に向かわれる姫様の御心は、しかし、弾むものはございませんでした。というのは、今宵を限りに愛しい方と御別れをせねばならなかったのでございますから。御自分の出自を明かされることも、勿論、御考えになりましたが、父王の意趣返しが只恐ろしく、父娘婚という邪念が王より退散するまでは、沈黙を守ろうと御決心されたのでございます。

ホスチヴィート様は魂の脱け殻の如く、何事にも御心は動かず、只、御年を召された父王が、例の美しき魔女の出現により王子の生気は戻るものなのかと、大扉を注視されていたのでございます。

「そのお悲しげな御顔はいかに」と、可憐な声がホスチヴィート様の間近に響きました。ラダ様は日輪の如く王子の傍に立たれ、その輝きは一瞬にして、王子を現実世界へと呼び戻したのでございます。父王御自ら、そして多くの賓客方も姫様の周りに集われ、歓迎の意を表わそうとなされましたが、姫様のあまりの御美しさに、瞬《まばた》きさえ忘れるほどでございました。この宵ばかりは、ラダ様も王子もとても踊りに興ずる御気分にはなれず、只、広間から広間へと廻られつつ、愛の御言葉を交わされていたのでございます。夜明けが近付くにつれ、御二人の御気持ちは悲しみに沈んでまいります。館の最も奥まった広間は白く輝く大理石の装飾が施され、香《かぐわ》しい草花が処々に咲きみだれ、あたかも花園に足を踏み入れたかと思い違えるほどでございました。御二人は寝椅子に腰を下ろされましたが、ラダ様の御眼には溢れんばかりの涙が……。「ラダよ、我にはそなたしか考えられぬ。ここに留まり、我が妃となってくれ」と、王子は懇願され、その御声は哀しみに支配されるラダ様の御心を、至上の喜びとして貫いたのでございます。

「そのように御所望されますと、いよいよ、私の心は千々《ちぢ》に乱れまする。が、暫くは殿下の御申し出をお受けすることかないませぬ。ですが、貴方様への真の愛、永遠《とわ》の契りの証として、この指輪をお預けいたしまする」

ホスチヴィート様は感謝感激、その指輪を受け取られると、御自らも金剛石仕立ての指輪を外され、ラダ様に御与えになられたのでございます。

「今や、我等の契りが結ばれました。私は貴方様の、貴方様は私の伴侶となったのでございます。この指輪を貴方様に届ける者あれば、その者こそ我等が再会の時を告げる使者と思し召されませ」

甘い接吻と語り合いに暫し時は流れ、その後、ラダ様は姿を消されました。ホスチヴィート様は、姫様が向かわれたはずの広間に駆け込み、御労《いた》わしいほどに御嘆きになられても、ラダ様は御戻りにはならず、王子はどこを捜してよいものか、皆目見当も御付きにはならなかったのでございます。

姫様は哀しみの中、御涙を浮かべつつ、輝く衣を緑萌える鎮守の森で脱ぎ、石の下に隠し、小魚に後を託すと、鼠皮の外套を纏い、炊事場へと急がれたのでございます。誓いの指輪は胸元へそっと忍ばされて。

御館に戻れば、そこはてんやわんやの騒ぎで、王子の御側衆は、首が落ちるのではと思える勢いで階段を上へ下へと駆け回っているのでございます。これはいったい如何したことか、とラダ様が炊事場で尋ねられると……。

「夜っぴて遊びまわり、朝は寝坊だ！　一体全体どこをほっつき歩いていたんだ。若殿が死の床に就かれておられるということも知らんのか。あの女は悪魔が遣わしたに違いない。お労《いた》わしや若殿。俺でさえ、心配で仕事も手につかんのに……」と、料理長。

ラダ様はホスチヴィート様の御元へ参上すべきか、あるいは、何をなすべきかも思いつかぬまま、茫然自失、その場に立ちつくされたのでございます。そこに、御家来衆の一人が薬草を持って駆け付け、直《ただち》に煎ぜよと命じました。ラダ様は薬草を受け取られるや、すぐさま竈《かまど》に向かわれました。御家来衆と共に炊事場を離れた料理長が戻ると、既にラダ様は杯に薬湯を注ぎ、殿上へと運ばれるところでございました。

「何をやっているんだ。誰かを呼ぶか、俺が戻るのを待っていられなかったのか。その鼠皮に包《くる》まっているお前を、大殿が御覧になったら、どんなに御気分を害されることか」

「親方、御心配なさらぬように。大殿が私を見咎められることはございません。親方が直接お運びにならなくても、私が上へ運び、御側衆のどなたかにお渡しいたしますから」

と、このお役を受けられるよう、進んで御願いされたのでございます。

運ぶ途中、胸元から指輪を取り出し、杯の中に落とし、杯は御部屋の卓上に置き、これで王子様の御心は鎮まるはず、と確信されつつ、下へと駆け下りて行かれました。けれど、王子が、何故、杯中に指輪があるのかを御尋ねになられても、知らぬこと存ぜぬことと御答えしようと、御決心されたのでございますが、その時はすぐにやってまいりました。

王子が薬湯をお飲みになり、杯の底に指輪を見出されるや、御館中が騒《ざわ》めき出したのでございます。直ちに料理長が召され、杯に薬湯を注いだのはその方か、との御詰問がありました。さては薬湯の中に例の鼠皮外套より毛でも落ちたかと考えた料理長は、この様な不名誉を押しつけられては一大事と、これは料理番が自分の不在の間に仕出かした粗相であり、平にお詫び申し上げます、とお答えしたのでございます。次は料理番が御前に召されることになりました。様々に言い訳をし、その場を動こうとはしない料理番を、奉公人共がその両脇を抱え、王子の御部屋へと力ずくで連れていったのでございます。御部屋に入るや、料理番は床に跪《ひざまず》き、頭を深く垂れましたが、これは王子に姿、顔形を気取《けど》られないためでございました。

「そなたが杯に指輪を忍ばせたのか」と、王子は御尋ねになりながらも、蹲《うずくま》る料理番のもとへ進まれ、念入りにその姿形を検分されるのでございました。

「若殿様、薬湯を杯に注いだのは、この私でございますが、御指輪のことは存じませぬ、どなた様かが、知らぬ間に落とされたのに違いありませぬ」と、ラダ様は声色《こわいろ》を使い御答えになりました。

料理番はこのことばかりを繰返し申したので、王子も更なる御尋ねは無益と考えられ、下がるよう、申し付けられたのでございます。姫様は首尾よく放たれたことを喜ばれ、御礼を申し上げ、炊事場へと急がれましたが、そこではことの子細を料理長に伝えなければなりませんでした。これで一件落着に思われましたが、王子は姫様が御前を退出される時、例の鼠皮外套に包まれながらも気品のある姿形に気付かれ、また、その可憐に歩む御足は、無作法な料理番のものでは決してない、と合点されたのでございます。

さて、この都では高貴な御方より平民に至るまで、人々は水浴をたいそう好んでおりました。御館の庭園にも二つの浴場がございました。一方は王室の御専用、一方は御家来衆、奉公人用で、週に二度、身分の順に水浴をいたすのが習いとなっておりました。ホスチヴィート様の御心に真っ先に浮かんだのはこの浴場でありました。これこそが、あの不可思議な料理番の正体を見極める、絶好の場であると……。

この日は正に水浴の日でしたので、王子は密かに庭園を抜け婦人浴場へ向かうと、その壁に眼一つほどの穴を穿《うが》ち、その後、御部屋へと戻られました。御典医共は、朝方は重き病に伏されておられた若殿が既に回復され、処々を歩き廻っておられる御姿に肝をつぶし、只、十字を切るばかりでございましたが、ホスチヴィート様は、その方らの薬湯こそ効能あらたかなれ、と御典医共を喜ばせられたのでございます。

日も暮れかかり水浴の時間が近づくと、王子は御館を離れ、庭園を通り抜け、浴場に向かい、深い茂みに身を隠されました。一通り女奉公人が入浴を済ませると、最後に料理番の順となりました。誰一人として共に水浴を望まぬことを、姫様は有り難く思われておりました。王子は料理番の姿を認めるや、壁の穴に眼を当て、息をころしておられたのでございます。

ラダ様は用心深く浴場に入られると、鍵を掛け、外套を脱ぎ、肌着一枚となられました。この御姿を目にされたホスチヴィート様の御顔は真紅に染まり、幸福の予感で御心は満たされます。そして、料理番が頭巾を取り、顔を洗い、その額に金の星が輝くのを御覧になると、もう御我慢も限界でございました。「ラダ、我がラダよ！」と、声を上げられ、隠れ場所より走り出されたのでございます。

仰天されたラダ様は急いで外套を羽織り、頭巾を被り、外へ飛び出されたのですが、それは声の主が王子であることを、悟られたからでございます。

入口で姫様と遭遇されたホスチヴィート様は姫様を御胸に確《しっか》りと抱《いだ》かれると、これ以上の言訳をなさらぬよう、熱き接吻でその御口を塞がれたのでございます。

「さあ、父王のもとへ参ろう、愛しき姫よ！」と、ホスチヴィート様はラダ様を館へと御誘いなされましたが、姫様は、「この様な姿では大殿様の御前に参上は出来ませぬ。暫時、ここでお待ちください。急ぎ戻りますれば」と、申し上げたのでございます。

王子が御引き止めればこそ、姫様は若鹿の如、御庭を駆け抜け、泉へと戻られましたが、三種の衣はあるものの、例の薄物、更には、見張役の小魚が見つかりません。既に薄物の必要はないことに気づかれると、御心の痛みは幾分か和らいだのでございます。包みを手に御自分の小部屋に戻られると、王家の衣装に御召し替えになり、愛しい王子のもとへと急がれました。王子は姫様を父王の御前に御連れすることとなりましたが、若君が麗人を見つけられたという知らせは、誰からともなく、そして瞬時に、御館中を駆け巡ったのでございます。

これまで、何人にも明かすことのなかった御出自を、ラダ様は大殿様に初めて御話しになられました。父王は、王家の姫と王子との御成婚をことの他、御喜びになったのでございます。

一方、炊事場では、未だに戻らぬ料理番に料理長が癇癪を起こしておりました。この時、御家来衆の一人が駆けつけ、すぐさま、王子の御前に参上せよと告げたのです。前掛けを放り投げ、顔を拭い、殿上へ急ぎますと、そこには大殿、若殿、そして、未来の御妃様が御揃いでございました。

「その方が炊事場にあのように見苦しい、灰塗れの料理番を抱えているのは何故か」と、王子が声を荒げて詰問されますと、料理長は恐れ入り、言い訳を申し述べます。「抱えるつもりは毛頭なかったのでございますが、あれがあまりに熱心に頼みますもので、つい、仏心を起こしてしまったのでございます。今では、あれほど、信頼のおける、手際の良い、万事行き届いた者は、御炊事場広しといえども、見当たらないのでございますが、如何せん、例の鼠皮外套と物見高い性分にはほとほと閉口しておるのでございます」と。

「そなたの言い分はもっともです。賞賛の言葉には感謝をいたします。また、これまでの心遣いにも同様に。善良なる料理長よ、そなたの料理番が恩に報いる時がまいりました」と、ラダ様が口を開かれると、既に御声より姫様と拝察いたしていた料理長は、御足下に跪き、数々の御無礼の御許しを請い願うのでございました。ラダ様は料理長を、心配無用、と安堵させられ、これまでの気配りに対し、金貨でずっしりと重い小袋を与えられました。料理長が御部屋より下がるやいなや、鼠皮外套の料理番の正体は知れわたり、誰もが、王女が御仕返しを企てられたらと、肝を冷やすほどでございましたが、勿論、それが杞憂であったことは、申すまでもございません。

まもなく婚儀が執り行われ、その後、御二人は美しき花嫁様の御父上からも、御祝福を頂戴すべく、馬車で御挨拶に向かわれました。ラダ様は父王が如何なる返報をなされるかと恐れつつ、王城へと乗り入れられたのでございますが、これも杞憂に終わったのでありました。というのは、ラダ様が御城を出奔されたあの夜、父王の枕元に亡妃が立たれ、王の人道を踏み外さんとする御行いを、厳しく諭されたのです。この後、父王の御心より禁忌の愛欲は消え去り、只、子を慈しむ父性の愛のみが、宿ることとなったのでございます。姫様を気遣われる、亡き母君様の御説諭なかりせば、父王は永久《とわ》に姫様を探し求められていたであろうことは、申すまでもございません。比類なき喜びを御胸に、父君は姫様と御婿様を迎えられ、御二人の幸せは父王の肩より重き荷を下ろされたのでございます。

Božena Němcová, *Národní bachorky a povestí*, Pospíšil, Praha 1845-1847

中村和博・訳

ツィプリアン・ノルヴィット　Cyprian Norwid　1821-1883……………………………………**ポーランド**

詩人・思想家・美術家。生まれはワルシャワ近郊。四二年に郷土を離れ、五四年末からパリに永住。ごく少数の理解者に囲まれて、救貧院で生涯を閉じた。「黒い花々」（続編に「白い花々」がある）は、ローマとパリで目撃した、主にポーランド芸術家の死にゆく姿を「事実に忠実に」記録した回想である。

黒い花々

……ついでに、心を動かすあれこれをここに書きとめておくこともできよう、しかしたちまち厭わしさが筆を押しとどめ、頭に浮かぶのは「その価値があろうか！……」の問い。読者や文学創作について現代人が抱いている観念から測れば、書き手が、記述されるそれ自体として間然するところがなくそして興味をかきたてる対象への敬意から文体《スタイル》を退けようと努めるとき、その反対に形を作り上げぬままに文体《スタイル》を蔑ろにするときには、ほとんど感銘が失われてしまう……。いかに低くまで降りることができたかを証し立ててみせながら、地を歩むときにはどうか？　あるいは、同じく低く歩むにしても、それより高く舞い上がれなかったのがその原因であるときには？　こうした、ある人々にとっては同義にすぎない差異を区別できるのは、今日では稀な読者にすぎず、それ故どのような道であれ新しい道に一寸でも踏み込むのは危険、それ故最も安全なのは、何一つ改めず付加もせず、あえて何事も試みずにひとつの同じ主題と形を具合よく並べること。

とは言え、命と知恵の書[1]には、そのための文体《スタイル》の公式が存在しない断片があり、それらを伝えあるがままの姿でわからせるのは難業である。それらは閉じられた個人の獲得物として残るべきなのだろう——死んだ人々の創作にはすべて、常に二つの公式を、まるで宮廷画家に使用が義務付けられている切り抜き型板《ステンシル》[2]のように適用する猥褻な批評家が恐しいので……。

その公式の一つは書物に記された古典主義のようなものだが、ペリクレス時代[3]のギリシャ人も皇帝時代[4]のローマ人もそんなものについて何一つ知りはしなかった。二つ目は、いま風の記者《ジャーナリスト》が操るある公式、すなわち印刷物の発達から生まれた単純で技術的な生成物である。これらの枠組みの一つは、書物と生命が不可分なために万物を把握するに至らず、二つ目もその万物が流れ出る源泉の本質によって同様の仕儀となる。

そこから次の結論——できのよい中世の回想はわれわれの良心の義務である同時代の事実よりも、今日では間違いなく容易に広まり、然るべき影響を与え、然るべき威厳を保つだろう。読者はこの点で、親友から離れて暮らしつつ記憶にはその姿をとどめている人にどことなく似ている。彼は、当の友人が旅から帰ってくると、本人にこう言い放つ——「ぼくの邪魔をしないでくれ。いまは、手紙を書くために君の肖像画を見ることにしている、その時間なのだから」と。

＊

……これは——わたしは憶えている——あるときローマで、カタコンベ[5]から帰る途中だった……わたしはしばしばそこに行き、初期キリスト教徒の壁画《フレスコ》を見るのが好きだった。[6]それについては、絵の中で用いられた記号の各々、線の一本一本について長々と物語ってしまいそうだから、触れたくないが、ひとつだけ述べておく――それは、文字や絵が刻まれたこの巨大な都市がわたしに、熾天使[7]のように神々しい流血の劇の全幕を通してほとんど血の一滴たりとも、それへの敬畏、そして同じ信仰を持つ兄弟たちへの祈りなしには流されなかったのを示したこと。今日では青い燧石色[8]を帯びている、割れた（あるいは無傷の）小瓶が、図書館の書棚にも似たカタコンベの石棺のあちこちに横になっていて心地よい印象を与えるが、それが証明しているのは、拷問室や公共建築の階段に飛び散った殉教者の血が集められた跡である。それがいたるところ見事に奔出されたこと、金持ちが羊小屋の羊の血を奔出させるのと変わらない――しかし、彼らはかくも血を愛惜したのだった!!

・・・・・・・・・・・・・・

……これはその頃のことだが、老人のように体を前屈みにし、杖で歩行を支えながらスペイン階段[9]を降りてくるステファン・ヴィトフィツキ[10]と会ったことがある。永遠の若さに満ちたかのような美しい彼の顔、そして黒檀で彫られた装飾のような頭髪が太いまとまりを成して肩に流れ落ちているさまは、極めて老齢の老人だけが特徴とする杖を突いての穏やかな歩みと相俟って、類稀なものに見えた[11]。その後間もなく彼を住まいに訪れたが、それは一週間ほど後に死を控えたときである。普段と同じような服を着てソファに横になり、会話は疲れるので、いつもの不思議な明るさに加えて一滴の涙を湛えたあの眼差しで見上げたが、かつてならばそれと共に立ち上がり、部屋を案内するために客人に手を差し出したはず。彼の方に向かって入ってゆくこちらをそんな風に見ると、わたしの手を握り、さらに片手を伸ばしてソファの傍らの床にあったオレンジを差し出し、それをわたしは丁重に受け取って持ち上げた（彼には、わたしとガブリエル・ロジニェツキ[12]に対して、その作品の何かがお気に召すと葉巻、またはささやかな飾り物を何か届けてくれる習慣があった）。当のガブリエルもその場にいた。彼は、天然痘ですっかり相貌が変わったいまは亡きステファンの傍らで、最期までの幾晩かをなにくれとなく看病しつつ寝ずにすごしたからである。そのときステファン・ヴィトフィツキはガブリエルに、ソファから立ち上がりたいとの意を伝え、ガブリエルが手を差し伸べて二人は部屋の中をゆっくり歩いて回りはじめた……。そんな風にしてかろうじて歩を進めつつ、ヴィトフィツキは初めて、とても幸せなしかし外目にも明らかな軽い錯乱に陥り、あちこちを手で指し、足を止めるようになった。

「……ところでこれは、何の花だい？（と言うのだった）……この花だよ、君（住居の中に花はなかった）、この花は故郷《くに》ではなんて呼んだかな……ポーランドにはあふれるほど生えている……そしてこちらの花々……そしてあっちの花々も……故郷《くに》では、ふつう何とかって呼ぶんだったけどな……」

その後ヴィトフィツキを訪れたときには、当時流行していた天然痘で相貌が変わり、横になっているだけで何も話すことはできなかった。ヴィトフィツキの死の少し前にクリツキ将軍[13]が、当時ローマに滞在していたほとんどすべてのポーランド人男女の群れに昼も夜も取り巻かれて亡くなり、それはそれで貴重で類稀な思い出を今に残している。

この世で死去し目に見えない世界に立ち去ってしまった人々との最後の会話を思い出すにつけ、そうした思い出の集合の中から時とともに自ずと形をとってゆくように思われるものを除く術がわからず、わたしは事実への忠実さを侵さぬためにペンをダゲレオタイプ[14]に替えようと考える。さもなくば、ヴォルテールの、この作者のことばとしてこれまでも脳裏に浮かんできたしいまも浮かぶたった一つのことばを引用すればすむことになってしまう。

Je tremble!... car ce que je vais dire
Ressemble á un systéme.

わたしは震えている……というのも、わたしの言おうとしていることが、
体系に似ているから

（ヴォルテール）

これはまたこの哲学者の最も哲学的な警句かもしれない。

＊

これは――もっと後――もっと後のことである――パリでのこと、フルィデルィク・ショパン[15]がシャイヨー街に住んでいた。それはシャンゼリゼからの坂を上って左に並ぶ家々の一つの二階で、すべての住まいの窓は公園とパンテオンの丸屋根とパリの全景に向いていた……ローマでよく見られる風景にいささかなりとも近い風景が見られるたった一つの場所だ。ショパンの持ち家からもそうした景色が見え、その住まいの主な部分は二つの窓のある大サロンで、そこに彼の不死のグランドピアノが置かれていた。それは少しも贅沢なピアノではなく戸棚か箪笥にも似ていたが、流行のピアノのような美しい装飾が施され、むろん三脚の細長い三角形のピアノで、いまどき華麗な住まいでこのような楽器を奏でる者も少ないはず。ショパンは五時にはこの客間で食事もとり、その後に、それができるならばだが、階段を降りてブーローニュの森まで馬車で行き、そこから戻ると階段を担ぎ上げられるのだった――自分では歩いて上れなかった。

　こんな風にしてわたしは彼と食事をし、何度も外出をしたものだった。あるとき、そのころパッシーに住んでいたボフダン・ザレスキ[16]のところへ寄り道したが、ショパンを持ち上げる人がいなかったので上階にある彼の家には入らずに家の前の庭園にとどまり、その芝生では当時まだ小さかった詩人の息子が遊んでいた……。

　その出来事から長い時が流れ、わたしは絶えず彼の具合を知ろうともし、また彼の姉がポーランドから到着したの[17]も伝わってはいたが、ショパンの許に立ち寄りはしなかった。とうとうあるとき、わたしは彼のところに赴き、面会を乞うた。フランス人の女中はわたしに「お休みです」と答えたので、わたしは足音を静め、書付を残して外に出た。

　ほんの数歩階段を降りたところで女中がわたしの後を追って戻り、こう言った――「ショパン様はどなたがいらしたかをお知りになると、お入りいただくように言われました。先ほどもお休みではありませんでしたが、お客さまを迎え入れるお気持ちになれなかったのです」そこで、ショパンがわたしと会いたがったのに大いに感謝して、いつも彼が寝ていたサロンの隣室に入ったが、そこに見出したのは、服は着ているが半ば寝台に身を横たえた彼で、脚が膨れていたから、長靴下と靴を履いているのはすぐに知れた。芸術家の姉上が傍らに座っていたが、その横顔が奇妙に彼に似ていた……。覆いの下がった深い寝台の影で枕に身をもたせ襟巻きを巻いた彼は、いつものようにとても美しかった。日常茶飯の身のこなしにも、作り上げられた何か、堂々たる輪郭線で描かれた何かを持っていた……。それは、アテネ貴族がギリシャ文明の最も美しい時代に宗教と見なしていた何か、あるいはフランス古典主義悲劇で天才的な演劇芸術家が表現する何かで、フランス古典主義は、理論的に洗練されているため古代世界と何の関連も持たないかもしれないが、ラシェル[18]のような天才はしかし、それを自然なもの、あり得るものに変え、古代を目の前に再現してみせる……。ショパンは、いつどのようにして彼を見かけたときであろうとも、そのような自然に神を賛美するような身ぶりの完璧さを持っていた……。

　さて彼は咳と息苦しさから切れ切れの声で、わたしに向けてことばを投げかけはじめた。ずいぶん長く会わなかったこと、それから何か冗談を言い、わたしの神秘主義的傾向についてこのうえなく無邪気な批判を行い、わたしはそれが彼を楽しませるのならばと許したのだった。それからわたしは彼の姉と話し、続いて咳による中断があり、やがて彼を安静にして休ませるべきときが来たので、わたしは別れを告げた。彼はわたしの手を掴むと額の髪の毛を後ろにかき上げて、「……ぼくはここからいなくなるだろう!……」と言った。それから咳き込みだしたので、ときには何かを拒絶することで彼の神経が力を得るのを知っていたわたしは、その同じ不自然な声音を使って、強い性格の男性的人物が相手であるかのようにその腕にキスをしながら、「……そんな風に毎年君はいなくなろうとする……でも、神様のおかげで、わたしたちは生命のある君を見ている」と言った。

それに対してショパンは、先ほど咳で中断したことばをしまいまで言い切るようにして、「君に言いたいのは、もうすぐこの家からヴァンドーム広場に引っ越すということなんだ……」と言った。

それがわたしと彼との最後の会話で、やがて彼はヴァンドーム広場に引っ越しそこで亡くなったが、わたしはそのときのシャイヨー街訪問から後には、彼を見ることがなかった……。[19]

＊

……ショパンの死より前に、一度シャンゼリゼ近くのポンテュー街にある家に立ち寄ったことがある。その門番は、誰が何度「Monsiur Jules はどうされていますか」と繰り返し尋ねようが、いつも丁重に返答したものだった……。その最上階に小さな部屋があり、あり得る限り最も簡素な家具調度が備えられ、その窓の前に空間が開け、それを高みから見るにつけ、日没の赤い太陽がガラスに当たって反射光を発するさまは、その唯一の装飾であると思われた。窓の外の張り出しに花が植えられた植木鉢が幾つか置かれ、住人が無関心なのに勇気を得た雀たちが降りて群がり囀っていた。隣にはもう一つ小部屋があり、それが寝室だった。

さて、ユリウシュ・スウォヴァツキ[20]の住むそこにわたしが最後から二度目の訪問を行ったのは午後五時ごろ、彼はスープと焼いた鶏肉の昼食を終えるところだった。スウォヴァツキはすなわち部屋の中心に置かれた丸テーブルに座り、擦り切れた長いコートをまとい、そのほうが快適だと強調するように頭に軽く載せた色褪せた赤紫色の角帽姿だった。わたしたちは話した——ローマについて（わたしは、つい最近ローマを発ってパリに着いたばかりだった）、わたしの兄ルドヴィック[21]のこと（いまは亡きユリウシュは兄のことを深く愛していた）、『非‐神曲』[22]のこと（とても高く評価していた）、『夜明け前』[23]のこと（彼は表題を美しい幼年時代と解釈していた）……。またからくり《メカニズム》に堕した芸術のことやショパンのこと（まだ存命だった）。ショパンについてユリウシュは、咳き込みながらわたしに「数か月前に、またあの瀕死者[24]に会った……」と言ったものだったが、自らがフルィデルィク・ショパンより先に亡くなって、目に見える世界を旅立ってしまった。

　この小部屋に——それについてユリウシュがよく言っていたところでは、「その片方の二隅が完全に直角でないためいびつな正方形を成している、それさえなければ人間が幸福になるには十分」だった——そう、繰り返すがこの小部屋に別のあるときにわたしが入ると、ユリウシュはポーランドの農村で用いるような長軸パイプで葉巻を吸いながら、暖炉の傍らに立ち、ソファにはフランス人画家（ユリウシュは後に彼を、自分の遺言書の執行人にした）が座っていたが、その人物は何も言わず、あまり自然でない沈黙で沈黙し、座っていた。暖炉の上にはユリウシュを描いた銅メダルが掛かり、それはオレシュチンスキ[25]のこの分野での最も美しい制作の一つだった。

　フランス、革命[26]、ローマの事件[27]について、わたしたちは話した。彼は、自然でありつつも色彩豊かなことばで、話を予期せぬ風に展開させながら、ときに生を諦めたような、マルチェフスキ[28]作『マリア』でおなじみの哲学的な呼びかけの深遠さを思い出させるような調子で語った。それはしかし、彼の大きな黒い、火に満ちた瞳や東洋風なこめかみ、そして鷲鼻の精力的な広がりと必ずしも調和しようとしなかった……。会話の最後に彼はこう言った。「胸なんだよ、胸が弱ってしまっている。とうとう菓子だけを食べるように言われる始末、それで咳は一時静まるがその代わり、胃をひどく悪くしてしまう。もう一度来週か再来週来ておくれ、その後で……。もうすぐぼくがこの世界を旅立つ番が来るような気がする」

　葉巻を吸うパイプを弄び、あちこちを壁時計の錘のようにゆっくりと動きながら、そうはっきりとわたしに言ったのだった。

　翌週急ぎ足にスウォヴァツキのところに立ち寄ると、彼の許から帰るところだった――もう暗くなっていた――某（言ってよければ、彼の弟子の一人）[29]に会い、彼はわたしにこう言った。「ユリウシュのところへは、明日行かれた方がい。今日こうして彼の家を出てしまったのは、いつもと違うからなので……」「どんな具合ですか？」とわたしは尋ねた。「わかりません。でもこれだけは君に言える。ユリウシュが話したところでは、自分の健康にひどい疑いを持っている彼は、もう今日聖大天使ミカエル修道会の援助と庇護を求めたそうだ――それが彼にしばしの間力を与えてくれるものと期待して」が彼の答えだった。このことばを聞いて（スウォヴァツキがとても敬虔なのを知っていたので、不可解さから来る驚きを感じはしなかった）、わたしは訪問を別の日に先延ばしした。

　その別の日は翌週に到来し、早い時刻だったが、その次第と言えば、先に通されて部屋に入ったわたしが見たのは冷たくなったユリウシュの身体だったのである。前の晩にさまざまな秘蹟を授かり、（まさに死の瞬間に届けられた母からの手紙を読み終えてから）死の眠りにつき、目に見えない世界に旅立ってしまったのだった。床と壁の間のポーランド史の一場面を描き出した色褪せた暗色の絨毯を背景に、白い横顔の輪郭をくっきり見せているスウォヴァツキの顔ほど美しい死者の顔は、まず見られないだろう。小鳥たちは世話をする者のいない花々の植木鉢のところへ舞い降り、葬式をめぐって人々が奔走し、さてその葬式についてはいろいろな人がいろいろにもう書いてしまった。わたしはその葬式で、女性を二人見た――一人は滂沱の涙を流していたが、それは何日も後まで、その頃は大人数だった在パリポーランド社会を訪れるたびに、わたしを慰める思い出として残った。その頃パリには（いつでも素晴らしく個性的な）ポーランド女性が多くいた……。

　わたしはユリウシュがエジプトの風景を写生した（彼は特に風景画を、実に見事に描いた）絵画を持っているが、この遺品を半分に切り、片方を母国からやってきた人のアルバムに贈り、残りを自分のために取ってある——『ベニョフスキ』[30]の一節「君の右の手袋がいずれかの博物館に飾られれば、無くなった左の手袋はどうしたと苦情が殺到する！……」を現実のものにしたかったからで、ユリウシュのこの皮肉のような、美しく毒気のない皮肉も、少しも死後の思い出への障害にはならない。それはたしかに、マケドニア王フィリッポス[31]が目の覚めるごとに繰り返させたということば——「王よ！　太陽はもう昇っている。おまえが死すべき存在であることを、この一日は忘れていろ！」——と似た響きを持っている。

＊

さてそれが、わたしにまったく別のこと、少しも著名ではない、才能や仕事や忍耐において少しの貢献を果たしもしなかった人物、その姓も知らず、その民族性も知っているかどうか疑わしいある人物に関する出来事を思い出させる……。すなわちここに加えるのは、死を控えた人物、わたしに未知の人物の回想だけれども、それはあった通りに引き写した厳密に事実に忠実なもので、わたしは前置きで行った批評・批評家・書物の文体《スタイル》についての但し書きにいささかの変更も加えず、このような内容についてもそれを予期しているから、その分だけ自由に再現する——でも実際のところわたしは、報告の厳密な信頼性こそが己れにとって掛け替えのないものと考えているのである。

そう、前に記した死の数年後のことになるが、わたしはパリにはいなかった——フランスにも、ロンドンにも、英国にも、欧州にも、米国にもいなかった——わたしは錨の上、大西洋航路に出て間もなく、垂直な壁[32]が切り裂いてゆく白亜の島々の真ん中にいた[33]。

日曜日だった。雲ひとつない空には太陽、下には暗色インクのようなサファイア色の波、帆の一枚も震えようとせず、物憂げに垂れた紐の一本とて動こうとはしない凪だった……。まだ船客の全員と顔を合わせていなかったが、美しい太陽を求めてまさに全員が甲板に出ようとしていた。わたしは大マスト下のベンチに座り、傍らには新しい知人――わたしがよく話し相手にした、教養のあるユダヤ教徒の若者がいた。まったくの無風だったから航行は不可能、さらなる船旅がいつできるようになるのか推測もつかなかった……。

　こうして波の成す無辺際の空間を目の前に座っていたとき、わたしたちの前を女性服が通りすぎ、わたしの隣に座る旅の連れがフランス語でわたしに言った。「……ごらんなさい。あなたは芸術家でしょう。なんて美しい女性がここを通りすぎたことか。この大旅行に連れ出された哀れな犬のために、牛乳を皿に入れて運んで行きました。誰もが陽気が良いのと日曜日なのを大いに喜んでいるこの真昼間に、あの可哀想な子犬はどこへどのくらい長い旅に出たかもご存じない」

　同行者が指示した方にわたしは目もくれず、何かまったく別のことを考えているときに人が口にするようなことばで彼に答えた。「それだからこそわたしは彼女を目で追いかけないのです。女性が最も美しいのは、何も聞かず何も見ず、自分が見られているなどとは思い当たりもしないときなのですから。だからわたしは別の折に彼女に注意していることにします、別の折に彼女を見ましょう……」と、会話を別の方向に向けるために、さらに強調して繰り返した。

　それが不思議なほど美しい人物であった（アイルランド女性らしい）こと、実際そうだった訳だが、わたしは彼女が通りすぎたときにそれを見てとった――なぜなら、流行の立体写真鏡《ステレオスコープ》[34]でわたしたちが知っているように、人間は対象をまっすぐ見なくとも無意識のうちに視覚で実に多くを把握するからである。その後太陽が沈み、風はなかった――月が昇ったのでわたしは立ち上がり、狭く息苦しい船室で眠りについた……。見張りだけが三本マストのデッキを往復していた……。夜何かを叫ぶ声が響いて、人々がランプを持って走ってきた――給仕長の大柄な黒人が階段を走り回り、どこかに医師はいないかと探していた……。

夜明けに船の上で何か異常な騒ぎがあり、わたしは立ち上がって甲板に出た。わたしが、別の折に注意して見る、と約束したあの若く美しい女性が、夜突然事切れたのだった。こうした際にはそのために作られた、白い星が振り撒かれた濃いサファイア色の帆で遺体が横になっている場所を覆うのがしきたりで、日の出時の甲板の中心にそんな斑が黒く見えていた。

ここでわたしが襲われるのは、厳密な真実の彫刻刀が伝記中に自然と書き付けてゆくこの詩を、今日の冷笑的な読者のためにペンで忘却から引き出し、それにことばを与えてゆくことに、価値があるのかとの思いである……。インドの乾燥大麻《ハシッシュ》を吸ってから幻想的にこしらえたロマンスか何かのほうがどれほど心地よく、然るべき印象を呼び起こすことだろうに!!

・・・・・・・・・・・・

もっと後——もっと後のことである——ヨーロッパに戻ると、アダム・ミツキェヴィッチ[35]がバスティーユ広場の近郊にある、司書を務めていたアルスナル図書館の建物に住んでいた。この地位は彼によって預言された人物[36]——大ナポレオン王朝[37]の今日のフランス皇帝[38]が、神聖かつ永遠に記憶されるべきアダム・ミツキェヴィッチに捧げた、詩人の大人数の家族[39]にもたらす資金の点でもわずかな助けにしかならないささやかな役職で、それが提供されたのは、コレージュ・ド・フランス教授アダム・ミツキェヴィッチその他の少数がフランス皇帝への忠誠の誓いを拒んだと新聞で読んでしばらく経ってからだったと思う。皇帝統治が始まって数か月ほど後には、図書館司書は皇帝に宛てて、ホラティウスのことばで、彼に委ねられた役所と役職に形式上限りなくそぐわしい「頌詩」[40]も書いている。

これはそう、アダム氏が司書職から東方での任務[41]に発つ少し前のこと、わたしはアルスナル図書館の建物、廊下がめぐらされ石の階段がある暗い建物に立ち寄った——それは、ミサの帰りで本を手に持っていたのを憶えているから、日曜日だ。彼のところへ行くわたしは、いつになく心から彼に挨拶したくなっていた。と言うのも、彼がより近く……わたしの心の近くにいたからで、その理由はわたしがアメリカに残ったときには幾度かわたしのことを口にし、またそこに向けて出航したときには誰かに、「……彼はまるでペーレ・ラシェーズ墓地[42]に向かうようにして、旅立ってしまった！……」と言ったという話が遠くから届き、それをわたしは理解し、誰かがヨーロッパで思い出してくれたのが快く、それも理由のひとつで彼と挨拶を交わすために歩いていたのだった。

彼は、陽気にわたしを見つめるとこちらの手を握り締め、それからわたしは彼と日没まで——立ち去ろうかと考えていたときに、窓が赤色になったのを憶えているので——話した。部屋は小さく、よく火が熾《おこ》っている暖炉があって時々アダム氏は鉄棒で炭の具合を直していた。

アダム氏は野兎色の羊毛布で裏打ちされた擦り切れた毛皮コートを着ていたが、パリでこんなものをどこから手に入れたのだろう、この色彩、型、この古臭さ……？　と問うてみるのも一興か。なぜなら、それはワルシャワからかなり離れた片田舎の、貧しい小貴族《シュラフタ》が冬に着るマントだったから。部屋にはローマのカプチン会にある原画——あるいはルーヴルにあるラファエロの同じ絵だったか、よく憶えていない——に基づく、大天使ミカエルを描いた美しい挿絵が掛かっていた。またオストラ・ブラマの聖母マリア[43]と聖ヒエロニムスの聖体拝領を描いたドミニキノ[44]の原画、さらに将軍になる前に[45]描かれたナポレオン一世の肖像画、その下にはボタンをとめたフロックコートを着て直立する白髪の男性[46]のダゲレオタイプがあり、それは先ごろの戦争[47]の最初の足跡が聞こえる時代だった……。書き物机の上には、アダム氏の家につい最近お目見えした二匹で一組の熊——石膏を型に流して作った——があった。

それはまだアダム・ミツキェヴィッチの夫人が死

去する[48]前で、彼女の死去と葬式から二週間ほどしてアダム氏のところへ——あれは十時ごろだっただろうか——立ち寄ると、ちょうど扉の敷居から外へ出ようとしているところに出くわし、それはわたしが扉を開けると同時に彼に衝突するような具合だった。彼は家に引き返し一時間半ほどすごし、その間わたしは彼と話をした訳だが、彼は一時間半前に行くはずだったどこかへそれから行かねばならなかったので、わたしたちは一緒に外に出た。

　彼は妻の死について詳細かつとても明るくわたしに話し、途中話が逸れて、死及び死と関連する事柄への恐怖感はただ真実への無意識によって与えられる、と語り……ある通りまで来て、わたしは別の方向へ曲がらねばならず、彼は彼でどこかに行くというそのとき、わたしの片手を握って力強い声で言った——「では……adieu![49]」

　これまで一度も、フランス語でまたこんな口調でわたしと別れたことはなかった——何度わたしたちは、袂を分かったことだろう[50]——から、それから市の別の端まで歩き通した末に自宅の階段を上りながら、わたしにはまだそのことばが聞こえていた——

「……adieu!」

　偶然の計らいか、その後アダム氏と会うことも、また彼が東方へ出発したときには別れを告げることもかなわず、つまるところあの最後の、そのときは奇妙に響いたことばが別れとなった……。もっとわかりやすく、こう付け加えておくべきか——故人となられたアダム氏は、何を語ったかだけではなくどう語ったかもまた記憶に残る人物だった[51]……。

・・・・・・・・・・・・・

　トゥール・デ・ダム通りの丘の上にその家はあり、一歩入っただけでそこにある階段の配置と粘土を上塗りした十四世紀フィレンツェの建築の断片がすでにして、これが偉い芸術家の住居であるのを証し立てている……。つい最近そのなかに入って、さらに最上階にあるドラローシュ[52]氏のアトリエに赴くと、偉大な芸術家はわたしに完成したばかりの最新の自作を見せてくださった。それは板の上に描かれた、大判の半紙[53]大の作品だった。

窓に似た裂け目を通して、エルサレムの路地に見えるというより感じられるのは、師匠、律法博士《ラビ》、王、預言者、過たず治癒する医師と呼ばれていた生きた神の子キリストが警備兵に逮捕され、役所から役所へと引き回され、あるいは正に「されこうべの山[54]」に導かれるようとしているさまである。聖ペトロはその窓に最も近く立ち、剣を探す人のように激しく立ち上がり、聖ヨハネは胸に彼の両手を押し付けて、使徒の王を落ち着かせようとし、自らは、彼の身体越しにその背後に警戒しつつ、窓の方を見ている。

この人々は窓壁の脇に立ち、その先には空白――『スターバト・マーテル[55]』に数連の空白があるように――があり、さらに聖母が、教会に最も神聖な秘蹟《サクラメント》[56]が置かれたときに人々が聖壇の前で跪くのと同じように跪き、彼女の先にはまた空白があり、カタコンベを思わせる建築の影には聖女の一群が……。これが神の受難を描いた絵画の全体で、そこに救世主の目に見える姿はないが、それは神の受難を見ている人々の顔の表情が作り出す全音階に表れている。

この世にはやはり芸術家がいた……とわたしはこのうえなく喜び、この小さな絵画を見ていたが、いまは亡きドラローシュ氏は（かつてのアリ・シェフェール[57]もそうだったが）わたしに、その作品を見てわたしが感じるすべてを口にしてもよい、とお許しになられ、わたしはわたしで、これほどの高みにいる芸術家に対してそれ以外の言い方をしようとは考えず、したがって長い時間をかけてわたしの考えを厳密に忠実な言葉で定義していったのである。

そしてわたしは最後に、このような絵はその続きを持って然るべきであり、一枚だけ切り離されたのでは不完全な作品である、と言ったが、それに対してドラローシュ氏は答えられた――「このような作品を三つ作って、それが三部作を形作るようにしたいのです……」と。それからわたしに、どこから見ても非の打ち所のないティエール[58]の肖像画を見せ、また小さな絵に戻るとわたしに別れを告げるような口調で（ちょうど別の誰かが訪れるところだった）、言われた――「そう、この種の絵は、三つが合わさってようやく全体を明るみに出すのでしょう……」と。そしてわたしと一緒に扉の方へ数歩歩きながら、さらに二度繰り返して言われた――「あとの二枚ができあがったら……あなたにそれをお見せしましょう――それをお見せしましょう」と。そうしたことばには強い決意が込められているのが常だった――なぜなら彼は、特にある頃から、公衆の前に自作を展示することも、個人的にそれを見せることもしなくなっていたからである。

その後ではもうドラローシュ氏を見ることはなく、その死によってレオナルド・ダ・ヴィンチが放つ最後の輝き[59]が闇に覆われてしまった……。

偉大な芸術家の死の前に、残り二枚の創作に着手していたのかどうか知ろうとしたが、答えは否だった……あるいは素描が……[60]。

＊

ここに描いたあれこれを、わたしは「黒い花々」と呼ぶ。これらは、文字が書けないので不恰好に描かれた十字の印で署名する証人の署名がそうであるように事実に忠実である。いつの日か！……ひょっとしたら別の折にわたしが見るかもしれぬ文学においては……このような文章が、短篇小説を探し求める読者たちにとって奇妙でなく映るようになるかもしれない。まだ書かれていない非文学の世界には、当世の文学者の夢にも現れたことのないような長篇小説、ロマンス、ドラマ、悲劇があるのだから……。しかし、それらを定義することに、価値があろうか？……もはや？……。

一八五六年

〈注〉

1 『新約聖書』を指す。

2 金属板・紙などに模様（文字）を切り抜き、その上からインクを塗って印刷する。

3　ペリクレス（前四九五ころ—前四二九）古代ギリシャ盛期を代表するアテネの政治家で民主政の完成者。

4　古代ローマ共和政末期の政治家・将軍ユリウス・カエサル（前一〇〇—四四）を指す。

5　古代キリスト教徒の地下墓所。ローマにある窪地の古い地名であったが、そこに建てられた聖セバスチャン教会の地下墓所の名前となり、さらに、これと同様な古代のキリスト教徒の地下墓所をも指すようになった。

6　一八四七年にローマ滞在していたノルヴィットは、考古学と初期キリスト教史に大きな関心を抱いた。

7　神の使者・天使に九階級あるとされるが、そのうち第一階級。

8　石英の一種で非常に硬い。先史時代の石器の材料。

9　ローマの旧市街北部にあるスペイン広場（かつて近くにスペイン大使館があったことから）に面したトリニタ・ディ・モンテ教会に上る階段はスペイン階段とよばれ、アメリカ映画『ローマの休日』で有名になった。

10　ステファン・ヴィトフィツキ（一八〇一—四七）。ロマン主義の亜流《エピゴーネン》として詩作を始め（ミツキェヴィッチの処女詩集から二年遅れで、それと同題の『バラードとロマンス』を刊行している）、素朴な語彙と音楽性の『田園歌謡集』（三〇）で独自の才能を開花。「願い」など、ショパン（後出）、モニューシュコなどが作曲して今日も親しまれている歌曲がある。この項で回想されているのは、四八年四月の出来事である。

11　当時ヴィトフィツキは四十代半ばだったが、後に言及される病が原因でその身体的特徴に若さと老いが同居していたのである。

12　原注に「音楽家ガブリエル・ロジニェツキのこと」とある。ロジニェツキ（一八一八—一八八七）は、ノルヴィットとワルシャワ時代に知り合いになったヴァイオリニスト・作曲家（四六年からローマに滞在）。

13　スタニスワフ・クリツキ（一七七〇—一八四七）。十一月蜂起指導者の一人。

14　写真の発明者として知られるフランスの画家兼興行師ダゲール（一七八七—一八五一）が銀板写真術を完成し、ダゲレオタイプと命名したのは一八三七年。

15　フルィデルィク・ショパン（一八一〇—一八四九）。作曲家・ピアニスト。この項で回想されているのは、四九年八月の出来事である。

16　ユゼフ・ボフダン・ザレスキ（一八〇二—一八八六）。キエフ近郊に生まれた詩人で、ポーランド・ロマン主義の〈ウクライナ派〉を代表する。ショパンが曲をつけた詩に「美しい若者」などがある。

17　姉ルドヴィカ（一八〇七—一八五五）のパリ到着は、四九年八月九日。

18　エリザベート・ラシェル・フェリックス（一八二一—一八五八）。一八三八年からコメディー・フランセーズに出演した名女優で、ラシーヌなど古典悲劇の演技で観客を魅了した。

19　ショパンの死（一九四九年十月十七日）の翌日、ノルヴィットはパリで刊行されていた「ポーランド日報」に追悼文を掲載し、「生まれはワルシャワ市民、心はポーランド人、才能は全世界の住民」ショパンは「芸術の最も困難な課題を神秘的な軽さで解決する力を持っていた——野の花をそこから露も最も軽い花粉も振り落とすことなく集める力があったのだから。そしてそれを、理想の芸術によって、星に、流星に、さらに言えば全ヨーロッパを照らす彗星に変えて輝かせる力を持っていた」と記した。

20　ユリウシュ・スウォヴァツキ（一八〇九—一八四九）。ポーランド・ロマン主義を代表する詩人・劇作家。先に登場したショパンより、誕生も死去もそれぞれ約半年先だった。この章で回想されているのは、四九年三・四月の出来事である。なおノルヴィットのスウォヴァツキへの論及は極めて多数多岐にわたり、六〇年には六回の連続講演を行っている。

21　ルドヴィック・ノルヴィット（一八一八―一八八一）。詩人。四七年に亡命したパリで、神秘主義に傾くスウォヴァツキの弟子になった。

22　ミツキェヴィッチ（後出）、スウォヴァツキと並ぶロマン主義三大詩聖ズィグムント・クラシンスキ（一八一二―一八五九）が三三年に発表した歴史哲学的戯曲。

23　クラシンスキが四三年に発表した預言的長詩で、ポーランド・メシアニズムを代表する作品の一つ。

24　英仏語などに「瀕死の」を意味する moribund の語がある（ポーランド語の語彙にはない）。morybund としたのは単なる誤りか、ポーランド語で「死霊」を意味する mora の生格形すなわち「死霊の」と共鳴させようとしたのか。

25　アントニ・オレシュチンスキ（一九七四―一八六九）。パリで活躍した彫版工。

26　一八四八年二月の二月革命。

27　マッツィーニなどによるローマ共和国の建国と崩壊（一八四九年）。

28　アントニ・マルチェフスキ（一七九三―一八二六）。ロマン主義詩人。バイロンの知己を得、その影響色濃い長詩『マリア』（二五）一作でポーランド文学史に不朽の名を残す。

29　後年のワルシャワ大司教ズィグムント・シュチェンスヌィ・フェリンスキ（一八二二―一八九五）。当時はソルボンヌ大学生。

30　一八四〇年代に執筆に執筆された多くの逸脱を含む物語詩（未完）。ノルヴィットの評言によると「ここでは余白が目的である」。

31　フィリッポス（二世）（前三八二―前三三六）。アレクサンドロス大王の父。マケドニアを一躍ギリシャ北辺の強国たらしめた。やがて全ギリシャへの支配を確立。ペルシャ征討目前に暗殺された。

32　「垂直な壁」すなわちノルヴィットが乗っていた「船」の名は、「マーガレット・エヴァンス」といった。

33　ノルヴィットがロンドンからニューヨークへの船旅に出たのは一八五二年十二月半ば（到着は、翌年二月）。病・貧窮・郷愁に苦しめられた後、五四年七月には、再びロンドンに帰還している。

34　二枚の写真をそれぞれ別の目で同時にのぞくことにより立体感を出すようにした光学装置。

35　アダム・ミツキェヴィッチ（一七九八―一八五五）。ロマン主義詩人。アルスナル図書館司書に任命する旨の文書にフランス教育大臣が署名したのは、五二年十月末。この項で回想されているのは、五五年一月と三月の出来事である。

36『パン・タデウシュ』（三四）に見られる英雄としてのナポレオン崇拝が、神秘思想家アンジェイ・トヴィアンスキ（一七九九―一八七八）への傾倒時代には神がかりな待望となった。「スラヴ文学講義」最終回（四四年五月二十八日）では、「ナポレオンは公式の教会よりさらに遠く、天国の神秘に手を伸ばした」と語り、聴講者にナポレオン皇帝の銅版画を配布している。

37　ナポレオン・ボナパルト（一七六九―一八二一）。フランス第一帝政の皇帝。

38　ナポレオン三世（一八〇八―七三）。フランス皇帝（在位五二―七〇）。ナポレオン一世の弟、オランダ王ルイ・ボナパルトの第三子として生まれ、ルイ・ナポレオンと呼ばれた。

39　詩人は一八三四年にツェリナ・シマノフスカ（一八一二―一八五五）と結婚し、夫妻は六人の子どもに恵まれた。

40　ラテン語の詩「Ad Napolionem III Cesarem Augustum Ode In Bomersundum Captum（アウグスト皇帝ナポレオン三世に。頌詩。ボメルスンド占領に際して）」（一八五四）を指す。

41　ロシア・トルコのクリミア戦争（一八五三―五六）をポーランド独立回復に有利に活用しようとする政治的使命を帯びて（表向きは学術研究のため）トルコに出発したのは、五五年九月十一日である。

42　パリ最大の墓地。前出ショパンの遺体もここに眠る（心臓だけは、周知のように、ワルシャワの聖十字架教会に葬られている）。
43　リトアニアの首都ヴィルニュス旧市街にある十六世紀建立の教会の聖母マリア像は、『パン・タデウシュ』冒頭でミツキェヴィッチが呼びかける（チェンストホヴァ、ノヴォグルデクと並ぶ）三つの聖母像の一つ。
44　ドミニキノまたはドメニキノ（本名ドメニコ・ザムピエリ）（一五八一―一六四一）。イタリアの画家。聖ヒエロニムスを描いた絵は、現在ローマ教皇庁の所蔵。
45　すなわち、一七九四年以前。
46　おそらくはアンジェイ・トヴィアンスキ。注36参照。
47　ロシアと、トルコ・イギリス・フランス・サルデーニャの連合軍との間で行われたクリミア戦争。直接のきっかけは、フランス国内のカトリックの人気取りを目ざすナポレオン三世が、一八五二年末トルコ政府に対して、聖地エルサレムのベツレヘム教会の管理権をギリシャ正教徒から取り上げてカトリックの司祭に与えるよう要求し、トルコがこれに屈したことにあった。注41参照。
48　一八五五年三月五日。
49　フランス語の「さようなら」は字義通りにとると「神と共に（à Dieu）」。ノルヴィットには、ミツキェヴィッチが「永遠の別れ」を告げたように聞こえた。
50　ノルヴィットとミツキェヴィッチの初対面は一八四八年二月のローマ。サロンでたびたび同席し、先輩詩人の素晴らしいペン画を残した。その後ミツキェヴィッチが編成したポーランド軍団をめぐって意見が対立した。五〇年にパリで再会し、以後ミツキェヴィッチの死まで交流。
51　ミツキェヴィッチの死（一八五五年十一月二十六日）を知ったノルヴィットは、「いま流れている涙を人はやがて恥じるかもしれない／しかし、再びこみ上げる涙を流すことだろう――／人間としての君を見られなかった者たちが……」と詩に記した。
52 ポール・ドラローシュ（一七九七―一八五六）。フランスの歴史画家。この項で回想されているのは、一八五六年十一月の出来事である。
53 全紙（三千平方センチメートル）の半分。
54 ゴルゴタ。新共同訳「マルコによる福音書」では「されこうべの場所」。
55 中世カトリックの讃歌「聖母マリアの嘆き」。ペルゴレージ（一七一〇―一七三六）など多数の作曲家に霊感を与えた。
56「終油の秘蹟」。ここでは、故人の遺体を収めた棺を指す。
57 アリ・シェフェール（一七九五―一八五八）。オランダ生まれのフランス画家。
58 ルイ・アドルフ・ティエール（一七九七―一八七七）。フランスの政治家・歴史家・法律家。
59 文意が必ずしも明瞭でないが、伝統としてのダ・ヴィンチ宗教画を指すのか（ドラローシュはダ・ヴィンチと同じく、聖ヨハネを描いた傑作を創作している）。
60 ドラローシュの死後、一八五七年にパリで催された展覧会には、このような三部作が展示された。

Cyprian Norwid, *Pisma wszystkie, t.6, Proza. Część pierwsza*, PIW, Warszawa 1971

久山宏一・訳

ヨゼフ・カレル・シュレイハル　Josef Karel Šlejhar　1864-1914……**チェコ**

十九世紀末から二十世紀初頭の小説家。J・S・マハル（Machar）などと共に一八九五年の文学宣言チェスカー・モデルナ（Manifest České Moderny）に署名。自然主義的な手法で、人心や社会に潜む悪意を描写し続けた。代表作『メランコリックな雛』（Kuře melancholik）（一八八九年）は、一九九九年に同名で映画化されている。

自然と社会の印象

すずめ蜂

ここの所、アパートの住民はある小さな一室に悩まされていた。毎晩そこから奇妙な雑音や忙しく歩き廻る音が聞こえてくるのだ。そこには人嫌いの若い男が住んでいたが、男がもう何日も夜通し起きていることは明らかであった。

周囲の住民は気になって仕方がない。都会では他人のことをあまり干渉しないのが常だが、同じアパートに住み、安眠を妨げられ、深夜に耳ざわりな音を聞かされては、詮索したくなるのも無理はなかった。

男の不眠は長く続いた。もう数週間もまんじりともせず、彼の目は外の世界の暗がりと心の中の闇の映像の間を彷徨《さまよ》っていた。どうやら無理に起きているのではなく、性質の悪い病が離れようとしないのが原因であった。

耐え難い日々が続く。男は来る日も来る日も夜になると扉と窓を閉めて外界の音を遮断し、恐々と周りを見渡してから枕に顔を沈めた。寝床の中で雑念を振り払おうと枕のひだをひたすら数えてみたりするが、熱を帯びた魂は疲れを知らず、まどろむことさえできない。

すると、決まって強引で抗うことのできないうねりが襲ってきて男の心はバランスを崩し、不案内な高みに押し上げられる。かと思うと下に底の知れない穴がぽっかり開き、その上を荒々しく吹き飛ばされる。そのたびに男は身のすくむような恐ろしさを感じ、死ぬ思いがするのであった。

どうやら今夜も眠れそうになかった。判断力が鈍り、支離滅裂な感情と得たいの知れぬ激しい恐怖が襲ってくる。油汗が額に浮き、頬を伝って流れる。ひどい息苦しさに思わず身震いすると、男は寝床から飛び起きて部屋の中を歩き始めた。体を動かすと生きていることが実感できた。

だがこのような日々を繰り返す内に、次第に夜に慣れ、親しみめいたものを感じるようになったのも事実であった。近頃では、夜間、通りをうろつく浮浪者のかすれた歌声が聞こえてくると喜びさえ沸いてくる。一体何の音なのかも分からない、夜のとばりが生み出す雑多な喧騒も快く耳に響くのであった。

そして、いつしかこの夜も明け、闇がまばらになってきた。部屋に薄明りが差込み、切れ切れになった闇の破片がほの白い小さな雲になって次々に浮かび上がる。往来が賑やかになり、あちらこちらの家庭で生活の音がする。また朝、光、そして新たな一日がやってきたのだ。

若い男は身震いした。そして明るい光を嫌って、くぼんだ目の上に手をかざし、額の汗をぬぐった。「また朝か」男はつぶやくと狂ったように寝床に戻ってしまった。

小部屋にはみるみるうちに重苦しい熱気が立ち込め、あっという間にひどい暑さになった。最近は部屋の中も雑然としていて埃が溜まり、蜘蛛の巣が張り、見るからに不快である。ぎっしりと本が並んだ棚のガラス戸はあけっ放しである。書物はここで休息しているように見えながら、実は埃で息を詰まらせていた。若い男にはそれがひどく醜悪に思えた。

白昼の光が男の姿を照らす。青白い顔に灰色の斑点が浮いている。目は落ち窪み、焦点の合わない空ろな眼つきをしている。やせぎすの体は小刻みに震えている。「俺はもはや回復しないのではないか」男の内部で不安が大きくなっていった。

その時何か音がして、若い男は物思いから現実に引き戻された。すずめ蜂である。窓から入ってきたのだ。男は目で追いかけた。蜂は空気を蹴散らして男の頭の周りをブンブン飛び回っている。陽の光が体に当たると、目を射るような刺激的な黄色に輝き、膜状の羽が虹色の扇のように細かく揺れる。羽音は溌剌として陽気である。驚くほど敏捷に四方に飛ぶ。部屋の端まで突進し、隅の陰に消えたかと思うと再びさっと飛翔し、踊るように身をくねらせる。しばらくすると、本棚の本の背の金字で書かれたタイトルの上に止まった。どうやらそこが気に入ったらしい。止まったまま外に出ようとしない。羽音も止んだ。ただ落ち着かない様子で羽を震わせているだけである。

若い男は蜂の動きをじっと見つめていた。そして、蜂が棚に入り込んだところで素早く身を起こすと、棚のガラス戸を閉めてカギをかけてしまった。

蜂は自分が囚われの身になったことも知らず、涼しい顔である。体をゆったりと伸ばし、安逸を貪っている。柔らかそうな体毛を細かく震わせ、四肢を交互に持ち上げては注意深く頭を振る。羽音は微風のようにささやかである。ところが、ふと何気なく飛び上がった途端、ガラス戸にぶつかって跳ね返されてしまった。さらにもう一度飛んだが再び跳ね返される。腹を立てたのか、激しく羽を動かし始めた。そして、ガラスに頭部を押し付けて一面を這い回る。

外が見えるのになぜ出られないのかと混乱しているのだろう。

ついに暴れ出した。ガラス戸に体ごとぶち当たると、苛立って羽を激しく羽ばたかせた。大きな音を立ててガラス戸を這い回る。その焦燥は若い男がたじろぐほどだ。蜂の行動から激情、苛立ち、憎悪、憤りといった感情が伝わってくる。蜂はガラスを針で突き刺そうとしている。そして、どうやらその眼はまっすぐと若い男を見つめているようだ。その眼はぎらぎらと光っている。蜂は小さな頭部も使ってガラスを貫くつもりだ。蜂の目は気の毒なほど小さな滑稽なものだったが、眼差しは男を焼き殺しそうな鋭さであった。

しばらくすると蜂は落ち着きを取り戻し、静かに本の間に入り込んだ。その様子はひとしきり暴れて疲れ果てた鎖につながれた囚人や、籠に慣れてしまった小鳥を連想させた。羽音は穏やかになり、そよそよと揺れるばかりでまるで嘆いているかのようである。

やがて若い男は飽きてしまい、蜂のことを忘れてしまった。そして、再び不眠のことを考え始めた。

その夜はいつにも増して寝苦しい晩であった。蒸し暑く、暑さがゆらぐ気配はまったくない。夜も更けたころ、棚の方から擦るような音が聞こえてきた。それは弱々しい音であったが、徐々に夜の静けさの中で勢いを増し、後を引く鋭い音に変化していった。男は蜂のことを思い出した。「目を覚まして棚から出ようともがいているんだな」その音には一種の哀れな響きが含まれていた。若い男は明かりを点け、蜂がガラスにへばりついて足掻いている様子を観察した。蜂は一点の場所からほとんど動かずに羽をばたつかせている。黄色の模様が光に反射してにぶい白色に見える。若い男には、鋭く響く羽音が嘆きの声に聞こえ、それが絶望のため息に変わっていくように思えた。男は寒さを感じ、電気を消して寝床にもぐりこんだ。しかし、落ち着かない。相変わらず蜂の絶望の叫びが耳に残っている。それはまさしく「叫び」であった。蜂がまだ生きているのかどうか定かではなかったが、男の頭の中では蜂の叫びが鐘のようにガンガン鳴り響いていた。気が狂いそうな音で頭がくらくらする。もう我慢できない。男は気を取り直して立ち上がると棚を揺すった。本が次々に落ちて乾いた音をたて、蜂の叫びはかき消されてしまった。

その晩、もはや蜂の叫びは聞こえてこなかった。

朝が来ても病人に安らぎは訪れなかった。憔悴しきった体を起こしてみたものの、またすぐに横になってしまう。男は朝日が注がれている床を見つめ、昨夜の喧騒を頭に思い浮かべてみた。だがすぐに自分の内部から次々に沸き出る雑多な思いが邪魔をするのであった。

日はすぐに高くなる。午後に差し掛かり、太陽が最も高い位置に来た。日差しは最も強くなり、小さな部屋の中は濃い熱気で空気が澱み、まるで乳白色に燃える澱が浮かんでいるようだ。この時、聞き覚えのある、後を引く声が聞こえてきた。男が鍵穴から覗くと、蜂が必死に外へ出ようとしている。しかしその動作も羽音も元気がない。案の定、蜂はガラスから滑り落ちて本の間に落ちてしまった。

若い男は本を開いて蜂を助けてやろうと考えた。蜂の絶望した姿を見てにわかに憐憫の情が湧いたのだ。なぜ閉じ込めたのか、なぜもっと早く逃がしてやらなかったのだろう、男は自分を責めた。外は恍惚とさせるような七月の空の下、あんなに美しい世界が広がっているではないか。男はガラス戸と窓を開けようとした。ところが、身を起こした途端にめまいを感じ、危うく倒れそうになった。男は不愉快な自分の部屋と外の世界を見比べた。それから鏡を覗いた……。蜂の運命は決まった。ガラス戸は開かれなかった。「苦しめ、お前も絶望するがいい」男は心の中で叫んだ。彼の内部で悪意のようなものが膨れ上がっていた。だが、すぐにまたそのことを忘れてしまった。

蜂は小さな穴に潜り込んでしまい、もはや姿を見せなかった。

深い静けさの中、その日は辺りが薄暗くなってもまとわりつく暑さは引かなかった。まるで苛立った天空から暑気が落下し、残酷に地面を痛めつけているかのようだ。そのとき、静まり返った黄昏時を背景に、小さな部屋の本棚の中でしごく柔和な羽音のさざめきが始まった。蜘蛛の糸が微風に乗ってゆらいでいる、そんな感じであった。消え入りそうな羽音が起きるたびにガラスの表面もかすかに震えた。

若い男はベッドの方に足を伸ばした。初めて羽音が快く耳に響き、子守唄のように感じられた。男は静かな緊張した音に耳をすました。ところが突然、落ち着いていた心が変調した。本棚の中の音が声を抑えた口論になり、ガラスの震える音も耳障りになり始めた。闇が濃くなるにつれて蜂の呼び声も高まり、甲高く不愉快な調子は次第に地を轟かすような太く低い音に変化していった。

若い男の耳に届く蜂の理解できない言葉は頑固で執拗に響き、本棚からではなく、自分の内部から生まれているような錯覚を覚えた。男は寝床から這い出て、明かりをつけて蜂を探した。だが蜂はいない。消えてしまった。どこに隠れたのか。この瞬間、ぴたりと声が止んだ。光に驚いたのか。いや、若い男の表情に驚いたのかもしれない。男は凄まじい形相であった。灰色のしみは緋色に染まり、顔全体を炎のようにたぎらせ、緑がかった瞳を大きく見開いていた。唇は震え、両手は無意味な動きをしていた。ところが男は自分では逆に寒気を感じるのであった。

黄昏を追いかけるように虚無と静寂の夜が早足でやってくる。黄鉛色の空は相変わらず明るさのない澱んだ雲に覆われている。空には星一つなく、怪しい巨大な波が蠢いているようだ。葉一枚揺れず、はるか遠方の音がはっきりと耳に届く静寂の夜、時折、蒼みを帯びた灰色の暗雲が押し寄せてくる。灰色雲の空と反対側の空には青い光がたなびいている。物憂げな音のない闇の世界であった。

若い男は暗い影のように小さな部屋の中央に立ちつくしていた。不意に、この静けさの中で新たな気力を得たのか、それとも絶望が大きくなったのか、ふたたび蜂の羽音がし出した。これまでの鳴き声とは違う。何か別の音が加わっている。まるで金切り声である。蜂は監獄の中で暴れ回り、ガラス戸は独りでに、まるで細かい雹を叩き付けたようにけたたましく鳴っている。あたかも炎が何か生き物を呑みこむように、すべてが命を宿した音に変わってゆく。若い男は、蜂がおのれの頭の中で踊り狂っているような、地獄のような感覚に襲われた。男の影が部屋の中で揺れ始めた。ぶるぶると震える手を頭にやってつむじの辺りをかきむしるが、脳天を突き刺すような音は止むことがない。若い男は必死に神の名を唱えるが、囚われた蜂の絶叫の前ではまるで無力である……。

天空に青い稲妻が光り、間髪置かずに暗い雷鳴が轟いた。だが嵐の轟きは、悪魔のような昆虫の舞に比べればまるで優しい音色であった。若い男は跳ね回っていた足をつと止めた。自分が天空高くに浮かび上がり、足元に稲光と蜂の叫びが渦巻く底のない穴がぽっかり開いているような気がした。

嵐が激しくなってきた。空が大口を開けて稲妻と雨を吐き出す。男は我に返って外を眺めた。重苦しく唸り続ける闇が、延々と発酵し続ける泥を思わせ、そこから燐光が飛び交っているように見える。しかし、心の中の出来事に比べれば、外の現象はしごく穏やかなものであった。男には確かに音が聞こえていたが、それは何とも表現しようがなく、要するに彼の頭を占めているのは地獄以外の何物でもなかった。蜂のぎりぎりと擦る音の背後には、陰険でたけり狂った憤怒が潜んでおり、それが若い男に言いようのない恐怖を植え付けるのであった。

激しい稲妻がうごめく厚い暗雲の上で乱れ飛び、青い光が小さな部屋の中に長く留まる。その目のくらむような残光の向こうに見える本棚を、若い男の激しく燃える瞳が見つめていた。ガラス戸の上に、囚われていた蜂とは別の巨大なすずめ蜂が止まっている。無数の瞳は真っ赤に燃えた石炭を思わせ、胴体の黄色の縞模様が炎のようにゆらゆら揺れている。すずめ蜂は嘲り笑うように毛深い手足を大きな羽に擦り付けながら、毒針でガラスを突き刺している。これが気が狂いそうな音の原因であった。若い男は喚いた。恐怖で瞳が泳いでいる。部屋の隅の斧に眼が留まる。男は斧に飛びつくと本棚に一っ飛びし、忌々しい蜂が悪魔のようなトリックを披露している場所に思い切り振り下ろした。ガラスが音を立てて飛び散った。若い男はその後も何度も執拗に斧を振り下ろし続けた。本が散乱し、ガラスは粉々に砕けた。

外では男の行為を伴奏するように嵐が荒れ狂っていた。

この行為の原因が、今、棚と本の廃墟の間に死して乾いて横たわっている、滑稽なほどちっぽけな蜂だとは誰も信じるまい。

二つの瞬間

うだるように暑い夏の昼下がりであった。もう長い間、この地方には一滴も雨がふらず、辺りは炎暑にさらされていた。

成る程、春に芽吹いた野草は焼けただれ、枝の葉は力なく垂れさがり、花はすべてしぼんでいる。山腹に広がる村には焼けるように強烈な日差しが直角に照りつけ、影ひとつ許さない。道の上には今にも燃え出しそうな黒ずんだ砂埃がたまり、また、周囲の緑もその息苦しさにあえいでいる。一方、玄武岩の岩山の上空では陽光に砂埃が混じり、長い光の帯になって近くの松林に射し込んでいる。山の斜面は裸地と松林に分かれ、村が点々と広がっている。

さて、集落から離れて一軒の小屋がそそり立っているのが見える。山あいから中腹にかけて走る野道沿いにぽつんと立っている。小屋は、赤い砂岩を背によりかかるように立ち、村全体を見渡している。また、小屋の前には中庭、そしてその両脇に牛小屋と果樹園があり、谷底の方を向いている。

奇妙なことに村には人影がなく、犬が駆け回ったり鳩が飛び立つ光景も見られなかった。皆、このやりきれない暑さに閉口して家の中に身を潜めているのだろうか。空には一片の雲もなく、空気という空気が次々と熱気に転じてゆくようだ。太陽は円形というよりも、光を無数に束ねた幅広の帯であり、空全体がぎらぎらと輝いてまぶしい光を放っている。熱気のすさまじさに青空が百合色に白むほどだ。耳をすましても物音一つ聞こえず、辺りには生き物の気配がまったくない。煙突からは煙も上らず、畑には農夫の姿もなく、家の前で飛び跳ねるやんちゃな子供達の姿もない。ただ時折り、つばめがさっと飛来してはすぐさま巣に舞い上がり、また、小川の上ではトンボが飛び回ってハンノキ林に見え隠れしている。もっとも、川の水は蒸発して泥地と化し、あちこちで泥の間から雑草が芽吹き、川底ではおたまじゃくしが、醜悪な姿をさらして懸命に泥に潜ろうとしている。

谷の斜面には小さな教会が建っていたが、鐘の音が鳴ることはなく、また、射るような朝の光でオルガンが目を覚ますこともなかった。墓に運ばれてゆく者もいない。まるでこの村は無人で、死ぬ者がいないかのようだ。

しかし、谷と谷の間に連々とそびえる山を眺めてみるがいい。ライ麦畑やクローバー畑に目を止めてみればいい。この一帯全体が墓場と化していることに気づくだろう。むろん、墓堀人夫も僧侶もいない墓である。ここは、おびただしい血が流れた戦場なのだ。炎暑でからからに乾いたこの一帯には疫病をもたらす蒸気が渦巻いていた。そして、夜な夜な黒いカラスの群れやハイエナの集団が現れては、累々たる兵士の骸に群がった。しかし、彼らがいくら腹に詰め込んでも、すべてをたいらげることは出来ず、辺りには食いちぎられた四肢や血まみれの頭蓋骨が転がっていた。また、大半の死体は、戦いで命を落としたままの姿で朽ち果てていた。

毎日どこかで砲撃音が鳴り響き、あちこちで煙が立ち上っては日差しにぶつかって散り散りになった。たとえようやく過酷な戦が一つ終わっても、すぐに次の戦に向けて新軍が組織されるのであった。村人は酸鼻きわまる戦に恐怖を抱き、一人また一人と村を捨てて森の奥深くに身を隠してしまった。

　このため、村には人気がないのである。唯一、斜面の中ほどにある小屋には男が住んでいた。さて、男は今、せり立った岩のそばの庭のわら束の上にぼろをまとって裸足で横になっている。太陽に向けて痩せた巨躯を伸ばし、汚れた四肢をさらしている。頬がえぐれた浅黒い顔は黄ばみ、生気のないハシバミ色の眼がのぞいている。大きな黄色の歯は古く硬くなったパンを咀嚼している。量の多い手入れのしていない髪がいびつな頭蓋骨をおおい、下あごから喉の中ほどにかけてはにび色の無精ひげが生えている。男が歩くと、その巨大な足で地面を叩きつけるため、両手が自然と揺れるのであった。

　男はこの小屋の持ち主ではなかった。失うものもなく、当てもなく各地を放浪している内にここに辿り着き、もう何日か寝泊りしているのであった。本当の持ち主がどこに逗留していて、一体帰ってくるつもりがあるのかどうかも定かではなかった。男は小屋に残っていた物を自分の物にしてしまい、日々の糧は、木になっている青い果実と、残っていたパンと、いつか迷子になっていたところを捕まえた牛の乳でしのいでいた。

　しかし、実はここにはまだ別の生き物がいて、このよそ者を威嚇していた。それは視力をほとんど失った年老いた犬であった。骨の浮いた体から黄色がかった汚れた毛がぶら下がっている。もはや四肢に走る力はない。なぜここに残ったのだろうか。自分の主人と共に山に隠れる余力がなかったのだろうか。十五年間も番をしていたこの地を離れるのがしのびなかったのだろうか。そう先のことではない最期をこの地で迎えたいのだろうか。聞いてみれば、きっと答えてくれるだろう。

　老犬はなぜか放浪者を襲わなかった。いや、実は吠えようとしたのだが、かすれたしゃくりあげるような音が出るだけだった。そしてその力も尽きた時、不承不承この招かれざる客を受け入れたのだ。老犬は日がな一日草地に寝そべって体を起こさなかったが、警戒心のこもった不信の目をこの薄気味悪い放浪者から離すことはなかった。

果樹園には幹の腐った西洋梨、プラム、りんごの木が数本あって実をつけていたが、大半は酷暑のためにどろりと溶けていた。地面には木陰が網のように薄く伸び、太陽が傾くにつれて次第に濃さを増していった。

しかし、暑さは依然として眩暈を感じるほど厳しく、日照りが続いた時に特有の材木が焼けたような臭いや、日に焼けた雑草やクローバーの臭いを放っていた。庭の柵にはイラクサやカワラマツバがしつこく絡みつき、今にも倒れそうな牛小屋にへばりついて生えているハコベやワームシードはむなしく日陰を求めていた。

小牛のつらそうなうなり声が聞こえてくる。牛は平らな岩に寝そべって舌を出して息をもらしていた。放浪者は時折り果樹園の柵に牛をつないで草をはませたが、そこの草は焼けただれ、乳白色を帯びた黄色のタンポポは咲いたかと思うとしおれ、白いハコベは枯れ、オオバコは花茎がむけていた。

その時である。村の死んだような静けさが破られ、土を蹴る馬の集団の蹄音が響き渡った。犬は草の中から鼻を上げ、うたた寝をしていた放浪者は飛び起きて座り直し、下を走る道を見つめた。煙が黒い固まりとなって舞い上がり、無数の小さな雲に分かれてハンノキ林に消えていく。はがねの広刃に陽光が反射し、刀が交錯して稲妻のようにきらめく。騎兵隊である。死相をむき出しにした黒衣の兵士達が、泡汗をかくほど馬を走らせている。一様に体を屈め、手綱を緩めている。騎兵隊はあっという間に村を駆けぬけると、高く切り立った土手を曲がって姿を消し、音も次第に小さくなった。

放浪者は再び怠惰そうに横になり、犬も草の中で丸くなった。

ところが、しんと静まり返った村に、またもやけたたましい地鳴りが響いた。先ほどと同じ蹄の音が反対側からものすごい勢いで近づいてくる。黒い騎兵隊が戻ってきたのだ。騎兵隊は速度を緩めると村全体を見渡した。敵を探しているのだろうか。しかし、敵の気配はまったくない。

なんと、騎兵隊がこちらにやってきそうな気配である。しかし、近づいたかと思うと遠ざかる。辺り一帯は静寂なのに、道に舞い上がる砂塵だけが鎮まらない。砂埃の雲が干上がった谷の上空で揺れている。

太陽は相変わらず強く照りつけ、刺すような光が張りつくように谷全体を覆っている。ただ、もはやどこにも影が出来ない日差しの頂点は過ぎたようで、背の低い影がポプラの木々の背後に伸びていた。

放浪者は大儀そうに身を起こし、ゆっくりと小屋の方に歩き始めた。放浪者の険しい残忍な顔形が浮かび上がる。男は取っ手の欠けた陶器製の鍋に少量の牛乳をしぼり入れると、小屋のそばの板の上に置いた。それから、はめ板を外して痩せた牛を果樹園に放した。牛は草のほとんど生えていない地面にむしゃぶりつく。放浪者は牛の尻をたたいて追いやると牛乳の方に戻りかけたが、ふと、また下方の道に目をやった。

ピーッと高い笛の音が空気を貫き、砂埃が舞い、ポプラ林から鳥の一群が羽ばたいた。日の光が銃剣を直撃する。曲がり角から一人二人と人の姿が現れ、ついに歩兵の集団が姿を現した。確かめるような重い足取りである。兵士達の暗色の髭、血走った目、汗のしたたる顔が砂埃の中に見え隠れする。先頭には騎乗した将校が歩を進める。

放浪者はその様子を見守った。長いこと見つめているが、これは彼の習慣でもある。

老犬は、その間、寝そべっていた草からゆっくりと体を起こすと、重い体を小屋まで引きずっていった。パンを一切れ放ってくれないかと放浪者の顔を伺う。老犬は飢えと喉のひどい渇きに苦しんでいた。もう丸二日も何ももらえず、草を少しかじり、水たまりの汚い水で我まんしているのだ。何かないかとかすんだ目で辺りを見渡してみるが無駄である。待てよ、あそこに板があるぞ！　きっとあそこに新しいご主人様が何かを恵んでくれたに違いない。

老犬は曲がった後足で地面を蹴ると、高い位置に取り付けられた板に前足を乗せた。しかし、支えられずに、前足は空中で弧を描いて落ちてしまった。うなり声をあげて何度も試みる。そして、ひくひくと震える前足で板の表面を探る。ついに見つけた。老犬は陶製の鍋に飛びつくと、背中を丸め、尻尾を両足の間に丸めて牛乳を飲み始めた。体に元気が蘇り、目がすっきりする。ひどい空腹の日々を物語るように一気に飲み干した。久しぶりの充足感であった。老犬は喜色を浮かべて一跳ねすると、うたた寝をするために草むらの方に近づいた。進軍してくる軍隊には見向きもしない。叫び声のような笛にも耳をかさない。もう慣れてしまったのだ。老犬は前足に鼻を乗せると、目を細めた。

歩兵集団は、軽騎兵の偵察隊に守られながらどんどん近づいてくる。訳もなく殴られ、牛が不満そうな声を上げげた。放浪者は小屋の方にきびすを返した。そして地面の上に横になると、素足を伸ばして親指で牛乳の鍋を探った。やぶにらみの目は軍隊を見つめたままだ。やけに軽いな、そう思って鍋の方を振り向く。その途端、わめき声が響いた。放浪者は飛び起きると周りを見渡し、全てを悟って怒声を犬に浴びせた。犬は音を聞いて顔を上げ、静かに放浪者の方に近づいた。放浪者の黄色い顔がみるみるうちに青く変化した。目をぎらつかせ、毛深くはだけた胸は大きく波打っている。早くも犬は放浪者の足元で小さく丸くなった。放浪者は棒をひっつかむと犬に襲いかかった。力いっぱい犬を打ちすえる。しかし奇妙なことに犬は悲鳴一つ上げず、汚れた毛を小刻みに震わせているだけである。放浪者は思いつく端からば声を浴びせ続ける。さらに、犬の耳をつかみ、毛をむしり取ると、惨めなこの動物を地面に叩きつけた。この時初めて犬が声をあげた。そして一打受けるごとにかすれた嘆き声を返した。毛を残らず引き抜いた後も、放浪者は怒り狂って棒を振り下ろし続ける。犬は血だらけになり、嘆き声も途絶えがちになる。それでも打たれるたびにはり叫ぶようなうめき声を上げ、その絶望的な声はしばしば笛の音をかき消すほどであった。

道を進んでいた軍隊が、傾斜を登る野道を曲がった。笛の音が近くなり、軍隊が坂を登ってくる。どうやら放浪者が暴力をふるっている小屋を目指しているようだ。犬の悲痛な声が将校の耳に届く。将校は柵の周りに沿って弓なりに馬を進めた。

目の前で繰り広げられている身の毛もよだつ光景を目にし、彼の心は憎しみと哀れみで一杯になった。「おい、下衆野郎、止めないか！」将校は激昂した声を上げると、怒りで体を震わせた。

この声に放浪者は振り向き、えじきを離した。老犬はすぐに水たまりの水で血を洗い流し、ガラス玉のような両目を驚いてしばたたかせた。

将校は部下に命令した。ほどなく放浪者の巨躯は縛られ、自分が痛めつけた犬の隣に放り出された。「この悪党を吊り上げろ！」将校は命令し、あぶみから降りた。梨の木に首吊り用の輪がかけられる。髭面の男達が大男を両足で立たせた。笛の音は止み、軍隊全体がこのさして珍しくない光景を見守った。

放浪者は状況を呑み込んだ。口から泡を吹き出し、全力で兵士達を振り払うと、将校の足元に崩れ落ちた。まるで大木がなぎ倒されるようにひざまずき、犬が男の前で小さくなったように、体をすぼめる。うずくまって体を震わせ、哀れそうに命を乞う。縛られた手と足が木の枝の燃えさしのようにブスブスと音をたてる。将校は冷たく繰り返した。

「吊り上げろ！」

放浪者の頭にある考えが浮かんだ。身を固くしている動物の方に素早く這って近づくと、あらん限りの情と哀れみを込めた素振りで体をさすった。そして兵士達が鉄の手で彼を引き離す前に、再び将校の足元に小さくなり、血を体につけた姿で声を振りしぼって慈悲を願った。

兵士達は手を止め、将校はきびすを返した。放浪者を気の毒に思う気持ちがもたげたのだろうか。あぶみに飛び乗った。

「そのならず者を懲らしめてから、放してやれ」将校は進軍を命じた。

笛が鳴り、軍隊は動き始めた。数人の兵士が棒や銃の台尻で放浪者を痛めつけるが、絞首刑に比べれば天国であった。

最後の兵士が野道の角を曲がって姿を消した。笛の音の響きが木々の茂みの中に消えてゆく。谷に生えているハシバミの木々がまだしばらく揺れ、遠方で時折り、ヤマウズラの一群がはばたく。谷の方からカラスの群れが飛んできて、小屋の上空でひとしきり鳴いていたが、やがて彼らも森の方に飛び去った。

激しく殴打された放浪者は、ようやく我に返った。勇気をふるって顔を上げる。視界には誰も入らない。ふぅっと深い息をつく。叩きのめされた犬は、彼の隣で悲痛なうなり声を上げると、つらそうに血にまみれた鼻を上に向けた。

その音を耳にした放浪者が振り返った。黄ばんだ暗い顔が瞬く間に残虐な赤紫色に染まる。男は足をひきずりながら小屋の周りを歩き、疑り深げに道を何度も見渡した。しかし、人の気配はまったくない。浮浪者の両足には無数の擦り傷が走り、蒼黒い血が帯のようになって流れている。この痛みが放浪者を逆上させた。間髪入れずに柵用の細木でむごたらしい仕打ちが行われた。動物の体が尖った先で突かれた。犬の赤くにごった目が大きく見開き、突き刺された四肢に烈しい痙攣が走った。よどんだ血が木片を伝い、細木を赤く染めあげていく……。

やがて放浪者は息苦しい暑さの中、梨の木の庭で干草の束の上に寝転ぶと、寝息を立て始めた。

軍隊が消えたハシバミと松の林から、再び笛の音が鳴り響き、ハシバミの林が波打ち始めた。鳥が驚いて飛び立ち、野兎があわててライ麦畑に身を隠す。先ほどの軍隊が野道を急ぎに急いでやってくる。放浪者が横になっている小屋の付近だけが時が止まったかのようだ。

太陽が地平線上から消えてゆく。しかし熱気は緩む気配もなかった。目には見えないが圧し掛かるような蒸気の上に丸い大きな赤い月が浮かび、赤紫色の不気味な薄明かりを森の峰に投げかけた。その薄明かりが木からぶら下がっている暗い物体、そして醜く変形した顔を照らした。放浪者の巨躯が梨の木の上で具現化した恐怖のごとく揺れている。兵士達が彼の首を吊るしたのであった。

一方、細木が突き刺さり、血を流した犬の体は夕暮れに溶け込み、息絶えた。小屋の周囲では黒いカラスが一晩中群れを成していた。

言いようのない物悲しさを帯び、物思いに耽ったような月夜が静かにやってきて、この一帯に光を落としている。地平線には銀色のポプラの木々が死の番人のごとく立っていた。

平野清美・訳

Josef Karel Šlejhar, Šlejhar, Josef Karel *Dva okamžiky, Vosa in: Dojmy z přírody a společnosti*, Praha: J. Otto, 1894

ヤクプ・アルベス　Jakub Arbes　1840-1914……チェコ

プラハ生まれ。十九世紀にチェコ人民族意識が高揚した時代のジャーナリスト、舞台評論家、翻訳家、作家。科学的、社会的テーマを多く扱い、高校からの恩師ヤン・ネルダの作風を継ぐ作品が代表的。

ネボジーゼクの思い出

今やよい憩いの場となったネボジーゼクには、これからもプラハの人々が多く訪れるであろうが、それはネボジーゼク周辺が大きく変わったからなのである。

三十年ほど前までは、まったく考えられないことだった。

プラハっこ、中でも小地区の人たちは、いささかものぐさなことで有名だった。

ブルタバ河の対岸へ歩いて渡るなどといったら一大事で、ましてやフラッチャニへ行く、ペトシーンやネボジーゼクへ登るなどは英雄談さながらに、今の時代に海を越えてよその国を訪れたり世界一周旅行をしたことが語りぐさになるごとく、幾晩も友人や知り合いの間でうわさになったものだった。

スラブ人だけでなく、ドイツ人、フランス人、イギリス人、スペイン人、イタリア人、アメリカ人、そしてアジア人も、外国人はプラハを訪れれば、かつてリブシェの開いた百塔の街とその近郊周辺のすばらしい眺めを堪能せずに帰る人はいないということは、皆よくわかっていることだった。しかし、そのことがいざプラハの人々のネボジーゼクを訪れるきっかけになるかと言えば、決してそうは成り得なかったのである。

プラハが一望できるネボジーゼクからの眺めに感動した、と他国から来た人たちが熱心に話すのを聞いて、生粋のプラハ人は、只ただ満足そうにしているのだった。

時にはさもありなんと満足そうに頷いてみたり、感激して誉めそやす言葉を御もっともと請けたものだったが、さりとて、ネボジーゼクのあるペトシーンに登る人は、あらわれなかったのである。

「今年は必ず行ってみよう」

という文句は、何度となく耳にしたものだった。

ところが二年ほどたって、その勇猛果敢なる者は本当に行ったのかと尋ねてみると、決まって否定的な答えしか戻ってこなかった。

私にとってネボジーゼクが身近なものとなったのは、すでに幼少の頃である。ぼんやりと断片的にではあるが、恐ろしい思い出が忘れられないものとして残っている。

一八四六年、今からちょうど五十年前のことになるが、私の両親は、以前オウイェスト門の立っていた場所から五百歩ほど〔訳注―ほぼ三七五メートル〕離れたところの二階家に住んでいた。

ある日のこと、すでにもう真夜中だったのか、少なくとも夜も更ける頃だったと思うが、通りがいつになく騒がしいので私は目を覚ました。

部屋全体が真っ赤な波に飲み込まれていて、当時の慣わしで警報を告げる激しい鐘の音が遠くから聞こえてきた。

部屋にひとりでいることに気づく間もなく、母が部屋に入ってきて、何ともいえない怯えた表情を浮かべながら、祈るように震える両手を固く組み合わせていた。

獣脂蠟燭がついているだけの薄暗い部屋で、窓から入り込む真っ赤な光の波に揺られながら、その単純な現象に圧倒されて、私は恐怖心から叫び声をあげた。

母がベッド際に駆け寄ってきて、気持ちを落ち着かせようとしてくれた。

しかし、母も声が出ないでいるうちに、外に出ていた父親と仲間たちが全員部屋に入ってきた。ひどい混乱と怯えの中で交錯する言葉のほんの一部しか理解できなかったが、

「炎が空まで上っている……。火花が河の向こうまで飛び散っているぞ……。ハズンブルクだ！」

そして、しばらくして誰かが、

「火薬庫だ」

と言うのが聞こえた。

すると一斉に戦慄した叫び声が起こった。

どういうことなのかわかりもしないのに、私は怖くて震えが止まらなかった。

その後どうなったのかまでは覚えていない。ただ思い出すのは今でもはっきり記憶に残っている恐ろしい場面のみである。どうしてその場に居合わせることになったのかはわからないが、大火事を目撃したことは確かである。

おそらくほんのしばらくの間だけ、ネボジーゼクの丘の麓か、真っ赤に染まったペトシーンの丘の東斜面が見える家に、確か、誰かに連れられて行くことになったのだと思う。

丘の中腹にある家から上がる炎は空高く舞い、火の粉を絶え間なく吹き上げていた。

至る所から大勢の人たちが口々に叫び声を上げながら駆け寄ってきていた。

混乱した人々の様々な声があらゆる方角から聞こえてきた。すすり泣き嘆き悲しむ声や絶望の声、人を追い立てる声や容赦なく命ずる声などが耳に入った。

突然、混沌とした騒がしさが何とも表現のしがた

い轟音に変わった。

数頭立ての馬がホースを力一杯引きずって丘の斜面を目指し、ネボジーゼクの麓にある坂になった小路から飛び出してきたところだった。

鞭を打つ音、馬を追い立てる声、一心不乱に駆けつけ、少しでも手助けしようとする人々の繰り返し叫ぶ声や怒鳴り声……こうしたものすべてが、プラハでそれまで起こったありとあらゆる火事を覚えている年配の人々にとってすら前代未聞の光景を展開していた。

当時、丘の斜面が歩きにくく、馬車の通行は不可能だったことが、消火隊の行動を困難にした。

何とかしようとあらゆる手がつくされた。

鞭で激しく打たれ駆り立て追い立てられた馬は、道を遮る潅木にもかまわず丘の上めがけて突進するかと思うと、曲がりくねった坂道を右へ左へと猛進し……。

荒々しく混乱する中、馬の隊列は幾度となく躓いては逆走し、人が倒れては再び全力を振りしぼって立ち上がり、絶望的な挑戦を続けた……。

これ以上のことはもう覚えていない。

断片的な思い出を手短にお話したが、いずれにしろ、この事件のおかげで、私がプラハっこよりも、ネボジーゼクに深く思い入れを抱くようになったとしても何ら不思議ではなかった。

しかし、そうはならなかった。

確か、一八六三年のことだったと思うが、友人の一人が根気よく誘った末にやっとのことで連れ出してくれるまで、私にはネボジーゼクへ行ったという記憶がない。

しかし、その時初めて高台からプラハの街と周辺の景観を見た瞬間、私は魔法にかかったようにネボジーゼクに魅せられてしまったのである。

それからしばらくの間は毎日、時を選ばずネボジーゼクへと足を運んだものであった。

ある時は何の目的もなく、またある時は本を手に、学生が決まってするように青空の下で勉学に励もうとしたが、ほとんど、より正確に言えば、ただの一度も本を開いたことはなかったし、ましてや勉強などしたことがなかった。

どこにいても、遠くに目をやるやいなや、心は上の空だった。

岩や芝生の上に坐っているときも、ただ何気なく足を止めたときも、いつでも私はその素晴らしい眺望に魅了されていた。

これといった理由はないのに、いつも必ず、心地よく甘く儚い、何ともいえない気持ちになるのだった。

そのようなわけで、私の頭の中で渦巻いていた考えがネボジーゼクにいるときは一風変わったものになったとしても不思議はなかったのかもしれない。

いつのことだったか、私は目の前に広がる風景を、詳らかに、そしてあるがままに表現してみようと思いついた。

一八六三年の夏、思いたつや私は何度となく書くことに挑戦した。

満足したことはなかった。書いた直後も、しばらく時間がたっても、どれも出来上がったものはとても正気とは思えない人間がヒエログリフをやたらに書き散らかしたようなものにしか見えないのだった。

ある秋の日の午後、現在はレストランがある場所の傍らで、私は芝生に一人ぽつんと坐りこみ、再度全霊を打ち込んで、目の前に広がる光景を文章で表現しようとしていた。するとその時、私の思考は乾いたかすれ声によって遮られた。

辺りを見回すと、すぐ後ろに、きちんと身なりを整えた、いくぶん腰の曲がった背の低い男性が、青白い顔に何ともいえない苦しげな表情を浮かべて立っていた。

その時は気にもとめなかったのだが、すでに体力の衰えた、一見するところ八十歳くらいの老人はこの場所で最初に知り合った人で、当時は足場の悪かった道を、確かに何らかの理由があって苦労してのぼってきた様子だった。

「学生さんかな」

と老人に声をかけられたが、その声はややしわがれてはいるものの、暖かく親しみがこもっていた。

その場に立ちあがりながら、私は学生である旨を答えた。

「そっと近づいたりして申し訳のないことをしました」

と、その見知らぬ老人は言った。

「実はもう、しばらくの間、あなたのことを見ていたんですよ。始めは絵を描いていると思ったんだが、注意深く景色を眺めては何かを書いているではないですか。一体何をなさっておるんですかな」

私は事情を説明した。

「おやおや、それは途方もないことでも一級品ですな」

とひどく驚いたようだった。

なんと返答してよいかわからず、私は肩をすぼめた。

「いやいや、もっともなことです」

と老人は優しく言った。


「あなたはお若い。まだいろいろなことに挑戦できる。我々のように、年をとって、もう墓に半分足を入れているような者にとっては、そのようなことをしてみようとは思いもしないものなのですよ。

それでも私は今日、歳も気にせず、早や六十年もごぶさたしているこの場所へ足を運んでみようというとんでもない衝動に駆られましてね。

前世紀も終わりのころの話になりますが、ある方が二十年にもわたって毎日、毎晩のように眺めていた場所から、せめてもう一度プラハの素晴らしい景色を見てみたいという気持ちになりまして……」

咳をすると、老人は話を続けた。

「当時、プラハの学生が夜遅く、時には真夜中になって家に帰るとき、どの場所からでも丘の上方に目をやると、いつでも橙黄色の明かりが灯っていましてね……」

思わず失笑した私を見逃さずに、老人は、

「あぁ、致し方ないことなのです」

と、気まずそうな様子を見せた。

「あなたはご存じない。もう遥か昔に忘れられてしまった人の他愛ない思い出話に興味をそそられることなどないでしょう。その明かりが、当時プラハ大学の教授陣の中でも殊に立派な方の静かな書斎から漏れる光だったとお話したところでです……。その先生はドイツの人で、何年たってもチェコ語がしっかりとできるようにはならなかったが、我々チェコ人の学生からは、偏見のない世界観をもった啓蒙的な教育家として尊敬されておりましてね。そう、その方のお名前を言ってみたところで、お分かりいただけないでしょうが……」

一瞬黙り込んでから、すぐにこう言い添えた。

「アウグスト・ゴットリープ・マイスネルの本を何か読んだことがありますかな。ジシュカを詠ったドイツの詩人、アルフレート・マイスネルのお祖父さんにあたる人ですが」

「偶然ですが、マイスネルの本を一冊持っています。『小品集』の一巻だったように思います」

と私は答えた。

「で、お読みになりましたか」

どうしても聞かずにはいられない、といった性急な口調であった。

「いいえ」

と私は正直に答えた。

「ほらごらんなさいな……。盛者必衰というではありませんか。私はもちろん、多くの人たちにとってマイスネルは理想的な作家でした。彼の作品を貪るように読んだものでしたがね。

ところが今の時代はどうです。もう三十年、いやいやそれよりも長いこと、マイスネルの本を一冊は読んだことがあると言ってくれる不勉強者に、プラハにかぎらずともどこかで逢いたいとおもっているんだが、これがおらんのです。マイスネルの作品を読むのは、もう、文学史、文化史を研究している人だけになってしまった。

生前は、プラハだけでなく、果てはチェコ全体の文化に多大な貢献をし、広く教養のある教育家として若者に大きな影響を与え、またとても愛された作家であったその人物は、もうはるか昔に過去の人として忘れ去られてしまったのでしょう。

　先ほどあなたが若気の至りで取り組んでいた途方のないことも、二十年もの間ここネボジーゼクに住んで、プラハの風景を愛し、毎日眺め続けたあの方ならば何とか描写することができるのではと思うのですがね。このようなことに興味をお持ちになるのも、あなたぐらいなものでしょう」

　このときほど何とも言えない戸惑いを覚え、かつそのときほど、正にその通りだと痛感したことはなかった。

「他にも聞かせてもらえればと思うのですが」

　と私は困惑しながら答えた。

「あぁ、今日はもう無理なようですね」

　老人は、嵐が近づいていることを予告する雲ゆきの空を見上げながら言った。

「もし小うるさい年寄りのおしゃべりを聞く気がおありでしたら、我が家にお立ち寄りください。でなければ私がまたいつかここまで登ってまいりましょう」

　こういうと、老人は私にむかって別れ際の握手の手を差しのべた。

「もしよろしければ、お見送りしたいのですが」

　と、おどおどしながら申し出てみた。

　老人はこころよく承知してくれ、私たちは足の向くままに、曲がりくねって歩きにくい道をゆっくりと下っていったのだった。

　この道すがら老人が語ってくれた話を、三十年以上たった今、私の耳にしたままにお聞かせすることにしよう。


「どうでしょうか」

　と、初めて会ったその老人は話し始めた。

「今の学生も先生に、前世紀末ごろに私がマイスネル先生に対して抱いた念を持つことがあるんだろうか。私はマイスネル先生を神聖な思いで景仰しておったのです。

　私はクラーロヴェー・フラデツ生まれで、一七九八年からプラハの大学に通い始めました。

大学でマイスネル先生のことを知り、若い学生に特有の情熱を抱いて先生のことを敬愛するようになりました。でも、先生に個人的にお目にかかれたのはたったの一度でしてね。それは、先生がプラハを後にしようと決心された時のことでした。

そのときの出会いは、終生忘れられないものとなりました。

思い出せば、一八〇四年十二月のクリスマス明けのころでした。仲間の学生何人かと、ネボジーゼク、当時まだハズンブルクといわれたところにある先生の家を訪ねて、お別れのご挨拶をしよう、ということになったのです。

夕暮れ近くのことでした。

総勢十五人ほどもいたと思うのですが、その中の誰一人として、これから向かう場所に行ったことのある者はいなかったのです。

ですから初めて丘の上からプラハを眺めたときに、我々がどれほど感動したか分かるでしょう。

それから、マイスネル先生の家で出発の準備がなされている様子を見た時にどんな気持ちになったかも想像に難くはありますまい。

部屋の中は荒れ放題でした。箱やトランクが山と積まれていて、家具は散乱して……、とにかくわびしい光景でした。

大好きな先生をこのようなお忙しいときに訪問したことを、我々は後悔し始めました。

ところが、マイスネル先生はまるで父親のように優しく出迎えて下さり、そして間もなく我々はかつて先生の書斎だった部屋で、なんとも信じ難いのですが、くつろいでおったのです。

どう見ても風変わりな集まりでした。

戸惑いはあったものの、マイスネル先生が我々の間に入り込んで一緒に坐り、ワインが空き始め、その数が大きなテーブルに一本、二本と増えていくにつれ我々も陽気になり、仕舞いには、マイスネル先生とごく親しい友人同士のように話をしていました。

お年は既に五十歳位になっていらしたんだろうと

思います。柔和なお顔には親しみを感じさせるところがありました。

老いた肌には、忍び寄る病の兆候が現れていましたが、目だけはメランコリックな若者のようにやさしく輝いていました。すでに長い研究生活に疲れを感じているのが見受けられましたが、人を惹きつける方でした。

先生が話し始めると、私たちは息を潜めて聞き入りました。

ある時は客観的に物事を捉え、時には詩的な表現をして、又ある時はごくありきたりの言葉で語るのですが、先生の静かな声には不思議な力がありました。

終始話していたのが先生であったとしても、何の不思議もありませんでした。

それまでの人生で経験した数多くの出来事について話してくださいました。先生はオーストリアで初めて、プロテスタントの教授としてプラハに就任したのですが、そのとき先生を任命した皇帝ヨーゼフ二世にお目見えしたときのこと、学生時代のこと、いろいろな人物との競合や交流などについて聞かせてくださったのです。

そのときのお話を今日は一つだけ聞いてもらいましょう。


『一七九一年の夏、フランス王家が囚われ、パリで革命が勃発したとの報らせがプラハに届いたときのことだった』とマイスネル先生は話し始めました。

『世界情勢に関心を持つ者は皆そうだったが、ぼくも毎日落ち着かない気持ちで過ごしていた。

ある真夏の暑い日、ちょうど書斎で、配達された新聞をすべて読み終わり、ふと窓の外を見ると、なんと、でこぼこした歩きにくい道を、妙な人物が体を左右に揺らしながら、女性を一人連れてこちらへ歩いてくるのが見えた。

まだ遠くを歩いているうちは、その女性が金髪であるということしか分からなかった。

しかし、私は、その男性の方に注意をそそられた。

異常に背が高く、まさに大男というにふさわしいその人物は、気の毒になるほど不恰好だった。青い燕尾服に黄色のズボン、茶色の靴下に、首には赤いスカーフという体裁で、すべてが滑稽そのものだった。

びっくりしながらも、その見も知らぬ人にどのような用件か聞こうとぼくは急いで表へ出た。

次の瞬間、その人を目の前にしていたのだが、あのような人物にはそれまで一度も出会ったことがなかった。

年は三十歳ぐらい、背が高く骨張った体つきで、背筋は伸びているものの胸の部分が目立ってへこんだ首の長い男が、格好悪く両足を広げて立っていた。

色白の顔にはたくさんのそばかすがあり、額は広く、細く尖った鼻はオウムの口ばしのように曲がっていた。

深く窪んだ濃灰色の目を覆うまぶたは炎症を起こしていて、赤い眉毛との見分けがつかなかったが、それが頬のこけた顎の広い顔を厳格なものにするとともに、まことに生気溢れたものにしていた。

三角帽を脱いで長く編んだ赤い髪をうしろに垂らしながら、かすれ声で挨拶し、私はフリードリヒ・シラーといいます、と言った時には、僕は腰を抜かしてしまった。

それを見受けたシラーは、僕に妻のシャルロッテを紹介し、たった今カルロヴィ・ヴァリからプラハへ着いたところなのだが、見聞を広めるために、この歴史記念物を見て回りたいのでぜひ手伝ってもらいたい、と言うのだった。

シラーの希望に沿うよう、僕はできる限りのことをした。

わが家に泊まってもらい、何日かにわたってプラハを案内し、才能ある詩人にとって面白く、まだ知らないであろうと思われるところを見せて回った。

シラーは、本当の意味で教養のある聡明な人だったが、同時にきわめて常軌を逸したところがあって、話し方や行動にその二つの要素が代わる代わる現れた。

打ち解けて話をしている時は、少ししわがれた声も気にならず、それなりの心地よささえ感じられたものだが、いったん自作の詩を朗誦し始めると、それはまるで暴れん坊の小学生が耳障りな歌声を張り上げながら、意味も理解しないまま、むやみやたらに読み上げているようで、高調するところに至っては、音にもならない音声がただ響いてくるとしか聞こえようがなかった。

しかし、ほどなくこうしたことにも慣れると、シラーの来てくれたことが本当に嬉しく心地よいものとなり、僕たちは実の兄弟のように、人生の喜怒哀楽を話せるようになった。

シラーが突飛な行動をとるものだから、常に心配が絶えず、仕舞いには悲痛な思いを味わうことがあっても、それは最後まで変わることがなかった……。

ストシェレツキー・オストロフに出かけた時は、シラーとシャルロッテの他に、僕の六歳になる息子も一緒に連れていった。

川の中州まで舟に乗り、射撃場を見物したあと、休憩しようと木陰のテーブルに席を取った。

レストランのテラスでは、ちょうどコンサートが行なわれていた。

人々が集まってざわざわとしている中、演奏されている曲が聞こえてきた。

シラーは上機嫌だった。

プラハ市民の明るく飾らない様子に、大変関心を持ったようであった。気取って打ち解けない他の町の人々と比較し、特にドイツの町のことを痛烈な皮肉やあてこすりでもって笑い飛ばしながら語って聞かせた。

しばらく会話が弾んだ。

シラーはますます調子が出てきた。哀愁を含んだ真剣な語り口になると、少ししわがれた声すら、いつにない心地よさで耳を打った。

その時シラーは、少しはなれたところに、子供が遊べるようにメリーゴーラウンドがあることに気がついた。そして、僕の息子がおとなしくテーブルについて、木馬に乗っている子供たちをこっそりと羨ましげに眺めているのを見てとると、乗るかい、と誘った。

息子は待っていたとばかりに椅子から飛び降りると、すぐに木馬の方へと駆けて行った。

シラーもついていった。

息子をメリーゴーラウンドの木馬に跨がらせると、鐙に足をかけ手に棒を持たせ、木馬に乗りながら的を叩くようにと教えた。的をうまく叩くと、ターバンを巻いたトルコ人が出てくるようになっていたのだ。

メリーゴーラウンドはゆっくりと動き出した。シラーはメリーゴーラウンドのすぐそばに立って、子供が遊んでいる様子を見ていたが、その表情には歓喜があふれていた。

回転が遅いと思ったのだろうか、シラーははしゃぎながら、メリーゴーラウンドを回し始めた。しかし何度かあまりに力を入れたので、子供たちを乗せた木馬や腰掛が、周囲で人々が見守る中、物凄い速さで回転し始めた。

僕もしばらくは心配していなかったが、ただでさえ回転が速まっているメリーゴーラウンドを、シラーが全身の力を振り絞ってさらに回転させているので、子供には危険だから無謀なことをしないように、と丁寧に注意しようと思った。

その瞬間、叫び声が聞こえた。僕の子が木馬から転落してしまったのだ。

少し離れたところまで飛ばされ、木の幹に頭を打ち付けてしまった。

心配するなんてものではない、シラーは怯えたような表情を浮かべて駆け寄り、子供を抱き上げた。

息子は頭から出血していた。すぐに気を失ってしまったから、死に至ったとしてもおかしくなかった。

僕がどんな気持ちだったか、お分かりいただけるだろう。

もちろんシラーはすぐに謝罪し、彼自身が元外科医だったこともあり、すぐに息子の意識を取り戻そうと手当てし始めた。

およそ十五分後には、子供は幸いにも意識を取り戻したが、すぐに気が遠くなってしまうので、早々に家へ連れて帰らなければならなかった。

シラーとストシェレツキー・オストロフへ出かけたときのことは、このような結末を迎えてしまったのだった。

その後、数日間、息子は生死の境をさまよった。

この間、精神的に耐えなければならなかった苦しさは言葉で表現することができない。僕はすっかり参ってしまった。

ありがたいことに、最後は体力が怪我に勝り、息子は次第に回復に向かい、すっかり元気になった。

左目上の大きな傷跡、時々起こる頭痛、そして左耳の軽い難聴……これだけはシラーの思い出として一生残ってしまった……』

ここでマイスネル先生は、聴衆の中に何か言いたい者がいるのではないかと、しばらく黙っていました。

しかし、口を開く者がいなかったので、さらに話を続けました。

『さぁ、それで諸君、シラーは、自らの無分別な行動で父親に大きな悲しみをもたらしてしまったわけだが、その父親に対してシラーはどのような思いを抱いたと思いますか。

その親のことを、その後もよく思い出したことはかなり確かなようなのだよ。その証拠と言っては、シラーがかの有名な「エピグラム」に載せた一編の詩しかないのだがね。

一見意味のない、格別面白くもないその詩は「アルキビアデス」と題がついていて、こんな内容なのだ。「其方はドイツから参ったか？　此方で描かれているような腰抜けではない旨、しかと申されよ」その諷刺詩は、実は、私の長編作「アルキビアデス」を嘲笑したものなのだ……』

そしてマイスネル先生は黙り込みました」

ここでちょうど馬車の止まっている通りまで来たので老人は立ち止まり、話をやめた。

「最後に一言だけ付け加えますと、マイスネル先生は一八〇五年一月五日にプラハを去りました。そしてご存知かと思いますが、同じ年にフリードリヒ・シラーは……他界しました。今日はここまでにしておきましょうか。

先ほども申しましたが、もしよろしければ我が家においでください。まぁしかし、明日か明後日にでも、あの丘の上で再度お会いしましょう。その時にはまた、あなたがきっと関心を持たれるだろうと思うことをたくさんお聞かせしましょう……」

あまり深く立ち入ることは憚られたので、家がどこなのかも尋ねず、老人の提案に礼を述べると、定められた場所へ行くことを約束した。

老人が馬車に乗り込むのを見届け、私はかつてオウイェスト門のあった方へ歩き始めた。馬車は反対の方向へと去っていった。

本当のことを言うと、当時弱冠二十三歳だった私は、その時聞いた類の話を格別好んでいたわけではなかった。

にもかかわらず、次の日になると、前日と同じ時間に約束した場所へ行き、夕方遅くまでそこに居続けた。しかし、私の待っていた人物は姿を見せなかった。

次の日も、その次の日も、それからほぼ一か月、私は毎日欠かさずその場所を訪れた。しかし、老人とはもう二度と会うことがなかったし、なんらかの噂を聞くこともなかった。

数年経った後、私は当然のことながら、老人と再び会うことができなかったのを非常に残念に思ったが、あの時聞いたことは単なる作り話なのだと思い込むことで納得しようとしていた。

しかし、先日、マイスネルが自叙伝でシラーのプラハ滞在について触れているのを読んだとき、あの老人と会うことがなかったことで、今の人々はすでに知るすべもない多くの出来事について聞く機会を失ってしまったのだということが、私にははっきりと分かったのである。

Jakub Arbes, *Okolí Prahy (Dílo Jakuba Arbesa, svazek 29)*, SNKLHU, Praha 1960

大井美和・訳

パラシケヴァ・K・シルレシチョヴァ　Парашкева К. Сирлешчова　1823-1908……………ブルガリア

採録の行われていた一八九八年当時七十五歳であったため、バーバ・パラシケヴァ（パラシケヴァ婆さん）と通称される。南西ブルガリアのバンスコ生まれ、一九〇八年、同地にて八十五歳で没する。文字は読めなかったが、優れた記憶と語りの才能に恵まれ、さまざまな方言を駆使して登場人物を地方別、階層別に自在に語り分ける彼女のみごとな語りは、孫たちの手によって採録され、没後まとめられて『民衆口承文芸・民俗誌集』（Сборник за народни умотворения и народпис）第四十八巻（一九五四年）に数多く掲載されている。

ブルガリア民話選

王さまになった乞食

とても裕福な旦那さんがいました。山で羊や山羊や牛や馬を放牧し、立派な家を持っていて、不動産も沢山ありました。旦那さんは駿馬に乗ると、畑を見回りにでかけました。野に出ると、突然、まるで雲の中からみたいに声がしました。「お前に災いが降りかかるだろう。さあ、いつが良いんだ。今かな、それともお前がもっと歳をとってからかな？」

旦那さんは家に戻ると、奥さんにこのことは話さずに、「明日、他の土地を見て回るから、また駿馬に乗って出かけるぞ」と言いました。

翌日、旦那さんは駿馬に乗ると、他の土地に出かけました。すると突然、また、まるで雲の中からみたいに声がしました。「お前に言ったあの話、災いをいつ降りかけるか答えはでたかな？　今かな、それとも歳をとってからかな？」

旦那さんは何も言わずに家に戻ると、奥さんにその話をしました。奥さんは、「今、降りかかってもいいじゃない。若いうちなら、何だって耐え忍ぶことができるじゃないかい」と言いました。

旦那さんはとても大きな菜園を持っていました。馬に乗って、見回りに行きました。すると突然、また、まるで雲の中からみたいに声がしました。「お前に言ったあの話、災いをいつ降りかけるか答えはでたかな？　今かな、それとも歳をとってからかな？

一度は降りかかるんだからな」

「歳をとっても来るんなら、今降りかかるが良いわ」と旦那さんは言いました。これを口にすると、突然、菜園のまんなかで駿馬が死んでしまいました。

旦那さんは家に戻ると奥さんに言いました。「なあ、お前、返事を言ったらな、もう災いが降りかかり出したんだ。駿馬がな、菜園のまんなかで死んじまったのよ」

門でがらんがらんと呼び鈴が鳴りました。誰が来たのか家の者と見に行ってみると、おやまあ、馬飼いでした。馬飼いは言いました。「知らない奴らがやってきて、馬を連れていってしまいましただ。盗まれちまったんです」

旦那さんは部屋に戻ると、奥さんに言いました。「なあ、お前、馬も盗まれちまったぞ」

奥さんにその話をしていると、こんどは羊の群れから羊飼いがやってきて、言いました。「旦那さま、俺たち狼に襲われて、羊はみんな嚙み殺されちまっただ。一頭も残らずにな」

すると、山羊飼いもやって来ました。「泥棒が来て、山羊をつれていっちまいましただ」

そして、牛飼いもやって来ました。「旦那さま、熊が出て、牛を追いやって湖に追い込むと、みんな嚙み殺しちまいましただ」

旦那さんは言いました。「もう我慢ならん。どこかに旅に出て、気晴らししよう」

　こう言って戻ってくると、なんとまあ、あの窓も、あの部屋も、あの家も明るく輝いているじゃありませんか。奥さんが、なにもかぶらず、[1]帯も締めず、おびえて出てきました。旦那さんは、奥さんの気が触れたのだと思い言いました。「なあ、お前、何でそんな格好してるんだ？」

　すると奥さんは答えて言いました。「ねえ、上の子が死んじゃったんだよ！」

　旦那さんは言いました。「授けてくださるのも、奪いなさるのも、神さまの思し召しなんだ」

　二人は子供を引き取ると大きさをはかって葬りました。墓地から戻ってくると、旦那さんも奥さんもへたり込んでしまいました。「なあ、ちょっとお前の膝に横になるぞ」って旦那さんは言いました。旦那さんは奥さんの膝に横になってうとうとし始めました。奥さんが腰を下ろしたのもつかの間、家が真っ赤になって燃えているのが目に飛び込んできました。

「ねえ、あんた、起きてよ、焼け死んじゃうわ！急いで子供を連れてきてよ」

　二人は子供をつかんで逃げました。旦那さんは言いました。「金《かね》が土に埋めてあるんだ。あの金だけでも取ってくるから、戻らせてくれ」

　行ってみると、どうでしょう、金は掘り出されていて、その直後に家に火がつけられたのです。旦那さんは子供たちのそばに戻ってくると、奥さんに言いました。「なあ、お前、ここじゃどうにも暮らしてけないぞ。どこか遠くの他の国に行って暮らそうじゃないか」

　そこで、一家をあげて村を出て行きました。村を出ても旦那さんが手がけるような仕事は見つからなかったので、牛飼いに雇われました。わずかばかりの小麦粉を手に入れて戻ってくると、奥さんがこねて、それで子供たちを養いました。

　一人の男がどこからかやってきて、暮らし始めました。男はお婆さんのところへ行って聞きました。

「なあ、俺はここでやってけるかな。婆さん、洗濯やつくろいをしてくれんかな」

するとお婆さんは言いました。「さあ、あたしのそばにすわんなよ。とっても几帳面な女がここにいるから、洗濯やつくろいにはうってつけだよ。あの女ならあんたの洗濯やつくろいをしてくれるよ。それにあんたと同じ他所者だしさ」

男は、お婆さんの近くに住まいを決めて、あの奥さんに洗濯物やつくろい物をもって行くようになりました。あるとき、服を受け取りにいったとき、男は奥さんを盗みました。奥さんは男に気がなかったので、金切り声を張り上げて叫び、子供たちも泣き叫んだのですが、奥さんを連れて逃げたのです。旦那さんが戻ってきて、母さんはどこだと子供たちに尋ねまると、「洗濯やつくろいをしてやっていた男が、かあちゃんを盗んだんだ」と言います。旦那さんは「ここも、もういたくない」と言うと、二人の子供を連れて、他所の土地に逃れて行きました。

一行は、とあるところで大きな川に行き当りました。旦那さんは、「さあ、父さんの子供たち、渡ろうな」と子供たちに言うと、一人を右にもう一人を左にと両脇にかかえて、川を渡ろうと水のなかに入りました。中ほどまでくると、旦那さんは水にさらわれて下の子を落としてしまいました。川のそばに牧草地があったので、旦那さんは上の子をそこに放り投げると、流された下の子を追いかけて行きました。

牧草地にはたまたま狼が一頭いて、投げられてきた子供をくわえたのですが、そこに群れをつれた羊飼いがいたので、子供を狼から救い出すと、どこぞへ連れて行って、この子の世話をしました。旦那さんは、水にさらわれたもう一人の子供には追いつけません。とあるところで漁師がまだ生きていたこの子を引き上げて、世話をしました。

旦那さんは、もう奥さんもなく子供たちもなく一人ぼっちでした。服は、乞食みたいにぼろぼろでした。もう仕事をしようにも当てがなく、物乞いをして歩きました。ある町に物乞いに行きました。その町では王さまが亡くなられたので、新しい王さまを戴く手続きが始まっていました。王さまを選ぶときには、老いも若きも広場に出て一羽の鳥を放って雲にとどくほど高く飛ばし、その鳥が頭に舞い降りた人が王さまになるというのが習わしでした。老いも若きも、ようすを見に出てきました。乞食たちもでかけて行ったので、あの旦那さんもついて行きました。

鳥は舞い上がると、ゆっくりゆっくり下りはじめ、旦那さんの頭に舞い下りました。いあわせた有力者たちは、どよめき叫びました。「何だこれは？　乞食を王さまに戴くってのか？　ひっ捕らえて、牢屋に放り込め！」

旦那さんは捕まえられて、牢屋に入れられてしまい、あの鳥も逃げてしまいました。人びとは口々に言いました。「さあ、明日また、ここにいる人たちにこの広場に集まってもらって、誰の頭に鳥がとまるか見ようじゃないか」

翌日、また多くの人びとが広場に集まりました。鳥が誰の頭に舞い降りるのか、人びとは今か今かと待ちうけていましたが、鳥はいっこうにやってきません。人びとは翌日もまた広場に出ました。今か今かと待ちうけていましたが、鳥はまたやってきませんでした。「ひょっとして、牢屋に放り込んだあの乞食にとまったのじゃないか？　行ってみろ、あの乞食を牢屋から連れて来い」と言う人びともいました。

行って見てみると、なんと、あの鳥は牢屋にとまっているではありませんか。乞食を人びとのところへ連れてくると、鳥も姿を見せました。乞食を隠してしまうと、鳥はあちこち飛び回っていましたが、乞食を見つけて、さっと彼の頭にとまりました。「ええ、どうしようもないな、あの男が俺たちの王さまだ。これが俺たちの決まりだものな。連れていって王さまの服を着せて着飾ってやれば、あの男も俺たちの王さまになるさ」と人びとは言いました。それで、王さまの服を着せて着飾ってやり、乞食を王さまにしました。

ところで、乞食の子供たちもこの町に来ていました。一人は「漁師の息子」と、もう一人はヴァコ[2]と呼ばれていました。二人は、王さまに雇われてつかえていたのです。それに、母親を盗んだあの男も、大金持ちになって、この町に暮らしていました。男は、王さまのところに出かけていって話に夢中になり、遅くまで王さまの家にお邪魔することがよくありました。あるとき、あまりにも遅くなったので、泊まってゆけと王さまが引きとめてくれたことがありました。

するとと男は言いました。「ここに泊まってゆけとのことで、お言葉を返すのもなんなんですが、うちの女房がひどく恐がりでして、一人じゃ床につこうとしないものですから、戻って顔を見せんとなりませんので」

王さまは答えて言いました。「なあ、わしが何であの召使たちを養っているか分かるか？　今晩あの者どもをつかわして、お前の家を見張らせてはならぬかな？　そうすればお前は、わしのところで腰を落ち着けて気がかりなく話ができるではないか」

そこで男は言いました。「よろしゅうございます。女房のところに顔を見せてきます、そしたら戻ってきますから」

男は家に戻ると、奥さんに言いました。「お前は内側からかんぬきをかけろ、俺は外から鍵をかけるからな。それに今晩、王さまの召使がやってきて、門の前に座って番をしてくれるぞ。だからちっとも恐がることなんかないぞ。俺はまた王さまのところにお邪魔して、話をしに行くからな」

男が王さまのところへ行くと、二人の召使が家の番にやってきて、家の前に腰を下ろすと話しました。奥さんは、扉に耳をつけて聞いていました。一人が言いました。「なあ、ご同輩、俺たち、ここで王さまに仕えてからかなりになるけど、どこの誰だか聞いたこともなかったな。今晩ここでちょうどお前と一緒になったから、ひとつ、お互いに話し合おうじゃないか」

年上のヴァコという召使が話しはじめました。「いつの頃だったかな、どこぞの商人がやってきて、お袋を盗んだんだ。俺は、弟と一緒にぴーぴー泣き叫んだんだけどよ、あの男はお袋を連れていっちまったのよ。親父は、家に戻ってくると俺たちを連れて逃げたんだ。俺たち、大きな川に突き当たってな、親父は俺たちを連れて、一人は右脇にもう一人は左脇にかかえて川を渡り始めたのよ。でも、親父は水にさらわれて弟を落としちまったんだ。で、俺を牧草地に放り上げると、川んなかを弟を追っかけていったんだ。牧草地には羊飼いがいたんだけど、狼が一頭羊を狙ってやってきてな、俺はやつの目にとまってひっつかまえられたんだ。羊飼いが追っかけてきて俺を助けてくれたのよ。それで、その家に引取られてな、そこで大きくなったってわけさ。だからヴァコって名前なんだ」

もう一人の召使も言いました。「へえ、そうなんだ。おいらはな、漁師たちに網で引き上げてもらって、面倒見てもらったんだ。だから、今でも『漁師の息子』って呼ばれてんだ」

すると、奥さんが扉のなかから言いました。「ねえ、何だって？　何ていったの？　あんたたち！」

二人は答えて言いました。「俺たち、何も言ってないさ」

翌朝、商人が家に戻ってくると、奥さんは言いました。「王さまがどんなお方か、あたしもお目にかかりたいね」

商人は答えて言いました。「ああ、いいとも、王さまが散歩にお出でになるから、どんなお方か見れる場所を教えてやろう」

王さまは散歩にお出でかけになったので、奥さんもどこかでお目にかかろうと出かけました。お見かけしたのですけど、王さまは人違いをしたようなご様子で、奥さんもはっきりと見とどけることができません。それで商人に言いました。「お見かけしたけどね、すごい人ごみで良く見えなかったわ。お目にかかりたいから、王さまのとこへ連れてってくれない」

商人は奥さんを連れて行きました。王さまとしばらく話していると、突然、奥さんは声をあげました。「ねえ、あの晩家《うち》にやってきたあの若い人たちを呼んでくださいませ」

若者たちが呼ばれてくると、奥さんは尋ねて言いました。「ねえ、あの晩、あんたらが家《うち》にいた時、二人でどんな話をしてたか話してよ」

ヴァコが言いました。「僕はこんな話をしました。あるとき、父さんのいない時だったけど、一人の男がやってきて母さんを盗んだんです。僕は、弟と一緒にぴーぴー泣き叫びましたけど、男は僕たちには耳をかさずにお母さんを連れていってしまいました。父さんは戻ってくると、僕らを連れて一緒に逃げました。大きな川に行き当たって、父さんは、向こう岸に連れて行こうって僕らをかかえたんです。でも、水に足をすくわれて弟を落としてしまいました。それで父さんは、僕を牧草地に投げ上げて、川の中を弟を追っかけて行っちゃったんです。狼が一頭やってきて、僕につかみかかったけど、ちょうどそのときそこに羊飼いがいあわせて僕を狼から助けると、家に連れていって育ててくれました。だから僕はヴァコって呼ばれてるんです。今でもみんなが僕をこう呼んでます。同僚は、漁師たちに網で引き上げてもらって面倒見てもらったそうです。だから、『漁師の息子』って呼ばれてるんです」

すると王さまは言いました。「おおー、お前たちは俺の息子だぞ、なあ！」

そこで奥さんは言いました。「ほら、この男だよ、あたしを盗んだのは」

みんなは互いの身の上話をすると、王さまは奥さんをお后にし、子供たちを王子さまにしました。で、奥さんを盗んだあの男ですって？　王さまは兄弟のような付き合いをしてあげたそうですよ。


バーバ・パラシケヴァ・シルレシチョヴァ、バンスコ市にて、一九〇〇年

Просяк става цар

瓜から生まれた娘

男の子がいました。王さまの息子でしたが、結婚

していませんでした。

それでお婆さんが尋ねました。「ねえ、なんで結婚しないんだい」

「だってねえ、婆さん、どこにもきれいな娘が見つからないんだよ」

「じゃあね、瓜村に行ってごらん。きれいな娘が見つかるよ」

王子さまは行ったそうです。美しい娘を探し始めると、村びとは王子さまに瓜を三つ差し出して、こう言いました。「瓜を切るときは、水のそばで切るんだよ」

王子さまは瓜をもらいました。どんどん歩いて行くと、水が飲みたくなりましたけど、どこにも水はありません。それで、「じゃあ、瓜を一つ切ることにしよう」って言いました。

それで、瓜を一つ切ると、なかから美しい娘が出てきました。娘は、「水！　水はどこ？」と言うと、死んでしまいました。

王子さまは、二つの瓜をかかえてどんどん歩いて行ったので、すごく喉が渇いてしまいました。でも水は、どこにもありません。それで、「えい、どってことないや、もう一つ瓜を切っちゃおう」って言いました。

切ると、なかから美しい娘が出てきました。「水！水はどこ？」と言うと、この娘もすぐに死んでしまいました。

王子さまは、またどんどん歩いて行きましたが、腹の立つことに、どこにも水はありません。それで、またすごく喉が渇いてしまいました。「どってことないや、これも切っちゃおう」って言いました。と、ちょうど泉に行き当たりました。冷たい水が湧き出しています。それで、王子さまは、さっそく、泉のそばで瓜を切りました。すると、今度はもっと美しくて、お日さまにも負けないくらいの娘が出てきました。娘が「水！」と言うと、王子さまは、手のひらに水を汲んで、娘に与えました。

すると、どうでしょう、二十の娘になったのです。森のなかでのことでした。王子さまは、娘に言いました。「ねえ、娘さん、僕は王子なんだ、裸じゃ君を家に連れて行けないよ。そこの高い木に登って。君の着る服を持ってくるからさ、そしたら家に行こうよ」

娘が木に登ると、王子さまは服を探しに行きました。

そこへジプシー女がやってきて、娘に言いました。「ねえ、ねえちゃん、そこん木から下りてきんさい。でねえと、おまさんを下へころがり落としてやっからな」

娘は下りてきました。するとジプシー女は、「頭の虱を取ってやっから、おらの膝に横になんな」って言いました。娘が横になると、ジプシー女は虱を取ろうともしないで、大きな針を頭に突き刺しました。すると、娘は鳥になってしまいました。ジプシー女は木に登り、鳥はどこかへ飛び去って行きました。

王さまの息子が着物をかかえてやって来ると言いました。「ねえ、娘さん、下りきて、着物を着るんだ」

すると、ジプシー女が下りてきたので、王子さまは言いました。「ねえ、娘さん、あんなに色白で、あんなにきれいだったのに。なんでこんなになっちゃったんだい」

それで、女はジプシー声で言いました。「こんなだけどね、あたしですよ。あんたが戻って来るまで、えらくお日さんが強かったんでね。それでさね」

王子さまは、また言いました。「でもねえ、なんでそんな物言いするんだい。何かジプシーみたいじゃないか」

「だって、だって、あんたが戻ってくるまでさ、すごくおっかねかったから、声がこんなになっちまったんだよ」

王子さまは、この女を家に連れて行きました。お后は、王子さまに言いました。「おやまあ、なんてことなの。天地神明に誓って、きれいな娘を連れてくるって豪語してたのに、これは、まあ、ジプシー女じゃありませんか！」

ところで、王さまの息子は、庭園を持っていました。そこには庭師がいて、庭園の手入れをしていました。庭には三本の黄金のりんごの木がありました。頭に大針をつけたあの鳥は、やってくると一本のりんごの木にとまって叫びました。「庭師さーん、王さまとジプシー女は寝てるのかしら?」

庭師は答えて言いました。「寝てらっしゃるとも、寝てらっしゃるとも」

鳥は言いました。「ねえ、寝かせておいてね。このりんごの木は、明日までに枯れてしまうがいいわ」

するとりんごの木は枯れてしまいました。

次の日の朝、鳥はりんごの木から飛び去ると、もう一本のりんごの木にとまって叫びました。「庭師さーん、王さま[3]とジプシー女は寝てるのかしら?」

庭師は、また答えて言いました。「寝てるとも、寝てるとも」

鳥は言いました。「そうなの、そうなの、寝かせておいてね。このりんごの木は、明日までに枯れてしまうがいいわ」

するとりんごの木は枯れてしまいました。庭師は言いました。「王さまのところに行って話してくるから、待っててくれ。明日になって行ったら、三本目のりんごも枯れましたって言うことになるからな」

庭師は王さまのところへ行くと、言いました。「お麗しゅうございます、王さま。一羽の鳥がやってきまして、一本の黄金のりんごの木にとまりますと、『庭師さーん、王さまとジプシー女は寝てるのかしら?』と尋ねるのでございます。私が『寝てらっしゃるぞ』と答えると、鳥はこう申すではありませんか。『そうなの、そうなの、寝かせておいてね。このりんごの木は、明日までに枯れてしまうがいいわ』とね。次の日の朝、確かに枯れてしまいましたが、私は王さまに申し上げませんでした。翌日、鳥は、ねえ、またやってきて、二番目のりんごの木にとまりました。すると、同じことになりました。今では、りんごの木も一本しか残っておりません。もしまたやってきたら、この一本も枯れてしまいます。それで、どうしたら良いのか、王さまにお聞きしようとやってきたのでございます」

すると王さまは庭師に、「その鳥をなんとかつかまえてみろ」と仰せになりました。

庭師は、庭園に行くと切り株の後ろに隠れました。また鳥がやってきました。庭師は、ゆっくりゆっくりそっと近づくと、尾羽を握って鳥をつかまえました。鳥を王さまに持って行くと、王さまは言いました。「やあー、なんてきらびやかな鳥なんだろう!」

鳥を可愛がってなで始めますと、ちくちくと突き刺すような針が頭についています。王さまが針を抜くと、鳥は、す、すっ、すっごくきれいな娘になりました。王さまは、びっくり仰天です。「やあ、これは、なんという不思議だ?」

そこで娘は、ジプシー女に木から下ろされたこと、頭に大針を刺されたこと、そして鳥に変えられたことなど、みんな話してお聞かせしました。

王さまは、ジプシー女をひっとらえて服を脱がせると、娘に着せました。それから、馬を二頭つれてくるように命じました。家来は、ジプシー女を持ち上げて二頭の馬に乗せ、足を馬に縛りつけました。そこで、一頭はこっちへ、もう一頭はあっちへと急きたてると、ジプシー女を引き裂いてしまいました。

バーバ・パラシケヴァ・シルレシチョヴァ、バンスコ市にて、一九〇〇年

Мома родена от дня

鉄の男

三人の王子さまがいました。王さまは、みんなに黄金のりんごを一つずつ渡し、りんごを投げて落ちたところからお嫁さんを娶るようにとお命じになりました。最初に投げた王子さまのりんごは総督《パシャ》の屋敷に落ちたので、総督《パシャ》の娘さんをお嫁さんにしました。二番目のりんごは大臣の屋敷に落ちたので、次の王子さまは大臣の娘さんをお嫁さんにしました。三番目のりんごですが、これは麻を漬けておく用水[4]池の石の上に落ちました。みんなで行ってみると、

石を見つけました。そこにいたのは、なんと蛙です。三番目の王子さまは言いました。「あーあ、これが俺の運命か！」それで、蛙をお嫁さんにしました。家に連れて行くと、桶に水を張って蛙を放し、ぱちゃぱちゃと水のなかを歩けるようにしてやりました。

王子さまは、扉をしめて出かけました。お昼にしようと戻ってくると、こんがりと焼きあがった種無しパンと、おいしそうなお昼ご飯が冷めないようにかまどのそばに置いてあるのを見つけました。でも、人っ子一人いません。

王子さまは、お昼ご飯を食べるとまた出かけました。肉を買って家に持ち帰ると釘にかけ、また鍵をかけて出かけました。夕方戻ってくると、おやまあ、きれいに掃除も洗い物もされて敷物が敷かれ、肉は釘からはずされて料理され、おいしそうな晩ご飯がかまどのそばに温めてありました。でも、誰もいません。王子さまは晩ご飯を食べると床につきました。

翌日、王子さまは言いました。「誰がきてこんなうまい飯をつくってくれるんだろう。会ってみたいもんだ。隠れて待ち伏せしてやろう」

外へ出たふりをして、隠れて待ち伏せしました。すると突然、蛙の皮のなかから、すーごっく綺麗な娘が一人出てきました。家じゅうをかけまわって掃除をし洗い物をし、平皿を火にかけて熱くしパンを焼きました。

そこで王子さまは、突然、姿をあらわして蛙の皮をさっと取ると、燃やそうとしました。

娘は一生懸命にお願いしました。「やめて、ねえ、あたしの皮を燃やさないで。もとに戻らせて、でないと後でとっても後悔することになるわ」

でも、王子さまは娘の願いは聞かないで、皮を平皿の下に押し込んで燃やしてしまいました。

王子さまがとっても綺麗なお嫁さんを射止めたんだ、お兄さんたちのお嫁さんよりもずっと綺麗だ、とすぐに評判になりました。すると、王さまはこのお嫁さんを欲しがり、結婚したいものだと思いました。

王子さまが泣き出したので、お嫁さんは言いました。「ほら、あんたに言ったのに。後悔するから、あたしの皮は焼かないでって言ったのに。やっと分かったでしょう。皮があったらそこにはいりこんで、誰もあたしを探しになんかこなかったのに」

ところで、王さまは、王子さまがあんまり泣くので、大きな袋に黍とライ麦と小麦と米を入れて王子さまに言いました。「一晩でこの穀粒を選び出して別々に取り分けたなら、お前の嫁さんはあきらめよう。でも、もし出来なかったら、その時はお前の嫁さんをもらうぞ」

そこで、王子さまは戻ると、王さまの言いつけをお嫁さんに話しました。

お嫁さんは言いました。「言ったでしょう。あたしの言うことを聞かなかったら、とっても苦しむことになるって。それじゃねえ、用水池のあの石のそばに行って、石を叩いてこう言うんですよ。『年寄りちんぷんよ、若いかんぷんよ、若いかんぷんに遣わされてやってきました。手助けを出してください』ってね。でも、戻ってくる時、けっして後ろを振り返ってはなりませんよ。後から誰がついてくるか見たら、あなたはおぞけをふるってしまいますからね」

王子さまは行きました。あの石を見つけると、石を叩いて言いました。「年寄りちんぷんよ、若いかんぷんよ、若いかんぷんに遣わされてやってきました。手助けを出してください。夜の手助けを」

それで、王子さまは、家に戻ろうと歩き出しました。ちっとも後を振り返りませんでした。すると、王子さまの後から、蛙、蜥蜴、蛇、亀、山椒魚がわんさとついてきました。そして、仕事に取りかかると、いっときで穀粒をすっかり分けてしまいました。

王子さまは、出かけていってお父さまにお話しになりました。すると王さまはおっしゃいました。「それでは、もう一つお前に言い渡す。歩いてものを言う鉄の男を作ったら、わしのところへ連れてきて、お辞儀をさせてみろ。そしたら嫁さんはお前のものとしよう。できなかったら、お前の嫁さんはもらうぞ」

王子さまは家に帰ると泣き出しました。「ああ、なんてこった、なんてこった！　いったいどうしたらいいんだ？」

するとお嫁さんは言いました。「泣かないでください。またあの石のそばへ行って、叩いてこう言うんですよ。『年寄りちんぷんよ、若いかんぷんよ。あなたの娘さんの若いかんぷんに遣わされて、ここにやってきました。娘さんに鉄の男を差し向けて、男にお呼ばれさせてください』ってね。でも、戻ってくる時、また後ろを振り返ってはなりませんよ。おぞけをふるわずに、鉄の男をお父さんのところに連れゆくんですよ」

王子さまは用水池に行くと、あの石を叩いて言いました。「年寄りちんぷんよ、若いかんぷんよ。あなたの娘さんの若いかんぷんに遣わされて、ここにやってきました。娘さんに鉄の男を差し向けて、男にお呼ばれさせてください」

すると、がちゃんと音がして、鉄の男は、あの化け物は、しゅーしゅーと音を立て王子さまの後からついてきました。王子さまは、ちっとも振り返りませんでした。そうやって、鉄の男をお父さんのところへ連れてゆきました。すると、あの化け物の鉄の男は、突然、叫び出しました。「おーい、旦那、何でおいらを呼んだんだよ！」

そしてあの鉄の男は手で胸を叩くと、「じゃらーん！」と言いました。

王さまは卒倒して、恐ろしさのあまり死んでしまいましたとさ。

バーバ・パラシケヴァ・シルレシチョヴァ、バンスコ市にて、一九〇〇年
Железният човек

蛇のくれた奇跡の小石

お母さんに男の子が一人いました。とっても貧乏で、食べるものもありませんでした。それでお母さ

んは、他の子供たちの世話している牛を放牧地から連れ戻しに行かせて、わずかばかりのパンを稼がせていました。男の子は、たった二枚の小銭しか持っていませんでしたが、この小銭を大切にしていました。

　野原で子供たちが大きな焚き火をしました。小さな蛇を一匹捕まえたので、火で焼いて足を出させようというのです。男の子はみんなに言いました。「なあ、やめろよ！　この小銭を二枚やるからさ、苦しめるのはやめろよ」

　子供たちは二枚の小銭を受け取ると、子蛇を放しました。

　蛇は男の子に言いました。「ねえ、僕のあとについてきて！　お礼をするからさ」

　男の子は子蛇のあとについて行きました。

　子蛇は、這ってどんどん行くと、とある藪にもぐりこみました。親蛇が出てきて、しゅーしゅーと脅しをかけてきました。そして男の子に飛びかかろうとするのです。

　すると子蛇が言いました。「かあーちゃん、やめて。子供たちがおいらを生きたまま火あぶりにしようとしてたのを、この子が助け出してくれたんだ」

　それで親蛇は言いました。「えー、そうだったのかい？　それじゃ、待ってておくれ、良いことをしてくれたんで、お礼するからね、待ってておくれ」

　そして、口から小石を一つ吐き出すと、男の子に言いました。「この小石をあげるからね。何か入り用のものがあったら、舌の下に入れて言うんだよ。そしたら、お前さんの言ったものが出てくるから。でも、これだけは忘れちゃだめだよ。お前のおっかさんにも他の誰にも小石のことは言うんじゃないよ」

　小石をもらうと、男の子は家に帰りました。夕方、小石を舌の下に入れて、言いました。「あした、庭にぶなの薪荷車一台、穀物倉に小麦粉、地下倉に塩漬け脂身とバターとチーズと卵があったらなあ」

　次の日、床から起きるとお母さんに言いました。「かあちゃん、家の裏手にいってぶなの薪とってきて、火おこしたらパン焼いてくれてよ」

すると、お母さんは言いました。「おやまあ、この子ったら、ろくなもの食べてないんで、頭がおかしくなっちゃったのかね！」

そこで、男の子はまた言いました。「ねえ、家の裏手にいってぶなの薪もってきてよ。そいで、穀物倉から小麦粉とってきたら、パンこねてくれよ」

「ねえ、知ってるだろ、薪なんて一っかけらもないし、小麦粉なんてこれっぽちもないんだよ」

「あるよ、あるんだ。地下倉から卵とチーズとバターとってきて、チーズの入ったクレープいっぱい焼いてくれよ。ベーコン切り分けて、脂身焼いてさ、たっぷり食べたいんだ」

息子は本当に気が触れちゃったんだとお母さんには思われたので、言いました。「ああ、分かったよ。かあちゃん、どこに行ったらいいか知ってるからね！　司祭さん連れてきて、お前におはらいしてもらうよ」

お母さんは、出かけて行って言いました。「司祭さま、かわいそうに、うちのあの子は、ろくなもの食べてないんで、頭がおかしくなっちゃったんでございます。来て、あの子におはらいをしてください。頭が朦朧としちゃって、どこにいてもおんなじことばっかり言うんです。『かあちゃん、庭にいってぶなの薪もって来い、穀物倉から小麦とって来い、そしてパンを焼け、脂身とクレープ焼いてくれ』だなんてねえ。でも、あたしらにはなんにもないんですよ。パン一っかけらにも飢えてるってのにさ」

司祭さんは行って、男の子におはらいを始めました。

すると男の子は言いました。「ねえ、司祭さん、なんでおはらいなんかするんだよ？　おいら病気なんかじゃないよ」

司祭さんは言いました。「なあ、お前は意識が混乱しておるのじゃ。庭からぶなの薪を持ってこい、パンをこねろ、脂身とクレープと卵を焼けなどとおっかさんに申しておるではないか。でも、お前らは食べるパンにも事欠いているのだぞ」

男の子は言いました。「嘘じゃないよ、司祭さま！

さあ、下につれてってやるから、見てごらんよ」

二人は下に下りました。すると、確かに、家の裏手にぶなの薪がいっぱいあって、穀物倉にはまじりっけのない小麦粉が[6]、地下倉には梁にもも肉と前足の肉と脂身がつるされて、バターが桶一つ、チーズも桶一つ、卵が篭に一杯入っていました。

司祭さんは、頭がこんがらがって言いました。「おやー、こりゃなんということじゃ？　こんなものどっから手に入れたんじゃ？」

お母さんは司祭さんに言いました。「分からんです！」

男の子にも聞きました。男の子は言いませんでした。なぜって、親蛇から口止めされていたからです。それでこう言いました。「神さんが、おらたちにくださったんです」

お母さんは、部屋に薪をもってくると、火をおこしてパンをこね、切り分けた脂身を焼いて卵とチーズの入ったクレープを作りました。

次の日の夕方、男の子はまた小石を舌の下にいれて言いました。「あした、おいらが起きたら、そばに金貨があったらなあ」

翌日、起きて見ると、金貨がありました。

男の子は大きくなりました。昔のような貧乏くささなど思いもよらぬ、大金持ちです。あの小石を舌の下に入れて言いました。「さーて、王さまの娘がこの俺を好きになったらなあ」

若者となった男の子は、王さまのお嬢さまと結婚しました。

若者は小石を舌の下に入れると、欲しいものを言いました。ライ麦、大麦、小麦、お金など欲しいだけ出てきました。奥さんは言いました。「あんた、舌の下に何か入れてるね。さあ、何なの、あたしにも教えてちょうだい」

若者は言いませんでした。でも、奥さんが、昨日も今日もしつこくせがむものですから、ひょんなことで話してしまいました。もう奥さんも知ってしまったのです。

どこぞの商人が若者の家にお客にきました。五、六日泊ったのですが、奥さんはこの商人とぞっこんになって言いました。「ねえ、あたしと駆け落ちしない。あの小石をさ、何とか手に入れてさ」

奥さんは小石を盗むと、商人と手に手をつないで逃げました。そして、二人は、船に飛び乗って、どこかへ行ってしまいました。

若者は、奥さんに逃げられ小石もなくなっているのを知ると、気も狂わんばかりでした。旦那さんをなぐさめようと猫と鼠がやってきて、若者に言いました。「お泣きにならないでくださいよ。ご心配にはおよびません。あたしたちが取り戻してみせますから」

奥さんは、小石をなくさないように飲み込んでいました。

鼠が言いました。「あたしは、尻尾を油に潰して赤唐辛子の上をひきずって、戻ってきたら奥さんの口の上を横切りますから。それで、猫さんにもその場にいあわせてもらうことにします。奥さんは、飛び起きて吐くにちがいありませんよ。小石を吐き出したら、猫さんが奪い取って逃げますから。それで、あなたに小石を取り返すという算段です」

若者は言いました。「うまくいったら、おまえたちにはたっぷり褒美をやるぞ」

猫は船に入って奥さんのそばにしゃがみました。そこで、鼠が油のなかに尻尾を漬すと、赤唐辛子のなかに尻尾をいれて、奥さんの口の上を横切りました。奥さんは気分が悪くなって、吐き気を催し、小石を吐き出してしまいました。猫は、小石を奪い取ると逃げました。そして、石を旦那さんに取り返してあげたとのことですよ。

バーバ・パラシケヴァ・シルレシチョヴァ、バンスコ市にて、一九〇〇年

Чудотворното змийско камъче

〈注〉

1　かつて既婚女性は、人前に出るときにスカーフ

寺島憲治・訳

をかぶるのを常とした。

2　ヴァコは狼（вълк）から派生された男性人名。

3　これまで王子 царски син と呼ばれていた人物は、以降の語りですべて王 цар とされている。王子が結婚して王位を継承したとされているのである。

4　топила と呼ばれ、肉質部分を腐らせて繊維を取るために、麻を漬けておく用水池。

5　ぶなの薪は火持ちが良くて香りがするために、最上の薪とされる。

6　この話が語られた十九世紀末から二十世紀にかけても、この地方の人びとは数種の穀物を混ぜて引いた粉を主食としていた。小麦粉だけの純白の粉は、裕福な人か一年に数日のハレの日にしか口にできなかったといわれる。

Братя Димитър и Костадин Г. Молерови (Състав.), Народописни материали от Разложко,— Сборник за народни умотворения и народопис, книга *XLVIII*, Българската академия на науките, София, 1954

マリア・コモルニツカ　Maria Komornicka　1876-1949……ポーランド

ポーランドの女性詩人。「若きポーランド」の一人。みずからの女性性の放棄、社会における人間の疎外や孤独といったテーマを取り上げた。一九〇三年、パリ滞在中に最初の精神発作に襲われる。本作はその翌年に発表された散文詩で、強烈なニーチェ的「生」に対する一女性の憧れを、修辞を凝らした文体で描いたもの。一九〇七年、詩人は再び精神に異常をきたし、療養生活に入ったが、以後、自分を男と見なし、ピョトル・オドミェニェツ・ヴワストと名乗った。

相　棒

その力強く弾む不規則な足音をかすかながら初めて耳にした時は、びっくりして、思わずそちらを振り向いた。よく起こる胸騒ぎに体が少し震えていた。しかし、目の前にあるのはただ、満月の夜の荒れ狂う暴風に容赦なく引き裂かれた自分の影だった。

それは、自分のたけり狂った血気をとことんまで試してみようと、子供じみた冒険心にいざなわれて、いつものように外を歩き回っていた時のことだった。恐ろしい夜だった。それは、どんなに薄情な人間でも野良犬のために家の戸を開けてやり、また（広々とした野原ではありえない憎しみの唸り声を人間の文明の真っただ中の街角であげている）暴風で目を覚ました俗物どもが、羽根布団にくるまる幸せをしみじみと感じながらも――もしかして今この時刻に夜を明かすべき家を持たない者がいたとしたら……、そうした人も自分たちと同じ人間であり、自分たちもまたいつ同じ目にあうか知れたものではない——そう考えて憐憫の情に駆られ、鳥肌を立てる、そういう夜であった。それは、荒れ狂う自然の餌食となった夜、孤独感のひとしお募る夜であったが、それはまた、人間にとって脅威なのは人間だけだという真理を悟った者には、安寧この上ない夜なのであった。

ちょうど町中を通り過ぎようとしているところだった。人通りのない街路は、消えかかる街灯のうっとうしく点滅する薄暗い光に照らされ、あちらこちらで何やら不気味にがちゃがちゃと音を立て、電線がうなり、破れた看板ががたがた揺れていた。蛇のようにシュルシュルと音を立てて塵が龍巻のように舞い上がり、散らばったごみくずが転げ回った。街角のどこからか、ヒヒヒという忍び笑いの声も伝わってきた。割れた窓が眼窩のように黒く見える家や、腐土のような白っぽい窓硝子で光る家が並んでいた。私は追い詰められたような感覚に襲われ、その感覚は次第に募り、ついには居ても立ってもいられなくなった。その時私が取った行動は、人間の文明の脅威を逃れて穏やかな自然に向かおうとする動物的本能に導かれるように、暗い街を闇雲に海の方に急ぐことだった。とにかく海にたどり着くこと！当時私は海辺にいればいつも我が家にいるような気がしていた。海と私の関係は、大地とアンタイオス〔訳注—ギリシア神話中の巨人。大地に足がついている間は無敵であった〕の関係に似ていた。

安堵のため息をついたが、それも束の間だった。恐怖を振りまく魔女は町中にとどまったが、今度は自然の猛威を相手にした闘いが始まったのだった。風は海の果てから唸り声をあげ、海は、雷の落ちそうな黒々とした空の下で、一面大きな泡を立てて道路ぎわまで迫り、巨大な噴水に膨れ上がって、泡を撒き散らしながら、飛び散る砂もろとも切り立った岸壁を強打した。それは、海中で宙返りをする水流の白い蜃気楼を見るかのようであった。四方から逆巻く暴風のために、呼吸をするのも苦しく、動くことも困難で、野牛の額が黒壁を突くように、やっとのことで歩を進めた。ようやく、ひと気のないホテルの立ち並ぶあたりに来ると、今度は砂丘から砂まじりの暴風雨がたたきつけ、顔や目、首筋、鼻、口に切り込むようにぶち当たって、息が詰まりそうであった。もはや視覚も聴覚も機能しないままに、めくら滅法に前に進んだ。水と砂を浴びながら歩むさまは、厳寒の中で湯気に煙る馬のようであった。「たどり着けない」、私はそう呟き、家までの長い道のりを頭に描いた（それは、「わが家」という幻想に囚われ、あるいは「自分には住むべき家があるのだ」といった妄想に囚われていた哀れな頃のことだった）。ところが、「たどり着けない」と呟き、その言葉の響きを耳にしたとたん、未熟な者にとって悲劇的なはずのその言葉の意味が消えうせた。不意に、「それがどうしたというの。私にとって家に戻ることは必要なの？」という考えが、暴風のせいで酩酊したように熱くなった頭をよぎると、突然、神がかりのように力が湧き上がり、むくむくと元気が出てきたのであった。それまで怠惰な日々の時間つぶしの徘徊で消耗していた力が、今や、そうした冒険のもたらす興奮、生命の原始の歓喜とでもいったもので沸き立っていた。私は恍惚として、「ああ」と叫び声をあげた。「あたしは前よりもましなものになってきているわ！」それはちょうど砂丘を通っている時のことで、肉体はふらふらであったが、魂は暴風によって昇天させられんばかりであった。その暴風は神の鞭の顕現、天来の激励、神の住まう最高天の火の海で揉まれる天体から沸き出て燃え上がる熱気の鞭なのであった。

それは、ちょうど砂丘を通っている時のことであった。体力はほとんど失せていたが、魂は超人的な生命力で異様に燃え盛り、やがて私は窓ガラスのあるどこかの家のそばに倒れこんだのだった。

「ライオンになりたい！　荒れ狂う海に駆け出したい！」私は感きわまってそう叫んだ。「ライオンの勇敢さが与えられますように！　冒険が始まりますように！　冒険こそ私の数々の宝の番人、私の不死のガニメデス〔訳注―ギリシア神話中のトロイ王トロスの美貌の息子〕なのだから！」

ああ、私の幼少期が再び訪れたような無邪気な大いなる夜よ！

ようやく家にたどり着いたのだった。神がかりの状態となり、みずからの力と、夜の孤独と、わが兄弟である自然の非情な戯れにふらふらになったまま立ち上がったが、視界は朦朧としていた。目に入ったのは、松明の光で照らされた、憐れみと怒りがないまぜになったような門番の顔、良俗を監視するかのようなそのあやしげな人影だけであった。彼は隅の方から、文明社会に戻ってきた私の品行の有様を観察していたのだった。家の中でほこりと泥を洗い流し、私は極度に興奮した状態のまま、ベッドに身を投げた。そして、世にも恐ろしい夜々、海の深淵、砂漠の戦慄、火の燃える島々、人知を超えた大いなる真の冒険の数々に思いを馳せた。そうした勇ましい行為への欲望にうち震えていると、まもなく朦朧とした眠りから目が覚めた。翌日は暴風が青白く荒れ狂い、泡立つ黄色い海が轟々と鳴り響いていた。私には自分が新しく生まれ変わったかのように思われ、全身の骨が折れたようにぐったりと横になったまま、まだ夢覚めやらぬ耳で海嘯を聞き、めらめらと火に輝く霧をぼんやりと頭上に感じていたが、頭の方は今や、空想で満たされた架空の本の頁をめくっていた。頭に浮かぶものは、言葉では言い表せず、絵にも描けないもの、私の意志を越えたものであった。

するとその時、海嘯と暴風の彼方から、再び私の耳に、無類の力強さとしなやかさをあわせ持った、捉えがたない微かな足音が聞こえ、紅色を帯びた想念の流れの中から、髪を振り乱したような暗い黄金色の大きな影が浮かび出たが、それは、けぶるように光線を放つ太陽の円光の形をした、百獣の王たるにふさわしい大きなたてがみであった……。

「ライオンだ！」私は驚き、呟いた。

深紅の背景の中を、大きな黄銅色の頭が晩方の満月さながらに姿を現し、私を取り巻く無限の空間の中心たる王座を占めたのだった。私を見やる三角形の峻厳なその目は、いわば意識的に形成された無意識と、断固たる意志力をあわせ持つ目であった。その目に潜む力は、言葉で説明することを必要としない原理的な力、外界のあらゆるものを一挙に把握する高度の認識力であった。やがて、それは、力強い四肢で陣取った円形の縄張りの中で、弓なりに曲がったしなやかな尾を地面すれすれに動かしながら横を向き、見事な足運びでそのほっそりとした薄黄褐色の体をくるりと一回転させた。そして、私の目の前に近づき、再び私と対峙するや、地面にうずくまり、神聖な威厳を表すスフィンクスの姿勢を取った。

私の頭の中は、前夜の震撼を経験した今となっては、もはや興奮以外のものの占める場所はなかった。この異様な光景を目にして、私は激情に見舞われ、上気して叫んだ。

「いらっしゃいませ、王様！」

自分のこの言葉に私はわれながら驚いた。想念は数か月前にさかのぼり、私の空想の道を開け広げた最初の鮮やかな印象にたどり着いた……。それは嘔吐を催すような街の中を歩き回っていた時に、最初に立ち寄った場所で起きた出来事だった。都会のけばけばしい装飾、型通りの気取った風景から逃れて、動物園に飛び込んだのだった。そのとある片隅から、私を待っていたかのように、不意にこちらを見やるものがいたが、それがこのライオンであった。それは、大きな檻の中に、威容そのものとでもいうべき姿で横たわり、神々しくも断固たる目つきでじっと私を見据えるのだった。都会の中のひと気のない静かな一角で始まったその無言の邂逅において、ライオンはこの同じ眼差しで私を見つめ、この同じ不思議な姿勢を取っていたが、その時、私の方は、子供のように素直な崇敬の念に襲われ、その堂々たる動物の前で、通りの商売人や「おしゃれな人たち」の眉をひそめさせていた「ひどい帽子」を脱ぎ、大声で叫んだのだった。

「こんにちは、王様！」

ちょうど、今と同じだった……。

　そして今、その時と同じように、それは、私が会釈するのを見て動きを止め、その厳めしくも注意深い、名状しがたい眼差しで私の顔をじっと見つめるのだった。その眼差しは、私が何者であるかをではなく、私が何を望んでいるかを問い、また、それ自身が何者であるかを問題にすることはせず、それが確かに存在していることをただ表明する、そういう眼差しであった。それは、好奇心も、欲望も、自己洞察も、そしていかなる夢も持ち合わせていない眼差しであり、もしも揺るぎない断固たる永久不変の決断力、俊敏な行動力を欠いていたなら、そして、いかなる虚偽も容赦しない強靭な存在を完全に正当化するもの、すなわち勇気を欠いていたなら、ただ鈍感であるにすぎない眼差しであった！　勇気、その琥珀色の瞳にあったのはまさにそれだった。それは、完全無欠で、この上なく単純で合目的的な力そのもの、つまり完全なまでに合目的的な意志なのであった。

「果たして、期待していた時にあなたは現われた！」と私は言った。「これからはどこに行くにも、あたしと一緒よ」

　そよとも動かないその大きな顔には、私の問いかけに対する永遠の「承諾」が表われていた……。私は幸福のあまり夢うつつの状態で、未来の奥底まで覗きこんだ。するとそこには、その堂々たる風貌のけぶるような太陽の円光のもとに、生のあらゆる道程を踏破した宿無しの放浪者、生ける亡霊の黒いかすかな輪郭と、ケルベロス〔訳注―冥界の入り口の番犬〕の姿が見えた。

「でも、不思議なことは何もない」と私は言った。「あたしはあなたの星座のもとに生まれたのだから」

　依然として、その眼差しの捉えるものは、すべてを貫いて目の前に伸びる道だけであり、それ以外のものは眼中になかった。「それじゃあ、ずっといるといいわ！」

　それは、見事な頭をかすかにかしげた後、口を開き、深紅の喉の奥を私に見せた。そして、輝くばかりの鋭い白い歯の間から、龍の牙のように曲がりくねったざらざらした舌を外に伸ばし、ひとしきり、あくびをした。

「でも、何を食べるのかしら？」私は不安になった。「あなたは誰にも飛びかかっちゃだめよ！　あたしのそばを付いてくるのよ、それだけでいいの。許すべき無知のためにあたしたちを傷つけようとする者も放っておくのよ……」

初めて、それの目つきが変化した。話が通じなかったのだ。それは、私たちの契約条項の説明を求めているのだった。

「えさは何をあげればいいのかしら？」私はうろたえた。「こういう獣は何かに飛びかかったり、食らいついたりせずにいられないものだから……」

私は不意に感電でもしたように飛びついた。「わかった！」

「それ！　あたしの本当の敵を全部あげるわ！　あたしの罪を全部あなたにあげる。食べるといいわ！」

それは、満足したような鈍い唸り声を上げ、同盟が結ばれたことを私に知らせた。そして、同意した印でもあるかのように、無限の深紅を背景に、百獣の王の頭が輝き、三角形の透明な琥珀色の厳めしい目が、私を見つめた。その眼差しには、えも言われぬ確かな優しさと忠実さが現われていた。それは、生のあらゆる道程に私が踏み出せば、みずからも起き上がり、私に付いてゆこうと考え、それを待ち構えているかのようであった。

西野常夫・訳

Maria Komornicka, Sprzymierzeniec, *Chimera*, Warszawa 1904. 4

タデウシュ・ミチンスキ　Tadeusz Miciński 1873-1918……ポーランド

「若きポーランド」派の代表的詩人・作家・劇作家。測量技師の息子としてウッチに生まれる。叙情詩集『星の薄明かりで』（一九〇二）で本格的にデビュー。独自の歴史哲学や悪魔解釈に基づいた神秘主義的作品をものする一方、ジャーナリストとしても活躍。現ベラルーシのチェリコフ近郊にてボリシェビキ農民に殺害されたが、事件の真相は不明のまま。ここでは初期の散文詩から二編を訳出。ポーランド南端に実在する「海眼湖（モルスキエ・オコ）」は当時の芸術家たちの聖地として名高く、ミチンスキにも詩的題材を多く提供した。

薄闇の谷間

「報復は生あるもののさだめ。たとえ罪はなくとも、あらゆるものに罰は下りうるのです」——友の手紙より

私から自白を引き出そうとなさっておいでの、あなた方がどなたかは存じません。

　この部屋の歪んだ暗闇のなか、どうやら法廷のように見受けられますが……。あなた方のお顔と、黒い、微動だにせぬお姿がぼんやりと仄見えます。

　私は、あなた方裁判官に向かって語るのではない。時を奪われた空間に向かって、ただ独り言つだけです。

　私の頭上に開ける神秘とは、あたかも珊瑚の枝々を覆う大海原。自らも与り知らぬ法に従う、そのお

おいなる広がりを、珊瑚の触覚がとらえることなど決してかないません。

私の意識のなかで光の境界は溶け去りました。この魂は、霧の如く散り広がるうちに、未知のものと渾然となったのです。

率直にお話し申し上げられぬことをご容赦くださいましょう。私は闇にきらめく一筋の糸を求めて、迷宮をさまよい歩いているのですから。何であろうと、その糸にぶら下がる鉤なのです。

あるいは、まっすぐな道を選ぼうと考える人もあるかもしれません。しかし地下に渦巻く溶岩谷の、ぱっくり開いた気も遠くなるような深淵に、この一歩を踏み出すことなど、私には到底出来まいと思われるのです。

私の幼い頃、若い頃をふりかえれば、宿命がいかに形を成すものか、謎解きの鍵となる本を一冊なら ず書き上げることが出来ましょう。人生やその目的は、私にとってはスフィンクスの謎なのです。しかし第二のオイディプスとなってそれを解くなど、私は試みようとも思わない。

雪をいただく山頂が、薄闇の海に浮かんで超然と、まるでそこから生え出た如くにそびえるのが見えるようです。

眠りたくても眠られぬ病床の子供は、塗り固められた深い地下室におそろしい化け物のひそむのをおそれるもの。そういう子供の打ち明け話のように単純かつ平明な調子でお話しいたしましょう。

思い出されますのは、疾走する列車の寝台車両でのこと。しかし旅の目的は何かと問われれば、まるでそれを心得ていたことなど一度もなかったように判然としません。

室内灯の薄明かりのなかで、私はあたりに目をやりました。眠っていなかったのか、あるいは起こされたのかもしれません。

私の妻の血縁に当たる老婆が左の壁際で、妻と子供がその反対側で眠っておりました。それから、客車用の毛布にくるまって、たまたま乗り合わせた男もまどろんでおりました。

私はわが子をそれは強く愛しております……。私が得た地位も名誉も与えてやりたいものですが、私といえば、こうして奈落に転がり落ちていく始末。ただ、必然というものに感謝の念さえ抱いております。なにしろ、私が自身の憧れを胸に押し隠し、傍らに眠る、室内灯に照らし出されたこの存在をわが息子の母にしたのも、必然に因るのですから。

いかがわしく、悲劇的な役を、私の人生の舞台で演じたある人物がおります。私は彼と迂闊な友情を取り結び、地の底深く、彼の霊魂の秘密に通ずるトンネルを掘り進んでしまった……。こうしてこの人物は私に、うぶな恋人を誘惑するような、悪魔じみた影響を与えるようになったのです……。

お許しくださいますね、長々とお話ししつつも、一向に覆いを取らないことを。いうなれば、天使の血のなまあたたかい風呂に浸かるような、神秘主義者の嗜虐趣味とでも申せましょう。

私が愛をささげた女性をあの男がかどわかしたのです。私にとっては天上の星、そばに近づくこともできなかったあの人を。奴は催眠術を使いました。氷山のような非情で彼女を埋め尽くし、あまりに清くおおらかな彼女の魂を、不毛と虚無へと堕落せしめたのです。

昏々とした熱病の夢にうなされ、私はあたかも人狼のように深い森をさすらっておりました。森は厳かに夜禱のソナタを奏でておりました。吹雪を透かして、灯のもれる窓と、そこから私に憂いに満ちた眼差しを投げる人影が見えました。

ふと気がつくと、天井の低い、見知らぬ広間におりました。窓の向こうにはシナの老樹が黒々と茂っております。床に絨毯が敷かれ、壁にはタペストリーとゴブラン織り、そして暖炉には鮮血のような炎がちろちろと燃えているのでした。

フランス帝政様式の古めかしい家具。城主たちや、十八世紀の衣装を着けた老婆たちの肖像画もあります。

白いドレスに空色の帯をしめた若く麗しい貴婦人

に見とれて、私は長いこと立っておりました。そして不吉なその両の眼に、私はぞっと肝を冷やしたのです。彼女の瞳は、地獄にのぞく二つの岩窟のように、らんらんと輝いておりました。そのとき私は思い出したのです。私の愛したあの人の曾祖母にあたる女が、坊さんと共謀して、捕らえた若い娘たちを森で殺していたという話を。

青銅の時計が一時半を打ち、その音で私は我に返りました……。私の手が、眠っている人間の首を斬っているところなのでした。

頭が肩にごろんと転がり、断ち切られた血管からは血が迸りました。

私のこぶしには幅広のスペイン剣が握り締められておりました。そこには「アルヴァセテのアルヴァロ・ガルシア」と、銘も刻まれております。

不思議な運命が、互いを知らぬ二人の敵同士を、薄暗がりを猛進する列車の中で引き合わせたのです。斬り落とした頭を髪をつかんで持ち上げるまで、私はその顔に見覚えさえありませんでした。

もうスフィンクスの謎解きはご勘弁願いたい。内側からかたく鍵を掛けられた部屋の外で、どうやって斬り取られた首が見つかることがありましょう。しかもただその首だけが、私から百マイルも離れた彼方で。

それに、妻はどうやって、客室のガラス越しに、この私の霊魂を見ることができたでしょう。霊魂は、見知らぬ男の血まみれの首を携え、吹雪の中をひた走っていたというではありませんか。

すべてあなた方が私自身に信じさせようと、手筈を整え、証拠を集めておいでになったのです。わけても、客車用の枕のこの血痕と、毛布にくるまれた赤の他人の胴体はどうです。

列車はまるで空をなめらかに飛んでいるように思われました。静けさのなかで、私は妻の見開いた眼を見ました。聞き覚えのない声が私たちふたりの内奥でこの物語を延々と語っていたのです。それは荒野で最後の審判が執り行われているかのようでした。

それからはもう何も覚えておりません。

気がつくと、あなた方の前におりました。

列車はあの広間や、かつて私が見知ったすべてのものとともに、めくるめく速さで飛翔しておりました。私に運命づけられた、はるか昔に遡る輪廻をものせて、昏い方へ昏い方へと、斜面を下って行くようでした。

あとにはただ白い山の頂だけが、恍惚とする者の冷淡な眼差しで、薄闇の谷間の一帯を凝視しているのです。


報復はすべてのさだめ。教会の丸天井が崩落するが如く、罪なき者に必ずや天罰は下る。

私にはこの思想はもっともであるように思われます。カルデアの魔術師たちの墓碑から書き抜いてきたようではありませんか。

Tadeusz Miciński, *Poematy prozą*, Wydawnictwo Literackie, Kraków 1985

小椋彩・訳

海眼湖の幽霊

蝕の太陽は姿を隠し、御影石の石棺を金冠の残照が照らす。

あたりは、灼熱した鉱石に照らされたかのように煌めいたかと思うと、火中の鉄の赤色に燃え、やがてビザンティンのいにしえの聖母の金色に染まる。それがいよいよ冷たい菫色に満たされると、荒れ狂う風と氷雪に洗われた、秋の落葉の暗褐色に転じる。

忽然と増すのは、白い斑の入る鉛の如き、凍てついた顔の蒼白さ。

天上の風は調べを奏でて婚礼を祝う。薔薇色の神饌は湖水に溶け、悦楽の花弁となって暗く泡立つ波間に沈みゆく。数知れぬ紫のアメジストが湖面で火花を放つ。

山々の頂は死者たちの蘇生を試みるが、すでに彼らがその身に帯びるのは、病んだ者の煉瓦の赤み。肌は皹《ひび》入り、言語に絶する苦難ゆえに、ひきつり黒ばんでいるのだ。陰鬱なガラスの湖の瞑想へ、彼らはその足を沈める。

空は経帷子の銀色に染まり、おおいなる者たちの黄昏に、このうえない恐怖のときが訪れる。

雲の波紋は瀕死の神々の最後の接吻の名残、湖底から黒いビロードの喪服が引きずり上げられる。あたかも裸の恋人が棺台に葬送の旅のマントを掛けるように、それは死者めがけて投げられた。啜り泣きが始まる。さすらう柔らかな骸は、囚われた肉塊の荒涼として仮借ない運命にふれて、憐憫の水音を立てる。

そのとき、波の呻吟のなか、彼らはメデューサの如く禍々しく不吉なものと化し、銀の小鈴の鳴り響く滝で夕べのミサに勤める。極海の青い深淵の水にさからって太古の昔に築かれた、あの御影石の神殿から、第三の音色がこだまする。引きちぎられた天上の弦が発する、この上なく鈍い音色が。

稜線が星々にも達する、黒ずんだ峰上の湖は薄闇に沈み、暗澹たる墳墓と白い死者の原野の間に、幽霊がその姿を見せる。

雪崩は未踏の渓谷を、深淵の絶壁を、苦悩に穿たれた岩窟を流れ落ち、幽霊を鋤き込めてしまった。あとには砂漠の如く広大な、灰色の嶺が聳えるのみ。

死霊の精気が仄光る薄闇のなか、狂人の偉大な幻想の力にまかせて、彼らの行進が見えるようだ。胸を張り、しなやかに前に引かれていくほっそりとした肢体は、若々しい歌が具風に巻き込まれ運ばれていくよう。乙女の素晴らしい胸が前にせり出す。激しく不吉な、制することのできない足取りで、自らを受胎せしめた幽闇へと近づくその様は、憤怒の女神の歩み、霊魂も墓と深淵と己の無力のあいだをさまよう。

彼方で黒い疾風が、おそろしい不協和音、おさえつけられた憎悪となってざわめく。あたかも盲いたハルピュイアが、永遠の哀悼に費やされた生に静かに抗うかのように。

Tadeusz Miciński, *Poematy prozą*, Wydawnictwo Literackie, Kraków 1985

小椋彩・訳

ヴァツワフ・シェロシェフスキ　Wacław Sieroszewski 1858-1945……………………**ポーランド**

作家、旅行家。若い頃、民族独立運動をしたため、ロシアのシベリアに流刑になり、それが日露戦争直前の日本にやってくる契機となった。民俗学者のピウスツキとの日本探検は後に様々な作品を彼に書かせることとなり、「サムライの恋」「因果」「日本概略」「お七」「浅野長矩公の腹切」などと並んで、「和解」も日本をテーマとした作品の一つである。もともとは『今昔物語』の一つで、ハーンが英訳したものがドイツ語でも翻訳され、そこからシェロシェフスキは、ポーランド語訳を試みたが、だんだん長くなり自分の想像力が増して、少しばかり『今昔物語』とは趣の異なった作品となった。興味のある方は、原典と対比されて、読んでいただきたい。

和　解

京都のある侍、花垣梅秀（Hanaki Baisu）は、仕えている大名が没落した結果、貧窮に陥り、主人の屋敷を去って、草深いひっそりした地方の管理人の地位を引き受けざるをえなかった。

都を去る前に彼は自分の妻、美しく善良なお豊（O-Tojo）を離縁し、高位顕官の娘と結婚した。この縁組みが出世するのに役立つだろうと考えたのである。

ひどい貧乏と若者特有の自負心が侍の心を惑わせたのであり、妻の愛情を深く理解できないで、浅はかにも捨てたのである。

ところが二度目の結婚は、彼に幸せをもたらさなかった。二番目の妻は冷淡な振る舞いが目立ち、とげのある物言いをし、利己主義の堅い心を持っていた。間もなく梅秀はさまざまな理由から後悔の念を持って京都で過ごした日々を思い出した。

やがて彼は、相変わらず最初の妻を愛していることと、今の妻よりもずっとはるかに深く女を愛していることを確信するようになった。彼はお豊に対していかに恩知らずに、不当に振る舞い、愛情にみちた女の心を侮辱したかを悟った。後悔は次第に良心の呵責へと変わり、それは彼の心を絶えず責めさいなんだのである。捨てられた女の記憶、女の穏やかな物言い、女の可愛い微笑み、魅力的な振る舞い、女の非の打ち所の無い忍耐心——が相変わらず梅秀を責めたてていた。

彼ら二人の辛い運命を軽減しようと、機織りに向かって日夜手元不如意の時代に働いていた前妻を、一度ならず彼は夢に見た。それよりもしばしば夢見たのは、彼に捨て去られたあの小さな部屋で、みすぼらしい着物の袖で涙を拭いながら祈っている女の姿だった。

執務中でさえも、彼の考えは女の周りを巡り、女の所へ飛んでいった。どんな風に暮らしているだろうか、何をしているだろうかと、彼は想像を巡らそうとした。

ひょっとして女は再婚したのでは、もしその場合……女のほうが彼に謝るのでは、と何かが彼の奥で呟いた。

心が静まったとき、彼は決心した。もし偶然彼が京都に帰ることが出来たなら、女を捜そう、女に許しを請い、女を連れて、我が罪を軽減するためにあらゆることをしよう……。

だが月日は過ぎていった。

とうとう仕事の期限が終わり、侍は自由の身となった。

「さあお豊の元に帰るぞ！　帰るぞ！……」——千回も楽しそうに彼は繰り返した。——「あの時お豊を捨てるなんて、何と浅はかな、残酷な事をしたことか！」

今の彼の妻には子供がいなかったので、彼女を両親の元に送り返し、自分は一人で京都に急いだ。到着後、旅装さえ解かずに、直ちにお豊の捜索に出掛けた。

別れる前に住んでいた通りに立ったときは、もう宵になっていた。十月十日の宵も更けていた。都は寝静まり、まるで墓場のように静かだった。

だが、月は煌々と照り、侍は易々と馴染みの家を見つけた。

かなり悲しげに、人住まぬ家に見えた。屋根には丈の高い草が繁茂していたし、窓は障子が破れていた。侍は戸を叩いたが、しかし誰一人応える者もいない。そこで鍵が掛かっていないことに気づき、彼は身を屈めて中に入った。

とっつきの部屋は全くがらんとしており、畳さえ無かった。

冷たい風が、窓の数多い隙間から部屋に入りこんでおり、月光が入り口の蔀《しとみ》から射し込んでいた。その他の部屋も同様に人気はなく、使われていないようであった。……

どうみてもこの家には人が住んでいないようであった。

それにもかかわらず、侍は一番奥の、かつてお豊のお気に入りだった小部屋に行こうと決心した。

鼓動が高まり感動と共に突然彼は仕切の向こう側でちらちらする明かりに気が付いた。彼は喜びの声を上げ、戸の隙間から中を覗いた。

やあ、本当だ。ぼんやりした行灯の光の下で女は座って縫い物をしている。

ちょうど頭を上げ、女の目は梅秀の燃えるような目と出会った。

幸せで弾けそうな微笑で女は彼に挨拶をした。

「いつ京都に帰られたのですか？　どうやってこんな暗い道なき道を通ってわたしを捜しだしたのですか……」と女は小さなかすれた声で尋ねた。

年月は女を少しも変えはしなかった。男にとっては、夢にまで見た、まさに美しく、若くそして穏かな女のように思われた。青く、長い卵形の顔、震える鼻先を持った筋の通った素直な鼻、臙脂色の小さな口元、黒くつぶらな潤いのある目、ぱちぱちとした眉毛、頬とあごにある笑うと可愛いえくぼ……。

しかし何よりも甘美に男の耳に響いたのは、喜びに満ちた驚きの音で増幅された女の声であった。

男は、火鉢の側のかつての場所の床の上に女と向かい合って座った。

「ねえ、おまえ、おまえをどんなに恋しく思ったか、信じられないだろう！　あの時おまえを捨てるなんて、何と愚かで悪者だったことか！　でもそのお陰でどんなに苦しく、どんなにひどく私は罰をうけたことか！……」と、男は静かな、抑えた声で語り始めた。

女はまるで曇りランプのように穏やかで善良さに輝く目を、男の苦しみに満ちた顔から離すことなく、男の言うことを注意深く聞いていたが、この時女の胸元ではますます着物が激しく波打っており、また口元には以前の悲しみを帯びた無上の喜びが開花しつつあった。

「わたしのために苦しまれるなんてよくありませんわ。昔、わたしがあなたのことを充分に分かってあげなかったし、静かでもなかったと、幾度も感じていました」

男は女の手をおずおずと取りそれを自分の胸に押し当てた。

「ずっとこの間自分の罪をほったらかしにしておいたね。どうやって罪を償おう、立ち直ろうと考えていたことか！　でも自分の仕掛けた罠にはまって、どんなにあがいても、そこから抜け出られなかったのだ……」

「おまえはさぞかし淋しかったろう。でも私たちの運命は一緒だよ。それにしても貧乏だったね……。覚えているだろう。私たちは別れざるをえなかったのだ……。何よりも飢餓がひどかったからね……。でもよく覚えているよ、私と粗末な食事を共にしながら、いつもおまえが大きくてよいほうを私のために取っておいてくれたか、だって男のほうがひもじさを感ずることが強いものね！」

「おまえを離縁したけれど、でも心はいつもおまえの元にあったんだよ……。どこでも私の後をむなしさが追いかけてきたんだ。そしておまえがいないと、毎日が空虚だった……。どうか許してくれ……。おまえも耐えていたことは知っているよ。きっと私より百倍も苦しんでいたんだろうね。でもどうか許してくれ！　どうか……。でも、どうしておまえが私に許しを請う必要なんてあるものだろうか？　いつもこの時を待っていたんだよ。こうやっておまえの前に手をついて座り、すべてを告白し、そしておまえの口から許しを聞くというときを……。おまえの善意でどうか許してほしい。私たちの愛で私を許してほしい。まるで鉛の山のように心に懸かっている罪を正し、矯正することを許してほしい」

「そんな風には言わないで！　あなたの言葉が辛いわ。あなたのおっしゃる罪がたとえあったとしても、またあなたがわたしを捨てたのが必要に迫られてではなく、悪ふざけからだったとしても、あなたがここにこうして帰られたことでそれは充分帳消しになったではありませんか……。

あなたが帰られるなんて、あなたが再びわたしに甘い蜜のような言葉を言ってくださるなんて、ほんの一瞬でも見ることが出来るなんて、決して思いませんでした。わたしには、わたしたちは永遠に引き裂かれた、分厚い、決して壊れぬ壁がわたしたちを隔ててしまったのだと、思われたのですもの……」

「ほんのしばらく？……」と、男は女を待ちきれないで遮った。「何故、ほんのしばらく、なんて言ったのだい？　どうか七生の間、九生の間と言ってもらいたいものだよ！」

男は喜びの高笑いを上げて、ひどくにじり寄ってきたので、肩が女をすっぽりと覆い尽くすほどであった。

「おまえの幸福を神様に祈らない日はなかったよ。そうして神様は聞いてくださったのだよ。だっておまえの幸福はまた私の幸せになったのだから！」

「おまえのほうが嫌だと言わないなら、おお、愛しい人よ、おまえの最後まで……最後まで、最後まで添い遂げようと思ってこうしてやってきたのだよ。どんな力ももう私たちを離れさすことはないだろう！　財産もあるし、友達もいる！　明日、私の荷物をここへ運ぼう、そして私の召使いたちがおまえに仕えるであろう……。ああ、この家を幸せと美でもって飾るのだ。そうだこの家を改装して素晴らしく飾りたてよう。そうして家の周りには花を植えよう。今日……」と、少しばかりどぎまぎして男は付け加えた「こんなに遅くやってきて、しかも旅の着物も着替えずに来たのはただできるだけ早く、おまえに会いたいと思ったからなんだ、そしておまえから私の判決を聞きたいと思ったからなんだ……」

「判決ですって？……」と、女は悲しげな微笑を浮かべてつぶやいた。「判決なんて下し合うのはよしましょう！」

女は美しい髪を男の肩に預け、そして男が穏やかに睡蓮の花びらのように繊細な女の首筋をなでているときに、女は、男が立ち去ってから京で起こったことを静かに物語った。

「ねえ、おまえ、自分のことを語っておくれ、自分のことを！……。どこに住んでいたの……。おまえも恋しいと思っていたかい？」「ここに住んでいたわ……。ねえ、あなた、もう関係ないことについて話す必要があるかしら、もう繰り返されることのない心配や悩みについて話してもしかたないわ……。むしろ高倉大納言一家のお話でもしたほうがよくはなくて？　あの方たちのことは知っているでしょう？」

「もちろん知っていたよ。では彼らと時々会っていたんだね？　彼らはおまえのことをよく覚えていたかい？　私は彼らの友達になるよ」

「このことは京では噂で持ちきりでした……」

彼らは夜更けまで語り合った。お豊はすべてを語ったが、自分の悲しみとひどい貧しさについては語らなかった。時間になると、女は南向きのもっと静かな小部屋、以前には彼らの寝室だった部屋へと夫を案内した。

「誰も手伝ってくれる者はいないのかい？」と、女が自分で床を敷き始めた時に、男は聞いた。

「誰もいませんの」と、女は陽気な笑いをもって答えた。「召使い女は雇いませんでした。自分で何とかやってゆけましたから。わたしにも強い力があるでしょう！」

「明日大勢の召使いがくるよ！」と、男はきっぱりと言った。「よい召使い、器用で手際のよい召使いがね、おまえはそれで彼らのたった一人のご主人様となるわけだ！　すべてはおまえの思い通りになるよ！」

女をひしと胸に抱きしめ、昔のように女の全身を感ずる瞬間をおののきながら男は待っていた。

彼らは眠れそうもなかった……。眠れなかった。心はこれほどいっぱいになり、魂は高鳴っていた。愛撫でもつれあい、小声でしゃべり、愛をささやき、再び得られた幸福をささやき、過去、現在、未来のことを語り合った。

「亥の刻」が過ぎ、「寅の刻」が過ぎた。梅秀には、抱擁中に妻が青ざめ、ますます悲しんでいるように感じられ、女の声が小声となり、まるで遠ざかっていくように感じられた。

「眠りなさい、おまえ、おまえは疲れているのだよ、目を閉じなさい、私がおまえを見守ってあげるから」

「ああ、いけません、いけません！　もっと話してください、話して、話して……」と女はせがんだ。「どうかあなたのことがずっと聞けるように！」

そこで男は、ますます覚束なくなっていく女の顔を愛をもってじっと見つめながら、語り続けた。薔薇色の朝ぼらけが障子の隙間を通して入り込み始め、去りゆく夜の琥珀色のもやが消え去り始めた。

侍はまどろみつつある妻から身を引き、そしてしぶしぶ目を閉じた。

男は寝入った。

目を覚ますと、日の光が窓のあらゆる隙間を通して入ってきた。男は驚きをもって、床の朽ち果てた板の上に自分が寝ていることに気づいた。

「これはどうしたというのだ？　夜起こったことは夢だということか？

いやいや、お豊はここに眠っている！」

男はかがんで、のぞき込み、そして恐ろしい叫び声を上げて後ずさった。

寝ている女に顔がなかったのだ。

男の前に横たわっているのはただ経帷子に包まれた女の遺骸だけであった。この遺骸はひどく痩せこけており、黒い皮に覆われた骨と、長い黒髪のほかは何も残ってはいなかった。

部屋の内部を無情に照らしている、輝く朝日を浴びて身を震わせた侍は立ちすくんだ。氷のような戦慄が心の中でだんだんと底なしに寄る辺なき絶望へと変わってゆき、この絶望はひどく痛々しいものであったから、男は女の前から逃げ去って、一縷の希望にすがりついた。

通りへと走っていき、出会い頭の男を引き留めた。

「お尋ねしたき儀があります。ここは〝仲直り〟通りであろうか？」

「ええ、ここは〝仲直り〟通りですが」

「侍の花垣梅秀の家が、どこかご存じか？」

「ああ、そんな家がありましたね。でも、もう誰もいませんよ。あそこはかなり前から誰も住んではいません。あの家は、夫が他の娘と結婚するために、その妻と離縁し、何年も前に都を去った侍の妻のものでした。これは哀れな話でしたよ。残された女は、恋しさの余り病になったのですが、京には親類も、知り合いも、まあとにかくその女を気遣ってくれる人は誰もいませんでした。ひとりぼっちで、その年の、たしか十月十日に亡くなったようです……」

侍が恐ろしいほどの高笑いをしたので、この通りがかりの男は驚愕し、笠を目深にかぶり直し、後を振り返りもせず、去っていった。

Wacław Sieroszewski, *Dzieła 4, Nowele 4*, Wyda. Literackie, Kraków 1961

土谷直人・訳

イヴァーナ・ブルリッチ＝マジュラニッチ　Ivana Brlić-Mažuranić　1874-1938……**クロアチア**

詩人はI・マジュラニッチの孫としてオグゥリンに生まれる。家庭で家庭教師につき教育を受け、ヨーロッパの主要言語を修得した。政治家のブルリッチと結婚。最初は自分の子供たちのために作品を書いたが、彼女の文学的視野は子供の世界から大人の世界へと次第に広がっていった。代表作は『見習い小僧フラピッチの冒険』（一九一三）と『昔むかしの昔から』（一九一六）の二作。古代スラヴ神話の神々や妖精たちが活躍するおとぎ話の幻想世界を復活させ、その世界に取り込まれる人々の不思議な冒険を描くことに成功した。試練に打ち勝つ主人公は弱く無防備な人間であるが、真の幸福と正義を探求することによって最後に勝利を得る。本篇を含む『昔むかしの昔から』は最も有名な作品で、作家は「クロアチアのアンデルセン」と呼ばれ、ノーベル文学賞の候補者に二度指名された。

漁師パルンコとその妻

1

漁師のパルンコは自分の貧しい暮らしにもううんざりしていました。彼は荒涼とした海辺にひとりで住み、来る日も来る日も骨でつくった釣針で魚を釣っていました。その地方では網で魚を捕る漁法はまだ知られていなかったのです。釣針だけに頼る方法では捕れる魚の量も高が知れています。

「どうしてこんなみじめな暮らししかできないんだろう」——パルンコはひとりでぼやくのでした。「昼間に捕った魚を晩には食べるその日暮らしさ。おれにはこの世でなんの楽しみもありはしないじゃないか」

世の中にはおもしろおかしく贅沢三昧に暮らしている金持で権力のある人たちがいる、という話をパルンコは聞いたことがありました。それでパルンコは自分もいつかそのような金持になって贅沢な暮らしをしてみたい、と思うようになり、その思いが頭から離れなくなっていました。

それである時パルンコは、沖合に出て小舟の中にまる三日座りつづけて、魚を捕らないでおく、という誓いを立ててみました。その願掛けでなにか良いことが起こるかもしれない、と思ったからです。

そこでパルンコは沖に出て、小舟の中に三日三晩座りつづけ、そのあいだ断食をして、魚を捕らずにおりました。四日目の朝が明けはじめた時のことです。海のかなたから金の櫂のついた銀の小舟が現れ、その小舟の中には麗しい王女のような光り輝く曙娘[1]が立っていました。

「あなたは三日間わたしの魚たちの命を守ってくれましたね。お礼にあなたになにかしてあげたいのです。望みのものを言いなさい」と曙娘は言いました。

「わたしをこの貧しい味気ない暮らしから助け出してください。わたしはこうして来る日も来る日もこの殺風景な海辺で働いていますが、昼間に捕ったものを晩には食べるというその日暮らしで、この世になんの楽しみもないのです」とパルンコは訴えました。

「家にお帰りなさい。あなたに必要なものがそこにあるでしょう」と曙娘は言いました。そう言うと、曙娘は銀の舟とともに波間に消えました。

パルンコは岸辺の道を家に急ぎました。パルンコが家の前まで来ると、遠い山の向こうから歩いてやって来て疲れきった様子の貧しげな娘が彼を待っていました。「わたしは母に死なれてこの世でひとりぼっちになってしまいました。パルンコさん、わたしをお嫁さんにしてください」と娘は言いました。

さて、パルンコはどうしてよいやら分からなくなりました。「ああ、本当にこれが曙娘がおれに贈ってくれた幸運なのだろうか？」パルンコは、娘が自分と同じように貧しいみなしごであることがすぐに分かりましたが、それでも、判断をあやまてば幸運を取り逃がすことになりはすまいか、と思うと怖くなりました。そこでパルンコは娘の言うことをきいて、このみなしごを妻として迎えました。娘は疲れきっていたので、横になると次の日まで眠りつづけました。

パルンコは、どんな幸運が舞い込んでくるかと、次の日が来るのを待ちどおしく思っていました。しかし次の日はなにも起こりませんでした。パルンコが魚を捕るために釣針を手に取ると、妻はあかざ[2]を採りに山に出かけました。夕方パルンコが家に戻ると、妻も帰ってきました。二人は夕飯に魚と少しばかりのあかざを食べました。「ああ、もしこれが幸運というものであるならば、そんなものなくてもいい、これじゃ今までの貧乏暮らしと変わりないではないか」とパルンコは心の中で思いました。

夕食が済むと、妻はパルンコの向かいに座って、夫の退屈を紛らすために物語を語りはじめました。豪奢な王様の宮殿の話、宝物を護っている龍の話、庭に真珠を蒔いてダイヤモンドを刈り取る王女の話を聞いていて、パルンコは喜びに胸が踊りました。パルンコはわが身の貧乏暮らしを忘れました――こうして三年でも妻の話を聞いていたい、と思うほどでした。「妻は妖精《ヴィーラ》[3]の国から来たのだ。いつかきっと龍の宝物のところへ、王女の庭へ行く道を教えてくれるだろう。ただ今は我慢して、妻を悲しませてはならない」とひそかに思うと、パルンコはさらに嬉しくなりました。

パルンコはその日が来るのを待っていました。一日一日と過ぎて行き、一年が過ぎ、二年が過ぎました。二人のあいだにはすでに男の児が生まれていました。男の児はヴラトコと名づけられました。しかし彼らの暮らしぶりはいっこうに変わりませんでした。パルンコは魚を捕り、妻は昼間はあかざを採りに山を歩き、夕方には夕食をつくり、晩には子供を寝かしつけてから、パルンコに物語を聞かせました。妻はますます話上手になり、パルンコは話に出てくる国へ行く日がだんだん待ちきれなくなってきました。ついにある晩彼の我慢は限界に達し、妻が「海の王」[4]の無尽蔵の富と贅沢について長々と話していると、パルンコは怒ってとびあがり、妻の手をつかんで叫びました。――「もうこれ以上ぐすぐずしていられない。あした夜が明けたら、すぐおれを海の王のところへ連れて行ってくれ！」

　妻はパルンコがそのように興奮してとびあがったのでびっくりしました。妻は、海の王の宮殿がどこにあるのか、自分は知らないと言いましたが、パルンコは怒り狂って妻を叩き、妖精《ヴィーラ》の秘密を明かさなければ殺してやる、と言っておどしました。

　みなしごの妻は、パルンコが自分を妖精《ヴィーラ》だと思っていたことを知って、泣きだし、言いました。

「ああ、なんということを！　わたしは身寄りのない女で、魔術なんか知りません。わたしは自分の心が命じるままにお話したのであり、それはあなたを退屈させないためだったのです」

　パルンコはこれを聞いて、この二年間だまされてきたことが分かっていっそう腹を立て、怒りにかられて妻に、あすは夜明け前に子供を連れて海沿いに右の方角に行くように命じ、自分は左の方角に行き、互いに海の王のところへ行く道を見つけるまでは帰ってこないことにする、と言い渡しました。

　夜明けに妻は泣いて、パルンコに別れ別れにしないでほしいと頼みました。「こんな岩ばかりの磯辺ではどちらかが遭難しないともかぎらないじゃないですか」と妻は言いました。しかしパルンコがまた妻につかみかかったので、妻は子供を連れて夫が命じた方角に泣きながら歩いて行きました。パルンコは反対の方向に歩いて行きました。

　そうして妻は子供を抱いて一週間歩き、またもう一週間歩きました。海の王のところへ行く道はどこにも見つかりせんでした。

　哀れな女は疲れはてて、ある日磯辺の岩の上で眠りこんでしまいました。彼女が目を覚ましたとき、幼な児のヴラトコがいなくなっていました。驚愕のあまり彼女の心臓の血が凍りつき、心痛のあまり彼女は言葉を失い、口が利けなくなりました。

ものが言えなくなったみなしごの妻は磯づたいに戻って家に辿り着きました。翌日パルンコも家に帰ってきました。パルンコもまた海の王のところへ行く道を見つけることができず、腹立たしさに狂ったようになって戻ってきました。

パルンコが家の中にはいってみると、赤ん坊のヴラトコの姿がなく、妻は口が利けなくなっていました。妻は夫に、何が起こったかを話すことができず、ただ悲しみにうちひしがれていました。

その日から二人のあいだには同じ状態がつづきました。妻は泣くこともせず、悲しみを声に出すこともせず、ただ黙って家事をし、パルンコの身の回りの世話をしましたが、家の中はまるで墓場のようにひっそりとして生気がありませんでした。パルンコはしばらくのあいだこのわびしさに堪えていましたが、ついにどうしても我慢ができなくなりました。海の王のような贅沢三昧な暮らしがしてみたくてたまらなくなった矢先に、その高望みと引き替えに災難と不運に見舞われたのですから。

それで、ある朝パルンコは思い立って、また海の沖に小舟で乗り出しました。海の上に三日いて、三日断食し、三日魚を捕らずにいました。四日目の明け方、彼の前に曙娘が現れました。

パルンコは曙娘にわが身に起こったことを話し、嘆きました。

「今の不幸は前よりもひどい。子供はいなくなるし、妻は言葉が話せなくなり、家の中は火が消えたようです。わたしは不幸のあまり死にそうだ」

「それであなたは何がお望みなの？　わたしはいつかまたあなたをお助けしますよ」

ところが、パルンコは一つの馬鹿げた考えにとらわれていて、海の王の富を見飽きるまで見て、贅沢三昧の暮らしをしてみたいという思いが頭を離れなかったため、子供を取り戻すことも妻が再び話せるようになることも願おうともせずに、曙娘にこう頼みました。

「それでは、光輝く曙娘よ、わたしに海の王のところへ行く道を教えてください」

曙娘はそれにたいしてなにも反対はせず、パルンコに親切に指示を与えました。

「新月の日の夜明けに、あなたは小舟に乗って風を待ち、風に運ばれて東に進みなさい。風はあなたをブヤーンの島[5]のアラティル岩[6]まで連れて行ってくれるでしょう。わたしはそこであなたを待っていて、海の王のところへ行く道を教えてあげます」

パルンコは嬉しくなって家へ帰りました。

新月の日がくると、パルンコは、妻にはなにも告げずに、夜明けに家を出て小舟に乗り、風を待ち、風に運ばれて東に向かいました。

風は小舟を「どことも知れぬ」海[7]まで、ブヤーンの島まで運んで行きました。島はまるで緑の庭園のように海に浮かんでいます。そこには若草が萌え、牧草地が広がり、葡萄の灌木が茂り、アーモンドの花が満開です。島の中央には明るく輝く宝石の岩、アラティル岩があります。岩の上半分は島を燃え立つような光で照らし、半分は島の下にあって海中を照らしています。そのブヤーンの島のアラティル岩の上に曙娘が座っていました。

親切にも曙娘はパルンコを待っていてくれて、パルンコに教えてくれました。島のそばの海には水車の輪が浮いていて、その車輪の周りで海の娘たち[8]が輪舞を踊っている場所を曙娘は示しました。さらに曙娘はパルンコに、水車の車輪に自分を海の深淵に呑み込まれないようにして海の王のところまで連れて行ってくれるように頼めばよい、とまで教えてくれました。

さらに曙娘は付け加えて言いました。

「あなたは海の王のところで有り余るほどの財産と贅沢三昧を身をもって知ることができるでしょうが、いいですか、もう地上へは戻れないものと思いなさい。なぜなら、恐ろしい番人たちが見張っているからです。一番目の番人は荒波を起こし、二番目は大風を起こし、三番目は雷電を起こすからです」

しかしパルンコは嬉しくなって小舟に乗り、水車の車輪のところまで行き、心の中でこう思いました。

「曙娘よ、あなたはこの世の不幸がどんなものであるかを知らないのだ。おれはこの世に未練はない。この世のむなしい不幸とはおさらばだ！」

　パルンコが水車の車輪の近くまでくると、その周りを海の娘たちが大はしゃぎで踊りまわっていました。波の下に潜り、波の上を駆けまわり、波間に長い乱れ髪を漂わせ、銀色の尾鰭をきらめかせ、赤い口をあけて笑っていました。海の娘たちが水車の車輪の上に腰をかけると、車輪の周りの海の水が泡立ちました。

　小舟が水車の車輪のそばに近づくと、パルンコは曙娘に教えられたとおりにしました。櫂を揚げて、海の深淵に呑み込まれないように、水車の車輪に向かってこんなふうに呪文を唱えました。

「車輪よ、回れ、ぐるぐる回れ、海の深い淵までか、それとも海の王の城までか」

　パルンコがこの言葉を言うやいなや、海の娘たちはまるで銀色の小魚のように跳びはねて水車の車輪の周りに集まって、白い手で車輪のスポークをつかんで車輪を回しました。目がまわるような、ものすごい速さで回したのです。

　海の中に渦が起こり、恐ろしい大渦となってパルンコを巻き込み、細い小枝のようにくるくる回して海の王の壮大な宮殿に引き降ろしました。

　パルンコの耳にはまだ海のざわめきと海の娘たちの大はしゃぎの笑い声が残っていましたが、彼はすでに美しい砂の上、純金でできた細かい粒の砂の上にいました。

　パルンコはあたりを見まわして、思わず驚きの声をあげました。「こりゃあ、たまげた、見渡すかぎりぜんぶ金の砂でできた原っぱだ！」

　ところが、パルンコが原っぱだと思っていたところは、じつは海の王の大広間だったのです。大広間の周囲には海が大理石の壁のように立ち、海は大広間の上をガラスの円蓋のように覆っていました。アラティル岩からは蒼白い光が月光のように漂ってきていました。大広間の上方には真珠でできた枝が垂れており、大広間には珊瑚《さんご》のテーブルが立ち並んでいました。

大広間の遠い隅のほうでは笛が吹奏され、小さな鈴が鳴り響いており、そこには海の王がどっかと座って休んでいました。海の王は金の砂の上に体を伸ばして、その雄牛の頭だけをもたげていました。海の王のそばには珊瑚でできた平板のテーブルがあり、その後ろには金でできた垣根がありました。

ほっそりとした笛がテンポの速い繊細な音をかなで、小さな鈴が震えるように鳴りつづけるなか、絢爛と光り輝く、贅を尽くした大広間に身を置いたパルンコは、この世にあっては考えられない幸福と歓喜に酔い痴れていました。

パルンコは嬉しさのあまり我を忘れて、酒に酔って心臓が踊り出したような気分になり、手を叩いて、すばしっこい子供のように金の砂の上を走り、道化の軽業師のように、二度、三度と宙返りをしました。

このパルンコの軽業はひどく海の王の気に入りました。海の王は足がとても重く、それ以上に彼の雄牛の頭が重かったからです。海の王は破れ鐘のような声で笑い、そして彼が金の砂の上で体をゆすって笑うと、周りの砂がはねとぶのでした。

「お前はほんとうに身の軽い小僧だな」と海の王は言って、自分の上に垂れている真珠でできた枝を折ってパルンコに贈りました。海の王の命令によって海の娘たちが最良の料理と蜜のように甘い飲物を金の皿にのせて運んできました。そうしてパルンコは海の王と並んで珊瑚の板のテーブルについてご馳走を食べました。こんな大きな名誉をパルンコは今までに受けたことはありませんでした。

食事が終わると、海の王は尋ねました。

「小僧よ、まだ何か欲しいものがあるか」

今まで富というものを見たことのなかった貧しい孤児は、このうえ何が欲しいか、と訊かれてもとっさに答えに困りました。パルンコは長い旅をつづけてきてお腹が空いていたところへ、蜜のように甘い飲み物と最良の料理をお腹いっぱい飲み食いしたあとだったので、海の王にこう言いました。

「海の王様、わたくしめに何が欲しいかとお尋ねになりましたのでお答えしますが、どうかあかざの煮物をひと皿ください」

この答えに海の王は怪訝《けげん》な顔をしていましたが、やがて納得がいったようで、笑ってこう言いました。

「なあ、兄弟、わしらのところではあかざは高価なものなのだ。真珠や真珠の細工品よりも高いのだ。なにしろあかざはここから遠いところにあるからな。しかしお前が欲しいと言うから、わしは翼のある海の妖精《ヴィーラ》を使って遠い国からあかざを持ってこさせよう。だが、お前はわしのためにもう三回宙返りを見せてくれんか」

パルンコは嬉しかったので、宙返りすることは少しも苦ではありませんでした。パルンコが身も軽くとび上がると、海の娘たちや宮殿の召使たちがパルンコの宙返りを見ようとさっと集まってきました。

パルンコが金の砂の上を助走して、りすのように巧みに一回、二回、三回と宙返りをすると、海の王をはじめ召使全員がこの軽業に歓声と笑い声をあげました。

しかしパルンコの宙返りを見て最も嬉しそうに声を立てて笑ったのは、まだ小さな赤ん坊でした。この子供は小さな王様で、海の娘たちが自分たちの気まぐれな遊びのために勝手に王様に仕立てたのです。小さな王様は金の揺り籠の中に絹の肌着を着て座っていました。揺り籠は真珠でできた鈴で飾られており、子供は片手に金のりんごを持っていました。

パルンコが宙返りをすると小さな王様があまりにも嬉しそうに笑うので、パルンコは声のするほうを見ました。小さな王様に目をやったパルンコはその場に棒立ちになりました。それは自分の幼い息子のヴラトコだったのです。

なんということだ！　パルンコは急に胸がむかむかしてきました。こんなふうに急に気分を害されるとは思ってもみませんでした。

パルンコの顔色が曇りました。怒りがこみあげてきました。いくらか心が落ちついてきたとき、パルンコは思いました。

「いったい、このざまは何だ！　このいたずら小僧め、悪ふざけのために王様なんかになって、こんな所に隠れおって、家では母親が悲しみのあまり口が利けなくなっているというのに！」

パルンコはくやしくて、この宮殿の中にいるわが身をかえりみることも息子に目をやることもできませんでした。しかし子供から切り離されてはならないと思って、敢えてなにも言いませんでした。そしてパルンコは自分の息子ヴラトコの召使になることにしました。「このままずっと子供と一緒にいれば、いつかは子供が父親と母親のことを思い出す時がくるだろう。そうしたらこのいたずらっ子を連れて逃げ、一緒に子供を待つ母のもとに帰ろう」と考えたからです。

このように考えていたパルンコに、ある日、待ちに待っていた子供と二人きりになる時が訪れました。パルンコは小さな王様の耳もとにささやきました。

「さあ、坊や、お父さんと一緒に逃げよう」

ところが、ヴラトコはまだ本当に赤ん坊なのにもう長いこと海の底にいたために、自分の父親のことを忘れてしまっていたのです。小さな王様は笑いました。パルンコがふざけているのだ、と思って笑ったのです。それでパルンコを小さな足でつつきました。

「きみはぼくのお父さんじゃないよ。きみは海の王様の前で宙返りをする道化だよ」

このことはパルンコの胸にぐさりと突き刺さり、怒りのあまり気が遠くなりました。パルンコは子供のそばを離れて、悲しさとくやしさで声をあげて泣きました。海の王の召使たちがパルンコのまわりに集まってきて、口ぐちに言いました。

「ああ、この人は地上ではよほど偉い高貴な方だったにちがいない。こんな立派な宮殿で贅沢な暮らしをして泣くぐらいだから」

「みなさん、わたしはここの海の王と同じような者でした。わたしにも目に入れても痛くない子供がひとりいて、そして不思議な物語を話してくれる妻がいました。妻はあかざ採りの名人でして、あかざ捜しにしくじったことがなく、好きなだけ採ってくるのです」――パルンコは悲しげに話しました。

召使たちはパルンコの高貴さに驚いて、自分の不運を嘆くパルンコをそっとしておいてやることにしました。そしてパルンコは小さな王様の召使のままでいました。パルンコは息子を喜ばせるために何でもしました。いつかは子供を説得して一緒に逃げよう、と考えていたのです。しかし小さな王様は日ごとにわがままになり、やんちゃになり、日が経つにつれてパルンコは子供の目にはいっそう馬鹿な道化と映るようになりました。

2

パルンコがそうしているあいだ、彼の妻は家でひとりぼっちになり、悲しみに沈んでいました。最初のいく晩かは妻はかまどの火を絶やさないで食事の用意をしていましたが、パルンコが待っても帰ってこないとわかると、かまどの火を消して、もはや二度と火を起こさなくなりました。

言葉を奪われた孤独な妻は敷居の上に座ったまま、働きもせず、家事もせず、泣きもせず、嘆きもせず、悲しみと苦しみにうちひしがれていました。物が言えない妻は誰に相談することもできず、夫を捜しに海に出る気力も失っていました。悲嘆の遣り場のなくなった妻は、ある日、彼女の母が埋葬されている山のかなたの墓地へ出かけて行きました。そして母の墓の上にたたずんでいると、目の前に一頭のきれいな牝鹿が現れました。

牝鹿は物が言えない人の言葉[9]で言いました。

「わたしの娘よ、そんなふうにじっとしたまま落ち込んでいてはいけません。そんなことをしていたら心が破れて、家が壊れてしまいますよ。あなたは毎晩パルンコのために夕食をつくり、夕食のあと細かい麻屑を梳き分けて取りなさい。パルンコが帰ってこなかったら、翌朝早くパルンコの分の夕食と柔らかい麻屑と、さらに二管笛を持って岩山の上に行きなさい。そこで二管笛を吹きなさい。そうすると蛇たちと子蛇たちが夕食を食べに出てきて、鷗たちと子鷗たちが麻屑を巣に敷くために飛んできます」

娘は母が言ったことを全部頭に入れて、そのとおりにしました。毎晩夕食をつくり、夕食のあと麻屑を取り分けました。パルンコは帰ってこず、妻は夜明けとともに二管笛を取り、夕食と麻屑を持って岩山へ行きました。妻が二管笛を手に取り、右の笛を静かに吹くと、岩山の陰から蛇たちと子蛇たちが這い出てきました。蛇たちはご馳走を食べると、物が言えない人の言葉で彼女にお礼を言いました。そして左の笛を吹くと、鷗たちと子鷗たちが飛んできて麻屑を巣に敷き、妻にお礼を言いました。

こうして妻は来る日も来る日も同じことをしました。そして三か月が過ぎて行きましたが、パルンコは依然として帰ってきませんでした。

物が言えない哀れな妻はまたもや悲しみにうちひしがれて、もう一度母の墓へ行きました。

彼女の前に牝鹿が現れました。彼女は物が言えない人の言葉で言いました。

「ねえ、お母さん、わたしは教えられたとおりのことをしたけど、パルンコは帰ってこないの。もう待つのはいや！　いっそ海に身を投げるか、断崖の岩に体を打ちつけて死んでしまいたい」

「娘よ」と牝鹿は言いました。——「いらいらしてはいけません。あなたのパルンコはひどい苦しみを負っています。あなたがどうすればパルンコを助けることができるか、教えてあげますから、よく聞きなさい。『どことも知れぬ』海に大きなすずきがいて、そのすずきには金の背鰭《せびれ》があり、その背鰭の上に金のりんごがのっています。月夜にあなたがそのすずきを釣り上げれば、パルンコの苦しみを和らげることができます。しかし『どことも知れぬ』海へ行くには三つの雲の洞窟を通らなければなりません。一つ目の洞窟にはすべての蛇たちの始祖である大蛇がいて、大波を起こして海を荒れさせます。二つ目の洞窟にはすべての鳥たちの始祖である巨大な鳥がいて、嵐を起こします。三つ目の洞窟にはすべての蜜蜂たちの始祖である黄金の蜜蜂がいて、雷を起こして稲妻を走らせます。娘よ『どことも知れぬ』海へ行きなさい。その時は釣針とその二管笛のほかはなにも持って行ってはなりません。そしてもし困ったことになった場合には、自分の右の白い縁縫《ふちぬ》いのない袖を引きちぎりなさい」

　パルンコの妻はすべてのことを頭に入れて、次の日小舟に乗って大海原に漕ぎ出しましたが、釣針と二管笛以外はなにも持たずに行きました。海が舟をある場所へ運んで行くまで妻は海上をさまよいつづけました。そこは海の上に重い雲でできた三つの恐ろしい洞窟がある場所でした。

　一つ目の洞窟の入口にはすべての蛇たちの始祖である恐ろしげな大蛇が鎌首をもたげていました。大蛇はそのおぞましい頭で入口全体をふさぎ、胴体を洞窟いっぱいに伸ばし、巨大な尾を振って海を濁し、大波を起こしていました。

　妻はこの怪物に近づく勇気がありませんでしたが、二管笛のことを思い出して、右の管の笛を吹きはじめました。彼女が笛を吹いていると、遠くの岩山から蛇たちと小蛇たちが急いで泳いできました。色とりどりの蛇たちと小さな蛇たちは泳ぎ着くと、恐ろしげな大蛇に頼みました。

「われらのご先祖様、この人を通らせてあげてください。この人はわたしたちにたいへん良いことをしてくれました。毎朝わたしたちに食事をくれたのです」

「この者に洞窟を通らせることはできない。きょうわたしは海を荒れさせせなければならないのだから」と恐ろしい大蛇は答えました。「だが、この者がお前たちに良いことをしてくれたというのなら、わたしはこの者にお返しをしなければならない。大きな金塊が望みか、それとも六本の真珠の首飾りが望みか」

　心の清い妻は金や真珠に惑わされることはなく、大蛇に物が言えない人の言葉で言いました。

「わたしは小さな願いがあってここにまいりました。『どことも知れぬ』海にいるすずきを捜しに来たのです。もしわたしがあなたに良いことをしたのであれば、おそれ多い大蛇様、どうか洞窟を通らせてくださいませ」

蛇たちと子蛇たちが彼女の言葉をついで言いました。「この人はわたしたちを十分な食事で養ってくれたのです。ご先祖様、あなたさまは横になって少しお休みください。そのあいだわたしたちがあなたさまに代わって海を荒れさせませすから」

大蛇はおびただしい数の自分の子孫の願いに逆らうことができなくなり、それに千年間寝たことがなかったので、ちょっと眠ってみたくなりました。そこで大蛇はパルンコの妻に洞窟を通り抜けることを許し、自分は洞窟の中で体を伸ばして、眠りこみました。眠る前に大蛇は蛇たちと子蛇たちに言いつけました。

「子供たちよ、わたしが休んでいるあいだしっかり海を波立たせておくのだよ」

物が言えない妻は洞窟を通り抜けることができました。蛇たちと小蛇たちは洞窟の中にとどまり、海を波立たせる代わりに、波を静めていたのでした。

こうして妻は海の上を進み、二つ目の洞窟のところまで来ました。そこにはすべての鳥たちの始祖である巨大な鳥がいました。怪鳥は洞窟の入口の外に恐ろしげな頭を突き出し、鉄の嘴をかっと開いて、洞窟の中いっぱいに巨大な翼を広げていました。その翼をはばたくと嵐が起こるのです。

妻は二管笛を手に取って左の管の笛を吹きました。すると、遠い岩山から灰色の鷗たちと鷗の子供たちが飛んできて、恐ろしげな怪鳥に、パルンコの妻を洞窟を通って行かせてほしい、と頼み、彼女が自分たちにたいへん良いことをしてくれて、毎日巣づくりのための麻屑を持ってきてくれたことを話しました。

「この人に洞窟を通らせることはできない。きょうは大嵐を起こす日なのだから。だが、この人がお前たちに良いことをしてくれたのなら、お返しをしなければならない。わたしはこの人に鉄の嘴から命の水を与え、生きた言葉を戻してやろう」

物が言えない哀れな妻は生きた言葉が戻ることを切に願っていましたので、この怪鳥の申し出は彼女の心に重くのしかかりました。しかし彼女の誠実な心は変わることはありませんでした。彼女は物が言えない人の言葉で言いました。

「わたしは自分に良いものを求めて来たのではありません。小さな願いのために来たのです。『どことも知れぬ』海にいるすずきを捜しに来たのです。もしわたしがあなたに良いことをしたのなら、どうかこの洞窟を通らせてください」

鷗たちは始祖の大鳥にパルンコの妻を通してくれるようになおも頼み、さらに、少しばかり昼寝をするように勧め、そのあいだ自分たちが代わりに嵐を起こすから、と言いました。始祖の大鳥は子孫の鳥たちの願いを聞き入れ、鉄の爪を洞窟の壁に立ててとまり、寝入りました。

鷗たちと子供の鷗たちは嵐を起こす代わりに、風を静めました。

こうして物が言えない妻は二つ目の洞窟を通り過ぎて、三つ目の洞窟まで来ました。

三つ目の洞窟には黄金の蜜蜂がいました。入口のところに黄金の蜜蜂がぶんぶん飛びまわっていました。すると、稲妻が走り、雷鳴がとどろきました。海鳴りが洞窟の中にも響き、雷鳴とともに稲妻が黒雲を切り裂きました。

こんどはひとりきりこの不気味な状況に陥った妻は、言い知れぬ恐怖にとらわれました。しかし妻は自分の服の右の袖のことを思い出し、縁縫いのない白い袖を引きちぎり、その袖を黄金の蜜蜂めがけて振りあげてその中に蜂を捕えました。

稲光と雷鳴はすぐに止み、黄金の蜜蜂は妻に頼みました。

「奥さん、わたしを自由にしてください。あなたに良いことを教えてあげましょう。広い海の上の向こうを見てごらんなさい。大きな喜びを見ることになりますよ」

妻は広い海の上の向こうを見ました。ちょうど太陽が昇ろうとしているところで、空がばら色に染まり、海も東の方からばら色に輝き、海のかなたから銀色の小舟が現れました。小舟には麗しい王女のような明るく輝く曙娘が乗っていて、そのそばには絹の肌着を着て金のりんごを手に持っている幼な児がいました。曙娘は毎朝こうして小さな王様を海の上で遊ばせているのです。

　パルンコの妻はそれがいなくなった自分の子供だと分かりました。

　ああ、こんな不思議なことがあってよいのでしょうか。しかし海は広すぎて母親はわが子を抱きしめることができず、太陽は高く昇りすぎて、母親の手は子供にとどきません。

　彼女はあまりの嬉しさに、薄いやまならしの葉のように、体が震えました。子供に向かって手を差し伸べるべきだったのか？　優しい声で子供の名を呼ぶべきだったのか？　それとも今生の見納めにこのままわが子の姿を瞼に焼き付けておくべきか？

　銀色の小舟はばら色に染まった海の上を滑るように走り、海に潜るように水平線のかなたに消えました。母親はようやく我に返りました。

「あなたに道を教えてあげましょう」と黄金の蜜蜂が言いました。――「あなたは自分の息子である小さな王様のところに行き、一緒に幸せに暮らすことができるでしょう。しかしその前にわたしを放してください。わたしは洞窟の中で雷電を起こさなければならないのです。わたしを袖の中に入れたまま洞窟を通り抜けないでください」

　蜜蜂の切切たる言葉に哀れな母親は打ちのめされ、心をかき乱されました。――わが子を見た、自分が切に願っていたものを確かにこの目で見た、見るには見たが、この手に抱きしめることも口づけすることもできなかった！　蜜蜂の言葉によって彼女の心は千千に乱れました。自分は夫パルンコにたいして誠実な妻であるべきか否か？　蜜蜂を放してやって、わが子のところへ行くべきか？　それともこの洞窟を抜けて「どことも知れぬ」海に大きなすずきを捜しに行くべきか？

　パルンコの妻は蜜蜂によってあまりにも激しく心を揺さ振られたために、涙が心から振り落とされました。その途端に生きた言葉が妻の口に戻りました。そして妻は生きた言葉で蜜蜂に言いました。

「黄金の蜜蜂さん、わたしを悲しませないで！　わたしはあなたを放してあげません。わたしはこの洞窟を通り抜けなければならないのですから。わたしは自分のいなくなった子供のことを思って泣き、子供を自分の心の中に埋葬しました。わたしは自分の幸せのためにここに来たのではありません。小さな用事のために来たのです。「どことも知れぬ」海のすずきを捜しに来たのです」

　こう言って妻は洞窟の中にはいりました。妻は洞窟の中で休み、小舟の中でひと息いれて、夜の訪れと月の出を待つことにしました。

　ああ、何という不思議だろう！　きょうは海が荒れず、明け方には嵐がおさまり、一つ目の洞窟では恐ろしい大蛇が眠り、二つ目の洞窟では怪鳥がまどろみ、三つ目の洞窟の中で旅に疲れた妻が休んでいるとは！

　こうして一日が静かに暮れて行き、夜が訪れ、月が輝きはじめました。月が空高く登り、真夜中になるとすぐに妻は「どこともしれぬ」海に釣針をつけた綱をおろしました。

3

　夕方、小さな王様は召使のパルンコに、今夜のうちに立派な手綱を絹糸で編んで作るように、言いつけました。「あしたの朝早くぼくの乗る馬車にきみを繋ぐんだぞ。金の砂の上を走りまわってもらうためだよ」

　ああ、この命令はパルンコには酷なことでした。これまでは朝、曙娘が海の下に降りてきたとき、パルンコは曙娘の前から身を隠してきましたが、あすは息子が自分を馬の代わりに馬車に繋いでいるのを彼女に見られてしまうだろう。

　宮殿の召使たちはみな眠っています。海の王も、やんちゃ坊主の小さな王様も眠っていますが、パルンコだけは眠らずに起きています。手綱を編んでいるのです。一心不乱にせっせと編んでいます。

　ついに頑丈な手綱が編み上がったとき、パルンコは心の中で言いました。

「おれは道化を演じてきたが、自分が我に返った今、もう馬鹿役は止めた。このことは誰にも分かるまい」

そう心の中で言うと、パルンコは息子がぐっすりと眠っている揺り籠にそっと忍び寄り、手綱を揺り籠の桟に通して、揺り籠を自分の背中にしっかりと結びつけ、息子を背負って逃げだしました。

パルンコは金の砂の上を忍び足で歩を運び、広大な広間を通り抜けて、広々とした平野に出る所まで来て、金でできた垣根を這ってくぐり抜け、真珠でできた枝をかきのけて進みました。そして海が壁のように立っている所まで来ました。パルンコは少しもためらわずに子供を背負ったまま海にはいり、泳ぎだしました。

悲しいかな、海の王の宮殿から人間の世界までは気が遠くなるほど遠いのです。パルンコは泳ぎに泳ぎました。しかし一介の漁師が海を泳ぎきれるでしょうか。しかも彼の背中には金のりんごを持った小さな王様と金でできた揺り籠が重くのしかかっているのです。彼の頭の上にある海はますます高く、ますます重くなっていくみたいです。

パルンコはとうとう力尽きてしまいましたが、まだ感覚だけは残っていました。なにかが金の揺り籠に突き当たって軋んだ音を立て、なにかが揺り籠の桟に引っ掛かりました。その途端、ものすごい勢いで体が引っ張られはじめました。

「こんどこそおれも一巻の終わりだ」——パルンコは思いました——「海の怪物の牙にかけられた」

しかしそれは海の怪物の牙ではありませんでした。それは骨で作られた釣針で、パルンコの妻が海に投げ入れたものでした。

釣針になにか重いものが掛かったことを感じた妻は嬉しくなって満身の力をこめて、大きなすずきをのがしてはならじと、綱をたぐり上げました。

獲物が近くまで引き上げられたとき、最初に揺り籠の金の枠が海の中から頭を出しました。妻は月の光のもとで良くは見えませんでしたが、「これはすずきの金の背鰭にちがいない」と思いました。

それから金のりんごを手に持った子供が浮かび上がりました。またもや妻は「これは背鰭の上についている金のりんごだ」と思いました。そして最後にパルンコの頭が海の中から現れたとき、妻は喜びの声をあげました。

「これがすずきの大魚の頭だわ！」

歓声をあげて妻は獲物を手もとにしっかり引き寄せました。ああ、その時のみんなの喜びようは、とうてい言いあらわすことはできません。こうして、「どこことも知れぬ」海の上に月の光に照らされて浮かぶ小舟の中に家族三人が揃ったのです！

しかし一刻もぐずぐずしてはいられません。洞窟の番人たちが目を覚まさないうちに洞窟を通らなければなりません。二人は櫂を取ると、力のかぎり漕いで舟を進ませました。

ところが思わぬ災難が生じたのです！　小さな王様が母親に目を向けた途端に、子供は母親を思い出しました。子供は両手をひろげて母親に抱きつきました――子供の手から金のりんごが離れました。金のりんごは海の中に落ち、海の底、海の王の大広間まで落ちて行って、海の王の肩に当たったのです。海の王は目を覚まし、怒り狂って唸り声をあげました。宮殿じゅうの召使たちが夢から覚めて、とび起きました。彼らは小さな王様と彼の召使がいなくなっていることにすぐに気づきました。すかさず追跡が始まりました。海の娘たちが月夜の海に泳ぎ出ました。翼のある海の妖精《ヴィーラ》が洞窟の番人を起こすために急使として送られ、夜空に飛び立ちました。

小舟はすでに洞窟を抜けていましたが、追跡されています。パルンコと妻は力のかぎりに舟を漕ぎましたが、追っ手が迫ってきます。海の娘たちが彼らの後ろで水しぶきをあげ、翼のある海の妖精《ヴィーラ》が小舟を追跡し、波はうねり海は荒れ、黒雲から強風が吹きつけます。追っ手の群は四方八方から小舟を取り囲むように迫ってきます。こうなっては最も舟足の速い舟であっても逃げきることはできないでしょう。ましてこんな小さな二本櫂の小舟ならばなおさらです。小舟は追跡の手をのがれようと必死にあがきました。ちょうどその時、しらじらと夜が明け、小舟が危機に瀕している状況が目に見えました。

つむじ風が小舟を巻き込み、荒れ騒ぐ波浪が小舟を打ち、海の娘たちが輪になって小舟を囲んでいます。海の娘たちの輪は小舟を揺すり、恐ろしい波しぶきをあげて舟を進ませません。海が叫び、風が唸ります。

パルンコは死の恐怖にとらえられ、必死に叫びました。

「おうい、明るい曙娘よ、助けてくれ！」

海の向こうから曙娘が姿を現わしました。曙娘はパルンコにちらりと目をやりましたが、まともに見ようとはせず、小さな王様にも目を向けましたが、贈物はしませんでした。しかし誠実な妻には素早く急ぎの贈物を与えました。刺繍のあるハンカチと留めピンでした。

ハンカチは見る見るうちに白い帆になり、留めピンは舵に変わりました。帆は風をはらんでまるまるとしたりんごのようにふくらみました。妻はしっかりとした手つきで舵を取りました。小舟を取り巻いていた海の娘たちの輪はくずれ、小舟は夜空を流れる星のように青い海の上を滑ります。恐ろしい追っ手の前を世にも不思議な小舟が飛ぶように走ります。追跡が激しさを増すと、それだけ小舟の走行を助けます。風が速度を加えると、それだけ速く小舟は風の前を走り、潮の流れが速くなると、それだけ速く小舟は海の上を進みます。

遠くに岩だらけの岸が見えてきました。浜辺にはパルンコの小さな家があり、家の前には白く光る浅瀬が広がっています。

岸辺が見えると、急に追っ手の力が弱まりました。翼のある海の妖精《ヴィーラ》は岸を恐れ、海の娘たちは岸から遠く離れた所でとまり、風と波は沖にとどまりました。小舟だけが、母の懐にとびこむ子供のように、岸辺に向かって突進します。

小舟は白く光る浅瀬を過ぎたところで岩にぶつかりました。小舟は岩に当たって砕け、帆と舵はどこかに消え、金の揺り籠は海に沈み、黄金の蜜蜂は逃げてしまいました。――そしてパルンコと妻と子供の三人が自分の家の前の遠浅の浜辺に立ちつくしていました。

ああ！　三人が晩にあかざの夕食を食べたとき、いままでに起きたことは全部忘れてしまいました。そしてもしあの二管笛がなかったならば、この出来事を覚えている者は誰もいないことでしょう。

しかし、誰かがこの二管笛の太いほうの管の笛を吹くと、パルンコのことをこう語るのです。

不思議や　パルンコのお馬鹿さん
海の底まで落っこちて
そりゃあひどい目にあったとさ

そして細いほうの管の笛が奏でる調べは妻の想い出を語ります。

輝け、輝け　曙の光よ
新しき幸　ここにあり
三度《みたび》　海に沈みし幸を
救いし人ぞ　清き妻

この二管笛の物語は広く世に知られています。

〈注〉

1　曙娘 Zora-djevojka……太陽の昇る海から銀の小舟に乗り、金の櫂をあやつって現れる美しい娘。多くのスラヴ民族の昔話に登場する。この作品ではブヤーンの島に住む。

2　あかざ loboda……普通は凶作の時や不毛の地で食用とされる野草。日本語でも「藜《あかざ》の羹《あつもの》」と言えば「粗末な食事」の比喩であるが、この作品でもその意味で用いられている。

3　妖精《ヴィーラ》 vila……南スラヴ人のあいだで知られる女性の神話的存在。白いロング・ドレスに身を包んだ、素足で、長い金髪の美しい顔の女性として想像される。翼をもち飛翔することもある。歌と踊りを好む。人間に害をなすこともあるが、しばしば英雄と子供を助ける。

4　海の王 Kralj Morski……海底の壮麗な宮殿に住み、無限の富と強大な権力をもつ「海の王」の話は、スロヴェニアやスロヴァキアの昔話、ロシアのノヴゴロド歌群のブィリーナ『サトコ』などに知られる。

5　ブヤーンの島 Otok Bujan……古代スラヴ人が楽園と空想した不思議な島。ロシアのフォークロアにおいて伝承されている。

6　アラティル岩 Kamen Alatir……ブヤーンの島にある「白く燃え立つ」岩。世界の中心を成し、「すべての岩石の始源」にあたる岩石で太陽の別の姿と考えられる。

7　「どことも知れぬ」海 More neznano……ブヤーンの島がある謎の海。「どことも知れぬ所」は「どこにもない所」とほぼ同意義。

8　海の娘たち Morske djevice……腰から上は美しい人間の娘、腰から下は魚の姿をした人魚。

9　物がいえない人の言葉 Nijemi jezik……njemušti jezik とも言い、直訳すれば「唖者の言語」であるが、昔話では「動物ことば」の意。動物たちが用いる人には通じない特別な言葉を解する人が昔話の世界に存在する。

栗原成郎・訳

Ivana Brlić-Mažuranić, *Priče iz davnine*, Treće izvanredno izdanje, Matica hrvatska, Zagreb, 1926

カフカ・マルギット　Kaffka Margit　1880-1918……ハンガリー

弁護士、後に検事正となった父親を六歳で亡くし、没落したジェントリ階層出身の母親の困難な人生を見て育つ。苦学の末に、公立の小学校教師となり、その傍ら、初め詩を、やがて短編、長編を発表する。母親をモデルとした長編『多彩な色と年月』（一九一二）は、今やハンガリー文学の古典である。短編の数はかなりあり、家族、女性、恋愛、離婚など、さまざまなテーマの作品を描いた。

淑女の世界

小さな私立学校で、私は、机の下に隠しながら、従姉妹のヘッラと手紙のやりとりをしていた。ちっちゃな紙切れにきれいな、きちんとした文字で書かれた、次のような連絡事項が私の許に届いた。「ねえ、アッポニ〔訳注―アッポニ・アルベルト伯爵、一八四六―一九三三、保守派の政治家〕は今日議会で質問をする、と昨日、国民党で表明したわ！」、あるいは「彗星」誌にティサ・カールマーン〔訳注―一八三〇―一九〇二、大土地所有者の保守的な政治家〕の華やかな写真があるの――どういう意味かわからないけれど、何かフリヴォールなことだと思うの。後で、十分の休み時間に教えるわね。ジョークが書かれているんだけれど、モーリッツ・パーヤが署名したものなの……」。私はこうした全国的に重要なニュースを熱心に読み、ひどく誇らしく思った。その瞬間、大人の男性、我が家にいる弁護士や判事の小父さんのように、食後、わずかなワインで声を荒げ、パイプの煙につつまれて《政治づいている》と。《政治》、そう、それは——家族の女性、母親たちにとってもタブーだし、聖なることで、どこかつかみどころがなく——何かすごく大きくて、真剣で、知的な話題なのだ。女性たちには許されていない、話すこともふさわしくないことで、母親たちはたぶん、外来語の《国会で質問する》という言葉さえわからないか、あるいは「国民党」がどんな政党なのかも知らないだろう。さて、《話している内容を聞かれては困る》思春期の子どもである私たちが暗号に腹を立てながら、皮肉な笑みを浮かべている女性集団から抜け出そうとしていることに対し、なんと言われるだろうか——私たちの間で、このくすぐったく、興奮する、大人ぶった言葉、フリヴォールを使いこなすことができるだろうか？　でもやはり、いちばん誇らしかったのは、真摯かつ忠実な、人間的な共犯者としての友情をヘッラが私と結び、私と秘密を共有することだった。従姉妹はもう十二歳で、私よりも二級上だった。茶色の目をした彼女は生真面目で、すでに《理論》を持ち、個性もあり、《正確さが求められること》がわかっていた。八年生のお兄さんは文芸サークルの書記を務め、《自由主義的な考えをしていて》、父親は、県の委員会における優れた演説家で、遠い親戚の伯母さんが『ホルテンシェ女伯爵』というタイトルで《作品》、そう、実際に印刷された小説を書き、そのうえ、大火事の後、それは被害者たちのために出版もされた……。そのせいで県のあちこちでかなり悪口が飛び交ったのは事実だが。

その点でいうと、私はまだまったくの子どもで、遊びたいさかり、女らしさの点ではその兆しさえなかった。爪は清潔にしてこそ美しく、人はクロワッサン半分を一度には口に入れないと、何度も家で注意されるしまつだった。大人の男性に対して小父さんと呼びかけ、通りでは彼らより先に挨拶した。私の髪の毛は濡れたブラシで額にぴったりと押さえつけられ、きつい三つ編みにしてもらっていた。そうやっていても、いつも困ったことになった。遊びの最中にゆるくなり、細かい髪の毛が前に落ち、にきびだらけの額にほつれて垂れ下がるのだ。午後になると、鈎針編みの課題（すさまじい、果てしないクッションカヴァーの二十列を編むように母に言いつけられていた）を終えると、庭に駆け出した。そこは当時耕されていず、雑草だらけで、何も植わっていなかった。大家が建築の準備をしていて、たくさんのレンガが置かれ、防火用の壁の下に大きな木材が高く積み上げられていた。というわけで、それがお城だった。かつての、めまいがするような岩壁のてっぺんにある中世の城館、砦、橋、銃座、塔の部屋……数百人の従僕、厩舎係、御者、召使い……数え上げられないほどの権力、宝物庫は満杯……そして、すべてのものを統治する貴婦人が私だった。「馬にまたがり、蒼ざめた顔のお嬢さんである私は、絹や宝石の重みで倒れそうになりながらも、岩壁のてっぺんにある部屋から部屋へ、武器が配備された大広間から大広間へと歩を進める。たっぷりした金髪の重みを感じて、ほとんど頭をのけぞらせんばかりだった。私の背後に召使いの女たちや淑女たちの一団が恭しく、無言で従っているさまが感じとれた……」。あるいは、木材の山が劇場だった。板塀のあたりが、うなずいたり微笑したりする色とりどりの絹の服を着た女性たちが坐るボックス席――レンガを積み上げた観客席――、舞台には私、またしても私が――見えない共演者と動きまわり、台詞を言い、聞こえないように歌い、高鳴る拍手の嵐の中でお辞儀をし、感謝しながら、やっと小さな楽屋に戻ると、疲れて倒れこむのだ。楽屋は板塀と野生のニワトコの木の間にあり、紐につるした古い大きな四角い布で囲われていた。これは二重の意味での遊びだった。人生をまだ私が演じることが可能で、自分の好き勝手に演じていた時、なんと大きな拍手を受け、どれほどの夢や感動する体験を味わっただろうか――本当に私が私でありえたし、すべては私の思いのままで、私のまわりに人々の輪ができ、その上、その人たちは従順で、私の行く手を阻まなかった——なぜなら、私以外のすべては実体がない架空のものだったから……。

私は大声で呼ばれ、何かを手伝うために家に駆け込まなければならないか、もう明日の予習をしたのかと尋ねられるのだった。はてさて、大きいほうのお嬢さんは、まるで子どもみたいに、外を蟹股で歩き回ったり、遊んだりしているのか？

「それに髪の毛がなんてぼさぼさなの！　ブラウスをどこにくっつけたの、どこで汚したの？　すぐに地理と算数の宿題をしなさい！」

尊敬していて、大好きな、唯一の女友達だったヘッラには、私がまだ遊んでいるとはけっして打ち明けられないと思った。彼女は上級生で、すでに十二歳になっていて、生真面目で、意志の強い少女だった。口をぎゅっと結び、遠くを見つめ、「私、作家になるわ！」と宣言した。彼女の鼻先には、ホルテンシュ女伯爵の花冠か、ギムナジウムの文芸サークルか、あるいは、優秀な学生である彼女のお兄さんの、立派な青年らしい勝利がぶらさがっていたのか？（昨年、彼もガリチアで戦死した、痛ましいことに！）

ヘッラが日曜日の午後いつも私の家に来ると、腕を組んで部屋から部屋へ、または、花壇のある庭を真剣に歩き回り、意見交換をした。ある時、隣の小母さんが私たちの話を立ち聞きし、祖母に忠告した。

「あんな小利口な子どもはぜったい長生きしないわよ。娘に成長する前に死んでしまうから、気をつけなさい！　だって、あんなの普通じゃないわ！」

でも、彼女は何を耳にしたのだろうか？　私たちが隣家との格子塀の前を進んでいる時、ヘッラが「今日、市民生活のこの段階では……」と説明し、引き返す時に、私の声が「ねえ、それは社会教育の観点から望ましい……」と反論していた。それから、隣の小母さんは議会制民主主義の専門用語も立ち聞きしたはずで、考えこみながら、不機嫌に、釈然としない様子で小さなポーチで祖母とうなずきあっていた。友人の論証に私はちょっと疲れ、夕食の席に無言で坐りこんでいて、名前を呼ばれたのに、聞こえなかった。小父さんに、タバコの壺を持ってくるように頼まれると、地面にたたきつけ、そんな場合、叱られ、あざけり笑われた……。翌日、私たちは新たに手紙をやりとりし（こちらのほうが素敵だったし、興奮させられた）、その間、ヘッラのクラスは物理の問題に答え、私たちのクラスは幾何の図形を描かなければならなかった。なんでも教える教師一人しかいず、かなり年寄りの、パイプをくゆらす、カルヴァン派の牧師だった。彼は、私たちが大声で、流暢に課題を読み上げるのが好きで、教科書どおりかどうか、照らし合わせていて、他のことにはあまり気をとめなかった。

それ以前には、ピアリスト派の別の教師もいた。有名な学者で、修道会が何かの罰として数年間私たちの小さな村に送り込んだのだと言われていた。実際、最近、外国の学会や、論争になって取り上げられる大きな問題に関連して、よく彼の名前を耳にする。当時私たちは、彼の変人ぶりや、むさ苦しい恰好を目にし、笑っていたものだ。彼のほうは、私たち、おばかさんに対し、皮肉で、情容赦ない女性蔑視の態度を表明した。深い学識の中から何かを私たちに伝えることはほとんどなかった。たぶん私たちがそれに値しなかったのだろう——点数がよくない私たちの通知表について皮肉な冗談を言う、ああ、しかもなんという冗談の数！　軽蔑をこめた、天才的で、自由自在な彼の口の利き方は楽しい体験だったし、喜びでもあり、私たちはハアハア言いながら、彼のニュースを家に持ち帰った——昼食の珍味として、眉をひそめる家族の食卓へと。最終的には、街はそのことしか話題にしなくなった。なんという軽薄な振る舞いだこと！　と、母親たちはおもしろがりつつもため息をつくのだった。その時、女性連盟（それは私たちの学校を運営する組織だった）の会長が、学者である教師の《それまでのご苦労》に対し感謝する美しい手紙を書いた。なぜならば、《我が街の若いお嬢さんがたの高貴な倫理や心の純潔を》危険にさらしたわけだが、無駄なことだった！

優れた修道士である彼は、会長の厳しい手紙の正書法の間違いを善意から赤いインクですべて訂正して送り返してきた。私たちはそれからカルヴァン派の老牧師の許にとどまり、試験の際には感動のあまり誰もが泣いた。なぜなら私たちは、水の流れのように、本の冒頭を、後半と同じ早口で読み進めたのだから。そして、私たちは、去って行った先生が終えたところから、その先を遊び気分で続けたのだ。そして、全体として見ると、それによって、今日の体系的な、カリキュラムに基づいた専門教育施設の生徒たち同様賢くなったのだ。

ある時、こんな内容の紙切れをヘッラから受け取った。《お願い、とても重要なことであなたと打ち合わせしなければいけないの、十分の休み時間に後ろのほうの廊下に来てちょうだい！　文学の件。秘密厳守！》——これをもらった私は、分数の問題で決定的、絶望的に混乱し、算数の帳面の真ん中に大きなインクの染みを付けてしまい、先生は失礼にも《子豚》〔訳注—「顔などが汚れている子ども」に対して言う言葉〕と私のことを呼んだ。でもやっと鐘が鳴り、小さな廊下でヘッラと顔を寄せ合った。「見てみて、私たち新聞を発行することに決めたの」と真面目に彼女は言った。「兄たちも七年生たちと一緒に出すの。兄たちの新聞のタイトルは『前進』で、県の廷吏に石版で刷ってもらうことにしたそうよ。もう予約者もいる。昨日、県議会にアドリャーン小父さんと息子のガーボル、彼はすでに婚約しているんだけれど、それに彼の未来の義父が出席していて、全員我が家に泊まったのよ。兄たちに声をかけられた小父さんたちは、冗談だと思ったみたいだけど、前払いをしてくれたの。私たちの新聞はとりあえず私が書くことにする、私はうまく書けるから。つまり私が編集長で、あなたは主任編集員。いいかしら？」——「すごくいいわ！」と、私は真剣に答え、ひどく驚いたことを悟られないようにした。「わかったわ。じゃあ、早速仕事に取りかかってちょうだい。毎回コラムを書いてかまわないし、演劇欄をあなたが担当してもいいわ！　何について書くかですって？　そうね、たとえば……ハンガリーの温泉について書いたらどうかしら！　書きたい？　私は昨晩、最初の社説をもう書き始めたのよ」

私は幸せのあまり興奮してうなずき、賢いヘッラが考え出したことなら何であろうと望んだ。まったく想像できなかったが、大丈夫、いずれどうにか形になっていくだろうと、落ちついて考えた。そして、数週間の間、企画会議を行い、打ち合わせをし、《その件》について手紙を交わした。なんと楽しかったか。ヘッラがすぐに急かせもしたので、もう私も仕事をしていると嘘をついた。一週間後、ヘッラは新しい案を持ってやってきた。家で、お兄さんの前で私たちの新聞についてちょっと口にしたら、彼はもちろん手で制し、持っていたお玉で父親然としてやめるように命じたが、学生仲間で「前進」誌の編集員の考えは異った。まさに彼はその時、「女性解放」について書こうとしていたのだ。そう、優れた知性の持ち主の女性たちが人類の前進のためにどうして働けないなんてことがありえようか？　について。

「結局、私たち、《優れた知性の持ち主の女性たち》を編集者として迎え入れ、『淑女の世界』という付録も付けて出し、それは私たち、女性が書き、企画し、編集することが決まったのよ。いまやもう締め切り前に私たちが記事を提出できるかどうかが重大事項なわけ」と、ヘッラはちょっと心配そうに言うのだった。「どのくらい進んでいる？……だめだわ、そんな仕事の仕方じゃだめよ。あなたたちみたいな、ボヘミヤンはとてものらくらしているんだから！ねえ！　あなた、文学作品を書きなさい！　『一タッレール銀貨のキャリア』、どう、その気がある？とってもいいテーマだわ！　でも書くのよ！　明日、いくらかでも私に見せてちょうだい！」

私はびっくりしながらも、熱意をこめて約束し、実際に（編集者の厳格さが要求する）翌日の午前中に、インクの染みがついた手書き原稿二ページの処女作を持参した。ヘッラ編集長は宗教の授業中にわき目もふらず読み、先生の目を盗んで、机の下で手書きの原稿を戻してよこした。「とても美しい作品ね。ただ、これは春の朝の描写だわ。こんなに主題から離れてはいけないわ！」と書きこみがあった。私は紙をくちゃくちゃに丸め、芸術的自尊心を傷つけられ、落ちこんだ。傷ついた私は十分の休み時間にヘッラを避けようとした。でも彼女は私のほうにやってきて、私の顔に茶色の頬をそっとくっつけ、優しく親切で、聡明だった。「原稿をよこしなさい。後は、家で私がするわ、銀貨と結びつけるから。だって、銀貨はその美しい春の朝に誕生したのかもしれないし、その朝にたとえば造幣局から出てきた銀貨にとって、世界全体が新しく、期待で胸がふくらんだ……。さあ、ちょうだい、明日戻すから。いつも一緒に書くことにしましょう、いい？」私はありがたく感じ、心も軽くなって原稿をゆだね、それ以降もかわるがわるその作品を推敲した。銀貨は、ある輝かしく、生き生きとした春の明け方、造幣局から送り出され、キャリアを辿り始める。最初、（どんなふうにかわからないけれど）ある貧しい家族の許に行き、心痛む境遇の中で、家族を餓死から救う（この部分は私が書いた）。それからすぐ秘密につつまれた手段で与党の代議士の財布の中に納まり、それは、しかし薄汚れた目的で与えられたもので、銀貨とともに我が祖国における腐敗は助長された。選挙前に、選挙参謀は銀貨で堕落させられ、銀貨自身も恥ずかしくて顔を赤らめたほどだ（このエピソードは、記憶では、ヘッラの天才のおかげだ）。こうして毎日、毎日、少しずつ進んでいった。ああ、それをずっとちゃんと思い出すことができ、なんとか取り戻せたらと思う反面、この最初の文学的な試作が平凡な作品で、私は精神的な寄生虫である、つまりヘッラの手のほうが多く加わっていたのではないだろうかと恐れている。それなのに彼女は寛大にも私の作品だと公言し、私は彼女がそう言うのを信じた。だって、私よりも二級上で、私よりも賢く、確信を持って女性作家になろうとしていた十二歳の彼女が言うことを私が信じないなんてことがありえただろうか？　ある日、私の短編はできあがり、彼女がもう編集部に提出していて、後はただ私がペンネームを決めるだけだと、言った。図工の時間の後で、「ピンチェーケ」〔訳注―アトリちゃん。「アトリ」という鳥をかわいらしく言った表現〕に決めた、いい名前になるわと言った。いい名前になるんだなんて、とんでもない！　ピンチェーケなんて！

それから、大問題が起こった。露見、何もわかりもしない人たちの皮肉、そしてそれ以上に悪い事態。翌日、老牧師が私たちの紙切れ、手紙を見つけたのだ。その手紙に、ヘッラは、次号の締め切りに間に合うようにもう次の作品を書かなければいけない、しかも今度は大多数の読者の心をつかむために、何かおもしろいもの、恋物語、ひょっとして上品な《フリヴォール》なものでも悪くない、という助言を書いていていたのだ……。ああ、そのまるで理解できない、くすぐったい、大げさな言葉――これが私たちの危機となったのだ。老牧師は頭を振りながら、紙を折りたたみ、よく理解できなかったようだが、授業の後、厳かな顔で校長先生に手渡した。彼女も私たち二人の親戚で、土地を失った地主の未婚の令嬢だった。こうした女性に《女性連盟の女子小学校》の校長のポストを与えるべきなのは当然だった。もし彼女がただちに賢そうに見せかけていたなら、彼女のポストには余所者か誰かが連れてこられはしなかっただろうか？　でもアガタ先生は、すでに分別があり、献身的で、奥さん連中みたいにおしゃべりだった。彼女は私たち二人をきれいな自分の部屋に呼びつけ、古い横畝織りのソファーに坐って、賢い、てきぱきしたお説教を、怯えながらも反抗的な私たちの頭上に垂れた。

「あなたたち何を望んでいるの？　誰もがあなたたちのことを話題にするようにと、自分たちを笑い者にして、世界一のおばかさんになりたいの？　大火事の日に（誰もが知っているけれど）気を失いながら、燃える家々の間を駆けまわり、ホルテンシェ家の女伯爵だけを、彼女だけを救い出そうとしたもう一人の頭がおかしい人みたいに？　あなたたちもそんなおかしな人になるつもりなの？　家族に一人いればたくさんでしょ？　作　家　とーしーてーのー能力、おまけにいったいどんな大騒動を望んでいるの？　彼女が書いた料理本の中にあるのだけれど、あなたたちも、お料理する時に、はさみで卵の殻をむくなんてことをしたいわけ？　私が夏に親戚を訪問するためにウゴチャに行った時、あそこでも彼女の噂が伝わっていて、大笑いしながら話題にしていたわよ！　ひょっとして、あなたたちは彼女をお手本にしたいの？　それだったら、私は生意気なあなたたちにビンタを食らわしますからね。私の学校からは、どんなのらくら者も出さないようにしますから」

　長々と叱責がつづき、私たちはうなだれて、古風な匂いがただよう処女の小部屋を退出した。ヘッラの美しい、黒目がちの目は、決意をこめた反抗心にあふれた高貴な光の中で輝き、私たちがドアの外に出るや、「やっぱりつづけるわ！」と言った。

　とはいえ、それでおしまいになっていたなら、まだましだった！　ただ、この優れた、尊敬すべき未婚女性、貞淑なアガタ先生は、批判的で不道徳な傾向や事柄を明らかにする、おぞましい《フリヴォール》という言葉に目を止めなかった。それには、女性連盟会長、赤字で直された手紙にふさわしい書き手の存在が必要だった。アガタ先生は、たまたまおもしろ半分で会長に罪の証拠を見せ、校長自身、貴族の女性の怒りのすごさに驚いた。「会長さん、私は結婚していないので、こうした醜悪な言葉には気がつかなかったんです！」と、私たちがどんな文学の作り手になろうとしているかが説明された時、弁解した。「それは不愉快極まりないことですわ！　それは前代未聞ですわ！　両親に、婉曲に、でも大至急連絡しないと！」と言ったのだ。かわいそうに、もちろん、ヘッラちゃんが主犯だった。家で、二十四時間の食事抜き、そして貯蔵庫で跪くというお仕置きの後に、父親がパイプを手にして、彼女に正確な意味を訊ねた時、どれほど間違った概念が、かわいそうな彼女の賢い頭の中で、その注目され、災いをもたらした表現に結びついていたのかが判明した。彼女は、「フリヴォール、つまり、いかがわしい」という言葉を《過剰なまでに、奇妙に恋する》という意味だと理解していたのだ。さらに、私たちの家もまた、とても儀礼的で、ちょっと同情心にあふれた、何よりも善意の訪問を免れることはできなかった。フィアート夫人であるベリツェイ・アマーリア会長は、天塩にかけて育てたまだ幼い娘さんの倫理と心の純潔を脅かす危険について母に警告すべきことが「重大な義務だと感じた」のだ。主任技師夫人である、やせたドイツ女性をお供に連れてきた。その女性もまた、わが街で（余所者であったにもかかわらず）重要で、優れた人物であった。現在の夫の家で、かつて、最初の妻がいた頃に《ありふれた、賃金を支給される家庭教師》であったことが明らかになる前までのことだが。それ以降、彼女の名声は落ち、苦々しくも人々から無視されて、転居を余儀なくされ、夫を説得し、どこかに転勤していった。

　母がどんなふうに、何を言われたのか知らない。ただ想像しただけだが、両親からたっぷりしたお説教を受け、何度もぶたれるのは、近い未来、ほとんど免れることはできない、その程度のことは確実だと、あわれな私は感じた。ただ「デウス　エクスマヒナ」、つまり運命のいたずらで、幸運にも、お客さん、村に住む叔母さんが馬車で思いがけずやって来たために、私はそれを免れたのだ。彼女の世話をし、夕食をよけいにこさえなければならなかったせいで、母の注意は逸れた。もっとも時々、目を光らせて私のほうを見ていた。「食卓の支度をしに行きなさい、女　性　作　家　さーん！」と、夕食の前に叫び、そこにはちょっと怒りがこめられていた。それから、叔母さんに私の愚痴をこぼした。叔母さんは私にちょっと同情して、「頭のでき具合に関しては、対策はないね！　彼女はけっして奥さま向きにはなりそうにない。おまえが教育を受けさせているのは、正解だね！」「でも、私をあんな恥ずかしい目に遭わせるなんて。あんな魔法使い二人を、私を、この私を教育しよう、この私にお説教をしようと、家に連れてくるなんて！　私、ぜったいに立ち直れないわ！」

私は、そうした感情を呑みこむのがむずかしいことがここでは問題なのだと感じ、心の中で母の言うとおりだと思った。

翌朝、学校に急いで行かなければならなかった。「おまえ、罰を受けないですんだと思うんじゃないのよ、有名人さん！」と、脅かしの言葉が聞こえた。「急いで、家に帰ってきなさい。その後、ちょっとおまえの作家としての能力を矯正してあげるから！」。私は、学校でうわの空で席に着き、恥ずかしかったし、ヘッラを見ることができなかった。彼女は、頑なに眉をしかめ、頭を垂れて前方を見つめていた。私は、家ではもう私のことを怒っていないと感じた。母の怒りは、嵐のようだが、二十四時間以上つづくことはまれだった。たぶん、ただ義務的に叱られるだろう。そして、その後もかなりの間、私がコップを壊すたびに、「女性作家先生！ たぶん、小説のことにでも頭がいっているの？」と、渾名で、私の罰を思い出させるのだろう……。とはいえ、叱られることがいやだったわけではない――私たちの夢の真剣さと崇高さが、なぜか私自身の目にも失われたのだ。書いた言葉で人々に何かを言おうとする人たちはこんなふうに扱われるのだろうか？

ホルテンシュ女伯爵の著作は、遠い地でもあざ笑われ、おかしいと思われるのか？ ヘッラちゃんが後につづこうとすれば、こんな運命がかわいそうな彼女にも待っているのだろうか？ 拍手や友人、理解者たちはあそこにしかいない――庭の木材が積み上げられた場所、虚空の中、青い空中にしか？ もう自分でも笑い、皮肉に笑って終わりにしたかった。私は分別をわきまえ、礼儀正しくなりたかった。もしヘッラちゃんがあれほど悲しげに見つめていなければ！……そう思うと、かすかなめまいを感じ、急に苦痛を感じるほどからだが熱くなり、こめかみにゆっくりと冷や汗の一滴がしたたり落ちてきた。手を見ると、腕にも首にもびっしりと細かい、赤い斑点があちこちにあった。

それがその時の私の避難所と安息所になった。ただちに家に帰らされ、母は怯えた顔で調べ、罰のことなど話題にもならず、医者が呼ばれ、ベッドに押しこまれた。「ちょっとした驚きと三週間の隔離！」という言葉が聞こえた。

私は、涼しく、鎧戸が下ろされた、心地よい部屋に横たわり、夢うつつの中で過ごした。窓ガラスではハエが一匹ブンブン言い、六月の午前中の暖かい陽射しが緑色の反射とともに目にちかちかした。外の窓の下では、週に一回開かれる市の人々が行き来し、子どもたちは埃の中で遊んでいたし、台所のほうから砂糖をつぶすすりこ木〔訳注―当時、シュガーパウダーがなかったので、ケーキの上に振りかけるためなどに、砂糖をすりこ木でつぶした〕の騒音が聞こえた。とても奇妙な感じがし、その休眠状態の中で、夏やはるか先のこと、私の人生が目覚める時期、未来を考えた。「もし書くことができるなら！」という思いが不意に浮かんだ。その時、鎧戸の板と板の間で何かの音がし、外から無理やりこじ開けられようとした。紙の音がし、滑りこみ、床にポトンと落ちた。「マリ」と、私はびっくりして召使いを呼んだのに、母が入ってきて、拾い上げ、眺めた。「あら！『前進』が来たんだわ！」と言った。その言葉に皮肉や反感はまったく感じられず、むしろいくらか考えこんでいたようだが、敬意がこもっていた。きちんと私の掛け布団の上に置き、仕事に戻っていった。母が魅惑的なリトグラフ・インクで書かれた、髭文字のコラムのタイトル「淑女の世界」を見た時、いったいどう思っただろうか？　母の時代には、少女たちは別のことをして遊んでいた。母は、微笑さえしなかった。

そう、一か月五十クライツアールで新聞の配達を引き受けたギムナジウム二年生の男の子が、我が家に入ってくるのが恥ずかしくて、鎧戸の間から押しこんだのだ。そして、麻疹でベッドにいた女性作家は、ぎこちなく、恥ずかしそうに、ちょっっぴり震えながら、「一タッレール銀貨のキャリア　短編ピンチェーケ作」という文字をたどった。

ヘッラは今や礼儀正しく、賢く、節約家の、地方に住む女性だ。はさみで卵をむいてはいないだろう。

Kaffka Margit, *A révnél*, Franklin Társulat, Budapest 1918

岩崎悦子・訳

ボレスワフ・レシミャン　Bolesław Leśmian　1878 - 1937……ポーランド

ワルシャワのユダヤ人官吏の家に生まれ、両親の離婚後、キエフの父親の元で青年期を送った。ロシア象徴派の影響下に、汎神論的自然観に立ち、神話、伝説に取材する、方言、造語を多用した独自の難解な詩風を徐々に確立。生前よりもむしろ没後に高い評価を得た。訳出した「鋸」を含む一九二〇年刊の代表作『草原』(Łąka) ほかの詩集、批評集、短編集、アラビアンナイトの翻案小説集などの作品がある。

鋸

森を妖怪が歩いていた。鋸の胴体を持ち、
その歯で恋人を蕩《とろ》かせ、死の魔法を知るあの妖怪
が。
若者を見つけたのは谷のはずれ。
「おまえが欲しい、二つとない夢、私の夢！

恋人よ、おまえのためのキスに、鋭い鋼を被せて
あげましょう。
ぴかぴか——ちかちか、きらきら——ほらこれが
私の歯！
見たこともない眺めにうっとりなさい、
夢見たこともない夢にぼうっとなさい！

この矢車草に、この芥子の花に頭をのせ、
野の炎熱の中で、森の暗闇の中で私を愛してちょうだい！」

「おまえを力の限り愛しましょう、
誰もしたことのないキスをしましょう！

村にいた娘たちのことは放っておくことにしよう、
どれもこれも愛の嗚咽を、不幸を嘆くように洩らすのだから。

体を新しい愛撫に合わせてみたい、
唇を真っ赤に染め、血まみれの喜びを味わってみたい！

おまえを楽しませるためにこの体を作り変え、
おまえの歯の上で戦きの跡を残してみたい！」

嬉しさのあまり鋸は歯をきしらせ、尖らせた。
「愛へと私は突き進む、森の伐採に通ったときのように！」

二人の上で金の柳がざわめき始めた——
恋人は抱擁のときの鋼の何たるかを、好きになって初めて知った！

鋸は恋人を歯のキスで二つにし、三つにした。
「さあ、おまえのたくさんの魂をあの世に送ってあげよう！」

鋸は恋人を愛撫で引き裂き不揃いなかけらにした。
「私の細切れさんたち、死んでもお幸せに！」

鋸は恋人を別々の土地にばらばらに投げ散らした。
「人間の粉さんたち、神様が集めてくださるわ！」

粉さんたちは勝手に集まって元の形に戻りたがっ

たけれど、
この世で互いに出会うことはできなかった。
塵の中に横たわる瞼の瞬きに始まり——
誰が瞼の中で瞬いたのかは分からないが、もはや
人間ではない！
頭は鈍い音を立て首を探しに土手を走った、
ちょうど定期市で人の手から滑り落ちるあの南瓜
のように。
胸を自分の持ち物にした谷は略奪者らしい息を吐
き、
耳が駆け上った柳は頂で何かを聞いた！
目は互いに離ればなれで輝くこともなくくすぶり、
片方は蜘蛛の巣でぶんぶんうなり、もう片方は蟻
の巣で眠った。
片方の足は森の近くで踊り回り、
もう片方は穀物畑を跪いてうろついた。
手はというと、道の真上の虚空に舞い上がり、
誰にとも知れず十字を切った！

Bolesław Leśmian, *Poezje wybrane*, Zakład Narodowy im. Ossolińskich – Wydawnictwo, Kraków 1974

長谷見一雄・訳

ヴィーチェスラフ・ネズヴァル　Vítězslav Nezval　1900-1958……チェコ

モラヴィア出身の詩人。カレル大哲学部中退。代表的な詩集に、『橋』（一九二二）、『パントマイム』（二四）、『エジソン』（二八）、『さようならとハンカチ』（三四）がある。小説、戯曲、童話、芸術論も手がけ、「デヴィエトシル」の演劇部が再編された「解放劇場」では文芸部長を務めた。三四年、タイゲ、ホンズル、ブリアンらとともに「シュルレアリスト・グループ」を設立。訳出した「自転車に乗ったピエロ」はアヴァンギャルド詩のマニフェストとなった『パントマイム』に収められており、形式の大胆さや想像力の豊かさが際立ち、造形的・演劇的要素も色濃く滲み出た作品である。

自転車に乗ったピエロ

自転車に乗った　ピエロ
　物乞いする　日曜日
　　町から一時間の所
　　　縞シャツ纏《まと》い
縞馬のよう

プロンプターは　コロンビーナ
素人の坊やたちと
　稽古する
映画スターの役は
シンデレラ

コロンビンカの肩で
楽屋では　　夢見て言った
素早いテンポで
人形たちを飾り立て
魂を吹き込み　　春の
ピエロは食べ　　やはり
ランプを持つ　　飛び切りのプランは
飛行機《アエロプラーン》
ヴォードヴィル
上機嫌
ざわめきが
屋敷から
観客が
拍手
ピエロは
ひと月

村田真一・訳

Vítězslav Nezval, *Rodina Harlekinu, Pantomima, Dílo I Básně 1919-1926*, Československý Spisovatel, Praha 1950

イジー・ヴォルケル　Jiří Wolker　1900-1924……チェコ

チェコの作家。銀行員の家庭に生まれ、プラハの大学で法律と共に文学を学ぶ。学生時代から詩を発表していたが、二一年にはチェコ共産党員となり、プロレタリア文学の旗手として、詩・散文・戯曲の各ジャンルで活躍。後のノーベル賞詩人J・サイフェルト（一九〇一―八六）と親交があり、一時は前衛芸術家グループ「デヴィエトシル」に属す。二三年結核のため療養生活に入り、二四年一月三日死去。詩集『家への客』『苦難の時』など。作品数は少ないが情感を込めた詩文は大きな影響を与えた。

愛の歌

愛の歌

君は語った――君の眼の中にのみ全世界がある
君の眼がなければ私には何も存在しない
君の眼の中ではリンゴの白い花が咲き
白雲が空に漂い流れ
小鳥たちが歌い翔び交う
私は君を信じる
そして信じない
大きな痛みに堪えて君の眼を分解しよう
私を再び虹の鎖で包んでくれるように

私に告げよ　愛する人よ
――もしも全世界を君の眼が包むなら――
なぜ放っておいたのか
一人の労働者が今朝足場から落ち
そして私の眼の前で
死んでいったことを

Báseň milostná

船乗りのバラード

序の歌

果てしなく海原は広がり
波はまた波と重なり続き
一つの波の奥津城《おくつき》は
続く波の緑の揺藍となり
最初の波を作り出すものは
最後の波をも作り出す
心の奥底を揺るがして疾風よ轟け！
神よ　わが頭上にとどまり給え！

第一の歌

「いま一度《ひとたび》の口づけを我に　エヴァよ
しかして百度《ももたび》の別れを告げん！
両の眼《まなこ》には愛を保ち
我がかまどには平安を守れ
我は汝《な》の夫にして船乗りなれば
是非もなくいざ出で行かん！」

「我が心は小鳥のごとく弱きなり
ああ　ミクラーシュよ　我が夫よ
また会う日を待たずに死ぬるか
海に出で行くな――我がもとに留まれ
教会にて指輪を与えられしより
いまだ三週にも満たざるに
早くも我を離れて外海《とうみ》に出で行くとは
我と我が身はこの指輪をいかにせん」

「その指輪を心に帯びよ
貞節の印たるささやかなる指輪を
かつ汝《な》が愛をもて夜も昼も
我がためにそをもてなせ
春の嵐の激しく汝《な》に迫りて
汝《な》が心乱れんとするその前に
我は汝《な》が心にひたと寄り添わん
指輪を飾る宝石のごとくに」

「君なくしては貞節の指輪も
氷のごとく――燃ゆることなし
君なくしては孤独なる我にとりて
夜毎の思いは炎のごとく
炎と氷は互いに堪えがたし
かつ我は二十歳《はたとせ》の身
我に口づけの味を教えし間もなく
我に最後の口づけせんとは」

「そはすべて女の迷いと繰言《くりごと》
すべては慣習《ならわし》の支配なり
妻《つま》に幸あらんことを願いて
海《うみ》行くは船乗りのつとめなり
幾度《いくたび》口づけを重ぬとも家は建たず
パンは自《おの》ずから生ずるにあらず
そがゆえに今　我は旧に復して
船に乗り組み勤めはげまんとす」

「ミクラーシュよ　さらば別れを告げん
我はもはや異議を唱えず
思い出草にその身に帯びよ
これなる鋼《はがね》のナイフを
町にて我はそを買い求め
心臓《ハート》の形をその上に刻しぬ
君が胸に浮かぶを願いつつ
君が異国にてパンを切るその時に」

「妻よ　感謝す　この我も
汝《な》に贈物を持ち帰らん

今は家に帰り夜は犬を
鎖より解き放て
かくのごと我らが家は堅固ならん
かくのごと我らが犬は忠実ならん
知れよかし——我が汝《な》を愛することを
すなわち汝《な》をこよなく愛する者が
十全なる別れを告ぐることを」

第二の歌

時は水のごと流れ行く
時は海のごとくあり
広き海を船は漂い行く
サンフランシスコへとボンベイを出づ
サンフランシスコへとボンベイを出で
その後もさらに遠くへ
世界を妻の身代りに　ミクラーシュは
その腰の周りを抱きたり
世界を妻の身代わりに抱きつつ
陽気に歌を歌いたり

そは胸の中深く愛を持し
胸の辺に鋼《はがね》のナイフを帯びればなり
胸の辺に鋼《はがね》のナイフを帯び
操舵輪には拳を置きて
夜毎に汽船を操りたり
安らけく星の導きに従いて
初年にはとくと見守りたり
天空に輝く星のそのすべてを
翌年には見守る星の数減りて
三年目にはわずかに一つのみ
天空の星のわずかに一つのみ
そはあらゆる星の力を持するもの
その星の下に静かに眠るは白き家
その家にあるはいとしき妻
ミクラーシュは目を挙げて星を眺め
船は星影を追いて翔び行く
「星よ　汝《な》が消ゆることあらば
我が世界のすべての灯も途絶えん！」

第三の歌

マルセーユの波止場に近き酒場にて
グラスのすべてに酒は注がれたり
両眼に黒き隈《くま》つけたる娘たち
客それぞれの膝に跨がりて
グラスに酒を注ぐそのすべては
銭金《フラン》稼ぎのためぞ――ただ一人を除きて

船檣《マスト》を巡りて夜の闇は深まり
ミクラーシュは酒場に足を踏入れぬ

「やよ娘たち　我に酒注げよかし
一週後には我はいと美《うま》し国にあり
一週は喉もと過ぐるワインのごと
かくて貞節なる妻は我を家に迎えん」

給仕娘《ウエイトレス》はワインを注ぐ
給仕娘《ウエイトレス》はミクラーシュをひたと見据える

「船乗りよ　君が髪にはや白き物混りたり
されど我が知る人を心に浮かばしむ
七歳前《ななとせまえ》　君はいまだ若かりし
七歳前《ななとせまえ》　君はこの地にあらずや」

「思い出せり　娘よ　思い出せり
あまたの酒場を我知らず巡りたり
おそらく一人身なるがゆえにも
あまたの酒杯を呑みほしたり
白き髪は――かの美《うま》し国にて
一週後に我が妻の梳《と》かしくれむ」

給仕娘《ウエイトレス》はワインを注ぐ
給仕娘《ウエイトレス》はミクラーシュをひたと見据える

「船乗りよ　思い出づるか
七歳《ななとせ》を経たる今となりて
忘れな草の花咲けるかの窓を
その窓辺にて一人の乙女　君と寝《いね》しを」

「思い出せり　娘よ　思い出せり
あまたの娘と我知らず口づけを交わしたり
巡る港港に一人身の我には
いかなる乙女もふさわしく思えり
されどただ一人の乙女を我は愛し
しかしてそを我が妻としてめとれり」

給仕娘《ウエイトレス》はワインをさらに注ぎ
両の眼《まなこ》を掌《てのひら》にて掩いたり

「我が君よ　短き記憶の持主かな
せめて思い出したまえ
かの時かの乙女に手を与え
その許《もと》におもむくと誓いしことを」

「そは　娘よ　もはや我は思い出せず
我はただ我が妻を思い出すのみ」

その言を耳にするやたちまちに
給仕娘《ウエイトレス》は降り積む雪のごとく蒼白となり
酒場の人のいずれにも気付かるることなく
吐息のごと夜陰の中に出で行きたり
心中に冷きもの抱き足下には石を踏み
港の夜陰の中をただ一人歩み行く
その脚下より手を差し伸ぶるはただ
防波堤に襲いかかる怒濤のみ

「七歳《ななとせ》の間貧窮なれど我は幸せに生きたり
かの人の言を信じたるがゆえに
今日購《あがな》い得るは　海よ　ただこれのみ
信じて幸せなりし生も今は呪われたり！」

――かくて忘れな草の花束のごと星は空に輝き
海の深みには見捨てられし両の眼《まなこ》光れり
船室なる酔える船乗りの耳には届かざれども
その砕けし両の眼《まなこ》より波は溢れ出で
波は溢れ出で風は夜陰に波を駆り立て

連《つら》なる波頭《なみがしら》より溺死せる人の声は呼ぶ
「君は我が愛と信頼を抹殺し
この世に邪悪なる痛みを送りたり
悲しきかな　我が涙の奥津城《おくつき》よ
いずれの人の　ああ　揺籃とならんか」

第四の歌

工場に　もはや汽笛鳴り止み
兵営に　もはやラッパ鳴り止み
道沿いの小さき家家には
薄明るき灯火《ともしび》の光消え果てり

波止場の背後なる高台の上に
海を向きたる窓を持つ
堅固なる白き家立ちて
その家には未だ灯火《ともしび》の燃えいたり

いと狭き坂道を登りつつ
歩む者はその歩調を押さえぬ——
三歳《みとせ》の間我は汝《な》を置きて旅しあり
今日こそは辿り着かん　我が星よ！

聞く者とてなく　ただ忠実なる犬のみが
門より駆け出で男の両足にすがり
両の膝にもたれかかりたり
喜びのあまり吠ゆることすらなく
「フィデリオ　我が忠実なる犬よ
我が妻をいかに見守りたるか」

夜の泉に窓は指輪のごとく落ち行き
ミクラーシュは窓辺に寄りて両眼を当てぬ
されど深みの底に　ああ我が神よ
見知らぬ男の唇にエヴァの唇重なるを見ゆ
見知らぬ手の乳房をまさぐり尻の辺を巡る
妻の体は薄闇に点ぜらる灯火《ともしび》のごとく
白き体は深夜に燃え赤き焔は心中に燃ゆ
その焔の中に三歳《みとせ》の信頼は灰と化したり

窓辺より両の眼《まなこ》は二箇の石のごとく落ちぬ
裏切られし船乗りは両の拳を固く握り締む
「犬よ　見事に我が家を見守りしよな
約束せる褒美を受取れよかし
まず汝《なんじ》を　次いで男と女を
我はこの世に亡きものにせん！」

天空を落ち行く星のごとく
ナイフはきらめき走りぬ――
死に物狂いのその一撃もて
犬を戸口に縫いつけしはミクラーシュ
かくて忠実なる犬フィデリオは
曇れる眼《まなこ》にて男を凝視し
なおも男の手を舐めつつあり
血に塗みれしその舌をもて

船乗りは犬の方に身を屈め――驚きに身を震わす
そは死せる犬の眼《まなこ》にはあらず――かのマルセーユの眼《まなこ》なり
そは死せる犬の眼《まなこ》にあらず――そはかの娘の眼差《まなざ》しなり
海の底の深みより呪われし両眼は迫り来る
悲しみに満てる両眼は蘇り夜陰を貫きて叫ぶ
「ミクラーシュよ　なぜに我が信頼と愛を殺せしや」

家の門口に犬は汚れしナイフにて釘付けられ
夜の扉に男は自身の心にて縫付けられぬ
一撃受けし一瞬に男は忘れいし事を思い出しぬ
自身の傷口に他を殺せし自身のナイフを見出しぬ
人の心のナイフとなるかはた傷となるか
最も多きは　常に最も多きは両者を兼ぬるなり――

――工場に　もはや汽笛鳴り止み
兵営に　もはやラッパ鳴り止み

道沿いの小さき家家は
はるか以前に灯火《ともしび》を消しており

坂の小道を降り行く男は
両肩を落とし項《うなじ》をすくめつつ歩む
我は自身の忠実なる愛を殺したり
忠実ならざるをもはや殺すことなし

波止場には暗き船の眠りおり
船よ　船よ　我を連れ去れ
四方より恐しくも凝視するは
死せる　忠実なる両眼なり！

第五の歌

砂洲の狭《はざま》の海の真中《まなか》に
嫌悪に満てる風は凪ぎ
長く尾を引く波は　暗礁の上にて
緑の毒蛇に姿を変え行く
されどざわめく毒蛇の群の中より

鋼鉄の鎧姿にて空に聳ゆるは
一基の灯台なり

その鋼鉄の内臓《はらわた》の中に
ただ一人のための場所のあり
反射灯の明るき光によりて
寄せ来る悪しき波を打ち払うならむ
多くの悲しみを持つべきか
はたまた多くの力を持つべきか
ただ一人にて楯を挙げ
荒海に対抗し得る人は

灯台にはただ年に一度《ひとたび》
船にて食糧を運び来る
灯台守は年にただ一度《ひとたび》
人間の言葉を用いて楽しむ

その死の迫り来る時　灯台守の
自ら塔上にかかぐるは

黒き旗なり――
甲板に集える船乗りたち海を見渡す
五十人の船乗りたちに船長は告ぐ――
「やよ――勇敢なる船乗りたちよ　更に広きを見よ
灯台より黒き旗は告げおり　灯台守のこの世を去りしを
こは荒れる海ゆえ灯台守を置かずばあらず
死者に代りて船乗りたちよ　かの灯台におもむく者はあらずや」
五十人の船乗りたちは林立せる五十本の樹木のごとくあり
列の中より踏み出すは一人とてなく一人とて身動きするはなし
「やよ勇敢なる船乗りたちよ　君等の中にはあらざるか
この世は廃墟にて星もなき闇なりとする者は？
かの鋼鉄の孤独の鎧をその胸にまとわせよ
この世の星を失いたる者は――自身にて他者の星となれ！」
五十人の男たちは耳を傾け列柱のごとく立つ
されど列中に動く者なく踏み出す者なし
「やよ勇敢なる船乗りたちよ　君等の中にはあらざるか
犯せる罪に鼠のごとく良心を嚙じらるるは？
かかる男の居所は海を見守る灯台の中なり
この世にて他者の命を奪いたる者――その者はここにて他者の生命を守れ！」
五十人の男たちはそを聞く――ミクラーシュもそを聞けり――
「船長よ　我はその場を欲す　忠実に見張りを勤めんと欲す！」

結びの歌

果てしなく海原は広がり
波はまた波と重なり続き
一つの波の奥津城《おくつき》は
次の波の緑の揺籃となる
海を見下す灯台は――忠実なる犬のごと
禍禍《まがまが》しく包囲せる波の渦を見守る
渦に囲まれし塔中にあるはミクラーシュ
そのミクラーシュと共にあるはまさに神なり

Balada o námořníku

Jiří Wolker, *Dílo Jiřího Wolkra*, Státní nakladatelství krásné literatury, hudby a umění, Praha 1958

飯島周・訳

カレル・ポラーチェク　karel Poláček　1892-1945 ……………… **チェコ**

リフノフのユダヤ商人の家に生まれる。役人の職に就くが、チャペック兄弟と出会い、新聞記者に転向。コラムや読み物を手掛ける。また、ユーモアや諷刺を特色とする文学作品を残した。遺作 Bylo nás pět（『ぼくらはわんぱく5人組』小野田澄子訳、岩波少年文庫）は有名。一九三九年、ナチスの反ユダヤ人政策により記者の職を追われる。一九四三年に強制収容所へ送られ、新証言によると、一九四五年、グリヴィツェへ向かう「死の行進」に加わり、帰らぬ人となったという。訳出した作品の初出は一九三六年 (Lidové Noviny 44)。

医者の見立て

　目を覚まし、煙草の箱に手を伸ばした。そして一本火をつけたが、痛っ！　頭がチクッとした。煙草は気分が悪くなるほどまずい。私は心ならずもその煙草を揉み消した。

　——どこか悪いんだ。私は呟いた。寝起きの一本がまずいのは、調子が狂っている証拠だ。

　バスルームで、鏡にうつったもじゃもじゃ頭と、しょぼくれた顔、そして、赤く充血した目と対面した。舌を出してみる。すると、鏡の中の私も舌を出した。舌は白っぽい。

　——ついに来たか……。慄然として考えた。病気になったんだ。しかも重病だ……。脈を計ろうとするが、脈の位置が見つからない。

　やっとのことで服を着た。体はこわばり、頭が大きくふくれあがったような気がする。要するに私はもう、哀れな病人ってわけだ。

　会社でまた煙草に火をつけてみたが、ウッ！　なんて臭い煙だ。私は気持ち悪くなって唾を吐いた。頭が痛い。同僚たちが、どうした？　どこか悪いのか？　と聞いてくる。あれこれ事情を説明すると、家に帰って横になり、熱いお茶でも沸かせと言われた。お茶を飲んで、頭に湿布をすればきっと効くだろう。大事なのは汗をかくことだ。そうすれば体の中の悪いものがぜんぶ出ていくはずだ。チーフまでがやってきて、騒ぎの内容を聞くと、両手を振って叫んだ。会社に病原菌をばらまかれてはかなわないから、さっさと帰ってくれ、と。チーフは健康第一主義で、部下なんぞから病気をうつされるのは真っ平なのだ。その上、彼には家族があり、多くの取り引きも抱えている。そんなわけで、彼は大声でわめき散らしたあげく、自分専用の事務室に逃げ込み、閉じこもってしまった。

　どうしたらいいんだ。しかたなく私はすぐに家に帰り、ベッドに横になった。目の前に小さな炎がちらつき、部屋中に緑や紫の輪っかが浮かんで見える。人生の終わりが近づいているようで悲しかった。そして、この世での楽しみをほとんど知らないことを残念に思った。私は、しかるべき行いをしてこなかった。たびたび酔っ払って夜、荒れた。時には下品な振る舞いをすることもあり、口汚く人を罵ったり、呪ったりした。友だちに金を貸すのを拒んだり、いちばん仲のいい同僚がスラヴ銀行主催のダンスパーティーへ行きたがったときには、タキシードを貸すのを渋ったりもした。女たちと関係を持ちながら、誰とも真剣に付き合おうとはしなかった。要するに私は虚しい人生を送り、何ひとつ良いことはしてこなかったわけだ。でもまあ、私が死んだところで、誰も困りはしないさ。意固地になって考えた。誰も私の死を悼む者などいないだろう。もし結婚でもしていたなら、死の床の脇で、妻と、まともな子どもたちが泣いてもくれるだろうが。まあ、今になってそんなことを考えてももう遅い……。

私は罪深い人間で、人に対しては冷酷で畜生みたいな人間だったが、それでも、こんなに早く死ぬのは嫌だった。もう一度元気になって、今度は徳の高い人生を送り、自分の浅はかさから怠ってきたことの埋め合わせがしたいと切に願った。それで、私は電話で医者を呼んだのだ。

私には、かかりつけの良い医者がいる。彼はまだ若く、といっても、もうかなり太ってはいるが、なかなかの洒落者で、外見には特に気を使っている。髪の毛は少ないが、うまく広げて薄い部分をすべて隠している。とても多くの患者を抱えているが、それは人情味あふれる性格で、患者の立場に立って考える人だからだ。偉大な学者、研究者であり、あらゆる方面に精通しており、最近は家を買い、いくつかの銀行に、たくさんの預金がある。黄金の腕を持ち、とても顔が広い。彼の名は、医学博士ユリウス・ムノリ。

先生はすぐに飛んできた。私たちは、私が代表を務めるチェス・サークルの仲間で、お互いによく知った仲だった。医者は鞄を手に、ずかずかと部屋に入ってきて私のもとへ駆け寄り、私をうつ伏せにして背中に耳を当てた。彼の耳介は冷たかった。外はひんやりとした天気だったのだ。そして今度は仰向けにして胸の音を聴き、同時に鼻をフンフンいわせて、鼻息の蒸気で鼻の頭を湿らせていた。それから私に口を開けさせ、ペンライトで咽喉を覗き込みながら「あー!」と言うように指示し、私は「あー!」と言い、それから彼は懐中時計をちらっと見て、話し始めた。

彼は長々としゃべった。そしてその言葉は不吉で悲観的だった。

「インフルエンザですね」彼は言った。「でも、たかがインフルエンザと、甘く見ないことです。インフルエンザというやつは、まったく、手のつけられない悪党ですからね。インフルエンザがどんな病気に発展するかなど、素人には想像もつかないことなんです。重い慢性の心臓病になることもありますし、肺炎でも引き起こせば、それこそ、一巻の終わりですよ。まったく、私の見立てでは、そうですね、あなたはいわば、いつ崩れるかわからない危険住宅にいるようなもので……」

その言葉を聞いて私は心細くなった。ああ、人生とはなんて壊れやすいものだろう。私は物思いに耽った。昨日まではまだ元気で、さっそうと動きまわっていたし、食事もうまかった。なのに今日は——人さまが見たら私は……昨日までの栄光の残骸だ。そして私の命の炎は、こんなにも弱々しく明滅している……。いったい私は、この世界でどんな存在なんだ？ 単なる幻影、それ以上のものではない。私は、クラウスコップ・アンド・トウジムスキー社で経理士という立派な職を得ていた。だが、それももうおしまいだ。今じゃもう、棺桶に片足を突っ込んでいる……。

医者はさらに続けた。「かなり熱もありますね。起きて外へ出ようなどと考えてはいけませんよ、いいですね！ インフルエンザをほったらかしにすることほど、恐ろしいことはないんですから。一歩でも外へ出たら、あなたはもう、死んだも同然です。本当ですよ。すべてこの私が保証します！ おとなしく寝ていて下さいね。あとでまた様子を見にうかがって、そのとき判断しましょう、今後どういった……」

私はぞっとして、今にも死にそうな声で、言う通りにします、と約束した……。

「いいですか」医者はぶつぶつ言った。「頼みますから、言う通りにして下さいよ。私の言うことは本当です。伊達や酔狂で来てるわけじゃないんですからね。では、処方箋を出しておきますから、とりあえずこの辺にして、よそへ廻ります。今、猫の手も借りたいほど忙しいもんで……」

彼は処方箋を書こうとしたが、突然それを投げ出してしまったようだった。代わりに両手を後ろに組み、部屋中を興味深そうにじろじろ見ながら歩きまわりだした。

「いいところにお住まいですね」彼は言った。「なんとも居心地のいい部屋だ」

それは本当だった。私は部屋の内装を美しく、モダンにしつらえていたのだ。ソファーに絨毯、本棚、蓄音機、それにオリジナルの絵。どれもたいへん趣味良く、そして、月賦払いだった。建物は新築で、中には金融機関の事務所や、あとはどこかの倉庫があるだけで、ほかに住んでいる人はいない。

「すごくきれいだ。ほんと、すごくきれいだ……」医者は考え込みながら呟いた。「通りから引っ込んでいて、静かなのが特に気に入った……」

彼は出ていく様子もなく、何か思案しているようだった。

「あの！」突然、彼は声を発した。「この部屋を今晩、私に貸していただくわけには……その、つまり、おわかりでしょ……」

わからない。

「私はその……お察し下さい……女性が訪ねてくるんです……田舎から女性がやってくるんですよ。ガールフレンドなんです。彼女をどこへ連れてったらいいか、わからないもので。この御時世じゃ、なかなか当てもなくって。この部屋なら、まさに、おあつらえ向きなんですがね……」

ようやく察しがついた。ただ……。

「ですが先生……」私はうめくように言った。「私だってそうしたいですよ。でも、どうしろっていうんです。私は見ての通り重病人ですよ。ベッドを離れるわけにはいかないんです。そんなことしたら、死んでしまうんですから。先生自身が、そうおっしゃったじゃありませんか……」

先生は真っ赤になり、その額には青筋が立った。

「私がおっしゃっただって！」彼は怒鳴った。「私は何もおっしゃってなんかいませんよ！　何を甘ったれて――まあそれも結構でしょう！　でも、ベッドに寝転がっているようでは、いつまでたっても、良くなんかなりませんよ。どうやら、あなたは心気症ですね。ずっと注意して見ていたんですよ！　外へ出ていい空気を吸って、カフェにでも行って、世の中で何が起こっているか、ニュース記事に目を通すんですね。それがあなたにとっては薬なんです。そうすればまた元気になりますよ。科学者の私が保証するんです。婆さんみたいなことを言わないで、専門家を信じなさい。さあ、若者よ、しゃんと頭を挙げて、表へ行った行った。明日になったらまた、小魚みたいにピンピンしてますよ……」

いったい、どうすればよかったのだろう？ 私は服を着ると、先生に部屋の鍵を預けて家を出た。まったく、現代医学というものは、ついていくのが難しい。

Karel Poláček, "Můj lékař mně poradil", *Lidové Noviny* 4.10.1936

元井夏彦・訳

小さな密輸商人

ドイツ占領下のユダヤ人を歌ったポーランド詩選……………ポーランド

【解説】第二次世界大戦期、ドイツ占領下のポーランドは、総じて詩作どころではなかった。いわゆる詩人たちの創作活動はきわめて制限された。しかし戦時下・占領下にある民衆の詩的想像力は決して枯渇したわけではなかったし、職業詩人たちは民間詩人の素朴な文学活動に大きな挑発を感じ取った。以下に紹介するのはドイツ占領下のポーランドで書かれた詩のいくつかである。戦後、ポーランドではミハウ・ボルヴィッチによって『歌は生き残る――ドイツ占領下のユダヤ人を歌った詩選』（一九四七）が編まれ、そこにはポーランドに残った詩人と国外に逃れた詩人、戦争の犠牲者となった詩人と生き延びた詩人、ユダヤ系詩人と非ユダヤ系詩人、ポーランド語詩人とイディッシュ語詩人の詩が幅広く集大成されている。なかにはテキストの形では残らなかったが、口頭で語り継がれた詩や、収容所の壁に刻み込まれた名もない詩人の詩なども収められている。ただし、今回はポーランド文壇で一定の知名度を得るにいたっている詩人から六人を選んだ。うち、「カンポ・ディ・フィオーリ」「哀れなクリスチャンがゲットーをみつめる」「埋葬」の三篇は、ワルシャワ・ゲットー蜂起の直後にワルシャワで地下出版された『奈落から』（一九四三）、〝わたしが死するとも、そはわが一切ではなく……〟は雑誌『再生』（一九四五）、「四月」はヤストルンの詩集『人間的な事柄』（一九四六）、「ポーランドのユダヤ人に」はニューヨークのポーランド語週刊誌『ティゴドニク・ポフシェフヌィ』（一九四六）が初出。残る二つは『歌は生き残る』が初出である。なお、配列は歿年順とした。

ヘンルィカ・ワゾヴェルトゥヴナ（一九一〇―四二）

小さな密輸商人――歌[注]

壁を抜け、穴を抜け、木戸を抜け
鉄条網を抜け、瓦礫を抜け、生垣を抜け
空腹で、果敢で、不屈のぼくは
猫のように忍び足で、通り抜ける
午後も、夜も、明け方も
吹雪の中も暑さの中も
何度も死ぬかと思ったけれど
項垂れないぼくの小さな首筋

腋には厚手のズダ袋
背中には穴だらけの包み
そして若くてしなやかな脚
心には底知れぬ恐怖を秘め
だけど弱音は吐かない

すべてを耐え忍ばなければ
みんなが明日
おなかいっぱいパンを食べられるように

壁を抜け、穴を抜け、煉瓦の山を抜け
夜も、明け方も、日中も
空腹で、果敢で、抜け目のないぼくは
影法師のように進む
運命がいきなり手の平を返したように
ぼくにおそいかかるときも
それが人生
その時は、お母さん、ぼくを待たないで

もうお母さんのところには戻れない
ここからじゃ声も届かない
事切れた子どもの運命が
街路の砂塵を掘り起こす
たったひとつの気がかりが
固く結んだ唇にひきつれをひきおこす

お母さん、いったい誰が
明日のパンを運んできてくれるのだろう？

注　エマヌエル・リンゲルブルムの『日記』の「一九四一年八月二五日」に、この歌についての記載がある。詩人はポーランド人作家クラブにも多くの友人があり、「アーリア人地区」に身を潜めることも可能だったが、彼女はこれを拒み、一九四二年七月下旬に始まったトレブリンカへの列車輸送の犠牲者となった。一方、リンゲルブルムはワルシャワ・ゲットーに残された膨大な資料を保存しようと、ありとあらゆる手段を用いた後、「アーリア人地区」に身を隠して戦争の終りを待ったが、一九四四年三月七日、ついに隠れ家を暴かれ、処刑された。ワゾヴェルトゥヴナはリンゲルブルムと親しく、ワルシャワ・ゲットーのさまざまな文化活動に従事した。

Henryka Łazowertówna: Mały szmugler

ズザンナ・ギンチャンカ（一九一七―四四?）

無題

わたしが死するとも、そはわたしの一切ではなく[注1]
――持ち物は残る
牧場がごときわがテーブルクロス、要砦がごとき
頑丈なタンス
一面のシーツ、高価なベッド
ドレス、明るい色のドレス、これら、わたしが死
するとも残るもの
わたしは世界に一人の世継ぎも残さなかった
せいぜいあなたはその手でユダヤ人の所有物を漁
るがよい
ホミノーヴァ[注2]、ルヴフの女、スパイの妻
悪辣な密告者、在外ドイツ人《フォルクスドイッチャー》[注3]を殖やす母親
せいぜいあなたや、あなたの同類に役立てばいい、
赤の他人にくれてやるよりは

わたしが親しみを覚えるみんなにね——お世辞で
も嫌味でもない
わたしは覚えている、巡査の手入れがあったとき
のこと
みんなはわたしのことを忘れてはいなかった、し
っかり想い出してくれたわね
だからみんな、枕元に腰掛けて
わたしのお通夜をしてちょうだい、わたしの財産
敷物に壁掛に食器に燭台
一晩じゅう飲み明かして、夜明けがきたら
宝石や金を探し出して
椅子やマットレス、布団や寝台のなかまでさぐっ
て
仕事にはずみがついてきたら
馬の毛や海藻や
裂けた枕から雲のようにもくもくと湧き出して、
綿毛のちぎれ雲が
手に絡まり、あなたがたの腕を翼に変えるでしょ
う
そしたらわたしの血糊で翼を固定してみんなは天
使に変身ね

注1　原文はラテン語（Non omnis moriar）で、ホラーチウスの『歌章』からの引用——訳語には藤井昇訳を用いた（『歌章』現代思潮社、一七七頁）。

注2　ホミノーヴァは、『エステル記』に登場する悪辣な反ユダヤ主義者ハマンの妻。つまり、ユダヤ人を敵に売る女というほどの意味。ルヴフ（現在のウクライナ領リヴィウ）に疎開中のギンチャンカについては、ヤン・コットの『私の物語』（関口時正訳、みすず書房）に回想がある。ポーランド人の密告に脅えながら逃亡生活を続けた彼女は、一九四四年、クラクフ郊外で消息を断った。

注3　第三帝国議会は、ドイツ国外在住のドイツ系住民をこう呼び、戦争遂行によって彼らを解放すると約束した。

Zuzanna Ginczanka: „Non omnis moriar…"

ユゼフ・ヴィトリン（一八九六―一九七六）

ポーランドのユダヤ人に

汝らの太古の血を受け継いだ血、汝らの砕けやすい骨を受け継いだ骨
ゲットーの兄弟よ、汝らを悼むことばがみつからない

汝らの受難の血がポーランドの敷石に凝り固まる
汝らの受難の血で私の歌ははや重たく苦しくなる
音を立てて砕けた汝らの骨はポーランドの草原で白骨化する
腹を空かせた犬すら見向きもせず、呪いの息を吐く
汝らの内臓は空腹におそわれ、それを死の弾丸が引き裂く
奇蹟を待ってもむだだ、死は汝らをくるみこむ
紙で、新しい死の天使の汚らわしい翼で
わが悲痛の歌がかすれた音を立てる――眠れぬ夜ごと

新たに砂漠する世界への天からの賜物、汝はいずこ？
かつて触れるだけで奇蹟をなしたモーセの恵み、汝はいずこ？
生きとし生けるもの罪を洗い流してくれる恵みの泉、汝はいずこ？
暗黒を退散させる曙光、汝はいずこ？

ノヴォリーピエ通りでは敷石の下から牛乳の泉が湧いた
牢獄の壁の煉瓦から混じりけのない芥子がこぼれでる
レシュノ通りにはまるでカルメル山の斜面のように木の根がはびこった
友よ、汝は夢の中、罪のない心を飲み干す

アメリカからの援助を救世主を待つように待っている
ユダヤ人の医師がいくら伝染病のもとを断とうとするが力不足だ
キリスト教徒の友人がこっそりジャガイモを一キロ運んでくれた
汝の長であったアダム・チェルニャークフ[注1]は毒を呷《あお》った

市役所ではスタジンスキ市長[注2]が彼を迎えた
「握手しようよ、兄弟」——そう言うだけで、何を尋ねようともしなかった。

汝らの太古の血を受け継いだ血、汝らの砕けやすい骨を受け継いだ骨
おお、兄弟よ、遠い自由の国から悲しい歌を送る
汝らの内臓は空腹におそわれ、それを死の弾丸が引き裂くのだ
奇蹟を待ってもむだだ、死は汝らを紙でくるんでしまう
紙、新しい死の天使の汚らわしい翼
わが悲痛の歌がかすれた音を立てる——眠れぬ夜ごと

注1　ユダヤ名は、アヴロム・チェルニャコフ。ワルシャワがドイツ軍に包囲された一九三九年九月二三日から、思いつめて服毒自殺を遂げた一九四二年七月二二日まで、三年近く、ワルシャワのユダヤ評議会議長を務めた。ゲットー住民のトレブリンカ移送に何ら抵抗できなかった自己嫌悪がその命を断たせた。ポーランド語で書き残された『日記』は、リンゲルブルムの『日録』(イディッシュ語)と並んで、ワルシャワ・ゲットーの日々を知る一級史料。詩人ヴィトリンは、第二次大戦勃発後、フランス・ポルトガル経由で、一九四一年、ニューヨークに到着。この詩は、チェルニャークフの死がニューヨークのユダヤ人社会・ポーランド人社会に衝撃を与えた直後の一九四二年八月の作であ

る。トレブリンカのガス殺が報道されるまで、まだしばらくの時間が必要だった。

注2　チェルニャークフをユダヤ人評議会議長に任命した第二次大戦開戦当時の市長。ワルシャワ陥落（九月二八日）後、ゲシュタポは市長を逮捕。

Józef Wittlin: Żydom w Polsce

ミェチスワフ・ヤストルン（一九〇三―八三）

四　月

最初から死を学び直しだ
死の法則を丸暗記せねば――
ところが、決意もむなしく、心温まる四月は
新緑でぼくを愛撫にやってくる
まるで歩行練習をするように
ぼくは一語、一語をくりかえし
音の扉をひらく
まっさらな心で

大きな孤独を経験することで
ぼくは大人たちの言葉を学ぶ
空間の広がりなど考えてもみない胎児が
それでも真更な気持ちで伸びをするように

焼き尽くされた空間よりも
さらに猛り狂うぼくの心臓
湿った草の根の繊毛だって
これほどむんむんと湯気を放つことはない

こんな戦時下の春
こんな恐るべき春から
ぼくは生きて出ることはないだろう
世界は水底に映し出された
夢のように

得体が知れず
手を延ばして触れないことには
過ぎ去った姿をとりもどすことができない

一九四二年

Mieczysław Jastrun: Kwiecień

埋葬

焼却炉が柩だった
空気でできた透明な皮膜
生身の人間を焼く煙が
歴史の煙突から流れ出る

きみの死をどう称えればいいのか
どうやって葬列につけばいいのか
一握りの灰には
大地と空のあいだのどこにも帰る家がない

緑の冠をどうやって投げこめばいいのか
墓は大気中に掘られている
これが四辺の聖櫃というものか
侵略者の放った火の下!

大砲はおしだまり
存在しないきみの柩は墓場へ向かうことがない
空気の柱が
きみの死を太陽の光で照らし出すばかり

広大無辺の沈黙が
踏みしだかれた軍旗のように地面にひろがる
死体を見送る弔いの煙と
交差する叫びのなかで

一九四二年

---- : Pogrzeb

チェスワフ・ミウォシュ（一九一一—二〇〇四）

カンポ・ディ・フィオーリ

ローマのカンポ・ディ・フィオーリには
オリーブいっぱいの籠、レモンいっぱいの籠
葡萄酒をぶちまけ
花を散らした敷石
魚売りがバラ色の
海の幸を積み上げる
黒い葡萄の房が
桃の柔毛に落ちかかる

そう、まさにこの広場で
ジョルダーノ・ブルーノは火焙りにされた
死刑執行人が薪に火を点し
野次馬が周囲をとりまいた
そして火がおさまったと思うまもなく
酒場はふたたび人で溢れ
オリーブいっぱいの籠、レモンいっぱいの籠
行商人が頭に載せて運んできた

ぼくはそのカンポ・ディ・フィオーリを思った
ワルシャワの回転木馬のかたわらで
春の晴れた夕べ
はずむような音楽が流れるそばで
壁の向こうのゲットーに聞こえる砲撃の音が
はずむような旋律にかき消され
雲ひとつない空に向かって
男女のペアが舞いあがるのだった

ときおり炎上する建物から風が吹き
黒いものがひらひらと舞い
回転木馬にまたがり
そのひらひらをつかむものがいた
火事場に起こる竜巻が
少女のスカートをめくる
陽気な群衆は笑っていた

美しいワルシャワの日曜日に

このことはだれかが教訓に生かすかもしれない
ワルシャワでもローマでも
市民は商売に、娯楽に、恋愛に余念がなく
悲惨な焚き火を黙殺する
あるいは、人事の過ぎ去りやすさ
ふくれあがる忘却は
火が消えるよりも早いと
べつの教訓を引き出すものもいるかもしれない

しかしぼくはそのとき考えた
死に行くものたちの孤独を
ジョルダーノが火刑台に上った
あの日、人間のことばでは
思い当たることばを
ひとつも見出せなかった彼のこと
生き残る人々に対する
別れのことばひとつ

みんな、葡萄酒を傾けたり
白いヒトデを売ったりしに駆けて行った
オリーブいっぱいの籠、レモンいっぱいの籠
愉快に騒々しい行商人たち
そんな連中から彼は遠く遠く離れ
まるで何百年もが過ぎ去ったかのよう
火だるまになって彼が地上を去る瞬間
その一瞬を連中は待ち構えていただけだった

世界から忘れ去られ
この孤独に死んで行くものたち
ぼくらのことばは彼らに届かず
それは遠い昔の惑星のことばでしかなかった
そして何もかもが伝説と化し
長い年月が過ぎたとき、今度こそ
広い広いカンポ・ディ・フィオーリでは
詩人のことばが反逆をあおる

ワルシャワ、一九四三年

Czesław Miłosz: Campo di Fiori

哀れなクリスチャンがゲットーをみつめる

まっ赤な肝臓を蜂がびっしり固める
まっ黒な骨を蟻がびっしり固める
いよいよこれから引き裂かれ踏みしだかれるシルク
いよいよこれから割り砕かれるガラス、木材、銅、
ニッケル、銀、石膏の泡、ブリキ、弦、喇叭、落葉、
電球、クリスタル
ポッ！　黄色い壁から燐光が走り
人間の毛、動物の体毛を呑みこむ

蜂の巣のような肺を蜂がびっしり固める
まっ白な骨を蟻がびっしり固める
引き裂かれた紙、ゴム、布、革、亜麻布
繊維、綿屑、セルローズ、髪、蛇の鱗片、針金
炎のなか、屋根が落ち壁が落ち、火は基礎に及ぶ
いまや踏みしだかれ、裸の木が一本立つだけの
砂の大地

ゆっくりトンネルを掘り進みながら土龍《もぐら》の番人が
行く
額に小さな赤いカンテラをくりつけて
地中に埋まった死骸のひとつひとつに触れ、数え、
さらに前進する
七色の後光の数で人間の灰を探り当てる
ひとりひとりの後光が七色をなす
通り過ぎた後はまっ赤で、蜂がびっしり固める
ぼくの体があった場所を蟻がびっしり固める

おそろしい、土龍の番人がかくも恐ろしい
その眼瞼はだらりと垂れ下がり
あたかも蠟燭の光のなか、巨大な
創世記を座して読みふける族長のようだ

そんな彼を前にして新約聖書のユダヤ人であるぼく
イエスの再来を二千年ものあいだ待望しつづけた
ぼくに何が言える?
ぼくのばらばらの身体は族長の視線にさらされる
ぼくもまた彼の目には死刑執行の幇助者でしかないだろう
割礼の傷痕のないひとりとして

ワルシャワ、一九四三年

----: Biedny chrześcijanin patrzy na ghetto

タデウシュ・ルジェーヴィッチ（一九二一—）

生きていたものが死んでいった

壁に囲まれて生きていたものが死んでいった
黒い蠅が卵を
人肉に産みつけた
くる日もくる日も
通りはまるで
膨れ上がった頭を敷き詰めたようだった

父のアーロンは
カビが生えコケ蒸した顎鬚
白光の頭
顫えながら消え入りそうな光だった
息を引き取る前、父は手から物を食った
干からびた唇を動かし
トルコ石のような目を開いて

小さな部屋で
体はぶきみに膨れ上がった

そのころまだサルチャは林檎を売っていた
銀色の林檎、林檎畑の匂いがする

ゲートの入口で
青いゲート
空気のゲート
そこでいきなり爆発が起こる
高層ビルを揺るがせて
うわごとと
喀血のあいだ
壁の菌糸類と
陶器のように冷たい目をした
通りの死骸のあいだ
石と
狂った牝犬の遠吠えのあいだで
サルチャは赤い服を着て立っていた
色は毒をふくみ
手の中でリンゴは潰れた
黄色い手の中、その匂いに
白い蛆が身をよじった
林檎は萎び、林檎は潰れ
母は死んでいった

もう誰もゲットーに林檎を運ぶものはなかった
もう誰もゲットーで林檎を買うものはなかった
くる日もくる日も
人間の体は次々ともんどりを打ち
打ち抜かれた胸は
薔薇のようだった

Tadeusz Różewicz: Żywi umierali

西成彦・訳

(「四月」)
Mieczysław Jastrun, *Z różnych lat*, Wydawnictwo Literackie, Kraków 1981
(その他)
Michał M. Borwicz (opr.), *Pieśń ujdzie cało...:antologia wierszy o Żydach pod okupacją niemiecką*, Centralna Żydowska Komisja Historyczna w Polsce, Warszawa/Łódź/Kraków 1947

ルドヴィーク・アシュケナージ　Ludvík Aškenazy　1921-1986……**チェコ**

チェスキー・チェシーン生まれ。ポーランド、後にソビエト連邦で育ち、学ぶ。第二次世界大戦時はソ連軍およびチェコスロヴァキア軍に所属していた。戦後、プラハのラジオ局で政治コメンテータとして働き、その間世界各地を訪れ、日本にも来ている。五〇年代から本格的に作家活動をするようになり、エッセイ、短編、小説を書いた。代表作としては『子供のエチュード』（一九五五）、『盗まれた月』（一九五六）、『犬の生活』（一九五九）などがある。『子供のエチュード』は個人的な体験をもとに子供の世界を豊かな表現力と美しい文章で描いたものである。

子供のエチュード

三　月

ある日、私たちは春が来たことを知る。

広場の木々の葉はまだ出ていないけれど、やがて葉が茂るところには、ほとんど目に見えない細かい霧――未来の緑を予感させるぼんやりとした春の光がゆれていた。その日の風はしっとりと暖かく、スズメたちは自信たっぷりにみえ、うちの猫のヤルミラは、黒いオス猫といっしょにいるところを目撃された。

私と息子は、もしかしたらリスが見られるかもしれないからと、リーゲル公園へ行くことになった。もしリスに出会えなかったら自分たちで食べるようにと、クルミを二つ持っていった。

私たちはあちらこちらを散歩し、水たまりの中の太陽を飛び越えながら歩いた——三月の日曜日のことだった。

突然、道に女の人が乳母車を押しながら現れた。女の人は頭に黄色いスカーフをかぶり、まだ冬物のコートを着ていて、何度も赤ちゃんのほうにかがみこんでいた——たぶんたくさん話すことがあるのだろう。

私たちがすれ違ったとき、女の人は顔を上げ、すぐにお互いが誰であるか分かった。なんと、古い知り合いだったのだ！　しかし、ずいぶん長い間会わなかったし、その頃のことを思い出すのは井戸の中をのぞき込むようなものだ。何かが反射し、パッと輝き、またゆらめいて消えてしまう。

「こんにちは」と私は言う。「君も陽にあたりにきたのかい、エリシュカ？」

「ええ」と彼女は答える。「陽にあたりにね……私たちこの近くに住んでいるの。ローマ通りよ」

乳母車の中には小鳥のように小さくてばら色の愛らしい女の子が寝ていた。

「何の仕事をしているんだい、エリシュカ？」

「何も」と彼女は言う。「結婚したの。あなたには男の子がいるのね」

「おやおや、君はまだずっとあの黄色いスカーフをしているんだね、エリシュカ」と私は言った。

「これはもう違うものよ」と彼女は言う。「私は何年もの間にいくつもスカーフを替えているわ……」

そのあと、私たちは長い間黙ったままだった。

「で、あなたは？」彼女はようやくたずねた。「私、あなただってこと、もう少しで分からないところだったわ！」

そのとき、一匹のリスが枝の上から私たちを見ていた。まるでこの世の中には何も驚くことがない、といったように後ろ足でちょこんと座っていた。

「早く、パパ」と私の息子が言った。「クルミはどこ？」

しかし、クルミを見つける前にリスは逃げてしまった——あまり慣れているリスではなかったのだ。

そしてエリシュカも、もう行くと言う。

「じゃあ」と彼女はため息をついた。「私は行かなくちゃ。ひきとめちゃってごめんなさい……。ごはんを作らなきゃならないし、午後は映画を見に行くの」

「待って、エリシュカ」と私は言う。「どこへ急ぐのさ。エリシュカ、ねえ、もしかしていっしょに川を眺めたことを思い出さないかい？ 川岸にはここと同じで……。まだ葉の出ていない木があっただろう……」

エリシュカは少なからず驚いた。

「木？——どんな木のこと？」

そして、もう本当にいかなくては、あれこれするのに間に合わなくなってしまう、と言った。

私たちはお互いをじっと見つめた——いつまた会えるか分からない人に対してするように。

そこには私と息子が残った。

「もう、パパったら」とおチビは言った。「いつもこうだ……。おしゃべりばっかりして、リスを逃がしちゃって……。あの人いったい誰なの？」

「あの人は初恋の人だよ」と私は言った。

すると息子は聞いた——初恋ってなあに？ なんで説明してくれないの……。

公文書

私は公文書を偽造した。もはやこの事実を曲げることはできないし、公にしたところでつぐないにはならないだろうが、この場をかりて公表しようと思う。

そう、私は文書を偽造したのだ。しかも印章まで描き、はっきりと読み取れないような知らない人物の署名までしてしまった。

私はこれらすべてのことを行ったと、ある種の誇りをもってこの場で皆さんに宣言したい。

先週の日曜日、私たちはボランティア活動に参加した。

長い間かけて準備し、ジャージにアイロンをかけ、力が十分出るように一週間かけてたっぷりと食べた。

日曜日の朝、私たちは早く起き、冷水でシャワーを浴びて元気をつけ、民謡をたくさん歌った。「途中で食べるように菓子パンを持って行きなさい」とママが言うので、「ママったら食べ物のことしか頭にないんだから」と私たちは言った。

私の息子は石を運ぶのをとても楽しみにしていた。「そうだ、音楽を演奏したらいいんじゃないかな。私たちが働くから、おまえは太鼓を持って行って演奏してくれよ。みんなおまえに感謝するよ。人々は文化にも飢えているんだ」と私は言った。

「そんなのぜんぜんしごとじゃないよ」と息子は言う。「ねえ、パパ、ぼくは石を運ぶよ。人は一生遊んでばかりじゃいけないんだよ」

「どうして石を運ばなくちゃいけないのかな。どっちにしたってたくさんは運べないよ。それに服も汚しちゃうし……。おまえは演奏してくれればいいいんだ。工場でなっている音楽みたいに」

息子は興味をしめした。

「だって、トロンボーン吹きがいないよ。もう時間がないのに、どこでトロンボーンを見つけてくるの？　演奏しろ！　って言ったって、どこでトロンボーンを見つけるのさ？」

しかし、結局は同意して、私たちは息子にヤナギの枝を渡した。それはタクトになった。

息子は実にすばらしい演奏をし、ボランティアに来たみんなもほめてくれた。その人の音楽の素養によって、音楽には聞こえなかった、と文句を言う人も、いや、ちゃんと聞こえた、と言う人もいた。でも、私たちが住んでいる通りの名はバイオリニストのラウプからきているので、最終的にはみんなに気に入ってもらえた。

それから私たちは全員きちんと仕事をした、という証明書をもらいに行った。

ところが息子はちょっと離れたところにぽつんと立っていて、こう言った。

「音楽家は何ももらえないの？」

私たちはかわいそうになって、面倒な日課をこなしている太った役人に言った。

「おそれいりますが、同志、私たちの音楽にも証明書をもらえないでしょうか……」

しかし、役人は怒った。「同志諸君、これは公式な業務なのです。まじめにやっていただかなくては困ります。ここには子供のする仕事はありません」

そして証明書を書き続けた。全員にたいして。でも音楽に対してはなかった。

急に誰かが大声で泣いている声が聞こえた。私たちの音楽家だった。あんなに楽しそうに演奏してくれたのに、何もかもあっという間にだいなしになってしまった……。胸もはりさけんばかりの泣き声だったので、私たちは皆、かわいそうに思った。

「同志、私たちの音楽にも証明書を書いてくださいい……。見てください、涙でぐしゃぐしゃです」と私たちは言った。

「同志諸君」組織は答えた。「すみやかに解散してください。あなた方は市民としての義務を果たしました。私がボランティア組織をばかにするようなまねをすると思わないでいただきたい。クレムリンでの最初のボランティアに、同志レーニン自身が参加したということをお分かりください……」

「そう、それですよ」と私たちは役人に言った。「レーニンだったらきっと私たちの音楽に証明書を書いてくれたでしょう……」

「同志諸君」と彼は答えた。「自分が政治に対して未熟であるということをさらけ出さないように……。それに私をさとすようなものの言い方はやめていただきましょう。私は自分で勉強しています」

証明書は書いてくれなかった。

そこで私は公文書を偽造した、と告白しなければならない。もっとまずいことに、印章も描き、「音楽に対する証明書」と大文字で書いてしまった。

アパートの皆が署名し、公に発表した。

そのお礼として、音楽が——太鼓や笛やバイオリンの音が——家に着くまですばらしく鳴り響いていた。

演劇

私たちはティル劇場のマチネーのチケットを持っていた。じゃまをする者はいなかった。息子の新しい友だちで、メガネをかけた女の子が公園から遊びに来たからである。

女の子の名前はボジェナで、そばかすがあり、とがった鼻をしていた。とてもおしゃべりだったが、私たちはティル劇場へ行くのでさしつかえなかった。

「『ラコメッツ（守銭奴）』を見に行くんだ」と私たちは言った。「ボジェナとふたり、うちで仲良く遊んでいなさい」

「『ラコメッツ（けちんぼ）』を見に行くの？」とボジェナはすっかり驚いたようすでたずね、なんて人たちなんだろうと私たちをジロジロ見た。

劇場から帰ってきたとき、話はもうかってに進んでいた。誰も私たちに気づいておらず、私たちはじゃまな存在だった。浴室で劇をやっていたのだ。私たちはチケットがなかったので、ドアの外に立って聞き耳をたてた。

何幕目だったか分からない。たぶん三幕目だったろう。もしかしたら四幕目だったかもしれない。

第三幕

女「それをください！」

男「やらぬ！」

女「プルーンさえも？」

男（きっぱりと）「ない！」

女「お願いします。私の病気のおかあさんにジャムを少しだけでもいただけないでしょうか？」

男「ジャムはない！」

女（絶望的に）「ひざまずいて頼んでも？」

男（妥協せず）「かってにひざまずきなさい。私には関係ない……」

女「それではひざまずきましょう。せめて病気のおかあさんのことをかわいそうに思ってください！」

男「だめだ。ジャムはない……。さらば！」

絶望した見知らぬ女性は出て行かなければならなかった。

私たちはこれで終わりだと思ったので、浴室のドアをノックして言った。

「こんばんは、子供たち！　おもしろそうなことをして遊んでいるんだね」

「そう。遊びっていっても劇なんだよ。『けちんぼ』っていう劇なんだ！」と答えた。

幕もあった。青いガウンだった。一番前の列にはスポンジ、二列目には丸い石けんが、ボックス席にはやせた歯ブラシと奥さんのカロドント印の歯みがき粉が座っていた。

彼らは午後いっぱいそこで過ごし、休憩時間には水が浴槽にポタポタたれる音を聞いていた。

私と妻はずっと断られた病気の母親のことを考えていた。どうして子供たちは不幸な娘に何も持たせず、ジャムさえ与えずにあんなふうに追い出してしまうことができるのだろうか……。


子供たちよ、君たちに言いたいことがある。君たちは演劇の法則をまったく身に着けていない。その劇は実際にはまだ終わっていないではないか。

守銭奴は哀れみの心を持たなければならない——おかあさんはアンズにせよイチゴにせよジャムをもらうべきなのだ。

そして最後には元気になるはずなのだ。

でなければそのドラマは存在価値がなくなってしまうのである。

秘密

朝、いつも私たちのところに郵便配達人がやってくる。でも、アパート全体の郵便受けが一階にあるので、めったに配達人の姿を見ることはない。

誰も郵便配達人を迎えに出ることはないが、四階に住むクルシナ夫人という人だけが、配達人が来るずっと前から玄関ホールに立って、郵便が来るのを待っていた。

郵便配達人は力強く言う。「何もないよ……。何もね」

するとクルシナ夫人はゆっくりと四階へ上がって行く。夫人はみごとな白髪のほっそりとした女性で、まるで四階に上がるのが申し訳ない、というように恥ずかしそうに見つめる。クルシナ夫人の人生はつらいものだった。科学技師の息子がいたが、マウトハウゼン収容所に行ったきり、戻って来なかった。

「息子さんは亡くなっていると裁判所に申し出なさい。年金が受け取れますよ」

クルシナ夫人はおずおずとしたまなざしで私たちを見ながら言った。

「それはできないわ。そんなことはしませんよ……」

おそらく息子の死を信じたことは一度もなく、今でも科学技師のヨゼフ・クルシナはどこか切手のあるところで生きてはいるが、まだ机の前に座る暇がない、と思っているのだろう。

でもいつかきっと手紙を書いてくるに違いない、と。かわいそうなクルシナ！

郵便配達人は何人も交替し、ある女性の配達人はラドリツェにお嫁に行った。でも手紙を持ってくるものはいなかった。

業務を引き継ぐとき、おそらくお互いにこんなふうに言っていたのだろう。

「ああ、あそこにはまだクルシナ夫人がいてね――毎朝郵便があるか聞いてくるよ」

意味ありげにお互い顔を見合わせる。大人たちが子供の頭の上で交わすような、含みのある、ものの分かったような目つきで。

うちのアパートの子供たちはクルシナ夫人が大好きだ。子供にはありがちなことだが、特に理由はない。クルシナ夫人はあまり子供のごきげんをとったりすることもなかった。ときどき牛乳屋で子供たちと話をして、たいがい実にたわいのないことを言う。たとえば、「ボジェナ、今朝あなたが歌うのが聞こえたわ……」

うっすらと微笑みをうかべていて、おそらく電気を節約しているのだろう——晩になっても窓に明かりがともることはなかった。質素に、パンとミルクで暮らしていた。

朝、子供たちはクルシナ夫人を玄関ホールで待っていて、郵便配達人が出て行くと、「何もなかったの？」とたずねた。

「なかったわ」クルシナ夫人は言う。「何もなかったよ、子供たち」

手紙がどこからか本当に来るはずだったというように、みんながっかりした。

ある日、おチビが来て言った。

「パパ、ぼくたちひみつがあるんだ。ほんもののやつだよ。だれにも知られちゃいけないんだ。パパにもだよ」

「そんなこと言ったってしゃべっちゃうくせに」私は頭を横に振った。「おまえに秘密が守れるわけないだろう」

「心配いらないよ」息子は言う。「ぼく、言わないもん。ぼくとボジェナで手紙を書きたいと思ってるんだ。でもそれはひみつなの。手紙はクルシナおばさんにだすんだ。でも、だれにも知られないようにだよ。パパにもだよ……」

こうして秘密はあかされたのだった。

私がもう秘密を知っているのだから、あなた方にも手紙を読んであげよう。

しんあいなるクルシナおばさん！

おばさんがてがみをまっているので、ぼくたちがかきます。だから、てがみをもらえるよ。ボジェナはやなぎのえをかきました。

へんじをください。したのえは、にわとりがえさをたべているところです。みどりのはゆうびんやさんがくさのうえにねているところです。

こどもたちより　けいぐ

これが手紙で、絵はボジェナが描いたものだ。

私たちは手紙を送り、昨日、郵便配達人はなぜクルシナ夫人がもう郵便を取りにこないのかと驚いていた。

でも子供たちは郵便配達人に何も言わなかった。なぜならそれは秘密なのだから。

アイネ・クライネ・ナハトムジーク

空は秋によくあるように、初め、夕方のかすかに薄紫のまじった空色をしていたが、最後には暗い、少し紫がかったばら色に染まった。光が最後にもう一度ヴルタヴァ川を照らし、やがて闇につつまれた。

私と息子はまだ散歩をしていた——その晩はどういうわけかいろいろなものに驚かされた。街灯がともり、世界が重みをおび、歩いている人の話し声がくぐもって聞こえた。

ある古い家の窓には、ほのかな淡いばら色の明かりがともっていて、窓のむこうで誰かがピアノを弾いていた。初めはショパンのワルツで、次はアイネ・クライネ・ナハトムジークだった。

私たちは立ち止まって耳を傾けた。おチビは静かになり、心を動かされている。

「パパ、ここに朝までいようよ……」と息子は言う。

それはできなかった。当然のことである。

しかし、その音楽はしっとりと蜜のように甘く流れていき、私たちはもうしばらくその窓のところにたたずんでいた。

「パパ、ぼくとパパはとってもなかよしだねえ……」と息子は言う。

「ちゃんと聞きなさい」と私は言った。「これはアイネ・クライネ・ナハトムジーク、つまり小さな夜の音楽だよ」

息子はちょっと考え込んだ。

「夜の音楽っていうのは分かるよ。でもパパ、どうして小さいの？」と聞いた。

「そうだな」と私は答えた。「小さいっていうのはね……。つまり小さい音楽っていうのは……。要するに小さいんだよ。分かるね？」

「うん、パパ」と息子は言う。「じゃあ、音楽が大きいときってどんなとき?」

「あれこれ言うのはやめなさい」と私は言う。「聞いてごらん、とてもすてきだろう。とってもやさしくて、まるでおまえのほっぺたを誰かがなでているようじゃないか」

「ああ、パパ」と息子は言う。「ぼくとパパはとってもなかよしだねえ……。パパ、ここに朝までいようよ……」

急に音楽が止まり、窓のばら色の明かりはしばらくして消えた。

でも、私たちはまだ家に帰らなかった。

「パパ、あの音楽はとっても小さいの? ぼくみたいに?」と息子は聞いた。

「うん。つまり音楽は……。どう言えばいいのかな……。音楽は大きくなって……」

息子は私をさえぎった。「よかった、子供たちも小さい音楽を持っているんだね。だけど、音楽ってなあに?」

「おまえはそんなことも知らないのかね?」と私は言う。「音楽っていうのはね……。つまり音楽とは……。きちんと定義すると……。言っていることが分かるかい?」

「うん、パパ。音楽は人がもうがまんできないってときに、歌ったり、演奏したりするもんなんだよ」

しばらくすると息子はせがんだ。

「ねえ、歌おうよ。パパ……。小さい夜の音楽だよ……。知ってるよね?」

「パパは歌えないよ」私は言うと、少し顔が赤くなった。「うちに帰ってラジオをつけたほうがいいんじゃないか?」

「ええっ、だめだよ。ほら、パパ、歌おうよ……。ぼくはもうがまんできないんだよ」と息子は言う。

そこで私たちは少しいいかげんに、でもそのかわり長く歌った。

もしかしたら、窓のむこうで聞いていたのかもしれない。窓にパッとしばらくの間ばら色の明かりがともり、また消えた。

Ludvík Aškenazy, *Dětské etudy*, Československý spisovatel, Praha 1 1955

保川亜矢子・訳

ハリナ・ポシフィャトフスカ　Halina Poświatowska　1935-1967……ポーランド

チェンストホヴァ生まれ（母親の記憶では五月九日だが、出生証明書には「七月九日」と記載）。ナチス占領下の避難生活がもとで、不治の心臓病を患う。十八歳で結婚する（四月三十日）も、二年足らずで夫が急死。その後、文壇にデビュー。一九五八年、心臓手術のため渡米（手術後、米国に留学）。帰国後、ヤギェウォ大学で教鞭を取るかたわら、詩などを発表。一九六七年、悪化した心臓の再手術を受けるも、八日後に永眠。詩集『偶像崇拝者の歌』（一九五八）、小説『親友《とも》のための物語』（一九六七）、詩集『もう一つ想い出すこと』（一九六八）など。

ポシフィャトフスカ詩選

＊＊＊

この口づけは
噛み切った　罌粟《けし》の茎の匂いがした
唇から真っ赤に散った
この口づけは
花咲いた

掌《て》のやわらかな窪みの中
爪先立って背伸びをしたとき
鐘と響いた
熟《う》れた野の中
でも　そのとき
もう私はいなかった
消えていた

この金色の口づけの中

＊＊＊

わたしはジュリエット
二十三歳
いつのことだか　愛に触れた
それは苦い味だった
一杯のブラック・コーヒーのように
高鳴らせ
心臓の拍動《リズム》を
奮い立たせ
わたしの生ける全　身《オルガニズム》を
五感を　揺さ振った
去っていった
わたしはジュリエット
高いバルコニーの上
宙に繋がれ
戻れと　叫ぶ
戻れと　呼ぶ
ギュッと噛んだ唇を
染めている
血の色に
戻ってこない

わたしはジュリエット
千歳
生きている――

＊＊＊

わたしの方が渇いてる
黄色くなったポプラより

七月の埃にまみれた
銀色の道の上
つよく君に渇いてる
雨となり　わたしの裸の肉体《からだ》へ
灰色にぬられた額《ひたい》へ
注げ

樹々がおどおど囁いた
昼だ　昼
くすくす笑った
夜だ

夜に　わたしの広げた両手へ
温かな夜
濡れる露となり
来い

＊＊＊

君のことを綴りたい
君の名で　ゆがんだ垣を支えたい
凍えた桜桃《さくら》を支えたい
そうして　君の口のこと
弧をえがく詩連に書きたい
君のまつ毛を　嘘でいいから黒いと言いたい
そうしたい
君の髪へと指を絡めて
首の窪みを見つけたい
そこで　抑えた囁き声で
心臓《こころ》が口を打ち消すから
そうしたい
君の名を　星々《ほし》と混ぜたい
血と混ぜたい
君とではなく
君のなか
消えたい
夜が飲み込んだ　雨の滴のように

わたしのための詩《うた》

ハシャよ　ハシェンカ
怖くないよ　大丈夫
こんな綺麗な口をして
こんな目も　してるんだから——
綺麗な口を噤《つぐ》んでさ
綺麗な目を瞑《つぶ》ってさ
あとは掌《て》を　小さな拳《こぶし》に握るんだ
ハシャよ——ハシェンカ
水玉のワンピースを　持っていたよね
持っていた
ネックレスを鳴らすのが　好きだったよね
好きだった——
それに　夜やって来る町のことを
愛してた——そうだよね
ごらん——
それはちっとも遠くない
彼らは言う——空だって
ごらん　すぐ近くだよ
彼らは言う——夜だって
でも君は——町へ帰れば——
名となり　花を咲かすんだ
ひとの口々に——
ハシャよ　ハシェンカ
もう行かないと——ほら　おいで

＊＊＊

恋しさゆえに　人は詩を書く
痛い恋しさ
肉体の　歌う果実をえぐる恋しさ
寂しい指を見つめれば
五篇の長詩《うた》を　わたしは紡ぐ
ぴんと張った口に触《ふ》れれば

囁く
すると言葉は――大水の律動《リズム》で揺すられ
詩に編みあがる
濡れて
ひどく塩辛く　顔をつたって流れていく

＊＊＊

恋《こい》しむのは　嫌いじゃない
音と色との　手摺りにそって登っていくのは
凍った匂いを
開《あ》いた口に掴まえるのは

わたしの孤独は　嫌いじゃない
両手で空を抱きしめる
橋よりも
高くに架かった　わたしの孤独は

わたしの愛は
雪の上
裸足のまま行く　わたしの愛は

＊＊＊

あるのは一面　孤独の大地
そして　わずかに一塊《ひとくれ》の　君の微笑み
あるのは一面　孤独の海
その上方《うえ》　迷い鳥のような　君の優しさ
あるのは一面　孤独の空
そしてその中　わずかに一人《ひとり》
君の言葉のように　重さのない翼の天使

＊＊＊

またも　暗き愛が欲しくなる
いっそ殺してくれる愛
こんなにして死を祈るのだ
受刑者は

よき死よ　来い
八月の夜のように気前よく
温かく
私にそっと触《ふ》れよ

その本当の名を知ったときから
私は心臓《こころ》の準備をしている
最期の　短い
震えに

＊＊＊

もしも　私のもとを去りたくなったら
微笑みを　忘れないで
帽子は　忘れたっていい
手袋は　大事な住所の書かれた手帳は
つまり何でも――きっと取りに戻る物なら
戻れば思わず　私に会って涙ぐみ
君は去らない

もしも　そのまま居たくなったら
微笑みを　忘れないで
私の誕生日なら　覚えてなくてかまわない
私たちが　初めて接吻《キス》を交わした場所も
私たちが　初めて喧嘩をした理由《わけ》も
もしも　それでも居たかったら
ため息まじりに　そうせずに
微笑みながら
居て

＊＊＊

生きたいとき　いつも私は叫ぶ
生命《いのち》が私を去ろうとすると
彼に抱きつき
言う――生命《いのち》よ
まだ行かないで

温かな彼の手が　私の手のなか
私の口が　彼の耳もと
囁く
生命《いのち》よ
――生命《いのち》が　まるで去りたがる
恋人であるかのように――
彼の首に縋《すが》りつき
叫ぶ

君が去ったら死んでしまうよ

＊＊＊

かなうなら君に会いたい　もう一度
もう一度
夕べの前に

かなうなら生きてみたい　もう一つ
あるいは二つの人生を
君に会うことが　できるよう

それから　あの痛みにも
灼《や》けつく砂の上へと
わたしを運んだ　あの痛み
それから　あの雨にも

四月の荒れた日の　あの雨
それから　喘ぐ彼女にも
わたしのすべての足跡《あしあと》を
そのまま　たどっている彼女
曲がり道のたび　振り返り
叫ぶ
君なしで　彼女が来ようとしないよう

＊＊＊

こんなにも君を愛してる
水に　わたしはそう言った
それは　鋭い砂利の上を
流れていった
陽《ひ》の光線に
そう言った

すると　わたしの息の下
竪琴《ハープ》が奏でた
音楽が
大地を包んだ
幾層もの空気のように
そうして　わたしの肺もまた
歌った
こんなにも君を愛してる
金色　青色　金色に
切られた大地が
そうして　にわかな赤色が
破れた動脈
流れ出る血のような
大地が
こんなにも君を愛してる
樹の皮に　わたしは口を横たえた
ごつごつとした樹の皮が
愛撫で答えた
ひな鳥たちが

巣の中で鳴き立てた
こんなにも君を愛してる
影が
鋭い影が
町の虚ろな路々《みちみち》が
星たちが　歌っている
こんなにも　こんなにも君を愛してる

＊＊＊

モン・ブランみたいに鋭いと
かの山を見たことは　ないけれど
こう聞かされた
それは高くて険しくて
万年雪に覆われて
人もめったに　そこへは行かない
それだから
わたしの痛みを喩《たと》えたの
かの山に

＊＊＊

もう一つ　想い出すこと
さっき言葉を　一言つづった
一言分　わたしは年をとっている
二言分
三言分
詩一篇分

年をとっている――年をとるって　どういうこと
歴史という名をつけられた抽象《アブストラクト》では
狭い区間を決められた
ここから――ここまで
成長する

経済という名をつけられた抽象《アブストラクト》では
生きろと言われた

時間という名をつけられた抽象《アブストラクト》では——

道を間違え
迷子になって
また間違える

メトロポリタン・ミュージアム
エジプト彫刻部門では
女性らしい口もとで　石が微笑《わら》っている

＊＊＊

私に言葉を見せながら
みんな言う
言葉の中に　薔薇の香りを見いだせる
だけど私が見つけるのは　紙　紙　また紙
香りでもなく
色でもなく

私は知ってる
火花の束は
労働者らが路面電車《トラム》のレールを溶接するとき
十歳の少年二人と私とで
円く囲んで立っているとき
火花の束は
光という言葉より
はるかに光を表して
私の知人が麻痺した体で　車輪《くるま》のついた椅子の上
私の差し出すパン切れを　噛みちぎるとき
彼の頭の傾きは
顎の動きは
生命《いのち》という言葉より

多くの生命《いのち》を含んでいる

＊＊＊

だから君なの　君なの　君なの
わたしに確かめさせて
掌《て》と口で　もう一度触れさせて
目に見せて　ほとんど信じないけれど
驚きに眩んだ目など

それに　君の声も聞きたい
匂いを深く吸いこみたい
五感のすべてで　もう永遠に君を捉えたい
決して理解するのでなくて　いつも新たに
口づけで　真実に届きたい

＊＊＊

激情　それは
暗い箱《ケース》に閉じこめられて
息苦しくて
光の殻の内にある
夜のように
星々《ほし》の爪を立てられて
ヴァイオリンが歌っていたもの
それは　いま
温かな柘榴《ざくろ》になった　君の言葉に生きている
桃の香《か》を
樹の蒼い網に捕《と》られた
太陽の香《か》を　放っている
熟して
白茶けた草の上に傾いて
私の開いた手のひらへ
垂れている
なのに私は——閉じた口に
よその言語で教えている

死のように狭い語——
愛の語を

＊＊＊

わが心臓《こころ》の鳥よ
悲しまないで
お腹いっぱい　喜びの粒をあげるから
輝けるよ

わが心臓《こころ》の鳥よ
泣かないで
お腹いっぱい　優しさの粒をあげるから
飛びたてるよ

わが心臓《こころ》の鳥よ
打ち捨てられた翼をして
踠《もが》かないで
お腹いっぱい　死の粒をあげるから
眠れるよ

＊＊＊

わたしが死んだら
世界はすこし死ぬだろか

よくよく見ると
キツネの襟を身につけて
世界は行く

思いもしないことだった
わたしが彼の　毛皮の毛の一本だとは

わたしはいつも　ここにいて
彼は——あそこに

でもやっぱり
考えてみるのは楽しい
わたしが死んだら
世界はすこし死ぬだろと

Halina Poświatowska, *Wszystkie wiersze*, Wydawnictwo Literackie, Kraków 2000

津田晃岐・訳

ヤロスワフ・イヴァシキェヴィチ Jarosław Iwaszkiewicz 1894-1980……**ポーランド**

小説家、詩人、劇作家。文学、美術、音楽に関するエッセイも執筆。「スカマンデル」グループの一人。戦後は長年にわたって「トゥフルチョシチ（創造）」誌編集長、ポーランド作家同盟会長を務めた。作品に短編『ヴィルコの娘たち』（一九三二）、『尼僧ヨアンナ』（一九四六）、長編『栄光と称賛』（一九五六―六二）など。訳出した小品 Dzień sierpniowy の原義は「八月の日」。

八月の思い出

テイモシュフカでは、子どもたちにミルク入りの麦コーヒーが与えられていた。大人たちには、朝食に本物のクリーム入りコーヒーが出た。一人ひとりに特製の薄皮付きクリームの入ったミニカップが付いていた。僕とママとマージャが早朝五時に発とうとしていたその日は、子どもたちのために特別のコーヒーを用意する時間がなかった。そこで子どもたちにも大人と同じものが配られた。家中がまだ寝静まるなか、僕たち三人だけが食堂に集まると、バズィリ爺さんが三杯のコーヒーと、きつね色に焼けた薄皮をのせた三つの小さな平たいクリームカップを運んできた。ママは驚いて言った。

「バズィリさん、子どもたちにこんなコーヒーですか」

バズィリ爺さんはそれが時間の節約のためだと言いたくなかった。

「奥さま、お子たちにゃ長旅のまえに効き目がありまっせ、元気を出してもらわにゃ、ワルシャワまでは遠いもんで」

実際、僕たちには長旅が待っていた。というのも、ワルシャワへ直行するわけではなく、小さな寄り道をすることになっていたからだ。ところが思いがけなく、薄皮付きのクリームが、よからぬ結果をもたらすことになった。もともとこんなに早く起きたあとは、何ひとつ口にできなかったのに、ママに、バズィリ爺さんと一緒になって、クリーム入りのコーヒーを飲むように言われると、その当時の言い草によれば、むかついてきたのだ。そして駅へ向かう馬車の中で、僕はもうすっかり気分が悪くなった。

この嘔吐感には、さらに底知れぬ哀感が加わっていった。ほかでもない、夏休みが終わろうとしていたけれど、ティモシュフカで過ごした最後の数週間の何と素晴らしかったことか。マージャは僕よりちょっと年下で、馬車の中で、目にいっぱい涙をためて僕のママの傍らにすわっていた。マージャにとってこの別れは、我が家も同然の家を捨てるのだから、ずっと辛いものだった。彼女はシマノフスカ叔母さんに育てられたのだが、これからワルシャワのレドヴォルスカ夫人の「寄宿学校」に行こうとしていた。この校長先生の名字が僕ら子どもたちにとってどんなに気に入っていたことか、このレドヴォルスカ夫人のことでマージャをどれほどしつこくからかったことか[1]、今でもありありと思い描くことができる。

もっともマージャの方もおまけを付けて僕たちに仕返ししてくれた。というのも、マージャは「しつこい」部類の女の子だったからだ。

とはいえ、今は冗談どころではなかった。八月のきらめく朝明けは徐々に天空を暖め、馬車が村を出て、風車小屋を通り過ぎるやいなや、道の両側に広大かつ平坦な大草原の世界が広がった。道幅は広く、刈り株の残る麦畑は黄金色に輝いていた。穀物はすでに運び出され、六つある風車小屋のうち二つはもう羽根車を回転させて、動く影を路上に落としていた。あちこちの溝では背高のアザミが棘のあるピンク色の花をつけ、ティモシュフカの大池は、池のほとりにある公園のテラスともども、後へ後へと飛んでいった。僕にはこれらすべてを残していくことが、そして大嫌いなノヴォグロツカ通りの狭い住まいが待ち受けていることが悲しかった。ママも悲しそうな様子で、グレーのメリヤスの手袋を嵌めた手の中指を、日傘の骨製の柄に、ママ独得の恰好であてがっていた。ママの青い眼はどこか遠い空間を見据えたままで、目の前の麦畑も、アザミの花も、道の傍らに次々と現われる窪地も目に入らなかった。そのあと緑色のビート畑が現われ、それを背景に、僕たちを乗せた馬車と馬と御者の大きな影法師が走った。車輪の下から赤茶色のもうもうたる土埃が舞い上がり、馬車が通った後も長いこと空中にとどまっていた。ビートの葉の上に朝露の滴が見えた。太陽はまだ低かったものの、さんさんと輝いていた。大気の中は、埃と湿り気の入り混じった匂いが漂っていた。僕はますます強く吐き気を催してきた。

列車に乗ると（三等車両だった）、さらに気分が悪くなった。ようやく正午が過ぎたころ、少しずつ楽になった。マージャは悲しかったくせに、鍵番のククルーシャが持たせてくれた弁当に取りかかった。彼女がそれはそれはおいしそうにローストチキンを食べ、瓶入りの（その当時はまだ魔法瓶がなかった）冷たい紅茶をちびりちびり飲むので、僕もそのご馳走を食べてみたくなった。列車はのろのろと進み、いくつもの停車場で止まった。停車場では発車の第一ベルが鳴り、第二ベル、第三ベルと続く。そのあと車掌が長々とホイッスルを吹くと、機関車はシュッシュッポッポッと音を立てて、平らな草原の中を動き出した。草原はそこかしこ谷で分断され、谷間の縁には桜の園で囲まれた白い百姓家が寄り添うように建っていた。

夕刻近くようやくウスティヌフカに到着した。ここで僕たちは一日だけマーシャ伯母さんの家で過ごすために列車を降りた。この短い訪問には実際的な目的があった。ママは、僕たちが六月に伯母さんの家に滞在した折に自分で煮ておいたジャムを、取ってきたかったのだ。瓶詰めになったイチゴとキイチゴのジャムは、僕たちのワルシャワでのディナーや午後のお茶に、格別の風味を添えてくれるにちがいない。ウスティヌフカの駅舎の前で僕たちを待っていたのは、二頭立ての馬車といつものドミートリックだった。彼は幅広の革のベルトを締めて御者台に陣取っていたが、にっこり微笑んで、紺色のシャッポを脱いだ。

駅前に埃にまみれた樹木が数本植わっていた。馬車はそれから線路に沿って走った。それから踏み切りを越え、草原地域ではめずらしい小さな森の脇を通り、それからまっすぐに伸びた道を柳の茂みがあるところまで走った。チェルヌィシェの農場は全体が周囲を柳の木で囲まれていて、遠目には平たいテーブルの上に置かれた花束のようだった。道には土埃が立ち込め、密雲が馬車の後ろに続いていた。ママはマージャと一緒に腰掛けて、日傘を差していたので、世間からも土埃からも隔絶されていた。僕は前方席の長椅子に座っていたので、頭のすぐ上でドミートリックの紺色のラシャ羽織と革のベルトがちらちらしていた。本当は御者台に座り、はるか前方を眺めていたかったのだが、それを口にするのは憚られた。それでも馬の姿と前方の道を見てみたくて、首を思い切りひねったものだった。ママは御者にいくつかありきたりの質問をしたが、返ってきた答えもありきたりだった。みんな元気か、脱穀は終わったか、雨は降ったか。みんな元気で、脱穀も終わったが、雨はここ数週間、降っていなかった。それは、体格の良い栗毛馬のひづめがすっぽりはまりこんでしまうほど分厚い、灰色の塵埃から見てとれた。

僕たちの馬車が柳の茂みに入り、門を抜け、ライラックの並木道を進んで、小さなガラス張りのベランダの前に乗り入れたとき、日はすでに西に傾いていた。伯母と伯父はちょうどベランダでお茶を飲んでいて、僕たちをさっそくテーブルに招いてくれたが、僕は早起きをしてへとへとになっていたので、何ひとつ食べられなかった。すぐさま廊下の左側にある伯父の書斎の、良い香りの分厚いリンネルで覆われた、オイルクロスのソファーベッドに寝かされた。僕はたちまち寝入って、朝までぐっすり眠った。

翌朝、僕は明るい太陽というよりも、部屋に居る人の声で目を覚ました。伯父がデスクに向かい、反対側にまだら模様のスカーフを被ったユダヤ人の老婆が座っていた。耳がスカーフの下から抜け出して、いくぶん変形したまま外に突き出ているような被り方だった。お金の話だった。僕は眠っているふりをして、耳を澄ませた。伯母がうちから五百ルーブリ借りていることを知っていたので、伯父夫婦の経済状態に関心があったのだ。けれども二人の会話から得られた結論は、伯父夫婦がお金を必要としているが、ユダヤ人たちは貸し渋っている、ということだけだった。このことは前から知っていた。僕は小さかったけれど、ママや姉たちから聞かされていた。

僕がベッドの中でもぞもぞし出すと、伯父が僕の方を見て言った。

「起きなさい。もう日は高いぞ」

僕は飛び起きた。朝食は食堂ではなく、ちょうど玄関の間への入り口になっている、あの小さなガラス張りのベランダで食べていた。食堂ではママが凝血色のジャムの入った瓶を干草と紙でくるんで、小さな平籠に詰めていた。伯母はテーブルに向かい、大きな声で何やら自分の子どもたちの話をしていた。彼らの名前が聞こえてきた。僕が入っていくと、伯母は話をやめた。

僕はお行儀よくおはようを言って、二人の御婦人の手に接吻をした。

「朝ごはんを食べてらっしゃい。マリーシャがコーヒーを淹れてくれるわ」

と伯母が言った。

「マージャはもうとっくに起きているわよ」

ママが付け足した。

陽光が一杯にふりそそいだベランダでは、たっぷり寝て元気そうな紅顔のマージャが、白いオイルクロスをかけた小さなテーブルに向かっていた。僕はいつもマージャの顔を、満月みたいにまん丸だと言ってからかっていたが、そのときは冗談を思いとどまった。悲しい表情だったからだ。きっとレドヴォルスカ先生のことを考えていたのだろう。

テーブルにはバターとプロセスチーズ、それに青々としたもぎたてのキュウリがあった。キュウリは皮をむいて縦半分に切り、ガラスの塩入れに入った大粒の塩をふり、両片を擦りあわせてあった。塩が溶けて、キュウリから滴っていた。このほかに小さな菱形の、ふっくらした香りの良いケシ入りパンケーキが出た。パンケーキにはバターがたっぷり塗られていた。

僕はキュウリを三本くらいと数えきれないほどのパンケーキを食べた。これに申し分のない麦コーヒーが出た。ティモシュフカで出たようなあの忌まわしい本物のコーヒーではなかった。朝食がすむと、ライラックが一面に植わった庭を駆けぬけ、馬小屋と牛小屋で囲まれた途轍もなく広い、農場の中庭へ走って行くことになった。すぐ右手の馬小屋にはドミートリックだけでなく、彼の助手で僕の親友のミハイウォも住んでいた。マージャはミハイウォが嫌いだった。僕たちは散歩をしながら池に向かった。

それは池というより、むしろ馬や牛を洗うための泥深い沼だった。平坦な岸辺は水際まで刈り株が続いていた。道端にヤブイチゴの木が数本植わっていた。実を探したが、埃まみれで熟れ切っていた。ヤブイチゴの実は見かけはブルーだが、指の先にはどす黒い、インクのようなシミが残った。

沼の上の空は、雲ひとつない青空だったが、くすんでいた。樹上には飛び立つ準備をしていた鳥たちが群れをなして、間断なく囀り合い、押し合いへし合いしていた。

「見て、ツバメが飛び立つんだわ」

とマージャが言った。

僕は悲しい光景を見せられるのが嫌だったので、ツバメの姿が見えないふりをした。僕たちは庭に引き返した。プルーンの実を摘み始めたが、それはもう最後の実で、高い枝に引っ付いていたので、落とすためには木を揺すらなければならなかった。犬のヌレックが僕たちにつきまとっていた。

昼食の後、伯母は僕たちを自分の部屋に呼んだ。その部屋は一風変わった、近寄りがたい部屋で、ベッドが高く覆い隠されていた。伯母は僕たちにプルーンの入った小さな丸い陶製の鍋を持たせて言った。

「どこか遠くへ散歩に行ってらっしゃい。藁山へ行くといいわ。小さな山なら滑り落ちても大丈夫。でも大きい方に登っちゃだめよ。それからすぐに帰ってこないこと。伯父さんが午後のお茶の前にお昼寝をしたがっているからね」

庭の奥、農場とは反対の方角に藁山があった。ひとつは家屋のような巨大な山だった。冬に向けて準備万端整えられ、平らにならされ、束ねた藁で覆われていた。あまりにも急勾配だったので、この山に登ることなど思いも及ばぬことだった。その脇にもう一つ、かなり低い、乱雑に積まれた藁山があった。こちらはただ一つ所に集めるだけのために、ぞんざいに掻き寄せられた藁くずの山だった。僕たちはこの小山に、一歩踏み出すたびにきゅっきゅっと鳴る黄金色の藁の中に、腰まではまりながら登った。途中、小鍋のプルーンが半分こぼれてしまった。

「マージャ！　プルーンが」

僕は叫んだ。

「それなら自分で持ってよ」

マージャは小鍋を僕に差し出して言った。

けれども僕は受け取りたくなかった。僕は山のてっぺんに駆け上がると、そこから笑い声と喚声をあげながら転がり出した。マージャは手に小鍋を持っていたので、僕について来られなかった。彼女は僕の後から慎重に駆け下りるとこう言った。

「プルーンを食べちゃいましょ。そうすればあたしたち、お鍋を下に置いて、転げることができるわ」

「転げる」というのはワルシャワの言い方で、僕にはとてもおかしかった。けれどもマージャの言うとおりだった。僕たちは高い藁山の壁に背を凭せかけて、青いヴェンギェルカ[2]をむしゃむしゃ食べ出した。目の前には見渡すかぎり広大な、刈り入れの終わった麦畑が広がっていた。その黄金色の、剛毛のごとき刈り株の上方に、くすんだ青空が覆いかぶさり、日はまだ高かったものの、日脚の短いことが感じられた。そのあとほとんど気づかぬほどの微風が通り過ぎた。その風は、ヨモギと夏の終わりの匂いがした。僕はそのとき初めて、胸が締め付けられるのを感じた。それは、その後の人生で繰り返しやってきた、終末の予感だった。

僕たちはプルーンを食べ終えて、小鍋を脇に置いたが、なんとなくすぐさま藁山によじ登る気になれなかった。ちくちくする藁山の壁によりかかったまま、目の前に広がる刈り株の平原に心を打たれて、二人とも押し黙っていた。

マージャが麦畑を指差した。

「ほら、刈り株に蜘蛛の糸《バビエ・ラト》[3]が引っかかっているわ」

実際そのとおり、断ち切られた麦藁同士が、おびただしい数の白い蜘蛛の糸で、互いに絡み合っていた。背高のアザミの群れは黄ばんで、まるで両手をいっぱいに広げたように、一つの方向を向いて立っていた。ほかでもない、初秋特有の白い蜘蛛の糸が、毛糸の塊りのように密集して、アザミの棘や花に引っかかっていたのだ。風は糸の束を旗のように、一つの方向になびかせていた。時折、一陣の風がそうした白い束をさらって、平原の上のくすんだ青空の中を運んでいった。風は強くなかったので、白い束は低空飛行を続けると、ある瞬間、まるで思案するかのように停止し、刈り取りの終わった麦畑の上に落ちていくのだった。

僕たちは鍋を拾い、家に向かってのろのろと歩き出した。寝ている伯父さんを起こさないように、できるかぎりゆっくり歩こうとつとめた。庭と畑を隔てる溝にヤブイチゴの大きな茂みを見つけた。僕たちは夢中になって実を摘み、小鍋に入れていった。こうして午後のお茶までの時間が知らぬまに過ぎていった。

午後のお茶は食堂で出された。伯母が沸き上がったサモワールの横に座っていた。テーブルには、例のパンケーキとおひねりパンと丸パンがのっていた。瓶に入ったいろいろなジャムもあった。ママはなんとなくさびしげに大きな紅茶茶碗の上に覆いかぶさって、僕を感慨深げにやさしく見つめていた。僕はこの眼差しが嫌いだった。いやに押し付けがましい眼差しだった。ママの目はまた、泣いた後のように、少し赤みを帯びていた。きっと伯母さんと思い出話でもしていたのだろう。

　僕とマージャも、午後のお茶は朝食時ほど楽しくなかった。摘んできたヤブイチゴを自慢し合っていたが、大皿に空けようとしたとき、ヤブイチゴの実の中から白い蜘蛛の糸が現われた。

「今年はもう蜘蛛の糸の飛ぶ季節《バビエ・ラト》になったのね」

　ママがため息をついた。

「きっと厳しい冬になるぞ」

　伯父はそう言うと、いつものように咳き込んだ。

　午後のお茶がすむと、僕たちはベランダの前の階段に腰掛けて本を読んだ。ママはベランダに何もしないで、伯母とおしゃべりをすることもなく座っていた。伯父は勘定をしていた。夕食の前に、ママが昔のワルツを何曲か弾いた。伯母は厳格な強い女性だったが、ママの演奏を聴きながら、首をなんとなく奇妙に、あるいは横に、あるいは前に傾けながら、小さな黒い瞳でベランダの床を見つめていた。まるで何か面白い事件か、面白い物でも発見したような表情だった。

　夕食の後、ママはまたちょっとだけ、八月の星空を見せようと、僕たちをベランダの前の庭に連れ出した。空が地上近くに垂れ下がっている感じだった。満天の星だった。

「エンドウ豆みたいね」

とマージャが言った。

　夜が近づいて暖かくなった。風はなく、庭には近くの麦畑と麦藁のきつい匂いが漂っていた。このときになって僕は、マージャと藁山から滑り降りなかったことを後悔した。どうしてそうしなかったのかと考えたりもした。

「金色のお星さま、とってもきれいね」

マージャが言った。

「八月はいつもそうなのよ」

ママはなぜかため息をついた。

僕はといえば、明日僕たちを待っている長旅のこと、旅の終わりには、まだなじめずにいる大都会と学校と、辛く悲しい生活が待ち受けていることに思いを馳せた。

「こんど僕たち、いつここに来るの」

僕は訊ねた。

けれどもママは答えてくれなかった。もっとも僕も答えを期待していなかった。僕たちは黒いライラックの木々の間に立ったまま、三人そろって頭を上げ、金色に光る星空の流れを見つめていた。


〈注〉

1　レドヴォルスカの原義は「辛うじてロシア的」。
2　ヴェンギェルカはプルーンの一種。
3　バビェ・ラトの原義は「老婆の夏」だが、「好天の初秋」「初秋によく見られる空を舞う白い蜘蛛の糸」を指す。

Jarosław Iwaszkiewicz, *Dzieła*, t. VII, „Czytelnik" Warszawa 1959

石井哲士朗・訳

日本への旅　ボヤン・ボルガル　Боян Болгар 1907-?……ブルガリア

【解説】これは戦前から一九六〇年代にかけて小説や戯曲を発表したブルガリアの作家ボヤン・ボルガル（一九〇七―没年不明）の『日本への旅』（Боян Болгар, "Пътуване до Япония", Държавно издателство, Варна, 1960）の抄訳である。新書サイズで一四八頁の小品であるが、四部構成の全四十二章のうちの八章の抜粋をその内容としたので、分量的には全体の十分の一強に過ぎない。

筆者が戦後まだ国交の回復していない日本を訪れることになったきっかけは本文に述べられた通りである。バルカンの小国ブルガリアのことなど誰も知るはずがないと思っていたのに、千野栄一が彼を訪ねてきてブルガリア語について詳しい質問をしたことに感激したくだりの記述は印象的である。千野は別記のとおり、この翻訳集がその記念に捧げられるところの、日本におけるスラヴ諸民族の言語と文学の研究のパイオニアの一人であり、その鋭敏なアンテナを働かせて早速この珍客に接近し、その東京での案内役を務めた様子が、この著作の端々から偲ばれる。千野を通じて紹介された真木三三子氏（ブルガリア文学翻訳家）や矢島文夫氏（文字学者、アジア・アフリカ図書館長）のことに触れた章もあり、それらを中心にこの抄訳を構成した。

訳文中〔　〕内に示したのは訳注であり、……で示したのは省略箇所である。

女占い師のことば通りに

ここのところ日本の切手を貼った手紙がいくつか私の部屋を飾るようになっている。客人たちはみなそれらをしげしげと見ては、我々から遥か遠くの別世界のしるしを見つけようとする。私自身もそれらの切手を眺めながら、いずれ自分がそんな地の果ての日本まで辿りつくことになるかと思うと、不思議な気がするばかりなのだ。

一九五六年夏に国際ペンクラブの大会がロンドンで開催され、このユネスコ傘下の作家たちの団体の次年度の大会は東京で行われることが決まったのであった。東洋数千年の歴史の中で初めて、世界中の作家の会議がアジアの国で招集されるのだ。……東京での作家たちの討議のテーマは「東西文学の相互影響」である。これこそ長年待望の対話の機会ではないか。最近数百年、その影響たるやもっぱら西から東へ向かい、東から西へ及ぶことはなかった。だが、この最大の大陸の内部では第二次世界大戦後に世界の注目をアジアに向けさせるような転換が生じている。ごく最近桎梏を脱したブルガリア民族の運命は、アジアの多くの民族の運命と似通ったところがある。こういうわけでブルガリアのペンクラブは東京大会への代表派遣を決定した。ボリス・デルチェフ〔文芸評論家、一九一〇年生〕と私〔小説・劇作家、一九〇七年生〕に白羽の矢が立った。じつは、それが決まる少し前に、とあるカフェで女占い師が私に「遠い国への旅」の予言をしていたのだ。だから、その占い師にはいずれ丁重なお礼の笑顔を見せてやらずばなるまい。

早急に日本のビザの発給を受けるために、ボリスと私は日本の外交代表部のあるベオグラードまで行かねばならなかった〔当時ブルガリアと日本はまだ国交回復前だった〕。そういうわけで我々の東方への旅はまず西へ向かうこととなったのである。

〔このあと、二人は二日を費やしてベオグラードの日本大使館でビザを入手して、いったんソフィアに戻り、八月二十三日深夜ソフィア発のＫＬＭ便でアテネ経由、二十四日朝ベイルート着。しかし、ビザのトラブルのためダマスカスへ移動。二十五日朝ダマスカス発、ベイルート経由で午後カラチ着。二十六日夜カラチ発、二十七日朝バンコク着。二十八日朝バンコク発、マニラ経由で同日夜羽田着。著者はこの六昼夜にわたる一万四千キロの空の旅の始終を、八章を費やして述べているが、この抄訳では省略する〕

読むのが生き甲斐のような人たち

……

八月二十八日の深夜にボリス　デルチェフと私が飛行機の扉を出て、報道陣のレンズの砲列に行く手を阻まれたあの時から、緊張が始まった。それは滞在の間中私たちから離れることはなかった。酷暑もまたずっと我々に付いてまわり、それから逃れることができたのは、冷房設備のある帝国ホテルの部屋にいるときだけだったのである。

それはともかく、順序に従って話を進めよう。飛行機から出ると、我々は日本ペンクラブ事務局長の文芸評論家松岡洋子氏〔一九一六―七九〕と文筆家で朝日新聞編集局学芸部の影山三郎氏〔一九一一―九二、当時は朝日ジャーナル編集長〕の出迎えを受けた。影山氏はまだ空港にいるうちに、私に朝刊二部の入った封筒をよこしたが、それには前もって依頼を受けて私が書いたブルガリア紹介の一文が掲載されていた。フラッシュが光る。次々に写真が撮られる。こうして旅の最後の三日間着通しでしわだらけのワイシャツ一枚のボリスと私は、日本の印刷物保存書庫にその姿を永遠に留めるのである。

翌日わかったことだが、我々の到着を報ずるに際して、報道陣はこの二人のブルガリア人が空港で種痘を受けたことを書き添えるのを忘れなかった。真相はこうなのだ。我々には提示を求められた天然痘予防接種の国際証明書の用意がなく、何のデータも持たなかったので、報道陣の目の前で一寸した医学ショーの主役にさせられたという次第なのだ。

続く数日の間に我々は几帳面な日本の新聞雑誌

とは何かを理解した。北の大地方紙「北海道新聞」、日本共産党機関紙「アカハタ」、そして「朝日新聞」が我々にインタビューを乞い、写真を撮った。北海道新聞の記者たちは我々を車から降ろして中世風の皇居の城壁を囲む濠のそばに連れて行き、食いしん坊の白鳥たちに我々がパン屑を振りまくところをカメラにおさめようと構えていた。「より親しみやすい」記事になるからということなので、我々はそれに従い、よい写真がとれるまで餌をやり続け、皇室の白鳥が餌を追い回すのを眺めた次第である。

新聞雑誌は日本では発展に有利な基盤がある。日本人は読書好きで、次々と出てくるものの流れの中に身を置くことを好むからだ。毎朝五時半ともなれば、学校へ行く前に、数千の少年たちが東京のあちこちの通りを走り回る。彼らは牛乳配達や魚売りや、地下鉄の一番電車に乗ろうと急ぐ労働者たちといっしょに通り過ぎる。新聞の束を抱えて、この少年たちは家から家へと飛び回り、朝刊を郵便受けに入れたり、戸口に置いたりしている。それに少し遅れて、勤め先へ向かう電車に乗れば、新聞を広げていない乗客は一人もいないのを目の当たりにすることだろう。

……

女たちも、私が立ち寄った靴磨きコーナーにいた女靴磨きなどは、次の客が来るまでの間雑誌を広げていたし、ハイヤーの運転手たちも私たちを待つ間はポケットから本を引っ張り出すのであった。日本人は読むのが生き甲斐のような人たちに見える。彼らの眼は、飛び跳ねる急流を追うかのように、優雅な漢字の詰まった行に沿って急速に動くのだ。

……

〔このあと日本人のきれい好き、道や住所の分かりにくさ、車の氾濫、地震、台風等について述べた二章は省略〕

あらゆることを納得のいくまで

プロヴディフ〔ソフィアに次ぐブルガリア中部の大都市〕出身の一人のブルガリア女性が日本人に嫁

いで来ている。運命が二人を結びつけようとしたとき、運命は二人の行く手を山のバルカンと海の日本とに向かわせたのだ、と人は言う。〔一九四二年〕冬のことだった。イタリアからトルコを目指す旅の途中で若い東京の新聞記者の前田義徳〔一九〇六―八三、当時は朝日新聞ローマ支局長、のちNHK会長〕はブルガリアを通っていた。彼の乗った汽車がプロヴディフを過ぎたとき、この見知らぬ町に将来の配偶者がいることを前田は知らなかったし、若きプロヴディフ娘の方もこの遠距離列車から自分の人生に新しい行く先を示す花婿が降りてくるのを待っていたわけではなかった。通常ならざる激しい降雪が線路を埋めた。列車は停まりプロヴディフ駅に引き返した。前田は市街に出て若者たちと出会ったが、その中に将来の花嫁の兄がいた。彼はその外国人を自分の家へ招いた。お客好きは我が民族の特性である。運命はこうして自らの展開を遂げた。雪の積もった線路は開通したが、日本の新聞記者はプロヴディフ滞在を続けたのであった。

それから多くの年月が過ぎた。いまや前田夫人〔シイカ・マクレーロヴァ、一九二三―六三、日本名は静香〕には二人の可愛い子供がいる。知人たちは皆、彼女がこの難しい東方の言語をなんとも見事に操り、立ち居振る舞いも生粋の日本女性そのままであることに驚いている。彼女の夫は働き盛りの有名人で、いまや日本最大のテレビラジオ機構である日本放送協会の編成局長である。前田氏と夫人には我々が日本と触れ合うために数々の便宜に与かったことに対し感謝を捧げる。

前田氏と面会したのは一街区を占めるほどの広い敷地に建つ放送局の建物の中の彼の執務室であった。

……

親切な前田氏は我々を巨大な建物の中の幾つかの場所に案内してくれた。我々はテレビ俳優たちの楽屋やカフェ・バーを覗いたり、そこで一休みして食べ物をつまんだりした。このテレビ企業体は日本全国の俳優四百人の活躍の場となっている。我々は扇形の配列の座席を持つコンサートホールの中を通った。テレビスタジオの一つには、二時間後に演じられる予定の児童劇の舞台装置がもう出来上がっている。天井は投光器の胴体や、マイクのコードの束や、その他様々の現代のジャングルの形象に覆われている。我々と平行して別の見学者たちもこの放送局ビルの迷路の集まりに次々と案内されて来た。「驚かないでください。ここでは物好きたちの行列の絶え間がないのです。一日数百人の見学者の相手をしています。日本人は知識に貪欲で、あらゆることを納得のいくまで聞きたがるものですから」と前田氏は我々に言うのだった。

相互理解の兆し

我々のホテルへの最初の訪問者の一人に国立東京大学のロシア語学文学の学生千野栄一がいた。

この世界の果ての、ブルガリア人の足が十年以上も途絶えていた土地に、フリスト・ボテフ〔一八四八—七六、詩人、革命家〕の言語について何かを知っているような人が(前田一家以外に)いることはあり得ないと我々は思っていた。千野栄一は、桜桃のような優しい目と突っ立った黒い髪の毛をして頬骨の少し張った控え目な若者で、戦時中に父親を失い、四年前に試験を受けて大学に進んだ由であるが、その彼が我々のこうした予想をくつがえしたのである。

彼は我々のところへ何冊かのブルガリア語の本を持ってきたが、それが如何なる破局の果てに東京の古本屋の店頭に現れたのかは誰にも分からない。千野はこれらの本を買い求め、それを通じてヴァーゾフ〔一八五〇—一九二一、作家、詩人〕、ボテフ、エリン・ペリン〔一八七七—一九四九、作家〕などを知ったと言う。まさに名声が辿る道は不可知である。この知識欲の盛んな学生は、古スラヴ語を学んだときにブルガリア語にたどり着き、この不滅の人々と会話を交わす仲になったのである。

今や彼はノートブックを取り出し、自分の試みた語句や文法の分析を我々に示して、その正しい説明を求めている。そればかりか、彼はテープレコーダー(それは三回の夏休みをかけて英語の家庭教師をして貯めた金で買ったものという)をセットして、我々が自分の作品の何ページかを読むようにと頼んでくる。後で録音とテクストを比較して、ブルガリア語をもっとよく知りたいからと言うのだ。

なんと蛍火のような小さな灯かり、しかし、プロメテウスの火のように燃えさかる炎よ。まさに望外の、最果ての地における我らが文学のボランテイア伝道者だ。小さな国の文学者たる我々にとって、かかる身近な人物をこの地に見出すとは何たる喜びか。これこそ太平洋の岸辺に生まれた相互理解の兆しではないのか。

千野栄一は知り合いの女子学生志村〔真木〕三三子を我々に紹介した。小柄な恥ずかしがりやの娘で、東京と京都の間にある小都市の出身という。二人は我々の口元をじっと見つめてブルガリア語の単語の発音を聞き取ろうとするが、会議の仕事の合間をやりくりして短い時間に我々が二人に話してやれた早口の説明を前にして沈黙するばかりだった。

志村〔真木〕三三子は、我々の離日の前にもう一度やって来て、ブルガリアの知り合いのボーラ・ドルーメヴァ〔女流評論家〕によろしく伝えて欲しいと、丁寧さに溢れた小さな声で頼んだ。ドルーメヴァとはもう長いこと志村〔真木〕自身も千野もペンフレンド同士の間柄とのことだ。ドルーメヴァのような対応の機敏な人たちこそ真の尊敬に値する。彼らは二つの文化の架け橋であり、我々はそうした文化を結ぶ橋を必要としているのだ。

ここで最近『国民文化』紙に掲載されたボーラ・ドルーメヴァの詳しい記事からの引用を抜粋でお目にかけよう。

「志村〔真木〕三三子の手紙は頻繁になり、ブルガリア語と古ブルガリア語の文法や、ブルガリアの作家たちについての質問が並ぶようになった。一九五五年末に自分の今後の仕事の見通しを書いてよこしたとき、主な課題の一つはブルガリア語の勉強だと強調していた。『第一に、ブルガリア語はスラヴ諸語の比較研究のために必要ですし、第二には、日本では大国に関心を持つ人は多いのに、小さな国のことは誰も知らず、学ぼうともしないからです』と彼女は書いている」

「それ以来ほぼ三年が過ぎた。……今彼女は最大の集中力と一大決心をもってイヴァン・ヴァーゾフの『軛《くびき》の下で』のブルガリア語からの直接訳に取り組んでいる。志村〔真木〕はこの重要かつ責任の重い仕事を一年前に始めた。今やすでに彼女の質問は体系的なものとなり、彼女の手紙には借用のトルコ語や、方言、専門的なブルガリア語、特殊な語句などの行列が続く」

……

「志村〔真木〕三三子がそうした可憐な努力を込めて書いてよこしたブルガリア語の単語を読んで私はいつも感動する。つまり、ヴァーゾフの言語である我らのブルガリア語がかくも遥か彼方で自らの馥郁たる香りを放っていることに感動するのだ」

食卓に就くと

日暮れ時だ。千野栄一に連れられてあちこちの通りを歩く。そう、行き当たりばったりに。まっすぐにというわけには行かない。千野が案内をしてくれているのは有名な銀座で、東京中のあらゆる通りが目指す中心地であり、豪華な飾り窓や、贅沢なバーや、大きな銀行がある。

きらめきは実に盛大である。色とりどりのネオンの広告が建物の壁面を光る蛇のように這い回ったり、赤紫色の滝をなして落ちかかってきたりして、通りを色鮮やかな万華鏡に変えている。ぴかぴかの軍艦のような車やハイヤーが濃密な行き交う流れの中でうなり声を立てている。歩道を西欧風の身なりの男女が歩いて行く。つり上がった目と頬骨の高い顔つきや、あちこちでアスファルトの上を規則的な音を立てて歩く下駄履きの和服姿の男女がそれに混じることがなければ、とても極東の地へやってきたとは思えないだろう。

英語で書かれたネオンの広告が我々にまつわり付く。……我々が食事をしようとして小さなレストランに入ったとき、二人の日本人が向かい側にいて、我々の心もとない箸遣いを保護者的な微笑みで見守っていたが、出掛けには「バイバイ」と挨拶してくれた。……

料理を選ぼうとして我々が千野栄一を困らせるようなことはなかった。翻訳の難しい日本料理の名前を表すロシア語を彼が探し回る必要はなかったのだ。まず、それらの値段は、回教寺院の壁一面にコーランの文句が貼りめぐらされている様子そのままに、店の壁にぶら下がっている縦長の紙に書いてある。そして店のショーウィンドーにはそこで作る全ての料理の出来上がり一人前の見本が並んでいるからだ。一般向けの飲食店にはすべてこうしたショーウィンドーがある。あらゆる色彩を調和の取れた組み合わせで用い、料理の色合いを整えたそれらの見本にかけた手間ひまには驚かされることだろう。日本人にとって見た目の美しさは味覚の楽しみの本質的要素なのである。そして別の折に気付いたことだが、日本人の世界では色彩が大きな役割を演じている。

ところで食事はどんなものかといえば、米が日本人の毎日の食事の四分の三を占めている。残りを分け合っているのは、大豆、魚、海藻、野菜、茸、果物などである。欧米人のパンとバターに当たるものは、日本人にとっては米と「ミソ」で、これは大豆のペーストのことである。碗一杯の米の飯のつかない日本人の食事は考えられないのだ。……様々な機会に我々は海の苔の一種である「ノリ」も食べたし、いろいろな種類の魚や、胡麻油で揚げたイカなども食べた。戸外の庭園や並木の下で行われるレセプションでは、ちょうど我が国流の「メキツァ」（丸い揚げパイ）を作るのと同じように、我々の目の前で油の煮え立った鍋で魚の揚げ物を作る屋台がいくつか出ていた。これが日本の有名な「テンプラ」である。……

国民的な飲み物は茶である。あらゆる場合に熱い茶や冷たい茶を飲むが、甘味は加えない。京都で旅館の部屋に落ち着くとすぐ、注文も聞かずに女中たちが持ってきた最初のものは冷たい一杯の緑茶だった。もし、大きなデパートで買い物の途中で、一休みしようとして五階の食堂に入れば、そのテーブルの上には熱いお茶の入った急須と茶碗が置いてあり、暑さの中で一息入れることができる。

日本には米から作る度数のいたって低いアルコール飲料の「サケ」がある。これを指貫ほどの小さな盃で飲むのである。酒酔いはここでは社会的害悪をなすには至っていない。日本滞在の全期間を通じて、私は一人の乞食も、一人の酔っ払いも見かけなかった。日本人とは素面の人々なのだ。

おもちゃのような家

その晩千野栄一は我々を彼の友人の一人で書店に勤めている矢島文夫の家へお客に連れて行ってくれた。ネオンの漢字の広告やまるで絵に描いたような店々の色とりどりの照明で夜も明るい通りの長い曲折を辿ったのち、タクシーは板塀の前で停まった。

多くの日本の家のように、矢島文夫の家もほんとに小さな木造で、ごく狭い庭の中にあった。しかし、いかに小さいとはいえ、その庭は豊かな自然のミニチュアコピーたるべく設えられている。そこには背の低い桜の木（日本人にとっての聖なる「サクラ」）があり、その脇には二つほどの丸い岩が置かれ、その間にいくつかの植え込みと竹の樋があって、そこから出る水が砂利を敷いた狭い水路を通って流れている。

たった数平方メートルの敷地に作られたこうした庭を我々は茶室や、京都の旅館や、ある実業家の海辺の別荘など多くの場所で見かけたものだ。しかし、この人は人口数百万のこの都市の喧騒と雑踏の中に暮らしながらも、自然の孤独と静けさを愛するのだ。彼の庭は彼の愛する日本の風景の小さな写しなのだ。

靴を脱ぎその家の中に入ると、矢島文夫はレールの上を動くようになっている紙の壁仕切り〔襖〕を押し開けた。すると我々はまるで一段低く離れたあの庭の真ん中にいるような気がしたのである。

すべては、大多数の日本家屋と同様に、心安く身近な感じの造りであった。我々が座った部屋は外側のと同じような三枚の壁仕切りで区切られていた。

正面は小さなベランダ風のホールで、その片側には机といくつかの本棚のある書斎があり、そのもう一方は小さな台所になっている。彼の背後には押入れのついた寝室があり、日中はその中に布団や毛布がしまってある。そしてすべてが五メートル四方の空間内に収まっているのだ。

このおもちゃのような家に矢島文夫はその妻と二人の小さな子供と一緒に暮らしており、勤務外の時間には英語の文芸作品の翻訳をしている。彼は外国語学校と大学の哲学科を卒業した知識人なので、二万円ほどの自分の給料の足し前にいくらかでも稼ごうとしているのだ。

実生活に足を踏み入れるあらゆる若い人の置かれる立場は辛いものである。人口稠密な日本で成功する唯一の可能性は、出来る限り多くの知識を身に付け、高い教育水準に到達することである。教育の諸段階の試験は全くの勝ち抜き競争であり、学習者の三分の二が落第する。そして最高学歴の者でも、大学卒業の年に就職が叶う幸せ者は百人中の五人に過ぎないという。

そのために矢島文夫のような人が書店の店員になったり、あるいはまた千野栄一のように、誰も敢えて潜り込むことをしないような分野の専門教育を身につけようとして、ブルガリア語という日本にとっての処女地に踏み込むための苦労を重ねたりするのであろう。

このことは今日の日本の青年男女の不安に満ちた緊張感を物語っている。日本は嘗ての領有地域（満州、朝鮮、台湾、カロリン諸島およびマーシャル群島）を失った。子供の出生数は年間百万に達している。学業は出世の手段ではあるが、厳しい闘いでもある。それに加えて頭の痛い、戦後社会の絶え間ない衝突がある。すなわち、進歩的な息吹の影響で、古来の父親に対する子の服従の姿勢や夫唱婦随の習慣が失われつつある。異なる世代のドラマや生存競争は異常な激しさに増大する。そのため日本では自殺（時としては娘と若者や数人の友人同士の心中の形で）が高い比率に達する。こうした自殺には別の原因もある。日本は地震国であり（年間五千回の揺れ）、また、火山国でもあり（百九十の火山があり、その四分の一が活火山）、また、台風と火災の国でもある。ここでは人間の生活は常に自然の支配下にある。さらにまた、耕作可能な土地は全国土の十六分の一に過ぎず、食料は米作の田んぼから掻き集めねばならないが、その田んぼたるや手ぬぐいほどのサイズに細分化されている。日本人は好んで次のように言う。すなわち、自分たちは地球の陸地総面積の三千分の一の空間に暮らしながら、その人口は世界の三十六分の一であると。

しかし、矢島文夫に絶望の様子はない。多くの日本人同様に青白い顔色をした彼は、眼鏡の奥から我々に微笑みかけながら、奥さんがお産で入院中のため奥さんを紹介できないことをしきりに詫びて、砂糖抜きの冷たいお茶と小豆の餡入りの饅頭と桃を次々と出してくれた。そして我々の前の低いテーブルの上には、この暑苦しい晩に自分の顔を扇いで冷やせるようにと団扇が置いてあった。

〔このあと四章省略〕

眺めて、聴いて、学んで、憧れる

この国の最大のオーケストラの一つであるＮＨＫ交響楽団の演奏会である。団員は百五十人いる。オーストリア人ロブナーの指揮でグリーグ、ベートーベン、メンデルスゾーンに耳を傾ける。

ここで特記したいのは、会場を満たしていたのが若い男女だけだったことである。簡素なブラウスにスカートや、ワイシャツにズボンといったいでたちで、彼らは楽団の出すあらゆる音を貪るように呑み込んでいた。この楽団については高名なカラヤンが、出会った中で最も規律正しいオーケストラと評したという（それには何の不思議もない、調和は日本的特質なのだから）。

若い日本人の外の世界への渇望には癒し難いものがある。千野栄一が私に話したところでは、若い人は待望の新着書を借り出そうとして図書館の前に行列するという。マチスの絵の展覧会は東京だけで十万以上の見学者を集めたらしい。そしてホテルで我々は一学生からの手紙を受け取ったが、それには、ぜひブルガリアを見てみたいとあり、そのための旅行の方法を見つけてくれとの頼みが記されていた。

若い世代が強い圧迫感に悩まされているのは、日本が世界の端にあり、たとえばヨーロッパへの旅行を実現するには一財産が不可欠なためである。そして遥か彼方の世界で何が起こっているかを知る他の手段がないために、青年男女は書物や、音楽や、絵画に殺到し、眺めて、聴いて、学んで、憧れるのである。

〔このあと続く日本の印象を述べた八章とペンクラブ東京大会についての三章省略〕

たそがれ時に

九月十二日。羽田空港に向かうタクシーの中に、ボリスと千野栄一と私の三人で座っている。みんな黙りこくっている。荷物の詰まったトランクのように、我々の想いもまた既に鍵が掛けられているかのようだ。

車は左側通行で、一軒ずつ貼り付けてあるような背の低い家々の際を走って行く。ズボン姿でオートバイに乗った女性たちが我々の前を飛ぶように走る一方で、別の女性たちは長い古風な着物に木の下駄を履いてアスファルトの道をせかせかと歩く。

タクシー運転手の手許の無線機が我々の沈黙の間を塞ぐ。短い間隔で何か切れ切れの指図が繰り返されるのが聞こえる。配車センターが所属の運転手に指示を与えているのだ。

空港に着いたのはたそがれ時だった。我々は自分のトランクをＫＬＭの窓口の秤のところへ運ぶ。きのうコレラ予防のワクチンの注射をされた左腕が少し痛む。それなしに済ますことの出来ないこの接種はなぜこんなに遅れたのだろう。このワクチンが効果を発揮するには十日が必要というのに、もし、ラングーンやカルカッタあたりで感染したらどうしろと言うのか。つまりは国々の国境で保健衛生当局が要求する証明書の用意のためだけなのだ。痛い思いをさせることなしに、証明書だけ出してくれればはるかに簡単だったのに。しかし一人の日本人医師の義務に対して私が勝手な感情を押し付けることが出来たはずはなかろう。

〔このあとマニラ、バンコク、ラングーン、カルカッタ、カラチを経てカイロ着、一泊してピラミッドやナイルを観光ののち、アテネにも一泊、観光を果たして九月十七日にソフィアに帰着するが、その経過を綴った九章は省略する〕

佐藤純一・訳

Боян Болгар, *Пътуване до Япония*, Държавно издателство, Варна 1960

フランチシェク・フェニコフスキ　Franciszek Fenikowski 1922-1982……………………………………**ポーランド**

小説家、詩人。ポズナン生まれ。ポズナンの大学でポーランド文献学を専攻、卒業後、バルト海沿岸に移り住む。日刊紙「ジェンニク・バウティッキ」の文学欄を担当し、週刊の付録「航海」を編集。作品はグダンスク・カシューブや海を題材にしたものがほとんどで、歴史小説、伝説のほか、ルポルタージュや子供向けの作品もある。この話が収められている"Klechdy Domowe"は良く知られたポーランドの民話・伝説を集めたもの。(編者はハンナ・コスティルコ Hanna Kostyrko。)

マリア教会の時計

世界中どこにも、名工ハヌシュ・トルンチックよりすばらしい時計職人はいなかった。ハヌシュは若い時分からあちこちの国を遍歴した。リューベック、ニュルンベルク、プラハにも行った。ポズナン、ヴロツワフ、クラクフにも長い間留まった。屈指の巨匠たちに師事し、ゆっくりだが着実に奥義を身につけていき、ついに優れた師匠たちの技をも追い越すようになった。

「おまえにはもう教えることは何もない」この若い職人の精巧な作品に感心し、うなずきながら親方たちは言った。「生まれ故郷に帰り、自分の工房を持つがよい」

しかし、ハヌシュは急いで帰る気にはなれなかった。

「ポモジェ〔訳注―ポーランドのバルト海沿岸地方〕には帰らないよ」彼は言った。「衣に十字架をつけた盗賊たち〔訳注―ドイツ騎士団のこと〕があそこを支配しているうちはね。子供のころ、いやというほど屈辱を目にしたんでね」

ハヌシュはクラクフの鋳物職人の娘と結婚し、クラクフに腰を据えた。女の子を育て上げ、教会や市庁舎の高々とそびえ立つ塔の時打ち時計を作ったり直したりした。時間は鳥のように飛びたち、過ぎ去っていった。

年月が過ぎ、年ごとに名工ハヌシュの名声は高まっていった。彼の家には遠くの国々からの使者がやってきては富裕な町や王の城などの時計を注文していった。時計職人は自分の生まれ故郷の町トルンのこと、そこの赤茶けたやぐらや塔がヴィスワ川の川面に映るさま、緑豊かなポモジェの地をもうほとんど忘れかけていた。彼の黒い髪の中には幾筋か銀色のものが混じり始めた。妻が亡くなった。悲嘆にくれる男やもめにとって唯一の慰めは大きくなった娘、オフカだった。

そのオフカがある朝、工房にいる父のところへ知らせにきた。

「ヴァヴェル城にポモジェからの使節団が来ているそうよ。一行がフロリアンスカ門をくぐって入ってくるのを木彫り職人のスタンコさんが見たんですって。町の人たちは大喜びで使節を兄弟のように迎えたそうよ」

「まさか?」時計職人は驚いた。「ドイツ騎士団をクラクフの人たちが兄弟のように迎えたって？　娘よ、お前が言ってることは信じられん。スタンコさんは何かと間違えたんだろう」

「間違えてるのはお父さんよ」とオフカは答えた。「だって、来たのはドイツ騎士団じゃないんですもの」

「じゃあ、誰が？」

「ポモジェの騎士たち、トルン、エルブロンク、グダンスクの町の人たちよ。グダンスクの人たちはドイツ騎士団を町から追い払ったと話しているそうよ。

ラドゥニャ川の大水車《ヴィエルキ・ムイン》を奪ってモトワヴァ川のそばにある城を土台まで壊したそうよ」

ハヌシュ親方は木の椅子からとびあがった。

「何だと!?」ハヌシュは叫んだ。「何といい知らせだ！　何年この知らせを待ち続けてきたことか！　ドイツ騎士団を追っぱらったと！　もっと、もっと、お前の聞いたことを話しておくれ！」

オフカは上気した顔で、町で聞いたことを全部繰り返した。ポモジェの使節団がカジミエシュ王に自分たちを庇護してくれるよう、またポモジェ地方をポーランド王国に加えてくれるよう、請願にやってきた。そして、一人のグダンスクの使者がスタンコのところでハヌシュ親方の工房についてあれこれ訊ねていたそうだ、と。

「わしに何をして欲しいというのだろう?」時計職人は考えをめぐらせた。

彼は夕方までそれを気にかけていたが、突然ドアがきしみ、若い木彫り職人のスタンコが見知らぬ男を連れて入ってきた。その男は黒っぽい豪華な衣装を着て首に金の鎖をつけていた。

「グダンスクの市長様をお連れしました」若者は言った。「大事なお話があるそうです」

「こんな素晴らしいお客様をお迎えできるとは光栄です」とハヌシュ親方は会釈をしながら答えた。

親方は素早く二人のお客に椅子をすすめ、尋ねた。

「市長殿、一体どのようなご用件でわしのうちまでおいで下さったのかな」

市長はすぐさまそれに答え、「もう聞いているとは思うが」と話し始めた。

「我々はドイツ騎士団のくびきから解き放たれたのだ。我らの町にとって新しい時代が始まった。慈悲深いカジミエシュ王が我らを臣下に迎えて下さった日を祝うことにしよう、と市議会で決めたのだ。自由と喜びの時を告げる巨大な時計を設置したいと願っておる」

時計職人は喜びで赤くなった。

「それはいい考えだ！」ときっぱり言った。「あなた方に世界中どこを探してもないくらいの時計を作ってさしあげよう。あらゆる町がうらやましがるだろうよ。だが、そんなすごいのを作るとなるとかなりの時間も金もかかるが」

「時間も金もたっぷりある」グダンスクの人は確約した。「とにかくグダンスクに来てくれ。歓待する」

時計職人は素晴らしい客を戸口まで送り、グダンスク市の希望をかなえると約束した。

「二、三日したらそちらの町へ出発する」

ハヌシュは約束を守った。彼は全財産を荷造りし、一週間も経たないうちに、フロリアンスカ要塞門を数台の荷馬車で通り過ぎていった。その先頭の馬車にハヌシュ親方と娘のオフカが座っていたが、オフカは何度も町のほうを振り返っていた。

「何をそんなに見ているのだ？」と父親は尋ねた。

「マリア教会の塔の王冠が光っているのを見てるの」と娘は答えた。

しかし、彼女の視線は違うものを追っていた。楼門のゴシック様式の丸屋根に立ち、手を振って別れを告げる人の次第に小さくなっていく姿を。

＊

ハヌシュ親方はグダンスクの精霊《ドゥフ》通りに面した小さなアパートに居を構えた。格子枠のはまった工房の小窓からは、グダンスクのマリア教会に立つレンガ造りの大きな柱とその周りをカモメやハトやツバメが飛び回っているのが見えた。とはいえ、彼はほとんど窓の外に眼を向けることはなかった。市議会に注文された時計を作る仕事に没頭していたからである。

「何世紀にもわたって人々の心に残るような逸品を作らねばならぬ」と彼は決意していた。「グダンスクが祖国に帰還した、この偉大な瞬間を記念するにふさわしい逸品を」

親方の工房となっている丸天井の部屋はきらきら輝く大小の歯車や振り子で埋め尽くされ、大小の時計が十五分毎、一時間毎に時を告げた。壁の棚には砂時計が置いてあり、落ちていくその砂の細い流れは静かにさらさらと、まるでこうささやいているかのようだった。「時間は流れて戻ってこないよ。その時その時をしっかり使いなさい」

ハヌシュはその命令を理解し、だからこそ夜明けから日が暮れるまで働いた。仕事に忙しい彼は娘が日ごとに悲しみに沈んでいくのにさえ気づかなかった。

娘はアパートの中を歩き回り、窓のそばに青白い顔で立ち、通りを何時間も眺めていた。唯一、誰かが家をノックした時だけ、生き生きとした。着衣の乱れを直し、急いで階段を駆け下り、ドアを開けるが、期待を裏切られ、悲しそうに奥へ引っ込むのだった。数々の時計のチクタクいう音やメロディーに耳を傾け、頬をつたわって流れ落ちる涙を拭きながら頭をたれ、小声で歌った。

時計たちは鳴り響く、
私は悲しくて泣いているの、
時計たちは時を打つ、
私は落ち着かないの、
ほら、スタンコがドアを叩いていると思ったら
私の心臓が胸を叩く音だった。

もう沢山の人がトルンチックの家を訪れたが、彼女の待っている人は現れなかった。しばしば、市議会議員たちが大きな時計の仕事の進み具合を聞きにやってきた。船乗りたちが航行に便利な小さな時計を求めてドアをノックした。しかし、一番頻繁に現れたのは木彫り職人のクンツだった。

それは肩幅の広い、黒ひげの男だった。ゆがんで突き出た鼻の上にもじゃもじゃ茂った眉、眼には物憂げな光がかすかに燃えていた。町では彼について恐ろしい噂が流れていた。クンツは、マリア教会のキリスト磔刑像を彫るのに、自分の弟子を十字架に打ち付けてその苦しむ様を見ながらノミで木を削り、見る人を震え上がらせるようなキリスト像を作ったそうだ、と。その噂がどこまで本当か知っている者は誰もいなかった。クンツは或る時、弟子について

訊かれると、弟子は俺を見捨ててどこかへ行ってしまった、と答えたそうだ。だがその話を信じる者はほとんどいなかった。グダンスクの人々はこの陰気な木彫り職人を恐れ、彼が歩いてくると急いで道を譲るのだった。オフカも同じく、クンツが家の戸口に現れるたびに震え上がった。

クンツは父と話をし、大きな暖炉の燃え盛る炎のそばで暖まりながら親方の仕事を驚嘆して眺めているようでもあったが、娘は絶えずクンツの黒い瞳からの突き刺すような視線を感じていた。

娘は恐怖に捕われ、逃げるように二階の白い部屋へ上った。恋人を懐しみ、歌うことでそれを紛らわそうとした。壁からリュートを取ると弦を爪弾きながら父の時計に向かって歌うのだった。

時計たちは音楽を奏でる、
でも私は悲しくて死にそうよ。
時計たちは鳴り響く、
夜も朝も……。

優しい時計たちよ、
告げておくれ、
私の唯一愛する人スタンコが
帰って来る時を。

或る時ハヌシュ親方は娘の歌を耳にした。仕事を放り出し、気づかれないように部屋の入口に立ち、悲しげな歌詞と哀愁や悲しみで一杯のメロディーに聴き入った。歌が止み、歌い手が力なく頭を垂れたとき、彼は歩み寄ってオフカの肩に両手を置いた。

「なあ、娘よ」優しく微笑みながら言った。「ここ数週間悩んでいる事でお前に相談なんだが」

オフカは頭を上げた。

「何を悩んでいるの、お父さん」と尋ねた。

「わしの時計には」と父は説明し始めた。「いろんな人形を動かす機械仕掛けを装着しようと思っている。それには良い木彫り職人の助けが必要だ。クンツさんがもうずっと前からわしを手伝いたいとしつこく言ってきている。その申し出を受けることもできるのだが、クンツの腕はあまりよくないし、かれの彫刻はみな陰気くさい顔をしている。わしはわしの作品が見る人を喜ばせ、人々の心を明るくするようなものにしたいのだよ。それで他の助手を考えているのだ。覚えているか、あの、クラクフにいた若い木彫り職人……」

「スタンコね！」と娘は嬉しそうに叫んだ。

「そうだ、そいつだ！」父は答えた。「どうやら彼を忘れてはいなかったようだな。彼をグダンスクに呼び寄せてはどうだろうか」

オフカはそれには答えず、父に飛びついてその胸に頭を摺り寄せるだけだった。

＊

それから二か月もたたないうちにクラクフの木彫り職人がモトワヴァ河畔の町にやってきた。精霊通りの角にあるアパートでは、太陽と金色に光る雄鶏が精巧に彫られた看板が川からの軽やかな風に吹かれて揺れ、それまでとは一変した生活が送られていた。一階の窓からは娘の楽しげな歌声が聞こえ、工房からは話し合う声や槌の音が響いていた。

市議会議員たちは、注文の時計が日ごとに出来上がっていくのを見て喜んでいた。船の甲板からまっすぐやって来る船乗りたちは、ドイツ騎士団とデンマークの軍艦に対してポーランド軍が優勢であることを物語ってくれた。ただ、クンツだけは朗らかなクラクフ人がやってきてからというもの、トルンチックの家を避けていた。

スタンコはすぐにハヌシュの心を捉えた。老人には、太陽までがスタンコが彫って色付けした色とりどりの人形を見たがって、彼の薄暗い仕事場をより頻繁にのぞくようになったように思われた。

「娘よ、いい助言をしてくれた」時計職人は笑って言った。「これ以上いい助手はおらんよ」

若い木彫り職人は老人と一緒に一日中働き、夕方、ラドゥニャ川の川面に黄金の三日月が現れる頃になるとオフカと一緒に川べりへ出かけた。大水車の輪が回る音に耳を傾けながら、クラクフでの思い出話をしたり、将来について語り合ったりした。

「春、この町の上を鳥たちが南へ飛んで行くのを見て、彼らの翼がうらやましかったわ」と娘は言った。「またクラクフが見たいとどんなに願ったことでしょう」

「あそこへ帰ろうよ、一緒に！」スタンコはきっぱり言った。「君のお父さんが時計を仕上げたら、君と結婚して一時間だって無駄にしないように出発しよう」

互いに見つめあっていたので彼らは、陰気な木彫り職人クンツが後をつけてきているのに気づかなかった。クンツの怒りに燃えた視線にも、固く結ばれた唇にも気づかなかった。彼らは幸せだった。時間は瞬く間に過ぎていき、気がつくともうその日がやってきていた。ハヌシュはマリア教会に自分の時計の部品を持っていき、金細工師《ズウォトニク》礼拝堂の近くで組み立てた。

最後のねじを締め終わると足場から降りながら言った。

「さあ、これでよし！」

それは厳かな瞬間だった。ほとんど町中の人たちが教会に集まり、きらきら光る丸天井の下には長年にわたる陸・海での戦争の間にグダンスクの人々がドイツ騎士団から奪い取ったたくさんの旗が高くはためいていた。市長や市議会議員らが豪華な服装でやってきた。あらゆる名士が妻や娘たちを連れてやってきた。靴下工場の工員、琥珀細工師、造船工、海上警備兵、穀物倉島《スピフレシュ》の荷下ろし人、グダンスクにポーランドの穀物や木材を運ぶいかだ師らが群れをなして集まっていた。

「動いてるぞ！　コチコチ言うのが聞こえるか？」時計を見つめながら人々はささやいた。

ハヌシュの時計は白くそびえたつ柱のそばで特別な塔のように黒く見えた。その下方の段には百年暦の円盤が光っていた。それは木彫りのラッパ吹きたちと王様たちに護られていた。その一人が槍で日付を、祝日に当たる日を、そして月と太陽の昇る時刻を指し示していた。上の方には、金で塗られた十二個の星座が巨大な文字盤を囲んでいた。いて座、瓶をもった水瓶座があり、黄金の獅子座、雄牛座、山羊座があり、その上には光り輝く太陽があった。魚座、双子座、蟹座、乙女座、天秤座、さそり座、牡羊座もあった。

「いいか！」時計職人が叫んだ。「もうすぐ十二時を打つぞ！」

今まさに本当の奇跡が起こり始めていた。高く、時計塔の最先端に王冠をかぶった蛇が巻きついている木があり、そのそばにアダムとイブの人形が立っていた。じっと身動きもせず、教会に集まった群衆を高い所から見下ろし、二本の針が金色に光る十二時のところにやってくるのを待っているかのようだった。

「あと一分！」市長がささやいた。

「あと心臓が十回鳴ったら」とオフカは数えた。「あと、五、四、三、二、……」

とうとう待ち焦がれた瞬間がやってきた。アダムは槌を持ち上げ、イブは鈴の紐を引っ張った。銀色の鈴の音が響き渡った。

鈴は一分間鳴り続け、時計の出窓には四人の福音書著者が現れた。

「マルコ、ルカ、マタイ、ヨハネだ」町の人々はそれらを認め、手を上げ、動いている人形を指差した。

鈴の音が響き渡っている間、時計が十二時を打ち始めると塔の中から使徒たちが現れた。長い髪にひげ面、引きずるように長い衣をまとい、手には聖書、魚、鍵を持って、文字盤の上の半円形にせり出した所を歩いていった。使徒たちはそれぞれ順序よく、静かに厳かに、前方の無限の時間を見つめながら歩いていた。その歩みに合わせて音楽が流れた。

春が過ぎ、夏が過ぎ、
秋が過ぎ、冬が過ぎ、
遠く、時は過ぎていく、
なにものもそれを押しとどめることはできない。
金の糸で編まれた星座の環は

ゆっくりと大地の上を回り、
遠く、時は過ぎていく
忘却の闇へ向かって。

時計職人は時計の音楽に聞き入り、物思いに沈んでいた。悲しみで彼の顔は曇っていた。

「どうしてこんなに喜ばしい瞬間に沈みこんでいるんだい？」市長が彼に尋ねた。「こんなに偉大な業績を成し遂げたというのに。おまえさんは約束を守ってくれた。全ての町が我らの時計をうらやむだろう」

ハヌシュは悲しみを払いのけようとするかのように顔を手でぬぐった。

「時計の出来には満足しているさ」と答えた。「だが、まさにその時計がわしと娘との別れの時を告げたのが辛いのだ。今日、娘とスタンコの結婚式を挙げてやる。三日後にはわしを残して彼らはクラクフへ行ってしまうのだ」

木彫り職人クンツは高い柱の影に立っていたが、それを聞くとこぶしを握り締め、教会から走り出て行った。

数日後、トルンチック親方は一人さびしくアパートに残った。自分の人生を何年も費やして作った時計と別れるのが辛かったからである。しかし、間もなく孤独がますます重くのしかかるようになってきた。工房の隅には蜘蛛が緻密な網を張っていた。数々の砂時計や時計の上には埃が積もっていた。

孤独な時計職人は格子枠の入った窓のそばに立っては、マリア教会の塔の周りを飛ぶ鳥たちを眺め、オフカの歌声とスタンコの槌の音が家中に響いていた頃を思い出すのだった。

何週間、何か月と時が過ぎていき、彼の背中はどんどん丸くなり、髪やひげにはますます多く銀色のものが光るようになっていた。自分の作った時計の音楽にじっと耳を傾けながら、いつか娘の口から聴いた歌を繰り返して口ずさむのだった。

時計たちは鳴り響く、

わしは悲しくて泣いている、
時計たちは時を打つ、
わしは落ち着かない、
ほら、オフカがドアを叩いていると思ったら、
わしの心臓が胸を叩く音だった。

ある日、そのフレーズを繰り返していたまさにその時、ドアを叩く音を耳にした。急いでドアに歩み寄り、掛け金を外した。戸口には数人の町の衛兵が手に鋭い武器を持って立っていた。

「親方、市長様がお呼びだ。すぐさま市庁舎へ出頭せよ！」兵士の一人が通告した。

時計職人は驚いて眉を上げた。

「一体全体、緊急の用とは何だね？」と尋ねた。

しかし兵士は誰一人としてその問いに答えることはできなかった。そこで彼はマントを肩に羽織り、衛兵たちと一緒にドウゥギ・タルク広場へ向かった。

しとしと雨の降る秋の日だった。鳥たちは細い尖塔の上やマリア教会の大きな塔の周りを飛び回っていた。モトワヴァ河畔の門のアーチをくぐって吹き抜ける強い風が老人の白髪やひげを吹き乱した。通りのぬかるみが足の下でバチャバチャ音を立てた。十一月の寒さがマントを通って身にしみてきた。だから、市庁舎の玄関を入ると心地よく、ほっとした。

「市長様が赤の広間でお待ちだ」兵士が重厚なドアを開けながら言った。

ハヌシュ親方は部屋に入り、暖炉のそばに立っている町の高官たちを目にすると軽く会釈をした。

「お呼びだそうで、参りました」と言った。「市長殿、何の御用ですか？」

町の首長はドアのそばに立っていた兵士たちに手で合図すると、トルンチックを鋭い目つきでにらみつけた。

「噂によると」と威嚇するように話し始めた。「おまえはグダンスクを去ろうとしているそうだな。本当かそれともこれは単なる噂か？」

「本当です！」ハヌシュは答えた。「私はもう老いぼれてしまい、ひとりでいることに耐えられないの

です。クラクフへ行って娘と婿の許で余生の日々を過ごしたいと思っております」

「クラクフへだと？」疑わしそうに市長は尋ねた。「オフカとスタンコの所か？　いやそれよりリューベックへ、だろう？」

時計職人はその問いに驚いた。

「私がそんな外国の町へ何をしに行くというのですか？」

「知らないとでもいうのか？」グダンスクの高官は嘲り笑った。「ではおまえに告発者から教えてもらおうか」

陰から部屋の真ん中へ黒ひげの陰気な顔をした木彫り職人のクンツが出てきた。

「ハヌシュ親方は」とくぐもった声で言った。「リューベックへ行くつもりです。そこの住民たちに、ここのマリア教会にあるものよりもずっと立派な時計を作るために」

「嘘だ！」トルンチックは叫んだ。「わしはこんなに白髪になって手はもう不自由になってしまった。もしそうしたいと思ってももう二度とあんな作品は作り出すことはできんよ」

そして軽蔑するように嘘つきに背を向けた。窓の外を眺めるとドウゥギ・タルク広場に面した建物が見え、アルトゥールの館やレンガ造りのコガ門の上をカモメが飛んでいるのが見えた。灰色の曇った空に白く見えるカモメたちは、奇妙で不吉なしるしのようだった。

「眺めるがいい、有名な親方さんよ！」市長は言った。「心ゆくまで眺めるがいい、お天道様を拝めるのは今日が最後だからな」

そう言い終わらないうちにもう石の床を鈍い音を立ててやってくる足音がした。赤いマントをかぶったグダンスクの刑執行人が手下の兵士を数人連れて広間に入ってきた。

「悪党親方め、身から出たさびだ！」市長は命令を下した。

刑執行人たちは窓のそばに立っていた老人に歩み寄り、肩を掴んで力ずくで部屋から引きずり出そうとした。しかし部屋から出る寸前のところで年老いた親方は彼らの手を振り解き、働き疲れた手を上げて叫んだ。

「あんたらの町へやってきた時をわしは呪う！　わしの仕事を呪う！　わしの時計よ、止まってしまえ！　沈黙してわしへの仕打ちを証明し、あんたらを永久に非難するがいい。ふんぞり返った不公正な裁判官たちめ！」

　しかしその言葉は恐ろしい刑の執行を押しとどめることはできなかった。手下の兵士たちは不幸な時計職人を引きずって拷問部屋へ連れて行き、しばらくすると市庁舎のレンガ造りの建物をゆるがす、苦しそうな叫び声が聞こえてきた。

＊

　老人が両目をえぐられるのと同時に、マリア教会の時計は止まった。ギザギザの大小の歯車は停止し、時計の音楽も鳴り止み、文字盤も針も固まり、アダムもイブも福音書著者も使徒も動かなくなってしまった。その知らせは町中に広まった。

「時計が止まったぞ！」

「不吉なしるしだ！」

「お偉方がハヌシュ親方にした仕打ちの罰だ！」

　市長や市議会議員たちはあわてふためいた。人民が市庁舎に押しかけてきてこの不公正な裁判の究明を要求するのを恐れ、早急に危険を回避しようと決めた。使者を世界中に派遣し、程なくグダンスクには最も有名な時計職人たちがやってきた。遠い国から集まった人たちはマリア教会へ赴き、足場へ上り、時計の中をのぞき込んだ。それから長い間首をかしげていた。精巧な仕組みを動かそうと試みたが、誰一人として押し黙っている時計の心を甦らせることは出来なかった。一方、町では騒ぎが激しくなり、住民の怒りが高まってきた。

「方法は一つしかない」とうとう市長は議員たちに言った。「ハヌシュ親方のところへお願いに行かねばなるまい。時計を直すことができるのは彼だけだ」

しぶしぶ、不承不承だが、高官たちは金の雄鶏のアパートへ向かった。丸天井の蜘蛛の巣がかかった仕事場で盲目の老人は彼らの頼みに耳を傾けた。彼の顔はひきつった。

「わしを時計の所へ連れて行ってくれ！」高官たちが長ったらしい卑屈な言い訳を終えると彼は言った。

高官たちはそっと脇を抱えるようにして彼を教会まで連れて行った。ハヌシュは手探りで慎重に足場へ上ると両手を前に差し伸べ、長い間彫刻を手のひらで撫でていた。触って星座の数々を感じ取っていた。水瓶座、蟹座、山羊座……。震える指でひげ面の福音書著者や使徒、槌を手に持ったアダム、長い髪のイブを撫でていった。突然、木に巻きついた王冠をかぶった蛇の頭にいきあたり、身震いした。

「槌をくれ！」と叫んだ。「何をすればいいか、もう分かった！」

要求した道具が手渡されると、彼はそれを振りかぶり、高いゴシック様式の窓から教会の中へ入ってくる光の束の中でちょっとの間身動きせずに立ち尽くした。きらきら光る丸天井の下で戦利品のたくさんの旗が震えていた。

人々は沈黙して、その銀髪の老人が自分の時計を動かす瞬間を待っていた。

「ごらん、何て顔が変わってしまったんだ！」誰かが時計職人の顔の青白さに気づいてささやいた。

「今にも気絶しそうだ！」と市長が心配した。

しかしまさにその瞬間、トルンチック親方は槌を振り下ろし、力いっぱいその先端で時計を叩いた。大小の歯車がガチャガチャと音を立てた。ばねがうめいた。時計の一番上にある木のそばに立っているアダムとイブが震えた。福音書著者と使徒たちがまるでまた歩き出すかのように身震いした。もうすぐ歩き回り、時計の音楽が以前の歌を奏でるかのように思えた。

春が過ぎ、夏が過ぎ、
秋が過ぎ、冬が過ぎ、
遠く、時は過ぎていく、

なにものもそれを押しとどめることはできない。
金の糸で編まれた星座の環は
ゆっくりと大地の上を回り、
遠く、時は過ぎていく
忘却の闇へ向かって。

しかし、それは錯覚に過ぎなかった。それは死にゆく時計の最後のうめきと痙攣だった。装置が動かなくなり、全てが静まったとき、白髪の老人は血走った眼窩を教会に集まっている高官たちに向けた。

「お前たちのうぬぼれを罰してやったぞ。わしの時計は壊した。哀れなやつらだ！　これを直そうとするやつは三倍も哀れだ！」としわがれた声で叫ぶと、息絶えて足場の板の上にくずれ落ちた。

動かなくなり、冷たくなっていく手からは槌が落ちていった。それは足場の下に立っていたクンツの頭目がけて飛んでいった。陰気な木彫り職人は、雷にでも打たれたように、磔にでもされたかのように両手を広げ、冷たい石の床にばったり倒れた。

「ここから逃げよう！」群衆の中に恐れおののく声が広がった。「ここは血の臭いがする！　死神が鎌を持って教会の中を踊り回っている！」

議員たち、市長、商人、職人たちが慌てふためいて逃げ出した。ひとけのない教会には白く高い柱の下に黒ずんで見えるトルンチック親方の時計だけが残った。時計はそのままにして置かれ、何世紀もの間沈黙していた。市議会は白髪の時計職人の呪いが忘れられず、修理することを恐れた。ここ百年の間にもまだ様々な名工たちが蜘蛛の巣をかぶった装置を動かしてやると申し出てきていたが、迷信深いグダンスクの高官たちはその申し出を撥ねつけていた。

「この呪われた時計はそのままにしておくほうがいい」と彼らは言った。「どうしてわざわざ我らの命と町に不幸を呼び寄せる必要があろうか」

という訳で、この金細工師礼拝堂のそばの壊れた時計は沈黙したまま人々を怖がらせ続けていた。先の戦争で火災が起き、それは教会内部にも及び、赤い炎の斧で出くわすもの全てをなぎ倒していった。

もちろん古い時計も容赦せずに。
灰と残骸の中にはただ文字盤だけが燃え残っていたそうだ。忘れ去られたグダンスクの伝説の心のように。

Hanna Kostyrko (red.), *Klechdy domowe - podania i legendy polskie*, Nasza Księgarnia, Warszawa 1989

前田理絵・訳

ヴラジミル・カラトケヴィチ　Уладзімір Караткэвіч　1930-1984……ベラルーシ

ソ連時代のベラルーシを代表する文学者の一人。代表作は小説『穂は君の鎌の下に』（一九六五）、『グロドノに光臨せしキリスト』（一九七二）、『オルシャの黒い砦』（一九七九）など。ベラルーシフィルムによって映画化された小説『スタフ王の野蛮な狩』（一九六四）も有名。歴史小説ジャンルの確立者として、曖昧ともいわれるベラルーシ人のアイデンティティを強く鼓舞してきた。エキゾチックな風俗描写、推理小説風のプロット展開、ロマンチックな叙情性が作品の特徴である。

紺青と黄金の一日

春になるとポレーシア地方の川は水源へ向かって逆向きに流れ出す。プリピャチ川だけが何十キロにもわたって野や森を水浸しにしながら、やっとのことでドニエプルに雪どけ水を押しこむことができる。

目に映るのは小島の上の村落ばかり、あるいは干草の山や騒がしい婚礼の宴を載せた艀舟が時たま通るくらい。渡し板で結び合わされた丸木舟《チョーヴエン》の上で市場が立つこともあった。浮かぶ市場は遠くの村々を目指してゆっくりと進んでいった。

新鮮なミルクの匂いのする牛。怯えたようにすみれ色の瞳を見開いた馬は舷の外を横目で見やっている。

「あんたたちがどうなろうと知ったことじゃない。けれど一緒になって溺れるのはごめんだよ」

ポレーシア流に慎まし気な、つまりふざけ半分ほろ酔い加減な、そんな市場がひとつ、もう丸二日も村への到着が遅れていた。

「折れ角《ラズビティ・ローグ》」村に立ち寄った際に、年長者が先立って一杯やり始め、舵手や他の男どもをみんな陸に誘い出したのが災難の始まりだった。

女衆は自分たちだけで船を出そうとしたが、腹を立てた男どもが追いついて、「折れ角」村の小島の砂州に市場を載せた一〇五隻の丸木舟をまるごと繋ぎとめてしまった。

「連中がそんなに急ぐ必要なんてあるのかいな。復活の大祭までにカルピラヴィチには間に合わんだろう。わしらはここにいる方がいいんだ」

女衆は抗弁したかったのだが、船の上ではどんちゃん騒ぎが始まってしまい、あきらめるしかなかった。

「何という疫病神どもだろう、今にばちがあたるよ」

「ばちがどうした。色つき卵をお清めするのがそんなに大事かよ」

今になってみれば男たちも馬鹿をやらかしたことには気づいたけれど、体面上それを認めたくはなかった。そんなわけで彼らはむっつりしながらも棹と櫂を操るのに懸命になり、どんどんピッチを上げた。けれども、すっかり遅れてしまったことは誰の目にも明らかだった。

男どもは二日酔い、女衆は腹立ちが治まらず、和やかな気分などどこにもなかった。ただし年頃十八ほどのひとりの娘にとって、そんな揉め事はどこ吹く風であった。前集団を行く丸木舟の舳先に座り、娘は晴れやかに微笑んでいた。それは盲人ですらにっこりしそうな微笑だった。

朝もやのかかった五月の空のように、透き通ったスラブ人の瞳、丸みのある小さな鼻、口もとに小さな笑くぼの見える赤い唇。何よりもお下げ髪が美しかった。腕ほども太さがあり、乾いた栗の葉のような黄金色をしている。

娘はスカーフをとって膝の上で広げた。この日の太陽は予想外に暖かく、水面を飛び跳ねる金色の火花のせいで鼻がムズムズし、くしゃみがしたくなるからだった。スカーフの下から格子縞のスカートが見えた。その下にはもう一枚の白いスカートをはいている。この女の子のまわりでは何もかもが見事に調和していた。けだるい気分と太陽のせいで目を細める様子の可笑しさときたら、「こいつが生きる素晴らしさってもんだ」と誰であれ言わしめたことだろう。

生きる素晴らしさという話は本当だった。長い旅路は水没した森の間を先へと続く。木々のこずえは紺青色の霧の中を漂い、眠たげな雄鶏の鳴き声が水上に聞こえる。

急ぐ必要なんてどこにあろう。生きるのはまだこれからだ。足りないものはひとつだけ。夢見心地の中で誰かしら大きくて暖かなひとが背後に近づき、肩を抱き寄せ、頬をこめかみに押しつけてくれさえすれば。

以前はこんなことを考えるだけで恐ろしかった。赤の他人の男と神棚《ボークツィ》の前に座り、理由もなしにキスを交わさねばならぬ。夫とはそんなものだと彼女は想像していた。

その周りには緑色のグラスと赤らんだ顔が並ぶ。まぼろしは消え去り、暖まった陽光が鼻をくすぐった。日差しのぬくもりの中で猫のように丸くなりたかった。

そして誰かがやさしく撫でてくれたなら。

こんな春は初めてで、そして最後になるとしても、それでも春は訪れたのだった。ひょっとすると最後ではないかもしれない。氾濫した水面を行く旅路、大きな丸木舟の隣を流れる干草、晩の歌声が春の到来を手伝っていた。

この数日間にあっと驚くような出来事が起きたことを誰も気がつかなかった。母親ですら分からなかった。親の船に乗り込んだのは生意気でとげのある小娘だったはずなのに、今そこにいるのは万事を心の奥底で心得た大人の女なのだ。

それはまるで大地のようである。

雪融け水の下でまどろむ大地は、ねばっこく心地よかった。太陽の日差しを浴びると、不意に大地は軟らかくなり熱をおびて、揺さぶられた萌芽が内奥で目を覚ます。あとはただ人が来て籠からロウ色の種を口笛を吹きつつ投げ込んでくれるのを待つばかり。雲雀のさえずりが彼の到来を祝うだろう。

暖かさも、けだるさも、雄鶏の鳴き声も。

「さあ、種を蒔いて頂戴！」

彼女にはそんな言葉を口にすることはできなかったろう。そのかわり両手を膝の上に組んで微笑むことはできた。

それは母親でさえ分からぬことだった。すべてを出し尽くした畠は、到来を待つ畠を理解できない。

それが分からない母親は、口ひげの黄ばんだ夫に小言を言い、ハンカチの中のお金を数え、他の丸木舟に乗る隣人たちと声を掛け合っている。忙しい女の常として、必要なものとそうではないものを最初に見分けるのは彼女だった。

芯をくり抜いて作った軽装の丸木舟にも母親が最初に気付いた。大型で機動性がありそうだ。腰の深さまで水に漬かった林から滑るように抜け出た丸木舟は、小回りのきかない船団との距離を軽々と縮めていく。

船尾には狼の毛皮帽をかぶった男が座り、一本のオールを器用に操っている。

「あれは誰だい。ナタリカ、ナタリカ、ちょっと見てごらんよ」

娘は後ろを振り返り、口もとにまだ微笑を漂わせたまま、不満げに言った。

「ヴィセルキから来たユルカよ、あれは」

そして視線を元に戻してしまった。ユルカという男が大嫌いだったからだ。全身がバネみたいにピンとして、ふざけた目をしている。口にするのはいやらしい冗談ばかり。喧嘩があれば割り込んでいく。理由なんてなくてもいい。二手に分かれて人が殴り合っているのを見つけたら、一人分の力が足りなそうな方に味方して飛び込んでいく。

けれどユルカにはもっと悪いことが他にあった。彼の目は不安を掻き立てた。こんな妙な目をした者は誰も他にいない。

この冬、ユルカは玄関の間で彼女を抱きしめようとしたことがあった。ぶるぶると手が震え、息が乱れているのが可笑しかった。

それでも彼女は乗り慣らされていない馬のように跳び上がった。

家の中にいた人たちには、バケツがぶつかり、天秤棒が落ちる音だけが聞こえた。

バイオリンの調べ、アコーディオンの音色、タンバリンの吐息が中に入った彼女を迎える。ひとりが尋ねた。

「何が落っこちたんだい」

「ユルカがバケツをひっくり返したの。酔っ払って足元が怪しいのよ」そして一言つけ加えた。「家に帰るよう言い聞かせておいたわ」

彼女の顔は平然として何も読み取れなかったので、皆がそれを信じた。

そして今、この眠たい呑気で怠惰な憩いを新たな人間が邪魔しにくるのが腹立たしかった。


その間にユルカは立ち上がって手近の大舟《バイダ》の舷を茶色に日焼けした手でつかんだ。

丸木舟は鈍い音を立てて大舟に接触した。丸木舟は繋ぎ寄せられた。するとユルカは屈みこんで、ゆっくりした動作で二歳のイノシシを肩に担ぎ上げた。毛は逆立ち、茶色に汚れて、恨めしそうな鼻面が歯を剥き出している。

そのイノシシを軽々と大舟に投げ込んでしまう。

「さあ、取りかかれ、女ども。すぐに解体しちまえよ。男衆に御馳走してやるんだ。どうせ町に着くまではもたないぜ」

女たちは獣の四肢を前にして大騒ぎを始めた。ユルカはそれを疑るような落ち着いた眼差しで眺めていた。

「めんどりみたいに何を騒いでるのやら」とうとうユルカは口を出した。「大物だったらよかったけどよ、実のところデッカチとたいして変わらないぜ」

ユルカは頭の大きな仔猪をデッカチと呼んでいた。

「おいおい、そんなことは言ってはいかん」ナタリの親父が言った。「立派なイノシシじゃないか。ほら、なんて牙をしてやがる」

「よし、それじゃ女ども。あぶり肉を俺にも分けてくれよ。何しろパンが切れちまって、はらぺこで死にそうなんだ」

ユルカは丸木舟の中にかがみ込んだ。すると急に女たちは金切り声を上げて四方に逃げ出した。大舟の舷の上に山猫が丸い頭をのぞかせたからだ。血のように赤い口は蔑むように開かれ、白い歯を見せていた。

ぴったりと頭に寄せた耳、細められた眼。そうこうするうちに胸と頑丈な前足が見えた。

山猫が大舟に這いずりこんだ。そう思われた。

瞬く間にその下から現われたのはユルカの頭だった。げらげらと笑っている。灰色の眼は悪戯っぽい光を宿し、赤茶の髪の毛がくしゃくしゃになって額に垂れ下がっている。

「びっくりさせちまったかな」とユルカは尋ねた。

「ごめんごめん、奥さん方、もうしないよ」

ユルカは仕留めた山猫を大舟の底に放り込み、自分も舷を乗り越えてきた。

「こいつは俺のもんだ」獣のうしろ首をつかみ上げながらユルカは言う。「俺と結婚してくれる女がいたら、この毛皮を足に掛けてやるんだけどな。寒い思いはさせないぜ」

「おまえさんと一緒じゃ凍え死ぬさ」皮肉っぽくナタリの親父が言った。

ユルカは「ごきげんよう、皆の衆」と大声で挨拶した後で、「ごきげんよう、ナタリ」と意味ありげに言い足した。

返答はなかった。

そんな様子を気にもせず、ユルカは娘が腰かけている丸木舟に乗り移った。

「あんたらは解体を続けてくれ」ユルカは言い訳を始めた。「俺はこっちにいるぜ。肉のそばで猫の匂いは堪らんからな……、おっと、うっかりしてナイフを忘れてた」

もういちどユルカは丸木舟に乗り込んだ。ナタリヤは横目でユルカのよく動く細い身体と無鉄砲な灰色の眼差しを眺めた。

ユルカは都会から来た若者のそばにしゃがんだ。メモ帳を片手にポレーシアを歩き回るようになって二年目だという。

若者はまるで夢見るように言った。

「きみがどんな人間かってことは、トビケラでも御存知ないさ。まさにベラルーシ人の典型だよ。これ以上ないほどのね」

ユルカの唇が皮肉な笑いのかたちに変わった。

「何だって、そいつは良いことなのか、それとも悪いことかい」

「そうだね、悪くない……。有能な民族だと思うよ」

「へーえ」とユルカは口ごもった。「きわめて有能な民族か……」

若者を残してユルカはナタリヤの舟に乗り移り、彼女の前の腰掛け板に銀色の濡れた魚を放った。

「やるよ、ナタリヤ」

「これをどうしろっていうの」

「クリャペツ鯉ってやつだ。とりあえず今は水の中に入れておこう。夕方頃には身が乾く。そしたら二人でびっくりするようなものが見られるぜ」

「何よそれ。あんたなんかと私が夜まで一緒にいると思うの」

「ビャシキシュキンの爺さんと居ても仕方ないだろ。俺と一緒のほうが楽しいぞ」

そう言ってから山猫の前足に最初の切れ目を入れた。

二人は黙り込んだ。金色の火花が水面に生まれてはさざ波が走り、消えたと思うとまた燃え上がった。

「おまえたちはどこに行くんだい」小声でユルカは尋ねた。

「カルピラヴィチよ」しぶしぶナタリヤが答える。

「間に合いそうもないけれど」

「そうか」とユルカ。「今日は大祭の日だもんな。けれど到着までには一日以上かかるだろう」

少し黙った後で、

「おまえはどう思うんだ」

「私はいいのよ。行きたがっているのは婆さんたちなの。そんな人が半数。可哀想に、年寄りなんだから気晴らしさえできたらよかったんだけれど……」

「ふうむ」と言って、不意にユルカは何か思案するように目を細めた。少ししてからビャシキシュキン爺とナタリヤの親父が呼び出された。

「おっちゃんたち、カルピラヴィチには間に合わないぜ。遅れすぎだ」

「だからどうしたって言うんだ」ビャシキシュインがむっとして言った。「おまえさんも火酒《ハレルカ》のことでわしを責めたいのかね」

「そいつはもう過ぎたことさ」とユルカ。「その話じゃないんだ。なんでカルピラヴィチをやめてパホストに行かないんだ」

「村がないだろ」と爺さん。「島には教会がひとつあるきりだ」

「婆さんたちにはそれが大事なんだ」とユルカ。「村には明日の朝には着くだろう」

「他にも問題があるぞ」とナタリヤの親父。「あっちに行くのは無理だ。途中に砂州があるからな」

彼らの船団が進んでいる水路とパホストの間にある砂州の帯が議論になった。

「あんたの言うような砂州はなくなったよ、親父さん」とユルカ。「水が上を流れてる。深さは半サージェン〔訳注—一サージェンは二、一三四メートル〕。今日、自分で測ってみたよ」

「大舟は通れないな」

「砂州のあたりに大舟を泊めておけばいい。パホストまでなら丸木舟で大丈夫。どうだい、みんな……。年寄り連中は喜ぶぜ」

年寄り衆をひきあいに出したのが決定的だった。ナタリヤの親父が即座に指令を出し、自ら舵を握った。先頭の大舟と後に続く動きのぎこちない船団全体を左へ転回させていく。

水面に櫂が打ちこまれ、浮かぶ市場はそれまでより速く流れに運ばれ出した。

ユルカは再び娘の足もとに腰を下ろした。ナイフを操る手が器用だった。

「パホストで髪長坊主どもが何をしでかすか、今日は見ものだぜ。言葉にならないくらい、見事なものさ」

ユルカの肩が何度か足に触れた。首の茶色い日焼け、浅黒い鼻先や頬が目に入る。

強くて軽いこの接触がナタリヤはなぜか気にならなかった。この人は働いた後なんだし、わざとじゃないのよ。

「なあ、復活祭のキスをしようぜ」目を上に向けてユルカが言った。

「あんたのその獣とでもキスしたら」落ち着き払ってナタリヤは答えた。

「こいつだったらさっき……、もうキスしてくれたよ」ユルカは腕をまくった。

上腕には縦に走る三つの傷が見えた。ナタリヤはどこか鳩尾の深いところが震えるのを感じた。

「馬鹿じゃない、どうして誰にも言わなかったのよ」

「火薬を塗ったから大丈夫さ」

「もう、あんたときたら」ナタリヤは腰掛け板の下から包みを引っぱり出し、そこから白い布切れを取った。「さあ、見せて頂戴」

ユルカは細くて頑丈な腕を彼女の膝に乗せた。ナタリヤはそれに気づきもしなかった。ただ布地を通して彼の腕から伝わる温かみだけがあった。

深くはないが縦に長いこの掻き傷のせいで、無鉄砲な若者に対して母親のような憐憫の情がナタリヤの中で目覚めた。

「さあ」彼女は男の腕の重さを気にとめずに言った。「これでよし」

「何て素敵な子だろう。おまえは俺のものだ」

「素敵な子はあんたのものじゃないわよ」とナタリヤは言った。さっきまでのけだるい気分が再び頭をもたげたからだ。何かを待ち続けること。そしてまどろみ。

「おまえは怒ってばかりいるな」ユルカは小声で言った。「俺は秋の鹿になった気分だよ。腹が引き裂かれるほどの声で牝鹿を呼ぶそうだぜ」

「あんたはお腹が空いてるだけでしょう。パンを食べつくしたんじゃなくて……。狩人さん」

レンガの上で焚かれた火からはもうあぶり肉の匂いが漂ってきた。

「そうだな」むっとした声でユルカは同意した。「腹ごしらえしなきゃいかん」

立ち上がって火の方へ向かう。戻りはナタリヤの親父も一緒だった。

二人とも料理を持ってきた。ユルカの手にはふた切れのパンに挟んだイノシシのあぶり肉の塊があった。

桃色の肉は汁気たっぷりで、焼きたてで孔の多いパンには脂がしみ込んだ。

「ほら、食いなよ」とユルカはナタリヤに言った。

老ダニーラもユルカと並んで娘の足元に腰を下ろし、水筒を取り出した。

「若造、一杯やらんか」

「強い酒だな」ひとくち飲んでから、ユルカは言った。「あまり飲むと塀に頭をぶつけるぜ」

それからあぶり肉に取りかかった。ナタリヤはあまり食べず、若者の方を見ていた。

ユルカはひどく腹を空かせていたようだが、むさぼるような食べ方はしなかった。ただ目には満足の色が浮かび、両手で器用にパンを押しつぶしている。

ナタリヤは思いがけず暖かな自分の気持ちにふと気がついた。「この人と同じ皿から食べるのは楽しいわ」

そして気恥ずかしくなった。

食事が終わった。ダニーラは行ってしまった。ユルカは仕事を終わらせ、毛皮を丸めると自分の舟に持って行った。

「どうして行っちゃうのかしら」とナタリヤは思った。「ここに座っている方が気持ちいいのに」それからこうも思った。「大丈夫、すぐに戻ってくるわ」

少ししてから彼女ははっとした。

「何を私は考えてるんだろう。くだらないことを心配して。戻ってくるかどうかなんてこと」

ユルカは戻ってくると再び彼女の足元に座った。水の流れの上を湿った微風がまた吹き始め、男の髪の毛と女のスカーフの房をはためかせた。

風はしばらくおさまっていたが、かすかな息吹となって戻ってきた。その息吹に合わせて目の前に金色の火花が生まれた。幾億もの火花が。

見上げれば、青。見下ろせば、青。

ユルカは胸を彼女の足に近づけた。ナタリヤは彼の心臓がはずむように強く震えるのを感じた。またもや何かが邪魔をするせいで、彼を押しのけたり鼓動から遠ざかることができなかった。びくっと身をふるわせただけである。

「座っていてくれよ」と彼は頼んだ。許しを請うているようなその様子が彼女の気に入った。丈夫で勇敢な男が今は何て弱々しいのだろう。彼女の望むがままに、どうにでもできそうだった。

ナタリヤはまだ知らなかったことだが、急に手に入ったこの権力の自覚は安全なものとは言えなかった。けれどそれもまた良かったのかもしれない。

彼女は男の心臓の音を一日中聞いていた。不安げで優しい鼓動が彼女の膝と腕を少しづつ熱で満たしていくのを感じた。男の方は花模様のスカーフの房が首をくすぐるのを感じた。

とうとうナタリヤはスカーフを引っ張り上げてしまったが、房飾りがただ漫然とはためくのが惜しくなり、またスカーフを下に垂らした。ユルカは心地よい感触が戻ってきたので微笑んだ。

黄金と紺青の中を舟の群が行く。るり色の空間は沈んだ森の透明な壁に幾度か遮られ、そしてまた火花を散らして輝いた。まぶたを閉じれば、深い温かさが身体を包みこむ。紺青と黄金、黄金と紺青。

終わりもない。果てもない。境もない。

ときおり男は小声で歌を口ずさんだ。やはり聞いたことのない、眠たげな不安を誘う歌だった。

一日に終わりはなく、旅路もまた終わりがなかった。

けだるげな黄昏に日が暮れはじめると、もっと心地よい気分になってきた。

水から上げられたクリャペツ鯉の鱗がだいぶ乾いてきた。

二人は目をこらして待った。薄明かりの中で不意に鯉の眼がすみれ色に燃え上がった。思いがけない光景に彼女は身を乗り出し、胸が若者の頭に触れて、そのまますべての動きが止まった。

魚はすっかり水気を失った。背の鱗は濃いすみれ色に変わり、両脇にかけては色があせて、しっとりした青の色調になっていた。

かぼそい光の照り返しを二人の顔が浴びているようにさえ感じられた。

ナタリヤはため息をつき、これは彼女のために、ただ彼女のためだけにユルカが捕ってきて、そして奇跡を見せてくれたのだと考えた。

ユルカは不意に囁くような声で言った。

「おまえが恋しくてこの魚みたいに干上がりそうだよ。一緒になってくれるなら俺はいつもパンの焦げ目の皮だけ取って、残りはみんなおまえにやるのにな」

「やめてよ、ユルカ」ナタリヤも囁き声で言った。

先頭の大舟の舳先に松明が点された。赤みを帯びた光が暗闇の下に木々の揺れる枝を照らし出した。沸き立つ泡の帽子が木々をすっぽりと被っている。見渡すかぎりの水面だった。

娘はしまいにはスカーフを放り出したが、それでユルカが手を暖めてくれればと考えたらしかった。二人とも口をつぐんでいた。

ユルカは船団を碇泊させるときになって初めて彼女から離れた。木々の薄暗い影が丘陵のように盛り上がっていた。

その途端に刺すような切なさが彼女を貫いた。男の手の温かさを感じながら、いつまでも一緒に座っていられればよかったのに。

ユルカの声は船団中に響いた。

「ピャトルーシ、何を座ってんだ。舳先を寄せろ、寄せろって言ってんだよ。ハエを取る程度の楽な仕事で、疲れたとか抜かすんじゃないよ……。よっしゃ、かかれ……。杭より左に行ってどうするんだよ。よし、もう一回だ」

ようやく船団は浅瀬に固定された。皆が丸木舟の綱を解き始めた。ところがナタリヤが父親の舟に乗り込もうとしていると、ユルカの手が彼女の掌に重ねられた。指を軽く握ったかと思うとすぐに離れた。

「だめだ。俺の舟に乗りなよ。そっちだと窮屈だぜ」

ナタリヤはそんなのは嫌だと自分に言い聞かせたが、勝手に足が舷を踏み越えてしまう。彼の丸木舟の方へ。

ユルカは綱を解くのに手間取った。最後に残ったビャシキシュキン爺も誰かの舟に乗って行った。

他の丸木舟が四〇サージェンほど離れてから、ようやく二人の乗る舟の船尾に水の流れる音が聞こえ出した。

たちまち夜が二人を包み、冷たい手で顔を撫でた。毛むくじゃらの星がまるで目のようにまばたきしている。

水面を伝って他の丸木舟から話し声がはっきりと聞こえてくる。二人の方は黙ったまま、膝と膝が触れ合った。彼女はオールが動くたびに男の脚の筋肉が規則正しく収縮するのを感じていた。

「あっちを見たらだめだぞ」と彼は囁いた。「ちょっとの我慢だ。その時がきたら俺が教えてやる……。林は迂回しよう」

「私だって見ようと思わないわ」

ユルカはとても静かだった。なぜかオールを一回だけ少し動かすと、片手を彼女の肩に置いた。ちょうどその時、油のように黒光りした濃い水の上に、木々の上に、二人を乗せた離れ小舟に、最初の鐘の音が響いた。彼女は身震いし、彼はその震えを感じとった。

彼女はバラ色の照り返しが彼の顔を滑るように走るのを見た。照り返しは光を浴びて明るさを増していった。眼窩には深い影が残り、それがまた愛しくもあり恐ろしくもあるのだが、とうとう顔全体が明滅する濃いあかね色におおわれてしまった。

「さあ」と彼が言った。

彼女が傍らの干草の上に身を傾けると、水面から小さな島が顔を出しているのが見えた。その隣にはもう一つ島があって、最初のより少し大きかった。

葉を落とした白樺の幹が白々と見えている。そこは墓地だった。

小さな方の島には尖塔のようなものが空にそびえていた。炎に照らされて、白い色を見せている。鐘の音はそこから響いてきたのだ。今は歌声が聞こえる。

島の周りにちらほらと丸木舟が接岸している。松明が燃えていた。小さな筏の上では樹脂が燃やされている。金色の照り返しが水銀のように重くて黒い水面に映っている。

ユルカは起き上がって船尾に立ち、オールにもたれた。ナタリヤはもう見たくはなかった。沈黙するまばらな人だかりも、水面の炎も。

ただ彼だけでよかった。

腿の細い痩せた彼がナタリヤの上に立っている。赤銅色の肌はインディアンのよう。髪の毛はすっかり琥珀色だ。顔に映る光と影。気まぐれで、善良で、厳しい男。

彼女はすぐにすべてが終わってしまい、浮かぶ市場が始まるのが恐ろしくなった。

「最後まで待つことはないわ」と彼女は言った。「帰りましょう」

彼は素直に舟の向きを変え、暗闇の中へ漕ぎ出した。

松明の明かりに照らされ、色とりどりの舟の輪舞に囲まれ、束の間に生じた光景は、二人が去った途端に光を失い、水に沈んでしまった。木々が舞台を隠し、水が闇をも飲み込んだ。先の光景は例外的なものであり、数百キロにわたって何もないことが明らかになった。あるのは水面の広がり、流れの織りなす複雑な綾模様、渦を巻く泡、水中に沈んだ森、静けさ、それだけだった。

この水域、水に覆われた大地に、二人を乗せた丸木舟だけが疾走している。箱舟のように。どこかに他の舟がいたかもしれないが、二人にとっては誰も存在してはいなかった。

ナタリヤはまた思った。昨日までの眠たげな日々に再び戻らなくてはならない。一日中肩を彼女の胸に触れさせていたこの男と別れなくてはならないのだ。

ユルカがオールを舟に引き上げたせいで、二人が停泊中の船団のそばをあっさりと通り過ぎそうになったとき、ナタリヤは喜ぶと同時に身震いするほど驚いた。それでも彼女は力を振りしぼって尋ねた。

「どうしてなの」

「帰りたいのなら、それでもいいぜ……」

返事はなかった。ユルカは少し待ってから彼女のそばに座り、丈夫な細い肩を抱きしめた。七月の太陽の匂いがする干草の上に並んで横になり、強く優しく抱き寄せる。

彼女の肌は昼の温かみを保っていた。若者は彼女の髪に指をからませ、顔を無数のキスでおおい始めた。ナタリヤは首筋に山猫の暖かい毛皮がさわるのを、唇には暖かい若者の唇を、身体は彼の緊張した熱い身体を感じとった。

しかし彼女が寒気を感じたかのように震え出したので、彼はかわいそうになった。足元から薄手のちくちくした手触りのとても暖かい毛布を引っぱり出し、かいがいしく彼女の身体をくるんで、しなやかな背中の下に毛布の端をはさみ込んだ。

そこまでが憐憫のおよぶ限界だった。というのも男は薄闇の中で深い眼窩の奥から彼女の顔を見ていたからだ。ユルカは他に選ぶべき道はなかったことを知っていた。彼にとっても、彼女にとっても。紺青と黄金の一日、水面の火花、薄明かりの中で魚が見せたすみれ色の発光。何もかもがひとつの道に続いていた。

そして彼の手の下で震えるこの両肩があった。

「ユルカ、あんた好きよ、でもいけないわ」身体をもっと引き寄せながら彼女は言った。ユルカは納得もし、憐れにも思ったが、容赦することはできなかった。

なぜならそれはみんな嘘だったからだ。

箱舟は押し流され、波の上で軽く揺れた。空から見下ろす星々は、こんな光景を何千回となく見ているはずなのに、なおかつ地上の温かさを妬んでやまないのだった。

一瞬、自分が間違っているような、嘘なんてないような気がしたので、ユルカは手を放した。ナタリヤは男の呼吸を感じて、この世でいちばん彼のことが愛しくなった。おずおずと彼の手を取り、腕に巻いた包帯にキスした。するともう、彼女の目の中に映る星の瞬きを除いて何も存在しなくなった。

二人は舟が動きを止めたことに気づかなかった。水の流れにのった舟は、水上に頂をのぞかせる塚山の斜面まで無事に運ばれてきた。

それもまた余計なことではあった。この一日と夜の訪れ、両肩に置かれた硬い男の掌、短いキス、それが大切なことだった。

それから男は彼女に寄りそって眠りこんだ。

「これでおしまいかしら」と彼女は自問した。そして自分で自分にこう答えた。「その通りよ。他に何があるっていうの。彼は私と一緒、私は彼と一緒」

そして彼が目を覚まさぬよう、そっと腕に口づけした。

二人がぐっすりと眠っている間に、水が高さを増して、箱舟を持ち上げ、再び流れに乗せた。

男は死んだように眠った。女は一瞬だけ目を覚まし、眠る彼にもっと身体を寄せた。樹の上のどこかでカラスが鳴いた。

「この人と一緒にいて死ぬことなんてあるかしら」と彼女はつぶやいた。

そして眠たげな思考の最後の断片でこう思った。

「馬鹿なカラスね……。これは終りじゃないわ。始まりなのよ」

二人は眠り、舟は水没した土地の上を先へ先へと流されていった。

Уладзімір Караткэвіч, *Збор твораў: У 8 т. Т.2.* Мінск: Мастацкая літаратура, 1988

越野剛・訳

タデウシ・ヤシチク　Tadeusz Jaszczyk　1930- ……………………………… **ポーランド**

フランスのソアソンで生まれる。三歳のとき家族がポーランドに帰国。ドイツによる占領の時期、最初ワルシャワで過ごすが、その後両親が飢えと戦争の危険から息子たちを守ろうとして地方に疎開。ワルシャワ大学でポーランド文献学を学ぶ。一九五三（四？）年、一九五六年の「雪解け」で大きな役割を果たした週刊誌「ポ・プロスト Po prostu」でジャーナリストとしての仕事を始める。「ポ・プロスト」解散後、さまざまな新聞・雑誌に短編やルポルタージュ、評論を発表。一九六二年、短編集『十字架を降ろす』で注目されるが、絶筆の憂目に会う。

十字架を下ろす

十字架を下ろす

この通りの街灯がこれほど明るいのはいまだかつてないことだった。夜が白むのはまだずっと先だというのに、巨大な縦列になって進んで行く人たちの額に浮かぶどれより小さい皺まで見て取れたのだ。群衆は黙りこくって歩いていた。まわりで燃え盛る家屋のざわめきを断ち切るのはため息と時折上がる空咳だけだった。縦列の両脇を武器を手にした軍服の男たちが大股で歩を運び、群衆に向かって荒っぽく喚き立てていた。

つい数日前には若かった女が、体の不自由な男の重さに背を屈めて歩いていたが、後方に取り残されていくのが次第にはっきり分かるようになっていった。二人のかたわらを通り過ぎる人たちは足もとを見詰めていた。

すでに数百人の人たちが二人を追い抜いた時、女に担いでもらっていた男の閉じた目が見開かれ、それまで無表情だった顔が恐怖に歪んだ。「ヤシャ」と彼は声をひそめて言った。「たのむから、置いていかれないようにしてくれ。さもないとおれたち、撃ち殺されるぞ」女は返事をしなかったが、疲れ切った馬のように激しく足掻いた。

「あと少しの辛抱だわ」と彼女は胸のうちで繰り返した。「町の外に出たら休憩を取るはずだわ……」だが道の両側は相も変わらず燃え上がっていて、女が踏み出すどの一歩も拷問のように思われた。

しばらくすると（それはあるいは永遠だったかもしれないし、あるいはほんの一瞬のことに過ぎなかったかもしれない）、娘は理解するのを止めた。前方には血のように赤い闇が見えるだけで、体の不自由な男の哀訴ももはや彼女の耳には届かなかった。

その両足が通りの角石の上を引きずられていた男は歯をガチガチいわせ、萎えようとする指を娘の首に押しつけ始めた。「ヤネチカ」と男は呻き声を上げて言った。「もうみんな、先に行ってしまったじゃないか！」

巨大な人間からなる羊の群れを閉ざしていた自動拳銃の男が、すでに数分前から男を担ぐ女を見守っていた。ついに彼は近寄ると、病人を拳骨で殴った。「イソゲ、イソゲ」と彼は叫んだ。「秩序がなければな！」女が振り向き、男は痛めつけられた獣のうつろな顔を目にした。その時、銃の安全装置が外され、体の不自由な男は激しい勢いで引っ張られ、娘の背中からもぎ離された。そのあと自動小銃の男は遠ざかる群衆の方角に女を突き飛ばした。

パンパンという銃撃音がもはや鳴り止んだとき、女は両手を持ち上げ、疲れた背中を伸ばした。

すでに太陽が昇ろうとしていて、郊外の庭園からは蒸発する露の香りが立ちのぼっていた。

裁きのとき

Zdjęcie krzyża

僕らは十字路の、村へ通ずる道のそばに大きくかたまって立ち、興奮と寒さで震えていた。というのも寒気がかなり強くて、おそらく零下二〇度ぐらいはあったからだ。それはもうこの七年キリストが掛かっていない十字架の下でのことだった。つまりヒトラーユーゲントの青二才どもが鳥撃ち銃でキリストに向かって銃撃を加え、火に投げ込んで燃やしてしまって以来のことだ。一方、道の両側には対戦車用の深さ三メートルの、まだ秋のうちに掘られた塹壕が延びていた。

兵隊の数は多くなく――五人きりだった。全員、とても似通っていた――まん丸い、平べったい顔をしていて、厚い綿入れジャケットを着込み、耳当てがついた帽子をかぶり、フェルトの長靴を履いていた。うち四人は肩にぶら下げた長いライフル銃で武装していたが、最年長の兵隊は幅広い回転弾倉がついた、皆とは違う短銃を持っていて、それを体の前の胸の上で掴んでいた。彼は変わっていた――痩せていて、顔は三角、目は吊上がり、薄い唇を固く結んでいた。

僕らは厳しい寒さに立ったまま足を踏み鳴らして、あっちの連中が――恐怖で縮こまり、髭もじゃで垢だらけの格好で――目を泣きはらした自分のかかあと、どぶねずみのようにおどおどしたがきどもと一緒に戻ってくるのを見詰めていた。

「おまえら」と最年長の兵隊が言った。「おまえらを痛めつけた奴の見分けがつくように、こいつらをしっかりと見ておくのだ。奴らから受けた苦しみを思い出すのだ。今や裁きのときがきたのだ」

僕らは興奮の余りぶるぶる震えながらその言葉に聞き入り、連中を眺め、互いに顔を見合わせ、そしてトップバッターになって指差す人間を待っていた。そうこうするうちにかれこれ三台の荷馬車が通り過ぎたが、僕らは互いに顔を見合わせながら決心しかねていた。

四台目の荷馬車には受託者のハンス・グルーベが妻のトゥルーダと一緒に乗っていた。首を垂れ、唇が震えていた。その時みんなが僕を見た。僕は体が火照り、両方の手がまるで鉛で出来ているかのように重たくなった。連中はのろのろと進み、僕の前を通り過ぎ、今や受託者の丸めた背中が見えた。その時、僕は「ハルト！」〔訳注―止まれ〕という鋭い響きを耳にした。たとえ僕自身ギョッとしたにせよ、それは僕の声だった。

彼、グルーベもギョッとして、石で殴られたように身震いし、手綱を引き締めた。

自動拳銃を持った男が片方の手を前方に突き出すと、叫んだ。「おい、フリッツ、馬車を降りろ。おまえはここに残るんだ。女房は家に帰してやれ！」グルーベが荷馬車を降りると、女は甲高い声を上げた。そのとき、一人の兵隊が馬の耳の上をライフル銃で殴り、馬たちは驚いて村に向かって全速力で走り出した。

最年長の兵隊は煙草を巻き終えると火を移し、受託者が近くに来たときに、僕に向かって聞いた。

「この男がおまえにどんな悪事を働いたんだ。さあ、話せ。みんなに聞かせてやれ！」

僕は学校でのように大きな声ではっきりと話した。

「この人は受託者のハンス・グルーベといって、僕の家に食べるものがなくなったとき、池の魚を捕まえた罰だと言って、父の顔を殴りつけ、アウシュヴィッツに送って殺した人です」

僕はぎっしり詰まった人間の顔を見回した――張り詰め、青ざめていた。

「この人が」と僕は話し始めた。「道で会ったときお辞儀をしなかったと言って、何度も何度も殴られたので、そのあと二、三日ベッドで寝ていなければならなかったあの受託者のグルーベです」

「それに間違いないか」と兵隊は群衆に訊いた。

「間違いない！」人々は一斉に答えた。

「それに間違いないか」と受託者に訊いた。

ハンス・グルーベは黙っていた。

「塹壕のそばに立て！」と兵隊はドイツ人に命令した。

例の平べったい顔をした四人が肩からライフル銃を外した。

最年長の兵隊は鋭い目つきで僕を眺めた。「自分で片づけたいか、それともおれたちがやることにするか」と訊いた。

僕は一秒、もしかすると二秒、決心がつかずに立っていた。そしてそのあと言った。「いいよ、自分でやる。でも、ライフル銃をくれ。自動拳銃の扱い方は知らないんだ」

兵隊はライフル銃の安全装置を外すと、これはいい銃だ、跳ね返らんからな、それから胸のど真ん中を狙うんだぞ、と言いながら僕の手に渡した。

僕は銃を手に取ると、しっかりと肩に押しつけた。銃口がわずかに震えているのに気づいた。そこで僕は、もっと楽になるように片足を跪いた。そのあと最初の春耕の前に父が鋤にやっていたのと同じように、ライフル銃の床尾に接吻し、言われたとおりに狙いをつけ、そして引き金を引いた。グルーベが両手を広げ、よろめき、そして塹壕の底に転がるのが見えた。

僕は兵隊たちに銃のお礼を言い、勉強するために急いで家に向かって歩き出した。中等学校の入学試験を控えていたからだった。

だが集中することができなかった。遠く町外れから聞こえてくる銃声が邪魔になって仕方がなかった。

Godzina sprawiedliwości

太平洋上の遊び

だがそれは本当にイツェク・ゴルデンフィシュだった。もし自分からそのことを言い出さなかったらおそらく彼だとは分からなかったろう。とにもかくにも、塀が建てられてから一年経ったばかりなのだ。

僕の母はライ麦のひきわりを少し彼の糧嚢に注いでやり、拳と同じぐらいの大きさの顔を撫でてやった。さらに彼にゴルデンフィシュ夫人によろしく伝えるように言いつけた。すでに敷居の上に立ちながらイツェクは、ママは三か月前に死んだと言った。また、葬られたとき、彼女は全身が腫れ上がり、隣人は誰も葬式に行こうとしなかったとも言った。そのあとイツェクはアーモンド色の目で微笑むと、ドアを閉めて出て行った。

お昼のあと、かくれんぼをして遊んでいたとき、銃声が聞こえた。僕は、きっと〝黒色〟〔訳注―ナチス親衛隊員〕が〝石炭商〟に発砲したんだ、と言ったが、ツェシェクは、あれはバンシュツ〔訳注―鉄道監視員〕じゃない、銃声はピストルのものだ、それに銃撃があったのは線路ではなく、どこか粘土坑の近くだと結論づけた。

門の外に例のみょうちきりんな高いヘルメットを被った〝緑色〟〔訳注―ドイツ憲兵隊員〕が二人見えた。ひとりはちょうどお尻のピストル用皮ケースのボタンを掛けているところで、もうひとりはまるで棒を飲み込んだように大げさに背筋を伸ばして歩いていた。二人がグルチェフスカ通りの方角へ去り、僕らはピェトレク・グレゴルチュクが来いというように僕らに合図を送っている粘土採掘あとの穴の上に駆け登った。彼はチョコレートを食べていて、わけもなくやけに嬉しそうだった。

ピェトレクはフォルクスドイチュ〔訳注―オーストリア、ドイツ以外の国の民族的ドイツ人。ナチス用語。国外ドイツ人とも〕の息子だった。そこで僕らはすぐに奴は何か汚いことをやってのけたにちがいないと予想していた。ヤヌシェクが彼のところにすっ飛んで行き、おまえ何をやらかしたんだ、と聞いた。すると彼は、虱たかりのモシコと会ったのでパトロール隊に〝告げ口〟してやったと答えたのであった。

僕らは岩くずの山の端の、都市清掃事業所の荷馬車とトラックがゴミを運び出している場所に降りて行った。斜面には痩せ細った両腕を広げ、まるで眠っているかのようにイツェク・ゴルデンフィシュが横たわっていた。まだ細い血の筋が頭の下のどこかから流れ出して、脂ぎった水の虹の上に赤い光輪を作っていた。イツェクの上着のすそはまるで翼のようにわずかに開いていて、あばら骨の段々が突き出した灰色の皮膚を下から曝け出していた。そばには、僕の家のライ麦のひきわりが入った彼の色あせた糧嚢が何かの錆びた針金に引っかかって転がっていた。

僕らが背を向けると、ピェトレクは少しうろたえ、チョコレートをご馳走しようとした。僕はその足もとにつばを吐きかけ、一方ツェシェクは彼を追い払って、薄汚いドイツの下司野郎と呼んだ。

数日の間、ピェトレクは僕らに全く近づかなかったが、結局我慢できなかった。そしてあるとき、夕方になる前にねじを巻いた戦車を持ってやって来た。それで彼は僕らを買収し、僕らは彼を〝猿林〟に連れて行った。そこに僕らは海賊帆船を持っていたのだった。

その日は僕が船長になるはずだったが、グレゴルチュクは四十プフェニヒで買ったオレンジ色のヒトラーをポケットから取り出すと、僕の目の前に差し出した。僕は代わりに自分の役目を譲ってやった。

僕らの戦艦というのは大きく枝を広げた楓だった。木の先端は三十九年に砲弾に切り取られていた。他ならぬそこに司令塔とコウノトリの巣があった。

ピェトレクは号令をかけるのが好きだった。司令塔に立つや否や彼は命令を下し始めた。「進路を取れ、面舵、帆を張れ」といったことだった。

遊びがたけなわになったとき、突然ヤヌシェクが前に飛び出し、乗組員の反乱を提案した。「そやつの血まみれ政権はもうたくさんだ」と彼はピェトレクに向かって叫んだ。「さあみんな、このろくでなしを縛って、マストに吊るせ！」

僕らはピェトレクを木から引き摺り下ろし、ベルトで縛った。ツェシェクが何かの紙切れに死刑の判決文を書きつけ、僕らは絞首台の準備をした。そのあと、ヤヌシェクが〝気をつけ〟と号令をかけ、ツェシェクが判決文を読み上げた。「背信的な金魚丸乗組員殺害の罪で戦艦長に絞首刑による死刑の判決を申し渡す。署名人――髑髏ブリッグ全乗組員〔訳注―ブリッグとは二本マストの帆船〕。太平洋。一九四二年五月一六日」

ピェトレクは相変わらず事態を呑み込めないでいた。言われるがままに煉瓦のピラミッドの上に立ち、首に縄を掛けられるに任せた。

ヤヌシェクは興奮のあまり顔を真っ赤にして刑の執行を命じ、何かの桶を叩き始めた。このきちがいじみたリズムが僕に対して、雄牛用の布のように、イツェクの頭のまわりの血の光輪のように作用した。僕は煉瓦の台を叩き壊そうとピェトレクの足もとに飛びついた。その時誰かが僕を殴り倒し、僕は草むらに鼻から突っ込んだ。

ピェトレクを救ったのは僕らの中庭の管理人だった。そのあとピェトレクの上着の襟を掴むと管理人は、この遊びのことを一言でも父親に漏らしたら、おまえの顔をぶちのめすぞと説きつけた。ピェトレクがしゃくりあげるのを止めると、管理人は箒を掴み、今度こんな遊びをしたらおまえらの手足がへし折れるまでぶっ叩いてやるからな、と叫び始めた。

Zabawa na Oceanie Spokojnym

〝コガネムシ〟

親父のジャチクが狩り込みで力づくでドイツ人に連れ去られ、オシフィエンチム〔訳注―アウシュヴィッツのポーランド語名〕に運ばれて行ったとき、ステフェク・ジュチェクの家は極端な貧困に見舞われ始めた。母親が借金をして、豚の脂身の仕入れにソハチェフに通おうとしたのは確かだったが、立て続けに三度、ドイツ野郎どもに商品を取り上げられ、運び屋稼業は断念せざるを得なかった。商いに手を染めるには貧乏すぎた。

〝コガネムシ〟にはほかに妹が二人いた。八歳のツェシカとそれより二歳年下のイルカだった。彼自身はその時すでに十三歳になっていて、姉妹の面倒の一部は彼が見て当然の年齢だった。しかし彼には、一家の稼ぎ手の役割を務める心構えはこれっぽっちも出来ていなかった。ただ一つできたことといえば、雀めがけてパチンコで撃つことと棒打ちをすることぐらいだった。

ジャチク夫人は、豚の脂身の悲しい顛末の後、十数個のシガレットチューブと、粗悪品の刻み煙草を少し買った。それを桜の葉と混ぜあわせ、この切り藁をシガレットチューブに詰めると、〝コガネムシ〟にケルツェラク広場で売るようにと命令した。商売は数日の間は順調だった。しかしあるとき、〝コガネムシ〟が泣きじゃくり、顔を腫らして家に帰ってきた。どこかの客が煙草が偽物なのに気づき、少年をこっぴどく殴ったのだった。このできごとのあと、〝コガネムシ〟はもはや金輪際煙草を売ろうとはしなかった。しばらくは悩みの種から解放され、僕らの中庭での遊びに戻ることができた。ジャチク夫人が見る見る痩せ細り、自らこの煙草を吸い出したのはそのときからだった。

四月初め、下の娘のイルカが病いの床に就いた。ヴォルスカ通りの医者が往診に来て、「おちびは餓え死にです」と言った。その日僕は〝コガネムシ〟と一緒にはるかポヴォンスキの包装工場まで出かけた。そこでは倉庫管理人に頼み込んで住宅全体に壁紙を貼れるぐらい山ほども色とりどりのラベルを手に入れることができた。家に辿り着く前にすでに暗くなっていた。父はひどく不機嫌で、二度とこんなに遠くには行かないと誓わなくてはならなかった。一方、〝コガネムシ〟の母親は、息子を激しい怒りの発作でもって迎えた。家中に聞こえるほど彼をぶった。のちに、あのときの彼女の怒鳴りようったらなかった、とみんなが話の種にしたほどだった。「妹が飢えて死にかけているっていうのに、あんたは」と彼女は叫んだ。「一人前の男が塗り絵遊びかい。教会の前に乞食をしに行きなさいよ。なんなら盗みをしたって構わないんだよ。でも、あたしを手伝ってちょうだい。そうじゃないとあたし、頭が変になってしまうわ」そして胸が張り裂けそうなむせび泣きを始めたが、ために隣近所の女たちが彼女を慰めに駆けつけたほどだった。

二日後、〝コガネムシ〟は僕を、ガレージ裏の僕らの隠れ家に呼び出した。それはもはや以前の屈託のない、笑顔の〝コガネムシ〟ではなかった。真剣な、口を固く結んだ痩せた少年だった。「君をいい儲け仕事に誘いたいんだ」と彼は言った。「ただし、絶対に誰にも漏らさないという条件つきでだ」「馬鹿を言うな、ステファン」僕は憤慨して言った。「俺という人間を知らないってのか。俺たちは大の仲良しじゃないか」「墓場までか」と彼は訊いた。「墓場までだ」僕は握手して証拠のしるしにした。

この儲け仕事というのは簡単なものだったが、危険を伴った。〝コガネムシ〟は、バリツカ通りとグルチェフスカ通りの年長の一味に倣って貨物列車の〝積み荷降ろし〟をしようと決心したのだった。僕らの家の近くを鉄道の本線が走っており、ドイツ人はそこを通って東部戦線に軍需物資を送っていた。ヴォルスカ通りとグルチェフスカ通りの区間では列車はスピードを落とした。その瞬間につかまり、封印用の鉛をやっとこで切断し、貨車の扉を開け、積み荷を放り出したあと、しっかりと隠す必要があった。もちろん、仕事は安全ではなかった。どの輸送列車にも武装した護衛がついていたからだが、手際よさと抜け目なさがあれば、うまくいったものだった。十数回も成功した者さえいた。どの弾も命中するわけではないからだ。

最初の作戦はあくる日実行することに決めた。僕らは綿密に計画を練った。やっとこは〝コガネムシ〟がすでに贖っていた。さらに、袋を二つ用意する必要があった。ステファンが列車に飛び乗り、僕が斥候に立たなくてはならなかった。積み荷を放り出したあとは、溝の中の荷を袋に詰め、去年の落ち葉に埋めることになっていた。僕らはまた、うまくいかなかった場合には〝コガネムシ〟はグルチェフスカ通りの方角にとんずらし、僕の方はヴォルスカ通りの人ごみの中に紛れ込むことに決めた。そして朝の七時に落ち合う約束をした。

夜、僕は長いこと寝つけなかった。千まで数を数えたのがようやく効いた。朝、熱いコーヒーを一杯飲み干しただけで、僕は約束した場所に駆けつけた。

線路のすぐ近くに来たとき、僕は怖くなった。不意に、引き返してベッドに入っていたいという気持ちになった。〝コガネムシ〟も怖気づいていた。顔が真っ青で、歯を食いしばっていた。それが僕に勇気を奮い起こさせた。「コガネムシ！」と僕は言った。「なんなら、この仕事、先に延ばそうか。かわりに倉庫の板を二、三枚外したっていいんだ」

〝コガネムシ〟は首を振って拒絶し、笑顔を作ろうとさえした。「何も怖がるな」と口ごもって言った。「きっとうまくいく」と言い、そのあと悲しそうな顔になってつけ加えた。「俺にはほかにどうしようもないことぐらいおまえも分かってるじゃないか」

そのあと、どこかリルポプ〔訳注―当時近くにあった「リルポプ、ラウ、レーヴェンシュタイン機械工場」を指す〕の方角から重々しい地響きの音が聞こえてきた。〝コガネムシ〟は頼りなげだが、命令するような目をチラッと僕に投げかけた。僕は胸の上で十字を切り、状況を見極めようと急いで土手に向かって走り出した。〝黒色〟はどこにも見当たらなかった。レールの轟音が次第に大きくなっていった。カーブの向こう側から長い煉瓦色の輸送列車がゆっくりと突き出してきた。僕は下に滑り降り、あらかじめ決めていたポプラの幹の裏の持ち場についた。信号機の腕はまだ下がったままで、列車はスピードを緩めていた。ようやく二台の重々しい蒸気機関車が陸橋をくぐり、僕らの近くを通り過ぎた。信号機の腕が跳ね上がった。列車が速度を上げ始めた。

〝コガネムシ〟は犬のように敏捷に線路に攀じ登った。「いち、にの、さん」と僕は彼のジャンプの回数を数えていた。彼は車輛につかまった。すでにステップの上に立っていた。懐からやっとこを取り出し、そしてすぐに投げ捨てた。僕は立ちすくんだ

——車輛は封印されていなかったのだ。「コガネムシ！」僕は不安に駆られて叫んだ。聞こえていなかった。重い扉を開けるために〝コガネムシ〟は体を横に傾けた。扉が少し開いたそのときに、一斉掃射の音が上がった。彼はまるでボールのように土手から転がり落ち、車輛の内部からは黒い護送兵が自動小銃で彼の全身に銃弾を浴びせかけた。

ようやく列車が走り過ぎたあと、僕は〝コガネムシ〟に駆け寄った。体を丸め、腹の上で両手を握り締め、カタツムリのような灰色の顔で横たわっていた。僕はその、まだ温かい手を掴んで激しく引っ張り、溝の落ち葉の上に引きずっていった。その時、銃声が轟き、僕の頭上で何かがひゅっと鳴った。僕は見た。ヴォルスカ通りの方角から「黒色」が二人走って来るのが見えた。発砲していた。僕は塀に跳びついた。筋肉を緊張させ、そしてまるでばねのように、超人的な跳躍で飛び上がると、塀の上にいた。僕は地面に落ちた。しばらく木材の山の間を走り回り、突然、まるで窮地に追い詰められた猪のように喘ぎながら、さほど大きくない広場の真ん中で立ち止まった。その時、紺色の仕事着を着た男の人が事務所から走り出てきて、狭い木戸を指差した。僕はその木戸を強く押し、一瞬後には背後で鍵をかける音が聞こえた。僕はあたりを見回した。それはヴォルスカ通りに面した共同住宅の中庭だった。そのときになってようやく、僕は右腕に痛みを感じた。どうやら塀を乗り越えるときに怪我をしたようだった。ハンカチを取り出してきつく押しつけ、手をポケットに入れた。サドフスカ通りに抜け、そのあといくつもの中庭を通ってプウォツカ通りに移動した。グルチェフスカ通りの角で市電に乗り、ポヴィシレ地区のおばの家に向かった。

ドブラ通りのミハリナおばの快適な住宅で、僕はまるで自分を押さえることができなかった。僕は何もかも話した。同い年のダンカが非合法の地下学校から戻ってきたとき、ミハリナおばは、僕の両親を安心させようと彼女を遣いに出した。

僕は高熱を出し、ドブラ通りで三日間寝込んだ。

そのあと父が僕を迎えに来て、家に連れ帰った、怒鳴りつけられるものと思っていたが、父は何も言わなかった。ようやく、市電の中で、軍服の人を目にして父の手を握り締めたときになって、そっと言った。「落ち着け。あのことは考えないようにするんだ」

„Żuczek"

おちびのネル

それなのにクバはマリルカの通夜にやって来なかった。おちびは小さな飼葉桶のような、真新しい板で出来た棺桶の中に、花に囲まれ、蠟燭の明かりを浴びて横たわっていた。部屋の中にはたぶん村のおなご衆とねえちゃんたちが全員いたし、かなりの数の若い衆も、がきどももいた。

クバは窓の外の草に隠れて、うずくまり、両手でこめかみを押さえて、みんなが歌うのを聴いていた。

マリーヤ、マリーヤ、子供らが呼びかける
マリーヤ、マリーヤ、声は天にのぼる
おんみのもと、みははのもと、ただおひとりのおんみのもとへ
おんみの幼子のもとから天のみ国へ

ねえちゃんたちの誰かがしょっちゅう爪先立ちで部屋を抜け出て庭に出ると、しばらくするごとに若い男が、まるでポインターのようにその匂いを鼻孔で吸い込みながら後について行った。二人は互いに、腰に手を回して抱き合い、そしてべとべとした暑い暗闇の中に消えて行った。ともあれそれは七月の収穫期の夜だったのである。

クバは彼のまわりで何が起こっているのか耳に入らなかったし、見てもいなかった。ただ、背中を荷台の止め棒で突かれ、くたばる力はなく、痛みに打ちひしがれてもはや立ち上がる力もない犬のように、そのそばを離れなかった。

コスマラ家の牧夫、クバはむっつり屋で人間嫌い、

友だちもいなかった。というのも人と遊ぶのが下手で、みんなを疑いの目で見ていたからで、がきどももまた彼を遠巻きに避けて通った。今、みんなが宗教歌を歌ってあげているあのおちびのマリルカを除いては。

マリルカというのは何も理解できていない七歳のあどけない子どものことで、クバ同様孤児だった。三九年にドイツ人に夫を捕虜にされた奉公人ヴォジンスカ・フランチシカのところに、どこからか連れて来られたのだった。ヴォジンスカは仕事が多いときにコスマラ家のために働いていた。あるときは砂糖大根を間引き、あるときは穀物の刈り入れ、またあるときは芋掘り、あるいはほかの作業にあたった。

ある時——たぶん五月のことだった——クバがはるかシコラ家近くの牧草地で家畜の番をしていたとき、突然激しい雨が降り出したことがあった。クバは柳の木の下に隠れた。見ると——マリルカが空の穀物袋を持って彼の方に歩いてくるではないか。「あげるわ」と彼女が言う。「かぶりなさいよ。でないと、病気になってよ」

クバは驚いた。というのも、コスマラ家にいるときにはまだ誰も彼にやさしい言葉をかけてくれなかったからだ。「誰に持って行けと言われたんだ」と彼はおちびに尋ねた。誰にも命じられていないと分かると、クバは少女が逃げ出すようにと悪態をつき、俺は子どもを溺れ死にさせるんだぞ、だからみんなは俺を遠巻きに避けて通るんだぞ、と言って脅しつけた。

マリルカは逃げなかった。それ以来というもの、もはや二人は片時もそばを離れなかった。クバは彼女のために木を削っておもちゃを作ってやり、おとぎ話をしてあげ、かいがいしく世話を焼いた。それどころか本まで読んでやった——牧夫になるためにコスマラ家にやってきた時に、小さな包みに入れて持ってきた『砂漠と密林で』〔訳注—ヘンルィク・シェンキェヴィチ作の子ども向けの小説〕だった。

このクバの読書はひどくマリルカの気に入った。そこにはネルという名のとある少女とスタシという男の子のとてつもなく面白い冒険の数々が描かれていたからだった。そしてマリルカはこの本ごっこをしたがっただけでなく、クバに自分をネルと呼んでほしがった。とまあ、そんなわけで、牧夫クバはそれ以来というものマリルカにとってはスタシ・タルコフスキとなり、彼もそれが気に入って、すでに十三歳になっていたにもかかわらず、おちびの前では野生の象やライオンのまねをし、彼女の方はあるときはネルになり、あるときは黒人の男の子カリになり、それは病気のときまで、すなわち刈り入れのときまで変わることがなかった。

天気が当てにならなくて、農家の主たちは、大雨が降らないうちにと、農機具の準備を急いでいた。というのも、そうなったら穀物が芽を出してしまうかも知れなかったし、何しろ割り当て数量をドイツ人に届けなければならなかった。連中はいたるところにサボタージュと破壊工作の臭いを嗅ぎつけていたからだった。ヴォジンスカ・フランチシカはこの時期、みんなと同じように、朝から晩までコスマラ家の畑で働いていた。この不幸が降りかかったのはそのときだった。

マリルカが突然元気をなくし、ふさぎ込み、そのあとすぐ高熱とまるで中に石が入っているかのような喉の痛みが襲った。ヴォジンスカは肝を潰し、ひょっとすると重い病気かもしれず、おちびを町の医者に連れて行くために馬を使わせてもらえないかとコスマラのもとに頼みに出かけた。

刈り入れの時期でなかったら、コスマラも馬を出してやったかも知れなかった。大農場主ではあれ、とにもかくにもコスマラも他の人たち同様人間だったのだから。彼は困ったように両手を広げ、それは無理というものだ、蒸し暑くなってきたから雨が降り出すかもしれないし、町までは十五キロある、丸一日無駄にしなくちゃならんだろうし、一体誰が畑から運搬するのかね、それにすぐに医者に行くだなんて、ヴォジンスカの言うことは大げさじゃないのか——わしは生まれてこの方五十年になるが、医者などかかったためしがない、ありがたいことに今もってわしは元気そのものだ、がきめはきっと濡れた草に座って、軽い風邪にかかったのじゃろう、だったらこんな大騒ぎをするなんて恥ずかしいではないか、と言う。

　ヴォジンスカは少し安堵して畑に出かけたが、クバは心配でたまらず、ステファニャク家のアンテクに、牛の番をしてくれるようにと骨側懐中ナイフを渡し、自分はネルのところに出かけた。ちょうど本の中に出てくるように悪い病気から彼女を守ってやるのは自分なのだと思ったからだった。

　マリルカは呼吸困難に陥っていた。何も食べられなければ飲むことも出来なかった。むせ返ってしまうからで、熱があり、顔が赤らんでいた。そして目に大きな不安を浮かべていた。

　三日目には、車大工のファイコフスキがおちびのネルのために棺桶に釘を打ちつけていた。その晩、仕事が済んだあと、村のおなご衆とむすめご、そして血気盛んな若い衆がヴォジンスカ・フランチシカの家に通夜に集まってきた。

　葬式は朝早く行われた。コスマラはヴォジンスカの仕事をお昼まで免除してやった。そしてクバの仕事も免除した。というのも、幼い女の子は若い衆が墓地に運ぶのがならわしだからだ。ステファニャク家のアンテクも出かけ、牛は牛舎に残って、干し草を食んでいた。

　こうして棺桶はクバとアンテクが運んで行ったが、掴むところがなかったから、勝手が悪く、若い衆はしょっちゅう立ち止まっては重荷を溝の上に置き、自分たちは草の上に寝そべって休憩した。ヴォジンスカだけは腰を下ろそうとせず、ずっと泣いていた。

　墓地は人気がなく、墓堀人のノヴァコフスキだけがようやく墓穴掘りを終えようとしていた。この仕事は重労働ではなかった。というのも墓地は砂地の丘陵にあったからだが、ノヴァコフスキはもういい年だったし、それにまた暑かった。

　そのあとおちびを墓穴に下ろした。司祭はいなかった。ドイツ人がとうの昔に連れ去っていたからだった。そこでヴォジンスカだけが棺桶に水を降りかけ、若い衆と一緒にお祈りを唱えた。

すべてをやり終えたとき、ヴォジンスカは老ノヴァコフスキに労賃として二マルク渡し、若い衆はレモネードをご馳走しに店に招待した。しかしクバは行こうとしなかった。だって——彼の言うには——コスマラの奥さんの墓の草むしりに誰かしらまだしばらく墓地に残らなければならないからだった。

もうみんなが立ち去ったとき、クバは、真新しい土饅頭のそばの砂の上に座り込むと、懐から本を取り出した。「聞きな、ネル……」

Mała Nel

Tadeusz Jaszczyk, *Zdjęcie krzyża*, Warszawa, Czytelnik, 1962, Wydanie I

小原雅俊・訳

ボフミル・フラバル Bohumil Hrabal 1914-1997……チェコ

二十世紀後半のチェコ文学を代表する散文作家。社会主義時代、公式・非公式（亡命・地下出版）を問わず多くの作品を出版し、読者から圧倒的な支持を得た。饒舌な話しことばと逸脱的モノローグ、自身と周囲の人々のグロテスクで祝祭的なエピソードの連なりが、美的で哲学的な作品群へと昇華した。代表作に長編『騒がしすぎる孤独』、『僕はイギリスの王様に仕えた』など。映画化された作品も多い。

黄金のプラハをお見せしましょうか？

葬儀屋の主人、小男のバンバ氏は、町を抜け、川岸へと下りていった。それから樫の林のほうへと歩いた。

「バンバさん！」振り返った。

「おやまあ、キトカさんじゃありませんか！」とバンバ氏は言った。「水辺に何のご用です？　インスピレーションを求めて散歩でしょうか？」

「いいえ」とキトカ氏が答えた。「ちょうどお宅に寄ってきたのですが、ご肉体が見えませんでしたのでね。バンバさん、少々時間をいただけますか？」

「詩人のためなら何時でもお安いご用ですよ」バンバ氏は言った。

「実は、われわれシュールレアリスム・グループからのお願いです。お宅の店舗を一晩拝借できませんか」

「まさかご冗談を！　それとも何ですか、うちの棺桶置き場でカバレットでもやるとおっしゃる？」

「寄席騒ぎじゃありません、バンバさん。よろしいか、われわれの崇拝はなにもブルトン、エリュアールだけじゃありません。カレル・ヒネック・マーハもまたその対象なのです」

「と言いますと……？」

「お宅で彼の命日を記念して講演会を開こうというのです。ヤン・ズ・ヴォイコヴィッツの講演です」

「ヤン・ズ・ヴォイコヴィッツ？　たしかこの二十年間、寝たきりのはずでは？」

「だからこそ、あなたの助けが必要なんですよ、バンバさん」と詩人は言った。「お宅の棺桶売場に老詩人をベッドごと運び込もうという寸法です」

「そりゃまた凄まじい話ですな」とバンバ氏は声を張り上げた。

「まさにその通り」と詩人のキトカは言い、歩き続けながら低い石壁越しに二頭の雄牛が草を喰むのを眺めた。

「写真も撮るのですよね？」とバンバ氏は訊ねながら爪先立ちになった。

「まさにその通り。しかもその破廉恥写真、パリのアンドレ・ブルトン氏その人にお届けするのです。あれ、雌牛のくせに雄牛みたいですな」と詩人は付け足した。

「どこですか？」とバンバ氏は訊ね、爪先立ちになった。

「よろしければ持ち上げましょう！」

そこで葬儀屋の主人が小さな手を翼のようにもたげると、大男の詩人は軽々と彼の躯を抱え上げた。

バンバ氏は低い石壁越しにじっくり眺め、断言した。「あれは雄牛じゃない。雌牛です」

「もう下りますか？」

「もう結構」とバンバ氏は言い、また歩き始めた。「それにしてもあのご老体、そんな風に運ばれることにうんと言いましょうかね。なにせ思想移転しか頭にない人でしょう」

「話はつけてあります」と詩人は言った。「私の目下の性的対象である郵便局の別嬪さんが、胸の塩梅がよろしくないのです。そこで老詩人に手置き治療を受けているのですが、その合間に娘がうんと言わせました」

「キトカさん、まさか私を担いでいるので？　一泡吹かせようという魂胆じゃないでしょうね？」

「私がですか？　あなたを担いだって、大腸カタルの下痢吹きぐらいが関の山でしょうが」

「まあいいか。信用いたしましょう」

こうして樫の木立を通り過ぎると、向こう岸では消防士たちが訓練の真っ最中で、ヘルメットが陽光に煌めき、真鍮色の子豚をまき散らすかのようだった。消防士は二人がポンプのところにひざまずき、もう一人がホースの噴射口を抱え、大股に足を踏ん張って強い水の流れを待ちうけていた。かたやラッパ吹きは、片手を腰に構え、もう一方の手でラッパを口に押し当て、横目で隊長を窺っていた。と、今だとばかりに隊長の合図が下り、ラッパ吹きがラッパを吹き鳴らしたものの、ホースの噴射口からは一滴の水も出て来なかった。

「リビドーの損傷ですな」と詩人は言った。

「うちの場合はですね、しかし棺桶置き場が地下ですよ。石炭だって上の階から取ってくるぐらいですから」とバンバ氏は言った。

「それこそいよいよパラノイア的ですな」とキトカ氏は満足げに言い、やおら対岸に向かって怒鳴った。

「お前さんたちの放水ポンプは役立たずかあ！」

「このヨルダンの牛野郎が！」と消防士が怒鳴り返した。「てめえの放水器の心配でもしていやがれ！」

「それにしてもなあ、そのベッドがうちの地下まで入るものだろうか」と不安げにバンバ氏は言った。

「それに雨が降ったらどうします？　いっそのこと、詩人ごとベッドをうちの霊柩車に載せてしまいましょうか？　それからアーケード沿いに車を動かす、老詩人が集まった人たちに窓をコツコツ叩いて会釈する、というのはどうです？」

「まさにそれだ」と詩人は言い切った。「その方がずっとスキゾフレニア的になる。それにしてもバンバさん、冴えてるじゃありませんか！　シュールレアリスム・グループに加わる気はありませんか？」

「やめておきますよ」とバンバ氏は控え目に言った。

「美化協会の方に入っておりますから」

「それはそうと、棺桶台を飾る黒のビロード地、あの布がたっぷり必要ですよ。あの布でお宅の地下室を飾り立てようという趣向ですから」

「ごもっともです」と言ってから、バンバ氏はさらに付け足した。「あのビロード地をちょいと引っ張ると、あの世行きの連中がずらりと出て来ますがね」

「まさにその通り。そう言えば、マーハ講演会の招待状の印刷ですが……葬儀に使う紫のリボンに印刷するというのはどうでしょうね？」そう詩人は訊ねると、向こう岸に向かって叫んだ。「お前さんたちの放水ポンプは役立たずかあ！」

「このヨルダンの牛野郎、面に一発喰らいたいか？」と消防士たちは叫び、膝まで川の中に走り寄って威嚇した。

「それでは、うちの店の写真がパリにまで届くのですね……」葬儀屋の主人はうっとりとして言った。

「その通り。なにしろわれわれシュールレアリストはインターコンチネンタルな運動ですからね」と詩人は言い、誇らしげに自分を指した。「われらこそ、雷光のきらめきに打たれ、スフィンクスの足下に横たわる男たちなり、ですとも」それから身を翻し、向こう岸へ向かって声を張り上げた。「お前さんたちの放水ポンプは役立たずかあ！」

消防士たちはいじくり回していたポンプを放り出すと、隊長以下、膝まで川の中に駆け入って、ドライバーやスパナを振り回しながら威嚇した。

「このバンバの牛野郎、その面をエルベ川に突っ込まれたいか？」バンバ氏はうろたえ、「私が言ったんじゃありませんよ！」と大声で訴えた。「今度葬式が出るときには、脳天を十字架でめった打ちにしてやるからな！」隊長は声を嗄らしながら怒鳴った。

「ごらんなさいな、まったく何てことをしてくれたんですか」とバンバ氏は顔を曇らせた。「消防士は数が多いのに、これじゃあよその葬儀屋に取られてしまいますよ。それに消防士は、それは贅沢な葬式をやってくれるのですよ！」

「あのお人好しどもの人生を生気づけてやっているだけですよ」、そう詩人は吐き捨てるように言うと、掌をメガホンにして叫んだ。「叫んだのは私だよ、キトカだよ！」

「キトカのところの父なし野郎もか！」隊長がいきり立った。「お前のこともただじゃおかないからな！」

バンバ氏は揉み手で相好を崩した。

「キトカさん、あなたはやっぱりお人柄だ、ただの詩人じゃありませんよ。ほらほら、例の薬屋の白い天使、あれを外してですよ、うちの店に入れたベッドの上に掛ける、というのはどうですか？　いや、それとも時計屋のツェルハの店の上にある大時計、あれを貸してもらえるかな？　老詩人の朗読のとき、頭上に備えつけるんですよ。あの秒針ときたら、私の足ぐらいの大きさがありますからね。それがチクタク、マーハの夕べで動くなんて、素敵じゃありませんか……」

バンバ氏は声を詰まらせ、詩人もごくりと唾を飲み込んだ。

「バンバさん」と一息おいて詩人が言った。「超弩級狂騒デルタたわわに流るる、ですな。私がうろうろこんな風にピンでほじくるようにアイディア探しをしているのに、あなたときたら、よくもまあそんなにいとも易々と」

それからキトカ氏は空の雲に向かい高らかに宣言した。

「詩人とはこの人のことだ。断じて私などではない」

そう言って葬儀屋を指さした。

「そんな大袈裟な」とバンバ氏は照れくさそうに言った。

「なんのなんの」と詩人は言った。「その通りじゃありませんか！　信仰知らぬ異教徒、真実に入りたり、ですな……それではバンバさん、ご承知いただけましたね？」

詩人はずんぐりとした手を差し出した。

「承知しましたとも」バンバ氏はそう言って、自分の小さな掌を詩人の大きな手の中に差し入れた。

それからキトカ氏は時計を取り出した。

「よし」そう言って、胸のポケットから絵ハガキを出した。「これからこの作品をプラハ行きの列車の郵便車で投函します。郵便局長がこの作品は送れないとはじき出すのですよ。これはポルノだと言うのです」

バンバ氏は絵ハガキの束を扇状に広げて見るや、呆然として頭に手を当てた。

「どうやって作るのですか?」こわばって訊ねた。

「切り抜くんですよ。母親の性医学の啓蒙書、それから女性用の下着のカタログ少々、それからクラリツェ聖書です」詩人は言って、葬儀屋の主人が立ち止まるよう手で制した。「それからまるっきり人気のない場所に腰を下ろしましてね、とうとうと流れる内なる囁きに身を委ねるのです。そしてごちゃ混ぜの切り抜きをゼツェシオーン風の裸の女たちの写真に貼りつけると……」

「郵便車では何と言ってます?」

「一昨日、昨日とやってみましたが、今日も同じでしょうな。絵ハガキを郵便車の投函口に投げ入れて、拳でコツコツと合図します。係の男が絵ハガキを取り出して消印を押します。私が線路に下りて様子を窺っていると、係の男が頭を抱えるなり、車両の中の相棒に向かって、仕事はいいからすぐに見に来いと合図します。そうして二人して作品を見るなり、いっしょに頭を抱えます。それから、給水柱のところの例の緑のゴムひさしの男が車両に上ってきます。機関車の運転士もクズ綿で手を拭き拭き絵ハガキを見て、やっぱり頭を抱えます。シュールレアリスムのオブジェの魅力は凄まじいのですよ、バンバさん!」

「私は美化協会の会員ですからねえ」バンバ氏は矛先をかわしながら訊ねた。「それにしても誰に送るのです?」

「美しいお嬢さんたちにですよ、性的に抑圧されて生きるのを潔しとしないね」そう言うと詩人は御託宣を垂れた。「けだし現実はアル中の如しなり」。

「まさにそれですよ」とバンバ氏は言い、顔を上げた。「さっき低い石壁のところで、雄牛が二頭いるのを見せるのに私を抱え上げてくださったでしょう。そのとき、例の事件を思い出したのですよ。下女が世話をしていた男の子に黄金のプラハを見せると言って持ち上げると、下に降りるなり男の子が床に崩れ落ちて死んでしまった、というのです。聞いたことありますか？」

「いいえ……」と詩人は耳をそばだてた。

「話はそれだけで終わりじゃありません。クライマックスは、裁判になって、裁判長が『どうしてこんなことになった！』と怒鳴ってからだったのです。で、その下女があなたみたいな大女で、ちびの裁判官に訊ねたのです。『黄金のプラハをお見せしましょうか？』裁判官は『見せてくれ』と言いました。すると下女は裁判官の頭に両手を当てて、天井まで持ち上げたのです。で、裁判官を下に降ろしたら、裁判官は崩れ落ちるなり、やっぱり死んでしまったのです！」

「なんてこったい！」と詩人は言い、天を仰いで嘆息した。

「こっちがちっぽけなピン先であちこち広場をほじくり返すように探しているというのに、それをこの人ときたら」と葬儀屋の主人を示しながら言った。「この人ときたら、いと易々と！」

「キトカさん」とバンバ氏は打ち明け顔で言った。「この事件が私を寝かさないのです。美しいプラハなら、父が何度も見せてくれました。でも何事も起きなかったのですよ。近頃は人間がヤワになったとでも言うのでしょうか？　さあ、やってみようじゃありませんか！」

「あなたが私を持ち上げるのは無理ですよ」と詩人は言った。

「違います。持ち上げるのはあなたですよ。あなたに比べれば、私など赤ん坊同然でしょう」とバンバ氏は言った。

川の向こう岸ではエンジンがようやく始動して、ラッパ吹きが今度も金色のトランペットを口に当てがい、消防士が金色の放水ホースの噴射口を抱えて、水が流れてきても振り回されないよう大股で踏ん張っていた。どのヘルメットも金ピカに輝いていた。隊長が指示を出すや、ラッパが原っぱ中に響きわたった。一気に水が吹き出し、消防士は右、左へと振りまわされた。

「どうだい？」と消防隊長が大声で言い、芝居じみた仕草で、川の中程へと弧を描いてほとばしる水を示した。「ちゃんと吹き出しただろう？」

「今度はね」と詩人が叫んだ。「だけどこの間、ドラヘリツェではどうだったたっけ？」

「このヨルダンの牛野郎！　今度会うまで待ってろよ！」消防隊長は怒鳴り、腰の小斧を引き抜くと川の中まで駆け入った。ポンプのところにひざまずいていた二人の消防士も自分の斧を抜くなり隊長のあとを追い、今度は全員揃って金色の小斧を振り上げていきり立ち、金色の子豚を一面にまき散らしながら叫んだ。「その面をブチのめしてくれる！」

「あなたに比べれば私など赤ん坊同然ですから」とバンバ氏は促し、目を光らせた。

「黄金のプラハをお見せしましょうか？」

「見せてください」とバンバ氏は言って瞼を閉じた。

橋本聡・訳

Bohumil Hrabal, *Pábení. Povídky z let 1957-1964. Sebrané spisy Bohumila Hrabala svazek 4*, Pražská imaginace, Praha 1993

ラシャ・タブカシュヴィリ　ლაშა თაბუკაშვილი 1950-……グルジア

グルジアの現代文学を代表する作家の一人。詩や小説、戯曲、映画脚本などさまざまな作品を発表している。トビリシ生まれ。一九七二年トビリシ国立大学文学部卒業。文学研究所の上級研究員を経て、グルジア作家同盟、「カルトゥリ・フィルミ（グルジア映画社）」などに勤務。代表作に戯曲「古いワルツ」（一九七五年）、「雨があがるまで」（一九八六年）、「それがどうした、濡れたリラの花」（一九九七）などがあり、グルジアの年間最優秀戯曲賞を何度も受賞している。一九七八年から一九九八年までグルジア作家同盟員。一九九八年に文学サークル「二十世紀」を設立し、文学雑誌「二十世紀」を発行している。二〇〇六年には、戯曲「小惑星」でルスタヴェリ賞を受賞した。

さらば、貴婦人よ！

見渡す限りの草原。大きなとねりこの木の下で宴が開かれている。そこに集まった黒い民族衣装の青年たちと、地面まで届く丈の長い服を身にまとった女性たち。その中で、首を伸ばした一人の可憐な少女がたぐいまれな美しさで目を引く。少女は微笑みながら、頭を垂れた或る下級官吏の方を見つめている。

私はこの少女を愛していた。

写真は古く、色褪せていた。私は最初、祖母のアルバムの中にこの写真を見つけ、この少女は一体誰なのだろうと興味をそそられた。彼女は名前をサロメといい、祖母の若い頃からの友人であった。

この写真のとりこになった六歳の少年は、長い口髭をたくわえた下級官吏におそろしく嫉妬したものだった。

＊　＊　＊

清らかに、さも愉快そうに雪が降っていた。

私は祖母を彼女の友人の家まで送っていき、そのままどこかに出かけようとしていた。

「ギア、二時間後にまた寄ってくれる？　皆と年を越した後で、一緒に家に帰りましょ。来れないかい？」

「いや、じゃあ戻ってくることにするよ、でも……」

「そうだわ、いっそのことあなたもここで私たちと一緒にいればいいのよ」

「上までついて行けって？」

「なあに、怖がることはないから。私みたいなおばあさんたちに二時間ぐらい囲まれていたってどうってことはないでしょ。」

祖母は懇願するように私を見つめていた。

「分かったよ、一緒に行くよ」

祖母は大変喜び、私の額に口づけをした。

「あなたを連れていったら、皆がどんなにびっくりするでしょうね……。そうそう、ニノのところに今日誰が来てるか知ってる？」

「誰？」

「サロメだよ、お前が好きだった」

「何だって？」

「覚えてるかい？　あの写真に……」

私は無意識に顔をほころばせた。まるで、子供の時に聞いてからずっと忘れていた苔むしたメロディーを、もう一度聴きに行くかのような気分になった。

小さなテーブルの周りに三人の老婦人が坐っていた。あの写真のままの丈の長い服、こうして年老いたあの少女たち…… しかしそこにはとねりこの木もなければ、口髭を蓄えた下級官吏もいなかった。

『私があの下級官吏になろう……』と私は心に決め、老婦人一人一人の手に口づけをした。

いた。

婦人たちは私の来訪に驚きつつも、とても喜んでいた。

祖母は誇らし気に、幸せそうに微笑んでいた。

私たちはささやかに並べられた料理を囲んで坐った。部屋は小さく、薄い紫色だった。

「サロメはどこだい？」とタニトが尋ねた。

「多分、今頃鏡の前でおめかしでもしてるんじゃないの」

「おやまあ、サロメちゃん、相変わらずねえ」とエレネが言った。

「サロメは知らないでしょうね。ここに昔の大ファンが来ているのを」

「何ですって？」と婦人たちは驚いた。

祖母は皆に写真の話を語った。

皆が陽気になった。

呼び鈴の音が聞こえ、部屋の中は騒がしくなった。

「サロメ、サロメ！」

このすきに私はさっとサンドイッチを一切れ失敬した。私は腹をすかせた狼のように空腹に耐えかねていた。婦人たちは料理にまったく手をつけていなかった。

部屋の中に、矜恃をただよわせた小柄な老婦人が入ってきた。薄い褐色の目で部屋の中をぐるりと見渡し、私の方にもちらりと視線を投げた。

私はまだ食べかけのサンドイッチをテーブルの上に置き、サンドイッチを口に詰め込んだまま、その老婦人の手に口づけした。私は悲しい気分になった。

――『これが、果たして私をとりこにしたあの可憐な少女なのだろうか？』

サロメは優雅な身のこなしで椅子に腰掛け、婦人たちの話の輪に加わった。椅子の背には凭れず、まるで女王のように背中をぴんと正して坐っていた。

『あんな姿勢で長いこと坐っていられるものだろうか？』いぶかった私は自分でも姿勢を正してみた。しかし私はすぐに疲れてしまい、再びもとのように椅子の背に凭れた。

ニノが写真の話を始めた。

サロメは笑みを浮かべた。

「じゃあ、さぞがっかりしたことでしょうね。ええと……」

「ギアです」と私はすかさず名乗った。

「私はあなたの名前を知っていませんよ」

「ちっともがっかりなんかしていませんよ」

「良かったわ、もし本当にがっかりなさってないんでしたら」

ニノがギターを持ってきた。サロメは二、三の和音を奏でて、指を止めた。

「サロメ、何か唄ってちょうだい」

「もしこちらの若いおぼっちゃんがいいって言ってくれたら……」

「何をおっしゃるんですか。私が反対するわけが……」

「待って、その前に少し何か飲みましょうよ……」

「あら、そのことをすっかり忘れていたわ！」と言ってニノは立ち上がった。ニノが持ってきたのはリキュールだったので、私は震え出しそうになった

「ギアが来ると思ってなかったから、これしか無いのよ。本当はコニャックもあるんだけどね。多分、ギアはコニャックなんか飲まないでしょ。それにコニャックはもう栓が開いてて半分ほど飲んであるから、とてもお客様に出すわけにはいかないわよね」

『そのコニャックを持ってきてくださいよ！』と私は叫び声を上げそうになったが、祖母が私を救ってくれた。

「そんなの関係無いわよ。今日は大晦日なんだから、何でも許されるわ」

私はコニャックの壜を見て機嫌を直した。サロメは不意に強くギターを鳴らして私の方に向き直った。

「私の可愛い坊や……」

その声に合わせて、タニトがか弱く優しい声で伴唱した。二人の唄は見事だった。

祖母は私の方をちらちらと見ていた。私が退屈していないかと心配していたのだ。

サロメはまた不意に演奏を止めた。そして笑い出した

「弦が高いから、これじゃ弾けないわ。指が痛くなっ

ちゃった。ギア、何か話してちょうだい」

「タマル、ほら」とエレネが祖母の方を向いて言った。「サロメがあんたの孫になつくってるわよ」

祖母は笑った。

「憶えてる、レヴァン・ツィツィシュヴィリがサロメに恋焦がれてどれほど苦しんでたか？」

「苦しめた憶えなんてないわ」とサロメは不機嫌そうに言った。

「苦しませてなんかいないってよ！」とエレネが言った。

サロメは顔を蒼くした。

「憶えてるわよ。レヴァンが死んだのを聞いた時だって、あなたは顔色一つ変えなかったわよねえ」

「そんなことを言うもんじゃないわ、エレネ」と、祖母が諌めた。「サロメだってとっても悲しんでいたのよ」

「だってレヴァンの熱の上げかたは尋常じゃなかったんだから」とエレネは譲らなかった。おそらくエレネ自身そのレヴァンのことが好きだったのだろう。


「私はサロメの方に同情するわ」とタニトがか細い声で言った。

「何を言ってるのよ！」とエレネはいきり立った。

『やれやれ、今頃になって大昔の話にかたをつけようってのか……』と思い、私は立ち上がった。

「ご婦人方、新しい年を祝う前に、まずあなたがたのために乾杯しましょう」

空腹のせいで、酔いがすぐに回った。

「その水色の皿の隣に坐ってちょうだい。あなたによくお似合いだわ」とサロメが私に言った。

私は別の椅子に坐り直した。

「ねえ、ギアは私のことをなんて呼んでると思う？」と祖母が言った。

「何て？」

「『ルネサンスの生き残り』って！」

サロメは哀しげな表情をした。それからギターを脇に置き、リキュールに口をつけた。彼女は相変わらず姿勢を正して坐っていた。

「煙草を吸ってもよろしいですか？」

紫煙の中に、婦人たちの皺の入った疲れた顔が浮かんだ。

或る時、私は祖母の長持を開け、古いがらくたの発する遠い密やかな香りをかいだことがある。それからというもの、その香りは私に優しい感傷を感じさせる。

今も、そんな感覚であった。

老婦人たち、特に祖母は、私のためにいささか気が咎めているらしかった。私は何度も乾杯の音頭をとった。婦人たちはほろ酔いになって退屈そうにしていた。

私は立ち上がり、蓄音機を回して一枚のレコードを置いた。

まるでこの老婦人たちのような古びたワルツの旋律が、雑音をまじえながら鳴り響いた。

私は一人ずつ婦人たち皆と踊った。でこぼこの床の上で慎重に婦人たちを踊らせながら、私は彼女たちの足を踏みはしないかとずっとひやひやしていた。

私は祖母と一緒に踊った。

「退屈したかい？」と祖母は私に小声で尋ねた。

「いや、退屈するどころか、大いに楽しんでるよ」

ワルツが婦人たちを若返らせた。祖母もこれまでに見たこともないほど溌剌としていた。

踊り終わって、私は祖母の手に口づけし、椅子に坐らせた。そして私はサロメの前に進み出て、あの下級官吏のように深く頭を垂れた。

顔を紅潮させた婦人たちは息を切らしながらテーブルの周りに坐って私たちを眺めていた。

部屋の中には忘れられたあの甘い香りがしのびこんできた。

サロメの身のこなしは軽やかだった。彼女は実に美しく踊った。ただその老齢とリキュールがときに彼女をふらつかせただけだった。

「早く、早く」とニノがせわしなく駆け回り、新年を祝う鐘が鳴った。私たちはそれを合図に一斉に互いの杯をぶつけ、抱き締め合い、願い事を言い合った。

婦人たちの目には涙が浮かんでいた。

私は婦人たち一人一人の頬に口づけして、杯を飲み干した。外では銃声が聞こえていた。

「新年のしきたりみたいなものよ。この辺ではいつも銃を撃ち鳴らして祝うの」と言ってニノは微笑んだ。

私は婦人たちをひとつ驚かしてやろうと酔った頭で考えていた。

私は出し抜けに懐から拳銃を取り出し、天井に向けて弾がなくなるまで撃った。私は拳銃を撃ちながらばかみたいに笑っていた。

婦人たちはあやうく椅子から転げ落ちるところだった。

祖母はやっとのことで息を整えて言った。

「なんてことをしてくれるの、何にも言わずに突然……」とどもりつつ、祖母は無理に笑顔を作ろうとした。

サロメだけが満足そうだった。拳銃の音が昔を思い出させてくれた、と。

それから私は婦人たちをそれぞれの家まで送った。

その後、私は友人たちのところで宴を続けた。

清らかに、さも愉快そうに雪が降っていた。

＊　＊　＊

冬が過ぎた。トビリシの冬にしては珍しく雪がたくさん降った冬だった。

春の眩暈を誘う香りが、眠っていた私の体の中の血をせきたてた。

私はある女性に恋をした。しかし私はまだその女性と知り合っていなかった。

私は急いで知り合うこともないと思っていた。知り合うまでの心ときめく時間を、暫く楽しんでいたかった。

ある夕方、私は友人と一緒に墓地へ行くことになった。

大理石の迷路の中を通り抜けて墓地を出ようとしたその時、私の目は、磨かれた墓石の上に嵌めこまれたあの美しい婦人の肖像を見つけた。

墓石には生まれた年も、亡くなった年も書かれてはいなかった。それは納得のいくことだった。サロメは自分の歳を知られるのを好まなかったのだから。

ლაშა თაბუკაშვილი „მშვიდობით, ქალბატონო!", ცისკარი, 1969.

翻訳は ლაშა თაბუკაშვილი, თოვლივით თეთრი თოვლი (ბაკურ სულაკაურის გამომცემლობა, თბილისი, 2001) 所収の同作品より。

児島康宏・訳

チェスワフ・ミウォシュ　Czesław Miłosz　1911-2004……**ポーランド**

詩人、エッセイスト。現リトアニア生まれ。一九三〇年に詩人としてデビューし、第二次大戦中はワルシャワで抵抗運動に参加する。戦後、共産主義政権下で外交官を務めるが、五一年パリで政治亡命を決意。六〇年からはアメリカに移り住み、ポーランド文学を教える。八〇年ノーベル文学賞受賞。晩年はクラクフに住む。『囚われの魂』（一九五三）、『詩的論考』（一九五七）、『名の無い町』（一九六九）、『ポーランド文学史』（一九六九）他。

私の忠実な言葉よ

私の忠実な言葉よ。
私はお前に仕えてきた。
夜ごと、お前の前に
様々な色がのった小鉢を並べてきた。
私の記憶の中に残る
白樺を、バッタを、そしてウソを
お前に与えるために。

それは長い間続いた。
お前は私の祖国だった。別の祖国はなかったから。
お前が、私と良き人々との間の
仲立ちとなってくれると思っていた。
その人々がたとえ二十人でも、十人でも
たとえまだ生まれていなくとも。

今、私は疑いの気持ちを抱いていることを
認めよう。
自分が、人生を無駄にしてきたのではないかと
感じる時がある。
なぜならお前は虐げられた者たちの言葉、
理性に欠けた者たちの言葉、もしかしたら
他の民族にもまして憎み合う者たちの言葉、
密通者たちの言葉、
気が違った者たちの言葉、
被害妄想を病む者たちの言葉。

だがお前なくして私は何者だろう。
幸いにも、恐れや卑しめとは無縁な
どこか遠くの国の学者にすぎない、
そうだ、お前なくして、私は一体何者だろう。
どこにでもいる哲学者にすぎない。

分かっている。これが私の教養なのだ。

個性という栄光は奪われ、
道徳劇に出てくる罪深い男に
赤絨毯を広げるのは「虚栄の化身*」。
時を同じくして、魔法のランタンが
人間と神の苦悩の絵を画布に描き出す。

私の忠実な言葉よ。
やはりこの私が、お前を
救わなくてはならぬのだろう。
これからも、お前の前に
様々な色がのった小鉢を並べよう。
できるなら、明るくてまじり気のないものを。
不幸せの中にも何らかの秩序や美が
必要なのだから。

一九六八年　バークレー

〈注〉

＊「虚栄の化身」の原語は Wielki Chwał で、十六世紀ポーランドの作家ヤン・ユルコフスキ（Jan Jurkowski）によって書かれた道徳劇の登場人物。

Czesław Miłosz, *Miasto bez imienia,* Instytut Literacki, 1969, Paryż

鳥居晃子・訳

ヤン・ヴェリフ Jan Werich 1905-1980……チェコ

中学からの友人イジー・ヴォスコヴェッツと共に、カレル大学法学部の学生時代に演劇の道へと進む。一九二七年に本来仲間内のお楽しみであった寸劇「ヴェスト・ポケット・レヴュー」の大ヒットをきっかけに、その後「解放劇場(Osvobozené Divadlo)」の顔として活躍。劇場は作曲家イェジェクのジャズを基調とした音楽も相まって大人気に。ヴェリフは一九三九年にアメリカに亡命するまで、約二十本の劇作品をヴォスコヴェッツと共に執筆し、それに出演した。戦後プラハに戻り、俳優として舞台やテレビに出演、後進の指導のみならず、作家としてエッセイや旅行記、メルヘンなどを執筆、幅広いジャンルで活躍した。

賢いホンザ

ヨゼフがペピーク、ヤロスラフがヤルダ、アントニーンがトンダ、あるいはルドルフがルドラ、アレクサンデルがサーシャとなるように、ヤンの愛称はホンザである。

例えば単にアレクサンデルなんとかという人物が征服者だったというので、人はアレクサンデル大王〔訳注―すなわちアレクサンダー大王〕と書くのである。フェルディナンドが王様になったとき、そこからフェルディナンド善良王、ヴァーツラフは(愛称をとって聖ヴァノウシュのほうがもっと素敵ではあったのだが)聖ヴァーツラフとなった、などなど。ただこのホンザだけが、ちょっとした手違いから王様になった時ですらずっと「まぬけなホンザ」のままであったのだが、おもうにこれは世の中すべてのヤンに対して不当なことである。なぜそう思うかの主な理由は、自分もヤンという名前であり、たぶん誰かにホンザと呼ばれるのが好きではないからだろう。だからこそ賢いホンザの物語をお話したいのである。

このホンザは七年のあいだ主人に仕えた。そしてある日仕事を終えた後に体を洗い、着替えてから主人に言った。

「七年間あなたのところでお仕えしました。もう家に帰ろうと思います」

主人は彼を説得しにかかった。善良で勤勉、正直な働き手は世の中で不足している。しかし終いに主人は説き伏せられ、こう言った。

「おまえは私に正直によく仕えてくれた。ここにそれに値するだけの賃金を取らせよう」

主人は頑丈な金庫を開け、ホンザにおおきな金の塊を渡した。

ホンザは金の塊を布に包み、肩にかけると、握手をして出て行った。空には雲ひとつなく、道は埃っぽい。太陽は照りつけ、影はほとんどなく、彼はやがて足をひきずって歩くようになった。肩の金塊、これが冗談じゃないくらい重い。ホンザは畔に腰掛け、パンの大きな一切れにバターを塗り、お昼ご飯にした。喉が渇いて、飲み物なしのご飯の後は疲れが倍になり、ホンザはうとうとしだした。瞼が閉じかかった時にぼんやりと見えてきたのは、遠くから馬に乗ってやってくる騎手の姿であった。馬のゆっくりとした歩みに鞍の上で揺れていて、ホンザは彼を羨ましそうに眺めた。

「ああいう旅が出来たらなあ」ホンザは思った。「自分の足を一歩一歩押し出すようにし、このばかでかい塊をひきずって歩くよりずっとましだ」

まるでこの考えが聞こえたかのように、騎手が彼のところで止まって言った。「やあホンザ！　なんでまた歩いて行くんだい？」

「そうしなきゃならないんだよ、家までこの重い包みを運びたいからね。何がこたえるかって、この金の塊なんだが、こいつのおかげで肩全体が擦りむけてしまって、振り向くことも出来ないほどなんだよ」「じゃあ交換しようじゃないか。その重い包みを僕にくれれば替わりに馬をあげよう。ご主人様のように乗っていけばいい」

「いやぁ、そりゃ素晴らしいだろうな」ホンザは言った。「でももう少しよく考えてみたほうがいいんじゃないか。この包みときたらばかみたいに重いんだ」

騎手は馬から飛び降り、包みを手にとってみて言った。

「君が気に入ったし、馬はやろう。でもこっちは重くて苦労しそうだ」

彼はホンザが馬に乗るのを手伝い、馬の尻をたたいたので、馬はホンザを背に乗せて、埃が舞い上がるほど速足で駆けた。

ホンザは馬に乗るのが気に入った。幸せそうに微笑み、嬉しそうに馬をぴしゃりとたたいた。馬はたたかれたら足を速めることに慣れていたので、ギャロップをはじめた。これがホンザを喜ばせ、ますます大きな音を立てて馬をたたく気になったので、馬はこれを全速疾走するものとうけとり、ホンザを乗せたまま、まるでウエスタンのように飛び跳ねた。

そこへ道の曲がり角の右側から、突然、農夫が車を牛に引かせてホンザのいる道のほうへやってきた。馬は驚いてブレーキをかけた。ホンザは大きく円をかいて鞍からすっ飛び、車も、牛も、農夫さえも飛び越して、枯れたスモモの木の下にあった畔に落っこちた。農夫は馬の手綱をつかまえ、この馬がただの馬ではなく、血気盛んなアラブの馬種だということを見て取った。ホンザは畔からびっこをひきひき農夫へと近寄った。

「このバカな雌馬め！　もう誰の手にも負えないな！　首の骨を折るところだった！」

「まあまあ、お若いの」農夫は言った。「この馬は血気盛んな馬なんです。わしの牛は違う。賢く、静かで、何事にも驚かない。牛車に乗って御覧なさい。牽いていってくれますよ。怒ったりしません」と言葉巧みにのせて、結局農夫はこの珍しいアラブ種の馬を家へと連れ帰り、一方ホンザは揺れる牛車に牽かれて旅を続けた。

　車に揺られながらホンザは、なんとすばらしい取引をしたものか、と思いを巡らせた。パンをひとき れ切って、牛の乳を搾り、バターを作ってパンに塗る。そして搾った牛乳を飲む。ああなんて素晴らしい！　ホンザは通りかかった居酒屋に立ち寄り、ポケットにあった数グロッシェンでサラミとひときれのパンと、冷たいビールを一リットル買った。牛にもたっぷり飲み食いさせて、母の待つ家へとさらに道を急いだ。

　そして沼地にやって来た。転ばないように回り道をしなければならない。太陽が照りつけた。沼地からは湿気を含んだ熱気がたちのぼっていた。サラミはあきらかにハンガリー産だった。というのもそのせいで喉が渇いてきたからである。ひどく喉が渇いて、ホンザの舌が口蓋にくっついてしまい、その舌がのどに詰まらないようにと飲み込んでしまうおそれがあるほどだった。

「どうしようもないな」ホンザは言った。「すぐに牛の乳を搾らなくては。何か飲まなくちゃならない」

　しかしホンザが乳を搾ろうとしてとても驚いたことには、受け皿にした彼の帽子のなかにミルクが一滴もでてこなかったのである。牛の乳房であらゆる方法を試したので牛はひどく怒って苦しげに体を曲げ、ちょうどホンザの背中をひずめで蹴飛ばした。ホンザはひっくり返って倒れ、しばらくの間気を失った。気がつくと、彼のそばには屈強な男が立っていた。肉屋であることを示す格子じまの上着を着て、鼻はトマトのように赤く、立派な口ひげを蓄え、その傍らには手押し車があった。手押し車には、肉屋がどこかで買ってきた丸々とした若い豚がのっていた。肉屋はポケットを探るとホンザに平たいビンをわたして飲ませた。その一口でホンザは身震いし、ビンを足元に置いた。

「一体全体どうしたのかね？」肉屋は訊ねた。

「牛の乳を搾ろうとしたんだが、蹴飛ばされてね」

「こいつはもう乳を出さないよ。肉用だな。それももうしばらくの間だ。それが過ぎたら肉用にも年をとりすぎる」

「そうだろうな」ホンザは言った。「そりゃあ家でこいつをばらしたら、山のような肉がとれる。じゃあ訊くけど、牛肉が好きかい？　おれにはちょっと味気ないよ。そう、この豚、これなら汁気も多そうだ。ゆでてもいい。耳としっぽ、そしてハムの燻製もできる。内臓もあるしな！　うちではレバーソーセージにニンニクとマジョラムをいれるんだ。もう唾が沸いてきそうだ」

「そういうことならば」赤鼻で格子の上着を来た屈強な肉屋は言った。「この豚とその牛と車を交換しようじゃないか」

ホンザの目が輝いた。

「でもあんたが損をしたりしないかね？」

「そうだとしたって！　おれは誰かが喜んでいるのに水を差せない性格なんだ」

ホンザの喜びは実際無駄にならなかったが、肉屋にとっても無駄にはならなかった。満足げな微笑みを浮かべて、ホンザが豚の乗った手押し車を押しながら帰路につくのを眺めていた。

満足げなホンザが一時間も行かないうちに、長い髪をした痩せた若者に出会った。擦り切れた青いズボンを履き、腕に生きたガチョウを抱えていた。二人は言葉を交わし、若者はホンザに丸々と肥えた、晩餐や洗礼の際にでてくるようなガチョウをホンザの手にもたせた。

「いいガチョウだ」ホンザは言った。「でもおれの豚だって悪くない」

若者は豚を眺め回し、言った。

「ちょうど今日こんな豚がうちの村長の家畜小屋から盗まれたんだ。あなたはどうやってこれを手に入れたんですか？」

「肉屋と交換したんだ」ホンザは言った。「それも安くね」

「あまり安くないかもしれないな」若者は言った。「というのは、村長はまだ泥棒が捕まってないかどうかと、近辺に捕吏を送り出したんです。僕には関係ないが、あなたは何があっても逃げられないでしょうね」

「トンダさんよ」ホンザはよく考えてから言った。「おれは家に帰るのを楽しみにしているし、どこかの穴の中に飛び込んで隠れたりしたくはない。あんたはそのことをおれよりよくわかっているはずだ。何かいい案は無いかね？」

若者は考え込んだようすで髪をかきあげ、そしてふいに言った。「僕がこの豚を引き受けましょう。そのかわりにこのガチョウをあげます」

「でもそれからどうするんだい？」ホンザは驚いた。

「もしこれが村長の豚だったら、僕を誉めてくれるでしょう。もしそうでなかったら自分で食べてしまうことにします。あなたはガチョウを持っていってください。まあコップ数杯分くらいの脂はとれるでしょう」

そしてホンザは再び先に進み、幸せだった。なぜならお役所との厄介ごとを免れたし、ガチョウを手に入れたからだ。「脂身をのこして、脚は香ばしく焼いて、レバーはユダヤ風にアーモンドと一緒に料理しよう。しかしこのガチョウはなんて羽をしているんだ！　これは昼寝の枕にちょうどいいな……。あれ、あの歌はなんだろう。向こうの小屋の前で歌っているのは一体誰だ？」

研ぎ師だった。ナイフを研ぎながら歌を歌っていた。

「あなたはきっとご機嫌なんでしょうねえ、そんなに楽しそうに研いでいるんだから」ホンザは言った。

「なにか悪いかね？　研ぐというのはいつも身入りのいい仕事だ。お若いの、きちんとした研ぎ師は自分のポケットを探ると、金貨数枚があるもんだ。ところでこのいいガチョウはどこで買ったんだい？」

「買ったんじゃなくて交換したんだ。若い豚と」

「で豚は？」

「牛と交換した」

「で牛は？」

「馬と」

「で馬は？」

「金の塊と」

「で金の塊は？」

「おれの七年分の給料だ」

「いやあ、おまえさんは常にいいものと交換してきたな。そのまま続けないと。でも全部のポケットで金貨がじゃらじゃらいわない限りは本当の幸福について語ることは出来まいな」

「いったいどうすればいいんだ？」

「おれのような研ぎ師になればいいんだよ。必要なのは研ぎ石で、あとはなんとかできるさ。ちょうどここにいいのがあるよ。ガチョウをおれにくれたらこの石をやろう。欲しいかい？」

「欲しくないなんて言ったらまぬけだろうな」ホンザは笑った。「金貨の鳴る音が悪かろうはずがない」

そう言いながらガチョウを研ぎ師にやった。

研ぎ師は人のよさそうな微笑を浮かべながら石をホンザにやった。その辺に転がっている、どこにでもあるような石だ。そしてこう付け加えた。

「これは硬い石だ。金槌でたたくことも出来るし、錆びた釘をこの上でまっすぐにすることもできる。よく手入れをするんだぞ」

そしてホンザはまた歩き出し、再び重い荷物に苦しんだ。そして言った。「おれのような幸せ者はそうそういないだろうな。おれはたぶん日曜生まれの幸運児だ」

これが朝早くからホンザの身に起こったことのすべてである。もう時の頃は夕方で、ホンザにも疲れがのしかかってきた。それに加えて昼間のハンガリーサラミがまたのどの渇きを呼び覚ました。

アラブのことわざはよく言ったものである——のどの渇きを伴う疲れは、気のいい旅人にも耐えがたい。

そこに突然井戸が現れた。ホンザは研ぎ石を井戸の縁において、井戸のどの辺に水面があるのか見極めようと下を覗き込んだ。急にぼちゃん！　という音がした。下を覗き込んだときに、ホンザは自分の研ぎ石が井戸に落ち、澄んだ冷たい水の中を暗い底の方まで沈んでいくのを見た。そこでホンザはひざまずいて、重い荷物から解放されたことを神に感謝した。

「おれはいつもお天道様の下で最も幸運な人間の一人だ」ホンザはそう叫ぶと、疲れから解放され、家へと走った。

家に駆けこみ、部屋の中へ、そして母の腕の中にまっすぐ飛び込んだ。

「それで何を持って帰ってきてくれたんだい？」母は陽気にたずねた。

「心配ごとのない軽い心と軽い頭だよ、おっかさん」

そういうわけで、ホンザはまぬけだったのである！

青木亮子・訳

Jan Werich, *Úsměv klauna*, Československý spisovatel, Praha 1984

イジー・ヴォスコヴェツ　Jiří Voskovec　1905-1981……チェコ

カレル大学法学部の学生時代にアヴァンギャルド集団「デヴェトシル」に参加、俳優活動を始める。一九二七年以来プラハの「解放劇場（Osvobozené Divadlo）」の顔としてヤン・ヴェリフと共に活躍。解放劇場の演目を取り入れた映画の制作なども手がける。二人は一躍人気俳優となるが、一九三九年にはナチスの手を逃れてアメリカに亡命。戦後はプラハに戻るも、体制変化後のプラハにヴォスコヴェツは再び別れを告げ、その後はアメリカで俳優活動を続けた。「私のシーシュポス」はヴォスコヴェツのチェコでもあまり知られていない作家としての優れた一面を示すエッセイの中の一編である。

私のシーシュポス

夜と昼、というように二つの面を持つ人物がいたとしたら、私はその人物がとても好きである。あるいは喜劇と悲劇を表すギリシャの仮面が。口隅の片方が上向いて微笑んでおり、もう片方は下向きで泣いていて、それが同じひとつの口なのだ。彼ら古代ギリシャ人たちは常に英雄であり、賢い人々だった。彼らには人間のあらゆる運命に則したお伽噺や伝説があり、神話は言うまでもないが、生活のあらゆる規律において神や女神、あるいは少なくとも偶像がいた。そして彼らのオリュンポスにはこのような神様たちがひしめいていたのだ。節約家だった彼らには、文化省も、教育省も、情報省も、農業省も、商業省も、交通省も、郵政省もなかった。我々にはもう少なくともこの七つの省庁があるというのに。そしてそれら省庁につきものの書類なども、何も無かった。ゼウスまたの名をユーピテル、あるいはチェコ語でヨヴィシュがそれら省庁の代わりに、そのすべての代わりに持っていたのは、とどのつまり三人の下級神だけだった——アポローン、ディオニューソス、ヘルメースである。アポローンは創造と学問の神、ディオニューソスはワインと芸術、豊穣を司る神である。ヘルメースは旅の守護神だ。つまり交通の神、同時に神の伝令、つまり郵便配達で、それに加えて商人と泥棒の神でもある。まあこうした事実や神話は常識ですね？ そこで哀れなシーシュポスをとりあげてみよう。彼のことを知っていますね。この奇特なしたたか者は、神々からその秘密を盗んだ。そして周知のごとく女たらしで、恋多きご老人の偉大なヨヴィシュを追い詰めるようなうわさを広め、そのうわさを公にしたのだった。そこからホメーロスが好んで名づけたように「ゼウスのいかづち」が生まれたのだが、ゼウスの家では別の雷が落ちていた。もちろんのこと彼の妻ヘーラーの雷である。

シーシュポスはまったくひどい奴だった。あれはある火曜日の午後、彼は「死神」をとらえて、そして鎖につないでしまった。考えてもみてください。人々が死ぬことをやめたのです。冥府への案内人カローンは誰も連れてゆく者がいなくなってしまった。冥府では死んだ者が不足し、現世では人口の過剰が起きた。エネルギー危機、インフレ、サラダや揚げ物のための油までもが不足。このことは自動車にも同じくらい重大であった。誰かが車で事故を起こしても死なずにどこかに行ってしまうので、その誰かを探すために誰も車を停めないのである。すぐにユーピテル（ゼウス）が言う、「神の神性と威厳か、あるいはそれを失うかだ。もう限界を越えている。冗談は終わりだ。私は必要な措置を執らなければならないから、ヘルメースを遣わして、死神を鎖から解放した」と。ヘルメースはすぐにシーシュポスを捕え、彼を罵り、冥府への行軍となった。そこにはすでに巨大な大岩とわずかな文面の判決がシーシュポスを待っていた。冥府の王ハーデースがそれを読み上げた。判決「この大岩を切り立った岩の斜面の最も高い所まで押し上げること。岩を転がし、課せられた仕事を終えれば罪は許される。しかし、もしその岩が谷底へ落ちていったなら、おまえは谷底に下りて何度でも何度でも永久に、世界の終わりの時までその岩を押し上げなければならない。判決を終わる。すぐにとりかかりたまえ」。こうしてその時以来シーシュポスの苦難は人間の運命の手本となった。月曜の朝に人々はみなそれぞれ自分の大岩を斜面に押し上げる。一週間のあいだずっと岩のせいで汗をかき、うめき声をあげるが、金曜日にはそれをやめる。すると岩は下へと転がり落ちていき、人々も週末ハウスや水際へと転がり急ぎ、あるいはテレビの前のソファへと自分が転がり落ちてゆく。日曜日といえば酔っぱらっているか、スポーツマンなら背中を日に焼くか、大抵は奥さんと喧嘩、または奥さんが旦那と喧嘩している。そしてもし子供がおぼれたり、車がこわれたり、またスキーで腰を痛めたりしなければ、月曜日にはまた自分の大岩のある斜面へと赴くが、岩はまさに先週あったそのままのところにあり、次の週もまた同じことの繰り返しだ。苦労、希望、失望、苦労、希望、失望。永遠に世界の終わりの時まで。これを人は進歩、それから国家収入と呼ぶ。これは全世界的であり、世襲のものであり、不条理で、希望のないものである。しかしまさにここで、その二面性ゆえに好きなのだと私が述べた、古代の真実に戻ってみたい。すなわちシーシュポスの伝説は、彼が大岩を押し上げるために岩山へ赴くということがいいたいのではない。彼が岩のために斜面に赴かなければならないというのは単なるつけ加えにすぎない。ここであえて彼のことを想像してみよう。彼はもうほとんど岩山の頂上まで来ている。汗が滴り、息も絶え絶え、肩は震えるが、岩はしっかりと掴んでいる。歯の隙間から声をしぼり出す。「これで私の勝ちだ。もう一押しであの緑の芝生の上にいける。ゴールまで一直線に。あと数メートルで私も岩もそこに辿りつく」。シーシュポスはこの最後の数歩を見届けるため、目にかかる汗をぬぐいたいのだが、汗で手が滑り、バランスを失い、岩は毎度のように音を立てて谷底へと転がり落ちる。彼は草の上に倒れこみ、悪態をつき、うなり、怒りを噛みしめ、じゃこう草を噛みちぎり、そして自暴自棄になる。でも岩山の上では新鮮なそよ風が吹いている。彼は熱くなった額をなでる。汗でひっついている髪を乾かす。周りを見渡し、空気をまるでワインのように一口のみこむ。高い空では鷹が円を描き、樫の森ではカッコウが鳴き、急にシーシュポスは気分がよくなる。立ち上がってみると体が羽のように軽い。岩は無い。彼は岩山から立ち去るが、気分がよく、愉快ですらある。彼の下方、深い谷底の上には霧の絨毯がかかっている。オリュンポスの神々のように、雲の上を勇敢に歩いていく。小さな澄んだ池から冷たい水を飲み、水の奥深くへと手を伸ばし、鱒をつかまえる。鱒は手から滑り落ち、池の暗い水底へと消える。シーシュポスから笑いがこぼれ、岩山も彼と共に笑う。気分がいい。歌を歌いながら谷底へと進む。森の空き地を抜け、荒野を過ぎ、湿原や照りつける岩々を越え、イチゴや木苺を朝食がわりにし、木の幹が倒れて中が空洞になったそばで、ミツバチの群れにあやかろうとする小熊の邪魔をし、今は彼らさえシーシュポスに森の黒い蜜がつまった巣板を残してくれる。オリーブ林のある斜面の中ほどまで来ると、そこは美の中の美である。彼は若くて可愛らしいニンフまで見つける。彼女は樹齢数百年の皺を刻んだ、荒野で最古のオリーブの木の下で服のすそをからげて眠っていて、それはまるでアダムとイブの楽園の暇《いとま》のようである。彼女はシーシュポスの腕の中でやっと目覚めかける。そして彼らがお互い一番好ましく感じたときに、彼女は目を開ける。その目の片方は彼らが横たわる草のような緑色、もう片方はシーシュポスの肩越しに彼女が見た空のような青色。しまいにシーシュポスは谷底に立っている。しかし耳元に彼女の笑い声が聞こえる。そして背後には甘い誘惑。ほんの少し前には太陽がかかっていた岩山の間の、天空のオレンジ色の楔《くさび》へと一番星がかかる。そして彼の足元には大岩が横たわっている。丸く巨大で、苔むした数百トンの化け物のおまえが。おまえはこの罪の永遠の輪の中で私から逃げていくことはない。そしてシーシュポスは自分に割り当てられた岩の端っこを掴んでいる。世界の終わりの時まで。しかしこの斜面の円環の中で彼は悪態をついたりしない。確かに彼はうめき、息は絶え絶え、再び汗は流れ落ちるが、彼はこっそりと自分のためだけにニンフのバラードを作曲する。二人がお互い一番好ましく思った時の、赤い髪に草のような緑の目、空のような青の目をしたニンフのバラードを。

　そう、これが大岩のために赴く、私のシーシュポス。それから私はアルベルト・カミュが書いたシーシュポスについてのエッセイを読み、それは全く私のと違う作品だったのだが、大本は同じで、しかもよりいいものだった。カミュ氏はご立派だった。それでノーベル賞ももらった。私が得たものは大岩だった。

Jiří Voskovec, Můj Sisyfos, 1991 (*first published in „Je sedm hodin středoevropského času" by František Tomáš, Nakladatelství Jan Kanzelsberger, Praha 1991*)

青木亮子・訳

ブランコ・チョピッチ　Branko Ćopić　1915-1984……ボスニア

一九一五年、北ボスニアの美しい山間の地、ハサンで生まれる。ベオグラード大学で教育学を専攻。第二次世界大戦前より作家として頭角を現す。戦中、戦後を通じ、パルチザン文学の旗手として、詩、短編、小説、とりわけ子供向けの読み物を発表。教科書に載せられた作品も多く、旧ユーゴの子どもたちもまた、かけねなしに彼の作品を愛した。一九八四年、冬季サラエヴォ・オリンピックの喧騒をよそに、ベオグラードでドナウ川と合流する大河サヴァ川に身を躍らせ、自殺した。享年六十九歳。

親愛なるジーヤ

宛て名どおりに手紙が届かないことはわかっている。でも、せめて僕ら二人を好いてくれる誰かが、いつかこれを読むだろうと思うことで、とても慰められるんだ。

すっかり夜が更けて、ちっとも眠くない。耳を閉ざされたような闇の中、ただ死者たちと思い出とにささやきかけている。ほら、君の物語に現れる金色の蜘蛛の糸と銀色の霧のことを考えている。そして、君がヤセノヴァッツの収容所でむかえたおぞましい結末について、僕は思いをめぐらせている。

ねえ、僕のジーヤ、ひょっとすると大鎌を手に恐ろしい死神が旅してまわるこの世界で、いつか、君と同じような運命が僕を待っているのではないだろうか？

満月の光でとびきり明るい夜、君は死の大鎌を携えた黙示録《もくしろく》的な怪物を予言し、君の創作した英雄、ブルコの口を借りてその話を始めた。でもある日、君の恐ろしい幻、そう君の悪夢が現実にこの世のものとなるのを、見てしまった。

そのころ僕は、君を襲ったと同様な不幸なさだめから、なんとか逃れることができた。でも、気がつくと仕事机に向かう僕に、黒い懸念がまとわりつく、そんな時が訪れる。凍てつく星の降るようなある寒い夜に、見知らぬ場所へと連れ去られる僕自身が見える。いったいあの、人の姿をした陰鬱な死刑執行者たちは何者だろう。君を連れ去った者たちと似ているのだろうか。それともゴランがいなくなったときに、そばにいたやつらの仲間だろうか。彼らは、キキッチを付け狙った闇に潜む殺し屋どもではなかろうか。

かつて僕らは二人で、少年らしい高揚した気持ちを抱きつつ、詩人ガルシア・ロルカを惜しみ、夜明けとともに彼が連れていかれ、二度と帰ることのなかったあのグラナダの寂《さ》びれた道を、心に思い描いたものだった。

つい最近のこと、僕はグラナダの小高い丘から、小さな街路が入り組む日に照らされた石造りの迷路を眺め、いったいどちらに彼を連れて行ったんだろうとつぶやいた。そのときも君は僕のそば、ほんのすぐそこにいた。そして僕たちのどちらから恐怖に満ちたロルカの詩句を耳打ちしたのか、さだかではない。

〝彼らの馬は黒い、その蹄鉄も黒い〟

黒い馬、そして黒い騎士とともに、夜も昼も吸血鬼は世界中のいたるところで増殖していく。僕は手書きのノートに、アオイの花咲く中庭について、善良な年老いた人々や夢中になって遊んでいる子どもたちについて、書いている。僕は戦火に飛び込んで、鳩のように臆病な心臓をかかえ、過酷な戦いを続ける兵士たちを知る。僕は、死神に連れて行かれる前に、できるだけ急いで金色に輝くおとぎ話を語りつくしたい。物語の種は、まだ幼なかった僕の心に宿り、そして休みなく成長し、花をさかせ、再生してきた。通り過ぎていった夥《おびただ》しい恐怖が、この種を苛《さいな》んだけれど、根っこは決して破壊されつくすことなく生き残り、陽光の下で再びひ弱な緑の芽を旗印のように押し上げてきた。装甲車がその上を踏みにじったけれど、友情で結ばれた人々の手がこの種を保護し、助けてくれた。

だからジーヤ、これこそ僕がおとぎ話の中で、ささやいたり、書いたりしたいことなんだ。もし君が生きてさえいれば、僕はありもしないものをでっちあげてはいないこと、ましてや善良なる人々や聖なる兵士たちが作り物ではないことを、誰よりもよくわかってくれるだろう。

そう、残念ながら人の姿をした暗闇の殺人者たちも、僕が作り上げたわけではない。彼らについて話すことは苦痛だし、そんなことなどしたくない。僕はただ、この身動きもままならぬ世界で、彼らがどのように増殖し攻めてくるのかを感じている。そして、彼らの先触れのような身の毛もよだつ戦慄を、この肌に感じている。ほら、おそらくあとほんの少しで、彼らはこの部屋の扉をたたくだろう。

いいじゃないか。ねえ、ジーヤ。だれだってそれぞれの武器で自分自身を守っているものだ。そして今もなお僕たちの月夜の魔法、微笑みざわめく暁の光や物悲しい黄昏《たそがれ》の夕明かりを、一刀両断するような刀などつくれやしない。

さようなら、親愛なる僕の友よ。この古めかしい軍服や遠い祖先から伝わった槍、そして走れるかどうかわからぬ貧弱なやせ馬など、みんなにはおそらく滑稽に見えるだろうさ。でも、そんなことなど、どうでもいいじゃないか?

＊ジーヤ……一九四二年にヤセノヴァッツの強制収容所で殺されたボスニアの作家、ジーヤ・ディズダレヴィッチのこと。
＊ヤセノヴァッツ……第二次世界大戦中、クロアチアのファシスト政権が作った悪名高い強制収容所。

サヴァ川沿いにあり、そこで数十万の人々が殺されたといわれている。
＊ゴラン……一九四三年、クロアチアのファシスト集団チェトニクに殺されたクロアチアの詩人イヴァン・ゴラン・コヴァチッチのこと。
＊キキッチ……第二次世界大戦中に命を落としたボスニアの作家、ハサン・キキッチのこと。

清水美穂・田中一生・訳

水底のこども時代

もうずっとずっと昔のこと、独りの小さな旅人がほんのこどもから少年へと変わるその年頃に、生まれた土地の小高い丘から狭《せば》まった川沿いの渓谷に別れを告げ、険しい石だらけの道を広い世界へと旅立った。今、その同じ浸食され削り取られた道、もうどこにも通じることのない道を一人の白髪の男が自分のこども時代、ふるさと、そして数々の思い出に戻っていこうとしている。

悲しげな旅人の前に、かつては色とりどりの端切れのように牧草地を抱いていた深い緑の渓谷や柳の茂みを、ビーズのように繋《つな》げて割れた鏡さながら輝く川は、もうない。見慣れた窪地をまっさかさまに見下ろすこともできず、川の流れに沿って飛び立つ乾季の鷺《さぎ》さながら自由な鳥に、心を託すこともできない。今や男の前には、広々とした人造湖の穏やかな水面に映る、何もない蒼ざめた空があるだけ。その水際《みぎわ》に迫られて、崖は必要以上に肩寄せ合って襞をなし、無秩序に向かい合い、その周りの山々は静まり返っている。新たな山はあらゆる溺死人のように沈黙しているが、それでも呪われた自分の影のような命を生きているのだ。自分の双子の兄弟を見るように、四季に応じたすべての移ろいを、正確に誤りなく記憶している。

勝ち誇った水は、生まれ故郷や、悲鳴と歓声の聞こえるこども時代、過ぎし朝の賑わいを覆《おお》い森閑としている。その微動だにしない水に、旅人の心はゆさぶられた。

——旅の人よ、もう話す相手も訪ねて行く人もないだろうに。湖に続く道を見てごらん。深いところには魚もいる。ここは、まだ新しいなめらかな湖の水際で、すべてが途絶え、消えてしまう。

——いいや、ここがすべての始まりさ——と、かつての少年は、帰ってきた男にささやく——どんな風に変わったかを僕たちが見なくて、ほんとうによかった。それにもまして、今すべてのものの姿が見られないことは、もっとずっとすてきなことなんだ。こうして僕たちは、無冠のままあらゆるものを救い出し、思い出として守っている。だから何もかもが、僕たちが出発したあのころと全く同じままで残っているのさ。ねぇ、あのころのことを覚えているかい。

——忘れるもんか——と、旅人は唇の動きだけで答える。水の中ではどんな音も必要ない。

——最初にね、僕は飼っていたウサギに別れを告げたんだ——と、少年は話し始める——ウサギたちでいっぱいの古い小屋があってね。そこへ最後に入ったとき、薄暗がりの中で彼らは普段と少しも変わらず、すっかりのんきにぴょんぴょんはねていた。思わず僕はのどを詰まらせた。そのとき僕は感じたんだ、ここを出て行けばすぐに、もう誰も僕のことなど忘れてしまう。僕がいなくて寂しいなんて誰も思いやしないだろうって。

——そう、残念ながらそのとおり。だってそれはただのウサギのことだし、普通の飼いウサギ、バカで、のろまなやつらなんだから……。そうなんだ。でも、森番の娘ドラギッツァのことを覚えているだろう。彼女は、花の咲き乱れた低い生垣の向こうから君にずっと手を振っていた。君がすでに角を曲がったとき、彼女は遠くまで見送ろうと反《そ》り返り、必死で身体を傾けていた。君が最後に振り返ると、別れを告げる彼女のか細い長い手だけが見えたはずだ。どうだい、そのときもう一度、二、三歩後ろに戻ってみたいと思わなかったのかい。たった一度だけでも……。

――君の言うとおり、そう思って僕は立ち止まった。でもやっぱり戻らなかった。そのくせ後になって、見知らぬ土地で幾度となく自分の後ろを振り返り、愛《いと》しい彼女の顔を探した。十三歳のころの女友達を恋しく思ってね。でも時すでに遅し、悔しいけれど遅すぎた……。いったい僕はあんなに急いで、どこへ行こうとしていたのだろう。

――ほら、あわてんぼうの坊や、今こそ彼女を探さないとね――白髪の話し相手が悲しげに微笑んで言った――素朴で裸足《はだし》の少女、でも彼女の目の輝きと笑顔にこぼれる真珠のような歯を見れば、我々の渓谷全体が色あせる、そんな女の子は、世界中のどこにもいないよ。

――わかってるさ……。もういわないでくれ。僕は今だって、自分に向けられた少し斜交《はすか》いで不安げな彼女のまなざしを感じることがある。それはいまだに僕をどきどきさせるし、落ち着かなかった僕の十四歳のころを狂おしくさせる。


――人が一度にせよ、十四歳のときを過ごせるのは、なんて素敵なことなんだろう。そして、熱にうなされるけれどさほど危険ではない小児病のように、そのころの思い出が滑稽にも後になって思いがけなく戻ってくるのは、またなんて素敵なことだろう。

白髪の旅人は、自分とまだ幼い道連れとに笑いかけ、すべての秘密を何事もなかったように覆い悠然と流れる水を思いながら、別れを告げようと微笑んだ。彼はそれらの思い出すべてを携えて行くことができる。旅人には簡単なことである。しかし、呼び覚まされたばかりの少年は、静かな崖下に湧き始めたばかりのまだ新しい水源を刺激し、泡立たせている。

――覚えているかい、僕たちの優しい老犬が僕を送ってくれたときのこと。最後の家があるその裏手まで、ずっと僕に寄り添ってきてくれた。険《けわ》しい下り坂の半分まで僕を見送り、そして急に立ち止まると辺りを見回した。どうやら僕がすぐには帰って来ない、遠いところへ旅立つと気づいたのだろう。腰を曲げ、どちらとも決めかねて悲しげに、意に反して僕を裏切ったことを紛れもなく恥じていた……。そのとき僕は初めて泣いた。こども時代が終わりを告げたと悟ったんだ。ほろ苦く塩辛いふるさとの味のする涙が目に沁みた。ほら、太陽の光にさらされた石ころだらけの土地に生え、かすかな香りのするニガヨモギの味を今もまた感じているよ。

——坊や、君はまだほんの子どもに見える——と白髪の男は軽くたしなめる——君にとって一番つらいのは、家から遠ざかることなんだ。だから、ほら、湖が幾重にも広がりやがて渓谷を埋め尽くしてしまう時に、土着の犬が慣れ親しんだ庭から無理やり離されるような、あわれな様子を見ている気持ちがする。犬は一歩一歩後ずさり、不安げに水際へ座る。少し歩き回って、また戻ってくる。でも湖は冷酷に迫ってくるんだ。水は気がつかないうちに草の中へからみつき、鳥の毛や枯れ枝、麦わらなんぞを高く押し上げる。ふるさとのゴミ、ただゴミだけが浮かんでいた。時の流れにかかわらず、変わることなく、決して衰えることのない水。すべてのものに命を与え、永遠の力を持つ全能の水に残ったものはみな覆われ、そして埋め尽くされてしまった……。

——時の流れにかかわらず、変わることなく——と、痛いほどの哀しみをいだいて少年が聞き返す。どうして人は、いじわるな時の流れからのがれられる魔法を使えないのかなあ。

——そうだな坊や。でもこの水は変わらない。時とともに森や岸辺のような周囲の風景は変わるが、やがて落ち着くだろうよ。今このちっぽけで穏やかな海は、どこか僕たちには馴染まない。でもいつか、新しい少年のふるさとになるだろう。隠れた岸壁に少年は自分の秘密を守る安住の地をきっと見出す。かつての僕のような小さな旅人が、湖のたそがれ時の静寂、霜で縁取られた冬の景色、そしてたぶん小船から手を振り別れを告げた漁師の小さな娘の姿を、いつまでも心にとめて歩み続けることだろう。

——お家はどうなの。ここにあのゆったりした頼もしい、家族の慈《いつく》しみと哀しみとで満ちあふれたお家は残るのかしら――少年は希望を捨てない。

――もちろん、いつだってお家の場所はあるさ。今まで数千年もの間、ずっとお家はそこの少年たちとうまくやってきた。どうして今さら、消してしまえるものか。僕たちは人造湖を作ったけれど、まだうわべだけの仲間というわけじゃない。やがてそこにはお家と少女、茂みの中にしつらえた心地よい隠れ家、それから途切れてしまった遊びが残される。けれどもみなそのままに放っておかれ、いつしか消えてしまい、それを少年は悲しむだろう。

――だいじょうぶ、すべて残るさ――と、少年は繰り返し自らを慰める。いまはもう、少し落ち着いた新しい湖のありのままの姿が見える。そして今も、見せかけに縁取られた岸辺へそっけなく波を寄せる。

この静かにあふれた水の下で、彼のこども時代はすべての内緒ごとや戯れ、二度と繰り返されぬ魅力を秘めたまま、沈黙を守っていた。生まれ育ったふるさとの揺りかごは、猛々《たけだけ》しい嵐や暴力的な風に揺らぐこともないし、冷淡な異邦人が直したり変えたりもしない。そんな揺りかごに、こども時代はしっかりと守られて、沈黙を守っていた。すべての過去がそうであるように、水没したふるさとは、音のない影のような暮らしを営んでいく。そして、のどかな陽だまりの日々には、きっと平穏な湖の水影に、その姿を探り当てることができるだろう。

Branko Ćopić, *Bašta sljezove boje*, Civitas d.o.o., Sarajevo 2004

清水美穂・田中一生・訳

ヴラディミール・デヴィデ　Vladimir Devidé 1925-……………クロアチア

クロアチアの首都ザグレブに生まれる。ザグレブ大学で数学を専攻し博士号を取得。日本留学中（一九六一―六三）に俳句と親しむ。帰国後、ザグレブ大学教授として数学を教える傍ら、精力的に日本文学を紹介し、自らも俳句を詠む。一九九四年に俳文集『白い花』（ザグレブ）、一九九七年には『俳文―言葉と絵』を発表。本書には後者から抜粋した。

『俳文』抜粋

広島

埴輪の家型をなす記念碑が広島の原爆あとに立ち、そこにある石板にはこう書かれている。

「やすらかにお眠り下さい
もう過ちは操り返しませんから」

（一九四五年八月六日、日本時間で午前八時十五分に原爆が投下された。二十万以上の人びとが焼けて、焦げて、傷つき、不具となった）

いったい誰の過ちだと言うのか

二十五年の後、広島のある飲み屋で「原爆カクテル」なるものがお目見えした。

過ちは繰り返されぬ
日を置かず　一瞬ごとに
幾百となく

東京国立競技場で行われたオリンピックの開会式では、原爆が落とされた日に生まれた青年が聖火を点じた。（それを非難した人もいた。）

過ちだろうか

「原爆の子」の記念碑は、日本の子供たちが折った千羽鶴で飾られている。

鶴翔びぬ！
過ち二度と
犯すまじ

ネフェルティティの項《うなじ》

若いころ古代エジプトの美術に熱中していた。それから随分のちのこと、ドイツへ行ったとき、（当時は）西ベルリンの国立博物館を訪れてそれを観た。

いちばん長く眺めたのは、防弾ガラスで護られた古代エジプトの女王、ネフェルティティの像である。周りをぐるりと回れるようになっており、あらゆる角度から観察できた。繊細優美な女王は、つぎつぎと新しい表情を見せてくれた。特に、視線をネフェルティティの頭頂からゆっくり正面に下ろしてゆくと、そこには穏やかで可憐な女性の理想像が具現されていて、すっかり魅せられてしまった。ところが反対に、下からじょじょに視線を上へ移してゆくと、そこには自覚と誇りにみち、少しばかり尊大にも見える女帝の肖像が現れるのだった。そして、彫刻家の腕前とモデルの美しさを示すのは、頭部だけではなかった。ネフェルティティの項《うなじ》もそれに劣らず見事な実例だったのである。胴体と頭部をつなぐ身体の一部として、わずかに傾いた項は、いわば肉体と精神をつなぐ強靭な懸け橋でもあった。この上なく見事に肉付けされていたため、そこには温かい柔肌と典雅な精神が反映していた。

ネフェルティティ
その項《くび》に見る
矜持《きようじ》かな

それから更に数年が過ぎたころ、ネフェルティティにそっくりな項《うなじ》の持ち主になんどか会ったことがある。ある日のこと、その婦人は大胆な襟刳《えりぐ》りのセーターで現れて、首の付け根まで看て取ることができた。それ以前すでに彼女は断髪していたため、項もすっかり露《あらわ》になっていた。あるいは、ネフェルティティの項は、この婦人をモデルに彫ったのではないかと思われた。これほど瓜二つの項は、図抜けたリアリズムゆえに「青銅時代」は青年を石膏で象《かたど》ったのだと非難されたロダンにして、初めて作ることが出来ただろう。婦人の項はといえば、とても生命力にみちていて、何百回キッスしても優しくまさぐっても、そのつど覚える喜びをすっかり我が物とすることは出来なかった。

首筋に
添いしキッスや
夢の跡

婦人と別れた後も、唇にはまだ温もりが漂っていて、夜のとばりが降り、現実に起こりえないことが起こると——数千年も前に似せて作られたネフェルティティの項に、モデルとなった美しい婦人の生身の項が発する温もりを、唇いっぱいに感得したのである。

唇の
恋うや項《うなじ》の
暖かさ

白い花

野原や、森や、庭先の——いたる処で探したのに。目にした沢山の花は、薺《なずな》、昼顔、水仙、睡蓮などで……こんな白い花を求めたのではなかった。

捜し求めたのは、咲く前の白い一輪の花だったのだ。

こうして朽ちた木の株に腰を下ろしていると、またも白い花が、あそこ羊歯《しだ》の傍らで見えたように思われた。確かめてみるべきだろうか。

でも、白い花など探しても、目《もく》しえないに違いない。だれも捜し求めぬ処にこそ、それはひっそり咲いているように思われる。

接　吻

月夜に一匹の蛾が、そっと閉じた野芥子の真っ赤な花びらを愛撫し、ゆっくり動いてゆくように——お前の唇へ優しく柔らかに接吻したい。

軽きキス
受けし唇
息熱し

彫刻家が、なめらかな湿って暖かい粘土で白い天使の頭部を撫でいとおしみ、象《かたど》るように、お前の髪や項《うなじ》を両手の指先でそうっとなぞりたい。

髪に指
指には髪を
からませて

まだ唇にはお乳の滴を光らせ、母親の膝で星空に浮かぶ夢をみる子供のように、おとなしく静かにお前の乳房へ頬をあずけたい。

乳房には
静かに頬を
寄せるべし

乱れた髪が三つ編みで縛られるように、また、別荘の白い滑石《なめいし》の小円柱が藤づるで巻き付かれるように、お前の全身でこの身をからめて欲しい。

からみつく

二人の身体
解けはせじ

瞳の奥にお前を覗き、鼓動を聴き、息を嗅ぎ、体液を飲み、お前の谷や丘を抱き愛撫して、結ばれ、融けて、消え去りたい。

キス甘し
香、音、色よ
とこしえに

水中花

朝早くにあの人から手紙がとどき、水中花が入っていた。薄く折られた紙切れを水に浸せば、ゆっくり伸びて、本物と見まがう花が咲くのである。

いくたび水に浸そうと思ったことか。しかし、どうしても決心がつかない。いちど水中に置かれたら、やがて無くなると知っていたからだ。

それ故、まだ大切にして持っている。送ってくれたあの人をそこに見ながら、いつ迄もそうであって欲しいと願っている。

だが、時としてこんな疑いにさいなまれる。いつ迄もそうであるということは、産まれる前に死んだも同然ではないか。ぜんたい生きているのだろうか。

　水中花
　うすき花弁や
　青白し

もう夜だ。まもなく寝なければならない。しかし、寝る時間が近づくにつれ、寝るのがますます辛くなる。どうしてだろう、さっぱり分からない。ベッドへ行くまえに、水中花を水に浸せば癒《いや》されるだろうか。

戦争と平和

氷雨の中、馬具も解かれず惨めに震えている馬を見て、少女は泣き出した。馭者はといえば、暖かい居酒屋で、ぬくぬくと杯を舐めている……。半ば萎《しな》びた花は、捨てるに忍びなかったので、食料室に置いて、もう少し生かせてやることにした……。少女はしばしば台秤《だいばかり》の老人が立つかたわらを通りすぎたが、ある朝きっぱり老人のところへ行き、体重を量ってもらうと、さっと多額のお札《さつ》を押しつけて消え去った。一瞬、貧しい老人は呆気にとられたが、やがて教会を仰ぎみると、頭《こうべ》をたれて十字をきった……。一度など、ただ訳もなく海に恋し海と一緒になりたくて、嵐の中を岸壁から荒れ狂う波へ身をおどらせたこともある。死なずに済んだのは、少女を波が岸に打ち砕かなかったからだ。たまたま居合わせた一人の漁師は、恐怖のあまり頭をかかえ、岸辺を右往左往するばかりだった……。

戦争が始まったときも、まだまだ若かった。彼女が許せなかったのは、敵である侵略者たちが彼女たちを殺しただけでなく、彼女たちが侵略者たちを殺さざるをえないようにしたことだった……。彼女は空き腹をかかえ、凍《こご》えきった身体で、冬の夜の森をなん時間となくさ迷い、疲れきって辿りついたのが、前に渡った氷の小川だったりした。どこからか犬の遠吠えが聞こえてきたとき、声のする方へ歩いていった……。銃剣をもった兵士が自分めがけて突進してきたので、彼女は夢中で発砲すると、兵士が倒れた。それから逃げた。命をかけても救い出したい人のところへ行こうと、弾雨を衝《つ》いて走りに走った……。彼女が捕らえられたとき、敵は彼女の足裏を銃剣で切りつけた。それから髪をつかんで引きずり回したが、不思議なことに、それ以上の悪事はまぬがれた……。

それから長い年月がたち、病の床で苦しむことがしばしばあった。彼女はそのつど、逃げ出したいと願った。逃げ去ってどこか別のところで生まれ変わりたい。人びとの住む町中でなく、大きくて静かな森、あるいは唐松や羊歯のあいだに生まれ、藻や苔のように生きたかった。ちょうど白樺の樹皮についた灰色、茶、緑の縞模様のように。

ある日の夕べ、さまざまな色と形の雲が——次から次へ、あるいは並んで、輪郭を変え、運命のように生まれたり死んだりして——北から南へ流れゆくのを眺めながら、まさにあれら雲こそ変わらぬ真実であり、永遠の真理であって、ほかの事柄はすべて、いかに堅牢重厚に見えようと、はかなく移ろう幻影に過ぎないのだ、と感じていた。

正《しよう》覚《がく》

彼岸へ到着した人は、しかし此岸に留まる——他の人びとも導くべく——穏やかに。なぜなら彼は「知識」も「無知」も存在しないことを知っているからである。

胡蝶の喜びは彼の喜びでもあって、彼の眼からは止めどもなく涙が流れる。彼は「我」も「汝」も存在しないことを知っているのだ。

彼は何物も所有しない、故にすべてを所有する。それは国王の宝蔵であり、天空であり、森の木々である。彼は「我が物」も「汝の物」も存在しないことを知っている。彼はすべてを拒絶したため、全世界を与えられた。過去・当今・未来に偏在するものすべてである。彼は「いま」も「いつか」も存在しないことを知っている。

彼が空想するものは真実であり、真実は彼の空想である。彼は「現実」も「夢」も存在しないことを知っている。

そして、この世とも思えぬほど彼は自在である。地上では神が微笑みを浮かべ、海上を天の船がすべる。パンと水を手にすれば、これを神饌《しんせん》や美酒と成すのである。

帰り来て
われ待つ妹《いも》の
家の鍵

Vladimir Devidé, *HAIBUN*, Zagreb 1997

本藤恭代・田中一生・訳

ミルカ・ジムコヴァー　Milka Zimková　1951-……スロヴァキア

東部スロヴァキア生まれ。本業は演劇女優。短編集『コンクリートの上で馬を飼った女』（一九八〇年）で作家としてデビュー。訳出した「天国への入場券」はこの短編集に収録された一編。この作品は一九八五年にシチェファン・ウヘル監督の手で映画化され、ジムコヴァーはパウリンカの母親役を熱演した（わが国でも「コンクリートの牧場」という邦題で上映）。「家路」は第二作品集『だからどうなの』（一九八六年）から、彼女の指示によって選んだ。

天国への入場券

面と向かって真実を語らないのは、その土地の人たちのあいだでは、もう習慣のようなものだった。いっぽう面と向かいあわないとなると、とっくの昔に真実でなくなったような真実が語られていたので、本当のところを知ることは、めったにできない相談だった。

九年制初等学校の第七学年修了とともに、パウリンカと国営精肉工場とのあいだの労使関係がはじまった。彼女は八時間もベルトコンベアーの傍らに立って、出来上がったサラミ・ソーセージを一本ずつ手に取っては、万事が規定量と規則に適っているかどうかを、検査しなければならなかった。昼間勤務が終わってからバス発着場への道のりは、彼女にとって果てしなく遠く感じられたが、まだしも幸いなことに、小さからぬ駐屯地の兵舎のわきを通っていた。あるとき、それが起こった。雪解けの香りを運ぶ四月のそよ風が、木々の内部に樹液を送りこんで、むずむずと官能を疼かせた。彼女は、それに身を委ねないわけにはいかなかった……。

「起こるべくして、起こったことさ。きみの時が来たんだ」ああ、せめて一度でもこう囁いてくれたら、彼女にとって今、どんなにか慰めになったことだろう。

このときに四月が、木々の内部に注ぎこんだ樹液は、つぼみに変わりはじめ、つぼみはまた浅緑色の若葉に姿を変えて、その瑞々しさで愛撫するように誘っていた。でも彼女を愛撫してくれるような人はいなかった。ほんのわずかで――おののきに紅潮した頬に、そっと触れてくれるだけで十分だったのに……。

昼間勤務からの帰り道に、彼女は時おり、栗の樹の下に佇まなければならなかったが、この樹は見る見るうちに、ごく最近までのつぼみを花々に変えていた。

もう隠すことはできなかった。

「おやまあ、お宅のパウリーンカには、あのサラミ・ソーセージが美味しいんだねえ……。見てごらんよ、からだつきがふっくらとしてきたじゃないか」善意にあふれた隣人たちは、彼女の母親にこう言いながらも、事の重大さを承知していた。

「好きなように考えるがいいよ、ハリカ、わたしが言いたいのは、あれが聖霊の仕業にちがいないことだけさ……」木造の教会から外に出ながら、ヴェレシペイカは村の上手に住むハリャに言い聞かせた。

「だって毎回、礼拝に来ているじゃないか。だから言っただろう、修道女にすればよかったんだよ」

「両親はそうしたかったのさ、でもあの娘はね、なぜだか学校をまともに卒業しなかった。今どきは学歴がなくては、芸能人にでもなるほかはないね」

「それもだめさ、わたしが聞いたところじゃ、あのテレビのなかで歯を剥き出している連中のなかにも、お医者さまのような学歴を持っている者がいるんだと」

「神さまが、あの連中の罪をお許しになりますように、でもあそこで歯を剥き出さないほうが良いのにね、わたしはそう思うよ」

「まったくだ。でもあのパウリナときたら、カエルの子と言うしかないね。あの娘の母親の若い頃を覚えていないかい。さかりのついた牝イヌみたいに、駆けずりまわっていたよ」

中身に肉よりも小麦粉がますます増えてはいても、サラミ・ソーセージがパウリンカにとって美味しかったことは、たしかに本当だったが、聖霊について言っておけば、傍らに立つ栗の樹がかくも甘く薫っている兵舎の、あまりにも具体的な第六連隊のある兵隊の姿で具現したのであった……。

彼女は兵隊の写真を差し出して、七月のとある美しい午後、一同は彼のもとに押しかけた。パウリナの父親とその義理の弟、それに兵舎のそばには、この郡でいちばん優秀なブルドーザー運転手である叔父の息子も待機していた。門衛に聞いてわかったのは、写真の兵隊は、一時間足らず前に新郎になった幸せ者で、生後一週間で体重四五〇〇グラムの男の子の父親でもあることだった。この郡でいちばん優秀なブルドーザー運転手がそばにいなかったら、パウリナの父親は結婚披露宴を、まちがいなく予定よりも早めにお開きにさせてしまったことだろう。くだんの連隊の伍長の情報によると、その披露宴は、兵舎から五〇〇メートル足らずのところで開かれていたからである。

聖ペテルの断食日が近づいて、祝宴と結婚式と大盤ぶるまいができる時期が、残り少なくなってきた。なんとしても、なにかしら手を打たなければならなかった。かなりの大家族の、それも全員が強く望むときには、なにごとかが為されなければならない。そして実際に為されたのである。

「まあ、如才のない男でね、若からず、年寄りでもなく、髪の毛はちょっと薄いがね」詮索好きなドリナのマグドゥリャが口を開いたが、彼女は仲買人で、仲人としても知られていた。

「酒は飲まないの」パウリンカがいささかおずおずと訊ねた。

「おやおや、酒を飲まなかったら男じゃないだろう。そんなのがいいのかい。酒を飲まないのは、胃潰瘍持ちだけさ。あそこでは、その男には二個所に子供がいるとか言っていたけれど、でもそれが本当かどうか、わかるものかね。世間はいろいろな事を言うからね。でもかりにそれが本当でも、あんたはもうわがままは言えないよ。自分の恥を隠せないからね……。これで失礼しよう。ああ、そうだ、あやうく忘れるところだった。水曜日の午後二時に、旧屠殺場の前であんたを待っているって、薬局のあるところさ。結婚指輪を買いに行くんだよ。それから……、念のために、少しばかり現金を持っておいき。あの男が忘れるようなことになるかもしれないからね、まあ男衆がどんなものか、知っているだろう。あとであんたが、手ぶらで戻ってくることがないようにね。そう、まだなにか言いたかったんだが……、黒いスーツと白いシャツを着てくるはずだよ。まあ、うまくおやり」

あまりに早く人生に疲れたような赤い両手で、パウリンカは更紗のブラウスをひっぱって、恥を覆っていたが、それはもはや隠すことができなかった。彼女は一言も発しなかった。

結婚指輪は水曜日に購入された（案の定、男は現金を持ってくるのを忘れた）。さらに町からの帰宅代と、セルフサービス食堂の豪華なタマゴ料理の代金も、支払ってやらなければならなかったが、しかし幸せな家族は、こんな些事に関わりあっているひまはなかった。結婚式の準備におおわらわだったからである。

「お待ち、わたしが計算しよう」インク鉛筆で招待客の数を書き留めながら、鼻にメガネをのせたパウリナの母親はこう言った。「まあ、ツィブリャチカ婆さんと彼女の娘婿も呼ぶとすると、九十一人になってしまう。あーあ、歌って、踊って、おけつが痛いよ」母親はインク鉛筆を口にくわえて、うめき声をあげた。「ツィブリャチカ婆さんを呼ぶのだったら、フリニェネー村の名づけ親も呼ばなければならないけれど、あそこは頭数が多いからね」

母親は夜遅くまで計算し、分類し、追加して、やっと数え終わった。それでもまだ最終的な数字ではなかったが――百三十人になった。

「しかたがないさ、わたしらの娘が結婚するのは一度だけなんだし、みんなに見てもらって、あっと言わせようじゃないか。あのミクロトカみたいじゃなくてさ。自分の娘を旦那に、建設現場監督に嫁がせると大騒ぎしていたが、披露宴はお通夜みたいだったじゃないか。わたしらにできないはずがないよ。パウリンカは貯蓄銀行に四八〇〇コルナの預金があるし、売れば五〇〇〇コルナにはなるだろうから、もったいないけれど、雄牛を一頭つぶして、ブタもつぶしたっていいし、パーレンカ酒はまだ寝かせてあるのがあるし、見た目が良いように、外貨ショップのを少々買い足して、たらふく詰めこませればいい。新郎のほうは、マグドゥリャに言ったそうだけれど、十人だけの招待客と一緒に、二台の高級車に分乗してやって来るとかで、それぞれがケーキと一リットル・ビンを持参して、それ以外に、もう調理済みのブタ一頭を持ってくるから、わたしらはそれをちょっぴり温めるだけでいいんだと」

八月十九日、土曜日の朝が訪れて、もうなにものも、一週間に及ぶ準備作業がしかるべき社会的反響を伴って、結婚披露宴に結実しないように妨げることはできなかった。一家の者たちが仕事と睡眠不足のせいで、もう三日間もコイのようにのろのろと動きまわっていたのは、まったくたいしたことではなかった。大事なのは、屠殺された雄牛にはじまって、思いつくかぎり花輪に巻き付けられた縮み織りの飾りリボンにいたるまで、万事を執り行う余裕があったことである。

もう金曜日の晩から中庭の半分を、切りたての白樺の若木で飾られた軍用テントが占拠していた。というのも、十六才未満の子供たちは、両親の膝の上に座るという可能性も含めて、どんなに計算してみても、全員を時代物の農家の三つの大きな部屋に詰めこむことは、できない相談だったからである。結局のところ、このテントのなかのほうが、居心地も風通しもいいことだろうが、しかしふつうは年配の家族の一員で、できれば酒を飲まない者が（もちろん、そんなのがいればの話だが）、飲み食いされるよりも、持ち出される分のほうが多くならないように、神の恵みのこのテントから、片時も目を離さないようにしなくてはならないのである。

熱心な地元勢は、もう朝早くから自分の居場所を占領した。後になると、プレゼントを渡しにきただけのふりをしたもう少しまともな人びともやって来はじめたが、言うまでもなく彼らは、中庭だけでなく、表通りにいるだれにも聞こえるように、大声でプレゼントを渡したものである。

「おい、パウリンカ、聞いているかい、こちらへ来て、わたしらが持ってきたこの粗品をしまっておきなさい」しばしばこんな声が聞こえて、パウリンカは、糸状の木屑が詰まった巨大な包みを片付けるひまもなかったが、それらのなかには、ティーカップ・セットやらリキュール・セットやら、その他もろもろのセットが入っていた。言うまでもないことだが、金の縁取りが広いほど、それだけ高級品というわけだった。

「パウリンカ、あんたがこれを食器棚に並べたら、人が金歯の口を開いたように見えるね」ひとつひとつの包みの中身を値踏みしながら、仲人役のマグドゥリャはこう言った。

すでにセゲド・グリャーシュと牛肉のぴり辛煮こみとチェヴァプチチがなくなり、太陽も天頂に近づいていたが、新郎を乗せた二台の高級車は影も形もなかった。自家製のサラミ・ソーセージも売り切れた。外貨ショップの酒は、新郎側の招待客のために鍵をかけた場所に、もうわずか数リットルが残っているだけだったが、その時、午後の二時頃に慶事の家の前に、窓まどから白い飾りリボンを垂らしたバスが停まった。このバスが、待たれていた二台の高級車よりもいささか大型だったのは、まだ大したことではなかっただろう。いろいろなことが起こるものだからだ。途中で故障したのかもしれない。だが、バスから降りはじめたこの歌う群れ、こればかりはやはり計算外だった。三列の行列の先頭はもうテントのなかにいたが、最後尾はまだバスの中だった。

「わしらは大勢じゃないし、たくさんはいらない、パーレンカ酒一杯とパン一切れがあれば十分さ」大勢が合唱しながら、ビニールシートでおおわれた結婚式のテーブルの、できるだけ有利な場所に着こうとしていたが、そこはすでに地元の招待客たちに占領されていた。

「ああ、ハンチャ、聖母マリアさまがわたしらをお護りくださるように。もうみんなバスから降りたというのに、ケーキも、ちょっと温めるだけでいいはずの調理済みのブタも、見当たらないよ。こんな風に手ぶらで押しかけるなんて、恥ずかしくないのかね」

それ以上瞑想にふけっているひまはなかった。腹を空かせた群衆が、自分たちの分を要求していたからである。皿に山盛りだったカツレツは、たちまち無くなりかけていた。

「あの大きいのは、わたしらの客に出しなさい。こんなのは見たことがないよ。わたしらは、テーブルの半分ぐらいのカツレツを準備したのに、あの乞食どもは手ぶらだ」コック長のヨラナはこう宣言して、もう身内の客の分と新郎側の客のための分を、分けはじめた。

またしても、この郡でいちばん優秀なブルドーザー運転手がそばにいなかったら、悲嘆にくれて怒り狂ったパウリナの父親は、自分の将来の親戚の半分をぶちのめして、残りの半分には、村の下手のほうに一目散に退散を余儀なくさせていたことだろう。

こうしてパウリナの父親は、半ばは無念の思いに、半ばは外貨ショップのラム酒に酔いつぶれて（彼はこのラム酒を、最後の瞬間に所望した。せめてこれを、あの馬の骨どもに横取りされてしまわないように）、自分の周囲でなにが行われているのか、我関せずのていで、納屋のなかで眠りこんだ。

到着した連中のだれかが、それでも背中になにか隠していないかどうか、これまで様子をうかがっていた地元勢は、新郎がいないことに気がつかなかった。彼らがその事実に気づくのは、教会の祭壇の前に来てからになったかもしれなかったが、なんといっても新郎の存在にいちばん関係の深かったパウリンカが、あらゆる物があふれた場所で、家族の選良が集合していた食料置き場にやって来て、かろうじて聞き取れるような小声でこう囁いた。

「ママ、彼がいないわ……。一緒にやって来なかった」

「どんな奴が、この上お前に必要だと言うんだい。やって来た連中だけでは、足りないのかい」

「それはそうよ、でもわたしはどうやって教会へ行くの」

　母親はやっとそのときになって、だれのことなのか思い当たった。「幸せなわたしを、あの人が教会から家に連れて行く」というまったく同じリフレーンを、すべての歌のあとにつけるにわか仕立てのビッグビート・バンドが、倦むことなく造り出していた大音響がなければ、披露宴の客たちは、パウリナの母親の、魂を引き裂くような号泣を耳にしたことだろう。彼女は叫びながら、両手で頭を抱えて森のほうに走っていった。幸いなことに、人びとが折りよく追いついて、湿った布切れで我に返らせた。

　その間に、どこからどうやってかは分からないが、中庭の真ん中に新郎が姿を現して、かろうじて両足で立ち、訝しげな招待客たちのほうを細目で見ていた。パウリンカは人込みをかき分けて、彼のほうに駆け寄った。

「おっ、かわいこちゃん、もうどこかで見かけたな」

彼はうなって、重たげな手で彼女の肩をばんと叩いた。もしもパウリンカが、頑丈な造りでなかったら、きっと真っ二つに折れてしまったことだろう。みんなが驚いたことに、彼女はいきなり彼の片手を握ると、着替えの場所に定められた奥の部屋に引っ張っていった。椅子に座らせて、もうとっくに黒くなくなっていた背広と、汗まみれの格子縞のシャツを脱がせた。タオルで彼の汗ばんだ首を拭い、テーブルの上に準備された品物のかたまりのなかから、化繊百パーセントの最新型のワイシャツが入った箱を取り出した(あのときの、そして同時にただ一度のデートでの目測によって、四十三号だった)。ベッドの上には、父親が休息に入る前にまだ脱ぐひまがあった背広が置いてあった。

パウリンカはかなり苦労して、自分の花婿の、一部は硬くて、一部はふにゃふにゃの身体を、その背広のなかに押しこんだ。このときになってやっと、どちらの手にも結婚指輪をしていないことに気づいた。

「指輪はどうしたのよ」彼女は思わず叫んだ。

「指輪だって……。そいつはモルダヴァ村のジプシーたちに売っちまったよ、かわいこちゃん」彼は頭をのけぞらせて高笑いした。「だが心配することはない、あんな指輪なんか四つでも買ってやる……、どうだ、四つ、いや十個も買ってやるぞ」もう一度大声で笑いだして、彼女のお尻をぽんと叩いた。

「……九か月後に新聞は書いたとさ、小さなパイロットが、この世にぴょんと飛び出したと……」奥の部屋のドアが開かれたとき、外ではこんな歌声が響いていた。彼女はわきに手を回して新郎を支え、シロンのひだ飾りのついた銀色のしゅす地のドレスをまとっていたが、それは彼女の体型にしかるべく考慮されていた。新郎のほうは、新郎にふさわしく微笑んでいた。

満腹した群衆は、なにごとにも動じる風もなく、それ以前にはなにも起こらなかったかのように、しかるべき両親との別れ歌にとりかかったが、もう部分的に我に返った当の両親は、万一に備え、両手にハンカチを握りしめて、手前の部屋に控えていた。花婿をこのときに生まれて初めて目にしたことなど、彼らはまったく気にしていなかった。新婚カップルが二人の前で跪くと、花婿を実の息子のように抱擁して、両頬に接吻した。まっとうなキリスト教徒にふさわしいように、その間じゅう両親は泣いていたが、それが悔し涙なのか、それとも嬉し涙なのかは、見当がつかなかった……。

教会での婚礼儀式は慣習になっているよりも、つまり万事に――おもに花嫁とその独身時代の素行について――問題がないときよりも、いささか早めに終わった。ふたたび指摘しておかなければならないが、パウリンカがかなりの強肩でなかったら、新郎が儀式のあいだに、床にへたりこんでしまわなかったかどうかは、まったく心もとない次第だった。幸いにしてそんなことは起こらず、調子に乗った群衆は、神の館のなかでいささか元気を回復して、婚礼のテーブルのまだ冷えきっていない場所に着くために、基準以上の大音響を伴って、村の上手に赴いた。披露宴は夜が白むまで続いた。主賓である新郎は、一人ではもうまったく歩けなかったので、テーブルからテーブルへと運ばれた。ところが、ふたたび彼を運びにかかったちょうどそのとき、たいていはテーブルかベンチの上でごろごろしていた巨体が、影も形も無くなっていることがわかった。

そしてこの事実にいちばん傷ついたのは、ふたたび彼女だけだった。外貨ショップで購入したショールを頭にかぶったまま、食料置き場に駆けこんだ。そこにいたのは、長持ちの上に横になった母親だったが、そのなかにはまだ、外貨ショップで買い蓄えたあれこれが入っていたのである。母親は、恥のかけらもないあの馬の骨どものだれかが嗅ぎつけることがないように、万一に備えて長持ちの上に横になり、ぐっすりと寝こんでいた。

「ママ、ママ」パウリンカは、絶望して母親の肩を揺すぶった。「行っちゃった、いないわ……」

「なに、だれが」

「わたしの亭主よ……。いないわ……」

「ああ、そんなことかい。地獄にでも行ったらいい。肝心なことは、おまえがもう正道に立ち戻って、また天国への入場券を持っていることさ。まっとうなキリスト教徒にふさわしく、披露宴は済んだんだ。なにが神さまへの義務で、なにが世間への義務なのか、みんなにはもうわかっている。あの乞食どもとはわけがちがうんだよ――ケーキのひとつも持ってこないような……」

力尽きたバンドが、おのが大音響から完全なる静寂へとボリュームを下げたときには、もう辺りは白みかけていた。彼女は、しばらく佇んでいられるような片隅を探したが、どこにもだれかがごろりと横になり、そこここには料理のかたまりも吐き散らされていて、それは運びこまれるはずだったブタなしでも、じゅうぶんな量だったのである。

彼女は中庭に走り出て、森のほうへ折れ曲がろうとしたが、そのとき、最後のリンゴの樹のそばで、不意に立ち止まった。なにかが彼女の体内で動いたのだ……。これらいっさいはこの子のために行なわれたのだが、この子はそれについて知ってさえいなかった。四月の風が、木々の内部に樹液を注ぎこんでいたときの彼女と同じように、この子にも罪はなかった。もうこの子の時が来たのだ……。

生きているよ、と自分のことを知らせたのだ。

まだ黄色く染まるまのなかった太陽が、ずっしりと実のなったリンゴの樹に、弱い光を注ぎかけ、その樹の下に一人の若い女が立っていた……。

Milka Zimková: Pásla kone na betóne a iné. Ikar, 2002, Bratislava

長與進・訳

家路

駅の建物はモダンだった。この共和国でもっともモダンな駅のひとつと言っていいかもしれない。流れた時というよりはむしろ旅客たちが、駅が機能していたこの二、三年間に、すでにかなりの年輪を建物に刻みこんでいた。当初の意図は見事なものだった。ひとつひとつの待合室の表示は、明らかにこの楽観主義的な時期に由来していて、どのようなグループの人びとが、どの待合室に留まるべきかを、ひじょうに厳密に表示している。二人は十一時間に及ぶ列車の長旅のあとで、腰を下ろすことができるような静かな一角を探し求めたが、無駄に終わった。二、三の空間では勝手気ままな若者たちのグループが、トランプ遊びによっておのが成熟ぶりと大胆さを証明していたが、言うまでもなくしかるべき罵り言葉も伴わせていた。

彼らは文化コーナーに足を踏み入れた。三つの小さなテーブルが繋げられて、その周囲に七脚ほどの椅子が置いてあった。ヤンコ・フェリマクの大家族が、プルゼニでの結婚式から戻る途中だったのである。テーブルの真ん中の紙の上には、スライスされたサラミ・ソーセージが山盛りになっていた。二キロほどもあるかもしれない。もう一枚の紙の上には、パンの山と一ビンのマスタードが置いてあった。みんなうまそうに食べていたが、一人の年配の男だけは、腰を下ろしたまま穏やかに寝息を立てていて、彼の前のミスリヴェッ・ブランデーのビンは、もう空になっていた。もう一本の、半ば空になったほうのビンは、眠たげな家族の手から手に回されていた。「どうぞ召し上がって、お嬢さん、遠慮なさらないで」三人の女性のなかで最年長の、彼らの母親らしいのが声をかけてきた。彼女はなかば奥さま風の装いで、外貨ショップのショールを頭にかぶり、両足はバグパイプのようにむくんでいた。くつは脱いで、脇に寄せてあった。

「プルゼニでの披露宴の帰りでね、晩のバスに間に合わなかったので、朝方まで待たなくちゃならない。わたしらはほんとうに腹ぺこでね、あそこではなにも食べさせてもらえなかった。お一人さまにオープンサンド一切れと、ソーセージが二本ずつ、あとはお引き取りくださって結構というわけ。しかもわたしらはね、お嬢さん、行きには一晩中、なにも口にしていなかった。わたしは朝方、軽食堂になにか食べに行きたかったけれど、でもみんなが反対してね。とにかく我慢してくださいよ、母さん、披露宴に行くんだから、そこで満腹できますよって……。

こうしてわたしらは披露宴に出たんだよ、お嬢さん。でもそれはお通夜よりもひどかった。わたしがね、長女を嫁がせたときには、ブタを二頭つぶしたものさ、雄牛も一頭と、二百リットルのパーレンカ酒があって、そのうちの五十リットルは外貨ショップのだった。あんたに言うけどね、お嬢さん、なにもかもが山ほどあって、披露宴のあと一週間、ヴィシニー・コニェツ中でブタたちは、クズ餌のかわりにトンカツを喰っていたものさ。父ちゃんは我に返るひまもない。かわいそうに、列車のなかでそのパーレンカ酒をちょっぴり舐めて、それでほら、無念さのあまり寝込んでしまった……」

「なあ、ジョジョ、このお嬢さんにパーレンカ酒を差し上げな」母親は息子に声をかけたが、彼もまったくの素面というわけではなく、はれぼったい赤い目をして、無念さからか、それともなにか別の動機からかは分からないが、両膝のあいだにミスリヴェツ・ブランデーのビンを、ぎゅっと挟んでいた。お嬢さんはビンをほんのおしるし程度に舐めて、それを自分の連れに手渡した。

「お父さまかね」

「いいえ、この人は……、これはわたしの……」

「十本のピルゼン・ビールと、一杯のパーレンカ酒で結婚式をお開きにするなんて、怒らないでくださいよ、お嬢さん、でもそいつはあんまりじゃありませんか」文化コーナー中に響く声でジョジョが叫んだ。ふだんは物静かな二十歳ほどの好青年なのだが、今はミスリヴェツ・ブランデーのために気が高ぶっていた。

「いいですか、お嬢さん、それが問題じゃないんだ。だって食べ物なんて家にどっさりある。パーレンカ酒だって買えるでしょう、神さまに誓って。ヨシコがおれの兄貴で、イジナが義理の姉貴でなければ、二人はプルゼニ中を、汚い洗濯物みたいにぶっ飛んでいるぜ。神さまに誓って」

「やたらに神さまのことを口にするんじゃないよ」サラミ・ソーセージを口一杯にほおばった母親が、息子をたしなめる。

「静かにして欲しいな、母さん。誓って言うけれど、おれはあいつらに目にもの見せてやりたかった、チェコ野郎どもにさ。でもね、おれは文化的な人間だから、むしろ自分の舌を嚙んで我慢しますよ」

「あいつらのケツに嚙みつけないならね」母親のフェリマチカが話を締めくくった。

「まあ乾杯しましょう、もっとおやりなさい、お父さまにも差し上げて」

「考えてもごらんなさい、あそこじゃだれも口さえ開かず、だれも歌わず、あの老いぼれたイジナの父親にはレコードを聞かされた。わたしとシチェフィは歌うのが大好きでね。喧嘩して、殴りあって、そのあとで一緒に歌うのさ。そうじゃないか、シチェフコ」ここでフェリマク家の子供たちのなかで最年長の娘が話しだした。頑丈そうな若い女で、知性はあまり感じられない顔つきだが、しかしそのかわり生命力に溢れていた。片手で一歳ほどの赤ん坊を抱き、洋服の下にはもう明らかに、夫婦愛のさらなる結晶が浮かび上がり、もう一方の手では自分の夫を抱きかかえていたが、彼は物思いに沈んでいて、確かにひじょうに活発とは言えない様子だった。それだけいっそう、くだんの夫が藪から棒にいきなり、力強くて澄んだ声で、あのゆったりとした東部民謡のひとつを歌いだしたときの驚きは大きかった。「あの曲をやってくれ、ジプシーよ、ぼんやりしていないでさ、おれの愛しい人がおねむだから。そう、そう、おれの愛しい人に、あの曲を……」見事に朗々と歌い上げたので、新築の駅の建物全体がびりびりと揺れるほどだった。母親のフェリマチカが自分の大家族を食べさせているあいだに、父親のフェリマクのほうはまどろみながら、三度ほど叫び声をあげるひまがあった。「おまえらみんなに、今すぐにばちが当たればいい。おれのところにやって来いよ、披露宴のやり方が拝めるぜ……。だがおまえらには、なにもやらないからな」

もうみんなが、なぜそこに座っているのか、ほとんど忘れてしまった頃に突然、チェコスロヴァキア国営バス交通局の女性職員の艶かしい声が、しかるべきシャリシ方言のアクセントで、始発のバス便をアナウンスしはじめた。

「もうおまえは、その自分の若いのを、見せに来てくれてもいい頃だよ」母親は彼女に手紙で書いていた。もしも彼が若かったら、両親のイメージにしたがえば、せめてヨシコ・ケレステシのようであるべきで、この男は彼らの下手に住んでいて、歯でテーブルを持ち上げるのだが、そうであれば彼女はとっくの昔に、両親に紹介していたことだろう。結局のところ彼女は教授先生に、「若いの」というのは自分たちの故郷では、年齢が若いことだけを意味するのではなくて、結婚まぢかの者でもありうると説明するのに、かなり苦労した。要するに花婿のことなのである。

彼女は、母親がすべての家族内と夫婦間の不和を、万事がこんな年寄りじいさんと暮らしているからだと言い訳していたことも、そんなにあっさりと忘れることができなかった。もしもわたしが、年齢の近かったヤンコ・プリブラと結婚していたら、お嬢さまみたいに暮らしていたことだろうね。でもわたしはいやだと言ったんだ、十三歳の違いがあっても、むしろ年上のほうがいい、そのほうがもう落ち着いていて、賢いだろうって。なのにこのざまだよ。老いぼれじじいは、いつまでたっても落ち着かない。いまだに例のことさえ考えている。わたしには分からないよ、この男たちは年を取らないのか、なんなのか……。

そして今、彼らの一人娘が、自分の父親よりも一歳年上の若者を、両親の家に連れていくところである。だれも彼がそんな年齢だとは思わないだろうが、しかし現実はそうなのだ。こうして遠くから見ると、彼女の女友だちが言っていたように、ティーンエイジャーそのものだった。そして確かにそれは、彼の濃い黒髪のせいだけではなく、むしろまなざしと足どりにあった。そもそも、彼のこの楽天主義的な姿勢が、万事を寛容の心で受け入れ、必要のないところには問題を見ないように努めていたことが、彼女をときおり戸惑わせた。知り合った当初は、彼のその利他主義がまるごと、なにかの弱さと無能力に由来していると考えていた。今になって思い当たったのだが、それはそもそも、人間がすでに理解した知恵なのである。

今、この待合室でもそうだった。彼女のほうは、自分の同郷人のことであっても、もしかしたらまさにそれゆえに、内心では万事が穏やかでなかったのに、彼は興味津々の態で、満面にえみを浮かべて、フェリマク家の結婚式の顛末に耳を傾けた。

二人の乗るバスはまだ発車時刻ではなかったが、しかし彼女はもうそれ以上、待合室に留まっていたくなかった。二人は廊下に出た。これら一切が自分の心をかき乱して、おもに彼の手前、決まりが悪いと彼女は感じていた。彼のほうはそれを感じ取って、これはローカルカラーの問題として取るべきであり、こうしたささやかなニュアンスは、あれこれの地方の人びとの独自性に、彩りを添えているだけだと言って、彼女を慰めはじめた。もしも二人のそばに、ほろ酔い加減の一人の若者が立ち止まらなければ、いつまでか分からないけれど穏やかに分別を持って、そうして欲しいとは夢にも思っていなかった人びとを、弁護していたかもしれなかった。若者はしばらく二人の方を、にやにやしながら見つめて、それから駅中に向かって叫んだ。

「わあ、ヒゲのお化けだ……」

バスが停車した。二人はドアのすぐそばに座った。運転手が切符を配って、もう動きだすように見えたが、そのときバスのなかに、くだんの若者が駆けこんできて、教授先生の胸ぐらをつかむと、少し持ち上げてから、手を一振りして、バスの後方部に投げ飛ばした。

「どこであんたを見かけたのか、一時間考えたぜ、おっさん。やっと思い当たった。おれの目はごまかせないな。ちょうど昨晩、こんなのをテレビで指名手配していた……」

バスの車内は騒然となった。そのとき、三歳ほどの女の子がひどく泣きだした。母親がその子を宥めた。

「泣かないで、わたしの子、泣かないで、おまえをぶっているんじゃないよ、あのヒゲのおじさんをぶっているだけだよ、落ち着きなさい、おまえには、だれもなにもしていないよ……」

Milka Zimková: Pásla kone na betóne a iné. Ikar, 2002, Bratislava

長與進・訳

ブラジェ・コネスキ　Блаже Конески　1921-1993……**マケドニア**

マケドニア中部の農村に生まれたが、学業を期待されて奨学金を得、ベオグラードとソフィアで哲学、言語学を修めた。帰国後新生マケドニアのための標準語制定準備に取り掛かり、のちに標準文法を完成、現代マケドニア語の基礎を作った。スコピエ大学設立を果たし学界の若手リーダーとして活躍する一方、多くの創作作品によって詩人としても高い評価を得ている。

マケドニアの三つの情景

第一景　オフリド湖

一

目を覚ましてごらん、美しい娘さん
見えるかい　ほら、目の下に広がる
青々とした草原が
その青い草原に見えるだろう　着飾った行列が
馬が勢いよく飛び跳ね
花嫁を迎えに行く仲人たちの
おめでたい唄が聞こえるだろう

いいえ、あの青々と広がる草原は

私のものではありません
でもあの青く揺れる湖は
私のためにあるのです

いいえ、あの仲人さんたちは
私を迎えに来るのではありません
でもあの白い波は私のために騒ぐのです

いいえ、あの仲人さんたちは
私のために歌うのではありません
私のは　ただこの悲しい唄ばかり

「騒げ湖、踊れ湖
白いかもめよ　飛んでおいで
飛んで私の手の中においで
この白い胸の中で温めてあげよう」

二

オフリド湖はもう三日三晩
嵐の唄を歌い続けている
まるで気が狂ったかのように
我を忘れて踊り狂うかのように
吼え　喚き
泣き叫んで

なんという力強さだろう！
あんな凄まじい高揚の中に
すっかり巻き込まれてしまえたらいいのに
あんな激しい声が出せたらいいのに
その吼え声が　猛り狂う水しぶきにも負けず
灰白色の断崖まで届き
木霊になって戻ってくるほどに

第二景　ドイラン湖

一

岸辺には楓が豊かな影を広げている

蒼い水面に蒼い空
娘さん、あの古い楓の木陰で
僕は君を見かけたんだ

君は一体どこでその美しさを手に入れたんだい
どこでそんな麗しい姿に育ったんだい
青空も　湖の紺碧の波も
君の瞳の奥深くまどろむのだね

明るい太陽が　君の長い睫毛に降り注ぎ
金色の絹糸に仕上げる
僕の心がすっかり青く染まってしまったのは
君の瞳が余りに青いからだよ

二

「目に浮かぶ懐かしい湖の姿
寄せては返す波、波、波……」

湖を想って唄われたこの哀しい唄
その波の姿が今まさに僕の目の前にある
僕の胸の鼓動のように
岸を打っては砕ける波

三

紺碧の山々に抱かれたこの優しい風景
世の人すべてにお前を見せたいものだ

小さな子供が遊びに来たらいい
両手で水をすくって遊んだり
小石をおもちゃにしたりして
岸辺で嬉しそうに声をあげて笑うだろう

美しい娘が来たらいい
妖しい思いに誘われて
紺色の夜の帳が深く降りるとき
湖の畔《ほとり》に足を止めるだろう

その美しい娘と若者が

湖の畔で出会うだろう
夜の波が彼らにささやき
星がやさしく照らすだろう

こうして思えば思うほど
僕は口惜しくて仕方ない
青春も終わろうという今になるまで
この湖を知らずにいたなんて

ポプラの根元に僕は立ちつくす
足元にひっそりと広がる水際の静けさ
僕は何も知らなかったのだ
祖国がこんなに美しいことを

四

小舟が僕を沖へ沖へと運んで行く
どこまでも広がる青い水面
太陽が波の襞の中に砕けて
真珠の粒を散りばめたよう

そうだ、この粒をこの手ですくって
首飾りにしよう
それを大事にとっておいて
この世で一番大切な人に捧げよう

五

おや、湖が飛び跳ねている
大波広げて　翼のようだ
そうして元気な小鳥たちと
追いかけっこの真最中

小鳥が一羽湖面すれすれに舞い降りる
白い泡がいまにも届きそうだ
湖は思いっきり跳ね上がる
軽やかな小鳥を捕まえようと

だが小鳥は太陽の光の中に逃げ
もう天空の高みでさえずっている

湖はふたたび下に沈み
大きく肩で息をする

軽やかな小鳥を捕まえるなんて
お前には決してできやしないんだよ
小鳥はお前をからかっているだけなんだよ
鳥は自由に美しく羽ばたくものなのだから

六

年老いた漁師とふたり
夕べの岸辺で愉しく過ごす
酌み交わす酒の一滴ごとに
ひと言ひと言が注がれる

老人の言葉は訥々と
湖の水をたっぷり含んだなまり
額に波打つ深い皺は
生き抜いてきた厳しい人生の証

若い漁師とふたり小舟に乗って
沖へ漕ぎ出すのもまた格別だ
力強く櫓をこぐ若者の
漁師の唄に聞き惚れる

若者の胸は熱く渇く
陽光を思いっきり飲み込んで
若々しいその肉体は
未来への希望と活力に輝いている

七

山の向こうに陽は沈み
湖を翳が被いはじめた
さらばドイラン、旅路が僕を待っている
僕はもう行かなきゃならない

山に向かう峠道
頂上までたどり着いて
も一度後ろを振り返る

ドイラン湖を見るために

別れるのはやっぱりつらい
眼下に広がる紺碧の姿
戻れ、戻れ、と声が聞こえる
でももう帰らなきゃならない

僕は大きくため息をつく
まだまだ辛い日々が続くのだ
青い瞳の娘さん
せめて君を連れて行けたら

せめて君が一緒なら
どこへ行っても寂しくないのに
君の瞳の奥深く
いつでもドイランを見られるのだから

第三景　テシュコ・オロ

さあテシュコ踊り!
チャルメラが甲高い叫び声を上げ
大太鼓が地響き立てて大地を揺るがすと
何故か悲しい思いがこの胸を締め付け
目頭を熱くうるませる
何故か突然子供のように泣きたくなって
両手で胸を押さえ　顔を被い
唇嚙みしめて　じっとこらえる
喚きたくなるのを必死でこらえる

テシュコ踊りよ、しんがりは老人たち
眉根に皺寄せ　目はうるみ
柔らかな草地に踏みおろす最初の一歩は
ゆっくりと慎重に　押し殺した感情そのまま
けれど次の瞬間大太鼓がはじけ　指笛が鳴ると
稲妻に打たれたようにその顔がさっと輝き
矢のように鋭いステップで繰り出す先頭

我も我もと続く列

それを見るや　若者たちが飛び込んで行く
檻に閉じ込められた灰色の鷹のように
目は爛々と輝き
胸のうちに若い血がたぎるのを抑えられない
大空向かって飛び出したくて　たまらないのさ
踊りの輪が回り　大地が回る
この世界が根こそぎ引き抜かれるかのよう
向こうの暗い山々も震えおののき
木霊を返してくるようだ

この熱く煮えたぎったオロという踊り
我らが大地に　なんとまあしっかり
根付いたものだろう
オロの中では　川が水音を立ててしゃべり
オロの中では　風がひゅうひゅう叫びまわり
オロの中では　熟れた麦がざわざわとささやく
夕べの香りが静寂の中ではじけると
昼の間にたっぷり春の空気を吸いこんだ大地が
熱い吐息を吐き出すのさ

不幸せな星の下に生まれたこの心も
テシュコ踊りの中に織り込まれているかのようだ
時代は変われど尚も虚しく暗い日々
血の苦しみに呪われた虜囚の我ら
時代は変われど　変わらぬ願いはただひとつ
幸せな青春と自由な世界への渇望
そして唄う　愛の歌
だがそれも　空渡る鶴の斃れ行く最期の一声

テシュコ踊りよ！　お前をじっと見ていると
目の前がぼうっとかすんでしまう
ふと我に返ると　踊りの輪はどんどん広がり
山の姿さえ視界から消え去り
茫漠とした霧の中から　再び姿を現す人の輪
後から後から　途切れることなく続く人影
終わりのないその輪の中で　息子が父親に

孫が祖父に続いて行く

その足元の野原こそ　辛い時代を証するもの
高鳴る楽の音は　足枷の擦れる音
誰もがこうべを深々と大地に垂れ
一歩一歩足踏みしめ　黙々と進むのみ
我らが祖先たちの　長い苦しみの時代よ
お前のその貪欲さを　どう表現したらよいだろう
廃墟と血の上に　あんぐりと口開けた恐怖を
どう語ったらよいのだろう

一体どれほどの痛みが　我らを襲ったのだろう
燃え上がる夜　廃墟の朝
誰が不幸のすべてを　数え切れるだろう
目には涙　唇には呪いの言葉
テシュコ踊りよ、その輪は虜囚の鎖
見目麗しき乙女も　新妻も
その操を汚す者の虜として
つながれ　追い立てられて行く

テシュコ踊りよ！　その輪は虜囚の鎖
だが　やがて民は山深く分け入って
長い苦しみの時代から目覚め
戦いのオロ　怒りのオロと共に立ち上がる
流血と炎の中を　出陣の踊りが揺れ動く
歓声と祝砲の煙
祖国の隅々にまで戦いののろしは上がっていった

テシュコ踊りよ！　今祖国の村々で
我らははじめて心置きなくオロを踊る
それなのに何故　熱い涙が止まらないのか
それなのに何故　悲しい記憶が蘇るのか
我が同朋よ、長い長い虜囚の苦しみの中でも
天賦の才に恵まれ歌を忘れなかった民よ
お前の麦は　三倍の豊かな実をつけるだろう
これからのお前の人生と同様に！

Блаже Конески, Поезија, книга прва, Избрани дела во седум книга,

Култура-Македонска книга-Мисла-Наша книга, Скопје, 1981

中島由美・訳

Поезија 400

モノスローイ・デジェー　Monoszlóy, Dezső 1923-……………………ハンガリー

一九二三年ブダペストの貴族の家庭に生まれ、戦後、祖父の地であるスロヴァキアの国籍を得た。五十年代は政治犯として強制労働に従事、また「プラハの春」でスロヴァキア作家同盟ハンガリー部門の責任者を務めたものの、弾圧によりオーストリアに亡命した。ドイツ語圏では、多くのラジオ・ドラマや、逃走をテーマにした三部作『ソドムからの脱出』、『ヤコブの梯子』、『ノアの箱船』の作家として知られる。八九年以降、主な作品が他の中欧諸国で出版され、高い評価を得ている。

日本の恋

ベルリン国立美術館の地階、ピエール・ボナールの大作の前で年配の紳士が佇んでいる。緑豊かに描かれた庭の雰囲気は幻想的で、彼はその細部をなかなか掴めずにいる。テラッス家はいったいどうなったのだろう。この問いかけは、肉厚の葉の陰から染み出てくるのだろうか。この思いにこれ以上沈むことは無理のようだ。数メートル離れた先に、背がひょろりとして眼鏡をかけた男が、日本人観光客を相手に甲高いテノール声でブラッケのキュービズムの説明をしているのだ。年配の男はボナールの絵をじっと見つめているが、これ以上近づいてはならないことを知っている。五十センチの距離に踏み込めば、警報ベルが鳴り出す。だが、やがて鳴り出すのはベルではない。眼鏡のガイドの声は、古めかしい祈りによってかき消される。

〈激流の渦の中、高峯低峰から押し寄せる滝の流れの中に住むセオリツヒメの神に祈りましょう。穢れが果てしない海の泡にかき消されるように、そこから潮が途切れなくぶつかり合い、うねりが絶え間なく入れ替わる中で、ハヤアキツヒメの神がそれを飲み下すように。そして気吹戸に住むイブキドヌシがそれを冥土に引きずり落とすように。そこでハアヤシュラヒメの神がそれを打ち砕き、そのかけらもやがて無に変わるように〉

この願いと結びつくのは誰だろう。いわく解きがたい謎のようだ。絵の中から湧き出るのか、壁から放出されるのか、それとも日本人観光客たちからなのか。絵とは無関係のようだが、なのにその様子は突如一変する。テラッス家の人々は密かに立ち去り、木の葉の下には新しい登場人物が集まってくる。前者は一瞬にして家の中に隠れ、やがて建物も消え、庭は反転し、新しい出演者たちの背後に新しい景色が突き進んでくる。金髪の若者が、湖や、昨日の嵐の爪痕が残るヨシの茂みを眺めている。防波堤を気品のある婦人が歩いてくる。彼女はまるで彼には気づいていないかのように前へと進んで行く。二人の距離はほんの数メートルもないというのに。一昨日はこれほどの距離すらなく、二人は恋の岩近くの台形状の山の頂きに腰を下ろし、その唇がやさしく触れあったのだ。彼女はその時こう言った。このキッス以上は何も起きてはいけないわ。二人は前世で穢れの掟を犯し、この世の人生では互いの運命が交差してはならない定めなのだ。青年も何かをつぶやくのだが、むしろ彼女の言葉に聞き入っている。キッスは嬉しいが、心に募らせた期待の行き先が絶望であることに次第に気持ちが落ち込んでいく。いくつもの神々を巡る願い事は、もしかすると二人の心の奥底に潜むものなのか。それとも絵画の黄緑の色彩から発せられるものなのか。湖はぴしゃぴしゃと音を立て、跳ねる魚が水面を揺らし、ヨシの茂みを水鳥が騒がせ、もっと奥ではジャコウネズミが走り回る。青年の眼差しの中にも、これほど清明にではないにせよ、この風景が映っている。脳裏には、彼女の足音がだんだん強く、いっそう威圧的に鳴り響いてくる。足どりはそこで突然止まる。浅い水辺を造作なく渡り切り、青年はすでに彼女の前に立っている。片手で防波堤の木の手すりに掴まり、もう一方の手で女の腕にしがみつく。私達は会ってはいけないの、と彼女が言う。どうしていけないのと青年が尋ねる。僕は前世なんか生きていないよ。この最後の言葉はできることなら取り消したい。この神秘的な女の傍らで自分の前世があったなら、それはそれで感興に満ちたものだったにちがいない。前世なんか生きていないよ、と頑固に繰り返すが、同時にもしかすると、という思いにも駆られる。彼女は返事をせず、集落の方を見ている。そこには、朝寝坊のバカンス客が、うっすらと雲に覆われた太陽を窓から見上げている。岸にいるのは彼ら二人きり。辺りにあるのは水とヨシの茂み、そして防波堤への細い道。彼は水の中、彼女は防波堤の上で戸惑いながら佇んでいる。やがて彼も防波堤の板の上によじ登り、二人は寄り添って座るが、互いの肩が触れるほどの近さではない。長く続く沈黙は、思考に空間を与え、過去を振りかえろうとする思いや先を探ろうとするのと同様だ。彼女は夫に思いを巡らせ、それから、この外国人の青年と一緒に過ごせるのもあとたった一週間だけだということを考えている。二人の間には何も起こらないだろうし、それに、この不思議なバカンスが終われば、ほかで会えることもどうせないだろう。そうでなければまるでおかしいではないか。彼は十七になったばかり。これはペンションの女主人に教えてもらった。ここのダーニエルはとてもいい男でしょうと、突然話しかけてきた。彼、将校養成学校がまだ一年も残っているなんて、誰も信じてくれないのよ。よりにもよってなぜ将校養成学校なのか。まあ、どうでもいい。とにかくこんなに幼い青年と寝てはいけない。あのぎこちないキッスが多くのことを明かしてくれた。彼はおそらくまったくの無経験だろう。ここのダーニエルはなかなかの美男子でしょう、とペンションの女主人が話しかけてきた。それにしても、どうして私にそんなことを言ってくるのかしら。しかもあの甘ったれ声にはしたたかなトゲが隠れている。ダーニエルは本当に美男子だ。若いアポロンのような美しさ。身長は私の二倍くらいもあるし、そのふさふさした金髪は、中に太陽が巣篭もったかのように輝いている。青年は、これからはこの女だけを愛するのだ、ずっと永遠に、と考えている。彼女は夫と離婚し、すべてがうまく行く。だが自分はまず学校を卒業しなければならない。軍事アカデミー、でなければ大学だ。外交官になるか、それとも船乗り。その前にまず高校卒業試験に合格しなければならないから、それもまた一年かかる。四、五年だ、万事うまく行けばだが。彼女は自分より年が上だけど、これは西洋人の目にはわからない。彼女だって十七以上には見えない。まるで磁器のお人形さんのようだ。あの鬼婆へンニは、大使婦人がお幾つだと思ってるの、と喋りまくるが、ダーニエルにはそんなことはどうでもいい。二十八だとペンションの女主人は言うが、彼女のことだから本当だろう。彼女は何でも知っている。だが、その笑いにはなんとなく力が入っている。嫉妬や妬みを押し隠している。あんたたちすてきなカップルだわ、ホントさ。アダムだって、楽園でこれっくらいのイヴにはお目にかかれなかった。腰は蝶の羽のようにか細くて、襲いかかれば切り裂いてしまいそうだ。こんなすれっからしな女には、いったい何と答えればいいのだろう。あれに喧嘩を売るのはよしたほうがいい。あの口には何もかもが汚されてしまいそうだ。なのにその話の中身は、心地よい。この幻の蝶の羽のような初めての本物の女の人、恋するにふさわしいあの躰といつかもっと近い交わりを持つことを想像するだけで息が切れそうになる。今までは街の女で我慢するしかなかった。それに家の小間使い。しかしあいつも、彼が愛してくれる相手を彼女に求めようとしたちょうどその最悪の瞬間に、彼のことを激しく突き放したのだ。お気をつけてくださいな、お坊っちゃま。御面倒はこまりますわ。それからヘンニか。彼女にも一度ベッドに誘い込まれた。あの婆め。彼女の嫌らしい息をいまだに感じる。これはスキャンダルで終わるに決まってるわ、とヘンニがまくし立てる。サムライのすることは、あなたには想像もできないでしょうけど、大事なものを切り落とされてしまうかもよ、ハハハ、それとも人を雇って簡単に始末させるのかも。それにご両親はどう思われるかしら。何をだ。何も起こってはいないじゃないか。彼女と結婚し、二人が永遠に愛し合うのを知っているのは彼だけだ。親が何と言うかだって。何も言わないさ。父はまあ、実に彼らしい助言を与えてくれるかもしれない。彼女が便所に座っていきんでいるところを想像して見ろ。手にした紋章つきのシガレットケースが震え出すが、それは怒りからではなく、ただたんに昔から手が震えているだけだ。母はほとんど何も言わずに、品よく微笑みながら、息子を少し誇りに思うことさえあるかもしれない。あらまあ、ダーニエルはまだ十七になったばかりなのに、もうこんな蝶々夫人と色恋沙汰なの。ダーニエルはお利口さんで美男子ですもの。彼に起きることは珍しいことばかりなのね。それから困った表情の顔を父に向けて、こうもつけ加えるだろう、お父様はなんて品のないことを。あなたの下衆な言い回しは私には耐えられません。では、彼女の夫は。ダーニエルは死が恐くない。今のところはそれを自分と結びつけては考えられない。なのに、夢で見たことは何度もある。立派なお葬式、数えきれないほどの花輪。ビロードのクッションにつけた彼のたくさんの勲章が運ばれていた。皆が泣いていた。自分も。彼女は、こんな青年なんかと恋に落ちてはいけないと思うが、もうすでに手遅れではないか。結婚生活十年、夫を裏切ったことなどない。これまでもなかったし、これからもない。あの幼いキッスなどどうということはない。しかし、これからは気をつけなければならない。自分が気をつけるのだ。この燃えやすくて未熟な男に秘密を守ってもらうのは無理な相談だ。彼は願望が瞬間にして満たされたことに舞い上がり浮かれるだろう。青年は「永遠に」と頑固にこだわっている。それに、人間は植物のようなものだ、とも思っている。その心臓からは、根や幹、枝や葉が伸びていく。葉にはすでに明日の幸せが宿っている。それとも未来は、むしろ根っこに潜んでいるのだろうか。だって葉はいつかは散ってしまい、かわりに新しいのが生えてくるものだ。彼はまた、人間は貸家のようなものだとも思っている。階がたくさんあって、部屋も数えきれないほどある。まあ、建物はもちろん動かないけれども、人間はそれに対して歩き回り続けるものなのだ。地下室から屋根裏まで、部屋のたくさんある自分の人生を背負って。この絡み合いの中で、人間の老いがその青春のどのあたりに潜んでいるのか、またその老年期が青春のどの部屋を意識し思い出しながら引きずり続けていくのか、そのあたりには想像力が及ばないのだ。この考えは、見知らぬ神々、あるいは彼女だけが知っている神々への祈りの響きでさえ、うち消すことができないようだ。そして、その後のいきさつがすべて別な方向へと進み、二人の予想のどちらも当たらなかったことも同じだ。シーツもない藁布団に寄り添って横になっているあの部屋、数日後のその部屋も、二人のどちらにとってもまだ同じく知るよしもないことだ。ここから二、三キロメートルほど上の方に、やはり湖の岸に立っている小屋、それは年老いた漁夫の家なのだが、ヨシの茂みに隠されてほとんど見えない。漁夫は湖に出ていて、月夜だ。ここ、部屋の中は、窓がちっぽけで、誰にも覗けない。スサノオ、月の神にさえもだ。もしも彼に中が覗けたならば、きっと何か心ない悪戯を思いつくにちがいない。時が始まってからこのかた、幾たびとなくそうしてきたように。しかし、ここなら何も恐れることはない。青年は漁夫と取引をしたが、それはもう気前のよい取引だった。彼がこのたった一夜のために払った金は、漁夫がジャコウネズミ五匹の皮を売っても稼げないほどのものだった。彼女は裸で横たわり、黒髪の一房を二本の指に挟み、それで青年の胸を愛撫している。ダーニエルは、躰の上を悪戯好きなリスたちが走り回っているような気がする。その少し前、彼女が受け入れてくれた時はただの一回でのけぞり、すぐさま奔流を噴射してしまったのだ。低い山々や高い山々から急落下する滝、その中に宿っている見知らぬ神をも巻き添えにしながら。彼女のため息は神へのものなのか、それとも自分自身の躰、そして美の扱いに疎く、素晴らしかったと何度も繰り返して言う彼に対するものなのか。だが彼女のため息にも何かそれと似たような、とても説明のつかないような気持ちが混じっているようだ。この美しい躰の男の子がすぐ手の届くところにある彼女の幸せに気づかないままでいることにも怒らず、彼の幸せで心が満たされている。自分の肉体そのものは、彼を優しく包み込むためにある女の結晶だと感じている。自分の気のほぐれぬ内に終わったことも気にしない。私が彼に愛を教えてあげましょう。あるいはむしろ私の方が彼に教わるのかしら。というのも、今のような気持ちは始めてなのだ。経験豊かな夫の貪欲な手が自分の躰をまさぐったあの初めての時ともまるで違う。思い出は不快感に満ち溢れてくるが、要求不満はたった一つの悟りによって治まっていく。自分は、このぎこちない青年以外には、誰にも触られたくないのだ。だが同時に彼女は、この望みが叶うものではないとも予感している。壁に掛けてある漁の道具を眺め、柱を這う蜘蛛を見つける。家の外からは、相手を誘う蛙の鳴き声が次第に力を増して部屋に流れ込んでくる。鳴いているよ、と彼が言い、鳴けばいいいわ。単語一つひとつが不思議に思えてくる。どちらも自分の母語を話しているのではないからか、仲介の言葉のせいなのか、何もかもが神秘的な意味合いを帯びて伝わってくる。蛙が鳴いているということさえも。部屋の散らかりぶりや不潔さも不思議で、こんなのには二人とも不慣れである。汚れにも何らかのカリスマ性があって、それは二人がこの幻にちょうど抱え込まれるような、掴むことのできないような何かである。前世ではお互いに悪かったのよ、私たちは、と女がささやく。違う、と彼が激しく反論する。僕たちはいつも正しかった。当時も今も。僕たちは永遠に愛し合うのだ。ちっぽけな窓から今誰かが覗き込んだかのような気配がする。何か悪ふざけでも企んでいるスサノオか。外をじっと眺める。青年は驚いて藁布団から体を起こす。あるいは部屋のたくさんある人生が、蛙のコーラスが歌う方を。あるいは部屋のたくさんある人生が、彼の心の中で忠告を発して揺れ動いたのかもしれない。自分のこれからのすべての恋愛が、ある時点でかならず年老いた漁夫の部屋にたどりつくことを、彼はまだ予感する術もないのに。誰。彼女はあわててブラウスを羽織る。誰でもないよ、誰でもない、となだめながら、彼女の膝を枕に頭を凭せ掛ける。そして今度は突然沈んでしまう。自分の心の中でやがて築かれていく多くの部屋のことなど、何も知らないのに。長い年月が過ぎてから、同じように深く愛してくれた別の女性が言うその言葉も彼はまだ知らない。私たちが愛し始めた頃、あなたが一度も家まで送ってくれなかったのを許さないわよ。なぜこんなことを言うのだろう。これはまだどこか三階くらいにある陽当たりのよい部屋なのに。すると次の言葉はどの部屋に結びつくのだろう。また私に襲いかかろうとしたのは誰なの。煙突掃除屋、それともセントバーナード犬。しかし、この言葉は恋とどんな関係があるのだろう。ましてや漁夫の小屋にはこの言葉がどのように結びつくのだろう。さっきのはすでにどこか人生の終わりに近い屋根裏部屋だ。寂しさと絶望でいっぱいだ。哀れみのおののきで果てるのだ。それをそもそも口にできたのも、やはりここの湖畔から光をふんだんに吸収したお陰だ。光を蓄えたのは、人生が一つの幸せに固められるものだとまだ信じることのできた場所だ。後からちっぽけなかけらをかき集め、苦しみながら組み立てていくものだとは知らなかった場所だ。いや、青年は、この家のこと、自分の未来のことは何も知らず、彼を不安にさせたのはむしろ目下の幸せであって、これを失うことも奪われることも絶対に許してはならない、ということだ。彼女は来るべきことや、これから受け入れなければならないだろうことについては、彼よりも多くのことを予感できるだろうが、彼女にもすべてが分るわけではない。夫が逝ってからかなりの歳月が過ぎ、自分が冷えきった年寄りで、青年のこと、そして自分が許してあげた夫のこと、また自分も夫に許してもらえたであろうと考えているその部屋は、彼女にも分からないだろう。こんな部屋は初めてだと青年がはしゃいで語る。私も同じよ、と彼女が微笑みながら彼のふさふさした髪の毛を撫でてあげる。うすくなることはけっしてないでしょうね。今まで好きになった人いる。いや、誰も。親だけ。それに犬が一匹いたんだ、コモンドル犬、名前はパイティだった。自分の馬も好きだったが、そいつはもう死んでしまった。これでは荒っぽく聞こえるので表現を改めたくなるが、結局自分が考えているのは彼女のことだけだから、犬やら馬やら、両親のことなど、ここで持ち出すなんて滑稽だったと気づく。彼女は微笑み、両親を除けば彼を分け合うのは動物たちと自分だけなのだから良かった。それを言おうとするが、彼がまた求めていることに気づく。今度はそんなに慌てないだろう。ダーニエル、そんなに急がないで……。しかし名前を呼んだとたん、奔騰した流れが沸き出す。そして彼はまたも感極まる。私が初めてなの、と彼女が尋ねるが、もしかしたらヨーロッパの男は皆このように抱いたりするものかもしれないとも考えている。違う、とダーニエルが答える。だけど、今までのはどうでもいいものばかりさ。あのね、女たちは僕をあまりにも早い内に誘惑してしまったのだと真剣に説明し、悩んでいるかのように前を見つめている。これには吹き出しそうにもなるが、彼に気づかれたら可哀想だ。彼の自尊心が傷つくにちがいないから。そうなったのも、僕の友達はいつも年上だったからと続け、自分の人生を一気に語り尽くそうとする。だから僕は本当に子供だったことなんかほとんどないよ。まあ、本当にとても小さい時くらいかな。いいわね、こんなに若くて、と、彼女がちょっと無理して応じるが、本当のところ、そうではなかった方がうれしい。自分の若さがダーニエルもまた嫌なのだ。僕の一人の友人、母の元クラスメートだが、その女性は神知学協会の会員で、僕を気の置けない男だと贔屓にしてくれている。勉強はどうなの、と彼女が割り込む。まあ、クラスでは僕が一番だけど、そんなことはどうでもいいと照れてしまう。同級生はまだ半分思春期だから、彼らと何かを真剣に話し会うなんてとうてい無理だ。そいつらの好みときたらあれに尽きるのだが、そんなのは早かれ遅かれ卒業するものだ。あれって、どういうこと。まあ、例えば一人の男子なんかは、足が片方しかない売春婦とやっているのが自慢だ。僕はそんな嫌らしいことには興味ないな。自分にとっては、まだまだ学校机の世話にならなければいけないことだけでも充分にひどい仕打ちだ。学校ではとても孤独なのね。一人ぼっちさ、とダーニエルがうなずく。だがこれからは楽になる。自分が考えていることを、あなたと分かち合えるのだ。石油ランプが部屋を暖かい明かりで充たし、ダーニエルの声の響きも暖かい。十五年先ならさぞ立派な紳士になっているであろう、と女が夢想してみる。だが、その思いに心臓が締め付けられるような気がする。十五年後だなんて、どうなっていることだろう、と最初に頭をよぎる。ペンションの女主人も思い出す。彼女には、自分が湖を一周したいので、ここの土地に詳しいダーニエルには、いわゆる同伴紳士として付き添ってもらうと告げた。ヘンニは、それは大変結構なことですわ、という感じでにやにやしていた。まさか、外国人の外交官婦人とこの子供がとは、まあ、思うことはないであろう。すでに起きてしまったことなのだから、そう思いつかないかどうか。石油ランプの暖かさはもう伝わってこないし、消してもかまわない。そろそろ夜明けだ。その漁夫はいつ帰ってくるの。いや、彼は急がないよ、と青年が言う。朝遅くまでいるから、その時まではほっといてくれるようにと言っておいたから。会いたくないわ。会わないさ。誰にも会わないから。この家にはボートでしか近づけないんだ。ダーニエルは、自分のそつのない準備に浮かれ、彼女の気持ちが重く沈んでいくことなどには気づかない。素晴らしい夜、空は星でいっぱい。まあ、星がなくたって素晴らしかったにちがいない。水鳥は甲高い声を発し、暗闇と語り合う。寝ましょうか、と彼女が聞く。え、寝るなんて。ダーニエルの話題は尽きない。地理やら、超越論やら、一気に話し通す。私たちは、他の者が起きてから寝よう。このような夜はこれからもあるし、そしてまた限りなく好きになる女もいるのだと、ここで何か天からの声らしきものが彼に告げたのなら、彼はそれを不当な濡れ衣とするだろう。

彼女はやがてうとうととしてしまい、彼は彼女に見入り、相手を守らなければならない男の自分を感じる。この夜のことを人に知ってもらえたらなあ、そして同時に秘密も守れたらなあ。彼は勿論誰にも言えない。男は自分の色恋沙汰を人に喋るものじゃないと、父が誰かを叱っていたことを思い出す。だが恋愛は色事なのか。その場の出来事が、体験の多層性の一部を隠してしまう。一度にすべてを把握するのは無理だ。夜が明けて、ボートの鎖が鳴る。櫂が水面でピシャと音を立てる。その時々の感じ方よりも思い出の方が出来事の深部をよく映し出してくれる。ダーニエルはボートの中で歌を口ずさんでいる。鶴は高く飛び、きれいに鳴く……何の歌なの。こん棒形の花の茶色っぽいシルエットが覗くヨシの茂みからは、まださほど離れていない。ただの素朴な歌。櫂を手に持っていなければ、さげすむように手を振るだろう。たぶんうまく訳すこともできないよ。一羽の鳥についての歌で、高く飛び、きれいに鳴くと。だが本当にそんなに高く飛んでいるなら、その鳴き声は誰の耳に届くだろう。私だったら、あなたからいくら遠くに離れていても、あなたの声が聞こえるわよ、と彼女が言うが、この言葉にはなにか警告めいたものが潜んでいる。青年の目には涙が溢れる。あなたは僕のそばからけっして去ってはならないよ、絶対にだ。まだここにいるわ、と彼女が慰めるが、ダーニエルにはこれが同時に約束であり誓いであると聞こえる。私がまだここにいるのがどうして約束なの、どうして誓いなの。いえ、それではない。しかし、それでも一時的な隠れ家か、何か巣のようなものだと受け止められる。湖やら、漁夫小屋やらは、とうに消え去ってしまった。オペラ座に座り、青年は第一列目、父の側、父の着ている服は星形の勲章を飾った燕尾服で、自分はタキシード、このオペラ上演のために仕立ててもらった生まれて初めてのタキシードだ。彼女は貴賓席に座っていて、着物姿。青年はこれを知っている。後ろを振り向くことは禁止されたけれど。作品は蝶々夫人だ。オペラ座の蝶々夫人は、遠くから見ても、自分の蝶々夫人ほど断じて美しくもないし、それに歳もいってている。まだいる、まだここにいてくれる、と青年が心の中でつぶやいている。振り向くなと父に注意される。青年は余計な訓戒に傷つく。彼は振り向く必要などない。彼には彼女が、目を閉じていても開いていても同じく見える。いうならば、他には何も見えないし、お芝居だってむしろ邪魔だ。皺だらけで厚化粧の蝶々夫人がまとっている着物だってきっと偽物だろう。まあ、脱いだとしたら、もっと耐えがたい眺めだろう。面白いことに、自分が彼女を思い浮かべる時、彼女はいつも服を着ていて帽子もかぶっている。それは着物を着ている時を除いてだが。そんな時は、下にほどいたつややかな黒髪が彼女の肩を撫でている。しかし空想は、これ以上の裸をどうしても映してはくれない。青年はそんなことを望んでいない。ベッドで一緒に寝ている時だって、考えているのは彼女の心、約束や誓い、永遠のこと、そしてまだここにいてくれているということばかりだ。躰はその間、自分なりに行動する。後の女たちの場合は、その躰ばかりが思い浮かぶのだが。貴賓席に座っている着物姿の彼女は、今だって青年の躰について考えている。青年がどこに座っているか知っているし、オペラグラスの中に、その髪の毛のシルエットも見える。これは気づかれない。レンズを舞台の出し物から一ミリほど下げるだけでよい。細くて小さな指は扇子をなぞり、指先で青年のほっそりとしなやかな躰を撫でているような気分になる。人生はあと数か月だけ、その中から自分たちに割けるのはどれぐらいかしら。彼女の横では夫が祝典上演にふさわしい優雅さで、じっと動かない顔でオペラに見入っている。どのような報復措置を企んでいるのだろう。新たな復讐を企てる必要もなく、転勤依頼をだし、それが受理されたのだから、ここを去る。つまりここを去ったら、青年とはどうせ会えないことになる。ここを去るのもとても恐ろしいし、帰ることだって本当に恐ろしい。幸福の後、残るのは恥だけだ。しかし今はまだ恥をも、これからくるであろう多くの屈辱をも何とも思わない。耐えられないのは青年が傍らにいないことだ。金髪の天使よ、ほら、まだここにいるわ。さあ、覆い被さって私をくるみ、隠してくださいな。ダーニエルは彼女を隠してあげなければならないこと、その夫がすでに転勤依頼をだしていることだって知らない。知らないのはたぶん彼一人であろうか。両親は勿論知っているし、そのほっとした気持ちに心配も多少混じってくるにもかかわらず、たぶん嬉しいに違いない。青年はどう耐えられるかと。前もって何か彼の気を引くびっくりプレゼントを考えなければいけないわ。父の提案は、今母さんなどに聞かれてはまずいが、放っとけばいい、ってとこだろう。時間がすべてを解決し、憑き物も落ちる。私達も深刻に悩んでいる振りをしなければいけないと母の熟慮。あとで結婚してもよいと、どうせあり得ないことだから、とりあえず同意を演じましょう。坊やは学校を卒業してから、彼女に戻って来てもらえばいいのよ。青年は別れの事を考えずに、オペラ座の第一列に、父のそばに座っている。仮に押し迫る危険を知っていたとしても、どうせなすすべはなかっただろう。外国大使夫人をどこに隠せるというのだろう。大人にだって簡単な問題ではないのに、この自分にはどうだろう。幕がなかなか終わらないことに苛立ってくる。船が去ったり戻ったりしている。蝶々夫人とピンカートンの二人が熱っぽく歌っている。さあ、ざまを見ろ、蝶々夫人よ、なぜよりにもよって米海軍士官を旦那に選んだのだ。おまけに子供まで生んでやるとは。彼女はオペラのストーリーをいったいどう思っているだろう。まさか、自分もあのような無責任な奴だと思われてはいないだろうか。オペラグラスのレンズにはいまだに青年の頭、もう少しで彼女も旅にでる、ピンカートンのように船ではなく、飛行機でだ。だが青年は自分のために腹を切ることなどしない。しかし彼女を空港まで送ってくれるのが彼だということは、何といっても素晴らしい。主人が激怒して待っているところに、ぎりぎりになって二人が着く。その前の三日間はダーニエルの祖母の田舎の館で過ごしていた。丸々三日間をだ。この三日間はどんなにしても足りることはない。彼女は小さな近距離鉄道に乗ってくる。周りはすっぽり雪に覆われていて、すべては富士山の頂きのように真っ白だ。青年はプラットホームに立ち、手に平瓶とグラス二個。二人はパーリンカ酒を飲み、キッスする。それからソリの後を走りだすが、年老いた御者は、二人がなぜそりに乗ってくれないのかと理解に苦しんでいるようだ。彼女は青年に雪玉をぶつけてくる。人生はあと三日間だ。家の周りのすべてにも雪が積もり、氷小屋の藁葺屋根も雪をかぶって、家に水を送るポンプを動かすロバのハンシもぐるぐる回って雪を踏む。この地平線にまで続く白さは、秩序と静寂を映している。鬱蒼とした公園もバラ庭園も、そしてダーニエルが子供の時、世界一周の探検を計画し、旅行食料のつもりでたくさんクレープを埋めた隠れ家も見えない。息が白いリボンになって浮かぶ空気に噛みつくのは、なんて素晴らしいだろう。祖母と年老いた女コックのマグダレーナ、そしてメイドのエーヴァもまた、皆なんて上品で、なんて素晴らしいのだろう。嫌らしい好奇心などこれぽっちも見せない。家全体が一体になって、自分たちが殆ど気づかぬほど思慮深くもてなしてくれる。ベッドだって、漁夫小屋の藁布団よりよほど誘惑的だ。暖炉の中の火は、薪ではなく、まるでおとぎ話を焚いているかのように燃えている。私に被さって隠してくださいな、と彼女は思うが、こんなことなど今は口に出してはいけない。二人は絶対にまた会うと言った方がいい。彼女がそうはならないことをやはり予感しているが、出来るのは結局、公演のプログラムに大急ぎで書き殴った走り書きを彼に送ることだけだとは、彼女にさえ分からない。ベルリンから急いで新しい駐在地へ移る途中、フルトヴェングラーのリハーサルの会場からだ。メッセージは、プログラムのブラームスのハンガリー舞曲に下線を引き、あなたのことを思い泣いていた、と。ここで、この家からは、あの頃のことなんて考えられない。ここはプッチーニの甘苦くエキゾチックな音楽も鳴らないし、蝶々さんのソプラノも、狂乱する叔父の怒りのバスも響かない。ダーニエル。部屋中を満たすのは彼女のため息だけだ。青年は後にこのため息をいくども譜面に書き留めようと試みたが、うまく行かなかった。だからこそ永遠に鳴り響いているのだ。しかし曲を付けずに、どのように、どこからなのだろう。この家で考えられることは、恋という恋すべてが、二人の心の中に巣くってしまったということだけだ。いずれにしても青年はそう感じている。同時に祖母のメイドの告白も思い浮んでくる。お坊っちゃまはいいですねえ。え、姉さんだって恋をするのだろう。私ですって？　時々庭師と一緒に横になるのは恋とは違いますよ。ダーニエルは、恋と違うというのならいったいなんなのだと教えてほしがる。だって、あの人なんてとんでもないうっかり者でね、今食べているのが花かそれともベーコンなのかさえ気づかないんですから。ダーニエルの口のほうは、この家では花でいっぱいだ。紫の蘭だ。自分は少し英雄にでもなり、来るべき戦に備えて鍛えているような気分になる。今が戦争中であることは意識していない。この家からは、すでに爆弾が降り注ぐ真珠湾は遠い。幸せはこの家に宿っているのだろうか。いや、違うかもしれない。ここではなく、むしろ肩を並べて座るあの防波堤の上、沈黙がまだ思考に空間を与えず、なにか時の流れが止まったような雰囲気に、まだ何もかもが可能であるとしがみつくことのできた、あの頃だ。

　これらすべては、ボナールの絵とどんな関係があるのだろう。年老いた紳士は、いまだにその前に佇んでいる。ヘルベルト、ヘルベルト！　妻の声にぎくりとする。なぜその絵にのめり込んでいるの。テラッス家の人々と話をしたかったのだが、うまく行かなかったよ。

橋本ダナ・訳

Monoszlóy, Dezső, *A szerelem öt évszaka,* Magvető Könyvkiadó, Budapest 1991

ペトル・シャバフ　Petr Šabach　1951-……………………**チェコ**

一九九〇年代以降活躍が目立つチェコ人作家。プラハ生まれ。カレル大学哲学部を卒業後、書籍編集、警備、倉庫の棚卸し、美術館勤務など様々な職業を経て作品を書き始める。口語をふんだんに取り入れた文体とブラックユーモアをきかせた内容が特徴。チェコの若手人気映画監督により代表作品が次々に映画化され（映画名 Šakalí léta, Pelíšky, Pupendo）、そのどれもがチェコ国内外で話題を呼んだ。

美しき風景

その日の朝のことは少女はさっぱり理解できなかった。父親は顔をしかめたままだし、二人の兄たちも妙にそわそわしていて、ふだんどおりなのは母親と祖父だけという感じだった。驚いたことに、少女が朝食の席でそれを言ったときも、誰もそのことには気付かなかった。少女が家族に話したそれはものすごい重大宣言だったにもかかわらず、である。

彼女はそれを家族に話してよいものかどうか長いこと決めかねていたのだが、言わずにおくこともできなかった。なんといっても彼女はこの家族の一人娘だし、家族ならその一人娘が歩みだそうとしている道を知っておくべきなのだ。後になって不意をつかれて、「おいおい、お前それをなぜもうちょっと早く言ってくれなかったんだい？」などと仰天するはめにならないように。

　それとは、つまり次のような宣言である――「大きくなったら、私も男になるわ」

　しかし、母親が少女を優しくなでながらほほ笑んだだけだった。それは哀れな者に向けるようなほほ笑み方だった。ほかの家族はパンをかみながら紅茶をすすっていた。

　こうしたことは少女はもう分かっていた。大きくなったら、朝は私も黙々とパンをかみながら紅茶をすするんだわ。古い彫像の目みたいな、あんな目つきを同じようにするんだわ。

「あの馬のこと、本気なの?」と母親が父親に尋ねた。父親は黙ってうなずいた。兄たちもうなずいた。

　皆まだ眠ってるのね、と少女は考えた。よく覚えておかなくちゃ、男は朝ちゃんと起きて目が覚めてるように見えていても、それはそう見えるだけで、本当は眠ってるってこと。

　そして母親を観察しながら心の中で哀れんだ――母さんは女に生まれちゃって!　毎朝家じゅうをかけずりまわってる。一番早く起きるのに(おじいちゃんを除く誰よりもね。おじいちゃんは論外、眠れないんだからしょうがないのよ)。母さんは眠れるけど、でも、家族がいつも不満なく過ごせるようにって全部お膳立てしておこうとするから寝ないのよね。

　少女は、母親の疲れた表情や怒った顔をこれまで一度も見たことがなかったが、それは多分、女がそういう顔を見せるのは許されもしないからなのだ。女は奴隷のように暮らし、そのくせ常に笑顔でいなければいけない!　これは単に男のほうが力持ちで毛むくじゃらで、彼女の父親のように馬に蹄鉄を打つ技能があるという理由からだけである。

　私だっていつか男になるの、と少女は確信していた。近頃では性転換はよくあることよ。

「性転換手術を受けようと思うの」と少女は内緒話のように言ったが、結果はさきほどと同じだった。下の兄は悲痛な顔をしてぼんやり見ているだけ、上の兄はもう三枚目のパンにバターを塗っているところ、父親はテーブルをバンとたたいて「じゃあやるか！」と叫び、祖父は鼻をすすってからハンカチで鼻をかんだところだった。ちなみに祖父がハンカチで鼻をかむのはルール違反だった。勿論母親は祖父に直接何も言わないのだが、その彼のために彼女がなぜ毎回ティッシュペーパーを買ってくるのか皆が不思議に思っていることぐらい、祖父自身知っていたからである。

　母親は食器を片づけると流しに置いた。それから家族にほほ笑みかけながら冷蔵庫から巨大なガチョウを取り出した。

「ほほう！」と上の兄が喜んだ。

　少女は目が飛び出るほど驚いた。言うことって、ほほうの一言だけ？　心の中で少女は嘆いた。これから母さんはここでお昼までずっと、あなたたちのためにこのガチョウを料理しようと忙しく動きまわって、クネドリーキ[1]をこねて、そしてきっとまた酢漬けキャベツを二種類作るのよ。だってあなたたちが母さんをそんなふうに教育して、そんなふうに奴隷扱いしたのだもの！

　長男がげっぷをしたが、誰もそれをとがめなかった。彼は満足そうに椅子にもたれ、自分のへそをいやらしい手つきでなでた。

　性転換したら、兄ちゃんのそのおへそにパンチしてやるわ。毛むくじゃらの筋肉もりもりの腕で……覚えときなさいよ！　と少女は誓った。私の両腕には刺青しておくの。兄ちゃんには右腕のパンチをおみまいしてあげるのだけど、その右腕にほほうと彫っておくわね！　兄ちゃんが言ったそのせりふを、いつかふいにこんな身内から食らうってわけよ。

　次男は、父親曰くの「ミツバチに逃げられたかのように」まだぼんやりと座ったままだった。

「さあもうここで母さんの邪魔しないでね、でないとこのガチョウ焼けないから！」と母親がにっこり笑った。そして男性陣がのろのろと外に出て行った後、「で、あなたはどうするの？」と振り返り娘に話しかけた。

「カトカちゃんちに行く」と少女は答えた。カトカとなら母親も安心なのを少女は知っていたからだ。

カトカは上品な子なのだ。「一緒に人形で遊ぶの」

「お昼には戻るのだぞ！」母親は指を立てて少し脅した。でもこれはふざけているだけだ。それから母親はガチョウのほうを向いて娘に言った。

「じゃあ行ってらっしゃい……」

この一言で少女は気分が変わった。人形を持って台所から出たには出たが、カトカのところには行かなかった。人形を持ったままそっと屋根裏部屋にのぼり、小窓を開けてお気に入りの観察場所である屋根に這い出た。そこではすべてが自分の手中にあるように見える。そして誰も想像できないほどはるか遠くまで見渡せるのだった。

太陽はすでにさくらんぼ畑の上に顔を出していた。少女は周囲の景色を眺めはじめた。それは美しい、本当に美しい風景だった。


壁相手に一人で遊ぶ——退屈なことだ。二人でなら楽しいのだろうが、ひび割れた壁に向かってボールを蹴ることで次男の気分は落ちこんでいった。いやこの数時間は何もかもが彼の心をへこませた。朝、彼に父親が吐いた言葉も、家族に見られていたことも。それでも、自分が寝小便をしてしまったとは思えなかった。確かに次男のこの年で寝小便とはもう普通とはいえないのだが、あれは夢であるはずがないと皆に誓えるほど、あの夢はいやにリアルだったのだ。

夢の中で次男は本物の用水路の上にいて、まわりにあるものも全部本物だったから、あの瞬間だって誰も彼に注意していなかった。それどころか、彼はちゃんと何度か辺りを見回したほどである！

そして、恐怖の目覚めがやってきたのだった。どうにも隠しようがなく、母親に正直に伝えるしかなかった。その現場を母親に見せたとき、次男は恥ずかしさに真っ赤になった。もちろん母親は息子に何も言わなかったが、これを父親にも見られてしまった。父親は首を振ると目をくもらせた。「やれやれ！」そして父は言った「三年の坊主が寝小便とはな！」

これには次男は苦しんだ。あの瞬間が彼には夢ではなかったなんて、どう父親に説明したらよいのかも分からなかった。

朝食の席では二人とも静かだった。

「寝る前はあんまり水を飲まんほうがよいぞ」と祖父は忠告してくれた。

父親は無口だった。別の心配事があったのである。今日はきつい仕事が彼を待っていた。隣人が蹄鉄を打ってもらいに馬を連れてくる。暴れ馬を。蹄鉄を打つ約束などすべきではなかったのだ、今なら父親もはっきりそう思う。だが自分はこれでも鍛冶屋である。逃げ口上を言ったり、怖いと思っていることを顔に出すわけにはいかなかった。

次男は農場の壁にむかってボールを蹴っていた。技も試してみた。ヘディング、キック、壁のしっくいがはがれて中のレンガが見えている一点めがけて鋭いシュート。そこは鍛冶場の反対側にあった。

頭の中で次男は絶えず自分の夢へ迷いこもうとしていた。新しい思いを味わったからである。汗びっしょりで目が覚め、恐ろしい夜が続いていることを神に感謝したことは、これまでもう何度もあった。だがこれでは状況が反対である。こんなことで誰かに感謝することはそうはない。夢に戻ってその内容を変えるのは不可能なことだ。用水路の前で立ち止まった場面に戻ることも。

母親は外に出て、洗濯したシーツとふとんカバーを干した。次男の羽毛ぶとんも日なたに広げられた。

長男は朝食後コーヒーをいれてもらい、日曜の朝のおだやかな空気を楽しみながら、台所の小窓の前のベンチでゆっくりちびちびと飲んでいた。そしてタバコを吸い、気持ちよさそうに足を前に伸ばした。彼は幸せだった。あと少しで恋人がやってきて、一日一緒に過ごすのだ。もしかしたら、一生を一緒に過ごすかもしれない。彼は今日、彼女にプロポーズしようと考えていた。もう徴兵の任務も終えたし、父親と一緒に鍛冶屋をやれば食べていけるし、家はあと三、四部屋増築することだって可能だ。そして子どもが生まれる――ごく平凡な人生だが、こうした人生のために男というものは創られたのだ。

長男はまぶしい太陽の光に目を細めながら幸福感に浸っていた。

祖父は日曜日用の服を着ると、玄関の鏡の前に立ってみた。そして祭日用の帽子にゆっくりと丁寧にブラシをかけた。毎週日曜日には、祖父はこんな調子で、どんな天気でも近所の居酒屋にトランプのマリアーシュゲームをしに出かけるのだ。祖父はこのゲームが大好きで、これに関しては本当に名人であった。このため日曜日の昼食には毎回遅刻したが、それには家族ももうだいぶ前に慣れていた。これは祖父の唯一の悪い癖であった。

父親が長男と並んでベンチに腰かけた。

「彼女来るのか？」と父親は息子に尋ねた。

「来るよ」と息子はうなずいた。「おやじのほうは大丈夫？」息子は父親に聞いた。「俺も手伝ったほうがいいか？」

「何も怖くないさ、俺たちだけで十分人数そろうからな」と父親は答えた。「お前は今日は自分の心配をしていろ」

「え、知ってるのか？」と息子は確かめた。

「もちろんだ！」父親はそこで会話をやめた。そして息子の肩をたたくと鍛冶場に向かった。

長男は父親のうしろ姿を見送った。父が緊張しているのが分かった。

次男は薪割り用の丸太を転がしてくるとその上に缶詰の空缶を立て、ボールが缶に当たるかどうか試しはじめた。ボールはかすりもしなかったが、彼はやめようとしなかった。始める前に「当てられなかったら、今晩もまた寝小便してしまう」と自分に言い聞かせたばかりだったので、もうやめるにやめられなかったのである。

このような妄想にとりつかれると恐ろしいことになる。

この次男はこうした妄想をしょっちゅう繰り返していた。例えば「電車が来るより先に僕が踏切まで行かないと、おじいちゃんはもうすぐ死ぬ」と考えてしまう。すると本当に狂ったように走り出してしまうのだ。電車はものすごいスピードで近づいている、祖父の運命は彼の走りで決まってしまう。ときにはこうした賭けに失敗するのだが、すると次男は草むらに突っ伏して「僕は馬鹿だ！　精神病院に送りこまれる前にこんな考えやめなくちゃ」と小さな声で言うのだった。

午前十時、時間としては彼がいつも一番好きな時刻だった。十時。もう朝食は済んでいて、一日がまだ自分の前にたっぷりある時刻。これからどう過ごすかは自分次第だ。

午後になると、気分は下降線をたどっていく。そして日曜の晩の沈鬱な気分ときたらひどいものだ。何もかもが動きを止めてしまうかのようになる。

けれども今は日曜の午前十時、忌まわしい夜の出来事も忘れて上機嫌でいられる。

長男は金をいくらか貯めていた。生活を始めるまで何を準備する必要があるか、彼は考えていた。彼女も少しは金を持っているから、合わせればまあなんとかなるだろう……。仮に彼女が金を全然持っていなかったとしてもかまわない。彼女が持っているものはほかにもある。それは金ではとうてい買えないものだ。例えばくちびる。あまりにつややかでやわらかいので、そのくちびるにふれるたびに彼の膝はがくがく震えだすほどだった。彼女の体にさわるたびに彼は理性を失いかけた。彼女の体に残る盲腸の手術の跡や肩のそばかすなども彼は大好きだった。彼女のへそを思い出すだけで彼はよだれが出そうになり、同時にうっとりと目を細めてしまう。そして彼女の胸を想像したとたん彼はつい「すげえ！」と叫んでしまい、その大声に心配して母親が窓から首を出したほどだった。

祖父は居酒屋に着くと帽子をフックにかけ、他のメンバーと挨拶を交わしてゲーム用のテーブルについた。それは本物のゲーム専用テーブルで、どの側にも小さな引き出しがついており、そこに小銭をしまっておけるようになっていた。店の主人がビールとラム酒の小グラスを黙って持ってきた。開いている窓のそばには近所に住む頭のおかしい男が座っており、この近くの牛舎からひっきりなしに飛んでくるハエを捕まえていた。捕まえたハエを男がテーブルの下に投げると、彼の犬が騒ぎもせずに足でそれをたたいて食べるのであった。

祖父はラム酒を飲み干すと、その後にビールをごくりと飲んでラムをのどから洗い流し、トランプを調べた。そのとたん祖父はまわりのことを忘れてこの世界に没頭した。

母親は、次男が昨夜寝小便してぬらしたシーツ以外の洗濯物もつるした。洗濯ひもは木製の物干し台にかかっていて、次男は、シャツやふきんなどの洗濯物が夏の風に吹かれてゆっくりと美しいダンスを踊りだす様子にみとれた。彼は缶を再び丸太に置き、数歩離れると少し気持ちを集中させ、それから鋭い一撃で缶を吹き飛ばした。缶は壁まで飛んでぶつかり、音を立てた。彼は自分でも驚いて立ちつくした。今のはただのまぐれかな？　とすぐに考えた。するとその考えが、彼の最初の達成感を木食い虫のようにじわじわとむしばみ始めた。

これから十回やってまた一回でも当たったら、今のはまぐれではない、と次男は決めた。

父親は鍛冶場の前に腰かけ、注文の馬が連れてこられるのを見ていた。くそっ、俺は一体何をしているんだ？　彼は心の中でそうつぶやき、湿った手のひらをハンカチで拭いた。父親は、自分が怖がっていることを長男にも感づかれたのを知っていた。恐怖の色が彼の目に出ていたのだ。

俺はまだいかれた馬なんぞにしりごみするような年寄りじゃねえ。父親は何度も何度も繰り返し、そして、落ち着け！　と自分に言い聞かせた。お前は大男だ、思い出してみろ、酒場の亭主もなぐりつけたことがあるじゃないか、五年かけてめぐりあった女のそばにいたあの男だよ。まわりで見てたほかの女は皆逃げちまって。あの男はこの馬よりもでかかったかもしれんぞ。それを思えば何が怖いものか。

四人の男が馬を鍛冶場の前まで黙って連れてきた。馬は横目で鍛冶屋の親方をにらみ、挨拶代わりに牡馬らしい気位を見せていなないた。

長男は道路の方向を見つめていた。そして時計を見て気になりはじめた。彼女はいつも時間ぴったりに来るのに。十時に待ち合わせたのだから、十時でいいはずだ。それとも何か邪魔が入ったのだろうか？　バスは時々遅れるけど……。

待っている間に何をすればよいか分からなかったので、長男は弟のところに行き、弟が缶に命中させようとがんばっているのを眺めた。

「おい、ちょっと俺にもやらせろよ」兄が弟に言った。

「兄ちゃんは三回まで、僕も三回までだよ」と弟は決めた。兄はそれに同意したが、三回ともはずれたためむっとしてベンチに戻ってしまった。

四人の男は、目を荒々しく光らせる馬をなだめようとしていた。ぴたぴたと体をたたいてやったり、舌で馬へ合図の音を出してみたり、「ほらじいさん、落ち着けよ」と言葉をかけて気分を和らげようとしたりした。時折、その中の一人が罵りながらわきへと飛びのき、そして用心深くまた馬へと近づいていくこともあった。鍛冶屋の親方は皆を上手に指揮し、自分が落ち着き払っているように見せかけた。

祖父はビールをすでに三杯飲み、さらにラム酒の小グラスをもう一杯注文したところだった。おまけにそこでラッキーカードが回ってきた。太陽が外を暖かく照らしだしたが、この居酒屋の中はほとんど寒いくらいだった。頭のおかしい男と頭のおかしい犬はハエの大量殺戮を続けていた。祖父はゲームを終え、ほかのメンバーが彼にいくら払うか決めるまで待ってから席をたちトイレに向かった。

次男は十回試したが、一度も缶に命中させられなかった。彼は地面に座りこみボールを見つめた。するとまた、彼の中のどこからか声が聞こえてきてこうささやいた「これから二十回（念のため）やって一回も当たらなかったら、今夜寝小便する確率は百パーセントだ」

彼はこのささやきに耳を傾けまいと抵抗してみたがどうしようもなかった。そしてまるでピストルをつきつけられて命令に従わざるをえないかのように、のろのろと丸太に近づきその上に缶を置いた。

母親が窓から顔を出し、おやつを食べに来るよう次男を呼んだ。母親はにっこりほほ笑み、少しふざけて彼の髪をくしゃくしゃにさせたが、息子のほうは母親に笑い返さなかった。この賭けにいかに多くの意味がこめられているか、それを知る彼は真剣だった。口についた牛乳をぬぐいとると、彼は肩をおとして自分の運命へと向かっていった。

農場に来る道に、バイクが見えた。

バイク？　驚いた長男は自問した。あいつバイクで来たのか？　でも来たのは彼女ではなかった。町に住む彼の友人だった。友人は長男の隣にこしかけ、「よお！」とだけ言った。それから「これをお前に送るってさ！」と言い足すとすぐに帰っていった。

その手紙を開かないうちに、いや手紙を手にとらないうちから、長男はその内容を妙な別のルートで受け取った。それはものすごいスピードで宙を飛んできて、彼の胃袋をきりきりとねじりあげてしまった。それが何を意味するのか、彼は分かっていた。

少女は少し身を乗り出さなければならなかったが、それと同時に落ちないよう十分注意もしなければならなかった。少女は、バイクが中庭に入ってきて誰かが兄と話してから手紙を渡すのを見ていた。それからバイクの人間は別れを告げると、次の瞬間にはまた道路の砂ぼこりを巻き上げながら町の方向へと去っていった。兄は鞭でぶたれた犬のようにベンチに座りこみ腕もぶるぶる震えているから、届いたのはおそらく良いニュースではなかったのだろう。

ああ分かったわ、と少女はつぶやいた。あれはあの赤毛の美女からね。前に町で兄ちゃんといるのを見かけたけど。悩んでるくらいならあんな女やめちゃいなよ、あんなバカ女なんか！　と少女は兄に大声で言いたかったができなかった。私、チンポコ縫いつけてもらったら、あの女と直接決着つけてやる、と彼女は決意した。でもまったく、兄ちゃんはあの女のどこがいいんだろう？　あの女ったら、映画館でほんとに馬鹿丸出しで笑ってたわ。ずーっとね。しまいにはほかの人たちまで、あの女に静かにするよう言わなきゃいられないくらいだった。それなのに兄ちゃんたらぼーっと夢中になって彼女の尻に敷かれっぱなし、あの女がどんな女か町中で噂されてるのにさ。別のいろんな男たちと歩いてるところを見かけた人もいるって。ほんとふしだら女！

兄ちゃん、あんな女で悩むなんてくだらないよ。私が男になったら、一緒にどこかに行こうよ、私が兄ちゃんに本当にいい子見つけてあげるから。だって、もと女だった私なら、どの子が上等な女かなんてちゃんと分かるもの。昔は女だった私には甘い誘いの言葉なんて全然通じない。でも私が男になってから女に「なあ、俺を試してどうするんだ!? お前の前に立ってるのが誰だか分かるか？ 俺はな、昔はお前と同じ女だったんだぞ。まあもっといい女だったけどさ……」なんて言ったら、やっぱりおかしいだろうなあ。

馬を落ち着かせるのはうまくいった。鍛冶屋の親方は、なぜさっきまであんなに不安でいたのかとこわばった笑顔で自問した。そして熟練した腕をふるいながら、周囲に立つ男たちの目に敬意を読みとって誇らしい気分になった。この気分は、まわりの者に尊敬の念を起こさせるくらいの実力を持つ英雄にしか分からない。親方は汗だくになっていたが、この状態は好きだった。自分の中に澱のようにたまっていたものが汗とともに全部出ていき、汗をかくことで彼はいつもすがすがしくなるのだった。

祖父はよたよたとトイレまでたどり着くと、ズボンの前のボタンをはずした。昔から彼は、小便をするのをぎりぎりまで我慢していた。我慢してばかりいると塩分が体内にたまり尿結石になってしまうから体に良くないのは分かっているのだが。祖父はアスファルトの壁に向かって立ち続けたが、尿が一滴も出てこないという事実に直面すると、急に足ががくがく震えだした。なんてこった！ 祖父は心の中でうめいた。わしはこれを何年も、夢の中でも恐れておったのに！

震える指でズボンのボタンをとめると、祖父はそろりそろりと慎重な足どりで電話に向かった。

手紙はとても短いものだった。というよりは単なる伝言だった。これ以上続けるのは意味がない、色々悩んで考え直そうともした、二人の間であったことはお互い忘れるのが一番良いだろう、好きだけど単に友達として、云々。

憤怒の第一波が過ぎたあと、長男は重い自己憐憫状態に陥った。あらゆる侮辱的なせりふの中でももっとも侮辱的なこのせりふ「私たち、良い友達でいましょう」を女性に言われたのは、今回が初めてではなかった。このくだらない文句をもう何回聞いたことか！

長男はつぶやいた。異性愛者《ヘテロセクシャル》や同性愛者《ホモセクシャル》はいるが、俺は性の無い《アセクシャル》完全な無性人間なのかよ。あのボジェナ・ニェムツォヴァー[2]のおばあさんみたいに、誰にでも好かれるけどどうでもいいクソッタレだってことか！

パーティー（あったのは数回だが）では皆がつるんでいっせいにあちこちの部屋へと散っていっても、ほとんど毎回彼だけが飲みかけの酒瓶片手に一人ぽつんと残されているのだった。瓶をどうするんだ？　寮で飲むべきなのか？　もしかしたら、彼は自分の主たる問題をここで解決すべきなのかもしれない。なぜなら、はっきり言って彼はどこに行ってもセックスのことばかり考えていたからである。本を読む――と、セックスのことを考えている。テレビを見る――と、セックスのことを考えている。

アレをちょん切ってしまえば俺も落ち着くだろうさ、と長男はついにそうひとりごちた。

少女は煙突によりかかり、汗びっしょりになって作業をしている男たちをじっと目で追っていた。そんな男たちが少女は好きだった。そして羨ましく思った。男たちは服を脱ぎ、もう上半身裸になっていた。

少女は次のようなことをかなり真剣に考えていた――まだ手術しないうちに、男子の誰かと何かしておいたほうがいいかしら？　これは単に、後々どんなことも男女双方の立場から判断できるように、という理由からだけである。それには時間はまだたっぷりあるのは分かっていたが、光陰矢のごとし、数年後にはもうその時点になっているものだ。

そういったことについて、少女は友達とよく話題にしていた。理論的には少女たちは全部を、そうでなくてもほとんど全部を知っていた。中には、その内容に対して信じられないほど幼稚だったりきちんと分かっていなかったりする女子もいるにはいたが、ファーストキスで子どもができるなどと信じているような、そんなまぬけな子は学校には勿論いない。

だが少女は、手術の話は一番の親友にも話そうと思わなかった。もちろん、すべてが済んだ後はもう二度と家に戻れないことくらい分かっている。そうなったらカナダかオーストラリアあたりに移住して、両親に送金し続けるのだ。毎回文面の末尾に「Xより」とか「友より」とか「友人Xより」と記して。

兄ちゃんたちにはこのこと話してもいいかもしれない。まあ兄ちゃんたちにはどうでもいいことだろうしね。

暑くなったので、少女は人形のスカートを下ろすとそれを自分の頭にあてがった。

救急車が居酒屋の前に止まるまでの時間は永遠に続くかのように思われた。祖父は店の中で座ったまま、テーブルにしがみついていた。あまりの痛さに声も出ない。救急隊員は祖父を注意深く左右から支えて一緒に歩かせようとしたが、むしろ両わきで抱えてぶら下げるように運びだす形になった。

「おやじさん、あっというまに着くからね」祖父を落ち着かせようと隊員たちが言った。「少したつと楽になるよ。おやじさん、これは誰でも一度はかかるんだ。カテーテル入れたら、はいおしまい。女と寝たときよりずっと気持ちよくなるって、ほんとに。踏切では気をつけて通るよ、一番つらいのは踏切だからなあ!」

祖父は歯を食いしばってひたすらうめくばかりだった。なんで神さまはわしを罰するのじゃ？と心の中で叫んだ。なぜ前兆を下さらなかったのじゃ？　なぜなんじゃ？

「ひとついいことを教えてあげるよ」救急隊員たち

は話を続けた。「自分がどこかずっと遠くの世界の果てまで搬送されてると考えるんだよ。するとその後、ほんのちょっとしか乗ってなかったように思えてびっくりするんだ。これは効くよ」そして祖父を救急車の寝台に寝かせ、慎重に発車した。

次男は一回試すたびに気持ちを異常なほど集中させた。はじめの三発は完全に的をはずした。もしかしたら、もう少しボールに空気を入れたほうがいいのかもしれないぞ。そうでなければ距離を縮めようか……と彼は考えた。それで物置小屋に行って空気入れを探したが、無駄骨だったため不機嫌になって中庭に戻り、距離を一メートルほど縮めた。すると即、最初の一撃が命中した。

「やったあ！」次男のあまりの大声に、焼けたガチョウの匂いが漂う台所の窓から母親は思わず落ちそうになった。「母さん、見てよ！」次男は叫んだ。「見てったら！」そして再び缶をつかんだ。得意げに助走し足をさっと動かした——が、今度はどう見ても的から一メートルははずれてしまった。

母親は次男に優しくほほ笑みかけながらエプロンで手を拭いた。

「大丈夫！」励ますように母親は言った。「次はうまくいくわよ……」

「大丈夫、だって？『大丈夫』なんてよく言えるよ！」と次男はこぼした。これじゃあまるで「お馬鹿ちゃん、ぶきっちょでも大丈夫。おねしょしちゃっても大丈夫よ」とストレートに言われてるみたいじゃないか。そんな文句が彼の頭の中をかけめぐった。

彼は缶を置くとじっと見つめ、それから鬼気迫る声で言った「当ててやる！」

もっと助走しなくちゃ、と心の中で少女は兄に助言していた。そんなふうにぴょんと跳んだだけじゃ何の意味もないわよ。それに、なんでいつもボールの前で止まるの？　スピード落としたらだめじゃない！　まともなシュートにしなくちゃ。それともあのへぼボールが怖いの？　兄ちゃんさっきから同じミスばかり繰り返してるけど、しっかりしなさいよ！　頭も心もちゃんと準備できてないのねえ。今ここから下りていけたら、私が兄ちゃんにお手本見せてあげるのだけど。なんでさっきからあのシーツばかり見ているの？　シーツに何か関係があるっての？　丸太はあそこにあって、缶はその上に置いてあるの。だからあそこだけ見てほかのものに気をとられたりしないで。ほら、ボールの前でスピード落としちゃだめだって！

　母親は盆を持って鍛冶場にやってきた。男たちはうなずいて礼を伝え、スリヴォヴィツェ[3]のグラスを空にした。そして再び黙々と作業を続けた。

　馬は静かに立ち続けており、何も問題を起こさなかった。すべて順調にはかどっていた。もう少しで終わるから、そしたら親方と一緒に残りの酒にありつこう。そうなるはずだ。昔からそうであったのだから。

　その後母親は洗濯物が乾いたかどうかを見に行った。そして次男がボールに一生懸命向かっているのを横目で見ていた。こんなとき母親はもっとも幸せな気分になった。そう、皆がひとつ屋根の下にいるとき。皆で家族を形作っているとき。

　洗濯物は夏の風ですぐ乾いた。母親は洗濯物をなで、それからガチョウに焼き汁をかける作業のためその場を去った。

　救急隊員は嘘をつかなかった。踏切は本当に最悪だった。居酒屋と病院の間には二か所あった。祖父は額に脂汗を浮かべ、運転席からもれてくる会話や爆笑を信じられない思いで聞いていた。こんなときにどうして笑っとる？　どうしてわしが苦しんでおるのに誰も気を配ってくれんのじゃ？　祖父は膀胱の痛み以外もう何も感じなかった。

　これ以上つらくなったら、痛みがさらにひどくなるとしたら、わしは失神してしまう、と祖父はつぶやいた。体には助かろうとするしくみが何かあるものだが、と小窓から木の梢を目で追ってみたが、それは彼の絶望の道を飾り立てるばかりであった。

　若いほうの救急隊員が小窓を開けて祖父に呼びかけた「ほらおやじさん、もう着くよ！」

缶は丸太から吹き飛んだ。次男は喜んで飛び跳ねた。やっぱりまぐれではなかったんだ！　まぐれだったら一回しか当たらないもの。

缶への憎悪感は突然消え、次男は缶を相棒のように、対等な力のライバルのように感じはじめた。

そろそろ正午になろうとしていた。次男はトレパン一丁になり、ときどきポンプに水を浴びに走っていった。そこらじゅうにガチョウのおいしそうな匂いがただよっていた。

しかし次男はべつに心待ちになどしていなかった。彼の年頃では食べ物はむしろ面倒くさいもので、楽しい遊びで満たしたい時間を邪魔するものでもあった。おまけに、彼は食事の席でほとんど毎回のように笑い者にされていた。その笑いは決して意地悪なものではなかったが、それでも彼は傷ついていた。

これまで何回聞かされたことだろう——お前はがりがりだ、食べ物をぐちゃぐちゃかきまわしてばかりいる、残さずにきちんと食べる者は戦死しない（これはもう、彼はさっぱり意味が分からなかった）。戦死しないだと？　それで彼はしまいにはこれを自分で勝手に解釈することにした。もしこんなくだらないことを本気にする者がいるのなら、この本当の意味は、どこかで僕が全部残さずに食べようとする場合、場所は戦場ではなくお皿が目の前に置かれたテーブルだ、ということだと。この意味不明の言い回しのこれ以上の解釈は次男にはもう思い浮かばなかった。父親は長男と同じようにいつもクネドリーキを半分に切っていた。だが長男は家族の中で一番の大食漢で、母親はそんな長男を見ては喜びのあまり体を震わせるのだった。長男はクネドリーキを十個食べることができたが、それで食べ飽きたということはこれまで一度もなかった！　そうでないときは父親がいつまでも腹をぽんぽんたたいている。食後彼は毎回母親に言った「こりゃうまい！　母さん、あのアルクロンホテルの食事よりうまいぞ！」そんなときの母親は、まるで愛の告白を受けたかのようにほほ笑むのだった。

長男はもう一度手紙を読み返した。あいつを探しだしてもっと話し合ってみなくては。どう考えたってこんなまぬけな別れ方でいいはずない。ほんの数行の手紙でハイおしまい、だなんて。俺は化け物かよ！　長男はため息をついた。俺の笑顔がかわいいとか、歯やほっぺのえくぼが素敵だわとたいていの女が言ってくれるけど、それでどうしろというんだ？　鏡に向かってにっこりほほえんでいればいいってのか？　俺、頭の中じゃもう準備してたのに……！

それに、なぜこの手紙は「じゃあ私のこと怒らないでね。キスをあなたに送るわ」なんて言葉で終わるんだ？　なぜあいつは俺にキスを送る？　なんの気遣いのつもりだ？　俺だって誰かと別れるときはもちろんそいつにキスするさ、でもそれはそいつのことが好きで、キスすることで「今はさよならだがちょっとの間だけさ。このキスを心の中にしまっておけよ、福を呼ぶお守りみたいにな」と伝えたいからだ。つまり「また会おう」の意味だ。だが誰かと終わりにしたいときは俺はそんな相手にキスなんてしないぞ！　あいつの書いたこのキスは全く筋違いだ。

人間はこうしたまぬけなことばかりずっとし続けてる。たとえば自殺がそうだ。「さらば、友よ！」と遺書を書く。あの世に行こうとする者はもう事実上あの世にいるようなもんだが、それならなぜ手紙なんぞ書くんだ？　まわりはそいつにどう返事を書けばいいんだ？

長男は座ったまま自分の運命について考えこんでいた。空気中に何かが含まれていたのかもしれないし、日曜日という事実がそういう気分にさせたのかもしれない、何があったのか彼自身分からないのだが、とにかく自分が非常に哀れに思えてしかたなくなり、ついには泣きだしてしまった。はじめは恥ずかしく思った。誰かに泣きっ面を見られるのも恐れたが、しばらくするとそんなことはもうどうでもよくなった。座ったまま頭を両手で抱えこみ、彼は涙をぼろぼろこぼしはじめた。

「さあおやじさん、こっちだよ」救急隊員たちは祖父にそう呼びかけ、エレベーターまで彼を連れていった。「ほら、俺たちあっというまに着いただろ」このせりふは部分的にしか正しくないぞ。そう感じた。「俺たち」とは誰のことじゃ、何が「あっというま」じゃ。

「患者さんをここに寝かせて」と若い医者が言った。そして「はいすぐ治療始めますからね」と手袋をはめながら祖父に話しかけた。「ちょっと見て下さい、この管を今からあなたのここに入れるのです。普通の管ですから心配しなくて大丈夫ですよ」

祖父は横になっているだけでよかった。医者は管を差しこんだ。祖父が味わった感覚はとても言い表せない。一瞬で千回分の絶頂感、魂のうっとりするような消滅、体中の細胞の神々しいまでの悦楽。これらすべてが、至福に満ちた長いうめき声とともに生じたのだった。

体の中がすっきりしたとたん、祖父は自分が診察台にぐったりと横たわっていることに気付いた。

「さて」と少したってから医者は話しかけた。「これはとても簡単ですよ。管はあなたのここの中に残しておきますから、トイレに行きたくなったらここのコックをはずすだけ。これで全部です。あとはもう何も心配いりません。もうあなたは大丈夫なのですから。ただ、ときどきここに検診には来てくださいね」と医者は手袋を捨てながら言った。祖父はまだ少しふらつきながらも立ち上がると、医者に近寄って口づけた。よくあるようなあいさつ用の頬へのキスではない。女性の頭を抱くように医者の頭を手で押さえ、彼のくちびるに熱くキスをしたのだった。

「この気持ちを分かってくださるかね?」と祖父が聞くと、医者は答えた。「分かります」

母親はグラスを持って再び鍛冶場にやってきた。彼女は作業があとどのくらいなのかを見にきたのだが、それを彼女独特の方法でおこなったのだと夫は気付いた。そっと、スリヴォヴィツェを持ってにっこり笑いながらという方法で。

「もうすぐ終わるよ」そう言って鍛冶屋の親方も妻

に向かってにっこり笑った。今度は皆、勝利の乾杯をするつもりでいた。母親は男たちがグラスを盆に戻すまで少し待つと、また台所へ戻っていった。

ガチョウはとても大きかったので、これを入れるには一番大きなオーブン皿が必要なほどだった。母親は、金色に焼けたガチョウの皮目や大きくはみ出しているももの部分を満足そうに眺めていた。つけ合わせの酢漬けキャベツは白と赤紫どちらも用意し、おまけにクネドリーキも二種類ある。ただ、パン入りクネドリーキのほうは念のため多めに作っておいた。彼女は夫が食卓についているのを眺めるのが好きだった。夫はいつも最初に皿によそった料理をもらっていた。それは子どもが生まれてからも変わらなかった。

祭日用のテーブルクロスの上には皿が何枚も置かれている――この家では日曜日にしか使わない深皿や平皿だ。冷蔵庫にはビールが十本冷えている。多分これで足りるだろう。

缶がまた丸太のそばに転がった。じゃあ、あともう一回挑戦だ。次男はうれしくて手をこすった。気分ももう落ち着いた。今回も成功するにちがいないと百パーセント確信していたので、全く焦っていなかった。そこで日陰に腰をおろすと草の茎を噛みはじめた。父親の仕事が終わったら、お昼だよと声がかかるだろう。最後に次男は缶の重みを手で確かめ丸太にたたきつけるように置くと、ボールを足元に寄せた。

今度は、ワールドカップの模範シュートのような、ぽーんときれいな弧を描いて飛んでいく技ありシュートを試そうとしていた。これはゴールに命中しなくてもきれいなシュートになるだろう。しかし彼は命中させたのである！　次男はボールに猛突進し、高く蹴り上げるという形で自分のあふれんばかりのうれしさを表した。空高く上がったボールは、鍛冶場の屋根の上まで飛んでいった。

救急車は祖父を乗せて村まで戻ってくれた。祖父は居酒屋の前で降りたが、店の中には入らず、家に向かってのろのろと歩き出した。同情されるのがいやな祖父は不機嫌に歩いていた。この新たな状況にまわりの者たちが慣れるまで、今後数日間は自分はあれこれ批判されるに違いない。

わしは年寄りじゃ、と祖父は何度も繰り返しつぶやいた。わしは年寄りで用無しで厄介者なんじゃ。こんなにあっというまに時間がたってしまったとはどういうわけじゃ？　額の汗を拭こうと彼は立ち止まり、遠くに見える農場をじっと見つめた。あそこで彼は息子とその子どもたちと暮らしているのだ。それは苦しいほど自然で、そして残酷なことだ。

祖父は後ろから家に近づき、りんごの木の下に腰を下ろした。まずは、皆に何から話すかよく考えなくてはならない。手を頭の下で組んで寝転がると、彼は木の梢でそよぐ葉を眺めた。だが眺めていたのは一瞬だけだった。すぐに眠ってしまったのである。

男たちの作業は終わろうとしていた。馬はまるで羊のようにおとなしく立っていた。こうして男たちは制覇したのだ。今日は食いものがうまいだろう、そう確信していた。

ボールは死点で止まり、次男はそれを得意げに見ていた。自分のすぐそばで帆のようにふくらんだりはためいたりしているシーツのことなど完全に忘れていた。次男は、夜の自分のあの失態をもう思い出さなかった。

ボールは下に向かいだした。最初はまるで億劫そうにゆっくりと、やがて次第にどんどんスピードを増していった。鍛冶場の屋根にぶつかったときには、ボールはすでに屋根瓦をはがすに十分な力を持っていた。屋根瓦はがらがらと音を立てて落ちていった。下にいた男たちは気をつけようにも間に合わなかった。瓦は馬の尻に落ち、鈍い音をたてて砕けた。そう、次男がボールに注いだエネルギーとボールが瓦に注いだエネルギーで何倍にも増大したエネルギーが、瓦から馬に注がれたのであった。馬は暴れて後ろ足をばたつかせ、皆に「完了！」と言ったばかりの鍛冶屋の親方の顔を蹴り上げた。

親方は中庭の真中まで吹き飛び、そこにあおむけに倒れたままになった。

あららら、下は何の騒ぎなの？　少女は驚いた。まずあそこで兄ちゃんが座りこんでおいおい泣いてるし、下の兄ちゃんはあそこでうれしそうにぴょんぴょん跳ねたり踊ったりしてるし、それから父さんがぴゅーっと空を飛んでって、あそこの果樹園では着飾ったおじいちゃんがまるで棺おけに入ってるみたいにごろんと寝転がってる！

男の皆さん、そこで一体何してるんですか？

紅一点の女の子がここにいますよ、とでも私は言うべきなのかしら？　あなたたちにはチンポコついてるのに、まだ何か足りないっていうの？

それから少女は、次のような考えに達した――彼らがあんなことをしているのは、ほかならぬ自分のためなのだ！　少女が朝食の席で宣言したあの内容のために。皆はあの宣言にかなりの衝撃を受けたため、ここでこうして彼女のためにそれぞれ演じてくれているのだ。

皆は少女の朝の話を聞いていたのである！　あの宣言を真剣に受けとめていたのである！　一言ももらさずに！

少女は彼らが本当に大好きだったし、同時に心底かわいそうにも思えたので、皆を落ち着かせようと屋根の上に立ち、自分の隠れ場所を捨て、二本の指を空にかざして甲高い声で誓った――「約束します、男になりたいなんてもう二度と言いません！」

〈注〉

1　チェコ料理に欠かせない蒸しパン状の食べ物。通常は太い棒状に作ったものを厚くスライスして出す。主に肉料理のつけあわせとして出され、小麦粉で作るものが一般的だが、じゃがいもで作るものや、刻んだパンを混ぜたもの、果物を入れたお菓子代わりの甘いものなどもある。ちなみに、ローストしたガチョウかブタの肉にこのクネドリーキと酢漬キャベツをつけあわせた料理は典型的なチェコの家庭料理である。

2　チェコを代表する十九世紀の女流作家。代表作「おばあさん」（日本語訳あり）はチェコの国民文学ともいえる作品で広く親しまれている。

3　チェコでよく飲まれるプルーンから作った蒸留酒。

伊藤涼子・訳

Petr Šabach, *Hovno hoř', Paseka,* Litomyäl, Praha 1994

ヨゼフ・シュクヴォレツキー　Josef Škvorecký 1924-……チェコ

チェコ北東部のナーホト生まれ。カレル大学哲学部卒業後、教職を経て出版社勤務。一九五八年に『臆病者たち』で作家デビュー。代表作『戦車大隊』、『すばらしい季節』などのほか、探偵小説や劇、詩など幅広いジャンルで作品を発表している。一九六九年に亡命、カナダ・トロントに定住。「六八年出版局」を設立してチェコとスロヴァキアの亡命作家の作品を広く世に紹介する傍ら、トロント大学で教鞭をとった。訳出した五編は『チェコ社会の生活から』（一九六五）からのもので、続編に『亡命社会の生活から』がある。

チェコ社会の生活から

なぜ、人の鼻は柔らかいか*

K町小学校三年B組生徒ヨゼフ・マハーニェの国語宿題

歯磨きが歯に有益なものであるとはいっても、僕は歯を磨くのを好みません。いつも歯ブラシを水に濡らすだけなので、母は、僕のことを監視しつつも、このペテンを見抜けないのです。そのあとで、僕は歯磨き粉を、洗面台の穴の中へ押し込みます。

しかしながら、その朝、僕は歯ブラシを濡らしませんでした。母が問うてきました。「ペピーチェク（訳注—ヨゼフの愛称）、歯にブラシをかけ終えた？」僕は肯定しました。すると母は「見せなさい！」と言って、僕の鼻の頭に触れ、それが柔らかいのを確認するや、こう言い放ちました。「嘘じゃないの！　嘘つきは泥棒の始まりよ。嘘はいつかはバレるし、罪深いものでもあるのよ」そうは言っても、鼻はいつでも柔らかいもので、固い鼻をした人間なんて存在しないのです。

朝食の時、母が父に打ち明けました。「ルドルフ、わたし、気分が悪いの。たぶん、聖マルチン慈善会の会合で興奮したのがよくなかったんだわ。だって、信じられる？　会長に、よりによってクドラーチェクさんが選ばれたのよ。ついこの間、娼家にいるところを見られたっていうのに！」「しょうか？」僕は問いを発しました。「クドラーチェクさんは商人なんだから、商家にいるのはあたりまえじゃん」すると父が、魚を食しているわけでもないのに咽喉を詰まらせ、同時に僕の兄ペトルがヒューと口笛を鳴らし、僕の姉ブランカは顔を真赤にして僕を叱りつけました。「あんたにはまだわからないのよ。全くバカなんだから」しかしながら、バカなのは彼女自身なのです。なぜなら、女であるに過ぎないのですから。

母は言いました。「仕方がないわね。今日はわたし、ミサに行けないわ。ルドルフ、子供たちと行って来てちょうだい」

こうして僕たちは出かけました。しかし、途中、ヨナーシュ・レヴィトのワイン酒場のわきを通っている時に、父が、何かの商談でしばし中に入って来ると言いました。父の商売が扱うのはワインではなく、洋服生地と毛皮であるのにもかかわらず、です。

こうして僕は、ペトルとブランカとともに歩を進め、信者が集っておしゃべりをしている教会のところまでやって来ました。正面の入口のところに普通の人たちが、回廊への入口のところにはもうちょっとましな階級の人たちがいました。ペトルが言いました。「俺は合唱に行くよ。今は聖歌隊で歌おうと思うんだ」そう言って、角のところで姿を消しました。すると今度はブランカが、こう言いながら僕を前へと押しやりました。「神父さんがよく見えるように、祭壇の近くまで行くのよ、この小僧！」

「小僧なもんか」と僕は言いました。「ピック先生は、僕はこの歳にしてはとても大きいって言ったもん」しかしブランカは、教会の側廊で姿を消し、僕は祭壇の方へ赴きました。

しかし僕はそこで、気に食わない光景を目にしました。ミサが始まって従者たちが入って来た時、従者の一人が、森番の息子で、豚の絵を描いた筆箱を僕から盗った赤毛のミリチ・ツォドルであることに気がついたのです。それで僕は、聖ヤン・ネポムク像の後ろに身を隠しました。そうして、聖像を飾っているブリキの星を一つ折り取ると、メロウン神父様が説教壇に上がって放蕩息子についての説教を始めた時を見計らって、隠れている場所からパチンコでミリッチ・ツォドルを狙い撃ちました。パチンコは、この目的のためにいつもポケットにしのばせてあるのです。弾は素晴らしい弾道を描いて、奴の耳に当たりました。しかし、残念なことに寺男がこの悪戯を見ていて、僕の横に立って鼻をほじくっていたヴォツェニルと一緒に、僕を教会からつまみ出しました。しかし寺男は、僕たちのうちどちらが星を放り投げたか知らなかったので、僕は自分の罪を否認しました。寺男は僕の言うことを信じました。なぜなら、ヴォツェニルはただの貧しいガキに過ぎないのですから。

そのとき僕は、教会にはもう戻りたくありませんでした。いい天気でしたから。それで、用心しながら公園を歩いて行くと、ブランカの姿が目に入りました。彼女は教会にはいず、ベンチの上でアレシュ・ノイマンに膝を抱えられていました。姿を見られないように、僕は彼らを避けて通りました。そのあとで、ベラーネク喫茶店の大きな窓のそばを通った時、これも聖歌隊で歌を歌っているのではないペトルの姿を目にしました。歌うどころか、座って若造どもとトランプをしていました。禁止されているというのに。しかし、座っていました。

僕はそこに長居はせず、ワイン酒場沿いの道をさらに進みました。その中庭で、一匹の感じのいい犬が僕の注意を惹きました。とても小さいのに、頭はでかい犬でした。僕は犬の後について中庭に入りました。しかし、犬は家に入って行きました。同様に僕もその後について行きましたが、犬は地面のそばの隙間にもぐり込んで、姿を消してしまいました。それで僕も同じ隙間から中へもぐり込み、そこで頭をちょっともたげて見ると、そこは酒場で、父が一方をレデレルさん、もう一方をゾンメルニッツさんに挟まれて座っているのが見えました。この紳士たちが交互にしゃべって話題にしていたのは、彼ら以外の二人の紳士クホンさんとピックさん、それからミセスピックという女の人に起こった出来事で、父は話を聞きながら絶えずそして大声で笑っていました。何をそんなに笑っていたのか、僕にはわかりません。だって、その話というのはひどく退屈で、例えば、ピックさんが出張に出かけて汽車に乗り遅れ、帰宅してみるとベッドにミセスピックさんとクホンさんがいるのを見つけてどうのこうのというようなことで、クホンさんとミセスピックさんがベッドで何をしていたかなんてこともちっとも説明されず、僕には全然面白くない話でした。それでも父は笑っていました。その原因として明らかなのは、ゾンメルニッツさんが父から毛皮を買い、同様にレデレルさんは生地を買うからで、父はくだらない話をバカ笑いすることで二人への感謝の念を表わそうとしていたのです。

そして時は過ぎ、僕は教会へと急いで戻り、教会から出でつつある人々の間に紛れ込むことに成功しました。同時に僕は、一方向からペトルが、もう一方からブランカが群集に合流するのを目撃し、同様に父も、合唱団の団長であるヘイダさんと話しながら教会の前に立っていました。まるでミサにいたかのような顔をして。でも、ミサにはいなかったのです。

家で母がブランカに訊きました「今日、神父様は何についての説教をなさったの?」ブランカがすぐさま答えました「灼熱の炉に投げ込まれる処女たちについてよ〔訳注―旧約聖書ダニエル書第三章参照。但し、聖書で炉に投げ込まれるのは処女たちではなく三人の男たち〕」そこで僕は言いました。「全然違うよ。

そうじゃなくて、放蕩息子についてだったよ」「そうだわ」と、ブランカは言いました。「よく聞こえなかったのよ。だって、どこかのせむしのおばさんが、あたしの前でずっと声を出して祈っていたんだもの」

するとは母僕たちをほめて、教会へ行って敬虔にミサを聞いたことのご褒美に、僕に一コルナ硬貨を、ブランカにバラを、そしてペトルに聖人の絵をくれましたが、絵はあとで見ると便所に置いてありました。同様に母は、次の言葉とともに父をほめました。「店主が神を敬う気持ちを忘れなければ、商売の成功が約束されるのよ」

そのあとで、僕たちは晴れがましい正餐の席につきました。ガチョウの丸焼きを仲良く食べていったわけですが、その場を支配していたのは和気あいあいとした雰囲気でした。こんなわけですから、僕は考えます。嘘は有益なものである、と。なぜならこの日、僕もブランカもペトルも父も、多くの罪と違反を犯して嘘で上塗りをしたにもかかわらず、すべてがうまくいったからです。ですから、僕が思うに、嘘つきは泥棒の始まりなんかじゃなく成功の始まりで、「虚言するなかれ」という要求そのものが嘘なのです。なぜなら、そんな要求を満たしていれば、僕たちは明らかに存在していられないからです。

同様に、固い鼻を持った人間など存在せず、すべての人間の鼻は柔かいのですから、すべての人間は嘘つきで、それゆえに存在しており、僕たちの社会は真実に嘘をつき通すことでずっと栄えているというのが、僕の意見です。

＊ チェコには、柔かい鼻の頭をしている人間は嘘つきだという言い伝えがある。

注目に値する化学的現象

K町小学校四年B組生徒ヨゼフ・マハーニェの国語宿題

「健全なる肉体にこそ健全なる魂が宿る」とは、ミロスラフ・ティルシュ*博士の教えですが、僕の父も、これと同じ意見です。父の体はとても大きく、とても健康で、身長は百九十七センチあり、体重は百十五キロあります。父はすでに子供の時、ソコル**の思想に心酔していました。

僕もこの思想に心酔しましたが、馬跳びをして足を折ってからは、僕の体はそれほど健康ではなくなりました。兄のペトルはペトルで、成人してしまうと、ソコルの成員にとどまることを拒否しました。なぜなら、ソコルの青年部員たちは房べりのついた短パンをつけて公の場に登場することを強制されるからで、これが、流行気違いであり、他の者の言うところではクラーク・ゲイブルばりの伊達男であるペトルにはがまんがならず、また、彼の女と見なされているヤロスラヴァ・ツツェオヴァーから笑われてしまったからです。そして、「俺は洒落者なんだ。だから、ソコルの思想は俺たちの思想とは相容れないんだよ」と言って、ソコルのユニフォームを身につけることを拒否しました。「何が思想だ。酒のことばかり考えてやがるくせに」と、すでにユニフォームに着替えて、ソコルの支部体操の準備をしていた父は、決めつけました。「お前たちには、酒のほかに考えることがないんだ。われらがソコルの祭典は、健全たる精神の輪舞であるというのにな」

こうして、僕らは一団となって地方大会に加わり、僕はここでケーキ食い競争に参加しました。足がまだ癒えきっていなかったので、よじ登りソーセージ食い競争には参加しませんでした。この競争は、石けんをなすりつけた太い棒を使って行なわれ、参加者は、これを登りきらねばなりません。その上で、上にたくさんぶら下がっているソーセージのうち、歯で引きちぎってよいのは、一本です。たった一本だけです。しかしながら、ソーセージにまで到達したヴォツェニルは、貧しい寡婦の息子なものですから、ルールを無視して、ソーセージを引きちぎっては食べはじめました。ですから、ソコルの一員であるポジーゼクさんが後から登って行って、奴を引きずり下ろさなければなりませんでした。しかし、それまでに、七本のソーセージがなくなっていました。同様に、ビール飲み競争も行なわれましたが、ヴォツェニルは、年齢的にいまだ足らざるためにこれへの参加は許されませんでした。この競争で勝利の月桂樹を勝ち取ったのはブリジュニークさんで、この人は、ソコルのクルコノシェ山麓地方イラーセク支部において最重量を誇る人であり、正味(服なしで)百三十五キロの目方があります。

父も鉄棒運動をしましたが、ここでは、ソコルの男たちが腕と足を勢いよく動かすことによって、おのが体操能力を誇示し、しまいには全員で次の詩を唱和しました。

あまねくチェコの地に清き喧騒聞こえ、
町村を出でてかしましく流れゆく
健全なる肉体に健全なる魂宿る
フレー、フレー！　祖国万歳！

夕方には、前述のケーキ食い競争が行なわれ、これをもってソコルの祭典は最高潮に達しました。この競争のために、ソコルの女性メンバーは、平均直径二メートルはあろうかというケーキを焼き上げました。このケーキの中には、二十個以上のコルナ貨幣と、真中付近には銀の五コルナ硬貨が隠されていました。競争の最終目標は、ケーキを食べ進めてこの硬貨に到達することでした。残念ながら僕は、早い段階で棄権せざるをえませんでした。なぜならこの日、僕はすでに大量のトルコ蜜とアイスクリームと綿あめとソーセージとピクルスを食べていたからです。満腹だった僕は、縁からたった二十センチのところまで食べ進めただけでした。他の選手たちは、食べ続けました。そして、鍛冶屋の息子であるアロイス・ヴァグネルは六十センチ食べ進み、その際、三つのコインを飲み込んで、歯を折りました。それよりさらに食べ進んだのはパヴェル・ボシェクでしたが、硬貨が喉につまって医者に運ばれ、そこで背中をどやされて、やっと硬貨が出てくる始末でした。

このようにして、競技者は一人また一人と抜けていき、互いに反対の方向から食べていって中心付近に近づこうとしている二人だけが、あとに残りました。その二人とは、卸売商人の息子ベルタ・ミンツと、先に述べた寡婦の息子ヴォツェニルです。この二人と五コルナ銀貨との距離は、ブルーベリーで埋まった一かけらを残すのみとなりました。この時、ヴォツェニルが疲労の色を見せはじめました。同時に怒りの色も見せはじめていました。なぜなら、苦労してケーキを食べてきた道すがら、ただ一枚のコインにもめぐり会わなかったからです。それとは対照的に、ベルタ・ミンツはすでに七枚のコインに遭遇しており、ライバルが疲れてきたのをみてとると、ラストスパートにかかりました。コインを飲み込む手間をはぶき、あたりに吐き出しながら、です。こうして、卸売商人の息子が勝利の栄冠を勝ちとるかにみえたその時、ヴォツェニルが最後の力を振りしぼって、ケーキの下からベルタ・ミンツの胃に拳固で一撃を食らわせました。ベルタ・ミンツはすぐに真青になり、食べたものをもどしはじめ、この陰険な方法によって時間を稼いだヴォツェニルがケーキの中央まで食べ進めて、五コルナ銀貨を飲みこんだのでした。

しかし、敗者の父であるミンツ氏がこの結果に異議をとなえ、市長のヴェーヴォダ氏の裁定により、敗れたベルタ・ミンツが勝者となる旨が発表されました。しかし、五コルナ銀貨はさしあたり手の届かない場所にあったので、ヴォツェニルは、それが体の中から出て来しだい、正当な持ち主に渡すように命じられました。

その翌日、ベルタが五コルナ銀貨を要求したところ、ヴォツェニルはピック先生の命令に従って、二枚のコルナ貨幣を手渡しました。飲み込んだ五コルナのうちそれだけしか外に出て来なかったというのです。

先生は鞭をも使用してヴォツェニルを叩きのめしましたが、ヴォツェニルは主張を曲げませんでした。もし、奴の言うことが本当だとすると、この注目に値する化学変化は、ソコルのケーキ食い競争の歴史の中でも類まれな現象であると、僕は思います。

＊ ミロスラフ・ティルシュ（一八三二～一八八四）……ソコル（次の注を参照）の創始者。
＊＊ ソコル……一八六二年にティルシュの主導で創設されたチェコの体育団体。のちにはその大会も同じ名称で呼ばれた。

あたしが結婚せずにすんだ顛末

K町国立実業高等学校六年A組在籍、ブランカ・マハーニョヴァーの思い出から

あたし、もう長いこと、エルヴィーン・コティザの見えすいた小細工にはうんざりさせられていたの。町の反対側に住んでいるっていうのに、毎朝あたしの家の前で待伏せしてて、あたしを見ると、まるで偶然そこらを歩いてたっていう顔をしながら、いつも歩調を速めて来るんだもの。でも、そのたんびにただ挨拶するだけで、急いで高校があるのとは反対の方角へ逃げて行ってしまうの。だから、授業にはいつでも耳を真赤にして遅れて来るのよ。

もし、あたしの両親が置かれている立場を気遣う必要さえなかったら、あたしのことは諦めるようにって、とっくに言ってたわ。というのはつまり、エルヴィーンの父親っていうのがビリヤード台の大製造主で、あたしの父親の会社がそこに必要な布を納めているというわけなの。あたしとエルヴィーンが結婚をすることで、二つの会社を一つにするというのが、双方の親の長年の願いだったわけ。親思いの娘としては、エルヴィーンのことは大嫌いだけれど、両親の願いには添うようにしたいと思ったわ。ただ、あいつの度を越した意気地のなさが、あたしに二の足を踏ませていたけどね。

エルヴィーンは長いこと毎朝決まって逃げていたのだけれど、半年経ってからようやく勇気を出したのか、「ブランカ、僕と一緒に散歩に行かないかい？」

という台詞でもって、あたしを別荘に誘い出したの。そこでピルスナー・ビールで酩酊させられて、あたし、体のコントロールを失っちゃった。なのに、あいつは黙っているだけで、しまいに、チェスを一局やらないかって聞いてきたの。ところがなんと、チェスの指し方なんて全然知らないというのがわかって、というのは、あたしが四手指しただけで詰んじゃったんだもの。それなのに、次の日郵送してきたラヴレターには、こんな大胆不敵な詩が書いてあったわ。

僕の掌が白い炎に見紛う君の体をまさぐったとき

その白くたおやかな胸がいかに荒々しくふるえたことか……

エルヴィーン・コティザという男は、ほとんどすべての物事に全く才能がないくせに、ほとんどすべての物事に首を突込むの。例えば、ミサで従者として仕えようとした時、メロウン神父様の祭服に香炉で火をつけてしまって、冷静沈着な寺男が神父様を抱き上げて洗礼盤の中に浸してあげなければ、とんでもないことになるところだったわ。やぶにらみを押して参加した猟でも、うさぎに咬まれて重傷を負わされて、一週間のあいだ家で手当てを受けていたのよ。

こんなに色々なことがあったら、少しは懲りてもいいと思うのだけれど、そうはならないのよね。町のアマチュア劇団がミステリー劇「運命の銃声」の上演をふれ回った時、ポスターにはエルヴィーン・コティザが人殺しの役で載っていたわ。あきれたことに桟敷席のチケットをうちに送りつけてきて、地方新聞の批評家クルパタさんには、手心を加えてもらえるように、前もってシャンパンを五瓶贈ったのよ。

上演の前日、うちに遊びに来たわ。母はすぐに父をワイン酒場へと追いやるし、兄のペトルを隣りのN町のボジヴォイおじさんの所へ使いにやったんだけど、そのことづけというのは、K町の天気は上々だということだったの。そして母自身は、弟のヨゼフを連れて歯医者へ出かけて行ったんだけれど、そこはたった三十分前に行って来たばかりの所だったの。こうして二人きりになるとすぐ、エルヴィーン・コティザは、自分が集めているチーズのシールのコレクションについて話し始めて、あんまり長ったらしくしゃべったもんだから、晩の八時半ごろに母が眠っているヨゼフと歯医者から帰って来た時は、やっとゴルゴンゾラにたどり着いたところだったの。

次の日、あたしたちは桟敷席から劇を見てました。始まってすぐ、エルヴィーンがあがっているのがわかったわ。傲慢な殺人者を演ずるはずなのに、しゃべり方があんまり静かなものだから、何を言っているのか全然聞こえないの。でも、幸い、プロンプターが声を上げてくれたものだから、筋を追うことはできたのよ。

最終場の冒頭で、人殺しのバルトシュは、銀行のお偉方であるシロヴィー氏を撃ち殺すことになっていたの。でも、エルヴィーンがピストルを向けると、手がぶるぶる震えていて、その上、少なくとも十回は引き金を引いたのに、銃声が出て来ないの。シロヴィー氏の役だったルドルフ・ピルネルさんは、撃鉄が落ちるたびに心臓に手をやって倒れかけるんだけど、とどめの一発が発射されないものだから、また起き上がるのよ。みんな、笑いはじめたわ。

するとエルヴィーンは、この行き詰った状況を打開しようと、ピルネルさんに飛びかかり、首を締め上げる素振りをして、やっつけちゃったの。その時は体から緊張が抜けて、素晴らしい演技をしたものだから、すぐにあたしが思ったのは、今度あいつがあたしを別荘に誘った時はよくよく気をつけなくっちゃ、でないと、次の日にはもうラヴレターなんて書かないような状況になってるかもしれないから、ということだったの。

最後にエルヴィーンはとても素晴らしいモノローグをやってのけたので、あたし、もうあいつの婚約者になる運命に身を委ねはじめていたわ。でも、そのあとで、予期せぬ幸運があたしを自由にしてくれたんです。劇がクライマックスに達するのは、人殺しのバルトシュがシロヴィーの娘に向かって「カロリナ、もし私が真実を言っていないとしたら、貴女の父上は墓場から甦るだろうよ！」と言う台詞のあとで、死んだと思われていたシロヴィー氏が突然姿を現す場面だったの。

エルヴィーンがその台詞を口にして、シロヴィーが出て来るはずの間が訪れたの。でも、何も起こらない。エルヴィーンはまた緊張にとらわれて、震え声で繰り返したわ「私が真実を言っていなければ、貴女の父上はこのドアから入って来るだろうよ！」そして、ドアを指し示したの。でも、やっぱり何も起こらなかったわ。シロヴィーの娘を演じていたヴラスタ・チハーコヴァーは、事態を収拾するために、同じように叫んだの「お父さーん。バルトシュさんが本当のことを言っていないんだったら、出て来てー！」また、反応なしよ。エルヴィーンは切羽詰まって、どもりながら言ったの「お願いですから、出て来てください。だって僕、本当のこと言っていないんですから！」すでに墓場のようにしーんとなっていたところへ、書割りのドアを通って入って来たのは、劇に出演する予定の全くない医者のクラウス先生だった。先生が観客に向かって言うには、「ご観覧のみなさん。ささやかな技術的障害のために、私どもが劇を最後まで演じられなくなったことを、どうかお許しください。商人のピルネル氏は、銀行のお偉方シロヴィー氏を演じている最中、思いがけず殺されてしまったのです」

すぐにあたしの頭の中には希望の光が射し込んで、全く望むべくもなかったことが、間もなく現実になったのよ。エルヴィーン・コティザはこの上なく緊張していたもんで、あまりにもリアルにルドルフ・ピルネル氏の首を絞めて殺害してしまい、そのあと、この事故の結果引き起こされた良心の呵責から、自殺してしまったんです。

まあ、こんなふうにあたしは、あの意気地なしの妻になるという恐ろしい運命から逃れることができたってわけ。

僕が結婚する羽目になった顛末

K町国立実業高等学校八年A組在籍、ペトル・マハーニェの日記から

僕はいつでも、ルドルフ・マハーニェ貿易商会の社長であるわが父を賢明な人間と見なしていたが、今となっては単純にそう断じることはできない。「支出した金に見合うだけのものを手に入れるよう、常に努力せよ！」と、僕は父に教えこまれてきた。だから、僕はこの忠告に従って事を進めたのに、損害を被ってしまったのだ。

最近まで僕は、童貞の段階にみずからを留めておいた。われわれが通っているK町の国立実業高校の全女生徒のなかで、僕が一番に目をつけているのは、六年A組のイレナ・ディットリホヴァーだ。だから、自分が十八歳になったことも考え合わせて、僕はこの娘を誘惑することに決めた。この目標に向かって、綿密な計画を立て始めたのだ。

まず始めに、僕は町の薬局を訪問した。しかし、どの薬局にも若い女の子がいたので、僕は晩になるまでに、七本の歯ブラシの所有者になっていた。後になって、どの店でも、別の商品を買えたことに気づいた。しかし、やってしまったことはしかたがない。

結局僕は、弟のヨゼフを薬局へ使いにやったのだが、小銭を切らしていたので、五十コルナを奴に託した。そうしたらあのバカが、例のゴムを五十コルナ分買ってきてしまった。しかしまあ余った分は、八年B組で、七年の二クラスで、いくらかは六年で、もしかすると五年でも、それでも余ったら四年A組のミロスラフ・クナに売りさばけると思うのだけれども。

それから僕は天候を調べたが、来週はずっと雨が降るだろうとの予報に鑑みて、屋根のある場所を用意する必要性が出てきた。

僕の両親の家は検討の対象外だった。なぜなら、学校の女友達を誰か家に入れたりすると、お手伝い

のアンナが決して家から出ようとしないからだ。主に僕の所に通って来るのは、僕にぞっこん参っているヤロスラヴァ・ツツェオヴァーで、機会をみては僕を誘惑しようとする。しかし僕としては、女性には厳格な道徳的原則を求めるものである(もちろんイレナ・ディットリホヴァーだけは例外で、ここではこの道徳的原則というやつが障害になっているのだが)。

イレナの両親の家も、やはり考えの外にあった。なぜならそれは三階にあり、避雷針が建物の反対側についているからで、これだと、もしもの場合に脱出が不可能なのだ。

そんなわけで、ホテルの部屋を借りるしか手がなかった。もちろんここでもさらなる障害が待っていた。いわゆるラブホテルは、僕らの町ではたった一軒しかなく、そのオーナーはイレナのおじさんで、しかもその人は熱心なカトリック信者だ。そして、普通のホテルは、この町に二軒あるにはあるが、そのうちの一軒は、すでに述べたヤロスラヴァ・ツツェオヴァーの父君であるツツェ氏の所有であり、この人は僕のことをよく知っているから、一切が僕の父の耳に筒抜けになる恐れがあった。もう一軒は、南京虫がいることで有名であり、これは別の意味で僕の計画に否定的な影響を及ぼすおそれがあった。

したがって、計画を変更する必要があった。火曜日に僕は、イレナのもう一人のおじであるヨゼフ・ハブル氏が住んでいる隣町のHへ列車で行き、そこから彼の名前で電報を送って、ツツェ氏のホテルのダブルの部屋三号室に金曜日の予約をとった。水曜日に僕はこの地方の州都まで行き、貸衣装屋で付け髭と、ツイード地のパンツと、スポーツ・ヤッケと帽子を借りた。だから今はもう、イレナを僕の意に従わせるためのトリックを考え出せばいいだけだった。

最終的に僕が考え出したアイデアは、すべてとても良く仕組まれていた。木曜日に僕は、再び隣町のHに出かけて行き、そこで藍玉のはまった金の指輪を買い、次のような手紙を添えてイレナに送ったのだ。

親愛なるイレンカ〔訳注―イレナの愛称〕
お父さんには内緒で、お前に伝えなければならないことがあるのだ。お父さんの誕生日にあっと言わせてやりたいのでな。今日、金曜日の午後に、ベラーネク・ホテルの三号室まで来なさい。
お前の叔父、ヨゼフ・ハブル

追伸。同封した指輪は、可愛い姪っ子であるお前へのプレゼントだ。

金曜日、鐘が五時を打った時、僕は付け髭をつけて、事を遂行するために準備万端を整え、ベラーネク・ホテルの三号室で待っていた。しかし、時は過ぎても、誰もやって来ない。計画のどこに瑕疵があったのか、僕にはわからなかった。そして五時半になると、僕は神経を蝕む緊張に耐え切れず、電話をかけようと階下へ降りて行った。廊下からロビーに出たまさにその時、イレナと彼女のおじであるヨゼフ・ハブル氏がホテルに踏み込んで来た。ハブル氏は顔を真赤にして、手には節だらけの杖を持っていた。

さらなる事態の進展を見極める気は、僕にはなかった。身を翻すと、屋根裏部屋まで飛んで逃げ、そこでようやく立ち止まった。僕は腰を下ろし、目論見が失敗したことはほとんど明らかだったから、本物の叔父であるヨゼフ・ハブル氏の思いがけない出現によって生じた今回の損害の計算にとりかかった。階下から怒鳴り声が聞こえたが、僕はそれには注意を払わず、計算をした。

火曜日、H町への往復旅費	一〇コルナ
木曜日、H町への往復旅費	一〇コルナ
州都までの往復旅費	二〇コルナ
歯ブラシ代（二コルナ×七本）	二一コルナ
薬局での買物（弟ヨゼフへのチップを含む）	五一コルナ
貸衣装代	七五コルナ

指輪（一四カラット、金）　一五〇コルナ
ホテルの部屋代　五〇コルナ
受付のチップ　二コルナ
電報代　五コルナ
便箋と切手　二コルナ
計　四〇七コルナ

これほどの損失を、何の埋め合わせもなしに放置しておくなどということは、当然できるものではない。であるから、僕は、おのれのやましくない金に見合うだけのものは手に入れるという父の原則を思い出し、一階下にあるホテルのオーナー、ツツェ氏の住まいを訪れ、ヤロスラヴァ・ツツェオヴァーを誘惑したのだった。

残念ながら、僕がおのれの金で手にした商品は、良質ではなかった。当然といえば当然だが、僕は、経験のない弟ヨゼフをあてにせず、すべてを自分で選ぶべきだったのだ。ヤロスラヴァ・ツツェオヴァーは懐妊し、僕たちの結婚式は来週とり行なわれる旨が発表されている。

僕らの町の選挙

K町小学校五年B組生徒ヨゼフ・マハーニェの国語宿題

選挙の投票日が近づいてきました。どの党が勝利をおさめるんだろうと、みんな興味津々で、町全体が興奮に包まれました。町のホテルでは集会が開かれ、しばしばケンカが起きて、警察が介入しました。いたる所でポスターが貼られましたが、すぐに誰かによってはがされました。ヴラチスラフ・ブラジェイも国民社会党のポスターをはがしましたが、トゥルスティー氏がその現場を押さえて、学校に通報しました。ブラジェイは、「僕は政治に首を突っ込むべきではありません」という文句を書かなければなりませんでした。五十回もです。

僕の父は、この地方のさる党派の親玉なのですが、政治はインチキだといつも言っています。家族で散歩に出かけた時のことです。父は、ビール醸造所の塀に、共産党を推薦するポスターが貼ってあるのに気づきました。すると父は、母に「エレン、誰も来てないか?」と聞き、母はあたりを見回して「大丈夫よ」と答えました。父は間髪を入れずポスターをはがしましたが、ちょうどその時、角からおまわりさんが「こら、何をしとる――」と、大声で叫んで出て来ました。しかし父を見たとたん、「あ、これは失礼。社長さん」と言いました。その声はさっきのようには大きくはありませんでした。そこで、父がわざとらしく足をもつれさせて言うには、「足がすべって、ポスターに手が引っかかってしまったものですから」それに対しておまわりさんは、「お怪我はありませんでしたか?」父は「いや、全く」と言いました。そうして、僕たちは散歩を続けました。

父は、ヴォツェニルに小遣いを一コルナやって、社会民主党と共産党のポスターをはがさせましたが、敵もさるもの、そうはさせじとする態勢はとっていました。ヴォツェニルは嬉々としてこのアルバイトをやったのですが、字はあまり読めないのです。だから、どの党に限らず、ポスターを片っ端からはがしていました。しかしながら、おまわりさんが奴をとっ捕まえて、ビンタを食らわせました。ヴォツェニルというのは、貧しい寡婦の息子で、うちで週二回昼食をあげている子供です。

学校でも、選挙の話をよくします。ヴラチスラフ・ブラジェイが言いました。「うちのパパはファシストなんだぜ。ユダヤ人の権力を代弁する党なんだ」すると、古紙商の息子であるクヴィド・ヒルシュが言いました。「それは違うぞ。そうじゃなくて、ヒトラーがファシストなんだ」しかし、ヴラチスラフ・ブラジェイは言いました。「嘘つけ。だって、ヒトラーはドイツ人じゃないか」すると、クヴィド・ヒルシュが言いました。「奴はドイツ人である前に、ファシストでもあるんだ。フランコだってファシストだぞ」そこで、僕は言いました。「僕は反逆者になりたいな」すると、クヴィド・ヒルシュが言いました。「僕は支配者だ」

ここで、借家の大家の息子であるドルファ・ヴォルヘインが「でも、おまえはユダヤ人じゃないか」と言いました。クヴィド・ヒルシュも負けずに言い返しました。「そんなこと、今は問題じゃないだろ」しかし、ドルファは言いました。「でも、ユダヤ人は国民の恥だぞ。父さんがそう言ってたからな」すると、クヴィド・ヒルシュはドルファをなぐりつけ、ヴォツェニルが筆箱でクヴィドをぶち返しました。なぜならヴォツェニルは、ヴォルヘイン家にも昼飯をご馳走になりに行っているからです。ここで、全員を巻き込んで取っ組み合いの喧嘩になり、ヴラチスラフ・ブラジェイが歯を折りました。

僕の父は、国民民主党の党員です。父は言いました。「われらが指導者クラマーシュ*博士の言う通り、国民民主党だけが国民を救うことができるんだ」また、「共産主義は文明の堕落だ。共産主義者どもは、『収奪されたものを奪え』などというスローガンを掲げて、何でも盗みやがるからな。財産から何から洗いざらい盗んでは、片っ端から絞首台に送りやがる」とも言いました。そこで、僕は質問しました。「みんな絞首台に送られちゃうの?」「ああ、仲間にならない奴は全員な」そこで、僕は言いました。「じゃあ、仲間になっちゃいなよ。そんなとこに送られないようにさ」しかしながら、父は腹を立てて、僕が何も理解していないと言いました。ゆでダコのような真赤な顔をしていました。

やがて、大量の投票用紙がうちに届きました。お手伝いのアンナのもとにも届きました。しかし、彼女は字を読むことができないのです。父がアンナに説明して言うには、十六番の用紙を投票しないといけない、それが愛国者の党である国民民主党の票だから、ということでした。アンナは、字は読めませんし、もうかなりの年寄りなのですが、愛国者なのです。そして、どれがその番号かわからないと言いました。父は言いました。「この一番上に置いておくよ。この紙を投票箱に入れなきゃだめだよ。でないと、とんでもない目に会うよ」そうして、紙を一番上に置きました。

母は、父に言いました。「ああ、ルドルフ。わたし、とても興奮してるわ。選挙になると、いつもこうなの。わたし、きっと間違えてしまうわ。もう心臓がドキドキしているんだもの。わたし、絶対に間違えてしまうわ」父が、母を慰めて言いました。「落ち着きなさい、エレン。君の票も、聖なる国民民主党を支えなくてはならないよ」

その日の夜、ペトルも家に帰って来ました。ペトルは今、プラハの商科大学の学生で、妻であるヤロスラヴァ・マハーニョヴァー、旧姓ツツェオヴァーを家に置いて、投票するために戻って来たのです。夜、僕は声を聞いて目を覚ましました。ペトルと父が言い争いをしていました。ブランカも目を覚ましましたが、寝間着のまま、二人が何を話しているか聞こうと、ドアに近づいて行きました。行儀の悪いことです。

その時、父が言っていたのは、「これ以上小遣いはやらんぞ。お前は家に身重の女房がいるというのに、勉強もしないで、あばずれどもとつるんでいるというじゃないか」するとペトルは、「でも、僕は若いんだ。若い時は一度しかないんだよ」と言いました。父は「俺だって若かった。だが、俺には身重の妻もいなかったが、あばずれどもとつき合いもしなかったぞ」と言いました。ペトルは「おやじだって、バーには行ってただろ？」父は「ああ。だが、金は足りてたんだ」ペトルが答えて、「今じゃ、ワインは高くなってる。何もかも高くなっているんだ」すると、父は言いました。「それなら、もっとつましく暮らさなきゃならん。とにかく小遣いは値上げん。借金も払わんぞ」ペトルは「それなら、こっちにも考えがある」と言いました。すると、父が呵呵と笑って、「お前には自殺はできんな。そんな勇気はないからな」すると、ペトルも呵呵と笑って言いました。「誰が自殺するなんて言った？　俺は明日、共産党に投票してやるんだ」すると、父が大声でしゃべりまくりました。そして、ペトルを親不孝者だと決めつけました。「なんで俺がこんな目に会わねばならんのだ」と言い、小遣いを上げてやりました。ペトルが、国民民主党に投票すると約束したからです。ここで、ブランカはベッドにもぐり込みました。僕は質問しました。「アバズレって、なに?」ブランカは答えました。「性悪な女のことよ」「じゃあ、姉さんもアバズレだね。でも、ペトルとはつるんでないじゃない」そう言うと、ブランカは僕の横面を張り飛ばし、僕はわが身の不幸を嘆きました。さらにブランカは、あんたが母さんのひどい悪口を言ってたことをばらすわよと言って、僕を脅しました。悪口なんて言ってないのに。

翌日は投票日でした。父と母は、ペトルとアンナともども、市民としての義務を果たしに出かけました。母はもう朝から薬を飲んで、声高にこう言っていました。「わたし、きっと間違ってしまうわ。神経質なんだもの! わたしは政治向きじゃないの! ルドルフ(と、父に呼びかけて)、わたし、きっと間違えるわ」すると父が、母を再び慰めました。「落ち着きなさい、エレン。私がついてるよ」アンナも出かけました。間違えないようにと、国民民主党の票を左手に、残りの票を右手にしっかりと握っていました。僕は、子守り役のブランカと一緒に家に残らなければなりませんでした。しかし、ブランカはこれが不満でならず、「いまいましいガキね。あんたのせいで、せっかくデートの約束をしたのに、アレシュは散歩道で待ちぼうけよ」と言いました。しかしながら、アレシュはうちにやって来て、二人で僕を部屋に閉じ込めると、サロンで接吻を交わし合い、僕は鍵穴を通してそれを観察しました。

やがて、皆戻って来ました。母は満足していました。間違えないで投票できたからです。父はアンナに、正しく投票できたかどうか聞きました。アンナは「はい、旦那様」と答えました。すると父が、念のために聞きました。「どの番号を入れたのかね?」アンナは答えました。「どの番号か、もう存じませんが、投票箱には確かに入れましてございます」父は「それでどうやって何番だったかわかるんだね?」と聞きました。アンナは答えました。「一番上にその番号を用意しておいたのでございますが、用紙を混ぜられてしまいましたので、番号を見つけられなくなってしまったのでございます。お教えいただいた番号が入らないといけませんので、絶対に入るように、全部の用紙を箱の中に入れたのでございます、はい」

するとと父は、頭を抱えて嘆きました。「あんたはバカだ。とっととわしの目の前から消えてくれ」ペトルがこれを笑うと、父はそれをとがめて、再び小遣いを減らすと言い渡しました。ペトルは立腹して、出て行きました。

晩になって、投票は終わり、僕たちはラジオの周りに座っていました。母が言いました。「わたし、とても興奮してるわ。心臓がドキドキしてるんだもの。共産党が勝たなければいいんだけれど」しかし、父は言いました。「落ち着きなさい、エレン。チェコ国民は、決して共産主義には与しないよ」しかしながら、そう言っている父自身、落ち着いてはいませんでした。やがて選挙結果が発表され、国民民主党は勝利をおさめることなく、共産党の方に多くの票が流れました。すると、父は立ち上がって、嘆き始めました。「これで、わがチェコ民族もおしまいだ。文明もおしまいだ。共産主義者どもは銀行を強奪にかかるし、上流社会を生殺しにするぞ」僕は言いました。「じゃあ、仲間になっちゃえば——」すると父は、顔を真赤にして、僕の頬をぶちました。

＊ カレル・クラマーシュ（一八六〇〜一九三七）……チェコの政治家。国民民主党を率い、新生チェコスロヴァキアの初代首相となる。

Josef Škvorecký, *Ze života české společnosti*, Naše vojsko, Praha 1994

村上健太・訳

アンジェイ・スタシュク Andrzej Stasiuk 1960-……ポーランド

ワルシャワ生まれ。ポーランド現代文学を代表する小説家、エッセイスト。劇作も手がける。八〇年代後半以降スロヴァキア国境に近いベスキディ山脈の麓に住む。そこに出版社チャルネを妻と立ち上げ、創作活動のかたわらポーランド、中欧の現代作家の作品を精力的に紹介している。本篇は、体制変換後のポーランド東南部の国境地帯の村を舞台とした十五の短篇からなる『ガリツィア物語』（一九九五）からの一篇。時代の変化を背景に、土地の自然条件に根ざした生の営みと村人の日常が、スリラー、幽霊譚、喜劇の要素を取り混ぜて描かれる。ほか代表作に『ドゥクラ』（一九九七）など。

場所

あっという間に作業は終えられた。その間二か月だった。残ったのは、灰色がかった粘土質の地面の矩形。森に覆われたひとけのない風景を背後に、この剥き出しの土地は剥げ落ちた一片の皮膚のように見える。来年には二百年目にして初めて、ここに草が生えてくるだろう。いや、刺草と言ったほうがよいかもしれない——刺草は、人間が棄てた土地にまっさきに現れる。

「ここには何があったのですか？」と一人の男が私に尋ねた。リュックサックを背負って手に地図を持ち、首にはカメラを下げていた。

「東方正教会の教会堂」と私は答えた。

「それで、どうしちゃったんですか？」

「なにも。博物館へ運んでいったのさ」

「まるごと?」

「まるごと。とはいっても、ばらばらにしてだがね」

男は踏み固められたその一角に歩み入り、壁や丸天井を探すかのように、あたりを注意深く見回した。それから、内陣があった場所に太陽のあたっている点を見つけ、プラクティカ〔訳注―旧東ドイツ製カメラ〕で写真を撮った。

「惜しいな」と彼は言った。

「まったく」と私はつぶやくように答えた。

何度となく、私はその始まりを想像しようとした。ジャコモ・カサノヴァ〔訳注―一七二五―一七九八〕がデュックス〔訳注―現チェコ領ドゥフツォフ〕の城で死につつあった。三万人のドン・コサック〔訳注―ドン川流域に住むコサックの東方支族〕がインドへ向けて進軍していた。ルイ十六世〔訳注―一七五四―一七九三。フランス王。フランス革命で処刑される。錠造りを趣味とした〕はまだ何の疑いを抱くこともなく、それが最後となる自作の錠前や鍵の組み立てにいそしんでいた。これらの日付はすべて正確に特定されており、出来事と出来事の空隙は記述によって埋められ、ちょっとした空白が残ったとしても、考え抜かれた仮定、あるいは詩がふさいでくれる。

しかし、この教会堂の場合、日付はさだかではない。ここに存在する二つの暦、グレゴリ暦とユリウス暦が互いに打ち消しあい、出来事を形容詞のつかない「時間」に配置したかのように、日付はどこにも記録されていない。

草の上には砕けたこけら板の残骸が散らばっている。それらに刺さっている釘は、今日では見かけない正方形の面をしている。おそらく、ジプシーの鍛冶屋で一つ一つ鍛えられたか、まさしくこの場所で、屋根に打ちつけられる際にこうなったのだろう。

こういった具合に、形容詞のつかないこの「時間」は魅惑的だ。秩序や名前、原因と結果を必要とするのは、想像することについても言える。考え出された歴史のすべてを、われわれが時の経過とともに信じるようになるのもこのためだ。もしかしたら、信じることと想像は互いを欠いては存在しえないものかもしれない。というのも、この二つは本質を等しくするのだから——証明を必要としないのだ。

おそらく冬にすべては始まった。冬にはもっともたくさんの時間があり、運搬は比較的容易だ。当時の森の境界線も今日のものと同じように走っていたとすれば、一番近い樅の林はここより一キロメートル先の、もっと高いところにあったことになる。最上等の樅、太くてまっすぐで、陽のあたる場所に生えた樅を見つけなければならなかった。そして、それを伐りとるのだ。

聖堂の重みを支え、骨組の役割を果たしている斜め方向の柱をまじまじと見るたびに、それらの太さが昔の森の誇った威容を教えてくれた。建物に使われた木の幾本かは、根元が一メートル近くはあったに違いない。のこぎりは手挽きだった。二人の男が丸一日がかりで一本の木を挽いた。のこぎりを挽いては木製の楔を打ちこみ、上着を脱いで下着一枚になり、零下のなかでその下着からは湯気が立ちのぼった。最後の瞬間は不安に満ちていた。彼らが木の繊維の裂ける音に耳を澄ましていると、木はゆっくりと傾いていった。あとは太い枝や鴨枝を切り払う、そうすれば、銀灰色の幹を馬につけることができた。引き綱は裂け、鎖は引きちぎれたに違いない。雪をかぶった倒木や朽ちかけた丸太、風になぎ倒された木々を通り過ぎて森のはずれに抜けるまでのあいだに、馬の背からは、一時間前の人間の背中と同様に湯気があがった。斜面にくれば、ことは容易だった。他の馬車が先に同じ場所を通っていれば、雪には深いわだちが残されていた。運ばれた木は五十本、百本、もっと多くになるだろうか？　いずれにしても、二十軒ほどの山小屋からなる村に必要な量としては多かった。ところどころで馬は腹まで埋まった。

私が年老いた人々と話すとき、彼らは自分たちの若い時分、冬はもっと冬らしく、夏はもっと暑かったというふうに回想する。像が過去へとさかのぼるにつれ、その色とかたち、そして出来事は、アレゴリーと象徴に似てくる。二頭の馬の黒々としたシルエットが前足を跳ね上げて斜面をのぼっていき、人間たちの小さな姿がそれに続いた。馬の足取りも、人間同様に疲れきっている。人間はなにがしかの名前を持っているはずだ。ヴァシル、イヴァン、あるいはセメン。この行進は永久《とわ》の苦役を思わせる。深く残された足跡は、風に舞い上がった雪に瞬く間にかき消され、努力は無駄なものになる。帰りの道は、逃走か追放、とにかく格闘に似た様相を帯びるだろう。カーブを曲がるとき馬は尻をつくが、手綱で制御され、傾斜姿勢のために勢いづいて、丸太の山の前を逃げて行く。丸太の山はときおり生き物のような性質を帯びてくる——動き出し、すばしこくて危険なものになる。粉雪の噴水と泡、いっぽうでものの動きに伴う音は低められ、風はきしみ音をさらい、すべてが地上ではなく海の中で、混沌としてあてにならない自然力の中で起こっているかのようで、そうした自然力を振り切って、数本の樫の老木に囲まれた谷間へたどり着かなければならない。積み重ねられて順々に並んでいる木の幹は、いかだを思い出させる。

たぶん、あの男性は偶然、聖障《イコノスタス》〔訳注―内陣と身廊を仕切るイコンの描かれた壁〕が位置していた空間を写真に撮ったのだと私は思った。今はかたちといえるものは何もなく、ただ光だけがその空間を満たしていた。太陽が沈む前は、いつもそうであるように。晴れた秋の午後には、太陽は入り口と向かい合わせに位置した。門扉を押しさえすれば、光が内部になだれ込むのだった。明るいうねりは饐えた臭いに満ちた身廊を抜け、多色壁画の剥げ落ちた壁をさっと洗い、聖障にあたって砕け散った。この数分の間、木像のすっかり褪せた金色と、灰色がかってきたイコンの色彩は、原初の、村の芸術家の想像と郷愁のなかに生まれたときの超自然的な輝きを取り戻した。この瞬間は短かかった。太陽は草の茂った丘に姿を隠し、聖堂には薄闇が戻ってきた。聖ディミトルの顔は翳り、再び人間の顔を取り戻し、アダムの裸体は粘土質の暗褐色の陰影を帯びた。

これは、向こう側を覗き見るようなものだった。現実が砕け散るのだが、一瞬おいて、再び裂け目の痕跡すら残さずにすべてを呑みこみ、キクイムシは中断された作業を始め、ねずみと黴は変わらず各々の生を営んでいる。男はカメラのファインダーを通して、腐った板の山を見つめていた。

「復元するのでしょうか」

「わからないね。そういうつもりらしいけれど」と私は答えた。


ここでは冬が終わるのは遅い。四月になってもまだ吹雪くことがあり、夜には零下になる。野のぬかるみが春の訪れを告げるが、野ではいまだ色が混淆している。白が黒と、灰色と、最初の緑と競い合う。刻一刻と、山腹と谷間は姿を変える。太陽が溶かしたものを夜の吹雪が奪い返す。

こういった具合だから、作業はおそらくぬかるみのなかで始まり、気体、液体、固体のどれでもない、物質の第四の曖昧な状態の中で、前廊と身廊と内陣の敷居石が据えられた。土台は唐松でできていた。どっしりとしてねばっこく、樹脂がたっぷりと染み込んだこの木は、数百年にもわたって自然の風雨を耐え抜く。丸太は断面が正方形か長方形になるように斧で削られた。井桁状に積まれる際、断面と断面がぴったり一致するように気を配らなければならないため、厄介で時間のかかる作業だった。泥だらけの風景を背後に控えた早春の木は、明るい、ほとんど白に近い色をしていた。暖かくて風のない日には、空気は樹脂の匂いで濃くなり、聖堂の物質化があらゆる知覚の領域で進行しているかのようだった。大工道具のとんとんという音がこだまし、からっぽの空に出口を見つけ、そこに吸いこまれるまで繰り返し谷間に響き渡った。のこぎりの高音、ノッチを作る斧の打撃音、次の製材を持ち上げるときにとぶ親方の指示と罵倒。

おそらく、秋にはすべてが終わっていたはずだ。

最後の屋根板が打ち付けられた。かたちは閉じられた。内部には床が張られた。世界の一片は世界から切り離され、異なる領域へ移された。聖障の左側にいる予言者エリヤのように。

聖堂にあるもので、もっとも魅力に乏しいものは図像と彫像だ。これらは過度に残りの現実を思い出させる。現実から逃れようとしながら、再び現実へと落ち込んでいき、あらゆる努力のむなしさを証明している。いっぽうで、建物の内部に閉じ込められた空気、あるいは丸天井と壁、建築物の細部によってかたちどられた空間は、郷愁をもっとも完璧に再現するものになる。中に入ることはできるし、皮膚で触感を確かめることもできるが、すべては指と指の間からこぼれ落ちてしまい、肺の中にとどめることができるとしても、それもほんの一瞬にすぎない。

つい先ごろ東の国境が開かれて以来、建設作業者たちの子孫がここに現れるようになった。彼らは五十年前、強制的に、もしくは策略によって故郷の村を立ち退かされた。年老いた女たちは教会堂の敷居をまたぎ、身廊へ歩み入り、とっくの昔に床はなくなっていたので、粘土質の地べたに跪いて、十字を切っては頭《こうべ》を垂れた。誰に向かって？　祭壇は傾《かし》いで壁に寄りかかり、素晴らしいといえるものは、その名残すらなかった。扉のもげた聖櫃は、表面が擦り減った箱を思わせた。イコンの一部、なかでももっとも重要なもの——キリストや聖母マリア、聖ニコラウスはなくなっていた。聖障の上方に並ぶそのほかのイコンは闇の中に沈み、湿気でふくらんで見分けることが難しかった。内部の臭いは地下室の臭いだった。それでも女たちは跪いていた。

あるいは、ここから数十キロメートル先に住む一家が荷馬車に乗せてきたあの老人。農家のありふれた荷馬車の真ん中に椅子が据えられ、その上に彼は背もたれで体がまっすぐになった状態で座っていた。このように儀式ばって運ぶのは、敬意からなのだと私は思った。だが、二人の男が彼を荷台から降ろし、椅子ごと教会堂へ運ばなければならなかった。老人の身体は麻痺していた。それでも、その九十歳の頭脳はいまだ明晰なままだった。

「なあ、そこの方。わしはシベリアにいたこともあるし、カザフスタンにいてマホメット教徒も見れば、モンゴルにもいて仏教徒だって見たのじゃ。生まれたときから何一つ信じようともしないロシア人も見た。わしの父というのは、一八九五年に、ここで屋根の葺き替えを手伝ったのじゃ。柿葺きの屋根でな。それから、あとになってここでわしに洗礼を施したわけじゃ」

しばらくして、私は荷馬車と並んで歩いていった。この年老いた男は家々が建っていた場所を指し示し、名前を次々と挙げ、数々の出来事の断片を語った。彼は自分の記憶の中に存在している村を通って去っていった。時間も炎も、もののはかなささえ、その記憶には及びえなかった。別れ際、最後に老人は少しばかり皮肉っぽく微笑んだ。彼の顔は、霜にあたってしなしなにふやけたりんごを思わせた。それから、ほとんど陽気なまでに目をきらっと輝かせて言った。

「さて、まったくのところ、これでもう死ねるってわけじゃ」と。

時折、私は狭い階段を通って屋根裏へとのぼったものだ。天井の板はやっとのことで持ちこたえているありさまで、ひたすら根太に沿って用心して動かなければならなかった。小屋組、鐘楼の高い梁——これらは、すべて一本も鉄釘を使わずに、指し合わせられて、つまり木釘やほぞで組み合わされていた——は、古い帆船の内部を思い起こさせた。南から風が吹くときには、単調なきしみ音が聞こえた。骨組は仕事をしていた。吹きつける風を受け止めて、気づかれずにしなうのだが、依然として堅固でしなやかなまま、中に閉ざした空間の不動を守り抜いた。

かつては鐘が釣り下がっていた場所には、梟が巣をつくった。夜、梟がほうほうと鳴く声は、聖堂という存在の現実性を曖昧なものにした。晴れ渡った月夜には、円蓋が空を背景にくっきりと浮かび上がった。鉄を鍛えて作った十字架が樫ととねりこの樹冠の上にそびえ、ひとけのない谷あいの静寂と動きの欠如、暗闇のために、木と十字架は同一の物質でできているかのような印象を与えた。二百年前、教会堂は自然から作り出され、そして再び自然に捉えられた、というのがまさにぴったりだった。

「素晴らしかったことでしょう」とカメラを持った例の男が言った。まだ写真を撮りたいようだったが、太陽はちょうど沈みつつあった。

私はといえば、依然確信を持てずにいた。依然として始まりへと遡行し、作業人夫たちのゆっくりとしたロッククライミングの経過を追っていた。土地の一画の聖別から、複数層の急勾配の屋根に玉ねぎ型の尖塔を取り付ける危険な作業まで。そのあと、内部が厳かで祝祭的な雰囲気を帯びるまで、おそらく数十年の月日が経過したはずだ。石造りの蛇腹や円柱、片蓋柱を模倣した不器用な多色壁画には、心を揺さぶるなにかがあった——これらはエルサレムとコンスタンチノープルの遠い回想であり、新しきエルサレムの想像だった。

時とともに、荒れ果てた教会堂は横に傾き始めた。湿気が北側の土台を侵した。構造材の接合部は緩んだ。石灰の漆喰の薄い層の下からは朽木がのぞき、金色がかったきめの細かい塵が姿を現した。非永続性が勝利したしるしだと私は思った。とはいっても、架空の大理石を打ち負かしたのは、生きたバクテリアやダニ、昆虫だった。

保存修復の専門家たちは死の臭いとともにやってきた。つんとする不快な臭いの科学薬品を使って、彼らは腐敗を食い止めた。八月の炎暑のなか、すべてが病院のような臭いを放っていた。それから、彼らは構造材を特殊な素材でくるみ、あたかもミイラのように車何台かに積み込んだ。

私は廃墟の愛好家ではない。しかし、修復された聖堂が、同じようにそれ自身の時間と場所から切り離された家屋や道具の間に並んでいる光景には、一次元のような欠陥がある。昆虫の足の専門家が小壁《こかべ》や文様について、ルテニア化かラテン化かを議論することだろう。バロックはビザンティン様式と競り合うことになるだろうが、比率がはじきだされ、最終的には誰かが建築様式とその折衷の度合いを特定するだろう。しかし、場所は動かせない。場所は大きさを持っていない。点であり、捉えることのできない空間だ。だからこそ、私はいまだに確信が持てない、あの空間は本当に運び去られたのだろうか。

男はカメラのケースを閉じた。

「それで、入り口はどこにあったのですか」と彼は尋ねた。

「そこだよ。あなたが立っているのが敷居だ」

加藤有子・訳

オルガ・トカルチュク　Olga Tokarczuk　1962-……………………………………**ポーランド**

ヴロツワフに生まれる。ワルシャワ大学で心理学を専攻。精神医療に携わる。一九九三年『書物の中の人々への旅』で作家デビュー。『E.E.』（一九九五年）、『前世紀と他の時代』（一九九六年）、短編集『箪笥』（一九九八年）、『昼の家夜の家』（一九九八年）、『タンバリン打ち鳴らして』（二〇〇一年）、『最後の物語』（二〇〇四年）とやつぎ早に作品を発表。二〇〇一年にはエッセイ集『人形と真珠』を発表、注目される。ポーランド書籍出版協会賞、教会記念基金賞、ニケ文学賞に数回ノミネートされ、ニケ読者賞を三回受賞。本作品は一九九八年版短編集『箪笥』より。

番　号

ホテルにて

「キャピタル」は裕福な人のための高級ホテルだった。お仕着せの制服のドアマンや、スペイン訛りのタキシード姿のスリムなボーイたち、鏡張りのシンと静まり返ったエレベーター、一日に二回、華奢なユーゴ女が念入りに磨くのでツルツルの真鍮の把手、閉所恐怖症におちいった時にのみ使用される絨毯の敷きつめられた階段、大きな長椅子、芯を縫い込んである重いベッドカバー、ルームサービスの朝食、エアコンディションは勿論、雪のように白いタオル、石鹼、いい匂いのするシャンプー、オーク色の腰掛け便器、新着の雑誌もすべて彼らのためだったし、「使用済みのリネン係のアンジェロ」と「コンセルジュのザパタ」を神が創造し給うたのも、白とピンクの制服のルームメイドが、廊下を急ぎ足で通りすぎてゆくのもすべて彼らのためであった。私もそういうメイドたちの一人である。しかし廊下の一番奥の従業員控室で縞柄のエプロン姿になるとき、多分「私」の存在感はもう希薄になってしまってい る。私好みの色も、人畜無害のあたりさわりのない匂いも、気に入っているイヤリングも、どぎつい化粧も、高いヒールの靴も、みんななかなぐり捨ててしまうのだから。そして私の異国風の言葉も、風変わりな名前も、ジョークの理解力も、大袈裟な表情からくる小皺も、この土地の美味な郷土料理や些細な出来事の記憶もすべて脱ぎ捨て、白とピンクのこの制服に身を包み、まるで泡立つ海に忽然と現れたビーナスさながらに、むき出しの裸身で立つ。この時から、週末毎に二階の全フロアーは私自身のものとなる。

私の受け持ちフロアーは二階

朝八時。出勤時間。しかし、急ぐにはあたらない。なぜなら、この八時という時間には、客たちはみな「白河夜船」のまっ只中だったから。ホテルというのはそれ自体、世界の中心に位置する大きな貝さながらで、客たちは、その中の高価な真珠のようなもの。安らかに崇められている。どこか遠くの方で自動車がアクセルを吹かせ、メトロが粛々と朝の空気を震わせ、中に入ってくる。ホテルの小さな中庭は、まだヒンヤリとした影に覆われている。裏庭から建物に入るとすぐに、何ともいえないホテル特有の奇妙な匂いが鼻をつく。リネンや壁を洗う洗剤が混じり合ったような、また絶えず入れ代わっていく膨大な人々の分泌していく、こもった汗の匂いであった。五メートル四方のエレベーターが、業務準備を完了した私の前に、ピタッと止まった。四階のボタンを押し、上司であるミス・ラングのところへ言われた通りに顔を出す。二階と三階の間で、いつもパニックに似たものがかすかに私の顔をかすめる。エレベーターが停止し、ホテル「キャピタル」の建物の中に閉じ込められているバクテリヤのように、永遠にここに置き去りにされてしまうのではないかという恐怖にさらされる。しかし、ホテルが目覚めるやいなや、そんな意識は徐々に希薄になり、私の雑念は淘汰され、まだ残っているさまざまなものをも吸収しつくし、滋養として音もなく消え去っていく。しかし、エレベーターは憐れみ深く私を外へと押しやる。

ミス・ラングは自分の事務机に向かっていた。だが眼鏡は彼女の鼻先で停止している。すべてのルームメイドをまとめているクイーンともなればこのようでなくてはなるまい。八階建ホテルの女社長、百枚のリネンと枕カバーのコンシェルジェ、絨毯とエレベーターの式武官、ブラシと電気掃除機の馬丁であるからには。彼女は眼鏡のレンズの下から私をジロッと見つめ、スケジュール表の中に組み込まれている私の割り当て区分を探し出したが、そこは空欄になっていて、二階の客室を含むフロアー全体が私の受け持ちということになった。ミス・ラングはホテルの客については、爪の先ほども気には止めていなかった。スタッフよりもっと上の、よくはわからないが、もっと重要な人物、ミス・ラングよりランクの上の人物が彼女の関心の的であることに間違いはあるまい。確かに、彼女にとってはホテルというものは絶対的な完全無欠の構造であるのに違いない。生きた、そしてわれわれが心を配らなければならない不動の存在物として。それを拠り所に人々は飛行機でやってきたり、船できたりもする。あてがわれたベッドを、自分のいっときのねぐらとしてあたため、真鍮のコップなんかで水を呑んだりする。しかし、彼らは通り過ぎていくだけ。われわれとホテルとはいつもそこにとどまっている。だからこそミス・ラングは私に、予定されていた場所であるかのように、客室をひとつひとつ説明していく。いつも受け身形であわただしく汚く、客のチェックアウトの後では、何日かは空き室になってしまうものとして。そうして彼女は、私の私服や、大急ぎでやった化粧のあとなどをうさんくさそうに眺めている。私は、ややヴィクトリヤ調の美しい字体でミス・L・と書き込まれてあるカードを手にもう廊下を歩き出している。作戦を練り、力の配分を頭の中に思い描きながら。

その時私は、無意識のうちに、体の一部は経営者の立場になって、「客室」へと向っていた。それは匂いで識別することができた。それを確認するため天井を見上げて歩いてみた。匂いの違いはよくわかった。男性用のアルマニム、ラーゲルフェルデム。魅惑的でお洒落なブーヘロンの香りがただよっている。これらの香りを、私はファッション雑誌の「ヴォーグ」についていた安サンプルで前から知っていた、それがどんな香水瓶に入っているのかも。また、粉おしろい、皺とりクリーム、絹や鰐革、シーツにこぼれたカンパリ、ブルネットのためのスリムな「カプリス」という名の煙草等、これらがまさにこの二階全体にたちこめている独特の匂いなのだ。しかし匂いだけではない。それより二階独自の匂いの上澄みともいうべきものは、私が着替えのためにおもむく昔馴染みのような休憩室。そこで私の変身が行われる。

変　身

ピンクと白の制服姿で廊下に出た私は、もう別人になっている。クンクン鼻をうごめかしたりして匂いを嗅いでみたりなんかしないし、真鍮の把手に映る自分に見とれたり、自分の足音に聞き耳を立てたりもしない。目下長い廊下で私の興味を呼び起こすものは、四角い扉に付けられている部屋番号である。この中の八号室というのは、売春婦用の四角い空間で、数日毎に異なった人物によって利用される部屋になっている。その四つの窓は、表通りに向って開け放たれていて、そこにはいつもスコットランド地方の衣装を身につけた、ひげもじゃの男が立っていて、風笛を吹いていた。しかしこの男はとても本物のスコットランド人とは思われない。大袈裟に、さも熱中しているかのようにみせかけているだけなのだ。彼の脇には帽子にいくばくかのお金がいかにもこれみよがしに置かれている。

中庭に向けて窓の付けられた次の四部屋は、あまり日も当たらずバスルームはいつも薄暗くその中で客が入浴している。八つの部屋は、見ていなくてもいつの間にか私の脳味噌にインプットされてしまったようだ。私は、ただドアのノブだけに注目している。いくつかのそれには、"Don't disturb"という厚紙がぶら下げられているのだから。それはむしろ喜ばしいことで、私にはいかなる人物や部屋の内部に立ち入る趣味もないし、私が二階全体のオーナーになるという妄想の邪魔を彼らがしないでくれることを、むしろ願っているのだ。ときどき厚紙は"The room is ready to be serviced"と知らせていた。この表示があるとき私は、すぐに準備態勢に入る。その他に、さらに第三の告示というのがある。つまりなにも表示のでていない場合。これは私をエネルギッシュにさせる。やや不安ではあるが、ルームメイドのインテリジェンスをもって、自己暗示をかける。時にこういった扉の向こうには、結構はっきりとした意思表示がされているものなのだ。耳を扉にぴったりとつけ、緊張しながら聞き耳を立てる。そして、鍵穴から眺め回すこともある。これは内部に一抱えものタオル、そして客の裸に遮られるか、あるいはもっと悪いのはまるでだれもいないかのように、しんと静まり返った中でぐっすり寝込んでしまっている客に気付いたりするよりは、いいのだ。

だから私は、ただひたすら扉にかけられた厚紙に信頼を寄せている。それらは、「番号の世界」というミニアチュアの世界へ入場することのできるさながらパスポートのようなものなのだから。

番号の世界

２００号の部屋には人影もなく、ベッドはぐちゃぐちゃで、少しゴミがあり、なにか慌てていたような埃っぽい匂いがたちこめていた。きっと、急いで荷造りしたのだろう。この朝早く出掛けなければならなかった人物はきっと空港あるいは駅へと急いだのに違いない。私の課題は、彼のいたという痕跡を、ベッド、絨毯、戸棚、チェスト、洗面所、壁紙、灰皿、空気といったあらゆるものかから取り除くことである。これは全く簡単なことではない。通常の掃除の仕方では、到底追いつかない。ここに残された先客の個性を自分の没個性と対峙させねばならない。これが「変換」というものである。鏡に残されている泊まり客の顔を、すっかりボロ布で拭き取らなければならないのみならず、まるで似合わない白とピンクの制服姿の自分の顔で満たさねばならないということでもあるのだから。ぞんざいに残されているあの男の匂いを、私のこの業務用の匂いともいうべきもので急いで抹殺しなくてはならない。そのため、なんの保証もなかったが、私はほとんど公人のように振る舞う必要があった。そしてこれを私はやってのけた。最悪なのは女たちである。女たちは、その痕跡をより確実に残していくものなのだから。それはばかりでなく、よくちょっとした忘れ物をしていった。彼女たちは、ホテルを本能的に自分の家の代用品として、たちどころに改造してしまっていた。風にばらまかれた種のように、どこであろうと、根づいてしまうかのようであった。ホテルの戸棚にひりつくような恋慕の名残り、洗面所には破廉恥なその欲望や、孤独を残していた。ガラスのコップや煙草の取り口に軽率にも自分の唇の跡を、そして湯舟には髪の毛を。床にはタルカムパウダーをまるで暴徒かなにかのようにばらまき、ご丁寧にも、その跡を自分の足でこそっと消してあるのだった。化粧を落さずに寝てしまうので、枕は、ヴェロニカのハンカチ〔訳注—ゴルゴダの丘でヴェロニカがイエスの顔を拭った汗と血の付着したハンカチ〕のように見えた。だが、彼女たちは枕銭をおこうとはしない。だからこそチップというのは男性としての威厳を保つために必要不可欠なものなのだ。男性にとって、世界はバザーであっても劇場ではない。すべてを支払おうとする。補充用品に対してすら。いかにもしぶしぶと緩慢に。つぎは「日本人カップルの滞在している「224号室」である。

224号室

かなり前から彼らはここに逗留している。そして私にはこの部屋の住人がまるで昔からの幼馴染みであるかのような親しさを感じている。朝早くから起き出し、飽くことなく、何度も博物館や画廊めぐり、ショッピング、写真撮影、街の見物にとくりだしていく。静かに、そして行儀よく、そうっと街を通り過ぎていき地下鉄では席を譲ったりもしている。部屋を使用しているのは優雅なカップルである。しかし、ここにこうやって滞在している意味がまるでないかのようにも見受けられる。鏡の下の整理箪笥には、何も入ってはいない。テレビもラジオもつけた形跡はなく、スイッチの真鍮のプレートにも触った指紋の跡を見出だすのはむずかしい。湯舟の水もきれいに払ってあったし、鏡に一滴の雫が垂れているということもなく、絨毯にもチリひとつ落ちてはいなかった。枕が彼らの頭の形に凹んでいるということもなく、私の制服に、彼らの抜けた黒い髪の毛が張りつくこともない。そして、もうこれは不安というよりないのだが、彼らには体臭が感じられないのだ。ここにあるのは、ホテル「キャピタル」の匂いのみ。

ベッドのそばに二足、サンダルがおかれている。清潔で、いかにも手入れがゆきとどいているという風に、きちんと揃えられ、たった今御主人様の足のためのご奉仕を終えましたといわぬばかりに。一足は大きく、もう一足はそれより小さい。ナイトテーブルには旅行者のバイブルともいうべきガイドブック、そして洗面所には、機能的で落ち着いた色合いの洗面用具一式が置かれている。だから私がすることといえば、ベッドの塵を払い、彼らの一か月におよぶ滞在による生活の澱ともいうべきものを取り除くことだけなのだ。

ここを掃除するたびに、心が動かされる。どうやったら、このようにまるで全く存在していなかったかのように住むことができるのか、不思議でならない。ベッドの縁に腰掛け、今出かけていってしまった人たちの不在を、自分の中に吸い込む。また、もうひとつ感動的なことは、日本人がいつも、いくらかの枕銭を置いておいてくれることである。きちんと枕の下に置かれていて、それを私は受け取らなくてはならない。これは、いわば手紙やメモに相当する通信のようなものであった。彼らはまるで私に謝罪するかのように、この枕銭を置いていた。つまり、私がこんなに少ししか働かなくてよいことに対して、この部屋のカオスの欠乏に適合させているかのように。彼らは、私が失望するのではないか、怒りだしてしまうのではないかとさえ、気を使っていた。このささやかな枕銭は、感謝の気持ちの現れである。彼らができる範囲で、こうしたいのだから、私はそれを受け入れようと思う。彼らがこういうやり方で私と触れ合いたいと思っていることを、評価したい。彼ら、即ちベッドを慈しみを持ってととのえる。枕をたいらにのばす。皺もつけていないシーツをやさしく撫でる。まるで彼らの華奢な体が、他の体より存在感に乏しいというかのように。ゆっくりと丁寧に私はこれらのことをやる。手際よくやれると思う。われを忘れて没頭する。この部屋を慈しみ、彼らのこまごまとした持ち物に触ってみる。彼らは今、それを肌に感じている筈だ。彼らが地下鉄に乗って、次の美術館に向かうとき、次の見知らぬ街の見学にと足をすすめるときに。ホテルの部屋のイメージが、彼等の目を一瞬大きく見開かせる。ぼんやりとしたなつかしさのようなもの、そこへ戻りたいという突然の欲求、しかし、私のことなどこれっぽちも意識している訳ではないのだが。私の愛、それは多分彼らが共感とでも名付けるものであろうが、白とピンクの制服姿の、顔も体もないものとしての。だから、彼らが枕銭をおくのは私にではなく、一人のルームメイドに対してである。沈黙しつつ持続する世界の空間に対し、何一つ説明できない非永続性の中のその永続性というものに対して。二枚のコインは、枕の下で夕方まで置かれ、このような部屋はたとえだれが見ているわけでなくても存在し続けるのだと信じさせる力を持っている。二枚のコインはただそれを見ている時にのみ世界は存在するので、それ以上のなにものでもないという恐怖を吹き散らす。

それで私はこうやって、この部屋に座り、そのヒンヤリとした空間の匂いを嗅いでみる。脱ぎ捨てられたサンダルの非物質的な足の形だけでの日本人に対する精一杯の敬愛をこめて。

しかしすぐにこの神殿を私は去らなくてはならない。これらすべてのことを私は息をひそめてやる。そして中二階へと降りていく。丁度「お茶の時間《ティー・タイム》」になったから。

ティー・タイム

他の階を担当している白とピンクのプリンセスたちは、もう階段に座りこみ、バタートーストを齧りながら、コーヒーを流しこんでいる。私のすぐ横にいるのは、インディアンみたいな顔つきのマリヤ、「使用済みリネン係」のアンジェロ、そしてペドロ——多分「清潔さ(洗濯ずみのリネン)」ということからそう呼ばれている、なぜならとても生真面目で清潔な人だから。白髪まじりのあごひげを蓄え、ふさふさの黒髪の男。彼は伝道者とか神言会の修道士になることもできよう、ほんの旅の途中で階段にちょいと腰を降ろしているといった塩梅《あんばい》だ。それに、『蠅の王』〔訳注—イギリスの作家、ウィリアム・ゴールディングの"Lord of Flies"〕を読んでいて、いくつかの文章に鉛筆でアンダーラインをつけている。そして何人かはコーヒーを飲んでいた。ペドロ、あなたの国って、言葉は何語で話すの?　私が聞いた。

彼は本の上に頭を起こした。まるでたった今目覚めたばかりで、その頭の中に彼の母国語があるとでもいうように。彼が瞬間的に放心状態になっているのがわかった。われに戻るためにはある一定の時間が必要であった。周囲を見回し、自分のリズムで一言で定義するために、言葉を咀嚼し、やっと口を開いた。カステイリヤ〔訳注—スペインのほぼ中央および北部にわたる地域名〕語です。

突然、私は怖けづいた。どこなの、そのカステイリヤって?　イタリヤ人のアンナが聞いた。カステイリヤ。バステイリヤ。魅力的で思慮深げなユーゴ女のヴェスナが語呂合わせをして言った。

ペドロは鉛筆で何かの輪郭を描き出し、時々単語に躓きながら、遠い昔の時代にさかのぼり、人々が、現在ヨーロッパやアジヤといっているこの膨大な地域を、何らかの理由で旅していた時代に到達した。そのさすらいの中で、彼らは混り合い、定住し、また更にその先へと移動してゆく。自らの言葉をあたかも自国の国旗のように掲げながら、彼らは大家族を形成していった。たとえ互いに知り合っていなくても。そしてただひとつ営々と受け継がれていったのは、言語であった。ペドロが表を作っている間、私たちは煙草に火をつける。彼は類似性を証明し、まるでサクランボの種を抜き出すかのように、言葉の芯を抜き取っている。それで、この講義によって、この階段に座って、コーヒーを飲み、バタートーストを頬ばっているわれわれみんなは、かつて同じ言葉を話していたことを理解する。いや、多分全員ではない。私の母国語についてきただす勇気はない。ナイジェリヤ人のミッラは、わからないふりをしている。そしてペドロが、前史の暗い渦巻く雲を大きく拡げて見せようとすると、みなその下に入り込みたいと思った。なんだかバベルの塔みたいだな。アンジェロがしたり顔にそうしめくくった。そう考えていいと思うよ。カステリヤ人のペドロはさびしげに首をふりふり頷いていた。

そしてマルガレート。あいかわらず、遅刻だ。彼女は時間がいつも足りなくて、こんな風に年中せかせかしている。マルガレートは、ポーランド人で、母国語で喋ることができ、苦労せずに理解しあえる唯一の友達である。彼女のために紅茶を注ぎ、パンにバターを塗る。今日はポーランド語独特の子音をせめぎ合わせた発音で喋り合い、これは他のあらゆる言語での会話の可能性を突き崩してしまう証しともなった。

そして白とピンクの若い女たちはもう、みな好きなようにぺちゃくちゃとお喋りに精をだし始めた。言葉はお喋りな積み木のようになって、階段を通り、下の台所、洗濯場、リネン置き場へと転がり落ちていった。まるでホテル「キャピタル」の土台骨を揺るがすかのように。残念ながら、楽しい休憩時間はもう終わりを告げ、自分の持ち場の階、すなわちまだ手をつけていないそれぞれの部署へと戻っていかなくてはならなかった。

残りの部屋

喋りながら、四散していったが、長い廊下にさしかかるとさすがに静かになった。これからずっとこの状態を保つことになる。沈黙――これぞ世界中のルームメイドの鉄則である。

226号室は、泊まり客がやってきたばかりのようで旅装の解かれた形跡すらない。スーツケースはまだ開けられていないし、新聞も手に取ってはいない。男（男性用の化粧品が洗面所におかれているので）はアラブ人に違いない（アラビヤ語の文字がスーツケースの上に書かれているし、アラビヤ語の本もある）。しかし、次々とやってくるホテルの客がどこからきて、何をしようと、それが自分に何の関係があるのかと、思い直す。私は客の持物と向き合う。人間は、ここに見いだされるすべての物のための最低限の存在理由であるに過ぎない。ほんのいっとき、空間におかれた形としてだけの存在なのだ。根本的なことはわれわれは彼ら客たちにとっては極めて卑小な、例えば身につける衣類と同じ程度のものに過ぎない。そしてホテル「キャピタル」は、こんなにも大きな存在なのである。このアラブ人もそして日本人も、そして私、そしてミス・ラングさえも。ペドロがあのことを話した時からなにも変ってはいない。ホテルも荷物も違って見えるが、しかし旅はまだ続いている。部屋に多くの仕事はない。客は、夕方到着しベッドに体を横たえようともせず、今は何かビジネスに出向いている。帰ってきたら、荷を解くのだろうか。そしてまた、その先へと旅を続けていくだろう。もしかしたら、トランクを開ける暇さえなく。浴室に入って、彼が湯舟につかってないこと、ティッシュペーパーをトイレットペーパー代わりに使ったらしいことを、喜びと共に確認する。

彼が苛立っていようと、無頓着だっただけだろうと、そんなことは私には何のかかわりもない。夕方、タクシーが、空港からここに彼を連れてきたとき、手持ちぶさたで寂しい思いにとらわれたのに違いない。そんな時は、思いもよらずセックスの欲求にかられる。セックスのように身も心も癒される世界というのは他にない。素早くそれぞれの不安や恐れをこのか弱い小舟は痛みなく連れ去っていってくれ、女の体か、あるいは男の体を求めることから抜け出させてくれる。

二二七号室は二二六号室とは似たりよったりの部屋である。同じシングルルーム。ただここのお客はずうっと前からここに滞在している。もし、この煙草や、アルコールの匂い、そしてこの乱雑さがなかったら、うっかりこれが二二七号室であるということを忘れてしまうに違いない。私をぞっとさせる、このつわ者どもの夢の跡。飲み残しが入ったままのガラスのコップ、煙草の吸殻や灰、こぼれたジュース、ヴォトカ、トニックやコニャックの瓶で溢れかえっているゴミバケツなどがあちこちに散乱したままだ。閉ざされた出口のない空間のすえた匂い。窓を開け、空気を入れ替え、更に空調設備にスイッチを入れる、しかし、奥の奥にはまだこの絶望的な雰囲気が漂っている、そして新鮮さ、健全なものと、黴臭さと病めるものとのコントラストを色濃く示し出している。この男性（数十本のネクタイを戸棚の扉にぶら下げている）は、他の客たちとはどこか異なっている。飲んだり、乱雑だったりすることの他に、なにか見捨てられている、といったような所が。自分の私物を際限もなく露出させている。自己の混乱の内部をすべて溢れるように放出し、私のような何者かの手にゆだねようとしている。看護婦にでもなった気分になり、結構私はこのことを気に入っている。不眠で乱れたベッドの手入れをし、机の天板のこぼれたジュースのシミを取り去り、部屋からその痕跡を拭い去る。まるで刺を引き抜くように。塵を払うのさえ、傷口を洗うに等しい。私は、昨日買ったのに違いない新品の高価な玩具をソファーの上にきちんと並べていく。罪滅ぼしに求められたのに違いないフカフカのビロードのそれを。たぶん男は鏡の前で長いことネクタイを何度も締めなおさなければならなかった。背広も変えたのだろう。しかし、そんな事も彼にはぞっとするほどおぞましいことであったのに違いない。それから洗面所にいったが、そこにあるのは飲み物ではない。この男は不器用で無能であった。タイルにシャンプーをこぼし、白いタオルで拭き取ろうともしている。でも私は許す。彼の躓きを取り去ってあげる。彼の化粧袋の整理をする。老いるのを恐れている。皺とりクリーム、パウダー、オーデコロンは一番有名なブランドもの。そしてまたアイシャドー用のルージュとチョーク。毎朝、自分の顔の違和感に恐れを抱き、鏡の前で、震える手で自分の昔の顔つきを振り返る。目がよく見えなくなってしまったのにうろたえ、鏡に近寄り、指でそれをさすってみる。シャンプーを振りかけ、呪い、拭い去ろうと思う、そしてその後で、英語かフランス語またはドイツ語で「こん畜生」と言う。そして

いわゆる娑婆へと出かけて行く。鏡を見ると幻滅するがまた気を取り直し、メーキャップを終える。液体は唇の回りと目の下の絶望的皺を潤してくれる。これは夜毎の不眠の証しでもある。頬のシミは薬を飲んでいる徴でもある。薬《ヤク》をやっている証拠でもある結膜の赤味をかくすためアイシャドーでごまかす。ようやく彼は表へ出てゆく。そして戻ってきた時には、自分の衰えを見せないように洗面所に入っていかなくてはならない。そして私は彼を許すためにここにいる。そして、「あなたを許します。」とだけ書いたカードを残すのはどうだろうか、という考えがふと閃く。そうすれば彼は自身で「摂理」と書いたかのように、その言葉を汲み取るだろう。そしてビロードの縫いぐるみのおもちゃを待っている子供たちのいるところ、ネクタイが箪笥のしかるべき場所に納まっているところ、飲んでむくんでしまった顔のままでいられる所、手に飲物を持ってテラスに出て、大声で「こん畜生！」と叫ぶことのできる場所へと戻っていくであろう。

しかし、この現実は「神の摂理」とでもいうものであり、そのように行われていくのなら、それは実に深い意味があるのに違いない。私は宿泊人がすぐ快適に過せるようあるべき形に部屋を整えていく。

汚れたシーツを入れた袋を担いでいるアンジェロと廊下でとすれ違う。私たちは微笑みを交わす。私は223号室の扉を開ける。そして一瞥して、この部屋には若いアメリカ人たちが逗留しているのだ、と実感する。

アメリカの若者たちの部屋

われわれはだれ一人として若いアメリカ人が滞在している部屋を掃除したいと思う者はいない。これは偏見などというものでは全くない。われわれはだれもアメリカに対して反感を持ってはいないし、賛嘆もし、むしろ憧れてさえいる。われわれの多くは、その国を見てはいない。しかしホテル「キャピタル」に宿泊している若いアメリカ人たちは、何の意味も、何の目的も考えもなしに、散らかし放題。これは誠意のない乱雑ともいうべきもので、掃除する者に何の喜びも与えないし、厳密にいえば、掃除することなど不可能であった。すべてをそうあるべきように順々に片づけたとして、シミや泥の跡を洗い落とし、ベッドカヴァーや枕のあらゆる皺という皺をのばし、渦巻くようなこもった匂いを換気したあとには、この乱雑はただの一瞬消えはする。しかし、どこか下の方にかくれていて、そこで自分たちの主人の帰りを待ちかまえているとでも言った方が当たっている。つまり鍵を錠前に差し込む軋みがそれを目覚ませ、その時再びその乱雑さは部屋に身を投げかけてくるのである。

こんな散らかしようは、子供だけができる芸当である。半分むきかけのオレンジがシーツの上に、歯磨き用のコップにはあふれんばかりのジュースが、踏み潰されたチューブの練り歯磨きが絨毯の上に、紙の切れ端がまるでコレクションのように繰り拡げられている。高級ブティックで買われた衣服の正札。箪笥に押し込まれた枕、半分にへし折られたホテルの鉛筆、スーツケースの中身はソファーの上にばらまかれている。宛て名の書かれた絵はがきには、文章の書かれた形跡がない。つけっぱなしのテレビ、まくり上げられたカーテン、空調設備の上に干されたソックスやパンティ、散らばっている煙草、灰皿一杯のスイカの種。

アメリカ人の宿泊している部屋は、どこか滑稽で、尊厳、へりくだったた傲慢さや、取り繕った親しさなどものの見事にはぎ取られている。輝くようなピンクとベージュの223号室はこうして冒瀆された。生真面目な年輩の紳士があたかも道化の扮装をしたかのように。この部屋に入る時、心の痛みを感じずにはいられない。少しの間、じっと立っている。そしてこのポグロムの規模を測ってみる。部屋はあたかも小さな戦場のように見える。絹の高価なワンピースはソファーの肘掛けに無造作に掛けられ、高級香水の匂い、無頓着、豊かさ、体力、一メートル九八センチもの身長から放出される体臭などのひとつひとつが、整頓とはかけはなれて結合されたものとでもいうべきものである。この苛立たしい活動力、この現在というものに対する無関心、そしてこれは聖なる未来に対する萌芽であるということの理解の欠如——私の中に恐れが芽生えた。これはこの戦いの一面でしかない。もう一つの側面は、安定した、機能的で、現代的で、不変の部屋ともいうべきものである、223号室。そして私はもうその部屋の中にいる。ゆっくりと、順序だてて、物を整えていく。しかし、私物には手を触れない。もう彼らは多分自分の家ではないところで過ごすことに慣れているのだろう。

ここでは、時は飛ぶように過ぎ去っていく。そして私はだんだん不安になる。テレビがガンガン鳴っている。CNNは世界の湯気の立つようなホットニュースを私に投げかけてくる。CNNは世界的規模のテレビ局である。何故なら、そのネットワークのあるところならどこにだって若いアメリカ人たちは棲息しているのだから。だんだんと私の不安はつのっていき、勢い動きは活発になり、敏捷にもなっていく。時計に目を走らせ、「さあ、もう大丈夫」と言うところまでこぎつけ、そして片足は「これで」という段取りをとり始める。自分を、「こん畜生ッ！」と罵倒し、ヤンキー・ドゥードル、ウエント、トゥータウン……と口ずさむ。ぬれ雑巾をテーブルの木の天板にのせる。これは極めて無神経な行為だ。木は、湿気で脱色するのだから。私も感染しそうになる。洗面所に逃げこまなくてはならない。そこには、もうこういった雑音はない、そしてゆっくりとタオル、スポンジ、石鹼、香水瓶等を配置していく段取りとなった。洗面所の扉をしめ、まだやり残していることまごましたことを、ひっそりと集中してやっていく。

洗面所は、部屋の裏の存在、もう一つの顔とでもいうべきものできる。入浴後、浴槽に髪の毛を残し、内側に汚い湯垢の線がつけられている。ごみいれ一杯のタンポン、ティッシュ、コットン。これは足の脛毛剃りのシェーヴィングクリーム、これはニキビを押しつぶしたり、メーキャップ用の手鏡。これは、足の汗取り用のタルカムパウダー、これは浣腸をするための道具、コンドームの小袋。洗面所はこういった生活の裏面に対して口を閉ざすことはできない。洗面所はおおざっぱにすませる。なぜなら宿泊している人々の聖なる証しを消し去ってしまうのは怖いから。これを理解しなければならない。多分彼らはこの事をテレビや、新聞などすべてをまるでハンバークの具をこねるかのように、何でもかんでもまぜこぜにし、一つのものをもう一つにつけ加えている。こんなことは学校でも習いはしなかったし、映画にも描かれることはないだろう。アームストロングだってこの聖なる証しを、月にさえ見いだすことはなかった。だからわれわれ人間はいつでもこのことで一瞬毎に分裂し、死に絶えつつ生きているのだ。彼らも、私も、全く同じように。だんだん私も彼らに似てくる。金持ちでエネルギッシュなアメリカ人、こんなにも私とは違っているのに。彼らには、こちらが想像もつかないような祖国があるのだし、異なったリズムで生きているのだから。毎朝、オレンジジュースつきの朝食をとり、世界に通用する言語を持っている人々。きっと二千年前まではローマ人であったのに違いない。私の祖先はといえば、ガリアのどこか、あるいはパレスチナか、いずれにせよ帝国の国境から遠く離れた辺境の地にいたのに違いない。しかし肉体は彼らも私も同質で、たぶん神によって造られた同じ土とチリで成り立っていて、髪の毛も同種だから、同じように年をとり、皺をつくり、浴槽の縁《フチ》に汚い花環《リース》型の水垢の跡をつける。清潔なタオルをかけ、新しいバスローブを掛けるとき、自分たちのこの卑小さに立ちすくむ。また、たとえば何かの重要な学術会議にやってきた錚々たる女史のベッドに、ベビー服を着せたもう擦り切れそうに古びた熊の縫いぐるみを見つけたようなとき。あるいは成功した偉大な人物の続き部屋《スイートルーム》のシーツが、汗で湿っていたりしたときも、やはり同じような思いにとらわれる。これはベッドメーキングをするこの骨ばったルームメイドの「恐れ」なのだ。存在する何かということこそ、神の栄光に他ならない。それなしには彼らは年老いた神々のようである。逞しく、自信に満ち、傲慢で、愚かである。そして今、彼らが自分のベッドに横たわるとき、何日ものスケジュール、金儲けの話、ピクニック、ショッピング、重要な会合などから退却することはできない。そして複雑な思いで壁紙に目を凝らすとき、彼らの疲れた目は、このリズミックな図案の中に、何か不統一な輪郭や穴にくぎ付けになる。そこには引っかき傷や、色褪せ、拭いさることはできない塵芥の類、洗い落とすことのできない汚れなどが見えてくる。この瞬間、絨毯はまるで病む女のように剥げ、完璧なレースのカーテンに煙草の穴があるのが見えたりする。サテンの枕の縫い目はほつれ、ドアの引手や金具は錆びつき、家具の端は擦りつぶれ、カーテンの縁飾りは縺れてしまっている。毛布はその風合いを失い、たるんでいる。垢じみた匂い。その時、人々がどうするかさえ私は知っている。起き上がり、頭を振り、強い飲み物を飲む。あるいは睡眠剤に頼る。目を閉じて横になり、これらの恐ろしい考えが夢によって救い出されるまで、羊を数える。朝、この夜のできごとが彼らを非現実的にし、辛い夢と区別ができなくなっている。他の人々はこんな時間を持つことはないのだろうか?

洗面所の扉によりかかって私は立つ。仕事はやっと終わった。一服したい。

今、228号室と229号室のどちらかを選ばなくてはならない。229号からやることにする、この番号は陰謀に満ちた魔法の数字13の総計なのだから。〔訳注―2+2+9=13、ユダヤの法典による〕

13号室

この数字は過剰であると同時に偽善的でさえある。そして、やはりこの部屋もそうであった。というのもこの229号室には、ある特色があるからだ。惹きつけるものがあり、何かを約束してくれるような意外性に満ちている。その部屋自体は、他の部屋と特に変わっているところもない。右側が洗面所になっていて、短い廊下があり、あとの残りのスペースには、茶色のカヴァーのかかっているベッド、灰色っぽい色調の壁紙、花模様のカーテン、衣装箪笥と鏡がそのすべてである。だが他の部屋よりどこか空虚な印象がある。ここでは自分の息さえ聞きとれる。水仕事でふくれ上がった掌、たまには鏡に写っている自分に目をとめることもある。この部屋に入る時にはいつでも、体がこわばってしまうような緊張感に見舞われる。先週には一組のカップルが宿泊していた。多分、若い夫婦だったのだろう。ベッドを汚し、タオルは投げ捨て、シャンパンがこぼれ散っている。シーツに黄色いシミ、愛の誓いの巨大な花籠が残されている。しかし悲しみと共に、捨て去る以外はない。この部屋を短時間で、きれいにするのは難しい。なぜなら、この部屋は自分の顔というものを持っているから。ここは意図的に扱われている。ここで最初の夜を過ごした後、彼らは自分の罠にはまる。夜毎の夢にさいなまれ、滞在を引き延ばし、欲望を目覚めさせ、スケジュールを御破算にしてしまう。二週間前、この部屋の宿泊人は浴槽の栓をしめ忘れた。水は廊下に流れだし、フカフカの絨毯を水びたしにし、金ピカの壁紙を流し去ってしまった。恐れをなした客たちはシーツを巻いて立ちすくみ、従業員たちはモップをもって飛び回っていた。何でもない！　何でもありませんから！　ザパタは濡れたモップを振りまわしながら、そう繰り返していた。しかし彼の顔はその言葉とは裏腹なことを言っていた——恐るべきことが起きてしまった——愚かで考えなしな人々は、ホテル「キャピタル」に反旗を翻した。

いつもこんな事件に見舞われるのが、まさにこの229号室なのである。

この部屋はどこか違っている、確かに。フロントは、このことを含んでいるのに違いない。この部屋を空き部屋にしておくことがよくあるから。より少ない番号の部屋から塞がっていく、廊下に接したすぐ際の、エレベーターの近く、階段の近くの部屋、つまりいうなれば娑婆により近いところから。

部屋が空いている場合、すぐさまそれが万全の状態にあるか、家具に埃がたまっていないか、空調設備に抜かりはないかなど、すべてを点検する必要がある。とりわけ私は細心の注意を払ってことにあたる。ベッドカバーを平らになるようなでつけ、壁の腰板のへりをチェックし、窓をあけて風をいれる。その後で少しソファーに腰を下ろし、自分のせわしない息に耳を傾ける。部屋が私を包み込む。それはこよなく優しさにみち、触れることのできない愛撫、そうだ、ただ閉ざされた空間でのみ可能な愛撫。この空間にこそ、私ははっきりと自分の存在感を、それがピンクと白の制服のすみずみまで埋めつくしているのを実感する。ハイネックの襟と胸の間のファスナーの冷たい感触を味わっている。私のウエストをきっちりと締めつけているエプロンの紐のように。自分の皮膚が生きているのだ、と。それ自体の匂いを持ち、湯気をたて、そして優しく耳をなでる髪の毛を感じる時、立ち上がって、鏡を見るのが私は好きだ。そしていつだって驚かないことはないのだ。これが私？　これが私？　指で顔に触り、頬の皮膚を引っ張り、まばたきをして、髪を纏めているゴムを固く締めなおす。でもいつだって、鏡に写る顔が違っているようにと願っている。

シャンと立ち、清潔できれいな浴槽で入浴し、きれいであたたかいタオルで体を拭くことを夢見る。そして茶色のベッドカバーを引っ張りながら、どんなふうにわれわれが息をするのか、私と部屋、部屋と私が息するのか耳をすます。

しかし、今日229号室には、ノブには掃除してもよいというカードがぶら下がっている。私の鍵で部屋を開け、掃除用具の入った箱を持って中に入る。そして仰天する、部屋には人がいたのだから。男が机に向かっていてノートパソコンのキーを叩いている。やっとの思いでわれに返り、失礼しました、と言って、部屋を出ようとした。彼がカードを間違えて吊るしたのだと思ったから。ところがこの男は私を招き入れ、謝罪し、そして自分にかまわずやってくれと頼むのだった。

時には、こういったことも起こる。とても不愉快だ。急いでやらなくてはならないし、客の目を意識しながらやらなくてはならないからだ。今や泊まり客は、この部屋の主《あるじ》と化し、私がその客人であった。際限なくやらなくてはならない整理整頓は一時預けとなる。私の掃除女としての主権は失墜し、存在理由が希薄になってきた。部屋は掃除婦や客を無視し――われわれは互いに妨害し合う存在と化す。大きなダブルベッドを素早く整え、そして今度はそれを壁からずらさなくてはならない。しかし男がいるのでつっかえてしまう。コンピュータに向かっている男はきちんとしたベッドメーキングのためにはお邪魔虫もいいとこなのだ。ヤナ奴。けったいな生き物。

先ず古いシーツと、四つの枕のカバーを外した。一枚目の清潔なシーツを敷き、それを平らに伸ばす。ベッドをずらし、それをぐるっと回らなくてはならない。男が私を観察しているのを私は感じている。彼の視線と出会わないようにする。目が会えば微笑まなくてはならないし、何か質問されれば、答えなくてはならないだろう。がさがさ音を立て、彼の邪魔にならないようにできる限り気を付ける。今度は二枚目のシーツを敷き、家具と家具の間をやっとの思いで通り抜け、マットレスの下にその端をさしこみながら、男が足をのばしている回りに近づいた時、それに触れないようにと、私は全神経を集中させ、迅速に、とても迅速に掃除にかかる。この男はもう疑いもなく、私を見つめている。この事を肌で感じている。彼のこの投げ出されている足は挑発的である、それは私の邪魔をし、おじけさせる。急に、苛立たしくなる。マットを持ち上げる時、ももの筋肉が引きつり痛む。今度は、清潔なカバーを枕にかぶせる。うまくいかなくて、枕が手からすべり抜けてしまい、床に落ちる。それに躓き、バランスを崩す。好奇心に満ちた彼の直視にたじろぐ。

——あんたはスペインの人かね?

彼がきく。

——いえ、いえ、とんでもないです。

——ユダヤかね?

否定する。

——じゃー、どこの国の人かね?

私がポーランド人だと言うと失望したようである。枕を置き、ベッドカバーにかかる。彼は私がその重い素材の取り扱いにどんなに疲れるか興味深げにじっと見つめている。再び私は彼の回りを動き回ることになる。今度はその背後だ。枕をベッドの上に置く時、彼の視線が私のももに注がれているのを感じる。壁ぎわに移動しベッドの向こうに足を隠す。急に自分のペッチャンコな黒いスリッパが恥ずかしくなり、無意識につま先で立つ。そしてすぐに、こんなにさえなくて、似合わない制服でエプロンにベルトをし鍵を付けたような恰好で、あのアメリカ人の部屋でみたようなお洒落なワンピース姿でないことが悔やまれた。私は今、ピチピチとエネルギッシュだというわけではなく、それどころか汗ばみ、くたびれはてている。今コンピューターに向かっている男が、無遠慮に私をじろじろ見ているのが分かる。彼の視線がどこか私の襟のあたりに触れ、すぐに逸れた。しかし私はもうベッドの反対側に来ている。もう一度、彼のそばまでいかなくてはならない。そして小さな枕を置かなくてはならない、もう一度彼のえげつない視線に背を向けなくてはならない。だから、枕をベッドにこちら側から投げることにする。汚れたシーツに、この私を見ている男が寝ていたシーツに身を屈め、体が膨らんで仕事着から飛び出したがっている。私が説明しなくてはならないというのか？　どんなトーンで、言葉で、何故？

伏目勝ちにドアの方に退く。洗剤や、スポンジの入った私の用具箱を持ち、ドアのすぐそばまでいく。有難うございました。と言いながらもまったく礼などいう必要はないのに、と思う。彼の方が丁寧に礼を言い、私の手に口づけするべきである。それなのに私は片足を軽く引いてお辞儀なんかしてる。

彼はバツが悪そうに頷き、かろうじて微笑みのようなものを浮かべているのを見て、ほっとして、私はノブに触れる。また会いましょう――彼が言う――しかし私は二度と会いたくなんかない。

私はもう扉を背にしている。

少し立ち止まり、耳をそば立てる。汗びっしょりで、足も疼き、疲労で筋肉が突っ張る。時間を惜しみ、こんなに急いだのだから。下でゆっくりしたい。

壁ぎわに箱を置き、三階まで歩いていく。そこには「スクエアー」と呼ばれている小さなホールに抜ける細い通路がある。横のらせん階段に出ると、そこから常客のための秘密の場所が開ける。

秘密の場所

階段を数段下がり、扉を一つ二つ通り過ぎて、三つ目の階段の踊り場の大きな手すりの前にやっとたどり着いた。ここから下が眺められる。そして、ここからは一階が見渡せる。いつもと同じように、そこには人っ子一人見当たりはしない。ただ薄闇と静寂。ここで、こうやって一番よく体を休めることができた。すべてはだんだんうすぼんやりと希薄になり、遠ざかっていく。

この小さなホールは、ホテルの中でも一番秘密めいた隠れた場所だ。ここでは迷子にならぬよう、キビキビと速歩で迅速に歩いていかなくてはならない。

階段、通路、中二階、そしてらせん階段と。それらはどちらも7から始まる二部屋を含む、三段構えの塔のようなものである。そこには全部で八つ部屋がある。だがどの隠れ階段からその二つの部屋に到達できるのか分からなかった。恐らく偏屈な人嫌いか、お妾さん、双子の危険な弟、またはだれかの陰うつな愛人なんてのが泊まっているのに違いない。あるいは麻薬の密輸かなんかで暗躍するマフィヤとか、国の首脳がこのらせん状の閉ざされた空間にしばしお忍びで滞在しているのかも知れない。

これらの部屋は、他のそれとは一風違っていて、むしろ高級マンションといった方がよい。あまり優雅とはいえないのかも知れない、というより普通とは異なった様式の優雅さといったほうがよいかも知れない。壁に埋めこまれた戸棚、ベランダ、奇妙な家具、そして作り物の贋本。本棚に並べてあるのはすべて見せ掛けのものである。シェークスピア、ダンテ、ダン、ウォルター・スコット。たとえ一冊でも手にして見れば、それらが表紙に見せかけた厚紙でできた中は空っぽの本であることが露呈する。偽りの本棚。

このホールから、下の従業員用のトイレに降りていく時は、迷わないように気をつけなくてはならない。始めの頃はよく迷ったものだった。お馴染みの扉を開けてみた、しかしそこからも目的地には到達できなかった。掃除用具の箱をどこかの階段に置きっぱなしにしてしまい、後でみつけることができなかった。壁に静物画の複製なんかが掛けられているのに驚かされた、後で自分が夢でも見ていたのではないかと思った。この空間ではいつも何か奇妙なことが起こる。だいたいにおいて空間というものはらせん、煙突、エレベーターの縦穴といったものを嫌う。それらは迷宮化してしまう傾向を持つ。一番よいのは今の私のように、手すりをしっかりと放さずに持っていることである。下も上も見ることなく、ただ自分の前だけを見ていることである。

突然、何かの音がした。どこか下の方で、何か起きたのだ。それはプフ、プフという音と、軋むようなリズムを刻んでいる。爪先で、猫のように緊張して階段を降りて行く。呻き、軋み。何だろう？　見た目はホテルの他の扉と同じような一つの扉に近づいてみる。ただ床の隙間にメタルの留め金があり、ここからはっきりと変な音と唸りは聞こえてくるのだった。耳をそうっと壁につけると、唸りはどんどん早まり、激しくなり、軋みは一層とてつもない音をたてだした。恐ろしくなって飛び上がり、カッカとして、ベルトの鍵がガチャガチャ音をたてた。

向こう側の騒ぎはすべておさまっていた。息を殺して階段を駆け降り、一階上の手すりに近づいていった。彼らはピンと音をたてて留め金を外した。部屋の扉がわずかに開き、そしてパンツだけの男が、廊下に頭を出した。手には何かバネの装置をもっていたが、複雑なエキスパンダーのようにも見えた。壁ぎわに素早く退いた。崩れたバランスを取り戻すのが難しかった。

暗いらせん階段をかけ降りて、地下まで行った。そこに、われわれのトイレがあった。俗悪なまでに明るい蛍光灯がとりつけてある。トイレに駆けつけ、後ろ手にドアを閉める。冷水をはね散らしながら顔と手を洗う、しかし涼しくはならない。便器に腰掛ける。ここにはいかなる音も届かない。殺菌消毒されていて、静かで、安全である。特に目を凝らして殺菌用のパウダーを見つめる、ペーパータオル、トイレットペーパーの大きなロール、そしてミス・ラングの手書きの告示——従業員のための注意事項。

ミス・ラングは、こう書いている。「なぜ使い捨ての袋がホテルにおいてあるのかわかりますか？」そしてミス・ラングという署名。だが、多分この問いに素直に答えられる女性従業員はだれもいないだろう。そのすぐ下には、「使用済みのナプキンまたバンドエイドの類はこの袋に入れていただけますか？」というもう一枚のカードが皮肉っぽく掛けられているのだから。しかしこの要望はいかなる効果もなかった、なぜならその下にミス・ラングは赤インクで明確にこう書いていたからだ。「どうかタンポンやナプキンをトイレには流さないように！」

もうしばらく、座ったままそれぞれの文字をつくづくと眺め瞑想にふける。それから水を流し、髪を直し、私の持ち場へと向かった。まだもう一部屋残っていたから。

最後の部屋

もう二時を過ぎていて、人々は動き出していた。客用のエレヴェーターは上にいったり下にいったりして、開閉の度にパシっと音を立てている。客たちは町へと繰り出していき、胃袋がランチを要求している。「使用済みリネン係」のアンジェロが私の控室でくつろぎ、シーツを自分の袋に詰めている。あといくつ残っているんだい？　彼が尋ねる。一つよ——と答えてからアンジェロの働く場が、このホテルのようにデラックスである必要はまったくない、と初めて思った。しかし旧約聖書の「ソロモンの歌」のようでなくてはならない。そこを彼は歩き回り、羚羊のように飛び跳ねて山を行くこともできるだろう。なぜならアンジェロは美しく、祖国レバノンの山々のように崇高であるのだから。首をなんども振るようにして、228号室から老人のカップルが出てくるのを示した。男性の方は背が高く、白髪で、やや猫背で、女性より若さを保っているように見えた。男の方が若いのかもしれない。あるいは時に親交を交わす仲なのかも知れない。女の方は小さくて、干からびていて、小刻みに震えていて、辛うじて歩いている。スウェーデン人なんだ。あの女《ひと》はここで死のうとしてるんだよ。アンジェロが言う。彼はなぜか何でも知っている。

アンジェロは、多分冗談を言っているのだろう。しかし私の見るところ、この老人の方がより彼女の支えとなっていて、あたかも彼が彼女を運んでいるといった塩梅《あんばい》である。もし彼が手を放したら、彼女は地面にくずおれてしまうに違いない。衣服はいつもベージュにパステルか何かのように。ワンピースカラーの茶色のいわゆるホテルカラーともいうべきもの。二人ともまったくの白髪で、あらゆるとがを忘れ去ってしまったかのような白髪頭であった。

エレヴェーターのドアが閉まったかと思うともう自分たちの部屋に消え去ってしまった。この部屋を掃除するのが、私は好きだ。あまりやることがないし、備品はすべてそこに根をおろしてしまったかのように鎮座ましましている。悪夢の名残も、息苦しさも、興奮もない。少し皺になっている枕が、安らかな眠りを証明している。洗面所にきちんとかけられたタオル、歯ブラシときれいに洗われたコップが鏡に写っている。必要最小限の化粧品類、ありふれたクリーム、うがい薬、つましい香水、オーデコロン。ベッドをきれいに撫でつける時、これといった具体的な匂いのないことが私をうちのめす。子供はこういった匂いがする。彼らの皮膚それ自体は、いかなる匂いも放出してはいない。ただ、外側からの匂いだけが捉えることのできる、空気、風、肘に押しつぶされた草いきれの、輝かしい太陽にさらされた塩のような。そう、まさにこのシーツはそういった匂いがする。彼らには罪の意識も、遠大な目的達成感も、反逆心も、絶望感もなく、だんだん皮膚が薄くなり、紙のようになり、体がゆっくりと死に向かって進みゆく時、奇妙なゴムの玩具か何かのように、過去を最終的に達成し、終幕を迎えるものとして見つめる時、夜になって神を夢に見る、その時、体はその匂いを世間に示すことをやめる。皮膚は外部の匂いを取り入れ、その最後の旨味をかもしだす。

ベッド脇の小机のすぐ脇に、二冊の本が置かれている。だれかが廊下を動き回っていないかどうか、私は耳をそばだてる。そして、してはならないことにとりかかる。まず一冊目、それは分厚いノートで、おそらく日記帳、なぜなら、ページ毎に日付があり、その下に、私にはまったく理解することのできない震える丸い字体で書かれた文字が書かれているから。ノートは殆ど最後まで埋めつくされていて、最後の数ページが残されているのみだ。二冊目はスウェーデン語で書かれた聖書である。何ひとつ理解できないとはいえ、私にとってはすべてお馴染みのものである。赤いリボンが「エゼキエル書」の最初のページに挟まれている。文章に視線を走らせ、次第にすべて理解できるようになったと思った。先ず馴染んでいるものが一つの言葉として立ち上がり、それからすべての言い回しは記憶されている言葉となって溢れだし、活字と混じり合う。「今、あることはすでにあったこと、これからあることもすでにあったこと、追いやられたものを、神はたずね求められる。」聖書の中で最も含蓄のある神秘的でさえある箇所だ。

掃除が終わると、もう一度まっさらなシーツをかけたベッドに腰を降ろす。こうやってひととき、自分の存在を確かめることはいいことだ。それから浴槽洗浄剤でかさかさになった手、そして黒い仕事履きの中でふくらんだ足をじっと見つめる。しかし私の体は生きていて、はりつめた皮膚をもっている。私は仕事着の袖を嗅いでみる。疲労、汗、そして生の匂いがする。

私はこの匂いを、私の想いと共に少しこの228号室にとどめる。

やがて扉を閉め、従業員控室へと歩いていく。電気掃除機、掃除用具をしまい、ピンクと白の制服を脱ぎ、少しの間、無我の境地で裸のまま佇んでいる。「変換」がもう一方で行われるようにイヤリングを付け、派手目なワンピースに着替え、髪をととのえ、化粧する。

燦々《さんさん》と太陽の降り注ぐ通りに出て、改装なったスコットランド門を通り過ぎる。チェックの小さなスカートがコブザ〔訳注—八世紀にアラブから西ヨーロッパに持ち込まれたと推測される八〜一二弦の民俗楽器〕の上に置かれ、あの男が流行の穴あきジーンズのボタンをかけている所だった。あんたが偽スコットランド人だってこと、わかってるんだからねと声をかける。

彼は思わせぶりに、ニッと笑うと目配せをしてみせた。

つかだみちこ・訳

クシシュトフ・ニェヴジェンダ　Krzysztof Niewrzęda 1964-……**ポーランド**

一九六四年シチェチン生まれ。一九八九年ドイツへ移住。詩人。散文作家。随筆家。ポーランド語で創作。九七年ポーランド詩のコンテストPegasas-Europaで銀賞。シチェチンの出版社から、詩集『横切って』(一九九八)、『もつれ』(一九九九)、『パニック』(二〇〇〇)、短編集『全体の探求』(一九九九)、随筆『引っ越しの時代』(二〇〇五)が出版されている。二〇〇二年ベルリン国際文学祭に招待される。これまでにドイツ語、フランス語、クロアチア語、ウクライナ語に翻訳されている。ベルリン在住。

数える

「僕は地図をつぶさに調べたが、辿ってきた道をつきとめることはできなかった」

(イェジ・コシンスキ『歩み』[訳注])

彼は毎日、家の前の低い塀に座っていた。朝窓際へ近づくと、天気がどうであれ、彼はいつももうそこにいた。煙草を一箱吸いきり、ビールを五缶飲み干しながら、座って車をぼんやり見つめていた。

いつだったたか、なぜそうしているのか、なぜ雨が降ろうが寒かろうが外へ出て、それらの車をぼんやり見つめているのかと僕は彼に尋ねた。

「あれを数えている」と彼は言った。

「なぜ?」と僕は聞いた。

「なんとなく。じゃあ何をすればいい?」

長年にわたる習慣に触発され、彼は正にそうした務めを自分のために見つけ出した。少なくとも数時間は難なく耐えられるような、暇つぶしの方法を発見した。彼はそのおかげで、起きること、体を洗うこと、服を着ること、朝のコーヒーを飲むことに根拠を見出した。そのおかげで、外出し帰宅することが理由を持った。

毎日十二時ちょうどになると、彼は空いたビールの缶を集め、自分の持ち場を去った。翌朝になると、そこへやって来た――七時きっかりに。まるでそれが任務か義務であるかのように、彼はそばを通り過ぎる車を几帳面に数えた。煙草から煙草へ火をつけ、一時間にビールを一缶ずつ飲み干しながら、車の台数を具体的な数によって確認した。

しかし、彼の行為は、何かの比較統計に役立つものではなかった。たとえば木曜日（あるいはほかの日）にはたとえば月曜日より多くの車が通り過ぎるといったことを、彼は一度たりとも証明しようとはしなかった。そうではなかった。彼にとって重要だったのは、同じ数の車が何日も続けて通り過ぎることは絶対にないと立証できることだけだった。それ以外のことに興味はなかった。

そんなわけで日々の違いは、車数台分、いやそれどころか十数台分にあった。同じだったのは、吸う煙草と飲むビールの量だけだった。僕が彼のそばへ行き隣に座るようになっても、その量は変わらなかった。なぜなら、彼は手持ちの品をすべて自分用にとっておいたからだ。彼は決して僕におごらなかった。僕と話し始めると、確かに車から興味をそらしたが、飲んだり煙草を吸ったりするペースは変わらなかった。

僕らのつき合いは少し変わっていた。毎朝塀に腰掛けてする会話だけに限られていた。それ以外では会わなかった。会ったとしても偶然、隣人同士の間でよくあるように、階段か地下室で会うぐらいのものだった。そういう時は礼儀正しく挨拶を交わしたが、それだけだった。互いに訪ね合うことも、一緒に飲みに行くこともなく、共通の知人もいなかった。
僕らの妻は——その逆だった。貸し借りしたり、何かについて尋ね合ったりした。コーヒーを飲みに互いの所へ立ち寄ることさえあった。彼女たちは、隣近所との付き合いが、女同士にとって、男同士よりもはるかに家族めいた性格をもつということを、矢継ぎ早に証明してみせた。彼の妻は僕の妻に、違法な掃除婦の仕事を世話した。ひとつ、またひとつといった具合に。僕の妻の方は、申請書の作成や、あらゆるアンケートの記入に手を貸した。で、僕らは？ 僕らは低い塀を共有していた。

一人で家の留守番をするようになって以来、僕はますます頻繁に彼のところへ通った。確かに、彼の当直がちょうど最後の数十分に差し掛かった頃ではあったが。しかし僕は自ら進んでそうしていた。まして や、付き合いを数回重ねた後、彼が作業の四時間が過ぎたところで区切りを導入してからは。そのせいで、僕は自分が彼の比較の努力を台無しにしていることに、良心の呵責をもう感じなかった。四時間と五時間目という風に明確な区分を設けることによって、彼は僕が訪れたときでさえ、具体的な集計結果を得ることができた。


僕は彼の隣に座り、煙草に火をつけ、聞いた。

「今日はどう？」

昨日よりずっと多い、と彼は答えた。あるいは、今日はちょっと少ないとか、どれだけ多い、少ないといった正確な数を口にした。

そしてその後僕らはおしゃべりをし、愚痴をこぼし、テレビで見た番組のことや、小耳に挟んだ話を交わした。それればかりか、彼はいつも何かぞっとするような話を持っていた。

たとえば、下宿人だった男の、誰にも気づかれなかった死の話。部屋代、電気代、電話代が定期的に支払われていたために、彼の不在に気づく者はいなかった。料金は、多額の預金口座から自動的に引き落とされていた。残りの住民たちは、住居にケーブルテレビを引くことを決めた時になってようやく、彼らの隣人に興味をもった。彼らにとって重要だったのは、その計画に与する者をできるだけ多く集めることだった。なぜなら、支持者は誰であれ、単位あたりのコストを下げるのに一役買うからだった。片手に新聞を持ち肘掛け椅子に座っているひからびた死体が発見された。その新聞には四年前の日付が認められた。

自分の孫と共に「ここ」へ来ることができるよう、数年にわたって貯金した女性の話。彼女は孤児だった少年に、他人より有利なスタートを保障したりしてやりたかった。彼女はどんなわずかな金額までも切り詰めた。「ここ」へ到着し、駅から出たとたん、最初の横断歩道で彼らは車に引かれた。

あるいは、自分を何度も強姦したと言って自分の父親を告訴した十三歳の少女の話。彼女は、父親が彼女の遅めの帰宅を許さなかったことに対し、復讐を決意した。

僕には、彼がそうした衝撃的な出来事をとめどなく挙げることができるように思えた。だから、彼のところへ行くことにした日はいつも、動揺させられる話を胸に帰宅するのだった。

彼は過労死について話し、世界に十億人の失業者がいること、そして三六八人の人々の財産の合計が、残りの半数の人々の収入の合計に等しいことを話した。また、かつては人口が十億人増えるのに百年かかったが、今はたった七年しかかからないと語った。そして、軍需産業への投資から平和賞の資金が賄われていること、十歳から十六歳の子供の五人に一人が、学校へ一度でも拳銃を携帯したことがあると口にした。

彼は煙草を吸い、ビールを飲み、カンガルーから作ったハンバーグの話、セメントの埃と抗生物質で肥育した家畜の話をした。（人間の胚からできた）皺とりクリーム、（新生児から作った）精力増強スープの話でぞっととさせた。汚染された血を輸血につかう話、その血液をもとに薬を製造する話、さらに数多の難病を克服するための資金調達が廃止された話。そして、僕は聞いていた。僕らのそばを、彼が数えない車が通り過ぎていった。僕らは煙草を吸った。それぞれ自分のを。僕らの低い塀に座って。彼はビールを一口飲んでは語り、僕は耳を傾けた。

その後彼は最後の空き缶を握りつぶし、残りの缶と一緒に持ち去った。家に帰る途中で、それらを捨てた——いつもと同じゴミ箱へ。そして僕らは別れた。次の日の午前中まで。

ある日、挨拶を交わす時、彼は僕に言った。

「昨日とまったく同じなんだ」

「本当に？」

と僕は驚いた。

「そうなんだ。数え間違えたのかもしれない」

「きっとそうさ」

と僕は答えた。

僕らは前の晩やっていた映画の話をし、その後彼は僕に、バービー人形のようになることを決意した女性の話をした。外科医はもう数十回の美容整形手術を施し、彼女の夢が叶う日は間近らしかった。

翌日はとりわけ激しく雨が降った。彼はいつものように低い塀に座っていたが、僕はずぶ濡れになるのはごめんだった。僕らが会ったのはちょうど三日後のことだった。

僕は彼にいつもの質問をすることさえできなかった。僕を見るなり、彼は矢庭に大声で叫んだ。

「何が起きているのかわからない。今日も、昨日や一昨日と同じ、俺たちが最後に会った時と同じなんだ」

彼は興奮して、苛立っていた。彼ともあろう者が！

毎日同じだ、と彼は言った。

「昨日の五時間目ですら、一昨日の五時間目と同じ数の車が通った」

「たまたまそうなったのさ」

と僕は彼の興奮を和らげようとして言った。

「そうなったって？　どうなったというんだ？」

「さあ、正直言って分からないけどさ。たまたまそういう巡り合わせだったってこと。偶然だよ」

「偶然？　どんな偶然だ？」

　彼は走り去る一続きの車を数に加えた。

「ジャック・モンドは、人生は偶然に左右されていると主張したが、不治の病に侵されていることがわかった時、彼が何をしたか知っているか？」

「いや」

「自殺したのさ。全宇宙のバランスは十数の物理定数に基づいているんだぜ」

　と、走り去る車を目で追いつつ、彼は話を続けた。

「たとえば、そのひとつがプランク定数だ。つまり、$6,626 \times 10^{-34}$ジュール秒。もしものすごく僅かな値の数字がひとつでも変わったら、宇宙は機能できないだろう。いいか、それらすべての定数が偶然に作られることが、どの位の確率で起こると思う？」

　僕は何も言わなかった。僕は、彼が絶えず車を数えることに集中しているのを見ていた。

「およそ十の二百乗分の一さ。だから俺に向かって偶然の話はしないほうがいいぞ。偶然は存在しない*」

　しばらく彼は口をつぐんだ。僕は彼のそばに腰を下ろした。

「今日、もし最後まで数えても怒らないかな」

　と彼は尋ねた。

「怒らない。もちろん怒らない」

　と僕は答えた。

「構わないよ」

　そして彼と一緒にいた。

　会話がなかったので、僕も通り過ぎる車を数え始めた。車は長い間一台もやって来なくて、僕は何かこんな風なことを言った。

「多分、もうこの一時間の間に、昨日と同じだけの車が来るなんてことはないだろうね」

　しかし彼は無反応だった。十二時前に僕は数えるのをやめた。相変わらず数えるふりをしながら、実は僕は彼を観察していた。彼はとても落ち着きがなかった。次の車が僕らの前を走り去るやいなや、彼は神経質に腕時計へ目をやった。煙草の煙を吸い込み、ビールを一口飲み、自分の集計結果に次の一台を加えた。十二時に彼は言った。

「昨日とまったく同じだ。これをどう思う?」

「わからない。これがひょっとして何かを意味しているっていうのかい?　いや、何の意味もないさ」

僕はことのすべてを軽く考えようとしていた。

「これは普通じゃない」

と彼は言って、僕すら待たずに、家の方へ歩き出した。

彼は途中で自分の空き缶をいつものゴミ箱へ投げ込み、門をくぐった。

僕はさらに数分間座ったまま、そもそも四日続けて、いつも同じ数の車が通り過ぎるなんてことがあり得るだろうか、と考えた。それはありそうもなかった。ということはつまり、彼が興奮のあまり数え間違えたか、彼だけに分かっている目的のために、僕の前であんなふりをして見せたかだ。僕は、翌日それについて彼と話すことに決めた。

少し寝坊した。目が覚めた時、まもなく十一時だった。僕は起きて、窓際へ近づいた。彼はいつものように見張りについていた。彼の監視は最後の一時間に差し掛かっていた。彼となんとか話せたらいいが、と僕は思った。急いで体を洗い、服を着た。コーヒーを半分だけ飲み、まるでタイムカードに打刻し忘れるのを恐れるように、何も食べずに部屋を出た。

もしかすると十分後、あるいは十五分後だったかもしれない。僕はドアのノブをつかんだ。耳をつんざくようなタイヤの音がした。戸を開け、外へ飛び出すと、車道を横切るように車が停まっているのが見えた。車から若い男が出てきて、車体の下を覗こうと身を屈めた。

僕はほんの少し近寄った。火のついた煙草が低い塀の上にあり、歩道には、四つのビールの空き缶の隣に、一缶が——たった今開けられたままで——置かれていた。泡が缶の少し開いた口からあふれ、コンクリート板へと流れ落ちていた。
「どうかしたのか？」
僕は車のそばにうずくまっている若者に向かって叫んだが、もう何が起こったのかはわかっていた。

僕はまず数日間続けて——十一時と十二時の間の——一時間だけ車を数えた。その数はいつもまちまちだった。結局朝から通い始めた。家の前の低い塀に座り、煙草を一箱とビールを五缶持参した。煙草に次々と火をつけ、ビールを飲みながら——数えた。
せめて二日間でも続けて、同じ数の車が本当に僕のそばを通るかどうか、確かめたかった。

〈原注〉
宇宙物理学者は、次世代の科学者によって、何らかの意図の結果生じたかのような、徹底的に秩序づけられた非物質的宇宙という見方が修正されることを確信している。それに関してボグダノフ兄弟はこう強調している。量子論によって記述される、見えざる現象においてであれ、あるいは決定論カオスに従って最新式に理解される、見える現象においてであれ、すべては、マクロやミクロな規模で起こる現象が、ある特定の知性の形態を思わせる秩序の兆候であるかのように起こっている、と。

〈訳注〉
Jerzy Kosiński, *Steps*. NY: Random House (1968).
邦訳は、イエールジ・コジンスキー『異境』（青木日出夫訳）角川書店、一九七四年。

Krzysztof Niewrzęda, *Poszukiwanie całości*, Instytut Wydawniczy Świadectwo, Bydgoszcz 1999

井上暁子・訳

カタジナ・グロホラ　Katarzyna Grochola　1957-……**ポーランド**

クロトシン生まれ。今、最も人気のあるポーランド作家の一人。長編および短編小説のほかに舞台演劇、テレビドラマの脚本も手がけている。現代ポーランド社会における女性の状況をテーマにした作品が多い。主な作品に『ミミズを噛む』（一九九七）、『あり得ない』（二〇〇一年ベストセラー第一位）、『愛の申請書』（二〇〇一）、『幸せへの委任状』（二〇〇三）がある。「向こう岸」は短編集『愛の申請書』の中の一編。

向こう岸

そう、生まれて初めて海に行く！

男の子は興奮して、なかなか寝付けなかった。夜遅くに帰宅した父親は、子ども部屋のドアを少し開けて言った。

「そうか、ママと初めて海に行くのか」

さらに言った。

「それじゃ、もうお休み、だいぶ遅いから」

男の子は寝付けなかった。海！　たくさんの水。知っているのはそれだけ。一度、ヌィサ〔訳注―ドイツ名はナイセ〕川の橋を渡ったことがある。泡だった川を間近から見た。でもそれは一瞬のことだったし、思ったほど大きくもなかった。上から下に流れる蛇口の水とは違って、ただ地面を横に這うだけだった。もちろん幅はずっと広かったけれど。それじゃ、海は？　海はそんなのとはぜんぜんわけが違う。船が行き交っている。泳ぐ家のような船が。家が泳ぐなんて、想像しただけでわくわくする。それをじきに見ることができる。この目で。本物の泳ぐ家を。船の中ではセーラー服の船員が歩き回っている。歌をうたいながら甲板を磨いている。そんなこと全部をもうすぐ見ることができる。それに明日になったら色々と質問もできる。

パパはいつも疲れて帰ってくる。もっと起きていて、パパとママの話を居間で聞いていられたらどんなにいいだろう。二人とも明日からの旅行のことを話し合っているに決まってる。でもパパが、だいぶ遅いからって言うのもわかる。もうどこの家でも子どもは寝ている時刻だ。今日は飛びっきり嬉しい。おまけの夜になった。だって今年中にどこかに旅行に出るなんて思ってもみなかったもの！　びっくりしちゃったよ、まったく。

男の子は大量の海の水を思い描こうとした。お風呂の水よりも何百万倍も何千万倍もたくさんの水を。まぶたの中で、いくつもの浴槽が何千もの灰色の浴室へとふくらみ、いつしかまぶたは重くなっていった。

浅い眠りだった。いつもより早く目がさめた。部屋の中はもう明るかった。今頃の季節は朝早くから明るくなる。耳を澄ました。まだ家中が眠っている。ベッドから抜け出し、そっと窓辺に寄った。紫色の大きな花柄のカーテンを引くと、朝の光が部屋に差し込んだ。

通りもまだ静まり返っていた。ピョントコーヴァさんの店にもまだ人影はない。いつも開いているのに。まだかなり早い時刻なんだ。

男の子はパジャマのズボンを引き上げた。ゴムが伸びておへその下までずり落ちていた。おしっこがしたくてたまらなかった。

まだ部屋からは出ない方がいい。パパもママも寝てるから。こんな早くに起こしちゃまずい。パパの機嫌をそこねちゃう。パパにはいつもにこにこしていてほしかった。おしっこなんて大した問題じゃない。ガキンチョじゃあるまいし、パンツにもらすなんてこと、あるもんか。朝のおしっこはいつもはもっと後だもの、がまんできるさ。もうすぐ一日が始まる。ママが入ってきて、男の子がもう起きているのを見たら、目を丸くするだろう！

さあ、一番大切なものを詰め込もう。僕のもろもろを。パパは出張に行く前にいつもそう言う。そう、僕のもろもろを詰め込まなくちゃ。

男の子は音を立てないようにしながら棚の上から靴の空き箱を取り出した。中には近所の子どもたちと原っぱで見つけた鳥の羽が入っている。鳥はもう死んでいた。だからお葬式をした。その前に、形見にするために、羽を一本ぬきとった。長くてすごく綺麗な黄色の羽だ。鳥のために小さな塚もつくった。二本の小枝を組み合わせ、草で結んだ十字架を添えた。そしたらガキ大将のヴィテクが口をとがらせた。そんなことをするのは大罪で、告解しなくちゃだめだって。神父さんに言いつけてやるとも言った。鳥には魂がないから、鳥の墓に十字架を添えるなんて、キリストの敵だって。ヴィテクは十字架の塚をけとばし、お前のパパにばらしちゃうと捨て台詞を吐いた。男の子はヴィテクを追いかけて行って、パパには言わないでって、お願いしなくちゃならなかった。そしたら、ヴィテクったら、それがいやならガラス玉をよこせだって。いつだったか、おばあちゃんちのトイレで見つけたガラス玉を。

ガラス玉は盗んだと言えば、言えなくもない。でも、もしまだおばあちゃんが生きていたら、絶対に男の子に渡してくれただろう。だから、盗んだってわけではないんだ。おばあちゃんが死んだのは男の子のせいではない。そう、その時が生まれて初めての、そしてたった一度の旅行になった。ママは泣き通しだった。男の子はバスに乗って楽しかった。でもママが泣いてばかりいるのは恥ずかしかった。パパはママの肩をぽんぽんたたきながら、もう泣くな、泣くな、みんな見てるぞ、と言った。

男の子はバスの窓ガラスにずっと鼻をくっつけていた。息で窓が曇るので、初めのうちはひっきりなしに手で拭いた。やがて小さな穴を作るだけにした。丸くて長いのを。穴を通して見る世界は作り物みたいに面白かった。

外を見ることに熱中している男の子を見てパパは、よくそんな気分になれるもんだ、と言った。パパが席を替われと言ったのもわかる。

おばあちゃんの家でもママは泣きっぱなしだった。泣きながら何かを片付けたり、戸棚に入っていたおばあちゃんの物を処分したりした。男の子はトイレの引き出しをちょっぴり開けてみた。おばあちゃんの匂いがした。いろんな物の間からガラス玉がカチャカチャと鳴った。その時、そこで何をしてるんだってパパの声がした。男の子はガラス玉を素早くポケットに押し込んだ。

そのガラス玉をヴィテクに渡さなければならなかった。代わりに、黄色い羽は手に入れたけれど。黄色い羽、これはやっぱり家に置いていこう。馬にまたがる兵隊さんを持っていけばいいんだもの。上から下まで全部灰色の兵隊さん。これをパパにプレゼントされた日のことははっきりと覚えている。それは名の日の祝いのプレゼントで、一日中、男の子は肌身離さずに持ち歩いた。食事のときも膝にのせて離さなかった。遊びながら食事をしてはいけない、ってパパはいつも言う。だから膝の上にのせていた。それだけなのにパパは、何を膝にのせてるんだって怒鳴った。あいつに何か買ってやるといつもこうだって、ママに言いつけた。パパは機嫌が悪かった。兵隊を取り上げたりはしなかったけど。

もっと気をつけなくちゃ。食べながら遊んだりしないように。それから、変な猫の絵のついたマッチ箱も持っている。マッチの空き箱を集めるのがはやっていて、大きな子たちはたくさん持っている。だけど変な猫の絵のを持ってるのは男の子だけだった。だってパパのお兄さんが外国から持ってきた箱だもの。大きな子たちはこのマッチ箱を自分のと取り替えたがった。でも男の子は絶対にわたさなかった。うっ、おしっこがもれる。がまん、がまん。兵隊さんは海に連れて行こう。鳥の羽、うん、鳥の羽もやっぱり持って行こう。ちゃんと紙にくるめば、大丈夫だ。マッチ箱は置いて行く。だって海に行けば砂があるから、それでいっぱい遊べるもの。他にも海には向かない物を持っている。赤いチョークのかけら、ドライフラワーが入ったしおり、友だちからもらった古いサーカスの入場券二枚。そのうちに、絶対に、自分の入場券を手に入れるぞ。パパがこれと同じ券を持ってきて、さあ、サーカスに行くぞって言うんだ。いつか絶対そう言うんだ。

男の子はしわくちゃの券をそっと撫で回し、ずり落ちたパジャマのズボンを引きあげた。

サーカスの入場券は置いて行く。兵隊と羽は詰め込む。見てるだけでわくわくする羽。まだ生きているみたいだ。色は黄色。まるで海の砂のような黄色。

＊　＊　＊

駅まで父親が送ってくれた。本物の親友にするみたいにパパは男の子の肩に手をやって、ママのこと、まかせていいよな？　と言った。パパはずっとにこにこだった。感動のあまりに男の子は咽頭炎になったみたいにしわがれた声で、まかせといて、と答えた。パパとママは大笑いした。

駅舎に向かいながら男の子は父親に聞いた。海ってどれくらい大きいの？　パパは答えた。そりゃ、すごくさ。すごく？　すごくって、どれくらいなの？

一番広い湖くらいだ。えっ、ねえ、パパ、それってどれくらいさ？　すっごく広くて、向こう岸が見えないくらいだ！　僕、見てやる、僕、見てやるよ、パパ！　その時、父親はこの世で一番重大なことを口にした。お前がもし向こう岸をみたら、何を買ってやろうかな……。子どもにそんな約束やめてよ、とママは言った。でもパパはやめなかった。もしお前が向こう岸を見たら、買ってやるぞ……。だって向こう岸はあるんでしょ、そうでしょ？　男の子は確かな返事がほしくて、うずうずした。パパは一瞬声を詰まらせ、確かな約束を控えた。もしもだぞ、本当にお前が向こう岸を見たら、その時は何でもほしいものを買ってやるぞ。本当に、のところをあまりにも強調したので、その下の空間に穴が開いたほどだった。

パパとママは声を上げて笑った。しかし、男の子の心臓は今にも飛び出しそうだった。どうやって列車に乗り込んだかさえ覚えていない。窓際の席になることがあんなに嬉しかったのに、今はもうそんなことはどうでも良かった。パパは手を振り、ホームは遠ざかり、木々は次第に速度を増してよぎって行った。ポーランド国有鉄道の茶色のカーテンに男の子はじっと頭を押し当てた。

絶対に見るぞ！　向こう岸を見てやるぞ！　見てやるんだ！　そして、いつもより早く帰ってくるパパと大通りのおもちゃ屋に行く。まるで当たり前のことのように手をつないで行く。そして、おもちゃ屋に入ると列車を指さす。線路と信号機とポイントがセットになっているやつ。動くと本物みたいな音を出すやつ。それから客車も、それから機関車も！　店員は棚から全部を下ろしてくれる。そして家に戻る。箱はパパが持つ。すーごく大きい箱。パパと一緒に居間の絨毯いっぱいに線路をひろげる。もしかしたら絨毯を取ってもいいよ、ってママは言ってくれるかもしれない。クリスマスの時みたいに。テレピン油で床を拭き、絨毯の白っぽい跡が消えたらワックスをかける。匂いがプンプンと立ち込める。いつだったたか、ママは男の子に厚い布切れを渡し、床を拭くようにと言った。誰も見ていない時、男の子は勢いをつけてひっくり返ったり、お尻で壁際まですべって行ったりした。床はそれはそれはピカピカになった。今度もそうするだろう。パパは絨毯をたたみ、男の子と部屋にこもってゆっくりと包みを開ける。そう、もしかしたら箱は二つあるかもしれない。一つ目には線路、二つ目には他のものが入っている。パパはひとつひとつの線路をつなぎ、カーブがいっぱいのルートを組み立てる。そして二つ目のボール箱から客車を取り出すようにと言う。男の子は取り出す！　客車は本物そっくり！　機関車は何本もの支柱のついた車輪が本物そっくりに動く。正面にはライト。線路は組み立てられ、本で陸橋も作り、すべてが完成。パパは聞く、準備はいいか？　男の子は答える、いいよ。そして発車。列車は部屋じゅうを走りまわる。男の子はポイントを切り替え、パパは操作する。あまりに速度が出すぎて、何両目かの客車が脱線したりする。あるいは、パパが線路と線路をしっかり繋がなかったのがわかったりもする。つなぎ目には一方には穴が開いているし、反対側には針金が突き出ていて、はめ込むようになっているんだ。パパは言う、おお、俺って抜けてるな。男の子と父親は一緒に大笑いする。ママが部屋に入ろうとすると、パパは大声で言う。乗車券の無い人は乗れません！

　もちろんパパを説得してママを乗れるようにしてあげる。あのサーカス用の入場券を使うんだ。ぼろぼろになったやつを。それを乗車券に仕立てて、ママに入室を許す。三人で床に座り込む。ママはパパと息子の操作をじっと見守る。列車はカーブを曲がり、トンネルを抜け、壁の間際まで進む……ああ、なんて楽しいんだろう。何が何でも向こう岸を見てやるぞ！

＊＊＊

「ずっと寝てたわね、さあ、もうすぐ降りるのよ」

男の子は目を開け、すぐに窓ガラスに鼻を押し当てた。ガラスはコンパートメントの中を映し出すだけだった。窓の外には暗闇が広がり、額とガラスの間の隙間を手で覆うと、あちこちに灯りがちらちらと見えた。

「海はどこ？」男の子は聞いた。

「明日になったら行きましょ」

明日？　こんなに待っていたのに、海はないって言うの？

列車から降りると、今まで感じたことのない匂いがした。そうか、これが海の匂いか。ママは顔を寄せて言った。

「ザーザーという音、聞こえる？」

もちろん聞こえる。そう、森はこんな音を立てていた。でもこれは森ではない。ママは海の音だよ、と言って男の子を抱き寄せた。

夜、二人は床についた。でも男の子はちっとも眠くなかった。あの鳥のことをママに話した。本当は秘密だってけれど、羽を一本ぬいたことも。ママは、いいことをしたのねと言ったし、幸せを呼ぶねとも言った。

＊＊＊

翌朝、男の子はママが目を覚ます前に起きだし、窓を開けた。見えたのは松の木と二人が泊まっているのと同じような小さな家だけ。窓ぎわに腰をおろし、海の匂いをかいだ。手に鉛の兵隊を握りながら、海の音に耳をすました。海は確かに近くにある。だから、安心して待てた。願いはもうすぐ全部かなう。ママと朝食を食べる。急ぐことなんかちっともない。一日中、海辺で日光浴をしようってママが言ってたもの。そして宿に戻ったらすぐにお願いしよう。パパに手紙を書いてって。パパはものすごく驚いて男の子のことを誇りに思うだろう。おお、俺の息子よ、向こう岸を見たのか！　すごい！　すごいぞ！　ってね。

だから今は辛抱強く待って、海の音を聞いていよう。

＊＊＊

男の子はついに海辺に立った。異様な感じがした。海は生きていた。本当に生きていた。しかし、これまで目にしてきたあらゆる物とまったく違っていた。海は白い泡の爪をゆっくりと吐き出した。恐ろしくもなければ、川にも似ていなかった。まるで牛乳のように溢れ出し、やがて引いていった。砂の上に湿り気を帯びた痕跡が残った。それを足で踏んづけてみた。まずは周囲が白っぽくなり、やがて黒ずみ、踵の部分のくぼみに海水が残った。

それまであえて砂浜だけに向けていた目を上へ上へと上げた。ついに海が空と合体するところに達した。

ママは毛布を広げ、バスケットからりんごを取り出した。でも男の子に食欲なんてなかった。海と空との合体部分にじっと目をこらし続けた。いくら見ても海の青が空の青に食い込んでいるだけだった。何か変だ。そうだ！　ここから向こう岸が見えるはずはない！　位置が低すぎる。もっと高い所から見なくちゃ。ママは機嫌が良くて、海に入るのはだめだけれど、浜辺を歩くだけならいいと言ってくれた。ちょうどその時、おばあちゃんの田舎で見たのと同じようなやぐらが目に入った。男の子は急いで、海には入らないとママに約束した。おばあちゃんの田舎のやぐらには猟師が座っていたけれど、ここのには水泳パンツの男の人が座っていた。そうだ、あそこからなら良く見えるはずだ。ママは水着になりなさい、と言った。男の子はシャツは脱いだけど、ズボンは履いたままにした。だってズボンのポケットには鉛の兵隊と黄色の羽が入ってるんだもの。脱ぐわけにいかない。

やぐらはとても高く、階段は梯子みたいだった。下を見ないようにしながら、男の子は柵につかまりつかまり上った。目がくらんだ。でも大丈夫。あと数段で天辺だ。がんばるぞ！　こんな高いところまで上ったのは生まれて初めてだった。そっと下を見た。砂浜がだんだん、だんだん遠くなってゆく。空中にぶらさがっている状態だ。吐き気がして、男の子は目をつぶった。パパのことを考えた。よし、がんばるぞ。頂上の板のデッキに頭を乗り出すと、水泳パンツの監視員は飛び上がらんばかりに驚いた。そして怒鳴った。何してるんだ、上ってきてはダメだ！　男の子の体がぐらっと傾き、監視員はあわてて男の子の手をつかんで、自分のほうに引き寄せた。監視員は悪し様に怒鳴り続け、男の子は泣きそうになった。実際、熱い物がぐっと喉もとにこみ上げてきた。でもこらえなくちゃ。どうしても向こう岸を見なくちゃならないんだ！

男の子は振り向いて海の方を見た。監視員はまだ何か怒鳴っていたけれど、ぜんぜん耳に入らなかった。しかし、海は砂浜から見たのとちっとも変わらなかった……。どこまでもどこまでも続いている。

そうだ、要するに見方が悪いんだ！　ねえ、そんなに引っ張らないでよ。まわりのすべてがますますぼやけ、かすんでいる。泣かないぞ、泣くもんか。だってもう大きいんだもの。大きい子は泣かない！　急いで目をこすった。見なくちゃ、見なくちゃならない。監視員は男の子の方に身を屈めて聞いた。何を見なくちゃならないんだ？　僕は向こう岸をみなくちゃならないのさ！　向こう岸？　だってこれは海なんだぞ！　監視員は大笑いした。何もわかっちゃいない。でも向こう岸はあるんでしょ？　あることはあるけれど、君には見えないさ。さあ、いっしょにここから降りよう。日焼けした監視員は何もわかっちゃいない。向こう岸を見るまでは降りるわけにはいかない。ここから動くわけにいかない！

男の子は手足をばたつかせた。さらに二人の男の人が駆け上ってきた。そのあとはどうなったのか覚えていない。気がついたら、くるぶしまで砂に埋まった自分の足と、しきりに謝っているママの姿が見えた。

息子さん、向こう岸を見たいって。水泳パンツの監視員は笑みを浮かべながらママに言った。もう機嫌は悪くなかった。ママは、まあ、そうなんですか？と言った。出掛けに父親がこの子に冗談を言ったのです。それをこの子ったら真に受けちゃって。監視員はため息混じりに答えた。ガキンチョってそういうもんですよね、と。ママは付け加えた。ガキンチョの上にさらにおバカがついていて。

監視員とママの話が波のざわめきといっしょになって男の子の耳に届いた。それと同時におもちゃ屋で買う列車の夢、パパと二人で線路を組み立てる夢、絨毯を片付ける夢、ママが入ってこないようにドアを閉める夢、信号機、トンネル、パパの笑い声、ママ用の乗車券、その他ありとあらゆる夢が泡となって消えた。パパはそのことを初めから知っていた。ようするに、やっぱり、ガキンチョだったということだ。男の子が向こう岸なんて見れやしないことをパパは知っていた。だから賭けをした。何でも好きなものを買ってやるなんて言って。

田村和子・訳

夜になった。男の子は泣かなかった。ママは懸命に説明を続けた。海はあまりにも広く、大きく、たとえ世界で一番いい目を持っている人でさえ向こう岸を見るなんてことはできないのだと。だから心配することはないのだと。ママも何もわかっちゃいない。

男の子はもう知っていた。そう、進めばいい。近づけばいい。向こう岸が見える場所は必ずある。その場所を見つければいい。水が冷たいのなんて、かまいやしない。向こう岸に向かって進めば、必ず見える。みんなに証明してやろう。パパに証明してやろう。一緒に連れて行くのは鉛の兵隊だけ。ママはいつもいいママだった。ママには責任なんかない。

夜、男の子は、ママのベッドの上に黄色い鳥の羽をそっと置いてから、海に向かった。

Katarzyna Grochola, *Podanie o miłość*, Prószyński i S-ka SA, Warszawa 2001

ユリア・ハルトヴィック　Julia Hartwig　1921-……ポーランド

一九二一年、ルブリン生まれ。ワルシャワ在住の現代詩人。翻訳家。エッセイスト。『別れ』により一九五六年、詩人としてデビュー。フランス、アメリカ詩人の翻訳、また『アポリネール』『ジェラール・ネルヴァル』などの作品、評論もある。今回訳した詩などが集められた『応答なし』は、二〇〇一年、ワルシャワの「Sic!」出版社刊の詩集。

ハルトヴィック詩選

まだ寝るのは早い

まだ寝るのはやめよう
こんなに美しい音楽が聞こえる間は
まだ寝るのはやめよう
夜明けが来ない限りは

夜の足音の跡を踏める間は
夜の闇に友を見つけよう
まだ寝るのはやめよう
音が時を紛らわせている間は
まだ寝るのはやめよう
寝に行くのはやめよう

姉

ロシアから逃げ出した後で
ポーランドには親しい者は少なかったので
私には姉が教母として選ばれた
彼女は成長すると母代わりとなった
思うに姉は性格がきつく
いかなる才能をも現すことなく
やっとのことで中学を卒業した。

私たちの父は町では皆に敬愛されていたから
姉は階級落ちしたと思われた
職もなきつましい若者の嫁となり
夫は私たちの病父の看病までしながら父にお返しをした
長い間、体が利かぬ歳寄るまで

何ら天に恥じることなき彼らは
運命を心正しく定められたものと
従順に受け入れつつ生き
いかなる特権や頂点に登ることもなかった

八十歳も過ぎてから
病を得
寡婦となった
ルブリンにまだ残っていた家族の唯一の姉が
病院で死んだ
恐らく最後の瞬間に私を呼んだらしい
意識朦朧とした彼女は掌を壁に這わせ
どうしてそんなことをするの、と看護婦が尋ねると
姉はこう答えた。あそこにヴワージョ（これが彼女の夫の名前だった――）がいるから〔訳注―ヴワージョはヴワディスワフの愛称形〕
ここには入れない。

二人の詩人

（アレクサンデル・ヴァットの展覧会における
ピオートル・Sとの会話）

いくつか深いため息をついた後で
（すべてがまた再び我が目の前に立ち上がり
二十世紀もまたその雑種性で立ち現れる）
わが傍らにヴァットとミウォシュの名前が目にとまった時
誰かが私にどちらが好きですかと聞いた
わがこころは千々にみだれ
それはまるでハヤブサとワシ、ワシとハヤブサを
惑星と惑星を
黒い穴ともう一つの黒い穴を比べるようなものだ
（二つの穴ともおのおのに吸い込まれるような光源がある）
それはまるで背丈も真っ当な二人を
比較不可能な巻き尺で測り
詩的数学に割り込ませるみたいだ
あるいはまた山々の霊となって
彼らを二つの等しからざる頂上に植え込むみたいだ
どっちが偉大だって？　ランボーとアポリネール？
呪われた詩人と歓迎された詩人と？
だってヴァットの詩が硫黄の臭いがするとは信じがたいし
精神の亭亭として清く立つところが好きだ
そしてまた出現する勇気を持った
都会の悪魔の半狂乱を見て恐れおののく
しかしまたあのむら気なリトワニアの主神《ペルクーナス》も私には身近だ
鋭敏な知性の稲妻をもって天与の才能とする
されば、生者を生者と比す無かれ――と賢者は言う。
これほどの太陽

山にかかるこれほどの太陽
はたまた満天に懸かるこれほどの綺羅星

地下鉄のホイットマン

4th Street West の地下鉄駅で
毎晩詩人は自分のがらくたを広げる
それは手書きの詩が書き込まれた馬鹿でかい合板
だ
彼は黒いレインコートを恭しく着込み
自身黒い皮膚で——モザンビークかケニヤから
やって来たよう
大げさな手振り、脚振りのジェスチャーで
上に跳ねたり、横に跳んだり
己が大胆な詩連を怒鳴っている
そのうち耳にはいるのは唯ひとつのスローガンの
み
「兄弟愛！　友愛！　皆が望むようになればなあ！
太陽旅団前進！　もし君が我々に反対ならば
……」
まもなく真夜中の十二時
自分の列車を待っている乗客たちは
眠たげな眼を彼に向ける
そして誰の頭にも決して、黒い皮膚の
新しいホイットマンに会ったかもしれぬとは思い
至らぬ
それにホイットマンなんて糞食らえ
道化がゴムまりの上で跳びはねるように彼が跳び
はねるときは
何て可笑しいのだろう、それにちょっとうんざり
だろう
確かに肩をすくめるのに値する
それとも感動

（アメリカーナ一九九八）

どこにでもバラがあると鬱陶しい

おびただしい詩人が園を巡っている
バラを巡っての詩連が殺到
恋と賛嘆で苦しみ疲れたバラの
でも私の記憶に残るのはただ二つ
ヘリオトロープのランボーと
秋のサフランのアポリネールと

Julia Hartwig, *Nie ma odpowiedzi*, Wyda. Sic!, Warszawa 2001

土谷直人・訳

パヴォル・ランコウ　Pavol Rankov　1961-……スロヴァキア

短編集『時を経て』（一九九五）でデヴュー。同書で若手登竜門のイヴァン・クラスコ賞を受賞した。新聞記事、書評や国家警察のレポートなどを構成の骨組みとして援用する実験的手法を試みつつ、体制変換後の市民生活をコミカルなタッチで描いて注目を集めている。訳出した作品は『われらと彼ら／彼らとわれら』（二〇〇一）所収。原題は『花屋の女性との出来事』。同短編集の諸編はチェコ語、ドイツ語、イタリア語等に翻訳されている。最新作に『近接』（二〇〇五）がある。

花を売る娘

その日、僕はある若い女性と会うことになっていた。広告欄の友人募集コーナーで見て返事を出した相手だった。待ち合わせ時間の数分前、横道のひとつにある小さな花屋のそばを通りかかった時、僕は花を忘れていたことに気づいた。

　ささやかな花束を、邪魔にならなくて、それに広告欄の女性を招待するつもりでいた劇場の上演中、水無しでもつようなものを求めようと考えながら、店に足を踏み入れた。店員にもそんなふうなことを伝えた(広告欄云々の話はもちろん口にしなかった)。

「残念ですけれど、ご希望にはそえません。うちは鉢植えだけで、切り花はお売りしていないんです」

と、彼女はなんだかとてもきっぱりと答えた。

　僕は驚いて彼女を見つめた。それまで花を買う機会なんてめったになかったし、切り花を売っていない花屋もあるなんてことは、まるで知らずにいたのだ。

「じゃあ、花束は作ってくれないんですね」僕は尋ねた。

「伝統的な花束？　よくあるような？　できませんね。でも、鉢植えで、花が咲くのならいくつかありますけど。上演の間だけといわず、ずっと長くもちますよ」微笑みながら、花売りの娘は答えた。

彼女は棚のほうを指した。たくさんの種類があった。低い茎に青っぽい花がついているもの、赤い花びらの背が高い植物、小さな泡を想像させるような上品な白い花などがそこには並んでいた。黄色や紫、オレンジ色の花まであった。なかでも僕の目を惹いたのは、可憐なピンクの花に、淡い緑と濃い緑の面がくっきりと分かれている葉がついたやつだった。

「あそこにある花をください」と、僕は指差した。「あの、葉っぱがまだらになっているのを」

僕の選択がお気に召したかのように、店員は頷いた。慎重に鉢を取ると、彼女は僕の前に置いた。何やらラテン語の単語をふたつ口にしたが、きっと植物の名前に違いない。

「ほんと、きれいでしょう？」彼女は吐息をもらした。その声には、まるで親が子を自慢するみたいな響きがあった。

僕は、贈り物用の紙に器用に花を包む店員の指先に見とれた。それから彼女の顔を眺めた。そして、これから会うはずの女性がこの自然愛好家と同じくらいきれいだったらな、と願った。

まだ代金も支払わないうちから、彼女はどのようにその植物の世話をしたらいいのか、こと細かに説明してくれた。隙間風が吹き込まないところに置く必要があるのだけれど、キッチンはいけない、湯気も害になるから。毎日、しかしほんの少量の水遣りをすること。土を足す場合には、植物に適した化学的組成を持ったものを、等々。

最後に、「肥料はできれば少なめに」と付け加えた。

「いっぱいありすぎるから、明日もう一度来て書き取らなければ」僕は言った。このせりふが冗談に聞こえて欲しいと思ういっぽう、自然への彼女の隠れなき愛にとても感銘を受けていたので、僕はけっこう本気でそうしようとも考えていた。

店から出て時計に目をやった。五分前には噴水のそばに、つまり待ち合わせに僕が指定した場所に行っていないといけなかった。でも、そこにたどり着くまでにはまだかなり時間がかかった。

道々ずっと僕は言い訳を考えた。最初のデートに十分以上遅れて到着というのでは、何か模範的な遅刻理由がなければならない。で結局、本当のことを話そうと決めた。花を買い、店員が手入れ法をあまりに詳しく説明したため時間が取られた、と。

でも、あやまる必要はまるでなくなった。噴水のところに広告の主はもういなかったのだ。よく注意してあたりを眺めてみたけれど、茶色のスーツを着て手に新聞を持った女性（そんなふうに相手を判別する目印を取り決めていた）は、どこにも見当たらなかった。

僕はほっとした。なんといっても花売りの娘がすごく気にかかっていたので、この瞬間にどんな女性が現れたとしても、僕にはぱっとしない退屈な相手に思えてしまうだろうから。あたりをまだ少しぶらついてみた。僕の頭には鉢植えを包んだ指と、水遣りの仕方を説明する色の薄い、だけれど美しい唇の面影がちらついていた。

僕は自分自身でも驚いてしまうような、思いもかけなかった決断を即座にした。花屋にとって返して、花売りの娘と近づきになれるよう試そうと思ったのだ。

来てみると、店はすでに閉まっていた。ガラスの扉を通して、若い花売りの娘が鉢植えをいくつか、どこか店の後ろのほうに運んでいるのが見えた。

僕は扉をノックした。彼女は入り口にやって来て、ガラス越しに僕を見つめた。それから鍵をはずすと、扉を細めに開けた。僕たちは互いを眺めあった。何を言ったらいいのか、突然僕は分からなくなってしまった。

「これ、あなたにお返ししようと思って」だし抜けにことばが口をついて出、僕は包んである鉢植えを彼女の手に押し付けた。

彼女は返事をせずに、僕がまだ何か言い足すのを待っていた。

「分かってくれるといいんだけど」いちばんぴったりくるようなことばを探しながら、僕は続けた。「この花の美しさには、行き届いた世話こそがふさわしい。そして、それを提供できるのはあなただけです」

たぶん僕は間違っていない、認めてくれてうれしい、というような意味のことを何か彼女は呟いた。さらに扉を閉める前に、僕の花がどんな様子か、時々見に来てもいいと付け加えた。

翌日、僕はもう朝から花売りの娘のことを考えていた。仕事に集中できなくて、ぼんやりと過ごしてしまった。前日と同じくらいの時間に、僕は店に出向いた。彼女はちょうど年配の婦人の相手をしていた。挨拶を送ってよこしたけれど、意外そうな様子はまったく感じられなかった。桜草を買った客にどのように世話をしたらいいのか説明している間、僕はじっと待っていた。

「あなたの美人さんを見にいらしたんですか?」僕たちだけになると彼女は訊いた。

「ええ」と、僕は彼女のうぬぼれに虚をつかれて答えた。美人、ということばが自分を指しているのではなくて昨日の僕の花のことだ、と察するのには数秒かかった。

あの植物はもう後ろの部屋に置いてある、と彼女は言った。ここに置きっ放しにして、売り物ではないと百遍も説明していられないから、と。

「店番をお願いできます?」彼女は訊いた。「すぐにお花、お持ちします」

ちょっとの間をおいて、僕の植物の大きな花とじっくり対面することとなった。きれいなピンクの花だったが、今回は奇妙な葉の色合いをじっくり観察してみた。淡い緑と濃い緑の模様は、カエルとかトカゲの背中を連想させた。葉は疲れたように垂れ下がっていた。もっと葉はしゃんとしているべきなのではないか、と花売りの娘に尋ねてみた。彼女の細やかな解説によれば、葉は日中は太陽に向かってぴんと伸び、晩は頭を垂れて休んでいるのだそうだ。いつかまた昼頃に見に来るように、彼女は勧めてくれた。

「その時にはまるで違う魅力を放っていて驚かれますよ。いまは疲れたバーの踊り子だけど、昼間はソロで踊るバレエダンサーみたいなんです」と続けた。

すぐその翌日、お昼休みを使って僕のバレエダンサーを見に出かけたのはいうまでもない。

「もしこれを切り取ってしまったら、二、三時間後にはしおれてしまう。だからわたしは切り花は売れないの。切り花って、実体は出来立ての死体なんですもの」うら若い花売りの娘はそう述べた。僕には彼女のことばが論理的であるばかりでなく、ある種エコロジー的な、あるいは論理的なメッセージを含んでいるように思われた。

「こうしてあれば、少なくともまた明日、花を見られるわけですね。それにこの花がしぼんでも、またしばらくすれば新しいのが咲くんでしょう？　それもまた見に通えますね」僕はそう言ってみたが、その自分自身のことばで希望に胸が膨らむ気がした。

ほとんど毎日、僕は通いつめた。花売りの娘は完全に僕をとりこにした。蔦や葉の間に閃く彼女の指、しだいに頻繁に僕に向けられるようになったその微笑み、まるで眼差しを向ける様々な花々の輝きを吸い込んだような、形状しがたい瞳の色。

名前はヴァレンチーナといった。その唇から漏れ出ることばのすべてを、僕は飲みほした。個々の植物の手入れ法を僕は学んだ。どんな土が必要で、水遣りはいつするのか、どの月に花をつけるのかを知った。多くの花がとても似通っていたため、植物の名前を正しく分類するという点に関してはまだ問題を抱えていたけれども、ひとかどの植物専門家に僕はなりつつあった。以前の僕の知識といったら、ゼラニウムは臭い、というあたりが精一杯だった。ところがいまや、たくさんの赤い花をつけている植物がロードデンドロン・バーデン・バーデンである、などということまで分かる。ピンクがかった黄色の花を持つクレマティス・モンタナをイチゴと一緒くたにすることもなければ、魔法使いのようなミムリス種の花も存じ上げている。自分がけっこう実用的でもあるところさえ示して、植え替えが必要とあれば、ひとかたまりになっている桜草をほぐしたりもした。

僕は花売りの娘に恋をし、その傍らにいることで、彼女を取り巻く緑の世界に対する感受性まで獲得したというわけだ。

ヴァレンチーナのもとに、ある時は昼休みに顔を出し、またある時は事務所からの帰りに立ち寄った。仕事中でも、近くの役所で何か手続きを取らなければならない時などは、それを利用して訪ねていった。二、三週間たった時分には、彼女にボーイフレンドはいないとほぼ確信した。様々な時間帯にかなり長い時間を店で過ごしていたけれど、一度も知り合いらしい男性がやって来たことはなかった。

僕たちの関係は、いまのところただの友人というに過ぎなかった。彼女が植物について語ってくれるのが、僕にはとても心地よかった。たとえば植物の原産地がどこなのか、好んで僕は訊いたものだ。よく僕らは、もしそれが本来の環境に生えていたら周りはいったいどんな状況にあるのだろう、と想像をめぐらし始めるのだった。大きな毒グモ、キーキー叫ぶオウム、いたずらなサルやじっと息を潜めるヘビなどを僕らは思い描いた。

ある晩、店にいた僕はヴァレンチーナを手伝って、夜間は後ろの部屋に置いておくことになっている植物の鉢を運んだ。でも、僕が入れたのは手前側の部屋までだった。そこは、かなり細長い空間だった。ガラス張りの天井が温室の役割を果たすようになっていた。日光不足が障害にならないような、日陰を好む植物をおもに育てているのだ、とヴァレンチーナは語った。

さらにもうひとつの部屋には、僕の美しい花売りの娘が栽培を成功に導く秘密、と呼んでいる何かがあるらしかった。


一か月ほどたった晩のこと、初めて僕は彼女を送っていった。近くの、バルコニーがついた古くてほとんど手入れがされていない建物に、彼女は住んでいた。自分の部屋がある二つの窓を彼女は僕に示した。かなり貧しい環境のもとでヴァレンチーナが暮らしを余儀なくされているのを目にしてしまい、僕はせつない衝撃を受けた。中には入らなかったものの、インテリアだってかなりつつましいものであるのは疑うべくもなかった。

家へ帰る道すがら、僕は新しい解釈に目を開かされた。急に、美しい花売りの娘が別の光のもとに照らされて見えた。彼女のシンプルな服装は、実は貧しいゆえのスタイルなのだとあらためて納得した。休暇を過ごすお気に入りの場所や、一番好きなレストランについて尋ねた時、なぜ彼女があやふやな返事をしたのか今になって思い至った。僕が言及したようなことをする余裕なんて、彼女にはまるでないのだ。彼女が店の持ち主であるのは知っていたが、その仕事は最低限の利益しかもたらしていないのだと、ようやく気づかされた。だいたい、初めから僕は察してしかるべきだったのだ。奥まった小路にある花屋を訪れる人などまず少ないし、ヴァレンチーナが提供する種類はあまりに限られていた。

どうしたら彼女を援助できるのか、僕は考えた。花に囲まれて彼女は幸せだ。それは絶対に変えてはならない。でも、植物の生育環境より、自分の豊かな生活をもっと考えたっていいではないか。

翌日ヴァレンチーナの店に足を運んだのは、もう彼女が店を閉める時刻だった。彼女と二人きりで話すつもりでいたからだ。彼女の未来はたぶん僕の未来でもあるのだと、僕は彼女に仄めかしたかった。

初め彼女は一本のツバキを見せ、その常緑の葉が放つ不思議な輝きに僕の注意を誘った。

「この輝きはわたしには涙みたいに見えるの」と、彼女は言った。

「でも花のほうは、それが喜びの涙だって暗示しているみたいだよ」僕は答えた。

「この植物は数週間しか咲いていないけれど、葉は一年中こんなふうだわ」と言うと、彼女はいつも通りの夕べの仕事に取り掛かった。

花を運びながら、その日の売り上げはいくらあったのか、僕は尋ねた。彼女はすぐには答えず、初め驚いたように、というかほとんど怪しむように僕を見つめた。

「だいたいいつもと同じくらい売れたわ」彼女は曖昧に答えた。

「ということは、わずかだ」僕は断ずるように言い放ち、彼女の手をつかんだ。

そっとその手をほどき、彼女はまた鉢植えを手に取った。でも僕はそれを奪い取り、カウンターの上に置いた。

「ヴァレンチーナ、僕には君がすごく大切なんだ。頼むから聞いて欲しい。昨日、僕は君が住んでいるところを見て、とても君が貧しいって知ってしまった。君のこと、助けたいんだよ」

「わたしは誰からも助けなんて必要としてないわ」彼女は叫んで、隣の部屋に駆け込んだ。

僕は彼女の後に続いて入り、黙って水遣りを手伝った。

その仕事が終わる頃、彼女は僕の言うことに耳を傾ける気になってくれていた。僕はまず、店の立地が非常によくないと説いた。決してお金をもたらしてくれそうにない、と。彼女は気分を害していた。お金がなくたって幸せだ、というようなことが主張したいのだろうと僕は察した。でも、そこで話を遮られたくなかった。先に僕のほうから、花に囲まれてどんなに幸せなのか承知しているし、だからまさにその方向で自分の未来設計をすべきだ、と彼女に告げた。もちろん、僕が何をもくろんでいるのかまるきり見当がつかなかったろうが、少しずつ興味を持って僕の話を聞くようになった。

「ヴァレンチーナ、僕の見るところ、君は花を売るのより育てるほうが好きなんだ。違う？」僕は問いかけた。

彼女はうなずいた。

「協力するよ。君が栽培にもっと力を注げるように、営業時間をちょっぴり短くするんだ。僕が入るのを認めてくれている、後ろ側の手前のほうの部屋はどのみち半分空っぽだね。そこに、この店で売る花だけでなくて、ほかの花屋に卸せるようなものをしだいに増やしていくといい。僕が協力を約束するよ。君の店の代理人になって、商品の納入をほかの店と交渉してみる。最初はいまの仕事を続けながらだけど、うまくいくようになってきたら花屋家業に専念するから」と、僕は述べたのだった。

きっと僕の顔には、あえて話す必要のないことまでしゃべってしまった際の、熱っぽい表情が浮かんでいたことだろう。

ヴァレンチーナは長い間黙りこくっていた。やがて、静かに口を開いた。

「それ、ほんとに真剣に考えてるの？」

「ああ」僕は、勢い込んで返事をした。

「それなら、ついて来て！　わたしの秘密を見せてあげる……。企業秘密をね」彼女は言うと、僕の手を取り、今まで見せたがらなかった建物の裏手の部屋へ引っ張って行った。

そこは手前の部屋とほとんど同じような感じではあったが、ずっと小ぶりな空間だった。また、花々が水槽や大きなピクルスのガラス瓶に植えられている点でも違っていた。ヴァレンチーナはかがみこんで、ひとつの瓶を僕に手渡した。それはピンクがかった花のヤブイチゲで、めったにないほど美しい出来映えだった。花を受け取り、僕はその容貌を褒め称えた。しかし、依然ヴァレンチーナの大いなる秘密の開示を待ち受けていた。

「よく見てみて」彼女はもったいぶった口調で言った。

その節ばった植物をあらゆる角度から眺めるため、僕は手の中でピクルスの瓶を回してみた。だけど、まるで変わったところはなかった。

「下のほうを見るのよ」と、ヴァレンチーナは僕の注意を促した。瓶の底に目を向けてみた。細い根の毛髪のような先っぽがそこかしこに認められたけれど、何か特別なものを捉えることはできなかった。

「ええと、何かが動いているような気はするんだけど」と、ついに僕は口にした。

「その通りなの！　ミミズがいるのよ。どの瓶の中にも、一匹か二匹、ミミズが入ってるの。土に酸素を与えて、理想的な肥料を供給してくれるのよ。一種の堆肥ね。誰かほかにこれを利用してる人って、まだ聞いたことないわ。でも、このミミズが栽培に大きな成果をもたらしてくれているんだって、わたしは信じてるの」ヴァレンチーナは誇らしげに語った。

僕はといえば、たぶんかなり気落ちした面持ちで彼女を眺めていたのだろう。なぜなら、彼女は慌てたようにさらなる解説を続けたから。

「このへんのミミズじゃなくて、南米の珍しい種類なの。あちらではいくつかの種類は二メートルにもなるのだけど、これはせいぜい数センチ程度。観賞魚のお店で、大型の肉食魚の餌として売ってるのよ。気に入って買ってみたわけ。魚のお口の前から救ってあげたら、そのお礼に、私の花に力を貸してくれるようになったのね。飼い始めて二年くらいになるの。もう何世代目になるのか、分からないわ」

藁や野菜のかけら、腐った果物などでミミズにどんなふうに餌をあげるのか、彼女は熱心に話した。どんな具合に、ミミズのために土を湿らせ、光を調整しなければならないかを教えてくれた。しかし、その後、まるで予定外に多くを明かしすぎてしまった、とでもいうように口を閉ざした。しばらくして、もう立ち去るよう、僕の袖を引っ張った。

再び僕たちが店の表側に戻ってきた時、どう言えばいいのか僕は当惑していた。彼女の秘密があまりにも陳腐なものに思えたのだ。ヴァレンチーナがどれほど素朴か、僕は新たに発見した思いだった。もっとも、それでいっそう彼女が愛おしくなったのだけれど。しかるべき意味をミミズに付すために、それらをどこかにちゃんと位置づける必要性を感じた。それにまあ、ひょっとしたら、結局のところ実際かなり重要なやつらで、僕たちに特別なビジネス上の成功をもたらしてくれるやもしれないではないか……。

その晩別れる際、彼女は今後は同意なくミミズがいる部屋に入らないで欲しい、と望んで僕を戸惑わせた。自分の秘密を明かしたのだから、僕もまた彼女の願いを尊重すべきだというのである。

僕たちの関係は、それからも穏やかなペースで進んでいった。毎日ヴァレンチーナのもとに通い、いっしょに植物の美しさを愛でた。それでも今は、二人の共同のビジネス計画も同時に進めていた。花が売れそうな近所の店のリストを僕は作成した。ヴァレンチーナを家に送っていく時、それらの店を少しずつ見て回れるような道筋を僕らは選んだ。ある店は、どちらかといえばおもちゃや土産物が主になっているように思えたし、また別の店では切り花のみを扱っていた。とはいいながら、まだたくさんの潜在的な顧客が残った。

僕はヴァレンチーナの誕生日に、花を買い取ってくれる第一号の取引先を獲得して彼女をびっくりさせたいと思っていた。すでにふさわしい花屋を探し始めて、必要な書類を準備していた。送り状とか納品書とかは、しばしば商品そのものより重要なのだ。

最初の店では不首尾に終わった。僕が提示してみせた植物のいくつかを店長は拒否した。というのも、誰かがそんな植物を鉢植えで育てているなんて、聞いたことがないというのだ。店長によれば、それらは庭植え用であり、アパートで育てるのは無理なものだ。僕は、わたしどもの会社はもう何年間か鉢植えで育てていると力説してみたが、彼は疑わしげな視線を投げてよこしただけだった。花屋を引きあげる際、やはりきっとヴァレンチーナのミミズには何かがあるのだ、と僕は思い至った。たぶんそれらのお陰で、といおうか、それらが作る有機腐植土のおかげで、ほかの人たちには出来えないような植物も育つのだろう。

しかしながら、ヴァレンチーナの誕生日の準備を僕は中断せざるを得なくなった。ちょうどブルガリアへの一週間の出張が入ってしまい、帰りが誕生日当日になってしまったのだ。

出張の業務を、僕はまるきり関心を抱けないままやり過ごした。定まった相手を機械的に訪ね、株主総会の結果生じた、対外関係の面における会社の新方針をいくつか説明して回った。僕はもう、自分の将来と会社を結びつけていなかったので、自分の仕事を必要最低限なところにとどめていた。義務は果たすけれど、それ以上のことは何もしなかった。午後は花屋をめぐって過ごした。何時間も店先の花々を眺めた。ヴァレンチーナの商品と比較しながら、ブルガリアで眼にしたものを母国で利用する可能性を吟味した。僕は数十袋の種子を購入した。

泊まっていたホテルに近い一軒の小さな店で、品のいい濃い青い花の房をつけた、美しいブルーベルを僕は見つけた。いまだかつて目にしたことがないような色合いの花だった。当然ながら、鉢植えだった。相当に値の張る植物だったけれど、買わずにはいられなかった。僕がヴァレンチーナに贈ることができる、それは最も美しいプレゼントだった。鉢植えを持って飛行機で旅をするのは少し怖かったのだが、すべてうまく運んだ。

花を置くため、ただちに空港から家に急行した。それからタクシーを呼び、ヴァレンチーナの店に駆けつけた。僕を見て、彼女はとても喜んでくれた。空港からまっすぐに飛んできた、と嘘をついたのですごくきまりが悪かった。でも、誕生日のプレゼントを完璧に準備したくて、僕はそんなふうに言ったのだ。客が来る時を待ち受け、僕はトイレに行ってくると、彼女に囁いた。

トイレは手前のほうの裏部屋の隅にあった。鉢植えの間を通り抜けながら、ヴァレンチーナと知り合って一年も経っていないのに、それらの花々がどれほど愛しく僕の心を占めるようになったか、あらためて感じた。シャクヤクが周囲に広げる優美でエキゾチックな赤。一メートルほど離れてまた、赤と黒、黄色と紫、ピンクと茶色などがいっしょくたになった、スミレの能う限り豊富な色彩。

ヴァレンチーナが見ていないことを確かめるため、部屋の隅で僕は振り向いた。それから素早くドアを開けると、ミミズの活躍で立派に育った花の間に身をすべらせた。順番に瓶を手に取り、土の中を手探りしないですむように、ガラス越しにミミズが見える瓶を探した。僕は、ポケットからスプーンとビニール袋を取り出した。ミミズを一匹、手早く引っ張り出して、袋に押し込んだ。

「これからまだ事務所に行かなくちゃならないけど、夕方には必ず戻ってくる。頼むから待っていて」店先で僕は、いきなり僕がどこへ急いでいるのか、さっぱりわけが分からずにいるヴァレンチーナに向かって叫んだ。

家まで出来るだけ早く走った。そして、ブルガリアの花を小さな水槽に植え替えた。慌てていて、僕は最初、一番重要なことを忘れてしまった。ミミズを土の中に入れなかったのだ。戸口まで行ってそれに気がつき、ミミズを底に埋め込むために取って返さなければならなかった。

花屋に戻ってみると、もう店は閉まっていた。それで、僕たちが初めて出会った日のように、贈り物用の紙に包んだ花を持って戸口に立ち、ガラスの羽目板をノックした。ヴァレンチーナは僕を認めて微笑んだ。扉を開け、僕がいったい何を腕に抱えているのかと、驚いて目を見張った。もちろん持っているのは花だと分かったろうが、たぶんそれが自分のためのものだとすぐにはぴんとこなかった。

戸口のところですぐ、僕はお祝いを述べ始めた。お祝いのことばは飛行機の中ですでに考えてあったのに、いきなり何もかも頭の中でこんがらがってしまった。

「ヴァレンチーナ、僕は何か月か前、この店に入ったことをとても幸せに思う。花のことを理解するだけでなく、愛することを教えてくれて、君に感謝している。お誕生日おめでとう。そして、もっとたくさんの良き日をともに迎えたいと願ってる。僕たちふたりで……」このことばを口に出してしまってから、いったい何て馬鹿みたいなんだ、と感じた。もっとたくさんの良き日をともに迎えたい、とはどういう意味なんだ？　まったくナンセンスじゃないか。みっともない。

耳に熱まで感じる始末だった。子供の頃、何か恥ずかしく感じた時と同じように、きっと耳が赤くなっていたに違いない。

ヴァレンチーナは、僕が彼女に差し出した包みを受け取った。そして、破かずに、辛抱強く紙をほどいた。花を見つめ、幸せに満ちた笑みがその顔に浮かんだ。

「きれい。今までに見た中で最高にきれいなブルーベルだわ。どうもありがとう……。二人でもっときれいに育てましょうね」そう言うと、花を腕に抱えたまま、僕にキスをしようと近づいた。僕のプレゼントは、この瞬間二人の間で邪魔になったけれど、それでも僕たちの唇は重ねあわされた。

僕はヴァレンチーナの肩をつかんだが、まだ抱きしめはしなかった。やさしく彼女を押しやった。

「だけどヴァレンチーナ、君はまだちゃんとよく僕のプレゼントを観察していないよ。もっとじっくり見てごらん」

花をさらに上に掲げて、彼女は微笑みながらそれを見回した。それから、多分気がついたらしい。唇をひきしめ、植物が植えられたガラスの水槽を覗きこんだ。ゆっくりと水槽を回し、ついにミミズの体の一部を発見した。

まるでひどい痛みを感じたみたいに、彼女は叫び声をあげた。どん、と荒っぽくカウンターの上に容器を置いた。一息に素早く、根っこごと花を引っこ抜くや、それを地面に放り投げた。そして、水槽に残された土を指で掘り起こし始めた。次いで、とても注意深くミミズを捕まえて取り出した。手のひらの上に置くと、そののたうつ体をじっくりと眺めた。

「ああ、アルベルト、わたしのアルベルト、どうしちゃったの、傷だらけになって。なんてひどい怪我なの」彼女は、指の中で緩慢にうねる虫けらに話しかけた。そして、舌を突き出すと、やさしくそのねばねばした体を舐めた。

やがて、ついに僕のほうを向いて叫んだ。

「無神経なブタ！　わたしのアルベルトに何をしたのよ？　あんたなんかくたばればいいのよ！」

木村英明・訳

Pavol Rankov, *My a oni / Oni a my*, L.C.A, Levice 2001

ヴォイチェフ・クチョク　Wojciech Kuczok　1972-……………………ポーランド

詩人、作家。映画評論家。『どこにでもある話』(Opowieści słychane,1999) で二〇〇〇年にNIKE文学賞にノミネートされる。『がき』(Gnój, 2003) で二〇〇四年NIKE文学賞を受賞。他、短編集『幻影』(Widmokrąg, 2004)、『あの世の遣い』(Szkieleciarki, 2002)、詩集『こわくない話』(Opowieści samowite, 1996) などがある。また、映画「縞」(Pręgi) のシナリオも書いている。

幻　影

愛を堪能しきったあと、彼女はまるで繭のようにシーツにくるまってしまい、僕には掛け布団と毛布以外何も残してくれなかった。だからソファーベッドのざらざらとした表面に肌をつけて横になっているしかなかった。布団にも、毛布にもくるまるわけにはいかなかった。暑すぎた。それは暑い季節、一番暑い季節だった。何も残さず、全てを接吻にさしだしたが、今は、ぴったりとシーツにつつまれて、彼女は恥らうように僕に目を向けた。まるで、今はじめて彼女の裸体が、恥じらいを知ったかのように。その前も、薄闇にくるまっていたから、よく見えないのは同じだったのに。メガネは？　またどこかベッドの下においてしまった。今は探したくない。朝になったら探そう。でも、踏みつけてしまわないように気をつけなくては。まったく、僕はいつになってもよく見えるところに置くということができない。

　全身をくるんでしまった彼女は、自分の血が再びむらなく廻っていくのを待っていた。シーツにくるまった彼女の領域に僕はもう押し入っていけないのだ。彼女は自分に帰っていかなくてはならない、乳房から指の先まで、股の間から、額まで、体の中も表面もすべて自分のものと感じなくてはいけないのだ。僕にゆだねてくれたものはすべて彼女のものに戻ってしまったのだ。我を忘れ、淫らな行為に荒々しく身をゆだねてしまったことを、彼女の体は、彼女自身に許しを乞うている。うずまきのようにシーツに包まれた全身は静々と我に帰っていく。だれも、つまり僕が、愛し合ったからといって、永遠に彼女の体が僕のものになるなどと考えることがないように。

　彼はやさしかった。どんなことは聞かないほうがいいのか、いつ黙っていた方がいいのか、いつ触れるのか、いつ現れて、いつ消えるのがよいのか、彼は私よりもよくわかっていた。ああ、彼といるときは、こんなこと――「こうすると、いい？」「いいって、言って」「ちがうほうがいい？」――を聞かされることはないと安心だった。あのあとも、「どうだった？」とか、もっとひどいのは、「僕の前に、何人とやったの？」なんて聞かれることはなかった。しつこくたずねることもなかったし、いつも、そばにいるのは感じるけれど、同時に彼が恋しくなるような、そんな具合でいてくれた。つまり、彼は敏感だった。これが一番いい表現だと思う。こんなやさしいやり方で、彼は敏感だった。

　鳥の姿も白々として、窓の向こうに現れ、よく眠れないまま夜が明けようとして、闇が融けて消えようとする時、僕はそうっと、そうーっと、僕らの下にあるベッドのばねの、たとえ四分の一でもきしむことがないように起き上がった。鼻を彼女の首に近づけて、夢の匂いを漂わせているか確かめてみた。

その匂いがしたなら、今度は慎重に彼女の全てが本当に寝入ったかどうか確かめた。完全に、思う存分夢をみるためには、夢が体全体を包んでいなくてはならないから。できるかぎり慎重に。僕に見られているのを気にして、ほんのひと時だけ凍りついているふりをしているだけなのかどうか。それを確かめたくて、枕に広がる彼女の髪に目をやった。髪はちっとも眠りにつきたい様子ではなく、枕の上をさまよっている。じっと見つめた。つかんでみて、髪がせわしなく、落ち着いていないようだったら、やさしく撫でて、落ち着かせてやった。夢の中に沈んでいくように。子守唄を歌うように。そして、髪が夢の匂いを漂わせるようになったら、繭のような白装束を崩さないようにしながら、手のひらで彼女の体のあらゆる部分に、筋肉に触れてみた。こわばってないかどうか、夢があざむいているだけではないか確かめた。もし、そうだったら、まだ夢が眠りについてなかったら、僕は、触って、ほぐして、柔らかくしてあげて、眠らせてあげた。本当に彼女の全てが眠りについたとわかったら、今度はその夢をプログラムしてあげなくてはならなかった。どんな小さな悪夢も彼女の胸に腰掛けたりしないように、どんな悪態も彼女の耳元で囁かないように。悪夢が自分でメガホンを取って、彼女を苦しめ、恐怖で叫ばせることがない様に。そのせいで汗をかき、涙を流し、寝返りを打ち続けることがない様に。僕がちゃんとしかるべき味を夢につけてやらなくてはならなかった。僕は彼女の夢の運命をすべて自分で受け止めた。仕上げの愛撫を胸元でして、いい夢と一緒に封印してあげた。根気強く愛撫した。彼女の唇に優しく心地よい夢の見張り番が現れて、放心したような微笑を浮かべるまで止めなかった。

彼が一体、いつ眠りについたのか知ることはなかった。彼が眠った後に私が眠りにつくことも、彼が目覚める前に私が先に目覚めることもなかった。いつも目がさめた時には私の横に彼がいた。そして、これが大事なの、これが本当に私にとっては大事だった――いつだって彼はベッドで私に背を向けることはなかった。ああ、たった一度だけ眠っている彼を見たことがある。変な話だけど、アパートの階段を下りたところから、外に出られなかった。それ以前には、出入り口のところに閉じ込められることなんかなかったのに。アパートの出入り口に新しくドアフォンがつけられのだ。あたかもここがもう中流になったかのように。といっても住人の収入ではなく、ただ住人のメンタルが、だ。どの住人も出入り口専用の鍵を持たなくてはならなくなった。それに、家主の合意がなければ、誰も入ることも出ることもできなくなった。仕方なく、もう一度自分の部屋の前まで戻り、私はベルを鳴らした。でも彼は開けてくれなかった。彼はいつも、まるでドアのすぐ横に立っているかのようにすぐに開けてくれていた。あたかも、私がボタンを押すと、同時に自動ドア番へ合図が送られていたかのようだった。待ったことなどなかった。例え一瞬でも。――きっと窓から私を見ていたのだろう。じっと見つめていたのだ。

寝入ってしまったのだろうか。彼は、しばらく起きないだろうと思った。寝ている彼を見ることはきっとないのだろうと思っていた。私は鍵を取り出してドアを開けた。随分とうるさかったはずだ。鍵のかちゃかちゃいう音。ヒールのこつこついう音。ひと時玄関でがさがさ動き回る音。彼の上着の上に鍵の束を見つけた次の瞬間、ドアの隙間から布団の一部が目に入ってきた。中に入った時、ほとんど恐怖で大声をあげてしまうところだった。彼は仰向きに、両目を開けたまま横たわっていた。私には気付いていない。まるで死人のようだった。彼は眠っていても、目を開けていた。もしも、呼吸のリズムに合わせてはっきりと毛布が動いているのが見えなかったら、彼の死を疑わなかっただろう。きっと死んでると思ったに違いない。

彼女が家から出て、いなくなった時、廊下でするヒールのこつこついう音が次第に小さくなり、それが階下に響くようになって、やがて、方々に消えていく他人のヒールの音に混じって、とうとう、彼女の匂いだけが僕に残された時、それを外に逃がしてしまわないように、僕は窓を閉めた。毛布に、僕のシャツのあちこちに残された一本一本の髪を見つけた。彼女は眠れない時、ベランダに出て話をする時、月に向かって伸びをし、鳥肌を立ててベッドに戻り、そして身を寄せ合う時、僕のシャツを好んで着た。匂いと、髪の毛と、しだいに薄れてゆく感触だけが僕に残された時、僕はまるで犬のようになった。犬は自分のご主人が出て行っても、戻ってくるものとは理解できない。犬はご主人が永遠に出て行ったものと思っている。自分たち犬はいつも、完璧な孤独で死んでいくものと思っている。ご主人が帰ってくるのは予期できないもので、それだけが自分を生き返らせてくれると思っている。彼女がこうして消えてしまった時、絶え間なく、彼女の皮膚が、血が、脈がうかんでくる。僕は必死になって彼女の顔を思い出そうとする。でも懐かしすぎて、それができない。どうやって知り合ったのかとか、僕たちは誰なんだろうとか、いつから始まったのかを思い出そうとむなしく試みる。彼女がいなくなると、彼女はずっといなかったかのようで、彼女が戻ってくると、いつか離れ離れになったことなどあっただろうかと思われるのだ。

記憶障害が始まった。朝から晩まで会社での重労働、こんなインテンシブな生活をしていると、人はしばしばこれにつかまって、自分の外にあるものは全て忘れてしまう。コンピューター画面の端になぜ日付が出ているのか、まさにこれだ、こんなこと覚えてないといけないことなんかじゃない。画面に出てるんだから、覚えてる必要なんかない。それに日付が何であれ、時間が何時であれ、自分のものじゃない。雇用主に売り払ってしまったものなんだから。時間を自分のものにすることに夢中になってもしようがない。実際、もし自分の名前まで忘れてしまったとしてもたいしたことじゃない。名前が良いとか悪いとかの問題じゃない。自分の働きだけが問題なのだから。ああ、どうだっていいこと。とにかく、こんな些細な物忘れが、生活の一コマ一コマに現れる。心配するほどのことじゃない。ああ、覚えてすらいない。たしかあの時、彼のところから出かけたのが少し遅くて、バスに間に合わなかった。それで会社に電話をして遅刻することを伝えたかった。そう、まさにその時、その時、急に空っぽになってしまった。なんていう会社だったか。カイシャってなんなのか。その言葉って何。魚の名前だっけ。カイシャって言う魚を食べに出かけたんだっけ。それって切り身だっけ。ここで一体私は何をしているの。何かをするというのはどういうこと。私って何。なぜ彼が私のそばにいないの。なぜ彼と一緒にベッドにいないの。彼のベッドから出て行く正当な理由なんかあったの。手に握った電話は何のため。誰か、私を助けてくれる人はいないの。

知り合いの精神科医がいつか話していた。ノイローゼは我々が想像している以上の力を持っている。これがパラドックスなのだが、自分たちがまず潜在意識の中にノイローゼを作り出す。そして自分が自分にノイローゼを与えてしまう。後になって、全く予期していなかった現象が我々を驚かせる。精神科医は言っていた。ナルコレプシー患者が突如として夢に襲われるように、ストレスが突然、健忘症を引き起こすことがある。それは人が重荷を背負ったときに起こりうる。そういえば、今の私の仕事は、忙しく、いつも追いかけられるように走り回らされるものだ……。精神科医は言った。私を元気づけようとするかのように。そう、きっとただのノイローゼですよ。でも、疑わしげに額に皺をよせて私を見つめた。額によせられた皺に私は彼の驚きをはっきりと読み取った。「アルツハイマーの初期か？　この年で？」

私が言うのは、記憶だけのことではない。「彼」以外の、「私が愛する男」ではないものは全て実在しない。それ以外のものは適当に設計された背景に過ぎないという感じ。このことが突如として絶対的な確信となってしまったのだ。それ以外はむさくるしいだけのその他の背景、まるでアメリカの連続ドラマにあるように、主人公たちの行動だけが見せられる。あとは、その他大勢が動くパノラマ画像の背景にすぎない。そのわざとらしい、不自然な平行移動、エキストラが画面の片方からもう片方に動くのと同じ。誰もかれもみんな一緒。一つとして例外的存在はない。今、私は停留所の、バスの中の、市電の中の、車の中の、自転車の人々を同じような目で眺めていた。絶えず同じ方向にだけ動く平行移動。不自然で、生活のパニックに陥っている。パニックは彼らを押しつぶし、毎日毎日、誰でもない人になることを命じている。そんな名無しの群れを見ていて、強烈な印象を受けた。もし、この中の誰かに話しかけたとしても、なすすべもなく両の手をだらりと広げ、いらいらした眼差しで、監督を探し始めるだろう、そして、無言のうちに彼に尋ねるだろう、「彼女は何を言ってるんだ？　私はただのエキストラなのに……」

記憶の難しさは、記憶と、識別だけの問題に限られたことではない。全てを憐れみをもって、気にとめず、ただの放心だと認めてしまうこともできた。確かに多くの芸術家はこうして人生をさっと通り過ぎていっている。ああ、ちがう。本当の記憶の難しさは自分が望むふうにならなくて、こうじゃない、ああじゃないと思い出しはじめた時に始まる。デジャヴが起こるのは、ほんの数秒間のことなのは確かだが、あと味は自分の中に随分と長く残るものだ。一体これはなんだろう。デジャヴが、段々頻繁に起こるようになって、その都度続く時間が長くなって、ついには絶えず起こるようになって、それも何分間もの間、何時間もの間、何日も。私はそうなってしまった。

近くから彼女の首筋の、髪の先にある産毛をじっと見つめている時、もたれていられなくなって、彼女の脊椎に沿って、舌で線をつけた。僕の唾液が彼女の首を乾かしてしまわないように気をつけながら。それからすぐに、随分長いこと使われていない彼女のピアスの穴をじっと見た。僕の舌は思考を追い越して、もう彼女の耳に巣を作り始めていた。一つの耳元に。そしてもう片方の耳元に。すると彼女は落ち着きなく、体を動かし始めた。自分から僕に唾液を恋しがっている場所を見せてくる。丁寧に僕にそれを教えてくれる。首の根元の、鎖骨が交差する谷間。じっと湿りを待っている。下りて、鎖骨の下、なだらかに乳房が始まるところ。僕はそこから、ゆっくりと、とてもゆっくりと舌を円状に動かしながら、螺旋に円を描く。もう片方の乳房には舌を動かさない。もう一方は、その間手のひらで、舌に似せた指の腹で、左右対称に螺旋の円を描く。段々きつくすると、欲望が強まり、強まった欲望で、彼女の乳首が固くなる。とうとう、彼女は我慢できずに自分を差し出してくる。僕の口が乳首で動くことで、彼女の口から魂を呼び起こしてほしいかのように。死んだ恋人たちの魂を。それらは、彼女のうめきと引きちぎれた囁きの中に引き出され、机からガラスのコップを叩き落した。シーツをぐちゃぐちゃにした。僕たちをそそのかして、僕たちに繊細さをかなぐり捨てさせ、貪欲さに身をまかせさせた。僕たちは、彼女の囁きにわが身をゆだね、秩序をすて、縦も横も、床も天井も、この世もあの世も、生も死もどうでもよくなった。僕たち二人が抱き合って、互いに互いを所有しあった時、他の全ては永続性のない、意味のないものとなり、それら全てはどうでもよくなった。自分たち以外は皆その他だった。僕たちもまたその他だった。大事なのは、僕たちの間に生まれ出たものだけ。ずん、ずんと。どんどん速く、速く。どんどん近く、近く、もっと、もっと。

時間が私たちを欺くという予感がした。でも、ずっと欺き続けるとは予想しなかった。

通りで、帽子をかぶった男を見た。男は、気高いカップルに優雅にお辞儀をした。そのカップルは腕を組んでぶらぶらと歩いていたのだけど、二人の間に突然自転車に乗った子供が無理やり割り込んで、すばやく横切ると、その時お辞儀をしていた男の手から帽子を突き落としてしまった。彼はあわてて帽子を取ろうと身をかがめた。気高いカップルは寛大に自転車が残した痕跡を眺めていた。彼らの顔に見た限りない忍耐。これらすべてが、美しい、美しい一幅の名画だった。美しい人たち。でも、私がこれを見たのは初めてではない。何百回、何千回見ただろう？　自分の外の世界であるはずだったものが、限られた数だけ、私の記憶で限られた数だけしか起こりえない。まるで区切られた映像なのだという、その正体を暴いてしまった。あまりに頻繁に、顔、状況、天気、事件を識別したので、はっきりわかった。随分前に私にとっての世界は終わってしまっていたのだ。つまり、私の記憶の中で生きていた数限りない映像を、自分で取り出しては見ていたのだった。とにかく、私は生きていない。これは確かだ。そのことには耐えられる。でも、存在していないという感覚は自分の価値をあっという間に小さくした。なんと言うか、その感覚が肉体的になってきた時、価値は小さくなる。思いが走った。あの世の生とはどんなものだろう。わからない。けど、そこでは私は何も見えない。まさにその時こそ最悪で、もう自分の肉体はないのに、もしくはただ見えただけ。でも、感覚はない。動かない。何ももう存在しない。――ヒステリーに陥ってしまい、彼に尋ねた。まだ私は見えてるの？　もう、私はいないのに、どうやって見えるの、どうやってこんなに物がわからずにいるの？　まだ何も理解できないの？　でも、彼が私に触れてくれるだけで十分だった。彼の口から「落ち着いて、君はいるじゃないか、僕は自分に向かってしゃべっているんじゃないんだ」というのが聞こえるだけで十分だった。私の体のあちこちに触れてくれて、感覚を回復してくれた、彼が触ってくれて私はまたもとに戻った。

残念ながら再び彼女に症状が現れた時、自分からの逃避が始まった時、僕は強く彼女を捕まえてなければならなかった、守らなくてはならなかった。その時、彼女は空を叩きのめそうとし、天も地もなくなってしまったから。僕は彼女を抱きしめなければならなかった。黙ってジュースに薬を溶かし、彼女を抱きしめなくてはならなかった。僕らの愛は永遠に大丈夫だからと説いて聞かせ、抱きしめなくてはならなかった。薬の入ったジュースを騙して口移しに注ぎ込み、抱きしめなくてはならなかった。これまでも、今も、これからもずっと一緒だということを、確かにそうなのだと確信させつつ、彼女を抱きしめなければならなかった。しばらくして、彼女の中の緊張が弱まり、ヒステリーのもとが和らぎ、僕の腕の中で体がほぐれると、彼女は限りなく僕の言葉を信じた。僕は彼女を抱きしめ、ソファーベッドに寝かせた。視線で彼女を抱きしめながら、玄関へと遠ざかり、受話器をとり、医者の番号を押す。感情で彼女を抱きしめながら、ひそひそ声で精神科医に再び症状が戻ったことを話した。薬の量をメモし、医者の指示を待っていた。ほっとするような吐息で彼女を抱きしめた時、医者は僕に話した。その病は治療できないが、世話をする者がいれば、病気と付き合いながら生きていくすべは身につけることができる。その後、僕は彼女を毛布でくるんでやって、もう一度夢を確かめた。もし作り物に過ぎない夢が彼女のまぶたの下で転げ回っているのなら、いつものように、僕の唇の下でぶるぶる震えるのがとまるまで、まぶたに接吻してあげるのだ。

ある日、彼の窓を眺めていた。そこにはベッドわきのランプがついていて、窓の向こうでは、彼が、終わりを知らない深い愛で私を待っていた。その愛は私たち二人だけでなく、何人もの人間に十分なくらいに深かった。ある日、建物に入る前に彼の窓をこうしてじっと見つめていた時、わかった。ずっとこうだった。前からこうだったと。彼がいた。私がいた。私たちに残ったものは、私たちの間にあったものだけ。私たちは永遠に生きている二つの情念の幻。その幻が勤めを果たして生きているように見えるだけだ。

ようやく何年も前から一緒に祈ってきたことを思

い出した。神に約束したよりも多く望んでしまったことを思い出した。私たちは祈ってしまった。存在する神に、そして、想像上の全ての神にも。死ぬまで一緒でいたいと。不敬にも、全ての超自然の力に。我々の望みをかなえてくれるのが、光であれ、闇であれ、神であろうが悪魔であろうがそんなことはかまわない。ただ望みさえかなえてくれればいいと願ったことを思い出した。この愛が、私たちの死をも持ちこたえるように、この愛が、わたしたちがいなくなった時にも生きつづけます様に。死ぬまでなんて、何。生命が何。愛するならば永遠に。だからあの世でも、永遠に。そう、祈りきったのだった。

　どんな時が来ても、彼女の目を見据えて、君は病気だと告げる勇気を僕が持つことはあるまい。

　それは偶然にゆだねた。病院からの医者の診断書と薬は引き出しの上のほうにおいてある。いつだって、それは彼女の目に止まっていいはずだ。

　私たちは二人とも、もう生きてはいないなんて彼に告げる勇気はいつまでも持てまい。私たちの葬式の写真がどこにあるかは知っていた。引き出しの中を少しでも引っ掻き回せば、彼だってすぐに見つけられるはず。

高橋佳代・訳

Wojciech Kuczok, *Widmokrąg*, Wydawnitwo WAB, Warszawa 2004

あとがき

1

明治以来、日本でのヨーロッパ文学研究・紹介はさまざまな形で進められて来た。しかし、各種の制約のため、多くの場合、英・独・仏・露など少数の有力言語を通じてのみに限られ、多くの弱小言語による文学は切り捨てられるか、又は上記の有力言語からの重訳によって導入されるのが通例であった。

この傾向が大きく破られたのはようやく第二次世界大戦後で、別の言い方をすれば、日本が敗戦後の混乱から立ち直った二十世紀後半になってからである。もちろん、敗戦は日本にとって深刻で悲劇的な事件ではあったが、同時に一種の思想的解決を伴ない、多くの異なる言語や文化についての興味と関心の開発をもたらした。それまで日本ではほとんど未知であった諸言語が、意欲的な若者たちの研究の対象となり、それらの言語による文学が直接紹介されるようになったのである。

この点で特に注目されるのは、第二次大戦後いわゆる鉄のカーテンに閉ざされてしまった、日本では一般に「東欧」と呼ばれる地域の言語や文化であった。ロンドンやパリを代表とする「西欧」とはいささか趣を異にした、バルカンまでも含むこの地域は、多種多彩な民族とその歴史を投影したモザイク状の言語と文化によって構成されている。その複雑なモザイクを分析・整理し、最終的には総合的な研究と紹介に大きく貢献したのが故千野栄一教授である。

千野教授の膨大な業績記録と多くの知友の追悼文は、すでに『ポケットのなかの千野教授』(二〇〇三年三月、日本チャペック兄弟協会発行)や『西スラヴ学論集』五—六号(二〇〇三年三月、西スラヴ学研究会発行)などに発表されているので、ここでは省略する。ただ、一九六七年にプラハ留学から帰国後、三十五年にもわたり超人的な活躍をした千野教授の学殖と人柄に傾倒し啓発された同輩や後輩の数の多さは特筆に値する。そして、故人を偲び、その功績を讃えるよすがとして、若手にも参加しやすい、日本における東欧文学研究の現状を示すような翻訳短編集を出版しようという提案がなされた。もちろん容易な仕事ではないが、賛同する多くの研究者が寄稿の募集に応じ、幸いにも成文社の南里功氏の出版快諾を得て、故人と親交のあった小原雅俊教授が困難な実務を引き受けて下さった。正直に言って想定外の大部となったが、足かけ四年がかりでようやく成果を見ることになった。

本書の内容は、まさにこの地域にふさわしく多種多様であり、現在の日本におけるこの方面の研究・紹介の集大成とも言えよう。ここまでの成長のきっかけを作り、多くの研究者を育成した泉下の千野教授に捧げるに足る作品集と認めていただければ、発案者の一人として、まことに幸せである。本書の完成にご協力賜った各位に感謝すると共に、故千野教授のご冥福を改めてお祈りしたい。

飯島周

2

本書は、ポーランド、チェコ、スロヴァキア、ハンガリー、クロアチア、ボスニア、マケドニア、ブルガリア、ベラルーシ、グルジアの「ルネッサンスから現代まで」の49人の著者の詩、小説、エッセイを一堂に集めたアンソロジーである。訳者の数も総勢41人にのぼる。すでに多くの著書・訳書を持つベテランから中堅、そしてこれが何より嬉しいことであるが、本書が翻訳者としてのデビューの場でもある者も含む多くの若手まで、それぞれがぜひとも紹介したいと思う作品を携えて集ってくれた。従って本書は、もうひとつのヨーロッパと言われる複雑で困難な歴史を持つ東欧の独特の、しかし豊かな普遍性に溢れた文学の魅力をぜひとも読者に伝えたいとの訳者たちの思いの結晶でもある。

本書にはこれまでいわゆる「東欧」には含めてこなかったベラルーシとグルジアの文

学が入った。何人かの訳者の提案がもとになって生まれた本書のタイトルの中の「ポケットのなかの」は、チェコ文学の面白さを私たちにたっぷりと届けてくれた千野栄一著『ポケットのなかのチャペック』から借用した。続く「東欧文学」を旧東欧諸国では今日この術語に少なからぬ抵抗があるかもしれないことを承知の上で敢えて用いたのは、国という単位を超えてこの地域の文学に共通する何かを探るにおそらくなお最もふさわしいと思うからである。むしろ残念なのは本書を捧げる故千野栄一先生の幅広い言語学と文学の関心の中にあったウクライナやアルメニアの作品がいろんな事情で入らなかったことである。ひとつの試みとして、作品を国単位ではなく初出年あるいは執筆年順にしたのも同じ理由からである。

今日の困難な出版状況の中で本書の出版を快諾され、煩瑣な作業を引き受けて下さった成文社の南里功氏に心から感謝するとともに、著作権の交渉をはじめとする翻訳以上に面倒な作業を引き受けてくれた各訳者の労をねぎらいたい。長年にわたる文学研究の成果でもある本書が、大方の読者に迎えられ、各訳者の今後の文学研究、作品紹介の新たな出発点となるなら、編者としてこれに勝る喜びはない。

小原雅俊

訳者紹介

関口時正（せきぐち・ときまさ）
東京大学文学部仏語仏文学科卒業、同大学大学院人文科学研究科修士課程（比較文学比較文化）修了。ポーランド政府給費奨学生としてヤギェロン大学文学部留学（一九七四―七六）。現在、東京外国語大学総合文化講座教授（ポーランド文化）。著書に『白水社ポーランド語辞典』（共著）、訳書にJ・イヴァシュキェヴィッチ著『尼僧ヨアンナ』（岩波文庫）、J・コット著『ヤン・コット 私の物語』（みすず書房）、B・スモレンスカ＝ジェリンスカ著『ショパンの生涯』（音楽之友社）、C・ミウォシュ『ポーランド文学史』（分担訳・未知谷）、編訳書に『ポーランド文学の贈りもの』（恒文社）。

阿部賢一（あべ・けんいち）
一九七二年、東京生まれ。東京外国語大学、カレル大学、パリ第四大学でチェコ文学・比較文学を学ぶ。現在、武蔵大学人文学部専任講師。著書に『イジー・コラーシュの詩学』（成文社）、訳書にペトル・クラール『プラハ』（成文社）などがある。

土谷直人（つちや・なおと）
一九四八年、長野市生まれ。東京大学教養学科、同大学院比較文学比較文化博士課程修了。ワルシャワ大学・モスクワ大学留学・研究出張。現在東海大学文学部教授。中東欧地域研究、比較文化専攻。著書（共著・共訳等）に、『文章の解釈』（東大出版会）、『自伝文学の世界』（朝日出版社）、『ポーランド文化史ノート』（新読書社）、『ポーランド語読本』（泰流社）、『ポーランド文学の贈り物』（恒文社）、『世界の中のラフカディオ・ハーン』（河出書房新社）、『異文化を生きた人々』（中央公論社）、『鷗外の知的空間』（新曜社）、『文学の贈物』（未知谷）、『入門比較文学』（英宝社）、『日本論の名著』（中央公論新書）、『世界俳句 2005』（西田書店）など。

中村和博（なかむら・かずひろ）
一九五〇年、東京生まれ。明治大学法学部法律学科卒業。小・中学校勤務の後、東京外国語大学ロシヤ・東欧学科チェコ語専攻卒業、同大学院博士課程前期修了。語学講師、模型作家。

久山宏一（くやま・こういち）
一九五八年生まれ。ロシア・ポーランド文学研究、ポーランド文化研究。一九九〇年、アダム・ミツキェヴィチ大学（ポーランド・ポズナン市）より文学博士号（スラヴ文学）取得。現在、東京外国語大学など非常勤講師。

平野清美（ひらの・きよみ）
翻訳業。早稲田大学、カレル大学卒業。チェコ語学専攻。主な業績——プラハに関するコラム（読売新聞、一九九三—二〇〇〇年）、共訳『プラハ日記—アウシュヴィッツに消えたペトル少年の記録』（平凡社）、共著『チェコとスロヴァキアを知るための56章』（薩摩秀登編、明石書店）。

大井美和（おおい・みわ）
東京外国語大学ドイツ語学科卒業。プラハ・カレル大学修士課程チェコ語学・チェコ文学卒業。博士課程（チェコ語学）退学。二〇〇二年三月よりチェコ共和国法定通訳翻訳士。

寺島憲治（てらじま・けんじ）
一九四八年生まれ。北海道大学文学部卒業、早稲田大学大学院博士課程終了。編著書、『エクスプレス・ブルガリア語』白水社、"The Diary of a Bulgarian Peasant Iliya Vankov for the Year 1900" (1) Text and Nots, (2) Documents and Index, ILCAA,『—イスラム教徒・キリスト教徒共住村—ダヴィドコヴォ村民衆歌謡集』（1）テクスト編、東京外国語大学アジア・アフリカ言語文化研究所、訳書、D・アンゲロフ『異端の宗派ボゴミール』（恒文社）、A・サンダース『バルカンの村びとたち』平凡社など。

西野常夫（にしの・つねお）
一九五八年、和歌山県生まれ。東京大学大学院人文科学研究科博士課程単位取得退学。一九八六—八九年、ワルシャワ大学ポーランド文献学部留学。九州大学大学院比較社会文化研究院助教授。共編書に『ロシア語初級読本』、『ロシア語中級読本』（以上、東洋書店）、共著に『ポーランドを知るための60章』（明石書店）、共訳書にマレク・ハルトフ『ポーランド映画史』（凱風社）など。

小椋彩（おぐら・ひかる）
東京大学大学院人文社会系研究科博士課程単位取得退学。二〇〇一—〇二年ワルシャワ大学日本学科講師。現在、工学院大学ほか非常勤講師。ロシア文学、ポーランド文学専攻。論文「土地の記憶と確定されない境界線―オルガ・トカルチュク『昼の家、夜の家』を読む」(『スラヴィアーナ』第一九号、二〇〇四年)。研究ノート「ミチンスキの初期創作とポーランド・メシヤニズムをめぐって」(『西スラヴ学論集』第七号、二〇〇四年)。

栗原成郎(くりはら・しげお)
一九三四年、東京都目黒区生まれ。東京教育大学文学部(言語学専攻)卒。同大学大学院文学研究科博士課程中退。東京大学教授、北海道大学教授、創価大学教授を歴任。東京大学名誉教授。主要著書『スラヴ吸血鬼伝説考』(河出書房新社)、『スラヴのことわざ』(ナウカ)、『ロシア民俗夜話』(丸善ライブラリー)、『ロシア異界幻想』(岩波新書)、訳書にアンドリッチ『呪われた中庭』(恒文社)他。

岩崎悦子(いわさき・えつこ)
一九四三年、神奈川県生まれ。東京教育大学文学部卒業。一九六八年―七〇年、エトヴェシュ・ローランド大学留学。東京外国語大学講師。ハンガリー語・文学。訳書にケルテース・イムレ『運命ではなく』(国書刊行会)、エルケーニ・イシュトヴァーン『薔薇の展示会』(未知谷)他。編訳書にタマーシ・アーロン他『トランシルヴァニアの仲間　ハンガリー短編集』(恒文社)。著書に『ハンガリー語』(朝日出版社)他。

長谷見一雄(はせみ・かずお)
一九四八生まれ。東京都出身。東京大学大学院人文科学研究科博士課程(ロシア語ロシア文学)中退。現在、東京大学大学院人文社会系研究科教授(スラヴ語スラヴ文学)。ポーランド文学関連の主な論文に、「レシミャンの『ポーランド伝説集』における比喩」(『西スラヴ学論集』創刊号)など、訳書に『ポーランドの民話』(共訳編、恒文社)、S・ムロージェック『象』、S・レム『虚数』(ともに共訳、国書刊行会)などがある。

村田真一(むらた・しんいち)
一九五九年、盛岡市生まれ。東京外国語大学外国語学部ロシヤ語学科卒業、同大学大学院外国語学研究科スラブ系言語専攻修士課程修了。現在、上智大学外国語学部ロシア語学科教授。ロシア国立オムスク大学客員教授。このほか、ロシアやヨーロッパの大学・劇場で演劇論を講じる。専門分野は、ロシア演劇・ロシア文化論・比較演劇(とくに、ロシア・チェコ・イタリア・日本)。編著書に、『ポケットロシア語会話』(金園社)、『会話で覚えるロシア語動詞三三三』（東洋書店）。共著に、『二一世紀の国際コミュニケーション』（三省堂）、『二一世紀ヨーロッパ学―その伝統を検証する』（ミネルヴァ書房）、『帝国アメリカのイメージ―世界との広がるギャップ』（早稲田大学出版部）、『都市と芸術の「ロシア」』（水声社）など。訳書に、『現代日本戯曲集一・二』、『曽根崎心中』（以上、露訳）。論文に、「演劇性の諸相―エヴレイノフ、ピランデッロ、アルトー」、「儀式と芸術のはざまで―能と二〇世紀初頭のロシアのドラマツルギー」、「ハルムスとスホヴォー＝コブイリンのドラマツルギー―プロットとしての舞台空間の創出」（以上、露文）、「二〇世紀ロシア演劇における台詞と仮面―エヴレイノフとブルガーコフの戯曲を例に」など。

飯島周（いいじま・いたる）
一九三〇年、長野県生まれ。東京大学文学部言語学科卒業。プラハ言語学派およびチェコ文学に興味を持つ。各種論文のほか、チャペック兄弟、V・ハヴェル、J・サイフェルト、J・ハシェク等の諸作品を翻訳。跡見学園女子大学名誉教授。日本チェコ協会会長。

元井夏彦（もとい・なつひこ）
新潟大学教育学部卒業、同大学院修了。クロアチアのイーノ・ミルコヴィッチ音楽院及びチェコのプラハ国立高等音楽院ピアノ科に留学。帰国後は演奏活動の傍ら、朝日カルチャーセンターにてチェコ文学の翻訳を学ぶ。

西成彦（にし・まさひこ）
一九五五年岡山県生まれ。兵庫県出身。東京大学大学院人文科学研究科博士課程中退。一九八一―八三年、ワルシャワ大学ポーランド学科留学。一九八八―八九年、ワルシャワ大学日本学科講師。現在、立命館大学大学院先端総合学術研究科教授（比較文学）。著書に『移動文学論Iイディッシュ』（作品社）、共編著に『東欧の20世紀』（人文書院）、訳書にW・ゴンブローヴィッチ『トランス＝アトランティック』（国書刊行会）など。

保川亜矢子（やすかわ・あやこ）
一九五九年、東京生まれ。東京外国語大学卒。東京外国語大学非常勤講師。チェコ語学、文学。著書に『CDエクスプレス・チェコ語』、『標準チェコ会話』（共に白水社）、翻訳に『ダーシェンカ　あるいは子犬の生活』（メディア・ファクトリー）、『この素晴らしき世界』（集英社）など。

津田晃岐（つだ・てるみち）
一九七二年、金沢市生まれ。北海道大学文学部（ロシア語ロシア文学専攻課程）卒業。一九九八年、ポーランド政府の奨学金でヤギェウォ大学（クラクフ）に留学。東京外国語大学大学院（ポーランド学）中退後、現在まで翻訳家として活動。専門はポーランド演劇。論文「タデウシュ・カントルの〈演劇〉」（『西スラヴ学論集』第七号、二〇〇四年）。

石井哲士朗（いしい・てつしろう）
一九四八年、横浜市生まれ。一九七五年、東京外国語大学大学院スラヴ系言語専攻修士課程修了。一九七六—七八年、ポーランド政府給費奨学生としてワルシャワ大学ポーランド文献学部で研修。現在、東京外国語大学外国語学部教授。著書に『CDエクスプレス・ポーランド語』（白水社）、共編著に『白水社ポーランド語辞典』、『微笑んでポーランド語』（東京外国語大学生協出版部）。

佐藤純一（さとう・じゅんいち）
一九三一年、東京生まれ。東京外国語大学ロシア語科卒、東京大学大学院人文科学研究科言語学科修士課程修了。東京大学教授を経て現在は創価大学教授、東大名誉教授。ロシア語を中心とするスラヴ言語文化研究専攻。主要著書は『NHK新ロシア語入門』（NHK出版）、『基本ロシア語文法』（昇竜堂出版）、『博友社ロシア語辞典』（共著、博友社）など。

前田理絵（まえだ・りえ）
東京外国語大学ロシア語学科卒。クラクフヤギェウォ大学付属ポーランド研究所へ留学、帰国後、駐日ポーランド共和国大使館商務参事官室に勤務、新宿朝日カルチャーセンター講師を経て現在フリーの通訳・翻訳・語学教師。

越野剛（こしの・ごう）
一九七二年生まれ。二〇〇二年、北海道大学大学院文学研究科博士課程単位取得退学。二〇〇一—〇三年、在ベラルーシ日本大使館専門調査員。現在、日本学術振興会特別研究員。

小原雅俊（こはら・まさとし）
一九四〇年、福島県生まれ。東京教育大学独語独文学専攻卒、ワルシャワ大学ポーランド文献学卒、ワルシャワ大学博士課程スラヴ・ポーランド文献学中退。大東文化大学教授、東京外国語大学教授を歴任。東京外国語大学名誉教授。ポーランド語学・文学専攻。主な著訳書『白水社ポーランド語辞典』（共編）、ボグダン・ヴォイドフスキ『死者に投げられたパン』（恒文社）、スタニスワフ・レム『エデン』（早川書房）、ステファン・シレジンスキ他『ポーランド音楽の歴史』（音楽の友社、共訳）。

橋本聡（はしもと・さとし）
一九五七年、東京生まれ。学習院大学大学院人文科学研究科博士後期課程中退（ドイツ文学専攻）。一九八二―八四年、カレル大学（プラハ）哲学部留学。現在、北海道大学大学院国際広報メディア研究科助教授。言語政策論、ドイツ語・チェコ語教育、中欧地域文化論等を担当。

児島康宏（こじま・やすひろ）
一九七六年、福井県生まれ。一九九八年東京大学文学部卒業。二〇〇〇年から二〇〇二年までコーカサス諸語の研究のためグルジアのトビリシ国立大学に留学。東京大学大学院を経て、現在、日本学術振興会特別研究員。専門は言語学。訳書にノダル・ドゥンバゼ『僕とおばあさんとイリコとイラリオン』（二〇〇四年、未知谷）。

鳥居晃子（とりい・あきこ）
一九七九年東京生まれ。東京外国語大学大学院博士前期課程在籍中。ポーランド語学・文学専攻。研究ノート「チェスワフ・ミウォシュの言語観」（『西スラヴ学論集』第八号、二〇〇五年）。

青木亮子（あおき・りょうこ）
立教大学文学研究科ドイツ文学専攻博士後期課程単位取得退学、立教大学非常勤講師。専門、プラハのドイツ語文学、チェコ文学。

清水美穂（しみず・みほ）
一九五五年名古屋市生まれ。一九七八年、東京女子大学史学科を卒業後、八一年までサラエボ大学に学ぶ。一九八六年、名古屋大学西洋史学科修士課程終了。論文「ミーチョ・リェビブラティチと一八七五年蜂起」（『東欧史研究』第一〇号）。

田中一生（たなか・かずお）
一九三五年、北海道美唄（びばい）市生まれ。一九六〇年、早稲田大学露文科卒業。一九六二―六七年、ベオグラード大学にてビザンチン美術史を学ぶ。帰国後は大学講師、出版社勤務、翻訳家として今日に至る。

本藤恭代（ほんどう・やすよ）
一九四〇年、福岡市生まれ。一九六六年、国学院大学日本文学科を卒業する。卒論は松尾芭蕉。一九八一年、V・デヴィデ博士と結婚、爾来ザグレブに住む。長年クロアチア語―日本語、日本語―クロアチア語辞典の編纂に専念している。

長與進（ながよ・すすむ）
一九四八年、愛知県生まれ。早稲田大学政治経済学部教授。専攻――スロヴァキアの歴史と文化。主な仕事――『スロヴァキア語文法』（大学書林、二〇〇四年）、『チェコとスロヴァキアを知るための56章』（共著、明石書店、二〇〇三年）、「極東地域とシベリアにおけるミラン・ラスチスラウ・シチェファーニク」（『異郷に生きるII』、成文社、二〇〇三年）

中島由美（なかじま・ゆみ）
一九五一年、東京生まれ。東京外国語大学ロシア語学科卒、東京大学大学院人文科学研究科（言語学）博士課程単位取得退学。大学院在学中に交換留学生として旧ユーゴスラヴィア・ノビサド大学に一年間留学、翌年マケドニア共和国のスコピエ大学に留学しマケドニア語習得・方言調査等にあたる。東海大学、東京工業大学を経て、現在一橋大学社会学研究科教授。主要著書『バルカンをフィールドワークする』（大修館書店）、『エクスプレス・セルビア語・クロアチア語』（白水社）など。

橋本ダナ（HASHIMOTOVÁ, Dana）
スロヴァキア生まれ。カレル大学東洋学日本学修士。現在、北海道大学非常勤講師（ハンガリー語）、スロヴァキア・ラジオ局、チェコ・ラジオ局外部通信員。向田邦子、宮本輝などのスロヴァキア語訳のほか、Japan and Capital Punishment, *Human Affairs(Slovak Academy of Sciences) 6-1/1996*, Development of Interpretation of the Word UKIYO in Relation with Structural Changes in Japanese Society, *Asian and African Studies(Slovak Academy of Sciences) 5-2/1996*など。（なお、本巻の日本語訳作成に当たり難波陽子氏（札幌市）の助力を得た。記して感謝申しあげる）。

伊藤涼子（いとう・りょうこ）
一九七〇年、静岡県生まれ。東京外国語大学大学院地域文化研究科博士前期課程修了。現在チェコ語通訳・翻訳に従事。

村上健太（むらかみ・けんた）
一九六三年、神戸市生まれ。筑波大学地域研究研究科修了

後、一九九四—九七年、カレル大学（プラハ）およびパラツキー大学（オロモウツ）に留学。論文「チェコ児童文学史」により、白百合女子大学より文学博士号を取得。現在、駐日チェコ共和国大使館秘書官。訳にペチシカ『ぼくだってできるさ！』（冨山房インターナショナル）等がある。

加藤有子（かとう・ありこ）
一九七五年、秋田県生まれ。東京大学大学院総合文化研究科博士課程に在籍。表象文化論、ポーランド文学。ポーランド、ワルシャワ大学に留学。論文に「ブルーノ・シュルツ作品とユダヤ性—メシアという視点から」（『超域文化科学紀要』第七号、二〇〇二）、「デボラ・フォーゲル『アカシアが花咲く——モンタージュ』考察——一九三〇年代ルヴッフの造形美術家集団『アルテス』との関係」（『西スラヴ学論集』第九号、二〇〇六）ほか。訳書にスタニスワフ・レム『高い城・文学エッセイ』（共訳、国書刊行会）。

つかだみちこ（つかだ・みちこ）
東京生まれ。主な翻訳に『現代東欧詩集』、『ノアンの夏』、『シンボルスカ詩集』、『ワイダ自作を語る』（共訳）、童句詩集『ポピーの夢』二か国語版（共訳）他、著書に『キュリー夫人の末裔』、『ポーランドを歩く』等がある。二〇〇五年ポーランド月刊文芸誌「ODRA」に「暗い絵」「時」の詩二編、二〇〇六年には茨木のり子「わたしが一番美しかった時」他の翻訳、「薔薇にきく」「恐竜のように」他が掲載される。一九九一年度ポズナニ国際詩祭賞、二〇〇三年グダニスク市長、同市立図書館よりポーランド文学紹介の功に対し、表彰される。二〇〇四年ポグージェ国際文学祭大賞、またポーランド詩祭の日本への紹介により二〇〇五年ガリチア秋の文学祭大賞受賞。童句詩誌に「妖精たちの冒険」、「森の妖精ホップクルクルの冒険」、「ショパン」誌に「音の日記」を掲載中。

井上暁子（いのうえ・さとこ）
一九七五年、東京生まれ。東京大学大学院総合文化研究科博士課程在学中（地域文化研究・ドイツ・ポーランド文学）。論文「亡命文学から移民文学へ——ポーランド文学雑誌 Bundesstraße 1 を通して」（『ヨーロッパ研究』第三号、二〇〇四）。スタニスワフ・レム『高い城・文学エッセイ』（国書刊行会）の中で文学エッセイを二篇翻訳。

田村和子（たむら・かずこ）
一九四四年、札幌市生まれ。一九七九年より一年間、家族と共にポーランドのクラクフ市に滞在。帰国後、マヤコフスキー学院および早稲田大学語学研究所にてポーランド語を学習。東京外国語大学研究生（一九九六―九七年）、クラクフ教育大学研究生（一九九七―九八年）としてポーランドの児童文学を学ぶ。二〇〇四年秋から半年ほどワルシャワの中学校、高校で日本文化を紹介する。主な訳書に『クレスカ十五歳、冬の終わりに』（岩波書店一九九〇）、『竜の年』（未知谷一九九九）、『ノエルカ』（未知谷二〇〇二）、著書に『生きのびる』（草の根出版会二〇〇〇）、『ワルシャワの春』（草の根出版会二〇〇三）などがある。

木村英明（きむら・ひであき）
栃木県生まれ。スロヴァキアやチェコの言語文化専攻。

高橋佳代（たかはし・かよ）
大阪外国語大学ロシア語科卒、ワルシャワ大学文学部卒。
現在、ポーランド語通訳、翻訳に従事。

ポケットのなかの東欧文学——ルネッサンスから現代まで

2006年11月11日　初版第1刷発行

編　者　飯島　周
　　　　小原雅俊
装幀者　山田英春
発行者　南里　功
発行所　成文社

〒240-0003 横浜市保土ケ谷区天王町
2-42-2-3-1015
電話 045 (332) 6515
振替 00110-5-363630
http://www.seibunsha.net/

組版　編集工房 dos.
印刷　モリモト印刷
製本　エイワ製本

落丁・乱丁はお取替えします

Printed in Japan
ISBN4-915730-56-5 C0098

文学

❶ 受難像

K・チャペック著　石川達夫訳

四六判上製
200頁
1942円

人間が出会う、謎めいた現実。その前に立たされた人間の当惑、真実を探りつつもつかめない人間の苦悩を描いた13編の哲学的・幻想的短編集。真実とは何か、人間はいかにして真実に至りうるかというテーマを追求した、実験的な傑作。

文学

❷ 苦悩に満ちた物語

K・チャペック著　石川達夫訳

四六判上製
184頁
1942円

妻の不貞の結果生まれた娘を心底愛していた父は笑われるべきか？　外的な状況からはつかめない人間の内的な真実や、ジレンマに立たされ、相対的な真実の中で決定的な決断を下せない人間の苦悩などを描いた9編の中短編集。

文学

❸ ホルドゥバル

K・チャペック著　飯島周訳

四六判上製
216頁
2136円

アメリカでの出稼ぎから帰ってくると、家には若い男が住み込んでいて、妻も娘もよそよそしい……。献身的な愛に生きて悲劇的な最期を遂げた男の運命を描きながら、真実の測り難さと認識の多様性というテーマを展開した3部作の第1作。

文学

❹ 流れ星

K・チャペック著　飯島周訳

四六判上製
228頁
2233円

飛行機事故のために瀕死の状態で病院に運び込まれた身元不明の患者X。看護婦、超能力者、詩人それぞれがこの男の人生を推理し、様々な展開をもつ物語とする。一人の人間の運命を多角的に捉えようとした作品であり、3部作の第2作。

文学

❺ 平凡な人生

K・チャペック著　飯島周訳

四六判上製
224頁
2300円

「平凡な人間の一生も記録されるべきだ」と考えた一人の男の自伝。その記録をもとに試みられる人生の様々な岐路での選択の可能性の検証。3部作の最後の作品であり、哲学的な相対性と、それに基づく人間理解の可能性の認知に至る。

文学

❻ 外典

K・チャペック著　石川達夫訳

四六判上製
240頁
2400円

聖書、神話、古典文学、史実などに題材をとり、見逃されていた現実を明るみに出そうとするアイロニーとウィットに満ちた29編の短編集。絶対的な真実の強制と現実の一面的な理解に対して、各人の真実の相対性と現実の多面性を示す。

価格は全て本体価格です。